三北小芎

上

Savour
the love

水草
三小
—著—

中国致公出版社　　知音动漫

CONTENTS

第一章

课代表

ke dai biao

1

雨越来越大了，落在柏油路上飞溅起的水花让路上都雾蒙蒙的。

清瘦的少年冲进雨里，把自家倒在人行道边的立牌捡了回来。

"妈，雨太大了，旁边卖水果的摊儿也往里撤了。"

把旧而不破的木头立牌放在门边控水，看见自己湿漉漉的脚踩在了地上，少年从门后拽出了一个被压扁的纸箱子放在地上，两只脚都在上面蹭了好几下。淋湿的衣服贴在他细瘦的肩胛骨上，他觉得难受，左右摇着肩膀，还摇着头，像落水的小狗似的。

饭馆不大，墙面虽然干净，上面贴着的大菜单却旧了，印的卤猪肉都脱了色，更像是抹了辣椒油的腊猪肉，旁边的香菇油菜更惨一点儿，绿色一点儿都没了，乱糟糟的一团，全靠文字显示身份。八张桌子，四张是木头的，四张是铁架上搭了白色的三合板桌面。椅子倒都是一样的，更显得这店年纪比少年还大。

浓浓的卤肉香气掺在潮湿的空气里往外飘，热乎乎的牛肉早就连着筋被炖到软烂，被放在盆里的时候还轻轻颤抖。

捞着肉的就是这家店的老板，也是少年的妈妈，她抽空看了自己的儿子一眼，说："别摇头晃脑了，赶紧把头发擦擦。"

少年抓起桌子上的两张纸巾随便在脑袋上摩挲了两下，对着他妈"嘿嘿"傻笑了一下说："我把椅子收了，地扫了，咱们就走呗。"

今天晚上家里有事儿，他们店里再不接生意了。

"您好，现在……还做饭吗？"

雨落的背景声里传来了很好听的声音。少年回过头，看见了一把透明的伞，像一朵花开在了遮天雨幕里，上面的水滴折射着外面晦暗的天光，竟然让人有了一种明媚的错觉，也可能明媚的不是伞，而是打着伞的人——个子不高的年轻女人应该是二十岁上下的年纪，穿了一件淡黄色的裙子，眼睛很大，脸跟细瓷似的白，不知道为什么，她看着少年，少年就觉得她是在对自己笑。

少年掐了一下自己的大腿，疼得龇牙咧嘴。不是做梦，是真有一个又甜又可爱的小姐姐在他面前站着呢："做、做！"第一个字还是下意识说的，第二个字的落音已经很坚定了。

年轻的女人真的笑了，她回身收伞，说："我要一碗卤肉面。"

"好的好的！"少年什么都答应完了，才一溜烟儿跑进了后面的厨房里，小声问他妈："妈，卤肉面还能做吗？"

自己家的傻儿子把客人都迎进来了，难不成自己还能赶出去？也不知道刚刚谁说要走了。低头看看早就熄了火的灶台，女老板放下捞肉的钩子说："还有点儿卤牛肉，卤蛋也有，要吃卤牛肉面的话就有。"

少年立刻欢欢喜喜地出去了。

外面桌前，那个年轻的女人已经坐下了，伞被她用自备的袋子装了起来，一点儿水都没流到地上。

"有卤牛肉面，要卤蛋吗？"说话的时候隔着一张桌子一把椅子，少年两只手压在椅子背上，顶着乱糟糟的湿发，越发像一只小狗，一点儿也没有刚刚干活利落的样子了。

"卤蛋？要的。"

少年呆头呆脑，全靠神经记忆在问：“葱花、香菜、酸豆角要吗？”

“都要。”

灶上再次点起了火，煤气从灶里挤出来，热烈地燃烧，“呜呜”的像是风声。

这家店卖的不是最近流行的板面，也不是市面上常见的拉面，而是细白的挂面，细得像是龙须面，在这旺火大灶上一不留神就能煮烂了。老板煮面的手艺自然是很精到的，火候一到就把面捞出来过凉，再用大长筷子一卷，放在碗底就是乖乖顺顺、整整齐齐的一团。

她煮面的时候，少年也没闲着，找出了半暖瓶的热水，给客人倒了一杯水。

“谢谢。”女人的食指和中指轻叩在桌面上，连致谢的声音都是一板一眼的。

少年注意到她右手的食指上有茧子，这才恍然大悟，这位客人不是雨天里从哪里跑来的妖精或者仙子，她只是个来吃饭的寻常客人。毕竟妖精和神仙都不会有茧子。可对方看向自己的时候，少年又忍不住傻呵呵地笑了——真甜，像他小时候吃的奶糖一样甜又可爱。

卤牛肉切成了小块，上面撒了香菜、葱花和酸豆角，老板把她的傻儿子叫进了厨房，吩咐说：“酸豆角重新收冰箱里，一会儿客人走了你把外面收拾出来，我在这儿把肉捞完了，明天还得把卤汤打一下。”

“好咧，妈！”

面汤也是在灶上重新热起来的，等火候的老板回头看一眼自己的儿子：“看你干活挺勤快的，怎么一学习就那么懒呢？”语气里，那是十足的恨铁不成钢。

“呼呼呼！”风来了，雨来了，把少年那满脸的灿烂给吹没了，少年瘪了瘪嘴，收好了酸豆角，再把案台擦干净就钻出了厨房。

“回来！”老板把卤肉面递了出去，该上菜了。

细细的面吃起来不如其他的面筋道，却在短短时间里吸足了卤肉和面汤的味道，每一口下去都滋味十足，又不失面本身的香气。一口面，一口肉，间或喝一口热腾腾的面汤，外面的风和雨仿佛一下子成了另一个世界的，与自己再没什么关系了。

葱花、香菜是不惧任何场合的舞娘，在这一碗面汤里，它们提了味，解了腻。酸豆角是压场的台柱，醇美的肉香沾了它细微的酸辣，再麻木不仁的舌头都要为它叫好。至于肉……它是最先被吃完的。再没有什么比这更好的赞美了吧？

年轻的客人长长地出了一口气，好像一些潮湿与黏稠的东西都被这一碗面给彻底驱赶了。

吃面的人正岁月静好，做面的人却在七情上脸。

"我一说考试成绩你就耷拉着脸给我看，怎么了？我还说错了？！你要真想孝顺我，就好好上课，那化学卷子就四十分，是够吃啊还是够喝啊？"

没人注意到，在老板说"化学卷子就四十分"的时候，外面那个食客的手顿了一下。

"妈，你别说了。"少年不乐意了。可能平时被这样说了，他会低着头厚脸皮应付过去，可当着那个客人的面，他的尊严似乎也"尊贵"了，说到底，都是半大少年的荷尔蒙在作祟罢了。

"我怎么不说了？"老板一只手叉着腰，捞肉的钩子一下砸回了锅里，是火气被点燃的前奏。

少年哼了一声，过了一会儿，梗着脖子说："我爸都说了，要是我学不好就接着开这个卤肉店呗。"

老板冷笑："开卤肉店？他说这话你倒是记得了？你要真听话，你怎么就只听这一句啊？他让你好好学习你怎么不听啊？！"

惨被镇压的少年哼哼唧唧了两声，替他妈把装了卤肉的盆子放好，嘴里赌气说："反正我以后就开咱家的小饭馆，学不学都一样！"

"你！"当妈妈的看着自己的儿子，她自己的身量就不矮，一米六五的样子，她儿子才十三四岁，已经比她略高了。这么大的孩子，真是打也不是，骂也不是，管来管去，管得自己一脑门子的官司。

少年把自己的妈怼得没话说，也不觉得高兴。

这种争吵，没人会觉得高兴。

店里仅有的那个客人吃完了，少年走上去结账，也没刚才只顾着看人的傻样子了："一碗卤牛肉面，一个卤蛋，二十一。"

"滴"，手机里传来了钱到账的声音。

结了账的女人却没动，只是抬起头来看着这个不爱学习的少年："你们这家店开了很多年了吧？"

"那是！"说起自己家的店，少年满脸写着骄傲，"我爷爷开的店，传给了我妈，以后就是我的了。"

客人"哦"了一声，眼睛看向厨房里："老板在厨房做什么呀？我在外面的时候就闻见了肉香味儿。"

"今天晚上我们家有事儿，不开了，我妈把卤肉捞出来包起来，该给别的饭店送去的送去，卤汤得放凉了，明天再打汤。"立志继承家业、拒绝好好学习的少年是真的对自己妈妈的活计很了解，看见这位客人有些感兴趣，他双手比画了一下说，"打汤就是得打掉卤汤里的渣渣，捞干净的汤倒点儿白酒放一晚上，明天先把油捞出来，然后把夹在油下面的血沫子啥的都捞出来扔了，再把卤油倒回去，然后卤汤里再加上熬好的高汤，加肉，就能接着卤了。"

卤肉的门道可一点儿都不少，尤其是他们这种开了很多年的老店，那真是一辈手艺传一辈，细节处的讲究多了去了。少年说起来头头是道，看来想继承这个店还真不只是口头说说。

"卤油？为什么卤肉的时候还要有油呢？"客人抛出了自己的问题，她看向少年，看得少年又羞涩了起来。

"肯定得用油啊，有了油才香，好多料还得提前用油炒呢！"少年脸庞微微泛红。

客人却抬着头继续问："那这又是为什么呢？为什么用油会更香呢？为什么要用油炒调料呢？"

唉？这是什么问题？少年有点儿蒙了，因为那个……他爷爷就是这么教他妈的呀！那、那还能是为什么呢？哪儿有那么多为什么呢？

"因为油是有机溶剂。"年轻的女人看着他的眼睛，笑了一下，在少年的眼里，这次的笑容和之前的很不一样，让他恍惚得像只见了猫的耗子，"各种植物香料里含有芳香物质，芳香物质的主要成分是有机物……估计你还没有学过，但是你可以记住，之所以用热油提前炒香料，就是希望高温环境下香料里的芳香物质能更好地溶解到油里，丰富肉的味道。"

少年已经听晕了，客人却还没放过他："为什么要静置一晚上再处理卤肉汤，你知道吗？好吧，你不知道。因为静置能够让分子质量不同的液体分层，水最重，其次是要被扔掉的部分，本质是比水轻比油重的混合杂质，然后是油。有机溶剂和液体的萃取都是高中化学课本上的知识，你不知道很正常。那你知道为什么卤肉要捞出来之后立刻包起来吗？"

小狗似的少年彻底成了个小木头狗。

"因为分子运动，卤肉里水分子会跑到空气中，让牛肉的表面失去水分，所以在一般情况下，肉得泡在卤汤里，拿出来之后就要包起来。此外也是因为瘦肉里含有铁离子，暴露在空气中会逐渐氧化变黑。"

卤肉的香气还飘荡在小小的饭馆里，年轻的女人深吸了一口气说："我们能闻到气味也是因为分子运动，这个在初中的化学课本里应该有。至于氧化反应，那能说的就更多了，用完的菜刀为什么要擦干净，也是怕水会让菜刀上的铁发生氧化反应，也就是生锈。你现在应该还在读初中，刚刚接触化学知识，如果你上课认真听讲……只要你做到上课认真听讲，就能把化学考试成绩提升到八十分以上，你也不会听不懂我在说什么了。也就是说，如果一个人的化学成绩比你好，他来做和你一样的事情，卤肉也好，在厨房帮忙也好，都会知道更多的'为什么'，知道了'为什么'，也就会知道出了问题该怎么办。"

对啊，我不是在家里的店帮忙吗？怎么就上起化学课来了？还有，这……刚刚还是个小仙女的，怎么一下子就比班主任还凶了？在铺天盖地的化学知识里，少年好像终于找回了自己，再看着眼前的这个年轻女人，他的荷尔蒙水平下去了，脑袋几乎要大起来了。可对方的气势让他觉得自己正捧着一张空白的卷子站在教室里，竟然一句反驳的话都说不出来。

"化学不是没用的知识，学不学，真的不一样。"说完，她抽掉伞上罩着的塑料袋收起来，走到饭馆门口，撑开了雨伞，又走进了接天的雨幕里。

留下小小的少年被他自己的亲妈奚落："你看看你，考了个四十分，人家一问你，你啥都不知道，就这水平，肉你都卤不好！"

"妈！"少年的声气比刚刚弱了何止一半，他回头看看厨房，再转过头去，早不见了那道淡黄色的人影。

2

离开了卤肉馆子一百米远，沈小甜叹了一口气，亲和力满分的小脸上带着懊恼的自嘲笑容，一点儿也不温柔可亲。

"职业病，你这就是职业病，你都已经失业了，怎么职业病就改不了啊？！不过他才初中，化学就才考了四十分，换只猪去课上睡觉都比他考得多吧？"她说话的语气很刻薄，比雨里吹来的风还冷，比砸在伞上的雨滴还重，和她的脸形成了巨大的反差。

五天前，二十六岁的沈小甜还是个即将订婚的准新娘。三天前，她还是一所学校高二的化学老师。现在，她什么都不是了。一个失恋又失业的人，是有刻薄的权利的。虽然那家的卤肉面真的很好吃，和她记忆里的味道几乎完全一样。回味着卤肉面的余味，沈小甜心里这样想。

沈小甜，名字甜，长得甜，声音甜，连身高似乎都甜。理所应当的，所有人都以为她是个傻白甜，是个温柔可爱的小仙女，只有她自己知道，她不是。

自觉一点儿也不甜的沈小甜在雨里撑着伞慢慢走，脚上的运动鞋湿了一半，她也没想打个车回酒店。

说起来，这座叫沽市的小城其实是她的老家，她在这儿出生，一直长到了十四岁。深深的小巷子，野草在缝隙里钻出来的石阶，她从小走到大。刚刚那家荆家卤肉馆斜对面现在是一家商场，在二十多年前是二轻子弟小学，全称是第二轻工业制造厂子弟小学。

荆伯伯一开始是纯卖卤肉的，从别人的铺面边上隔出了半个窗子，卖卤猪肉、卤鸡腿、卤猪蹄……供给附近来来回回接孩子的家长，或是制造厂的工人们。他的店门口到学校门口的夹道也一直是个自发形成的小市场。

不过，那是沈小甜上小学之前的事了。20世纪90年代的时候国企改制，第二轻工业制造厂的上级企业进行了产业剥离，原本的大工厂没了，取而代之的是几家民营企业。二轻子弟小学这个名字倒是存在了更久，直到沈小甜小学三年级的时候，学校才改名叫沽市第二实验小学。

一个企业的变化影响了一所学校，也影响了原本专心卖肉的荆伯伯，因为他的爱人——在学校里做后勤的陈阿姨——在改制中下岗了，两口子一咬牙，干脆拿出全部积蓄买下了整个铺面，开起了饭馆，从纯卖卤肉变成了卖卤肉面和卤肉饭。光顾荆家卤肉馆的人也从偶尔打打牙祭的国企职工、附近老师，变成了拉着孩子来下馆子的家长们。

上小学四年级的时候，沈小甜的外公被他原来的学校返聘，沈小甜就成了个"钥匙儿童"。有时候她外公中午不能回来给她做饭，沈小甜就会跑到荆家卤肉馆里去买一碗卤肉面或者卤肉饭。她从小就是小小的一点儿，白白润润的，尤其是小学一直到毕业都是个白软团子模样，大人们都很喜欢她。她在店里的木头长凳上坐下，脚都踩不到地，却也不耽误她娴熟地说："陈阿姨，我要卤鸡腿的饭，加卤蛋。"

荆伯伯家那个五十多岁也有黑粗长辫子的陈阿姨看起来有点儿凶，其实人很好，偶尔会摸摸她的脸，再给她加一碟花生米或者一个卤鸡爪。现在想想，那大概也是某种意义上的"出卖色相"了。

人回到故乡，就像是打开了一本老相册，眼中所见的都能在脑海里变成拉动记忆的一根线。沈小甜还记得荆家从一开始用的就是挂面，那些年兰州拉面来势汹汹，不少沽市当地的家常面馆都被冲击得干不下去了，荆家还是坚持用挂面，因为陈阿姨说吃他们家面的大多是家长带着孩子，挂面好消化，不胀胃。后来这用了挂面的卤肉面就成了荆家的特色。甚至连他家面里什么时候加了酸豆角，沈小甜都依稀有点儿印象，像是隔着一层纱看景似的。

走着，走着，沈小甜看着头顶的路牌愣了一下。

珠桥。

回过头去，她才意识到自己是走过了一座桥，一座架在河上的桥。

沈小甜快步走回到桥上，看着雨水落在河里，河两岸的树都被洗刷出了翠意，她实在是忍不住惊讶："这个地方……"

以前这里是座石桥，而且桥下是没有水的，据说是为了保周边农村的灌溉，把原本流进护城河里的水改了道。在沈小甜小时候，这河道里被附近的住户占得满满的，晒衣服、晾被子、种菜，甚至养鸡，鸡屎和积了的肥都被堆在河道边的土坡下面，夏天走在岸边全是臭气。那些年沽市想弄个什么创建卫生城市，这条河的问题就是个老大难，沈小甜上学放学的时候没少看见有关部门的工作人员跟当地住户扯皮，拔菜赶鸡，甚至直接开车来清理鸡屎，都是治标不治本的笨法子。

但这种乱糟糟的地方从来都是小孩子的"秘密花园"，尽管家长和学校三令五申不准孩子们来河道上玩，可是春夏时节，总有小孩子跑来这里，要么是在积水的水洼里找蝌蚪，要么就是摘花偷果，沾一身的泥点子。就连沈小甜这个从小到大的"乖孩子"，都被同学带着去看过传说中的"蘑菇圈"。

可说到底，这地方还是乱的，给来来往往的人添了很多麻烦。最惨的是晚上，老旧路灯有跟没有一样，骑自行车从岸上经过，一不留神滑下去，说不定就正好滑进了鸡屎坑里……沈小甜她外公的那个学校就有个年轻人经历了这么一遭，家访回来的路上遭遇了人生的暗算，两年都听不得一个"鸡"字。

就这么一个地方，竟然彻底没了，就连旁边那些搭建的棚户房子也成了宽阔的柏油路，靠河的一边是绿化带，另一边是个看起来不那么新的小区。桥是新的，路是新的，路灯也很高大，一看就很好用。

撑着伞的女孩儿在河上看风景，过桥的人也在看着她。

一辆摩托车快到沈小甜身边的时候突然停住了。戴着头盔的男人转了两下手把，取下了头盔，雨水瞬间就把他的头发打湿了，他举起头盔聊胜于无地挡了一下，转头对站在桥边的沈小甜喊道："嘿，那边那个，过来帮个忙！"

他叫第二遍的时候，沈小甜才回过神来："你在叫我？"

男人似乎气了一下："不叫你，我叫水里的鱼呢？"

隔着雨帘，两边的人看着都是模糊的，沈小甜转身走过来，看着男人狼狈的样子，抬高了手臂帮他遮了雨。

"我的这个破车，也不知道哪儿进水了，熄火了，怎么也动不了。"

半红半白中间有一道银灰色间隔的摩托车很漂亮，挨了男人一巴掌，让人看着都觉得委屈。

沈小甜问："您是想让我帮您推车吗？"

"不是不是。"男人摆摆手，"就你这个小身板儿，车推你还差不多。我是……我是手机没电了，能不能借下你的手机，我打个电话找人帮我推车？"

男人挺高的，为了将就雨伞略略弯了腰，就这样，刚刚一米六的沈小甜也不过是平视了他的喉结，再往上是有胡茬的下巴。

这个要求不过分，沈小甜看看他湿透了的手套，掏出手机："您说吧。"

男人看着她的动作，笑了一下，报出了一串手机号。电话打过去，对方关机，男人又拍了一下他的摩托车："下雨天，八成睡觉呢。那什么……"他的语气有些不好意思，"谢谢啦，我……"

他拎起手里的头盔要往头上戴，刚翻过来，沈小甜和他就一起看见了从头盔里流出来的水，沉默。

沈小甜先开口了："我觉得您这个头盔戴不戴也一样了。"

"是，就是水泼变慢炖了。"男人轻松的语气，仿佛被水泼、被慢炖的不是他的脑袋。他抬手擦了擦脸，叹了一口气说："真是谢谢你了，前面下了桥就是我朋友开的店，我自己推着车过去吧。"语气竟然比一开始的时候好了很多。

沈小甜看看四下里的雨，再看看那个被淋到尴尬的头盔，说："也不远，我撑伞把你送过去吧。"

男人也没很坚决地拒绝。于是两个人隔着一辆摩托车，辛苦地打着一把伞往前走。

沈小甜心无旁骛，男人所说的地方确实很近，下了桥不过五十多米就到了。不知不觉间，时间已经快到下午五点了，从吃完那碗面到现在不知不觉也过去了两个小时。走到了没风雨的地方，她才觉得自己的骨头缝里都透着潮气。

"小乔麻辣烫"的门口，男人招呼沈小甜进店坐坐："你坐着，我找小乔姐给你做碗麻辣烫谢你，一路帮我打伞过来也不容易。"

男人的话音还没落，一个四十多岁的女人从后厨走了出来，随着门帘被掀开，一股油香味也跟着飘了出来。

女人秀气的脸上带着笑，身材算得上窈窕，看见那男人，笑着说："前两天刚听说你回来了，怎么下着大雨你还跑我这儿来了？"

男人指了指沈小甜，说："我走桥上的时候车坏了，遇着朋友撑伞把我送过来，我说想在这儿请人家吃点儿好的。"

女人再看沈小甜，说话更和气了："姑娘啊，想吃什么？炸串、麻辣烫，想吃什么我给你做什么。"

通常在别处吃的麻辣烫，都是要客人先拿了小筐子挑拣些自己爱吃的东西一块儿煮出来，再配了麻汁、蒜汁、辣椒油，甚至各种红汤、金汤、酸辣汤的汤底。这家店的骨汤麻辣烫却已经明码标价五块五一碗，屋里也没有让人挑拣的架子，只是侧贴着厨房门口放了个透明门的大冰箱，里面放了些塑料盒，荤的有红肠、鸡肝、鸡心、鱿鱼、午餐肉、掌中宝、五花肉……素的是茄子、豆角、尖椒、金针菇、豆皮卷……怎么看都不像是会下锅煮成麻辣烫的。

也确实不是，这都是用来炸的串儿，冰箱旁边的墙上贴了价格，荤菜一块五到三块一串，最贵的是大鱿鱼，一整条十块钱，素菜略便宜些。还有炸饼，可以做抹酱的，也可以刷一层蜜烤成焦黄色。

沈小甜也不客气："我要一碗麻辣烫，微麻微辣。"

说着话，她已经自己打开了冰箱，拿出了四五串鸡肝，其余每种荤菜都拿了一两串，素菜则只拿了茄子和豆皮卷。这家麻辣烫的配菜都是素的，油菜、海带、木耳、豆腐泡，不用指望几根炸出来的菜平衡荤素。

要问沈小甜怎么知道？她第一次来吃的时候，"小乔姐"还没结婚呢。

小乔姐收了串儿拿去后厨炸了，沈小甜在一张桌子旁边坐下等菜，男人坐在了斜对面的另一张桌子旁，他的腿很长，斜伸出去能到桌对面的椅子下面。

"吃完热乎乎的，就什么都不想了。"

沈小甜看他："你不用吃点儿东西吗？"

"不用不用，我晚上跟朋友约了喝酒。"男人摆摆手，钥匙往兜里一揣，又站了起来，手里拎着那个进了水的头盔，"你吃完了只管走，小乔姐就把账记我这儿了，刚刚谢谢你啊。"

沈小甜默默看着他，在他一只脚已经迈出门的时候，突然说："刚刚在桥上你那么凶地叫我，是不是以为我要自杀？"

"砰！"男人抬起来的脚踢在了门槛上。

沈小甜安安稳稳坐在那儿点点头，她果然猜对了——头盔是故意淋湿的，为了让自己一起下桥，电话肯定是打不通的，再往前说，他的车应该也没坏。

"应该是我谢谢你，大好人。"语气十分塑料。

"滴答"，从屋檐缝隙里聚拢的雨水凝成了一滴，滴在了摩托车翘起的红屁股上。男人抬起手，用右手食指的指节蹭了蹭自己的鼻子，另一只拿着头盔的手还顺便撑着餐馆的塑料门帘。湿风拂过，门帘窸窸窣窣地响。

他终于说："那什么，麻辣烫你好好吃，小乔姐家的麻辣烫是真做得不错，十好几年的老店了，炸串儿也好吃，你敞开了吃……"

坐在屋里的那位姑娘却不肯放过他，从头顶的发丝儿到脚尖都洋溢着某种微妙的喜悦，她抬头对他说："把车骑走呗，好好的一辆车，就因为一个误会，大雨天被扔路边了，多可怜啊。"

男人终于回过头来，又看向她。

隔着对方湿乎乎的发丝，沈小甜终于勉强看清了他的长相——一张比普通好看多了几分落拓气的脸，哦，还要再多几分的好看，年纪仿佛是比自己大，又让人觉得犹是个少年。

拿着头盔的男人对着她笑了一下，就在沈小甜以为他会有些无奈或者尴尬地说些什么的时候，他对沈小甜摆了一下手，接着，头盔利落地盖在了头上，有雨水从里面流出来，勾勒了他的脸庞轮廓。好吧，大概这对男人来说不重要。

他骑上几分钟前才在屋檐下停好的摩托车，很快，发动机的声音就传到了小馆子里。

小馆子里传来了一声："拜拜呀，大好人！"

大好人彻底走远了。

遇到一个好人还是很让人开心的，沈小甜深吸了一口气，已经闻到了除了油香之外的另一种香气，是夹着香辛料的排骨汤的气味，麻辣烫的汤底已经煮开了。

炸串儿是先端上来的，四四方方的不锈钢盘子上面裹了一个塑料袋，炸好的串串码在上面，每一个都已经被抹上了足足的酱料。沈小甜吃了一口炸鸡肝，记忆深处的酱汁味道裹着绵软的鸡肝立刻占据了她的口腔，微微的甜，恰到好处的辣，浓浓的咸香……

年轻的女人低着头，从一旁的纸巾盒里抽出了一张，摁住了自己的鼻子。

炸串儿里自然没有放芥末。只是那一瞬间，沈小甜有一种错觉，仿佛她抬起头，就会有个戴着眼镜的老爷子坐在对面，很神秘地对她说："我今天在路上看见了一只小麻雀，叽叽喳喳没完，我跟她说了一句话，她就乖了，你猜我说了啥？"

然后，自己会抬起头看他，嘴里恋恋不舍地叼着炸串儿，含含糊糊地说："外公你本事真大了，还能跟麻雀说话了。"

"嘿嘿！"老人会对她眨眨眼睛，然后笑着说，"我对小麻雀说啊，我给你吃炸串儿，就堵住你的嘴啦！"

哎哟呵？说谁是小麻雀呢？那时候，那个毛头毛脑的小麻雀会气得头发都炸起来，一把抢过好几串肉，说什么都不给老人吃。

老人也不生气，只会对着她嘴边的酱料指指点点说："你还说你不是小麻雀？都长了麻点子了！"

沈小甜又抽了一张纸巾，擦掉了嘴边可能有的一点儿酱，长出了一口气，后背倚在了凉凉的椅背上。她知道自己冷静下来了。

她拿起炸鱿鱼，对着脸庞比画了一下。小时候她总觉得炸鱿鱼很大，比她的脸还大，现在她觉得那是自己小时候没见识，看什么都大……也看什么，都觉得会永远陪在自己身边。

说是没见识，可没见识有时候就意味着被保护得很好。

就在这个时候，小乔姐端着麻辣烫从后厨里出来，放在了她的面前："辣椒、醋都自己放，还想吃什么跟姐姐说，今天呀，陆辛那家伙请客，咱们不用跟他客气！"

原来那个"大好人"叫陆辛啊。沈小甜点点头，对着容颜姣好的女老板笑了一下："谢谢小乔姐。"

"不客气……"

店里又来了其他的客人，可能是潮乎乎的天气里人们总想吃点儿能出汗的东西，沈小甜嗦了麻辣烫里第一口红薯粉再抬起头，饭馆里已经多了两桌客人。一桌两个人都点了麻辣烫，另一桌两个人坐着，另有一个人开了冰箱门在挑炸串儿，隔几秒就要征求一下同伴的意见："鸡心要不要？今天没有大红肠啊！"

热闹起来的空气和麻辣烫特有的热乎劲儿，一起包围着沈小甜。

往嘴里塞一口海带，让口腔暂时摆脱了骨汤和炸物共建出的满足感，沈小甜又喝了一口汤。小乔姐的麻辣烫就是有这个好处，因为汤底的味道调得开胃，就算是再不喜欢吃菜的孩子，在吃的时候都免不了吃上两口。以前沈小甜的外公还真诚建议过小乔姐，说她可以再卖那种一整碗的骨汤涮青菜，专门对付不爱吃菜的孩子，把那时候才刚从南方回来的小乔姐都逗笑了："你们吃着菜好吃，那是因为一大碗里只有这几口，全是菜的话有几个人愿意吃哦？谁都知道烧鸡好吃，谁愿意一顿只吃烧鸡？凡事得搭配着来，跟男人配女人一个道理呀。"

那年的小乔姐喜欢上了一个跑运输的男人，那个男人也喜欢她，只要不跑车，就来店里陪着她烫菜炸串儿。沈小甜人生里第一次领略到女人怎样才会变成一朵散发着芬芳的花——在她喜欢的人面前。

哦对了，有这般"感悟"时，沈小甜才十岁，学校门口新开的租书店是她常去的地方，如果不是租书店的老板去炒股结果把店都赔没了，以沈小甜那时对港台文学的热爱，她说不定后来就会成为一个文科生。

过了一年多，小乔姐和那个男人结婚了。又过了两年，沈小甜被她妈接走之前，小乔姐又和那个男人离婚了，孩子归她。

现在看，爱过又婚变过的小乔姐依然有一朵花的风姿，为了男人也好，为了孩子也好，为了自己也好，终究是在过去的十几年里一直美丽着。

看着她在店里忙来忙去，沈小甜又渐渐开心起来，总之，小乔麻辣烫真是好东西，从前能让她多吃菜，现在能让她多开心——驱寒的效果是从外向内的，连心都没放过。

旁边那桌客人的麻辣烫很快也端上桌了，他们吃得可比沈小甜豪迈得多。两个人狼吞虎咽地吃着，居然还能分出嘴来聊天。

"呼，小乔姐家的麻辣烫也是怪了啊，不放辣椒也能吃出一身汗来。"

"我就这么吃着，就觉得自己后脖子要出汗了……"接话的人在嗦红薯粉的间隙还抽空指了指自己的脖子。

恰好小乔姐又端着东西出来了，一开始说话的那人抬起头来说："小乔姐，你家的麻辣烫里是放了啥呀，吃两口就让我出汗了。"

小乔姐只笑："今天下雨，我炖汤底的时候多放了块姜。"

沈小甜听她这么说，差点儿没忍住笑出来。多放的可不只是姜呀，姜里的姜油和姜烯酚确实能产生辛辣的感觉，可这汤里真正唱了重头戏的是胡椒和花椒。除了辣椒山葵里大量含有的硫氰酸盐之外，胡椒里的胡椒碱和花椒里的花椒素都是在汤里真正起作用的辛辣物质，它们在汤里跳舞。

从小乔姐嘴里问到了答案，那位客人笑了，说："小乔姐对我们真好，就是这么多年不肯在麻辣烫里加肉。"

小乔姐嗔了一句："加了肉，汤可就浑了，到时候你们再怪我手艺不如以前了，我找谁哭去？"

这话说得有道理，叼着炸鸡心的沈小甜默默点头。

荆家卤肉馆的小孩儿说他们家往卤肉锅里续汤用的都是高汤，所谓的高汤就是把骨和肉里的成分通过充分熬煮转移到了汤水里，包括了蛋白质和油脂，因为是要吃卤出来的肉，需要香料里的有机物被充分溶解，所以，他们把高汤和卤油当宝贝。小乔姐的汤是用来喝的，并不需要油脂来溶解更多香辛料里的有机物，恰到好处的骨汤搭配香辛料才有开胃的效果，对她来说，加了太多肉的汤就是"浑了"。

"怎么样？吃得还好吧？"在店里看了一圈儿，小乔姐可没忘了这个被陆辛特意关照过的客人。

沈小甜愉快地点头："味道一直很好，谢谢您。"

外面的雨停了，一整天没见的太阳在西边斜斜洒了一点儿光出来，小里小气地给还没散尽的乌云镀了一层金边。沈小甜顺着"小乔麻辣烫"靠着的那条大路走了一段儿，到了个小三岔口拐了进去，高高的老梧桐叶子上还存着雨水呢，冷不丁地就往人的天灵盖上砸。

沈小甜用一只手捂着自己的头顶，走过了三棵梧桐树，在一个铁门边上停下了脚步。本来应该是灰色的大铁门被锈蚀得厉害，只有锁头周围还存着锈色。

深吸一口气，沈小甜从裙子的口袋里掏出了一个钥匙串儿，两把钥匙和几颗粉的紫的透明塑料珠串在一块儿，看着又旧又可怜。

捏起其中的一把钥匙，插到锁眼里，沈小甜忍不住诧异门竟然这么容易就打开了。

站在门口，她以为自己会看见一个乱到不堪入目的院子，没想到院子里也算整齐，杂草没有多少，刚刚下过大雨，泥地里也没多少积水。

"我就是回来看看，吃麻辣烫吃撑了，我随便走走的。"她对着院子说，倔得像十二年前那个发誓一辈子不回来的小女孩儿。

这天，石榴巷里好几户人家都看见那栋空了好多年的房子门开了。

"知道吗？田老师家有人回来了。"

3

好几年没住人的房子看看也就算了，住是肯定住不了人的，沈小甜第一天晚上在外公的老房子里待到了晚上快十点，才打了个车回住的酒店，第二天一大早又过来了。她一夜没睡好，满脑子都是屋里罩着白布的床和柜子，好像上面积的灰都跑到了她的脑子里。

石榴巷原本叫石榴村，20世纪50年代，沽市还叫沽县的时候，这个石榴村也不过是护城河外的一个小村子，后来沽县搞起了轻工业，人口迅速集中，原本小县城里那点儿地方就不够用了，石榴村是最快一拨被划归城里的。就因为划得太早，石榴村一半的地用来建了轻工厂的家属楼，另一半就一块一块地批成了小宅基地，建了些小楼，作为县里的特殊待遇房，石榴村就成了石榴巷。

1980年，沈小甜的外公田亦清从大西北回来，担任沽县第一中学的数学老师兼校长，被安排住进了这里，后来房改，这栋房子就真正属于他们家了。

沈小甜从小长大的这栋房子是个老房子，看着是二层小楼，可是一层楼只有七十多平方米，两层楼加上小阁楼，整栋房子也不到一百六十平方米。一楼早些年是客厅、书房加厨房，田老爷子当老师，少不了把学生带回家里，要么是学习上缺了课的，要么是生活上缺了嘴儿的。

沈小甜倒是没怎么见过他把学生往家里带，毕竟她有记性的时候，外公已经退休了。可她见过跟她外公吃过饭的学生，每年大年初一来拜年，总要提一提这个事儿。那时候外公就会很得意，捧着他的大茶杯说："书房解决不了的问题，九成九是厨房能解决的，厨房解决不了的问题，百分百是书房能解决的。"

沈小甜四五岁的时候能自己睡了，老爷子就把后墙拆出去一块儿，省掉了后面那纵深两米的院子，另改成了厨房，整个一楼布局大改，又多了一间卧室。老爷子就搬到了楼下住，把整个二楼都让给了沈小甜。

"哎呀，以后我睡个午觉可算是不用跑上跑下了。"说这话的时候，老爷子是长出了一口气的，仿佛每天在楼梯上上上下下对他来说是个酷刑。

拍了拍书架上的浮灰，沈小甜掏出手机开始找当地家政的消息。她想把房间里里外外打扫一遍。

拿着手机走出房子，正好和几个站在院子门口的阿姨奶奶对了脸，一个大妈眯着眼，仔仔细细地看着那张被早上阳光笼罩的脸庞，有些犹疑地说："是田心回来了？"

"哪儿是田心啊，这是……哎呀，这是我们小甜回来了！哎呀，小甜这一下子就这么大了！"

一瞬间，沈小甜就被这群阿姨和奶奶给包围了。

"好多年没见了，我记得小甜上学的时候就长得好看，现在就更好看了！"

"小甜今年有二十了吧？不对不对，你比我家大城小三岁，我家大城明年就三十了，小甜你是二十六了。哎呀呀，这真是，孩子一不在眼前，嗖嗖地就大了！"

几个阿姨掰着手指头算着沈小甜的生辰八字，在她们的嘴里，沈小甜真是吹气儿一样就长成了一个甜甜美美的大姑娘。

过了足足八分钟，一个阿姨突然想起来她们是要去市场买菜的，沈小甜才总算被放过了。到了这时候，她才有空揉着额头想一想，把记忆里的徐奶奶、李阿姨、陈阿姨……做一个连连看。

小城的家政业比不了珠海，更比不了上海，号称金牌家政服务公司的也不过是个中介平台而已，来的三个阿姨连制服都没有，各种打扫工具是架在电动车后面驮来的。久不住人的房子打扫起来几乎处处是坑，沈小甜怕造成额外的损坏，家政阿姨们擦书柜的时候，她自己动手把书抱下来整理。

刚整理了几本书，院子外面又有人用沽市方言喊她名字："小甜啊，一大早就忙着收拾，早饭还没吃吧？"

沈小甜走出去，看见刚刚的一个阿姨对着她晃了晃手里的包子。

"咕——"肚子告诉沈小甜，它饿了。

送包子的阿姨姓李，家里的儿子比沈小甜大三岁，一直在省城工作，上个月和他在大学时候认识的女朋友办了婚礼。阿姨还没忘指了指自己头顶羊毛似的卷儿说："要不为大城结婚啊，我才不弄这个头发呢，花钱倒是其次，就在那儿干坐一天，真是憋死我了。"

手里拎着还烫手的包子，沈小甜还得回答阿姨时不时的问题。

"工作是在一所高中当化学老师。"

其实已经没了。

"没有什么额外收入，刚开始工作，还得积累经验。"

也没得什么机会积累了。

"学生还挺好管的。"

……才没有。

"有男朋友，大学时候认识的，人挺好的。"

就是劈腿速度如风，估计可以在舞台上连开十八个大叉。

内容很美好，气氛很和谐，阿姨很满意。

目送阿姨离开，沈小甜拎着包子回了房子里，一楼到处都是飞灰，只有二楼的阳台上好一点儿。她站在阳台上，刚打开装包子的塑料袋，就看见楼下一辆红白相间的摩托车不紧不慢地从梧桐树下面驶来。骑车的人在她院子门口停了车，一抬头，沈小甜笑了。

"你放心，我没想跳楼。"她站在楼上一本正经地说，还展示了一下手里的早餐。

男人摘下头盔，对着她摆了摆手，又掉转车头走了。

沽市人说起包子，都是发面大包子，一个比沈小甜的脸还大。从前有个笑话，说一个沽市人跑到广州创业，卖的就是沽市特产的大包子、大馒头，过了三个月，生意就做不下去了。不是因为他做得不好吃，是因为他的包子馒头太大了，广州人表示他们一顿根本吃不了一个。灰溜溜回乡的老板气苦："一家人分我这一个包子吃，你们说我这生意还怎么做？"

李阿姨给沈小甜的包子在沽市算不上大，面皮也不像沈小甜记忆里那样有发酵的香气，咬到第三口才吃到馅儿，是大葱猪肉的，很扎实地在包子里被攥成了肉蛋子，就是跟包子的体积不成正比。

包子馅儿快被吃完的时候，男人骑着摩托车又回来了，摘下头盔，他说："嘿，下来，我买了好吃的给你。"

沈小甜笑了，早上的阳光被梧桐叶子遮蔽得斑驳，落在她软软的脸颊上："又用好吃的勾我下去，大好人，你不会真以为我要跳楼吧？"说着，她还是转身往楼下走，旧旧的木头楼梯被她一步一步踩得砰砰响。

"你那包子一看就是桥下老高家卖的，馅儿比他的心眼儿还小，面比他的脸皮子还厚，给，尝尝这个。"头盔挂在车把手上，陆辛把挂在车把上的塑料袋解下来给了沈小甜。金灿灿抹了鸡蛋的面饼被叠得四四方方，外面还撒了一层芝麻，里面夹着炸得酥脆的薄脆，塑料袋一打开，葱香、酱香、面香、油香混在一起往人的脸上扑。

"这个煎饼果子做得真好看。"沈小甜发出由衷的赞叹。

煎饼果子这些年风靡全国，沈小甜也见过、吃过挺多种的，便宜的就是这样面皮加薄脆，玩起花样来，那就没什么不能往里面放的了，什么红酒牛排、麻辣小龙虾、法式鹅肝……沈小甜没吃过，也知道这些网红煎饼果子被追捧过。

"光做得好看那是样子货，好吃不好吃那是得进了嘴才知道。"说着话，陆辛伸手一拽，把沈小甜手里剩下的包子给拽走了。

沈小甜"唉"了一声。

他掂了掂包子说："你放心，你要是吃了这个还想吃包子，我就还你。"

"我肯定吃不下了。"沈小甜对自己的饭量有数，吃了那个包子之后，她这个煎饼果子最多吃半个。虽然从她离开沽市之后一直有人说她能吃，但她也不过是比一般的女孩儿能吃那么一两成而已。

陆辛扬了扬下巴，像是在嘲笑女孩子的饭量，他说："那也没办法了，前面那个岔道过去有一家养了只大白鹅，一会儿我过去的时候扔它饭盆里。"

好像也是办法。沈小甜咬了一口煎饼果子，眼睛一下子瞪大了。

看着她的样子，陆辛笑了："怎么样，这个煎饼果子好吃吧？绿豆面做的，正宗老天津人的手艺，这家老板去学了三年回来开的店。"

绿豆的香气是很淡的，却仿佛在人的味蕾上流淌而过，酱料和葱花、香菜挑动人的神经，饼和鸡蛋被烙出来的香顺着食道下去了，又似乎处处都留了痕迹。最妙的是中间的薄脆，被咬碎的瞬间，它的碎屑迸溅于唇舌，脆响好像在人的颅腔里带了回声。吃了两口，沈小甜点着头夸奖这个煎饼果子："好吃！"

陆辛很得意："我推荐的，可不会不好吃。"

几分钟后，沈小甜放下了手里煎饼果子，动作颇有几分在不舍和吃撑间的挣扎。她抬头对陆辛说："谢谢你啊，连着请我吃了两顿好吃的。"

陆辛"嗯"了一声，拿起了头盔，又听年轻的女孩儿对他说："你是我这个夏天遇到的最好的人了，怎么样，要不要留个联系方式给我，我也回请你一顿好吃的？"

陆辛转过头来看了她一眼，沈小甜的神色坦坦荡荡。

"号码你有，我叫陆辛，大耳朵的陆，瞎忙活的辛。"

果然，昨天那个号码是他关了自己的手机之后让沈小甜拨出来的。

"我叫沈小甜，小是大小的小，甜是不甜的甜，号码你也有。"

不知道是阳光刺眼，还是沈小甜昨晚睡得不好，她今天笑起来的时候眼睛弯弯的。

陆辛对她点点头，一加油门走了。

"嘿呀，认识这么个人，我是要享口福啦。"

得意扬扬的二十六岁小甜老师，走出了十二岁少女的快乐步伐。

<h1 style="text-align:center">4</h1>

三位家政阿姨加上沈小甜从早上忙到黄昏，终于把整个房子打扫了出来。其实也没有真正做到彻底，卫生间的马桶下水不太好了，房子想要住人的话得另外找人修理一下。

一开始打扫的时候，沈小甜没想在老房子里住，可她是个做了什么事情就要做好的人，比如房子里到处盖着的布实在是太脏了，她想洗一下，就得用上洗衣机。尘封了七年的洗衣机其实年岁也没多大，撤下了罩子一看，还是个八成新的样子，显然是个不甘于一直沉默的小家伙，哼哧哼哧地转了一天，连洗带甩，一点儿毛病都没有。

青色的尼龙绳绑在院子的围栏上面，被洗回了白色的布整整齐齐地在上面搭着。院子里晒不开的就挂在了二楼的阳台上。这些飘着的布像是一面面的旗帜，为石榴巷的这座小楼引来了络绎不绝的客人。有和早上时候一样来探望的邻居，有社区的管理……他们看着里里外外忙乎的架势，都问沈小甜："你是打算回来住两天？"

沈小甜最烦的就是跟别人解释自己要干什么，她习惯性地面带微笑，沉默地点点头。反正这些人只是要一个当下的答案，并不在乎这栋房子里到底是不是真的有人住回来。自诩不甜的沈小甜老师从来不会对别人的热情有什么期待。

可到了下午五点，事情就发展到了她之前无论如何都想不到的地步。

"小甜啊，这个凉被是全新的，你大城哥之前给我买的，说是什么蚕丝的，我睡觉都用我的毛巾被，可舒服了，这个花花绿绿的就该你们年轻人用。"早上给沈小甜带了包子的李阿姨用手提袋整整齐齐地给她带了一条凉被过来，"你放心，我晒了一天了，你直接睡，肯定舒服。"她说完就走，速度快到满头的羊毛卷儿都要飞起来了。

"小甜啊，碗、筷子、盘子，我这一样给你带了两件，凑合着用，你好不容易回来住了……有空来徐奶奶家，奶奶给你炖鱼吃。"满头苍发的老太太拍了拍沈小甜的肩膀，摇着头走了。已经洗干净的碗筷是放在一个透明小筐里被端来的，被安置在了刚擦干净的茶几上。

"小甜啊，我估计你家里要收拾的地方多了，前几天我看见你家阁楼顶上的瓦歪了，今天不行，明天，明天我找个梯子叫着我儿子来给你整整。"宋大叔声如洪钟，放下东西走的时候却是轻手轻脚。被留下的是一个电热水壶。

局面有点儿失控啊……沈小甜觉得自己脸上的塑料微笑都要撑不住了。

她在石榴巷住到十四岁，她记得荆家的卤肉、小乔姐的麻辣烫，记得石榴巷几乎每家都种的石榴树，还记得巷子的另一头那棵老柿子树……可她不记得这些人。他们的名字和脸，她努力从记忆深处挖出来，不是很用心地拼凑着，他们却给了她满满的善意和温暖，好像她这十二年里从来没有离开过。

"我就不该说我要在这儿住。"

做清洁的阿姨走了，客厅里堆满了前后街坊送来的东西，沈小甜坐在沙发上深深地叹了口气。算一算，只要再弄个新床垫，她还真可以在这儿住了，里里外外缺的一些东西，愣是被这些人给凑了个七七八八，每样东西都绝对算不上贵重，但沈小甜却觉得自己心上好像被什么压住了，沉甸甸的。

第二口气还没叹出来，门外又传来了呼喊她的声音。不甜的沈小甜老师只能再次露出很甜的微笑。

这场"送礼热潮"在晚上七点才结束，一对男女带了一个孩子站在了院子门口。他们没像那些邻居一样喊着"小甜小甜"，而是规规矩矩地摁了门铃。

门铃坏了。不过天还没黑呢，沈小甜正巧看窗外，看见了他们。

"您好。"

"小……啊，对……"男人张了张嘴，有些局促地说，"小甜，对吧，我记得。"

沈小甜点头，短短的时间里，她确定了他们并不是左右的邻居——石榴巷的人似乎并不知道什么叫局促。

"我姓方，叫方墨林，这是我妻子季雨诗，你就叫我方……"男人求助地看向自己的妻子。

女人笑了一下，接过了话茬："你叫我季姐姐就好。我和你方大哥都是田老师的学生，我现在就在市一中当语文老师，你方大哥呢，现在在咱市水利局工作。我有个学生姓宋，我看他下午的时候发了个朋友圈，说田老师家回来人了，就跟你方大哥说了。本来是不该这么晚过来的，可他等不了，我们就先来看看。"

是外公的学生。沈小甜低下头，笑了一下："谢谢你们关心，真的，太麻烦你们了。"

斜阳的光里，女孩儿微微低着头，神情有些淡了，是在一瞬间有些怅然。

对面的那对夫妻又对视了一眼，季雨诗摩挲了一下孩子的脑袋，说："小甜……我可以这样叫你吧？我知道这个话有些冒昧，可是田老师……田老师他……他的身后事，我们挺多人想祭拜一下的，当时我们收到消息的时候也什么都不知道。田老师教了我和我家老方三年，有些事情现在说起来我都不知道该怎么表达……我们就想让他知道，我们这两个当初让他操心了三年的学生现在结婚了，孩子也四岁了……让我们能鞠个躬磕个头就行。"

沈小甜抬起了头，看着这对夫妻，说："我外公有遗嘱，我妈把他的骨灰撒在大西北的沙枣林了。"

不设墓，不纪念，不麻烦别人……这是他自己亲笔写的。

一声哽咽，却不是两个女人发出来的。方墨林捂着自己的嘴，沈小甜清楚地看到他的眼眶已经红了。

"老师……田老师他……"

他什么呢？姓田名亦清的那个家伙，他的一生真是复杂到让人连挽联都不知道该怎么写。

那对夫妻走了，给沈小甜留下了一个西瓜。西瓜泡在别人送来的水盆里，沈小甜随手又把冰箱的电源插上了。跟洗衣机比起来，冰箱算是姐姐了，沈小甜记得这个冰箱是她 2009 年的时候央着外公买的。听了一会儿压缩机的声响，再试试冷冻室的温度，沈小甜满意地点点头。

电视机是 2008 年为了看奥运会开幕式换的，沈小甜摸了摸，没打开，她早就不习惯看电视了。

东摸摸，西看看，最后站在客厅，她环顾这个房子："需要买床垫、枕头、四件套，楼上的窗帘要换一下，沙发得买几个靠枕，宽带得重新弄一下。"掏出手机，她开始规划起了自己住在这里需要的东西。

其实沈小甜只打算回来待几天，原来的那份工作没了，甚至那座城市她都不想再待了，她清楚地知道自己现在应该做的是趁着暑假赶紧去别的学校求职。

她又叹了一口气："算了，多休息几天，我还欠了人家一顿饭得还呢。"

用别人送的刀把别人送的西瓜切开，再用别人送的勺子挖着吃，沈小甜觉得沽市的西瓜比她记忆里的甜。

一定是赶在下雨前摘了的西瓜。小甜老师很有经验地下结论。

第二天一早，沈小甜就跑到了当地的家装城买床垫。在网上买的还要算上路上运输的时间，既然下定决心要住回去，她就不想多花那份酒店的房费了。

挑了一个还挺舒服的附送乳胶枕头的薄床垫，约好了送货上门的服务，沈小甜的手里又拎了两张桌布，一张是茶几的，一张是餐桌的。

在床品店看了一圈，沈小甜捏着鼻子从店员推荐的红色粉色里突围，选了一套灰底黄格子的床上三件套。

上午十点多，买完了东西的沈小甜打车回了石榴巷。

没多久，宋大叔就扛着梯子来了，还带着他儿子，说是在读高中，足有一米八五的个头，看见沈小甜只会憨憨地笑。

"大叔，吃点儿水果吧。"路上买的葡萄洗干净之后水灵灵的，被沈小甜放在白瓷的盘子里。

修完了房顶的宋大叔在卫生间洗了手，吃了两颗葡萄，抬头一看，说："我给你把空调洗洗。"不等沈小甜回答，他拿起带来的旧报纸一垫，踩着柜子去收拾空调了。

沽市属于全国有名的海滨度假城市，夏天的温度比北方别处略低一点儿，她在南方待了那么多年，一回来只觉得干爽，还真没想过空调的问题。

沈小甜没办法，只能招待宋大叔的儿子吃葡萄。

"你知不知道周围哪家店新开的，还挺好吃的？"她问那个吃了三颗葡萄就不再动的少年。其实沈小甜是饿了。

宋家少年抬起头说："高记煎饼果子！离这儿挺近的，就在我们学校旁边。"

沈小甜点点头，用鼓励学生的语气说："还有吗？"

少年的眼睛突然瞪大了，有些显摆似的说："我陆哥做的饭可好吃了！前一阵李阿姨家的大城哥回来结婚，正好陆哥又回来过暑假了，李阿姨就请了他当大厨，每个菜都好吃！"

院墙外，红白相间的摩托车又开了过来。大长腿撑在地上，陆辛抬头看了看这栋老旧的房。

房子的门正巧在这个时候打开了，里面传来少年一声惊喜的呼唤："陆哥！"

宋家父子和陆辛聊了几句就扛着梯子走了，少年跟在爸爸的身后，还跟陆辛再三做手势，好像是约着要打球。

沈小甜转身看向陆辛，问道："据说能请你当大厨是吗？"

"嗯，我接给人开席的活儿，可以食材自备只给我工费，也可以全包给我，就是不便宜。"陆辛抬头看看太阳，又看穿着T恤短裤的女孩儿，自从在桥上那次之后，他就没见过她穿裙子的样子了，估计是收拾房子图利落。

目光从细长的白腿边滑开，他问："你中午吃什么呀？"

沈小甜笑："不知道。"因为要逛街买东西，她早早在酒店吃了自助早餐。

"走吧，我带你吃个冷面。"陆辛从车上下来了，"你家院子里能停车吗？"

"怎么？那家店门口不准停车啊？"

陆辛有些无奈地拍了一下车屁股，好像用尽了所有的耐心似的说："我这车不能带人，你又不知道店在哪儿，总不能我推着车陪你走过去吧？"

沈小甜点点头，让开，让他把车推进了小院子。

又看了一眼这栋老房子，陆辛把头盔挂在车把手上，看着沈小甜锁好房门。

"走吧。"

"嗯。"

冷面这种东西在沽市挺有名的，早些年很多韩资来这儿投资一些皮包厂、鞋厂之类的，带得沽市起了好一阵的韩餐风潮。石榴巷另一头的小河过了桥，沿着河沿儿以前有一串小馆子，个个都挂着"正宗韩国冷面"的招牌。沈小甜离开沽市的时候，沽市已经开始搞产业升级，沽市老百姓的口味也换了方向，口味香辣、气氛热烈的四川火锅强势而来，一下子就挤走了"阿尼哈赛哟"。

"老金，要两碗冷面，牛肉有好的吗？让老太太再给我们做个牛肉。"

"两碗，陆辛你猪……"穿着两道襟背心的中年汉子正在切着什么东西，往外探头一看，正好看见了陆辛往旁边一让，露出了身后娇小的女孩儿。

"哎哟嘿！"中年汉子把刀一放，两手摸着围裙的兜儿就从厨房出来了，"行啊，看你带了漂亮大姑娘来吃饭，我不给你整虚的，牛舌，我让我妈给你做个牛舌！"说完，叫老金的汉子对着沈小甜点点头，就又回了厨房。

陆辛在沈小甜对面坐下，有些无奈地说："他们店里手艺最好的是他家老太太，到现在他家泡菜和火锅还得老太太来做。白守着他们家老太太这么多年，老金也就做个冷面能吃。"

沈小甜笑着看着陆辛，这个家伙就像个沽市的美食百科，每到了一个店就像输入了一个搜索词，一下子就能给出一大段的信息。

陆辛回头看了一眼厨房，又说："老太太早不掌勺了，他们这家店生意也不如以前好。不过面还挺有意思，是直接轧进锅里的荞麦面。"

沈小甜点点头，表示自己听得津津有味。

正巧这时候老金出来给他们端了两碟泡菜："陆辛，你回来了也一直没过来，我春天的时候还带着我妈和你嫂子去了趟潍坊呢，你之前不是跟我说潍坊有种面也是轧出来的吗，我跟我妈说了，我妈就要去看看。"

说完话，他对沈小甜露出了一个特别和善的笑容："姑娘，今天是陆辛沾了你的光了，泡菜随便吃啊，不够再叫我。"

店门处挂的帘子被掀开了，比之前更酷热的阳光把地都照得发亮，一个老太太抬脚迈了进来："陆……辛！"她对着坐在桌前的男人打招呼，本来很严肃的一张脸因为笑容变得可爱起来。

陆辛一下子就站了起来，对着老太太点头行礼，嘴里说："我朋友想吃点儿好的，我就带她来了，麻烦您大热天的帮我忙一场。"

"你们，来吃饭，啊，我，高兴！"努力说着话的老太太还努力点头。

她对着陆辛的时候很亲切和蔼，看着自己的亲生儿子老金，脸就一下子沉了下来："牛舌，切了吗？"

老金的两只手不知道什么时候已经放在了两腿边上，五大三粗的男人半躬着身子说："还没，我刚刚在切配菜。"

老太太迈着步子走向后厨，每一步都是星级大厨的气势，老金低着头跟在后面，看起来则连个洗碗小工都不如。

陆辛重新坐下，看着跟他一起坐下的沈小甜，无声地笑了一下，压低声音说："老太太又要用他们那儿的话骂儿子了。"

他说完，沈小甜果然听见了一串类似韩语的发音。

"老太太一直嫌弃老金的手艺不行，进了厨房就骂他，可老金也那么大年纪了，老太太就改用咱们听不懂的话骂他。"说着说着，陆辛自己先笑了。

这是沈小甜第一次看见陆辛对着自己笑，他笑起来更显小了，有点儿像那些她从前的学生。当然，她学生就算好看，也都还青涩稚嫩，在气质上是比不了陆辛的。

喝一口温温的大麦茶，吃一口凉凉的泡菜，沈小甜一下就觉得外面的蝉鸣都不扰人了。看一眼厨房里忙碌的母子，她说："她很喜欢你。"

陆辛一脸的理所应当："那是肯定的。"过了一会儿，他说，"老太太前年中风了，本来老金费劲了这么多年，好不容易把女儿送韩国读书了，刚攒了钱想换个大店面，事儿就又搁下了。等老太太出院，他也不愿意让老太太做菜了，也就我还记得老太太做的牛肉。一个厨子啊，谁喜欢他的菜，他就喜欢谁。"

陆辛刚说完这句话，老金端了两碗冷面出来了："我妈说了，大姑娘得少吃带冰的，非逼着我把冰给你捞出来了。"

褐色的面条带了点儿紫，泡在琥珀色的汤里，上面摆着几片卤牛肉、几片艳红的西红柿、一摞黄瓜丝，当然也少不了辣白菜和半个切开的鸡蛋。辣椒酱和芥末都是自己选着放。

对比着陆辛碗里仿佛冰山似耸立的冰沙，沈小甜对自己平静无波的面碗很满意。面一入口，舌尖最先沾到的是酸甜可口的汤汁，冰冰凉凉像是来自北冰洋的水，让酸和甜在清淡的香气中一起变得清冽，辣酱的辣味像是深海里游走的磷火一样撞在了舌头上，让人一下子就从如海一般的酸甜纠缠中醒了过来。至于面本身，就是滑爽，从嘴边到嗓子眼儿，恨不能测算出最快时速。

沈小甜偷空看了一眼陆辛的面碗。如果说她这碗面是从北冰洋来的寒流，那陆辛的面就是格陵兰岛附近漂浮着冰山的海了，他调进面里的还不是辣酱，而是芥末，想想都觉得是加倍的刺激。

店里又来了两个人，点了冷面和自己动手的烤肉。老金忙了一圈儿把东西都收拾出来，自己也搬了个凳子坐在了沈小甜和陆辛桌旁，准确地说，是坐在了陆辛的一侧。

陆辛已经把他的那碗面吃了个七七八八，捞了两根黄瓜丝在嘴里，略侧着头取笑他："你又被老太太赶出来了是吧？"

"嘶，陆辛，我好歹给你切了牛舌呢。"老金又看向对面那个默默吃冷面的姑娘："姑娘，陆辛这货就是卖相好，其实满嘴都跟长了刺似的……嘿嘿。"

沈小甜没在意老金说了什么，因为蒜香气跟着盘子一路飘出来，老太太端着她做的蒜香牛舌出来了。

"陆、辛，你们……你尝尝。"中风后遗症让老太太想把字咬清楚都变得困难。

陆辛抬手接盘子，却看见沈小甜已经站了起来："谢谢您，光是闻着就很特别。"他愣了一下，看着那盘牛舌被珍而重之地放在桌子上。

沈小甜在吃牛舌之前先喝了一口大麦茶，漱口，顺便舒缓一下自己的味蕾。

牛舌一片不到两毫米厚，用筷子夹起一片，酸油里金色的蒜泥往下缓缓流淌，油光上还黏着一点儿黑胡椒碎。牛舌取的是靠近舌根的部位，入口的感觉油润细腻，咬下去，纤维恰到好处的脆包裹着薄薄的肉汁，肉的香味被蒜和黑胡椒催发到了极致。

"老太太您这手艺真是越来越好了。"陆辛的嘴上沾了一点儿油光，对着老人赞不绝口。

老太太听了很开心，张了张嘴，对着自己的儿子磕磕绊绊说了一串儿，然后对着陆辛和沈小甜摆摆手，走了。

"我家老太太是觉得她说话磕磕巴巴的，跟你说多了影响你胃口。"送走了自己妈妈的老金回到桌子边跟陆辛这么说，他妈做的蒜香牛舌已经被吃光了。

沈小甜慢条斯理地擦嘴，仿佛刚刚一筷子夹了三片的不是她。

"嘿，陆辛你手真黑啊，我妈难得做了菜，你两筷子都吃光了，人家姑娘吃了没？你做人怎么这样呢？"老金为斯斯文文的小姑娘由衷地愤慨。

陆辛看向沈小甜。沈小甜喝了一口大麦茶，表现出了非常衬自己脸的傻白甜气质。

一分钟后，老金跟陆辛说起了自己在潍坊吃的饸饹面，他可是揣了问题要问的："老太太还赶着我进了人家厨房去轧那个面，没想到那面真是跟我们这冷面有点儿像，早先还是用了高粱面。你说这一个是大东北的，一个……我听说他们那饸饹面最早是山西那边传过来的，你说它们怎么就一个做法了呢？"

陆辛皱了一下眉："你是不是看老太太对我好，故意拿刁钻问题为难我呀？"

老金嘿嘿直笑："我家老太太那些手艺你都不知道学了多少去了，还能被我这小问题难住？嘿嘿，其实是我家老太太问我的，她就爱琢磨这些，就问我'这个饸饹面是不是我们冷面的亲戚呀'，我说我不知道，又被她给数落了一顿。"

他的话音没落呢，坐在陆辛对面的沈小甜开口说了四个字："醇溶蛋白。"

哈？那是啥？两个男人一起看向沈小甜，只见小甜老师端着大麦茶，表情淡淡，竟然很像给学生补课的老师。

"谷物中除了淀粉之外含有多种蛋白质，其中有一种叫醇溶蛋白，它的构成主要是低键能的氢键和疏水键，很容易断开，所以富含醇溶蛋白的面团就会有很好的延展性和黏性。高粱和荞麦的共同点是它们都富含这种醇溶蛋白，成分占比远高于小麦粉，所以它们相比较面粉会更难塑形。"小甜老师知识点说完了，喝了一口大麦茶。

老金的脸有点儿僵，求助地看看陆辛，却并没有从他的脸上看到任何自己能懂的部分，又看向沈小甜："然……然后呢？你说的是什么意思？"

唉，懒于思考真是学生们的一个大问题，知识点都画出来了，为什么让他们自己答题就这么难呢？

"高粱和荞麦的这个共性，不就会导致它们会被用近似的手法加工吗？！"把茶杯放在桌子上，沈小甜要不是记得自己不是在课堂上讲卷子，几乎就要说出那句名言了——这可是送分题啊！

"噗！"陆辛看着沈小甜，拍了一下桌子，终于忍不住大笑了起来。

"她的意思是说其实高粱和荞麦在一些成分上是相似的，所以呢……"陆辛沉思了一下，继续说道，"所以高粱面、荞麦面都没劲儿，揉不成个儿。你想想，这些面都是古人搞出来的，那时候哪儿有白面啊，有什么就将就着弄呗，高粱面、荞麦面不能做手擀面也不能做拉面，合成团子轧出来也行，这就成了！"

陆辛解释完了，眼睛看着沈小甜，只看见年轻女孩儿一直在点头。他又想笑了，这次憋住了。

离开老金家，沈小甜还对那盘蒜香牛舌意犹未尽，冷面虽然好吃，但是高脂肪和高蛋白带给人口腹之欲的满足是没办法被取代的，更不用说老太太那一切都处理精到的手艺了。

"这顿饭我们应该 AA 吧？"她问陆辛。

男人低下头看她，说："好。"

沈小甜掏出了手机："那你加一下我的微信，我转账给你。"

转账一定要加微信吗？这不重要。

"你刚刚的解释真的……太吓人了。"陆辛用了足足两秒的时间去形容沈小甜的"醇溶蛋白"，语气是很诚恳的夸奖，虽然内容上听不出来。

沈小甜也反过来夸奖他："你的进一步解释……特别像是……"

给成绩不理想的学生补课的课代表。

这样的词该怎么表达出来呢？

"……嗯，挺棒的。"算了，还是塑料一点儿吧。

过了桥就是石榴巷，沈小甜一抬头，看见了那棵老柿子树："你刚刚说的话，让我想起来有人跟我说过的另一句话。"

陆辛随着沈小甜一起停下脚步。八月的柿子树小果初成，隐藏在繁茂的叶子底下，不仔细看都看不清。

"以前有人跟我说，柿子要霜打了之后才好吃，所以有时候人就像个柿子，硬邦邦地挂在树上，涩涩地被人嫌弃，就等着一场很严酷的霜降。会很痛苦，但是痛苦之后就不一样了。"

十二岁的女孩儿跟省奥林匹克的奖牌失之交臂，站在巷子口跟自己生气，怎么都不愿意回家，老爷子沿着两条河的岸边转转悠悠地找了她好久，找到之后带着她往家里走，就在这棵树下，就在这个地方，这样安慰过她。

"其实是柿子里的化学成分需要足够的时间和条件产生变化，防御性成分减少，复合物质水解产生糖，更久的光照和更大的温差有助于糖的转化，才会更好吃……而且，我成年之后才想明白，柿子只是一棵树的一个果实，它没有大脑，不会觉得痛苦。"

但是人会。

小时候的自己真的很像一个童话故事里的南瓜，被人用语言施了魔法，就以为自己会变成一辆去往童话城堡的美丽马车。可事实上南瓜还是南瓜，从化学角度分析，它并不具备成为一辆供人搭乘的马车的条件。

男人站了离她有一米多远，抬起手就抓住了柿子树的一个枝杈，仔细端详了一下上面的柿了："这是镜面儿柿子吧？挺容易就放软了，不用等霜降，国庆节过完了，这树上估计就剩得不多了。"现在的人多鸡贼啊，略带了点儿青也可以拿回家焐了吃，才不会干等着它在树上熟呢。

看着那只小麦色的大手悬在自己头顶上，摩挲着柿子，恨不能先在上面做上有主的记号，沈小甜低下头，又笑了："你可真是一个大好人。"她都不记得自己这是第几次这样夸奖对方了。

陆辛收回了手，落后她半步往她家的方向走，手插回在裤兜儿里，权当是没听见她说话。

走在熟悉的石榴巷里，偶尔有人出来还要打声招呼，沈小甜突然觉得自己不是走在一个离开了很久的地方，而是走在了一张外公留给自己的明信片里。在这张明信片里，魔法一直存在。因为她突然感觉到了化学不能解释的变化，有什么力量在驱散她的失落和颓唐。

陆辛取走了他停在小院子里的摩托车，正要加油门走的时候，他听见那个女孩儿说："我突然想到该回请你吃什么了，后天中午，我们就约在这儿吧。"

陆辛点点头，把头盔戴上："离这儿远吗？"

沈小甜笑了一下，像是小女孩儿藏起了糖果似的："你来了就知道了。"

"行吧。"说完，陆辛就骑着他那辆顶漂亮的摩托车往前走了。

站在院子门口，沈小甜掏出手机，打开微信，把那个叫"陆"的微信备注改成了"课代表"。

陆辛骑着车沿着他和沈小甜一起走过的路行驶，到了巷口，停下车，摘下头盔，仰头看着这棵老柿子树，好一会儿，又低下头戴上头盔走了。

5

房间的软装就是个无底洞。一开始只是想在网上买两包湿纸巾，等沈小甜回过神来,她的购物车里已经装了纸巾盒、餐桌隔热垫、小熊书立、空调毯、抱枕、花瓶……甚至还有摆在二楼阳台上的木制桌椅。就在几分钟之前,她还兴致勃勃地考虑要不要把阁楼靠窗的地方改成飘窗,再铺上个垫子挂上纱帘做成能午睡的小榻。

关掉购物软件,沈小甜身子一软,躺在了床上。

她的行李已经都搬来了,四五件衣服挂在了衣柜里,笔记本电脑在书桌上摆着,空调徐徐供给着凉风。看着熟悉又陌生的天花板,沈小甜眨了眨眼睛,天花板和黑暗反复交替,像是时间可以逆行的咒语。她自己都知道自己的动作有多傻,终于抬起手臂遮住了眼睛。

不会了,不会再有那个人出现,喊她去吃饭或者上学。

沈小甜觉得自己该睡一觉,冷面里丰富的淀粉和糖分让她的大脑太活跃了,一直在想一些莫名其妙的东西。

就在她强迫自己午睡的时候,她的手机响了。看着来电人的名字,沈小甜长长地出了一口气,慢慢坐了起来。

"老师,我听飞仔说你下半年不教我们了?"

"苑学飞同学是有全名的,韩欣悦同学你不要总是叫他飞仔。"

沈小甜还在计较着学生的称呼,电话对面的女孩儿已经带了哭腔:"老师,你不要我们了吗?"

沈小甜站在卧室里,衣柜映着她毫无表情的脸庞:"韩欣悦,老师的工作就是教给你们知识,你从小学读到现在,也是被很多老师教过的,应该知道对于老师来说,工作的变动是不可避免的。"

可是女孩儿还是哭了:"小甜老师!你说了我们毕业的时候要给我们写纪念册的,你还说我们谁考上了理想的学校你就手抄一份元素周期表送我们……呜呜呜呜,老师,我们都不想让你走。"

沈小甜想叹气,捏着手机,说:"我也早说过我大概率是不能带你们毕业班的,要是我说的话你都记得,那你也记得我说过你得加强实验题审题对吧?

期末考试那么简单的实验题，完全在你的能力范围之内，只是换了一个形式你怎么就丢分了呢？"

韩欣悦："呜呜呜……嗝。"

姜还是老的辣，被期末考试的成绩一激，小班长哭不动了。

"老师，我知道你是故意的。"她气呼呼地说，还没等沈小甜再说什么，又说，"老师，我妈说她晚上就在家长群里找人，让学校把你找回来！"

"不用！"沈小甜连忙说，"我是因为私人原因离开的，跟学校没关系。"

"老师？"

"我不想把这些话说清楚，但是我觉得，欣悦你一向很成熟，这些话，老师告诉你也没什么。我是自己辞职的，因为我……我男朋友出轨了，我也和他分手了。"

电话那边，小韩班长陷入了沉默。

是，沈小甜的男朋友出轨了，不仅出轨，还出得轰轰烈烈。

暑期电影档，好莱坞大片《毒蛇2》因为主演是国内著名女演员，又有国内影视公司参投，成功突破了传说中的国产电影保护月上映，热热闹闹的电影院门口也成了事故的发生地。

沈小甜的好友兼同事米然刚从放映厅出来，就看见了自己好友的男朋友和另一个女人亲亲密密地拉着手等着排队进场。米然是个直性子，她直接拍照发给了沈小甜，然后开着视频上去质问姜宏远那个女人是谁。等沈小甜赶到现场时，两个人已经闹到不可开交。

这不是整个事件中最惨烈的部分，最惨的是，那天正有一个网红电影博主在那家电影院做赠票活动，开着直播。喜闻乐见的捉奸情节让那个博主的直播间在线人数陡升，峰值达到了十万以上。米然和姜宏远拉扯的视频在第二天就被做成了表情包，沈小甜看着姜宏远的视频也成了微博的热门。

男朋友出轨明明应该是一件很伤心的事情，可沈小甜经历的却是一场从线下到线上的闹剧。她的社交账户被人扒了出来，好几百条留言都是让"小姐姐鲨了那个渣男",学生们也是在不到半天时间里都知道了这个消息。

几年的恋情，在彻底终止时坐上了蹿天猴，爆得让沈小甜都觉得滑稽可笑。

"我们分手吧。"

混乱和喧嚣里，这五个字的短信，是沈小甜真正能把握在手心的东西了。

"欣悦，我想换个环境，让自己冷静一下。"看看镜子里依然面无表情的自己，用沉痛语气说话的沈小甜觉得自己真是个塑料老师。

"老师……这种事情你都要闹辞职，你也太纯情了吧？你为了个渣男连我们都不要了？！老师你真是……"韩欣悦的语气十分的恨铁不成钢，"上学期九班的郑浩南一次跟好几个女同学谈恋爱，还在追刘梦雨，被发现之后还被她们几个人一起打了一顿呢！"

沈小甜："……"

"算了，感情的事情总是说不明白的，老师你现在还在失恋的情绪里没走出来，我等你好了再给你打电话吧。"

手机里传来忙音，沈小甜一脸的茫然。

过了几秒钟，她回拨了小韩班长的电话。不，等下，刘梦雨是怎么回事？

陆辛漂亮的摩托车停在沈小甜家门口，看见院子门上多了一个门铃。他摁了一下，不一会儿，沈小甜就开门出来了，手腕上挂着一条细细的金链，伴随着开门的动作划出了一道弧线。

"把车停在这里吧，我带你吃饭去。"今天请客的小甜老师很有当家做主的气势。

跟着沈小甜从梧桐树下面走出巷口的时候，陆辛还以为她是要带自己去吃小乔姐的麻辣烫。可是沈小甜走呀走，走到了桥上。

上次陆辛以为沈小甜在这座桥上是要跳河，他猜错了，这次他以为沈小甜会再取笑一句自己是大好人，他又猜错了。

过了桥，沈小甜的脚步还是没停。

陆辛迈着大长腿不紧不慢地跟着，问她："早上吃的什么？"

"煮了点儿粥，一个鸡蛋，两根黄瓜。"沈小甜管理自己生活的能力还是不错的，营养搭配得均衡。

陆辛只觉得这个分量可真不多。

"你呢？你早饭吃了什么？"沈小甜反问他。

男人抬头抓了一下，从自己头发上抓了一点儿干枯的合欢树叶子："牛肉夹饼。"

沈小甜不说话了，穿过合欢树夹着的小道，又走了十几分钟，停在了一间门面的门口——会宾卷饼。这家店真是不起眼到了极点，和老金家的那种虽然小但是里外都整整齐齐的小馆子比，落魄得像是明天就会停业倒闭。但十一点半，差不多是沽市中午刚刚下班的时间，这家店的人已经挺多了。

用手指蹭掉额角热出来的薄汗，陆辛跟着沈小甜进去了。

"前天我们说了醇溶蛋白嘛，我就想起来可以再来看看谷蛋白，筋饼我小时候吃过，这家店是我前几天搜外卖的时候看到的，我觉得还是来这里直接吃比较好。"

找到位置坐下的时候，陆辛突然笑了，他看着沈小甜说："你这是要拉着我再复习一遍吗？"

嗯？很有学习的觉悟嘛，能明白老师的教学意图，果然是很不错的课代表。沈小甜赞许地点点头。

陆辛还能说什么呢？塑料壳子封住的菜单都卷边儿了，他往沈小甜的面前一推，说："你请客的话，是不是该你点菜？"

沈小甜把菜单推了回来："不不不，我觉得你对吃的研究比较多，还是你点菜吧。"

说话的时候，沈小甜笑眯眯的，陆辛不知道为什么，就想起来晒着太阳等着吃饭的猫。他没有再看菜单，招了招手。

点菜的是个不到三十岁的年轻女人，头发一卷，用个大发卡束在后脑勺上，发梢儿垂在外面，随着她的动作晃呀晃。

"您好，要两份筋饼、一盘六合菜、一盘酸菜粉、一盘酱肉丝、一盘干炸辣椒丝，黄瓜、心里美、葱都切了丝来一点儿，再要两个咸鸭蛋。"

女人在点菜单上唰唰写完了，看了一眼桌号，目光就撞在了沈小甜的脸上："酒不要是吧？"

陆辛摇了摇头，沈小甜反而举起了手："扎啤有吗？我要半斤行吗？"

所谓扎啤，也就是鲜啤酒或者生啤酒。不同于罐装熟啤酒经过了高温灭菌，扎啤是经过了微孔膜过滤工艺，保存了更多的酵母菌，在装入低温酒桶的时候再次注入了二氧化碳，出酒的时候泡沫丰富，口感新鲜。夏天，沽市人总爱喝上这么一杯。就是半斤啤酒才二百五十毫升，对正常喝酒的人来说也就是漱个口的，不过沈小甜长得小小甜甜的，谁都觉得她喝酒只是图个新鲜，少一点儿才是对的。

杯子外壁挂着水珠的啤酒是跟菜和筋饼一起被端上来的。陆辛点的六合菜原来就是豆芽、韭菜、木耳炒好之后掺进去了摊好的嫩炒鸡蛋，闻着很香，沈小甜还在里面看见了炒熟的菜丝，像是卷心菜。

她端起酒杯，对着陆辛示意了一下，先喝了一口："之前我还在想你大概不是沽市人，现在看，你果然不是。"

陆辛笑了，手里摊开一张面饼，把酸菜粉、酱肉丝和辣椒丝堆在上面，两边往中间一卷，再从尾巴处往上一折，包得整整齐齐："这还用想？听口音听不出来呀？"卷好的饼送进了嘴里。

沈小甜的动作远没有陆辛这么奔放，面饼是摊开在盘子上的，六合菜、肉酱、肉丝……卷饼皮是用的筷子，一口咬掉三分之一个饼，满当当的馅儿露出来，蛋沾了酱的色，看着更诱人了。六合菜有丰富的汁水充溢在嘴里，筋饼果然富含丰富的谷蛋白，咬下去都不够，还得用筷子拽一下才能把饼皮分离，丰富的面香味像是一张空白的画纸，由得被卷在里面的馅料各种挥洒，丰富到斑斓炫目，又扎实温和，抚慰味蕾和肠胃。

"这个面饼就是含有更多的谷蛋白，具有很好的筋性，所以才能做得这么薄，对吧？"

沈小甜吃了一个筋饼的时候，陆辛已经吃了两个，第三个都卷好了，听着话，他点点头："你说的这个什么谷蛋白，让我想起来了面筋。你知道吧，面筋就是把面揉成了团子，然后把面团泡在水里搓啊搓啊，等水成了粉汤儿，就剩那团子了，挺紧的一团，还黏手。"

"黏性应该是醇溶蛋白导致的，但是那种去除了淀粉的剩余物质里面确实含有大量谷蛋白。和醇溶蛋白不同，谷蛋白链两端都有含硫氨基酸，能与其他谷蛋白链末端的同种氨基酸连接，形成双硫键结，这种结构是很稳定的。荞麦和高粱没办法像这样做成饼，可以说是因为醇溶蛋白含量多，也可以说是因为谷蛋白含量少，没有稳定的蛋白质结构帮助定型。不管是稳定的氨基酸聚合物还是不稳定的，这些蛋白在干燥情况下是很稳定的，在遇到了水之后聚集在一起，形成了有序的蛋白质网络，就形成了你说的面筋。"

说话的时候，沈小甜手里拿着一张看起来很厚的筋饼，她仔细看了一下，笑着从一个略厚的边缘处一拉，原来是两张饼黏在了一起："你看，这个饼刚刚被我扯长了，现在又成了个圆形。"

把筋饼放在盘子上，沈小甜兴致勃勃地用眼神睃巡着各色配菜，挑选自己想要"临幸"的："因为谷蛋白的分子形状是弯曲的链状，所以能够延伸，也能够回弹。"

试一下酸菜粉和咸蛋黄的搭配吧！

唉，别说，在餐桌上讲这些东西还真有意思。

沈小甜正想着，就听见桌对面的那个男人说："还真挺有意思。"

沈小甜抬起头，用啤酒冲掉嘴里最后那点儿酸菜的味道，说："是跟有趣的人说这些，才有意思。"

陆辛看她，只看见了一张笑脸，还有一只举着筋饼的手。沈小甜看着挺瘦的，薄衫下面是细腰平肩，可看着她的手腕，却是软软圆圆的样子，虽然细，但是未必能摸到骨头。

"光夸别人有意思，也得你自己讲的东西有意思啊，不然我跟个老金那样的吃饭，话还没开个头儿呢，两边先嘴皮子打了十轮了。"

想象一下那个画面，沈小甜觉得也挺有意思的。

陆辛开始吃第五个筋饼，沈小甜开始吃第三个。在沈小甜吃完第四个筋饼，啤酒也喝了一半的时候，她的手机响了。手机就放在餐桌上，悦耳的铃声刚响了几下，就被沈小甜拒接了。

陆辛看着沈小甜，女孩儿微微清了一下嗓子，又拿起了一张饼。这时，她暗下去的手机屏幕又亮了起来，几个字弹了出来——"老师，对不起。"

沈小甜看了一眼，放下饼，拿起了酒杯，一口气把剩下的半杯灌了下去。

"我第一次吃这个筋饼，是我同学的午饭。"被啤酒浸润后的嗓音略有些哑，和沈小甜平时的声音很不一样，"我同学的爸爸是东北人，特别会做东北小吃，我那个同学也长得很好看……应该很好看，我一直没有很认真地记她的样子，因为我和她当同班同学的时候，关系没有特别好。"

陆辛听着沈小甜说话，手臂一伸，又从筷笼里拿了一双筷子。

"后来我十四岁就跟我妈去了广州，那时候我特别委屈，我一点儿也不喜欢广州，那里很多人说话我听不懂，各种吃的我也吃不惯，我和我妈妈……关系也不是很融洽，那个同学就在聊天软件上安慰我，我们以前的关系没那么好，但是因为她安慰我，我也把她当成很好的朋友。"

十来岁的时候，人总是傻得可爱，明明人生才过去短短一截，小小的心里已经在想的是天长地久，随随便便就说要做一辈子的朋友。

"过了两年，我们都上了高中，我那个同学特别喜欢一个男老师，据说长得挺好看，我觉得她应该就是小孩子对大人的崇拜，但是……但是后来，那个老师被人说品德有问题，我那个同学就站出来帮他说话，结果很快整个学校都在传她和那个老师有暧昧。我最后一次和她聊天的时候，她说她差点儿被她爸打了，要转学回东北去了，以后也不能和我聊天了。"

人与人的关系并不像两个黏在一起的含硫氨基酸那么稳固，不管怎么泡水揉搓都还会在一起，他们更像是氢键，看起来很稳固，但是随随便便就断开了。

"我那时候就在想，那个老师那么好，为什么不站出来保护她呢？他不是成年人吗？难道连自证清白的能力都没有吗？"

陆辛用筷子夹了面饼，往里面一样一样地放菜，听见沈小甜停顿了，他"嗯"了一声，开口道："那个男的确实不咋地。"

沈小甜笑了一下，脸上的表情舒缓了几分，她抬起头说："我就想啊，如果有一天我当了老师，一定不会让我的学生因为我而受到伤害。"女孩儿看着男人，眼神是跟脸庞不符的复杂，"是不是特别幼稚啊？"

"把饼吃了。"

卷好的筋饼用筷子夹了，被陆辛送到她的眼前。

"谢谢。"

"不客气，你是个好老师。"

接住卷饼的手顿了一下，女孩儿的笑容在那一刻变得浅淡又真切。

"谢谢。"她又说了一遍。

"谢谢还买一赠一？"陆辛又是一脸有些无奈又不耐烦的样子。

两个人吃完了饭，走出了不怎么整齐但是热闹的餐馆，午后有云遮挡了太暴躁的太阳，他们就慢慢地往石榴巷的方向走去。

餐馆里，点菜的女人松快了一下肩膀，对着厨房说："爸，筋饼还剩几份呀？"

第二章

乱炖旧时光
luan dun jiu shi guang

1

住在老家的小院子里，真的会让人觉得时间都变慢了，白天仿佛变得更长了。当然，也有可能是因为起得太早。

早上七点多，沈小甜就在买菜阿姨们互相打招呼的声音里醒了过来。

"唉，开空调不舒服，开窗……又太热闹了。"嘴里嘟囔着，沈小甜又听见了一声电动车的车铃声，得了，这下是更不用睡了。

穿上衣服，拉开遮了大半的窗帘，她走到阳台上做了两次深呼吸，顺便跟三四个阿姨奶奶打招呼，还知道了今天菜市场有人拉了一车桃子来卖，桃子长得又大又圆还好吃。

"说是兰州拉过来的白粉桃，还真挺稀罕的。"李阿姨对着沈小甜招手，"小甜，我给你分两个，给你挂门上你下来拿？"

"不用了阿姨！"沈小甜的哈欠打一半憋了回去，"我今天也得去趟菜市场。"

李阿姨满意地点点头："对呀，年纪轻轻的，就该早上活动活动。"

沈小甜还真的要去趟菜市场，家里除了一袋别人送的大米就剩一包榨菜和五个鸡蛋了。不是没想过叫外卖的生鲜派送，只是她用手机搜了一下，除了综合超市之外，寥寥几个派送的市场都离这里十公里远。对于小小的沽市来说，十公里意味着什么呢？意味着那是从邻市送过来的菜。没必要，真的没必要。

十分钟后，沈小甜穿着短裤、T恤，踩着一双软底的拖鞋关上了院子的门。

拖鞋是她昨晚去逛夜市买的，才十五块，不考虑开胶的可能性，还是舒服又好看的——忽略上面太过熟悉的两个字母的话。

因为市场离珠桥不远，所以就叫珠桥市场，原来是老二轻家属小区的旁边，就是石榴村被划去的那片地的另一边。小乔麻辣烫本来就在那旁边的，2006年的时候老小区改建，六栋六层家属楼变成了八栋十二层的商业小区，市场也就搬到了石榴巷的这一边。

沈小甜走出石榴巷，往南走了二百多米，就看见了珠桥市场，也看见了市场门口卖桃子的。买了四个桃子，她刚要往里走，脚上突然一凉，是旁边卖海鲜的摊位上那些蛤蜊正在吐沙。这东西，广东叫花甲。沈小甜买了一点儿，再往里走，又在肉摊上买了一斤猪肋排。

买菜的时候，沈小甜遇到了点儿麻烦。

"麻烦您，我要一个蒜头。"拎着那个蒜头的梗儿，沈小甜和菜摊的老板面面相觑。

老板问她："还要别的吗？"

难道现在买菜还要先凑单吗？沈小甜有些心虚，在菜摊上看了一圈，又拿起了两棵油菜、四五个小米辣、一把金针菇。

老板把菜接过来，放在电子秤上一样样称过，然后给她塞到了一个袋子里。

这时，沈小甜又看上了摆在菜摊一角的大葱。山东的大葱很有名，有名到都成了网上的一个梗，因为它们大。有多大呢？就拿菜摊上这些被割去了七成葱叶的葱来说，它们完整的时候，"身高"应该是超过了沈小甜的。

不可否认，这种大葱确实很好吃，整体辣味偏淡，生吃的时候带着一股清甜味道，葱白和葱叶各有风味，尤其是葱白，一口咬上去甚至可以说是脆嫩。当然沈小甜没有生吃大葱的习惯，她外公没有，她妈也没有，她爸也没有，在很多人看来，他们应该算是一家子假的山东人。

"老板，你们这个葱能解开捆卖吗？"一捆葱看着有十几根，沈小甜觉得自己天天葱油拌面都得吃俩月。

老板问她："你想要多少呀？"

"一根。"

就在这个时候，一个阿姨过来对老板说："这捆葱你给我称一下。"

阿姨买走了那捆葱，沈小甜也如愿买到了一根葱，是老板从身后堆着的菜筐里拎出来的，应该是还没来得及扎好捆。

市场里热热闹闹，那边有人要了半个冬瓜，这边有人说"来三斤洋柿子"，沈小甜拿着那点儿东西走在人群里，觉得自己像是领着一堆可怜兮兮的散兵游勇行走在战场上，还要不时给正规部队让道。

终于从菜市场的一个斜岔道出来，沈小甜一只手拎着买的菜，另一只手拿着那根葱。没办法，葱太长了，横在塑料袋里总是会被人撞到。

往家的方向走了一段路，沈小甜突然闻到了一股香气。咸甜的面酱刷在摊好的饼上，再放上薄脆……隐隐的绿豆香气让沈小甜知道，之前陆辛给她带的煎饼果子应该就是这家的。

早上八点多，这家煎饼果子摊前排着队，除了和沈小甜一样买菜还捎带买早饭的，能看出来还有上班的白领，如果不是暑假，估计还能看见去上学的学生。

等沈小甜反应过来的时候，她已经站在了等候的队伍里。

做煎饼果子的是个年轻的女孩子，年纪估计和沈小甜差不多，可她的样子真的让人没办法把她和煎饼果子扯到一起。她扎着围裙，围裙里面穿了一件黑色的无袖衫，一头利落的短发染成了跟整个摊位都格格不入的奶奶灰，更扎眼的是她的上臂外侧有一个艳红色的手印形状刺青，跟她小手臂上戴着的黑色乳胶手套形成了鲜明的对比。

"煎饼果子？要几个蛋啊？刷腐乳酱吗？辣椒要吗？馃箅儿还是油条啊？葱花香菜要吗？"问话的顺序就是按照她做的流程来的。女孩儿说话带着一点天津口音，听起来干脆利落。

终于排到了沈小甜，她说："我要两个鸡蛋，加油条。"

那姑娘看见了沈小甜手里的葱，抬起头来看了她一眼，说："得了，我还以为自备鸡蛋还不算完，葱都自带了呢。"

真是一副很特别的长相，如果说沈小甜是圆眼笑眉，哪儿都透着一股子甜，那这个姑娘就是满脸的"别惹我"，鼻子太硬，眼睛带煞，连嘴角的弧度都好像在嘲笑别人似的。这气势这样貌，更应该出现在什么古惑仔的电影里才对，扛着长刀一言不合就劈上去那种"老大"角色真是为她量身打造的。可惜，"老大"手里拿着的是摊煎饼的竹箅子。

"给，煎饼果子。"

"哦，谢谢。"沈小甜乖乖付了钱，心中还怀着某种对远古香港老电影的敬畏之情。

把葱和买的菜换到一只手上拿着，沈小甜空出一只手捧着煎饼果子，一边啃一边往家走。虽然挺没形象的，可她在这儿是沈小甜，从小在巷子里钻来钻去的小女孩儿，来来往往认识她的人也多半知道她挂着鼻涕哭着喊外公的样子……大不了就微笑一下呗。

回到家，煎饼果子已经吃完了，把蛤蜊泡在盐水里，沈小甜拿着一个洗好的桃子坐在了电脑前面，开始做简历。

沈小甜的本科和研究生是在一所师范大学读的，本科实习是在学校的附中，研究生阶段的实习就是在北珠高中，后来考上了编制，也就在北珠正式当起了老师。如果……想起韩欣悦小班长那番"恨甜不成钢"的话，沈小甜觉得自己像是个为了舔舐情伤而换了环境的可怜人。

"可怜就算了，傻是有点儿。"自己吐槽着自己，沈小甜在网上挑了个看着顺眼的简历模板，噼里啪啦地填了起来。

简历写了个差不多，时间才不过上午十点，沈小甜站起来活动了一下筋骨，看见自己的手机屏幕亮了起来，是米然给自己打来了电话。

"小甜，高伟泽彻底没事儿了。你说得对，你说是你动了手，姓姜的那个畜生就不敢把事情再闹大了。"

沈小甜的脸上露出了个如释重负的笑："那就好。"

"好什么呀！气死我了，你说这是什么事儿，明明你是受害者，到头来什么责任都是你担的了。你还走了，今天早上我去学校看见了高伟泽，他还有脸问我你去哪儿了，看他平时老实巴交的，长相学习都不好不差，怎么就有胆子套别人麻袋呢？"

何止是套别人麻袋，还把人打得头破血流。沈小甜一闭上眼睛，就能想起自己当时跑过去，看着姜宏远倒在地上，扯掉袋子，看见血流了满脸。那之后的一切都快得像一场梦，姜宏远找了学校，威胁要报警，让学校处理打他的人。而自己站在校长室里，举起了拿着手机的那只手："人是我打的。"

"小甜？"米然打断了沈小甜的回忆，骂完了渣男，她的语气变得温和了很多，更像是个重点高中的音乐老师了，"小甜，你这段时间过得怎么样？"

"很好，不对，应该说很棒。"沈小甜说得真情实意。

米然不信。

"我交了个挺有意思的朋友，他是个大好人，天天带我吃好吃的。"

可以说，是个很棒的课代表了，不过这话沈小甜是不会说的。

挂了米然的电话，她打开微信，对"课代表"说："我今天找到了你给我买的那家煎饼果子，我觉得加油条的煎饼果子更好吃。"

过了两分钟，"课代表"的回复到了："那你肯定见到红老大了，是不是觉得她画风不太对？她不光做煎饼果子特别地道，烧的家常菜也很好，在天津给人当学徒的时候偷学了不少好手艺，尤其是茄子扒五花肉，一盘菜能让人吃下十碗饭。"

看着手机屏幕，沈小甜觉得自己饿了。茄子扒五花肉她暂时吃不到了，不过自己做点儿别的总是可以的，比如花甲粉丝。

蒜蓉、葱末、小米辣和酱油把蛤蜊、金针菇及粉丝调得有滋有味。沈小甜自觉不错，拍了一张照片发给了她的"课代表"："没有茄子扒五花肉，赖氨酸也能让人快乐。"

此时的陆辛正坐在一间公寓的窗边，看着照片，他皱了一下眉头。她喜欢吃海鲜吗？想了想，他敲了一行字："明天晚上带你去吃红老大的拿手菜。"

对方回了他一个"好"，另有一个小猫卖萌的表情。

陆辛收藏了表情之后打开了自己的表情管理器，软萌可爱的猫猫跟各种奇怪的直男表情仿佛不是同一个次元的生物。翻了半分钟，最后，他勉强回了个"明天见"。

2

如果知道了晚上有好东西吃，这一天似乎就会过得格外慢。

至少对沈小甜来说是这样的。

又是一天大好晨光里，距离她醒来已经过去了三个小时，时间还不到上午十点。写好的简历并没有投出去，坐在电脑前面，沈小甜微微皱着眉头，桌子下面，两只脚挣脱了拖鞋的束缚，交叠在一起晃啊晃。过了几分钟，她关掉了简介的页面，打开视频软件找了一部电影看了起来。

屏幕里，人们跑来跑去嘻嘻哈哈；屏幕外，她安静地看着电影，偶尔发出啃桃子的声音，伴着窗外树上不时的蝉鸣。

陆辛和她约的是晚上七点半，到了晚上七点，她已经看完了四部电影，中场休息的时间她还有一个长达一个半小时的午睡，至于午饭，是看着电影吃的。

门铃响起来的时候，沈小甜精神奕奕地从房子里出来，打开了院门，就看见了戴着头盔的陆辛："车子还是放这里？"

陆辛点点头，见沈小甜把门让开了，推着车就进了小院子："你把院子收拾了？"横生的杂草枝蔓好像少了很多。

沈小甜在旁边说："你的车子这么好看，我怕会划伤它呀。"其实就是昨晚闲着没事随便拽掉了两棵拦路的草。

陆辛摘了头盔，对她说："你要是想收拾院子的话不用自己动手，我帮你找两个人过来，一天就给你收拾出来了。"

"不用这么麻烦。"沈小甜笑眯眯的，先走出了院子。

从石榴巷走到那家煎饼果子摊儿不是一定要穿过菜市场的，沿着河边走，再拐一下就能到，不然上次陆辛给沈小甜带饭也不会那么快就一个来回。

天略黑了，路灯亮起，风从河上吹过来还挺舒服的。沈小甜最喜欢的就是沽市的天气，虽然比广东干了点儿，但是没有那种如影随形仿佛难以挣脱的热感，下雨也没那么频繁。

"这条河里有鱼吗？"

河边有围栏，围栏边稀稀落落地坐了几个人，煞有介事地钓着鱼。

听着沈小甜的问题，陆辛摇摇头说："这边的鱼可不好吃，上面有水库，那里的鱼肥，在这里钓鱼的就是图清静，找个理由不回去对着老婆。"

说话的时候他们路过了一个正在对着河面钓鱼的大叔，他回过头来笑着说陆辛："你这小子，懂个什么呀？"

陆辛回身对着他一挥手："您可别跟我说话，鱼都吓跑了！"

再走出去几步，陆辛又说："这儿经常有人查的，甩鱼竿缠着电线、打着人都不好。"

是，都不好，沈小甜对课代表的安全意识很满意。

在岔道口拐进去，沈小甜就看见了那家煎饼果子的摊子，灯光亮着，顶着一头奶奶灰发色的"红老大"站在门口，橘色的灯光勾勒着她半边的身子。刹那间，沈小甜的脑海里又回响起了"来忘掉错对，来怀念过去，曾共度患难日子总有乐趣"……

"这就是越观红，我们都叫她红老大。"

红老大，越观红，不仅有一副与煎饼果子无关的外表，还有一个和煎饼果子没关系的名字。

"得了啊，别跟漂亮姑娘面前拿我说笑话了。"越观红往前迎了一步，看着沈小甜说，"我昨天就琢磨珠桥边上怎么来了个漂亮姐姐，今天就又见着了。""姐姐"两个字，她说得一提一落，很有天津特色。

"你好，我叫沈小甜。"

"哎呀，这名字我喜欢。"说着，越观红拉着沈小甜的手腕就往店里走。她身高应该在一米七五上下，因为骨架纤细、体形匀称，看着跟一米八五左右的陆辛差不多。

陆辛跟在后面，不紧不慢地说："红老大，菜做了吗？"

"做了做了，陆哥要我给面儿我能不给吗？你早说带了这么个漂亮姐姐来吃饭，我再收拾个松鼠鳜鱼呀！"说话的时候，她对着沈小甜笑了一下。

小店虽然卖的是可以随便带走的煎饼果子，其实还是有让人坐着吃的桌凳的，就是不多，三张桌子，六条长凳，还有一摞塑料凳子收在墙角。

店里已经坐了一桌人，是三个男人，看见陆辛，他们招手说："陆哥！""陆哥我们今天沾你光了，听说红老大要烧菜，我下午从梨河开车回来的！""陆哥，我们给你带了凉菜，老大一会儿就给你们上了。"

他们的桌前摆了两盘凉菜，还有四五瓶已经开了盖儿的啤酒，可见是已经喝了一会儿了。

沈小甜注意到，这几个人不叫越观红"红老大"，而是叫她"老大"。得了，这一晚上，郑伊健的歌估计是在她脑子里出不去了。

不一会儿，菜就上桌了，越观红也上桌了，就坐在沈小甜的旁边。

茄子扒五花肉，茄子的颜色很浅，好像就放了一点儿酱油，连原色都没遮住，肉片拇指大小，肥瘦分明，真吃下嘴里的时候，沈小甜脑袋里的《古惑仔》唱片机一下子就断了电，真是一下就明白什么叫能下十碗饭了。肉香味沁入了茄子的每一根纤维里，酥烂香滑，又不像很多做法那么油腻，里面的肉更是一绝，油都被吸走了，香而不腻，在舌尖一抿就化了。

看着她享受的样子，旁边一起吃的越观红"扑哧"一声笑了："要米饭吗？"

"要！"

白莹莹的米饭放在面前，沈小甜夹了一筷子茄子盖在上面，立刻就觉得十二万分的满足。更绝的是米饭不是刚出锅的滚热，而是恰好能入口的温热。

越观红夹了一筷子凉拌猪耳朵说："我这茄子，每次一做，就得配一大锅饭，也忘了谁说的，饭太热了耽误他吃茄子，所以我这饭就早早做好了，散了气儿再焖着。"

给这个建议的人真是太棒了，值得在学期评价上给个"品学兼优、富有创新思维"的评语！沈小甜默默想着，又吃了一口茄子配米饭。

还有两道热菜，分别是油炸小黄花和韭菜炒鱿鱼。这两道菜也是山东沿海人的家常菜，不知道为什么，沈小甜觉得味道比自己从前吃的更重一点儿。

"红老大做菜重入味，小黄花连鱼肚子里都是单独抹了料，这个鱿鱼火候拿得好。"吃着饭，陆辛还点评这些菜给沈小甜听。

凉拌耳丝也很好吃，凉了的卤猪耳朵快刀切成细丝，用那种比沈小甜还高的葱的葱白切丝，加了酱油、辣椒油拌出来，是沽市夏天最好的下酒菜了。

那三个人带来的另一个凉菜是盐焗鸡，鸡腿和鸡胸被撕成了丝，香味都变得更细致了。

看着沈小甜吃得开心，陆辛又主要说起了这个茄子："茄子能做成这样，也是道火候菜，虽然没过油，但是把味道吸足了。"

越观红看着陆辛，哼了一声说："陆哥，我可没花钱请你给我扒拉菜啊。"

花钱扒拉菜？沈小甜没听懂，听陆辛说了做法，她点了点头说："红老大是个喜欢通过调节浓度让分子充分运动的厨子。"

啊？越观红的筷子一僵："啥，啥运动？"

陆辛还来当翻译："她是说你菜做得入味。"

越观红叹了口气，说："陆哥啊，我都说你别扒拉我的菜，怎么你还带了个人来一起扒拉？我又不掏钱！"

这是什么意思？沈小甜看向陆辛，看见他笑了一下。

"红老大，冯厨子那帮人的瞎话你也信。"

"瞎话？"越观红一抬眼，仿佛就自带了刀光剑影的特效，好像刹那间就不是身在饭桌上。

又夹了一筷子的茄子，沈小甜自动摁掉了脑子里又在荡漾的留声机。

"小甜，你知道陆哥的舌头多厉害吗？"她转头跟沈小甜说话，"菜啊，他吃过一次，就能做出一样的味儿来。当年在天津，老字号百官楼的老板不知道怎么得罪了他，他就去了百官楼的对家恒久隆当厨子，一个月，吃得半个天津的老饭桶都以为百官楼的大厨跳槽了，逼得那老板最后低了头。"

被人当面说从前的事，陆辛好像有些不好意思，敲了一下桌子说："红老大，松鼠鳜鱼你来不及做，是不是再做点儿别的呀？"

"做什么再说，我跟小甜聊得开心呢。"

"红老大……"

"哎呀嘿！算了，我再给小甜做个鲜果汤圆去。"

看着红老大不情不愿地进了厨房，沈小甜觉得虽然越观红自带古惑仔的BGM，可她显然是个好说话的，至于看起来好说话的陆辛……可能就未必了。

"年轻时候的傻事儿。"陆辛对沈小甜解释了一句。

沈小甜点点头说："很帅。"

她要是不这么说还好，轻描淡写的两个字像是石头，把陆辛的头往碗里又压下去了两寸。

不一会儿，越观红端了三个白瓷小碗出来，西瓜、火龙果和猕猴桃切了小丁儿，糯白的小汤圆漂在里面，越发可爱起来："一会儿快吃饱了再吃，我家里忘了包水果汤圆了，小汤圆里是红豆馅的。"

那边喝着酒的三个男人眼巴巴看着，干巴巴叫着"老大"。

越观红头也不回，说："厨房小盆里自己去盛，盆给我泡上。"

"好嘞老大！"

越观红转回来，又看向了沈小甜："小甜，我跟你说，陆辛这货，损事儿干多了去了，也就在沽市收敛，人人当他是个大好人……"

突然，越观红安静了下来。

沈小甜抬头，看见她低下头安安静静地吃饭。

陆辛则对她笑了一下说："鲜果汤圆的甜汤挺好喝的，你尝尝。"

我的课代表有让刺头学生安静下来的特殊方法呢。吃了七分饱的沈小甜笑着捧起了小白瓷碗。

虽然没有喝酒，但是吃得足够饱，沈小甜的嘴里还带着鲜果汤圆甜蜜的汤汁味道和汤圆软糯的口感，走出餐厅，被软软的风吹了一下，她觉得心情格外的畅快："真的太有意思了，明明是靠卖煎饼果子赚钱的，其实暗地里还会做特别好的家常菜，就好像我以前的一个同事，明明是个体育老师，其实还会做很棒的刺绣。"

其实也算不上是反差，但是一下子就让人看见了这个人流光溢彩的另一面。

"谢谢你。"她转头对陆辛说，"如果不是你的话，我只会跟其他人一样，以为红老大是个风格很另类的煎饼果子高手。"

陆辛脚下一顿，看着沈小甜："风格另类的煎饼果子高手？我还真是第一次听见有人这么说红老大。"

天黑了，河水的声音就变得清晰起来，沈小甜听见陆辛略低沉的嗓音与夜风和水声周旋在一起："红老大刚从天津回来开煎饼果子摊儿的时候，都没什么人敢来买。"

因为红老大以前真的是个"老大"，沈小甜已经猜到了。

陆辛继续说："其实她从前也不是很多人想象的那样，她家里吧，事儿挺糟心的，从小到大又没什么人管她，倔性子，又长了么一张脸，要想不被人欺负，就得自己把自己撑起来。据说她上高中的时候在周围这几个市都挺有名的，后来高中毕业，她突然就变了个人，想要做点儿正经的营生。我在天津认识她的时候，她在一家健身房里当教练。"

健身教练？想想也觉得比煎饼果子更适合红老大。

陆辛："结果健身房的老板卷了钱跑了，还欠了她两个月的工钱。"

沈小甜："……真惨。"

"我听说是她走投无路，大冬天的，花了兜里最后的一点儿钱，在一个摊子上买了个煎饼果子，宝贝似的捧着都舍不得吃……那家摊儿的老板是个老师傅，手艺好，心肠也好，有个女儿和红老大差不多大……想想红老大那时候得啥样，一脸的凶相，还抱着煎饼果子可怜巴巴，估计谁看着都觉得心里不好受……反正老师傅就收了她当学徒，她学了三年，学了手艺，还学了一口半吊子的天津腔回来。"

沈小甜又想起来红老大的那一声"姐姐"，忍不住笑了。

陆辛的话锋却一转："等我在沽市见了她的时候，她已经是沽市最有名的煎饼果子摊老板了，但是我听别人说，她之前很长一段时间都做不起生意来。"

凶名在外的人，人们要么怕得敬而远之，要么恨得咬牙切齿，总之是不会给她掏钱的。

"她那时候就在摊子边立了个牌子，限期一个礼拜，以前受了她欺负的可以免费去吃煎饼果子，吃多少都行，在天津攒的那点儿家底几乎赔干净了，生意才正经做起来。"

想想那个画面，一脸凶相的女人立了那么一个牌子，还着年少无知的债，又靠着自己的手艺撑起新的招牌。

"我问她苦吗，为什么还要回来呢，她说她在这个地界儿，干什么都是那个红老大。"

有人在河边遛狗散步，说着"让一让"，就超过了这两个年轻人。小白狗扭着胖乎乎的屁股，慢悠悠地就走远了。

"这几年我年年回来，听过不少人说起她，爱吃她做的煎饼果子的说她长得凶但是手艺好，嘴上刻薄的就说她勉强是改邪归正了，还真是第一次听人说她是个高手，还是个风格另类的煎饼果子高手。这话她听了，估计能高兴得再给你做条鱼。"陆辛看着沈小甜说。

沈小甜回以笑容："你也是高手呀，能想出靠着天赋打败别人……不对，这都不是高手了，这该叫少年天才。"

到家了，她打开门，引着陆辛去取他的车："小天才，路上要小心呀。"

陆辛推着车，在沈小甜家门口没动，路灯是晕黄的，显不出他的脸色："我那时候是憨小子一个，做的都是些傻事，你可别这么叫我了。"

沈小甜却不肯："你这是少年意气，天赋异禀，才不是憨小子。"

陆辛抬手捂了一下脸，第一次在沈小甜的面前露出了招架不住的样子。

沈小甜的眼睛里全是笑，只有脸上的肌肉在强撑，无处不挂着"正经"两个字的招牌。

"要不这样吧，"陆辛把头盔戴上，露出一双明亮的眼睛，看着沈小甜，"你别这么叫我，我再带你去一个有意思的人那里吃饭，好不好？"

"和红老大一样有意思吗？"

陆辛点头。

沈小甜："好吧，大好人。"

风吹得梧桐叶细碎地响，飞蛾的影子从水泥路上飘过，院门落锁的时候发出脆响……这些仿佛都在替沈小甜笑。

回到房间里换了衣服，沈小甜下意识打开电脑上了微博，今天吃的东西和红老大这个人都实在太有趣了，让她想写点儿什么记录下来。

当然，最有趣的还是课代表。

"这个，应该叫隐藏菜单吧？也不知道什么时候能吃到他的隐藏菜单，估计比红老大的还好玩儿呢。"

看着微博上各种的数字提醒，看着比之前飙升了一截的粉丝数量，沈小甜的手停住了。在沽市，她是可以每天无所事事吃东西听故事的沈小甜，可在网络和其他地方，她还是那个男朋友出轨的可怜女人。

合上电脑，沈小甜躺回了床上，转身，再转身，叹了一口气，她又坐了起来。

"我知道我在逃避。"她自言自语，"可我为什么不可以逃避呢？"

我努力让自己不去想男朋友的出轨，不去想我努力去教的学生最后为了我去伤人，不去想自己本来规划好的人生一下子天翻地覆，为什么不可以？

　　呆坐了一会儿，沈小甜下了楼，打开了一楼书房的灯。老旧的灯泡竭尽所能地发着光，她看着书柜上的藏书和那张空荡荡的书桌，直直地看着。

　　"你知道我去了广州，我妈是怎么教我的吗？她跟我说反正我是要长大的，离开你比一直依赖你要好！她说我要学会对自己的人生负责，不能像你和我爸那样！她说……你不要我是对的，因为我只会哭只会闹，只会发脾气。"

　　眼泪落在地上，整个房子里静悄悄的。

　　"你一下子就不要我了。她逼着我让我明白，你不要我了。"

　　"然后呢？我不去依赖别人，我好好上学，好好长大。我学了那么多的道理，我觉得我什么都可以面对。姜宏远出轨，我得面对，我不是个离了男人就活不了的小可怜。我的学生打了他，我也得面对，我不能让我的学生因为我被退学……我还得面对我自己，我根本没办法像你一样当个好老师，我害怕，我害怕我再教出一个学生，他会因为我对他好就去伤人。"

　　书架上那些旧书带着时光的斑驳沉默着。

　　沈小甜的声音是苦的。

　　"我走的时候，你让我坚强，让我忍耐，什么事儿我都面对了！我不是那个十四岁就一下子天塌了的小孩子了！我不需要别人安慰我、可怜我！可我的人生一点儿都没有变好！"

　　桌前的木椅已经很旧了，样式略宽大，因为沈小甜的外公总喜欢斜靠着看书，从前垫在上面的棉垫子早就被扔掉了，只有光秃秃的一把椅子，空落落地对着窗外半死不活的海棠树。

　　沈小甜曾经看过一句话："一个人，从他哭得最惨烈的那一次之后，他就真正长大了。"她对这句话嗤之以鼻，因为她有过很多个想哭却没有泪水的夜晚，在那些煎熬里，她把自己雕琢成一个看不出被抛弃的样子。可她今天还是哭了，眼泪根本止不住，五脏六腑就像她吃的茄子那么柔软，再甜的汤水和再糯的汤圆都不能抚慰她心口的酸涩。

"外公……呜呜呜……"

跟沈小甜那个空置了很久但是收拾一下就是个家的房子不一样，陆辛住的公寓很新，可是各种家具看着都是凑合的，显然只是个让他暂时落脚的地方。一个木头箱子摆在灰色沙发的旁边，看得出来是常用的，其余的东西都冷冰冰摆着，一点儿人气儿都没有。

"刘老板，咱们也不是第一回打交道了，我说接不了单是真的有事，您跟我提价钱也没用啊。是，下个月我就回去了，您明年还想用我，您就早点儿约上。没事，多早都行，您现在定了明年的日子，您跟我说，我也立刻记下来……"

挂掉电话，陆辛深吸了一口气。

"您说我是带她去吃海鲜呢，还是带她去吃大鹅？"房间里只有陆辛一个人，这话像是他对着空气说的，说完，男人拿了本崭新的书坐在了沙发上，"买东西我也不会，带着去旅游也算了，就会那点儿灶上手艺，还是领着她吃吧。您放心，多带她吃点儿好的，啥事儿就都过去了。"

书页被飞速地翻完了，陆辛把那本《让女孩子开心的 101 种办法》放回了茶几上："九月开海的时候估计是赶不上了，让柜子给我弄点儿洋货吧。"

自言自语琢磨好一会儿，陆辛给备注成一朵小花的那个人发了条微信："改天带你去找个会讲故事的，他那儿鱼好吃。"

过了挺久的，反正陆辛是觉得过了挺久的，"小花"回了他一句："好的，谢谢你，大好人。"

3

人生在世，最大的矛盾就是你每天睡前想的是活着没意思，醒过来了还得操心这顿吃什么。

上午九点二十六分，沈小甜难得起晚了，窗外的阿姨和电动车今天并没有充分发挥闹钟的作用。对着手机发了会儿呆，她起床穿上衣服，照了照镜子，还好，眼睛还是挺大的，没有哭肿。

洗漱好了走出家门，沈小甜踩着自己那十五块钱的深度山寨小拖鞋沿着昨天走过的路往回走。她的胃说昨天太难过了，需要红老大的煎饼果子安慰一下。

快十点了，市场里都没什么人在买菜，沈小甜这次学乖了，先去吃了早饭再去买菜，也省得让人误会做个煎饼果子都得自带葱了。

"怎么没精打采的？昨晚上吃得不舒服？"越观红的煎饼果子摊儿也是难得客人寥寥，她包起来一份煎饼果子递出去，不耽误用眼睛看着沈小甜的脸色。

"不是。"沈小甜摸了肚子笑着说，"想你的煎饼果子了。"

哎呀，这话真是一杯蜜水往心窝里灌，红老大那凶煞的脸上硬生生挤出了份儿得意来："姐姐，这边馃算儿油条都用完了，你等会儿，我给你现炸一个，油条还是馃算儿啊？"

"油条就行。"

"行嘞，姐姐，您上里头坐着等，有风扇呢。"

红色的手印形状文身随着红老大的动作从沈小甜的眼前划过，红老大转身忙乎了起来，从后面的不锈钢台子上拿出一大团看起来稀软到堪堪成形的面团，"当当当"几刀下去，被整成了长饼形的面团后被切成了小条。

红老大猛地回头，看见沈小甜在厨房门口站着，带着刀锋的眉毛瞬间松了下来："姐姐，我先炸油条，再做馃算儿，您且外头等着，油锅太热了，别热着您。"

沈小甜只笑了一下，没动："你的这个油条都是自己炸的呀？"

"那是，我这油条炸得可比外头买的好多了，天津人吃煎饼果子，就是管油条叫果子，火候比咱这儿吃得油条轻。"

两条面上下叠在一起，随着红老大两只手捻准了位置往外一扯，面团就成了将近两尺长的细长条，沿着锅边儿滑进了热油里。油温没有很高，能看见对在一起的条子被筷子拨弄着翻滚，转眼就漂在了油锅上面。

当然，在沈小甜这儿，她已经开始分析气体的产生过程。如果用的是酵母，那就是酵母菌将淀粉中的糖转化成了二氧化碳和酒精，发酵的过程中会产生酸性物质，这样的话要在面团里加一点儿小苏打，让它们在高温条件下发生中和反应。如果是用了发泡剂，那就是发泡剂中的酸碱在高温条件下成分发生中和反应产生二氧化碳。总之，红老大的热油锅已经成了沈小甜眼里发生中和反应的试管。

炸好的油条拣在竹篮子里沥油，竹篮子也不知道用了多久，早就被油浸透了，底下都带了黑色。炸了十来对儿油条，红老大又拿出一块面来开始做馃箅儿。馃箅儿是先擀后扯出来的，被擀成了四方饼的面随着红老大的手一扯，像是一张膜一样张开在了案板上，在上面随意扎几个眼儿，再放油锅里，一会儿就鼓了起来。热气随着炸出来的眼儿出来，馃箅儿又瘪了下去，成了个规规整整的样子，用刀切成长条就能裹进煎饼里了。

"姐姐，鸡蛋果子你吃过吗？"

鸡蛋果子？沈小甜问："我没听过，也是天津小吃吗？"

馃箅儿被擀成巴掌大四四方方的饼，红老大却没把它像之前那么扯开，而是直接下在了油锅里，面饼很快就成了个"小气球"。趁着它颜色还没完全变成金黄，红老大拿着铁夹给它豁开了一道口子，另一只手开了个蛋，直接把鸡蛋倒了进去，再用夹子把它往油锅里一戳……最后，金灿灿、油滋滋的饼里面就夹了个鸡蛋。

"这个就是鸡蛋果子，我以前在天津跟我那老师傅学艺，他家闺女就爱吃鸡蛋果子，老师傅就一次做上两个，一个给他闺女，一个给我。"把鸡蛋果子用牛皮纸夹着给了沈小甜，红老大继续做她的馃箅儿，"改天你要来，提前打个招呼，我弄块红糖皮，给你做糖果子，天津人也叫糖皮儿，那个也好吃，哄小孩儿，哄一个好一个！"

鸡蛋果子里的鸡蛋似乎格外香滑，外脆里软，两种香味混在了一起，从喉头下去，胃里一下子就温温地热了起来。

"真的很好吃。"沈小甜对红老大说，她爱酸碱中和反应。

忙碌的女人得意地笑了两声，说："一边儿人吃东西一个口味，我在这儿说我是正宗的天津煎饼果子，大家都说好吃，可我要是说我这儿还做正宗的天津嘎巴菜呢，他们就会说'你做了个什么东西'。一开始想过卖糖果子和嘎巴菜，结果我那帮兄弟……不是，我找了朋友来试吃，他们都说煎饼果子更好吃，我就只做了这个，里外一个人也忙活得过来。"

总算是油条馃箅儿都炸好了，有几个人闻着油香味又过来了，红老大三下五除二把他们要的煎饼果子都做好了，油条馃箅儿又用了大半。

沈小甜也吃完了她的那个鸡蛋果子，长出一口气，觉得自己从里到外都是香的："红老大……"

"别，姐姐你别叫我红老大，我今年二十五，你算着年龄，就叫我越观红、观红、小越。不知道为什么，你一叫我红老大，我就觉得像是我以前的老师在叫我，还字正腔圆的。"

沈小甜从善如流："观红。"

"哎，姐姐你声音可真甜啊！"

"你也别叫我姐姐了，叫我小甜吧。"

越观红回头看了沈小甜一眼，奶奶灰的发色在油烟气里也炫酷，她说："好勒，小甜儿。"果然，是带着儿化音的。

沈小甜觉得自己今天看见越观红，脑海里没有再响起《古惑仔》的主题曲，大概就是因为她那口不太纯正的天津话一直往自己脑子里灌吧。毕竟她想象不出来陈浩南啃着煎饼管"山鸡"叫"三鸡儿"的画面。

越观红执意不肯收沈小甜那个鸡蛋果子的钱，沈小甜还是扫码给她把钱留下了，看着越观红那张不高兴之后越发显得凶的脸，沈小甜完全没在怕的——不就是个鸡蛋果子吗，外面看着脆硬，里面都是香软的。

快到饭点儿了，越观红开始为中午要涌来的人流做准备，沈小甜也打算走了："谢谢你呀，观红。"

"别忘了，下次提前跟我打个招呼，我给你炸糖果子吃啊小甜儿！"

等路过菜市场，买了半个西瓜，听着摊主的口音，沈小甜觉得自己可算是从天津回了沽市。

沈小甜打算用这半个西瓜当自己的下午茶。

门被人敲响的时候，那半个西瓜已经被沈小甜掏空了。

"你好。"

沈小甜看着门外站着的几个人，她只认识两个，就是她回来住的第一天晚上那个来看过她还送西瓜的方墨林、季雨诗夫妇。

"我们都是田老师的学生，来看看你，顺便有点儿事情想谈谈。"在这样的场合，季雨诗主动承担了沟通的工作。

沈小甜让开了房门："请进吧，上次你们来，我家里太乱了，连个坐的地方都没有。"

一共来了五个人，沈小甜让他们坐在沙发上，从饭桌旁边拖了把椅子过来坐，两个男人忙着要帮她，被她谢绝了。

"你们打算用我外公的名义捐一所希望小学？"听明白了他们的来意，沈小甜的表情没什么变化，一双干净的眼睛看着对面坐着的人。

"是。"季雨诗面带微笑，"其实我们之前一直想知道田老师葬在哪里，去祭拜一下，然后给老师把墓修整一下，可是……老师……我们也受了很大的触动，想为老师再做点儿什么。这些天我们就商量了一下，觉得还是建一所学校比较好，我们很多同学都响应了这个号召，包括田老师教过的其他届的学长学姐学弟学妹，他们也都想出点儿力。我们五个是目前在沽市能立刻抽身过来的，其实想要做这个事情的人已经有几百个了。"

沈小甜眨眨眼睛，控制自己的目光不要看向那个关着门的书房，她说："其实捐款这种事情，账目总是会有很多问题，所以……"

季雨诗立刻说："这些问题我们都想过了，所以我们的做法很简单，就是建立一个账户，把钱打进去，然后你和我们一起把钱以田老师的名义捐了就好，在打款之前，所有人都会签一份捐赠声明，简化了流程，也降低了风险。"

"我还是不同意，诸位如果想为边远山区的教育做出一份贡献，可以自己去做，没必要非得纪念什么。他自己说了，他不需要被纪念。"

"小甜……"方墨林开口说道，"可是我们希望能为老师做点儿什么。"

沈小甜说："那是你们的希望。"

短短七个字，甜甜软软的小姑娘收敛了所有的笑容，拒绝的态度冷淡到几乎冷漠，又决绝得让人心惊。

这些人大概没想过沈小甜会这样直截了当地拒绝，急着想说什么。

坐在椅子上，沈小甜的腰直直的，毫不怯懦地看向其他人："我外公的遗嘱是'不下葬，不纪念，不麻烦别人'。我坦白说，作为我外公的亲人，我觉得尊重他的遗嘱是最重要的。其次，你们几百人个个都是社会栋梁，出资为老师建一所学校，一定想弄得漂漂亮亮，声势不可能不大。可那学校挂着我外公的名字，从此被褒贬由人的还是我外公。学校办得好，他人也已经去世了，学校办得不好，非议都落在了他的头上。"

说完了想说的，沈小甜慢慢站了起来："我小时候，我外公最喜欢说人得往前看。各位年纪都比我长，阅历比我深，这个道理你们也都应该比我懂，与其去纪念一个故去的人，不如发自真心地为活人做点儿事。"

"小甜，你也该理解我们……我们……"季雨诗还想说什么。

沈小甜看着她，笑了一下："菩提老祖教出了齐天大圣孙悟空，最后告诉他的事是'从此别说你是我徒弟'。我外公给我讲这个故事的时候就说过，他觉得菩提老祖挺好的。季大姐也当了好几年老师，您觉得菩提老祖好不好呢？"

季雨诗看着她，竟然不知道说什么了。

这时，一个看着比季雨诗大上几岁的男人清了清嗓子，对沈小甜说："我是一中95届的，他们几个是校长被返聘之后才教的学生，我可是田校长退休之前教的最后一届，我知道，小甜，田老师……老校长当年是受了委屈……"

沈小甜的头一下子抬了起来："我外公从来没说过他受了什么委屈，他没说过，我也不用别人替他说。"

送这几个还想说服自己的人离开，沈小甜打开院子的门，抬眼就看见了那辆眼熟的不能更眼熟的摩托车和骑在车上的人。

"我正好想吃牛肉夹饼，路过这儿的时候想问你要不要一块儿啊。"男人摘了头盔，目光从几个人的脸上扫过去，点头致意，算是跟大家打了个招呼。

来的几个人在沽市都混得还算体面，除了方墨林、季雨诗两口子住得近之外，都是开车来的，沈小甜家门口的路不宽，一辆本田正好停在了沈小甜家的院子前面，陆辛从摩托车上下来，略推远了一点儿，让那人上了车。

"小甜，这个事儿对你来说真不是坏事，对校长来说也一样。"临别，那个中年男人又留了这么一句话。

沈小甜脸上是很甜的笑容，偏偏就像是一张塑料纸，俗称油盐不进。

"你还是要把车停我院子里吗？"那些人都走了，沈小甜没事儿人一样地问陆辛。

"嗯，是……不过牛肉夹饼那个店有点儿远，我把车停在这儿，咱俩打车过去吧。"

沈小甜点了点头，又说："那你等我换一下衣服。"

陆辛掏出手机："你去吧，我正好打个电话。"

等沈小甜进了屋关上门，陆辛又把手机放下了。

过了一会儿，沈小甜走出来，穿着T恤、牛仔短裤、轻巧好看的运动鞋，像是个高中没毕业的孩子。

"走吧。"陆辛从地上站起来，拍掉了手里的草叶。

沈小甜发现自己之前收拾过的那片荒地上杂草更少了。

"要不要洗下手？"她问陆辛。

"不用，麻烦。"掌心的一点儿土被陆辛蹭掉了。

沈小甜住的地方对现在的沽市来说属于老城区的核心地带，而沽市的西部和北部这些年一直在建设，尤其是西部，已经成了一个新的城市中心。从老城打车到那边，也不过二十分钟。

车上，沈小甜已经先听了点儿琐碎的小故事。做牛肉夹饼的是一对老夫妻，男的姓马，女的姓杨，他们的店就叫老马家牛肉夹饼，开在一个小区里。陆辛这段日子常去吃，就是因为两位老人要闭店不干了。

"两个老人做了几十年夹饼，把两个孩子供去北京安家了，退休之后呀，他们就想去孩子家住。"

真到了地方，就是一个很普通、看着还有点儿老的小区，小区外面围了一圈的门面房，老马家牛肉夹饼就是租了两个门面房开了一家铺子，现场做了夹饼，客人也有地儿坐着吃。

"晚上人少点儿，都是进屋吃，早上人多，门口的条凳都摆不下。"陆辛走在沈小甜前面，帮她挡着在人行道上横冲直撞的电动车，带着她走到了店门口。

"马爷爷，我要三个……四个牛肉夹饼。"

除了小米粥和牛肉夹饼之外，这个小店里也不卖别的了。

做夹饼的爷爷看着快七十岁了，身体还算硬朗，快刀把从锅里捞出来的酱牛肉切碎了，再往切开了的面饼里填。看见了陆辛，他笑呵呵地说："你这小子是听说我要走，非得吃回本了才行？"

"马爷爷，我今天带了朋友来的，听说您和杨奶奶要退休了，我赶紧带她来您这儿吃点儿好的。"

"好啊，你带朋友来我这儿，我高兴！给你挑块带筋的肉。"

不一会儿，四个纯肉夹饼做好了，陆辛自己端到了沈小甜的面前："别家的牛肉夹饼，那肉大多是发干的，马爷爷这儿的肉是一直泡在酱汤里，而且肉都卤透了，尤其是这个蹄筋，谁吃谁知道。"

牛肉夹饼大概比沈小甜的手掌略大一圈儿，外面是金色的，密密地撒了一层芝麻，能看见揉制面团时产生的纹理，酥到咬一口都怕会掉渣儿。沈小甜双手捧着一个夹饼，听着陆辛的话，一口咬了上去。肉饼里面包着的是肉香四溢软糯可口的牛肉，还能吃到肉的纤维，满足感从口腔能一直延伸到人的后脑勺和脚指头，是那种会让人忍不住用鼻子发出声音的满足。

当然，沈小甜并没有，她只是眯着眼睛，一边咀嚼一边享受。

"特别酥烂。"她给了很正常的四个字评价。

陆辛却仿佛不满足，咽下嘴里的评价："那你知道它为什么这么酥烂吗？"

嗯？课代表居然主动提问了？

"这个蹄筋的部分，主要成分是胶原蛋白质，焖煮牛肉就是对蛋白质的热处理，热处理的过程中，蛋白质的性质发生改变。我们之前说过，在面团里，蛋白质是网和膜，在肉里面也是一样的，它们储存水分和胶质，加热很长时间之后，像这些蹄筋部分的胶原蛋白彻底发生变化，蹄筋的组织就会开始'降解'成为明胶，明胶是一种大分子的亲水胶体，会吸收丰富的汤汁，让我们有了这种酥烂的感觉。"

说完，她又大大地一口咬在了牛肉夹饼上，肉香味伴随着明胶和丰富的汁水在舌尖与味蕾纠缠。同样是酱卤出来的牛肉，老马家做的牛肉就和荆家卤肉馆做的牛肉有着不同的风味。

她反过来问陆辛："荆家卤肉你吃过吗？他们家的肉颜色比这个浅，味道也和它不一样。据说你吃一次就知道别人的菜是怎么做的，那你能不能告诉我，荆家的肉和这家的肉哪里不一样？"

嗯，这个应该叫分析简答题，属于中考的题目类型。

陆辛："首先是香料配方不一样……"

杨奶奶正好路过，她的头发已经花白了，但还是梳得整整齐齐，紧紧地在头上盘了起来。

陆辛对她笑了一下，接着说："其次吧，奶奶这边做的牛肉的调味儿是靠着他们家自己做的酱，里面放了炒的糖色，颜色就会更重一点儿。"

"小陆啊，来奶奶这儿吃肉了？"老太太说话的声音很响亮，她拍了拍陆辛的肩膀，就笑呵呵地走了。

"杨奶奶的……"陆辛对着沈小甜指了指自己的耳朵，"以前都是杨奶奶一边烙饼一边卖夹饼的，现在只能马爷爷自己卖，杨奶奶负责烙饼、盛稀饭。"

知道老太太听不见，所以是吃出来了卤牛肉的香料配方也要帮别人保守秘密吧？嘿嘿，大好人。沈小甜微微得意地笑了一下，把第一个牛肉夹饼吃完了，开始向第二个进攻。

陆辛的速度可比她快，手里拿着最后那点儿夹饼，他转头跟暂时空下来的马爷爷说："爷爷，您什么时候去北京了，可得把地址给我，到时候我带您去吃涮肉去。"

"不去了。"马爷爷把刀放在案板上，勉强地提了一下唇角，"他们都忙，我和你奶奶商量了，等外面那路开挖了，我们就不干了，就在这儿养老就成了。他们要是心里还有两个老的，就逢个年节回来看看……"

话说一半，就被他老伴儿打断了。杨奶奶用两只手比画着："我再烙十个饼预备着？"

马爷爷点点头："行啊，十个烙饼。"

醒好的面饼被揉成了形状放在了烙饼的铛子上，马爷爷一双眼睛斜着盯着看完，才回过头来继续跟陆辛说话："反正啊，外面的路开始修，我们就不干了，就在这儿养老了。"

真是……用手指头都能想出来的缘由。两个孩子被老夫妇养大去了大城市，组建了自己的家庭，等到老人老了，动不了了，想要退休了，才惊觉心心念念以为的"归巢"其实是"别人的家"。

陆辛的脸色已经沉了下来。

马爷爷叹了一口气，又给新来的客人做了五个牛肉夹饼。过了一会儿，他又开口了："小陆，你认不认识电视台的人呐？"说完，他自己就先否了，"我这记性啊，小陆你是外地来的，一年就在这儿过个暑假，哪儿能认识。"摇摇头，他继续忙活去了。

陆辛问："马爷爷，您找电视台的人干什么？"

"去年评那个什么'沽市十大小吃'，我们家没评上，没评上就算了，我们这不是要退休了嘛，就想整个小片子自己看。做了几十年了，以后不做了，万一再想呢？"

客人渐渐多了，马爷爷顾不上跟陆辛说话了。

男人坐在沈小甜对面，略低着头，看着手里的牛肉夹饼，说话的声音又轻又沉："忙了一辈子，供大两个孩子，最后孩子指望不上，摊子也开不下去了，人也老了……就剩下了点儿手艺。"摇摇头，陆辛叹了一口气。

"我觉得，我能帮上忙。"喝了一口小米稀饭，沈小甜擦了擦嘴角，开口说道。

"啊？"陆辛抬起头。

沈小甜的脸上露出了个笑容，是被他难得的呆给逗笑了："我是说，我会拍视频，我还能让不少人看见。"

为了证实自己的话，沈小甜打开手机戳了几下，让陆辛看着自己的手机屏幕："我之前是个老师，教化学的，化学很多实验，课上给学生看一遍，他们后来复习的时候也只能照着笔记看，我就弄了个账号，把做实验的视频传上去，他们想不起来了，可以上网复习一下。"

陆辛看着那个有两万多粉丝的账号，读道："小……甜儿老师。"

ID叫"小甜老师"，四个字硬是被他读成了五个字。

"视频啊，要会拍，会剪，再配上字幕和旁白。"沈小甜数着手指头，笑眯眯的，"至于拍摄器材，手机已经够了。"沈小甜的手机是去年冬天买的某个国产大牌新品，主打的就是拍摄功能，"我还有三脚架和手持的稳定器，不过得让我朋友给我寄过来……打光的话……"

沈小甜看着马爷爷，小铺子的光线不是很充足，不过现在是傍晚了，这个店铺的朝向还是偏东的："要是早上拍的话，说不定加个反光板就行，这个我也有。"

陆辛看着沈小甜细数着各种器材和设备，嘴角勾了起来，怎么都压不下去。

"就是不知道马爷爷愿不愿意让我拍。"沈小甜歪了一下脑袋，看着陆辛。

陆辛站了起来，直接去找马爷爷。

过了一会儿，马爷爷从做夹饼的台子后面出来了，他打量着沈小甜，猛地竖了个大拇指："小姑娘，看不出来你有这么大的本事呢！"

自媒体社交的年代，只有这些不上网的老人会把拍视频这个事情看得很难吧。心里这么想着，沈小甜的脸上却是带着一点儿不好意思的笑："爷爷您别这么说，我的技术也就是业余水平，您要是不嫌弃，我明天让我朋友把东西都发过来，给您录视频。"

事情就这么定下了。

回去的路上，沈小甜比来的时候情绪要高很多，一直在想拍视频的事。

"给做饭拍视频"这件事，陆辛不懂拍，可他知道怎么做，于是就成了沈小甜的"顾问"。从打开锅拿肉时的水蒸气到做饼的步骤，陆辛努力想着，看着很像是……在复习准备考试的可怜高中生。

"你说我要是想拍马爷爷看着杨奶奶做面饼的样子，是不是有点儿奇怪？"沈小甜问他。

"不会。"陆辛从"酱汁颜色怎么显得更亮"的深渊里爬出来，认真思考了一下，然后回答，"俩老人应该会挺喜欢的。马爷爷那时候说过，他年轻的时候就是个混混，不读书也不学手艺，要不是后来认识了杨奶奶，被压着上进，他早就饿死了。我刚认识他俩的时候，杨奶奶的耳朵还好着呢，干活又快又利索，天天压着马爷爷好好做生意、不准和人生气，马爷爷就嬉皮笑脸的，老两口几十年了，关系可好了，就是牛肉遇上了夹饼。"

沈小甜点点头。

出租车停在了石榴巷的巷子口，下车的时候，沈小甜看见有梧桐叶子从自己眼前落了下来。

"陆辛。"她难得叫了一声男人的名字。

男人踩着落了地的叶子走过来："怎么了？"

"你说，马爷爷和杨奶奶要是一开始就知道他们的孩子后来会不愿意跟他们一起住，还会那么辛苦地忙碌大半辈子吗？"

就像树叶，装点了这棵树的一整个夏天，通过光合作用供养着树，在秋天，就被抛弃了。

"嗯……"陆辛说，"还是看人吧。"

沈小甜心口梗着一口气。外公当年出事的时候，她还很小，小到只记得妈妈和外公吵架，还有……还有就在这几棵梧桐树下面，外公被人一把推倒，脑袋撞出了血。

纪念？无耻！

"我认识一个朋友，从来都是好脾气。"陆辛的声音从沈小甜的背后传来，好像带着一种新鲜树木的气息，"我们刚认识的时候是在一个西北小县城的火车站，有个人说自己钱丢了，想找他帮忙，其实那货就是个贼，趁着我朋友掏钱包的工夫，一把拽了他的包就跑，我朋友被拽得摔在地上，脸上好大一块儿都肿了。我就去追那个人，后来和火车站的警察一块儿把那个家伙给摁住了。"

陆辛拍了拍梧桐树的树干，对沈小甜说："我那时候年纪小，问过他一样的问题。"

——"臭老头儿，要不是小爷我心肠好，你的钱早就没了！教你一个乖，瞎好心是没有好结果的。"

沈小甜回头，看见陆辛在笑。

"那你朋友怎么回答的？"

"呵……"陆辛笑了一声，"他说，他今天被抢是一件坏事，可我帮他抢回来，那又是一件好事，一好一坏，日子不错。"

沈小甜纤细的肩膀松了一下，像是吸了一口气："你朋友跟你一样啊，是个大好人。"

陆辛一只手插在了裤兜里，看着沈小甜去开门："其实马爷爷的事儿你也不用往心上去，他们老两口很喜欢做牛肉夹饼，不然心里都是厌烦了，哪儿还会心心念念找人拍个视频呢？他们俩肩上挑着个担子，前头亏了点儿，后头也还有点儿东西能压着呢。"

"嗯。"看着陆辛推那辆摩托车,沈小甜说,"谢谢你啊,大好人。"

陆辛看看她,摆摆手走了,留下沈小甜和几棵梧桐树站在原地。

好人?好报?她抬头看看彻底黑下来的天,冷冷地笑了一下。

1980 年,她外公田亦清已经四十三岁,从大西北回来,带着病弱的妻子和刚懂事的女儿。那时候的沽县一中有什么呀?三两个老师,一群连书都不会看的学生,一处破旧的校舍。

他在大西北待了十几年,一直在教书育人,因为做出了成绩,才被请了回来。他刚回来两年,沽县一中就有十个人考上了名牌大学。

有那么一段时间,读中专比考上大学还值钱,尤其是师范中专,读完了出来就是有编制的老师,砸不破的铁饭碗。田亦清却不这么看,他说人应该追求更高层次的教育,因为那会让他们有更广大的视野,看见更多的东西。所以每年夏天,他都要一家一家去劝那些成绩好的孩子的家长,让他们把孩子送到高中来,让他们读大学。

除了在一中当老师,他还要去师范中专上课,为的也是鼓励那些读中专的学生不要放弃,将来就算工作了,也要继续想办法深造。

即使后来诸多不顺,田亦清也是沈小甜见过的最好的人,是她的外公。

1994 年,沽县一中升格为沽市第一中学,被评为省级重点高中。

1997 年,一个没考上一中的学生家长在校长室里突然扒了衣服,说是校长田亦清给她脱的。接着,有人写匿名信举报田亦清和女老师有不正当关系,一夜之间,大字报贴满了珠桥两边,功勋校长的光环瞬间破碎。

那个扒衣服的妇女是沽市当地一个村的,村里的男丁拿着铁锹来砸他家的门,五十九岁的老人被推倒在树上磕破了脑袋。田校长被迫辞职,成了"田流氓",隔三岔五就要被调查审问,要不是已经房改,房子成了私产,只怕是连住的地方都没了。

受不了别人的流言蜚语,又不能报复回去,再加上婚姻破裂,他女儿田心离开沽市去了广东,沈小甜因为哭闹着不肯离开外公,被留了下来。

"那段时间，他的那些学生没有一个人帮他，一个都没有。有一个当时正在省教委工作，不光一句好话没替他说，还对调查组说他跋扈专断，还说他和女学生也不清不楚……这就是他捧了一颗心出去换来的。"

沈小甜永远都忘不了妈妈对自己说这些时的表情。

虽然她在听了这些之后，依然选择去当个老师。

1998年，原来二轻附中的校长因为经济问题被抓，交代出他为了一中校长的位置设计陷害田亦清的事实，这才还了外公一个清白。这时候，田亦清已经六十岁了，市里恢复了他的名誉，恢复了他的退休待遇。有人看着他想起来叫他田老师、田校长了，他又被返聘回了一中教书，一切好像都没发生过。所以在二十一年后的今天，那些学生还会找上门，说要以他的名义建所学校。

"凭什么要假装一切都没发生？他们有什么资格用我外公的名义去给自己脸上贴金？！"沈小甜质问那棵比自己还老的梧桐树，然后踢了它一脚。

幸好是穿了运动鞋，要还是那双十五块钱的深度山寨小拖鞋，那就是她自虐了。可脚还是疼，她生着气，一瘸一拐地往家里走。

手机突然响了，是陆辛发来的消息。

课代表："忘了跟你说，明天我们去吃海鲜，你上午十一点等我去接你。"

哦对了，明天是有吃着海鲜听故事的一顿。

沈小甜站在家门口回他："好呀。"

然后她打电话给米然。答应了要帮马爷爷拍视频，那些器材就发顺丰吧，到付。

4

"小辛呐，你知道概率学吗？"

虽然身高很可观，属于少年的肩膀还是清瘦的，上面顶着的脑袋更是稚嫩到傻，剃着圆寸、戴着耳钉也不像个混社会的，更像是只呆呆的鸡雏。

"哼。"他不说自己不知道，镶钻的耳钉在不甚明亮的光线中，闪烁着倔强的微光。

"概率学研究的是随机事件，就是有些事情可能发生，有些事情可能不发生。比如我今天遇到了一个坏人，我也可能遇到一个好人。"

"我说老爷子你脑袋别晃，擦药呢，小心都给你抹嘴里。"陆辛拿着从警察那儿借来的碘酒和棉签，在那张老脸上涂涂抹抹。

"所以说，一个人只要去做一件好事，那么别人遇到好事的概率就会更高，这个你明白吧？"

"别跟我叨叨了，唐僧都没你能唠叨。"

"而且，好事它是能传染的，你遇到了一个好人，遇到了一件好事，你觉得不错，那你可能也去做件好事，对不对？那这样，你做一件好事就变成了很多的好事，在概率学上来说，只要这个数字积累，那么整个的概率就将大大增长。"

陆辛后退了一步，满意地看着自己在老人脸上用碘酒画的唐僧。

"你看，你今天帮我抢包回来，做了一件好事，我这一天就成了挺好的一天，对不对？人呐，多做好事总没错的。"

"知道啦知道啦！老唐僧！"

……

躺在床上的陆辛睁开了眼睛，他是被闹钟吵醒的。

起床，他打了个电话："老冯，到地儿了没？查一查，东西都备好了吗？"

电话那头的老冯说："陆哥，东西都差不多了，您昨天在我这儿煨的佛跳墙您看我什么时候提到钱老板这儿来呀？"

"下午五点吧，不是说六点开始吗，五点来了放在灶上用文火再焖着，快开宴了就开始分，钱老板说要一上来就显显摆摆，咱们就遂他的意呗。"

"行，陆哥！那您看您什么时候过来给我们镇场子呀？钱老板公司的秘书问了我好几遍了，嘿嘿嘿……"

"我……下午三……四点吧，你带着你徒弟把料都备好了，上次的那个虾线都没去净，逼着又给虾开了背，这次你把你徒弟看牢点儿，可别再出岔子了。"

事情在电话里一样一样交代得七七八八，陆辛突然转了个弯儿说："老冯，你家的车有没有在沽市这儿空着的，我去开一辆。"

"陆哥，您要用车啊，您早说啊，我早上给您送过去，您抬腿儿就能用了，现在的话，我那儿还有辆霸道，您不用操心了，十五分钟，我让留家里的刚子给您把车送过去。"

于是中午十一点，沈小甜站在石榴巷巷口，看见一辆挺大的车"吱"地停在了她身前。

男人帅气地从车上跳下来，开口说："开这么个玩意儿去柜子那儿吃海鲜，柜子能酸死我，唉。"

一句话，就让沈小甜对那个"柜子"好奇了起来。

陆辛给沈小甜打开了后座的车门："你能上去吧？"

沈小甜皱了一下眉头："你总是俯视我，是不是觉得我特别矮？"

陆辛："不是，是我骑摩托久了，看这车总觉得它太高。"

沈小甜坐上车的时候是笑着的："快递已经寄出来了。"她没忘了跟自己的课代表兼顾问汇报一下进度。

陆辛开着车说："我带你吃个饭，结果给你找了个麻烦事，难为你还这么上心，一会儿我掐着柜子脖子让他给你加菜。"

车子一路往东南方向走，不一会儿就出了城。路上的人比想象中多，陆辛想一脚油门踩下去都没有机会。

"哎呀，今天是周末，我说怎么这么多人呢。"趁着红绿灯的工夫，陆辛研究了一下车载音响，挑了首歌开始放，"这车是我一个朋友他儿子常开的，啧，95后。"话音刚落，音响里电吉他声就已经响了起来。

"勇敢的你，站在这里，脸庞清瘦却骄傲……"

主唱的声音里鼻音略重，吐字儿都犯着懒，在音乐到达高潮的部分却成了根手指头，一下一下往人心里戳，听得人只觉得心里颤了两下，头皮已经麻了。

一曲终了，陆辛长出一口气，说："还挺好听哈。"

是很好听，沈小甜点头。

车里安安静静的，只有歌声又响了起来。

两个人就这么听了半个多小时的歌，在快要十二点的时候到了一个叫"二猫海鲜"的地方。

沽市没有海，离海却不远，开到这里已经是邻市的地界儿，这家店开在老国道边儿上，再往里开五分钟就是一个靠近渔村的海鲜大市场，周围几个市的不少饭店就来这里进货，因为东西新鲜又便宜，也有些爱吃的当地人赶着来买海鲜回家吃。

这些都是陆辛告诉沈小甜的。

"现在是休渔季，冷清了一点儿，平常早上四五点的时候，这边就全是进货的人了，车能塞到一里外。"

停好了车子进去，陆辛让着沈小甜往里走。"二猫海鲜"是个三层小楼，一楼整整齐齐摆着大水箱，水箱下面是活鱼，上面浮着塑料筐，是些鲜活的贝类。另一边儿摆着的是不锈钢台子，台子上几排塑料盒，氧气机往里面"呜呜呜"地打着气，鲜虾活蟹在里面张牙舞爪，还有蛤蜊有恃无恐地喷着水。

这样的地方，地面是不可能干着的，沈小甜避过一条横行霸道的水管，抬起头，看见了一个男人迎着他们走了过来，半长头发，单眼皮，鼻子略大，卡其色短裤下面穿了双塑料拖鞋，红色T恤上印着"我不是国足"。

"陆辛呐，你怎么这么大的脸面，让我辛辛苦苦给你找好货，你自己带着个漂亮妹妹开着个霸道就来了，你挺霸道呀。"

果然，陆辛没说错，这个被人叫"柜子"的男人一开口就酸他。

陆辛走过去，作势要拍他肩膀，结果一抬手臂，用胳膊肘撞了他一下："不是说弄了好东西吗？鱼呢？"

"没有鱼。"柜子笑呵呵地一拳打在陆辛的手臂上——跟一米八五以上的陆辛比，他矮上一截，想打肩膀的，人家一拦就是手臂了，"我给你弄了点儿龟足，一个小时前刚送来，金竹酒店那帮子看见了，跟我说了半天，我一两都不给他们。"语气得意扬扬。

沈小甜的注意力被捞章鱼的工作人员吸引了，趴在玻璃水箱上的章鱼触手伸展不肯松开吸盘，像是在演琼瑶剧的男主角。

"美女你好，我叫柜子，保鲜柜的柜子，我家的海产啊，没别的，就是新鲜！"

"你好，我叫沈小甜。"

"这名字真好，跟……"柜子是个舌头一卷两万里的啰唆鬼，陆辛揽住了他的脖子，让他带着上楼吃海鲜去。

一楼像个水产超市，二楼却是摆放整齐的木头桌椅，原来柜子的这家"二猫海鲜"是个海鲜排档，在一楼挑了海鲜可以直接交给后厨，坐在二楼等着就能吃做好的了，也就是额外花点儿加工费。

"我是真服了，在我这儿你不喝啤酒吃蛤蜊，非让我给你弄别的。陆辛，也就是你，换个人我一巴掌把他呼一边儿去了我告诉你。"当地的"蛤蜊"两个字有特殊的发音，柜子说话的时候就自带了蛤蜊的鲜甜味。

柜子和陆辛在一起，就是两个不同地域臭贫的巅峰对决，一边是儿化音，一边是蛤蜊味，沈小甜听着暗暗想谁能先把谁给带歪了。

在靠窗的位置坐下，遥遥地能看见一片渔村，其实是一片红瓦白房，柜子不说，沈小甜都想不到那是渔村。

短短几分钟后，一个大盘子被端了上来，灰绿带褐的颜色，好像一片一片鳞拼凑起来的，其中一头儿上聚拢了很多的白色"指甲"，就算上面摆着姜片都没盖住某种怪异感。

"这不是真的乌龟的脚，这玩意儿是长在石头和船底的，老外爱吃这个。"陆辛给沈小甜做介绍，"福建那边这玩意多点儿，不过柜子弄的这个真挺大的。"

柜子的脸上露出了挺憨厚可爱的笑，就是嘴里的损劲儿还坚持不肯下去："我是谁啊，我特意弄的东西能差了吗？"

陆辛没理他的嘟瑟，开始示范怎么吃这个"龟足"——捏着两边往外一扯，长颈的那一段儿被扒了外层，露出白莹莹的肉，鲜美的汁水藏不住了，沿着手指往下流。

龟足的近亲鹅颈藤壶在欧洲价格高昂，被称为"来自地狱的美味"，正是因为诡异外表下面蕴藏的绝世鲜美味道。

沈小甜小心捏着那一点细腻柔软的肉，放进了嘴里，瞬间就感觉到鲜甜的味道冲刷着自己的舌头。

七大罪宗里有暴食与贪婪，当舌尖与龟足的肉相触，它们便缠绕在了人的心上——简单来说，就是不到五分钟，一大盘龟足就已经被三个人吃得一干二净，陆辛和柜子都不吭声了，舌头忙着呢，顾不上。

这时，第二个大盘子才端上来，是白灼的基围虾。

当地吃海鲜少不了蘸料，"二猫海鲜"家少吃龟足，只当是贝类，还给上了碟姜醋，自然是无人问津，基围虾就是给配了酱油汁，还放了葱花、香菜和小米辣。

"甜，是真甜啊！"掐着虾头，柜子还在回味刚刚的龟足，他把刚刚扒下来的虾头往陆辛的面前一送，问他，"你说，这玩意儿咋那么甜呢？"

陆辛没说话，只是默默抬了一下眼睛。

"因为氨基酸浓度高啊。"沈小甜剥着虾壳，不紧不慢地说，"分子运动会平衡浓度，也就是说水分子会向液体浓度高的地方移动，到了海里也一样，所以海水中的生物为了不会失水死亡，体内就会维持一个较高的液体浓度，维持的方式就是囤积大量的氨基酸。氨基酸里有一种叫甘氨酸，吃起来就是甜的。"

柜子举着的虾头就一直没放下，他一脸茫然地看着陆辛。

陆辛只是对他微笑，问："听懂了吗？听了你也不懂，那你可就白问了。"

沈小甜开始吃第二只虾，虾肉也是甜的，嗯，令人愉悦的甘氨酸。

柜子悻悻地放下手里的虾头，坐姿一下就正经了很多："我化学但凡及格过，我家老爹就不会把我赶去南方让我当鱼贩子了。"

"甘氨酸"一出马，柜子诡异地安静了，拿筷子的胳膊都不是随便放了："吃个饭我怎么就上了课堂了呢？"他还在怀疑人生。

陆辛说："小甜儿老师一出手，你上学的时候啥德行是一下子就露底了。"

柜子的笑容都变得腼腆起来："小时候是没好好学，再说了，我小时候老师也不在餐桌上突然讲课呀。"

葱拌海螺带着原壳就端上来了，螺肉处理得极干净，焯水后和葱丝拌在一起，略加了点儿酱油，味道就够了。螺肉是脆的，鲜香微甜都被葱味提了出来，让人一口接一口地吃，根本停不下来。

又上来了一道蒜蓉粉丝蒸扇贝、一道清蒸加吉鱼，每个人面前又摆了个大碟，中间放了一点儿米饭，碟头放着两个鲍鱼，用肉末浓汁煨透了。

真真正正的海鲜大餐，从前菜到饭都没离了海里的那份鲜活。

沈小甜看着就觉得不知道该先吃哪一口才好，陆辛却嗤笑了一声，斜眼看着柜子："你家的扇贝还拿蒜蓉粉丝蒸啊？还有这个鲍鱼，菜市场里十几块钱一把的东西，你这儿做得还挺精细。"

所谓行家一出手就知有没有，小鲍鱼和扇贝在盛行水产养殖的当地都不是贵重的东西，陆辛一看这做法就知道了柜子生意里的猫腻。

柜子也很光棍，摊手说："对呀，我就是为了抬价，不然白水一煮，那才几个钱？再说了，蒜蓉粉丝、肉末鲍鱼饭，外地来的还真爱死了这口儿。"

陆辛对沈小甜说："他们做海产生意的，都是往死里抠利润。他爸从前是有名的海产商人，一开始是卖鱼，后来开了个厂子全中国地卖烤鱼片，还跟日本人、韩国人做生意。到他了，从前就是南北两边的海鲜倒腾着卖，现在干脆就弄了几十条船出海，自己在店里卖，多余的就卖出去。"

"嘿！你这可就说错了，我可不是几十条船了。"柜子又得意了起来，往窗外的渔村一指，"一百五十条船。"

陆辛是真的惊讶了，拍了一下他的肩膀："行啊，你小子今年牛了呀。"

"那是，现在线上线下我都卖，只要黄海里能捞出来的，没有我不卖的。"

在广东的时候，沈小甜是极少能看见这么张牙舞爪的人的。广东人最有名的除了爱吃，就是低调地有钱，他们的事业在言谈中往往讳莫如深，透着心照不宣的各留后招，哪怕他只是个再普通不过的白领，你也不知道他手里是不是有几十套房在收租。柜子这个人却正好相反，他能让人感觉到他的事业在上升，并且为此快乐又骄傲。沈小甜觉得他确实跟陆辛说的一样，是个会讲故事的有趣的人。

"陆辛就会拣好听的说，我那个老爹是一开始倒腾水产，后来开厂子挣了点儿，结果呢，傻乎乎地去投了什么景区的农家乐，那钱跟填窟窿一样地往里砸，穷得比富起来的时候快多了。我那时候去广东，一开始说是学着倒腾海鲜做生意，结果我找了些狐朋狗友光玩儿去了，广东多好玩儿……咳。"看了一眼沈小甜的笑容，柜子大概又想起了被化学支配的恐惧，声音戛然而止。

吃了一口米饭，又喝了口水，再开口，他语气稳当了许多："我那时候想得可简单了。学习不好？无所谓，我爹有钱！不会赚钱？无所谓，我爹赚的钱我一辈子花不完！结果一回家，我爹破产了。老头儿穷得叮当响了，我在广东说我要做生意要二十万块钱，他也给我了，借着给我的，那是 2011 年，我把我爹从骨头里榨出来的钱都扔酒桌上了。"

蒸好的加吉鱼依然是粉色的，肉一瓣一瓣，入嘴就是鲜嫩两个字，尤其是蘸着一边儿的汤，然后配上一点儿饭。沈小甜慢慢吃着，看着柜子在裤兜摸索了一下，拿出了一包烟，却没抽，只是拍在了桌边上。

"回家看见我爹头发全白了，我都傻了，我说我一分钱都没带回来，他也没生气，他是没劲儿跟我生气了，上医院查出来肝癌早期。我没办法，我妈就是个护士，当了那么多年阔太太，为了赚钱给我老爹治病，下了大夜班还得去人家里给那些半身不遂的端屎端尿……很多人有钱了，以前的傻事就不提了，我不一样，我得让自己别忘了，我得告诉自己，你就是个啥也不知道的傻子，现在挣钱了，也不是一辈子都有钱。"

柜子看向陆辛："你说你开个霸道来干什么？都不能陪我喝酒！"

"我陪你喝。"沈小甜说。

柜子愣了一下，然后笑了："好嘞！"

陆辛只在旁边笑。

啤酒还是喝的扎啤，清透的酒味混着海鲜，确实让人有瘾。

喝了两口酒，柜子说："小甜老师，我就这么叫你了啊，你猜我这儿为什么叫'二猫海鲜'？那时候，我实在是没路走了，跟我高中同学借了两千块钱，就在这儿倒腾海鲜，渔村里面一个小房间，除了床什么都没有，一个月二百块钱我住里头。结果我这个人就是欠，第一个月，我刚赚了点儿就又去嘚瑟，结果就把生意耽误了，那些客人可不管你是谁，说是四点来拿货，那就一分钟都不能晚，我一觉醒了，客人全让人拐跑了。渔民收了我的定金，我没去拿货，人家也不退，我一下子就赔了一大半儿。那时候，我住的那个地方外面总有两只小猫，我挑出来的臭鱼烂虾，就喂它们吃。第三个月的时候，我生意更差了，交了一笔定金，连饭钱都没有了，两天，我就喝水填肚子，还得到处找客商把我定的货倒出去。第三天早上，我眼睛都看不清了，模模糊糊的，我寻思着，实在不行，我就找个大船，从上面跳下去，最好一命交代了，大船老板倒了霉赔点儿钱，也算是我还了我爹妈了。结果，你猜怎么着？我一出门，两只小猫给我叼来了一条鱼。"

沈小甜吃着蒜蓉粉丝，筷子停在了嘴边。

"我把鱼煮了，吃了，就靠两只猫给续了命。第五天，我下了定金的那条船回来了，大丰收，船上沉沉的全是鱼，最厉害的是什么，那条船一回来，台风也来了，其他船不少都是空着进港了，客商急着囤货，鱼价噌地就上去了，我一下子就翻本了。"他喝干了杯子里的酒，笑着对聚精会神听故事的沈小甜说，"后来我就把两只猫养起来了，狐朋狗友彻底断了，喝酒呢，也就是在自己的一亩三分地儿喝一杯啤酒，再也不敢误事了。怎么样，小甜老师，是不是觉得吃鱼更鲜了？"

"是。"沈小甜点头。

柜子突然笑着说："说你们，你们就来了。"

沈小甜顺着他的视线往外看去，正好对上了一双异色的眼眸。黑白花的猫眼睛一蓝一黄，左眼上有一道疤，神态十足的威严，黑色的尾巴从白色的屁股上伸出来，轻轻拍打在窗玻璃上。一只瘦很多的小狸花猫跟在后面，步伐轻盈地走在窗台上。

"你们两个是不是又把纱窗挠开出来的？窦英雄你就带着窦小花闹吧！上次跟野猫打架伤好了你就不知道疼了。"

两只猫隔着玻璃不在乎柜子的数落。

柜子走到窗边，手里拿着两只基围虾，笑容也变得温柔起来。

沈小甜走的时候，柜子怀里抱着叫"窦小花"的狸花猫，那只金银眼还雪里拖枪的"窦英雄"跟在他后面，一人两猫一起送她。

"陆辛，你是不是快走了？"告别的时候，柜子突然问道。

陆辛说："是，今天忙完了钱老板的活儿，我就没什么事了。"

柜子点点头："那你有空再来一趟，带着小甜老师一起来。"

窦小花抓着他的衣领往下来，拽着男人给陆辛鞠了半个躬，他也顾不上再说什么，只能对着沈小甜点头："小甜老师你什么时候想吃海鲜就过来。"

"嗯，谢谢你。"

沈小甜还跟两只猫咪分别告别。窦小花还在跟柜子的领口搏斗。窦英雄眯了眯眼睛，甩了一下尾巴，很是敷衍。

车上，沈小甜觉得自己还有一半的魂儿留在了柜子讲的故事里。

"海鲜需要积攒氨基酸提升液体浓度跟海水对抗，人也一样。"她小声念叨着，打了个小嗝儿，只觉都是海味的。

"什么？"陆辛透过后视镜看了沈小甜一眼。

年轻女人的脸上是浅浅的笑，她的眼睛看向车顶，捂着嘴轻声说："我是说你像连着羧基氨基的碳原子。"

陆辛微微皱着眉头，把沈小甜送回家，他得立刻往钱老板那儿赶了。沈小甜说的他还是没听清："什么？"

"我说，谢谢你，大好人。"

陆辛笑着说："我也得谢谢你，好心的小甜儿老师。"

"柜子人是真挺不容易的，他刚赚了点儿钱，就得给他爹买药，倒腾海鲜的买卖也是看天吃饭的，他辛苦了四五年，才勉强有了点儿根基。我认识他是在 2015 年的时候，一个姓李的大老板女儿结婚，男女双方两边儿都要办，加起来一百多桌，他找上门，想把里面的海鲜给包了。那时候他比现在瘦，还黑，跟个出海打鱼的没什么两样。"

从败家子到靠猫养了一口的落魄人，再到现在有上百条渔船、一家大排档的老板，柜子的人生起伏之大，真的让沈小甜叹为观止。她真情实意地赞叹："真厉害啊。"

到家了，沈小甜从车上下来，关上车门，她突然问陆辛："我现在看起来还像是要自杀吗？"

男人一愣，继而有些无可奈何地笑了："我当时真的是……我也不知道自己怎么就想到那儿去了。"

"不像了是吧？"沈小甜眨了眨眼睛，"谢谢你呀，大好人，明天东西应该就到了，后天有时间就去马爷爷那儿吧？"

"好。"

陆辛按下车窗，对着沈小甜摆摆手，踩了油门走了。

"拍完视频，我也该走了。"打开院子的门，女孩儿看看一直停摩托车的地方自言自语，然后笑了笑，摇摇头。

5

"小甜啊，你看我这样行不行？"手里拿着个夹饼，马爷爷拧着自己的手臂，努力想摆个姿势出来。

"您不用管我，和平常一样做夹饼就好啦。"沈小甜捧着陆辛的手机，对着马爷爷微笑。

她的手机在三脚架上，正对着杨奶奶揉面饼的手。

至于陆辛，他的两条大长胳膊终于有了用武之地，正在以一个看起来不太舒服的姿势拿着反光板。

"马大爷，这是干吗呢？"

小小的城刚刚过来，买早饭的人渐渐多了，有熟客不敢靠前，后退了一步这么问马爷爷。

"随便拍点儿视频。"沈小甜笑眯眯地接了话。

马爷爷的表情有点儿害羞，切肉的手依然很稳。

整个拍摄的难点除了人来人往影响机位和画面之外，就是杨奶奶不太好的听力。

沈小甜说："奶奶，趁着人少您再烙一遍饼吧，我想拍一下您撒芝麻。"

老太太听不清楚，抬起头来大声嚷："什么芝麻？你要吃芝麻多的？"

沈小甜努力把自己的声音提高，效果也不太好，还是得马爷爷再跟她说几遍。

次数多了，杨奶奶急了："我不拍了，我不拍了！"她挥手挡着自己的脸，看着反光板还对着她，她又去扒陆辛的胳膊，"我不拍了！"

名为"老马家牛肉夹饼"的铺子，一下子就安静了下来。

"别生气啊。"马爷爷赶紧过来抓住了杨奶奶的手，"没事！你别着急！"

"我不拍了！我都听不见！"

"没事啊！没事！"

沈小甜捧着还在拍摄的手机，看着马爷爷揽住了杨奶奶的肩膀，又回头对着其他人："不好意思啊各位，要买夹饼先等等。"然后他揽着自己的老伴儿掀开后门帘子进去了，又把门关上。

"唉？我们还等着买饭呢！"

有客人不满意了，却看见一个年轻的瘦高小伙儿放下了手里的板子，洗了洗手，走到了台子后面。

"你要几个牛肉夹饼呀？"

"三、三个带走。"

"得嘞！"切饼、剁肉、把肉塞进饼里，陆辛的动作行云流水，仿佛也是开了十几年店的。

沈小甜看着他，眨眨眼，又举起了手机。

一旁吃着牛肉夹饼的老客看了一眼后门，摇摇头说："杨大妈也真是从年轻倔到了老，她从前年开始就听不大清了，我早跟她说去配个助听器，这个玩意儿现在也不贵，马大爷也劝她，她说什么都不听。想想也是，以前家里家外、店里店外都是她一手抓着的，结果这个耳朵就是不好用了，她呀，不上火才怪呢！"

另一边坐着的客人也开口了："大妈能不气吗？今年刚过完年的时候，大妈都被气病了，这么多年把两个孩子送北京去安了家，结果怎么样？人家孩子嫌弃，说大爷大妈去了北京，地铁不会坐，公交不会坐，连门都出不了，现在大妈耳朵又听不见。道理一套一套的，也不想想爹妈在这儿还住着个老楼呢，他们在北京倒是电梯房住着……"

有些话就不能再多说了，那个客人转身瞅了一眼门，又看向沈小甜："嫚儿，这段你可别拍进去昂。"

"您放心。"沈小甜笑得十分标准。

又有人叹了一声："老了，人家都嫌麻烦了。"

"老了嫌麻烦，那谁还没小过？谁不是被人一把屎一把尿拉扯大的？马大爷杨大妈要是那样没心肝的爹妈，咱们也没话说，可这大半辈子砸进去了……"

"也不能这么说，成家立业，当孩子的也不容易，孩子小，父母老，又是平常见不着面的，一下子住一起，谁不头大呀？"

小小的饭馆里，一大早，人们为这事争论了起来。

灶台边，陆辛身子半躬着，牛肉的香围着他，刀声咄咄。

沈小甜忍不住去用手机拍摄他的手，骨节宽大，修长有力，是一双一看就极为能干的手，还非常好看。

镜头慢慢上移，处暑时节八九点的阳光照进来，和刚刚在这里的马爷爷是完全不同的年轻俊朗模样，沈小甜却觉得他们有一些东西是很相似的。

又过了几分钟，马爷爷先出来了，看见陆辛替他在忙，连忙小跑过去接了过来："谢谢谢谢，哎呀真是，今天真的太谢谢你们了。"又对沈小甜说，"没事了啊，小甜啊，真辛苦你跑这一趟，你大妈马上就出来，你继续拍……饿了吧？我给你做个夹饼？"

沈小甜摇摇头，脸上一丝的勉强都没有。

马爷爷又看了一眼后面，压低了声音说："你别生你大妈的气，她这个人啊，从来就是自己跟自己生气。"

"嗯嗯。"甜甜的女孩儿点头。

不一会儿，杨奶奶出来了，她微微低着头，沈小甜凭借身矮的优势，还是看见了她眼眶的红。

对着沈小甜，她挤出了一个微笑，就低下头去继续做饼了。

沈小甜只是拍她，不再要求什么，她也就一直安静。

安静了十几分钟，杨奶奶拍了拍马爷爷的脊背，马爷爷看着她，她也不说话，直接把自己老伴儿挤开了。

饼从中间破开，肉选了一块带了一点儿筋的，沈小甜举着手机追着拍，看见老太太拿着那捞肉的汤勺，点了一点儿汤在饼里，才把切好的牛肉填进去。

"请你吃，别生我气，我……唉，脾气太臭了。"

怀里被塞了个饼，沈小甜看着说话声音很大的老太太，嘴一下子就咧开了："谢谢奶奶！"

陆辛也被塞了一个，他完全不客气，拿起来就啃。

从中间剖开的饼还有一端是连在一起的，吃饼的时候吃到这里，肉馅已经没了，就剩了干干的饼，放在嘴里就像是要吸走牛肉留下的所有汁水。有了那一点点的汤，牛肉夹饼的滋味儿是从头到脚的。

沈小甜大声对老太太说："奶奶，您做的比爷爷做的好吃！"二十几岁的人了，并不在乎自己像个刚吃到点心的孩子。

陆辛在一旁举着反光板，眼睛也是亮的。

九点多，做饼的面用完了，杨奶奶到后面去拿面团，陆辛看了一眼手里拿着充电器坚持拍摄的沈小甜，问马爷爷："您是怎么把杨奶奶哄出来的？"

"我跟她说，我跟她一起做了一辈子的牛肉夹饼，她是饼，我是肉，没了她，我就是一摊吃不到嘴里的烂肉泥。"说完，马爷爷嘿嘿笑了一声，活似刚刚从老婆手里要到了零花钱。

现实的争论和伦理的沉郁，在这笑里散了。

断断续续加起来拍了两三个小时，沈小甜觉得差不多了。举着手机走来走去，一停下来才觉得自己哪儿都有些酸。

"马爷爷、杨奶奶，我先走了，成片剪出来我就给送过来。"收好了手机、三脚架、反光板和一个没用上的小补光灯，沈小甜跟两位老人告别。

陆辛拎着她的包，说："这周围有家虾仁馄饨不错，要去尝尝吗？"

"不用了。"女孩儿疲惫的脸上还是带着笑的，"吃了个夹饼，我现在一点儿都不饿。"

男人愣了一下。

沈小甜又说："我得赶紧把视频剪出来，这才是正事儿。离开这儿之前能帮两位老人做点儿什么，我还挺开心的。"声音又轻又甜。

第三章

小甜老师
xiao tian lao shi

1

视频剪辑是个比很多人想象中都要枯燥的工作。

沈小甜戴上了眼镜，头发扎成了马尾还不算，额头的碎发都被她用发贴粘到了头顶，露出了光洁的脑门儿。电脑屏幕上的画面一帧一帧地过，沈小甜操作着鼠标，把细节拆分出来，不时还要拿着笔在本子上写写画画。

"牛肉……面饼……"

画面看得太多了，沈小甜长出一口气，牛肉夹饼真的很好吃，可她看得太多，有点儿看饱了。

不停地调整，不停地剪辑，偶尔休息一下眼睛，心里还要想着放什么背景音进去，相比较做这个视频，沈小甜觉得从前自己那些实验视频真是太简单了。

摘下眼镜揉揉眼睛，沈小甜这才发现外面的天不知道什么时候已经黑透了，她竟然从上午一直忙到了晚上。摸了一下肚子，她有些饿了。

正在这个时候，窗外传来了一阵摩托车的马达声。

"嘿，小甜儿老师！"

有人在楼下用特殊的发音喊她的名字，比他那辆摩托车还独树一帜。

沈小甜走下了楼，顺便打开了一楼的灯。

"没吃饭吧？"男人的语气十分笃定。

沈小甜摇摇头又点点头，到现在，她眼前还有些发蒙："忘了。"

说话的时候，她习惯性地往旁边一让，让男人把车停在了她的小院里。

"我带了点儿馄饨过来。"借着路灯看了一眼沈小甜，男人说，"我帮你煮？"

沈小甜下意识点点头。

馄饨是摆在了一个屉子上用塑料膜盖起来，让男人用书包背过来的。拿掉塑料膜，还是整整齐齐的，样子都非常饱满好看，薄薄的皮子舒展着，一个个都像是古代的小元宝。

"家里有鸡蛋吗？"

"有。"

对话间，陆辛已经走到厨房打开了冰箱，从里面挑拣出了一个鸡蛋。

煮馄饨真不是个麻烦的活儿，沈小甜跟在陆辛的身后，都想不明白为什么他会突然在自己家里煮起了馄饨。

水烧开了，小元宝们排着队下了锅，陆辛拿着汤勺搅了一下，转头看向沈小甜，眉头皱了起来："赶紧洗把脸去，看你都快睡过去了。"

"哦。"

站在卫生间里，看着镜子里那个头发梳起来像个初中生的小丫头，沈小甜长出了一口气，把一捧冷水拍在了脸上。等走出卫生间的时候，她的长发已经披散了下来，被整齐地梳好。

陆辛端着一个碗，正在往煮沸的锅里点凉水。站在并不宽敞的厨房里，这个男人的举手投足间都是令人难以形容的从容自信，仿佛一滴水、一撮火都在他的掌握里。他穿的还是白天那条泛白的牛仔长裤，却和白天那个拿着反光板的家伙完全是两种感觉了。

"香菜、葱花、虾皮、紫菜都要吗？"

"啊？可是我家里……"

"都没有"这话还没说呢，沈小甜就看见陆辛拿出了一个塑料袋，里面装着一截葱、几根香菜、一块紫菜和被放在小塑料袋里的小撮虾皮。

"你带的东西可真齐全啊。"小甜老师只能这么夸奖自己的课代表，自己都觉得自己的语气干巴巴的。

陆辛没再说话，白瓷汤碗里放了切好的配料，点了盐、生抽、醋，又淋了两滴香油，打开锅，馄饨也煮得正好。先冲一勺热汤水下去，碗底的料就成了馄饨的汤底，不多一会儿，一碗加了个荷包蛋的馄饨就摆在了沈小甜的面前。也不知道荷包蛋是怎么做的，圆滚滚地卧在馄饨上面，葱花香菜衬着，软白的蛋白、嫩黄的蛋黄，整颗蛋写满了"可爱"。

把馄饨放在餐桌上，陆辛说："今天真是把你给劳累坏了，赶紧吃吧。"

坐在餐桌旁，手里拿起汤匙，沈小甜看陆辛，笑道："谢谢你呀，大好人。"

馄饨的皮子很轻薄，接触舌尖，就像一片蝶翼，沈小甜当然没有什么赏花看蝶的心力，大晚上的，她是真饿了，而热乎乎的馄饨就是给她从舌尖到肚子的抚慰。

馄饨馅儿里是藏了汤水的，猪肉、韭薹、虾仁……简单的馅儿调配出了浓郁肉香里不失清爽的味道，虾仁是切了丁放在馄饨里的，鲜美又存在感。跟韭菜比，韭薹的辛辣味道更淡，放在馄饨馅儿里增加了肉馅儿整体的颗粒感，咬下去更有弹性。与其说是把馄饨吞下去，不如说是馄饨从自己的喉咙眼儿里滑了下去。

连吃了小半碗，再喝一大口汤，沈小甜终于想起来家里还有一个人："你吃过了吗？"

"早吃了，昨天不是和我几个同行一块儿去给钱老板出了八十桌席面吗，下午的时候钱老板又去了我同行那儿谢了一通，我就跟着一块儿吃了点儿。"

"同行？"

"就是厨子。"陆辛已经把锅刷了，正把装配菜的塑料袋扔进垃圾桶里，听见沈小甜的声音，他从厨房里探出头。

沈小甜又吃了一颗馄饨，问："你在沽市的工作就是和沽市的厨子合作吗？"

陆辛从厨房走了出来，回答："是啊，我一年就在这儿待个把月的，有些人想吃我做的菜了，就让我当个上门厨子，这行现在搁大城市叫宴会策划。我一个人忙不过来，前河路上有家叫双春汇的私房菜馆，老板姓冯，他就跟我合伙儿，我掌勺，他那边给我打下手。"三言两语，把自己的工作交代了个明明白白。

沈小甜在他说话的时候又吃了三颗馄饨，还咬了一口嫩生生的荷包蛋。

她看着陆辛，陆辛也回看她。

房间里安静了一会儿。

陆辛接着开口说："离了沽市，我就还是全国到处跑，到处吃点儿好的，有什么有名菜馆子出了新菜，可能会让我去尝尝，不过我还是喜欢吃那叫什么，四川人叫苍蝇馆子，对，我就喜欢吃那些小摊儿。有时候钱不多了，我还会找个馆子打工。在上海的时候，我就承包了一个摊子，跟别人分两拨儿干，他们忙白天到夜里，我呢，就忙半夜到上午，小店什么都便宜，就是让累过头的、玩过火儿的、半夜也不能回家的混口饭吃……我就没干过什么正经营生，别人都说自己是正儿八经的厨子，到我这儿，我只能说自己是个正儿八经的野厨子。"

四处流浪的野厨子。

"这样啊，难怪你什么好吃的都知道。"

馄饨已经吃完了，就剩一口汤底，里面浸着一块面片儿，面片儿很委屈，因为旁边都是香菜。

"是。"陆辛站在客厅里，看了一眼门口说，"你吃上饭了，那我就先走了。"

"等等。"最后一块面片儿被捞了起来，"我有点儿事情想跟你讨论一下，你先坐吧。"沈小甜站起来，捧着碗进了厨房，洗干净了碗和勺子，打开冰箱拿了一罐可乐出来，"水得现烧，你渴了就先喝可乐吧。"

厨房里水被加热的声音传了出来，陆辛看着沈小甜噔噔噔地上了楼，抱着她的笔记本电脑又噔噔噔下来了。

"你先看一下，这是视频的粗剪。"

将近三个小时的素材，被沈小甜剪成了一个不到十分钟的视频。

整个视频是从一个面团开始的。一双苍老的手揉制着面团，面团底下的一边不断和案板接触又分离，飘飞的面粉好像被加了慢镜头，下一幕角度切换，那双手拿开，面团已经成了面饼……淋漓着汁水的肉从桶里捞出来，在光下，油星儿都是亮的。另一只苍老的手拿起了刀，第一刀下去的时候，藏在肉缝里的汤水飞溅在案板上……

"拍得好，剪得也好。"视频没有声音，可只看着画面，陆辛都觉得真是很不错，"我觉得马爷爷他们肯定喜欢得不行。尤其是后面这截儿，你果然把马爷爷说话那会儿也拍进去了。"

"嗯……"陆辛看视频的时候，沈小甜一直在客厅里慢慢地走来走去，因为她吃得有点儿撑，陆辛带来了至少二十个馄饨，连着一个荷包蛋她都吃下去了，如果是在外面吃饭，她会忍着坐在那儿等陆辛的点评，可现在是在她自己家，她当然是怎么舒服怎么来了，"其实我剪视频的时候，有个想法。"

"什么想法？"

老房子客厅的灯光是橘黄色的，照得哪里都暖融融，沈小甜微微抬起头，视线里是略显陈旧晦暗的天花板。而灯光正在描摹她的脸庞。

"我想用这个视频的素材做个课件放在网上，科普一点儿化学知识。"

陆辛看了沈小甜一眼，又低下头："化学知识？"

"对。丰富的胶原蛋白看太久了，我职业病犯了。"小甜老师如此解释道。

2

接到米然电话的时候，沈小甜正在给马爷爷看她剪好的视频。

"嗯！好看！"马爷爷的眼神儿也不是很好了，对着电脑屏幕，头往后仰，拉开了一点儿距离，眯着眼睛认认真真地看。

杨奶奶也在看，一手抓着马爷爷的手臂，着急得要命："里面说什么了？"

马爷爷不回答她，只是看得津津有味："哎哟，哎哟这段儿你也剪进去了？小甜姑娘啊，你有心了。"

"这上面说的什么呀？！"杨奶奶越发着急起来。

马爷爷看着她，大声说："你想知道啊？你戴了助听器就知道了！"

整个视频放完了，马爷爷说："小甜，辛苦你了。"他直接站了起来，表情有些郑重。

沈小甜也连忙站了起来，说："您信任我，让我帮您拍视频，是我该谢您的。"

马爷爷笑了："小甜啊，我都不知道自己原来是这个样的，你可把我拍得太好了。"

看视频之前，陆辛就替沈小甜说了想用这个视频的素材做课件的事情，马爷爷只说先看看拍了个什么样儿。现在，他同意了。

"我这张老脸，你爱放哪儿放哪儿，别人看着，我心里美！"

看着沈小甜去接电话，马爷爷双手放在背后，斜探着身子去看了一眼桌上的电脑屏幕。他的半张老脸正在上面呢。

"拍得真好啊，我年轻的时候就是个俊小伙儿！"他对一边的陆辛说，"你可别不信，不然我一个小混混哪能把你杨奶奶给拐手里来？"说着，马爷爷自己笑了。

拍拍自己老伴儿的手，他说："你看看这个里面，只有我和你，这大半辈子啊，就是咱俩一起守着个摊子过的，以后啊，咱们谁也不指望，还是咱俩守着过。攒着的钱，咱们就在沽市买个好房子，舒舒服服住着，他们爱回来就回来看看，不回来就算了，就当啊，咱俩今年不是七十是十七，手拉着手到一百岁，那还有三十年呢。"

"你嘀嘀咕咕说什么呢？！"杨奶奶大声问老伴儿。

"我说！你去配个助听器！不然啊！拍出来的片儿，不给你看！"大几十岁的人了，表情还挺欠揍。

杨奶奶抬起手，轻轻揪了一下他的耳朵。

陆辛在一旁笑着说："马爷爷，你们老两口饼里夹肉这么香，应该让小甜儿老师给你们录下来才对啊！等等啊，酝酿酝酿情绪，一会儿再来一遍。"

马爷爷转过头来，伸手指着陆辛："你这个臭小子！年纪不小了，怎么还这么皮？"

别人说这个话就算了，马爷爷您这么说我您自己不亏心吗？

陆辛正要回嘴，看见沈小甜神色不明地收了手机，便问："怎么了？"

沈小甜咬了一下嘴唇，然后抬起头看看马爷爷，看看电脑，再看看陆辛……

"我想赶紧回去，把我那个科普视频做出来。"她对陆辛说。

男人已经站了起来，嘴里说："需不需要我干点儿什么？"

沈小甜抬头揉了一下眉头，终于忍不住长长地出了一口气："我估计又顾不上吃饭了。"

"没事，我再去老冯那儿给你做。"

3

距离热热闹闹的"电影院门口看见男朋友劈腿"事件已经过去快十天了，虽然电影《毒蛇2》已经斩获十五亿票房，看势头将要冲击今年暑期档电影的票房冠军，可那个花边事件的热度已经降到几乎没有了。

网络是有记忆的，网络里也人人是金鱼，属于"小甜老师"和劈腿男朋友以及小三的事情就像是泡久了的鱼食，无声无息地散了。

可就在鱼们都睡着的时候，鱼缸里的水又被人给搅浑了。

起因还是当初直播了"影院捉奸现场"的那个电影博主，他收到了一封律师函。是律师替他的代理人孙嘉敏女士写的，律师函中表示博主的直播视频严重损害了孙玲女士的名誉，要求博主删除所有的相关视频并且公开道歉。

"刚收到律师函的时候我都蒙了，一个字不落地读了两遍我才想起来，原来这位女士就是当时被我无意中拍到的那段视频里的三个人中的第三个……"

流量为王的年代，电影博主在可能面对的法律纠纷与新的话题热点之间果断选择了后者，他把那封律师函遮掉了被代理人名字之后发到了网上。博主的粉丝瞬间对"第三个"这个词儿心领神会。一时间，评论的数量快速上升。

"不是吧，她能当小三别人就不能拍？"

"破坏隐私权？电影院门口不是公共场所吗？难道电影院是她家开的？手动狗头。"

"这个事儿我都忘了，既然她又跳出来了，那我想问，那个小姐姐有没有把渣男'鲨'了？"

"连路过拍视频的都要被告，不知道那个可爱的小姐姐会不会被欺负呀！"

"我去看了那个全段视频，你就说了两句话，一句是'噫？那边怎么了？'，另一句是'我去'。不知道哪句算造谣哦？"

"博主好惨，当个吃瓜群众还要被寄律师函。"

这件事发酵了足有半天，转发评论各有两三千，就在这个时候，有人在律师函下面留言说："被出轨的妹子已经从学校辞职了，渣男毫发无损，小三是个富二代，不然也不会让渣男放弃了谈了好多年的女朋友，博主你可要小心啊。"

就像是一出狗血爱情剧发生在了自己的眼前，却是一个渣男小三手牵手，"原配"被陷害的结局，作为观众的网友们可受不了这个委屈。意难平的情绪支配着他们，很快"电影院出轨"这个词条就再次成了微博热门，"小甜老师"的微博下面再次成了打卡胜地。孙嘉敏的微博早在第一轮的时候就被扒了出来，内容早就清空了，这也拦不住人们圈了她的微博ID各种嘲讽辱骂。

晚上，一个当事人发了一张图，上面写的全是字。

　　各位网友晚上好，我是事件当事人之一，这些天一直被大家骂作"渣男"，在这次的闹剧里，两位女性都是受害者，是我的不负责任和贪心对她们造成了伤害，我会尽最大可能补偿她们。至今天为止，我已经和我的女友，微博ID"小甜老师"结束了恋爱关系，希望各位能够放过其他人，如果对这件事情仍有不满，请只对我一个人来。

这个类似声明的东西并没有安抚网友的情绪，点赞最高的前几条热门评论充分反映了大家的情绪——

"你的意思就是你已经跟被你背叛的女人分手了，现在觉得美滋滋，让别人都闭嘴。"

"配图：地铁老爷爷看手机。"

这个夜晚，很多地方很安静，比如沈小甜安心制作自己的科普视频。很多地方很喧嚣，比如被她关掉的手机。

第二天早上九点，正是上学、上班的标准时间，"小甜老师"这个账号在沉寂了将近半个月之后终于有了动静。

分手了，我把他脑袋砸了，目前已经辞职，好吃好喝很快乐。今天我们来谈一谈烹饪过程中胶原蛋白的变化。

下面配的视频封面是一个大大的牛肉夹饼的特写。

赶来声援的和赶来围观的在这条微博下面撞了车，所有人看着微博上的几十个字不明所以。

"前面我都懂，后面胶原蛋白是什么意思？"

"小姐姐爽快！"

"好吃好喝就对了，为了渣男咱不值得！"

"早上九点十分，我挤在地铁上想吃瓜，点开了视频，对不起，打扰了。"

视频是从一个被填塞满满的牛肉夹饼开始的。

"胶原蛋白是一种生物高分子，是结缔组织中的主要成分，不过今天我们讲的是化学，所以我们要看的是胶原蛋白在炖肉过程中的转化……首先让我们复习一下高分子的特点，高分子在水溶液中具有胶体性质和一定黏度，温度越低，黏度越大，所以室温下我们熬煮出来的高浓度胶原蛋白也会凝固。"

画面中，是浓浓的汤汁从肉上滴落了下来。

网友们渐渐焦虑起来——

"我来晚了，谁能告诉我，是先买个早餐塞在嘴里，还是先去复习化学？"

"小姐姐，我支持……我先去吃早饭了！"

从"支持被压迫的原配"到"好吃好喝小姐姐真棒"到"我怎么在微博上起了化学课"到"我饿了"……网友们的态度转换如风，一路奔向了他们之前完全没有想过的方向。

"下面我们来说一下胶原蛋白的变性。因为胶原蛋白在肉质中广泛分布，在动物的组织结构中往往充当着保护者的作用，它收束肌肉，保护关节，也是皮层的主要组成部分，可以说，如何处理好胶原蛋白，就是肉质烹饪的关键所在。炖肉就是通过长期的炖煮，让胶原蛋白充分降解成为明胶，这其中的关键就是温度要长时间在七十摄氏度以上……"

作为吃瓜群众里的一员，付晓华和很多人一样，转头在那个劈腿渣男那里留言"渣男死了"，来了小甜老师这里就变成了"啊我死了"，吃瓜吃得把自己的小命给吃飞了。

付晓华深深感受到了世界对她的恶意，作为一个曾经的学渣，她一面觉得自己的人生太苦了，一面没办法把眼睛从屏幕上的肉里拔出来。吞着口水看完了视频，她点开了评论。

"妈妈问我为什么跪着吃瓜。"

点一个赞。

"发生了什么？我手里突然多了个肉夹馍？"

有肉夹馍吃的人应该拖走！

"小甜老师不愧是老师，在自己被劈腿还丢了工作的情况下，依然奋斗在教学第一线，对学渣网友进行了全方位踩踏！"

点赞点赞！

"为什么？渣男不过挨了你的打，你却想要我们的命？"

点了！

"这个牛肉夹饼哪里有卖？求代购！"

没错！这个最重要！

最后，付晓华终于忍不住给"小甜老师"点了关注。

沈小甜并不知道自己的微博下面发生了什么，发了视频之后直接去睡觉了，再醒来，是下午两点。

伸了个懒腰，沈小甜走下楼。

昨天晚上陆辛给她带了一只鸡，是炖的，用了新鲜的野生猴头菇，据他说是老冯的东北朋友加了冰袋给他快递过来的，被陆辛看见了，直接抢了两朵来炖鸡。鸡汤的味道是清淡温柔的，沈小甜昨晚就喝得很开心，自觉给视频配音的时候也是前所未有的中气十足。

剩的半只放在冰箱里，沈小甜拿了出来。清亮的黄色鸡汤先是用漏勺净掉了表层多余的油脂，然后被倒进了锅里加热，她打了个哈欠，从头顶的柜子里拿出了一包挂面。看了看锅里的鸡块儿，她又去拿了个鸡蛋。

"也不知道课代表那个鸡蛋是怎么做的，怎么就那么圆呢？"嘴里念念有词，锅开了，沈小甜把面下了进去，等面软了，又放了鸡蛋。葱是前天陆辛带来的那半截，切了葱花撒进锅里，用汤勺舀了尝一尝，再加点儿盐，味道刚刚好。

端着面刚刚坐下，沈小甜听见门铃响了。打开房门，还没走到院子门口，她就知道来的人是谁了。

"哎呀？你可算醒了。我就猜你是睡觉呢。"陆辛举起手里的小饭盒，"豆豉蒸排骨，尝尝吧。"

沈小甜接过了饭盒，看着陆辛，深深地吐出了一口气："其实，我一直想找点儿什么事情，证明我现在过得挺好。"她对面前的男人说，"如果是我自己，我大概会找很久。"

沈小甜很了解自己，她并不是一个善于发泄情绪的人，很多事情，她在发生的时候看起来很正常，其实就是她的反应迟钝而已。

"谢谢你，是你帮我找到了我想找的。"

男人蹙眉，无奈地笑："怎么回事儿，又跟我絮叨着客气了？排骨都要凉了，你赶紧去吃。"

"好。"沈小甜抬起头，又是和平常一样的浅笑模样，"过几天我就要走了，可能去苏州，可能去杭州，投简历，应聘，继续当一个化学老师。如果……如果有一天你去了苏州或者杭州，像平时一样吃了好吃的小店，或者你又在什么地方打工了，请你一定要告诉我啊，大好人。"说完，她转身，进了小院子。

陆辛站在原地，过了一会儿，抬手拍了一下自己的额头。

吃排骨之前，沈小甜打开了手机，混乱的短信提醒里，米然的电话第一个冲了进来。

"我的天哪，小甜！你火了！你真的火了！"

早上九点发布视频，到了下午两点半，转发次数已经超过了两万次。

点开那条微博，排第一的是那个电影博主："第一时间赶来想要看到你的态度，现在我拿起了钥匙准备出门吃饭，小甜老师，算你狠！"

不少营销号也转发了这条微博，内容从"我到底是看了个啥"到"小姐姐你是要馋死那对狗男女吗"，正经一点儿紧跟网络热点的营销号则一本正经地说："8月18日引起全网热议的'电影院门口出轨被直播'事件中被出轨的女方在事情再起争议之后终于发声，表示已经分手，辞职是因为她动手打了前男友，并且不忘老师本色，用视频科普化学常识，引发又一轮口水狂潮。"

刷新一下页面，转发又涨了几百。评论有大几千，庆祝小姐姐恢复单身的、说渣男活该的、口水滴答要地址的和茫然自己为什么在线上课的泾渭分明，真正讨论胶原蛋白的人虽然少但还是有，当然最多的还是"啊我死了"的各种变体，比如"阿伟死了"和"AWSL"，"啊"的长度基本是以网友的口水积累程度决定的，越长的肯定越馋。

当然，绝大部分人都认为这种一本正经的美食和一本正经的化学讲解放在一起……"有毒吧！"

"小甜老师"的粉丝数量也激增了几千，已经突破了三万的大关。

对着电脑屏幕喧嚣到近乎沸腾的热闹，沈小甜的视线有点儿模糊。好一会儿，她低下了头，鸡汤面有点儿胀了，她夹了一口在嘴里，喝了一口汤。

手机上，米然一条一条地给她发语音。沈小甜不想去点开。

面挺香的，胀了有点儿可惜，豆豉蒸排骨也相当好吃，应该是陆辛亲手做的，他的手艺真的很好，是那种让人不忍心放下筷子的好，稳稳地落在胃里，还能在人的心上焐一下。

想起那个自称是野厨子的男人，沈小甜忍不住笑了。笑完了，她合上了电脑。带着浓香的一碗面，美味的蒸排骨，这些才是真实的，至于其他的事情，吃完再说吧。就是两边全是肉，沈小甜提醒自己吃完饭要啃一根黄瓜。

终于，鸡汤面被吃得干干净净，蒸排骨也吃了小半，黄瓜拿在了手里，她再次打开电脑。"咔嚓"，黄瓜被咬断的声音伴着她戳鼠标的"咔嚓"声。

自从出事之后，"小甜老师"的微博私信一直是爆满的状态，现在，沈小甜终于把它打开了，不见了之前的各种安慰，大部分是"啊啊啊小姐姐我被你馋死了""小姐姐你的态度好棒我被你圈粉了"，也不是没有杂音，但沈小甜都忽略了。甚至还有一个自称是营销公司的说要跟她合作，包装她，让她成为网红。

"咔嚓"，沈小甜又咬了一口黄瓜。

米然的电话又打了过来，沈小甜接了起来。

"小甜小甜，我的天啊，你上热搜了你知道吗？我真没想到……你真是太厉害了，我发你的语音你听了吗？学校好多同事都来问我，我估计下午校长都要打电话给你，我觉得现在这样来看，你说不定就不用辞职了，不然的话学校脸上也不好看。"

米然悦耳的声音里透着开心。北珠高中是全省都数得上的好学校，在这里工作，不管是从资历积累还是教学技能培养的角度来看，显然都是极为不错的选择，如果沈小甜能够留下，在她看来那是最好不过的。

沈小甜"嗯"了一声："这些事情到时候再说吧。我现在最大的感觉，就是我彻底把一些事情给扔下了。"

回广东吗？因为家庭的原因，沈小甜并不喜欢广东，可是三年前，为了姜宏远她曾经满腹踌躇地回去那里，进了北珠高中实习。那时候她刚刚熬过一年多的异地，以为只要在一起，长相厮守和天长地久都是顺理成章的事情。

其实是她一直太把一些事情当成顺理成章了。比如她以为姜宏远顺理成章地会和她一样觉得"这辈子和这个人在一起挺好的"。比如她以为自己平静的生活会如自己所想的那样，顺理成章地从始至终。

只有风波来袭的时候，她被卷在里面连呼吸都难的时候，她才明白自己的天真和可笑。

看回电脑屏幕，沈小甜和米然又说了两句，就挂了电话。

其实我并不像很多人以为的那么"酷"，我和前男友从大学就在一起，直到分手，整整七年。好笑的是，他和别人在一起这件事，我比很多网友知道得都晚。我打了他是出于愤怒，辞职一方面是因为觉得自己的行为不好，不能给学生带来一个好的榜样，另一方面，我也在认真反思自己适不适合做一个老师。

几天前我回了老家，住在小时候住过的老房子里，在周围那些人的眼里，我不是一个被出轨了的可怜人，甚至不是一个被"应该"所要求和限制的成年人，这种感觉让我觉得很新奇。就像铁原子在失去两个电子之前不知道自己会变绿，在失去三个电子之前也不知道自己会变黄一样。

我面对了人生接踵而来的变化，其实很茫然，可就在这个时候，我遇到了一个很好的朋友，通过他，我吃到了很多很好吃的东西，也认识了更多有趣的人，从他们那里听到了属于他们的故事。

我学化学，教化学，看着原子、离子、电子千变万化，却一厢情愿以为人生是一定能按照自己想象的一样走，这是不对的。吃着麻辣烫、煎饼果子、牛肉夹饼、小海鲜、馄饨和鸡汤面，我在朋友的陪伴下从困境中真正走了出来。生活不易，也可以吃点儿好的来安慰自己。

　　谢谢大家对我的关心和鼓励，我很高兴你们喜欢我做的视频，刚才我吃了很好吃的豆豉蒸排骨，下一个视频我会从导热性的角度给大家讲一下为什么贴着骨头的肉更好吃。

沈小甜敲敲打打，把微博发了出去，干干净净连个配图都没有。

摁下发送键的时候，她的心里猛地一轻。

"终于结束了。"

不管是闹剧还是过去，她终于表明了自己的态度，给了自己一个交代。

从电脑前站起来，沈小甜伸了个懒腰。

洗了个澡出来，她接到了陆辛的电话。

"你说你要去苏州、杭州是吧？是不是喜欢吃生煎包？老冯做的生煎包也挺不错，你要不要来尝尝？老冯这人看着好说话，真让他做个生煎包难死了。"

"好啊。"沈小甜痛快地答应了，她想起来自己想拍豆豉排骨，还得请她厨艺高强的课代表帮忙呢。

陆辛说的"老冯"就是跟他合伙做宴会设计的"双春汇"私房菜的老板，大名叫冯春阁，一副标准的山东汉子长相，浓眉大眼，五官端正，就是太端正了，不太像个厨子，更像是个可以随时去讲话的干部。

不过等他真正开口说话，那股子正气凛然的劲儿就瞬间散没了。

"你好你好，一听说陆哥带朋友来，我这儿可真是蓬荜生辉啊，从来都是我和陆哥合伙儿去挣别人的钱，真是第一次让陆哥来给我送饭钱，嘿嘿。"冯春阁圆滑到仿佛肚子里有个大油桶，舌头一动，什么事儿都能让他给圆过去。

"别跟我这儿废话，生煎包可说好了啊，你不拿出正经本事来做可不行。"

"那是那是，我肯定得好好做了给陆哥你长脸呐，不然陆哥你一不高兴了，明年不跟我搭活儿，我少挣了钱还在其次，你直接跟别人说我双春汇冯春阁的牌子倒了，那我可是真要栽坑里了。你们先坐，我今天刚做了点儿桂花红豆沙，你们先尝尝。"

看着冯春阁走了，陆辛叹了口气："这家伙，手上活儿稳得不行，就是这个嘴，恨不能把人捧上天去。你放心，真捧得人飘了，他冷不丁就不接了，一收脚眼睁睁地看人往地上砸，那也是他能做出来的事儿。"

说话的时候，陆辛给沈小甜舀了一碗红豆沙。软糯的红豆沙入口就是香甜的，还带着桂花的香气，沈小甜吃了一口，眼睛忍不住眯了起来。

"是吧，我就说他手艺不错。"

"手艺好，你才会看上他跟他合作嘛。"沈小甜笑眯眯地说。

陆辛也笑了："老冯在扬州干了十来年，学了一手淮扬菜，后来交了个苏州女朋友，就去了苏州。生煎包子，哦对，苏州人没有包子，都叫生煎馒头的，老冯就是在那儿学的手艺。"

"学了十年淮扬菜，做菜还是离陆哥差远了，所以说啊，做菜这事儿看的真是天分，碰上陆哥这样的，我学半辈子都赶不上。那年陆哥在我这儿做了一道双皮刀鱼，哎呀，真的，教我的老师傅都拿不出那一手的鲜呐。鲜得我哟，当场就跪下了，死乞白咧地就要跟陆哥合伙儿赚钱。"说着话，冯春阁又端了两个小盅走了出来，"生煎包得等一会儿，再喝点儿汤，昨天陆哥你做的那个猴头菇鸡汤是真的清甜，尝尝我做的猪肚汤怎么样。"

看着冯老板嘴里生花地出来，又脚下抹油地走，沈小甜问陆辛："双皮刀鱼是什么？"

"就是江苏那边的一道老菜色，费点儿功夫就能做，别弄破鱼肚子，把内脏取出来，然后去骨头……算了，说起来太麻烦了。"

沈小甜惊讶地看着陆辛站了起来。

"我去问问老冯这儿有没有刀鱼，让你尝尝。"

"不是，我就随便问问，也、也没必要。"

看着陆辛迈着大长腿进了后厨，沈小甜忍不住用手遮住了眼睛，然后笑了。

"怎么回事儿？怎么陆哥突然就洗手做菜了？"端着刚出锅的生煎包子出来，冯老板过分端正的脸上写着有些喜感的困惑。

"因为你刚刚提了双皮刀鱼，我问他什么是双皮刀鱼，他说他做给我看。"沈小甜解释得挺仔细，一点儿也没被自己看着生煎包的那双眼睛耽误了。

"哎哟！"冯春阁忍不住看了一眼厨房的方向，"沈小姐，生煎包子你趁热吃啊，陆哥你不用等，他忙完了我再弄。那个……你还要点儿啥？尽管说，我马上去厨房给你做。"

重点是想要去厨房吧？

盘子里圆滚滚的生煎包顶着黑色的芝麻粒儿乖乖排队站好，上面是白色的跟蒸包一样，下面却是用油煎制的，金黄的一层，带了一点儿油香气。沈小甜笑着拿起了一个。

冯春阁连忙对她说："你可别看包子小就一口吃了，里面是有热汤的，先咬开一个小口，不然烫嘴。"

是的，江浙沪一带的"包子"都以内藏热汤为美，一个个看着小巧玲珑的，说不定进嘴就成了"暗器"。

沈小甜张开的嘴小了一点儿，又小了一点儿，最后只派出了两颗小白牙，完成了咬破包子皮的"排爆"任务。热气几乎顶着嘴唇冒了出来，透过小孔能看见里面藏着的汤汁，或者也该说能看见泡在汤汁里的馅儿。

"我去了厨房，陆哥又把我给撵出来了，他说怕你一个人待着闷，让我来跟你聊两句，我说这人忙着吃包子呢，哪儿有空跟我聊啊？陆哥就是天天欺负我。"嘴里是抱怨，其实冯春阁还是对沈小甜说着陆辛的"好"。

吃得津津有味的沈小甜抬起头问："您这个包子是特意灌了汤汁进去吗？"

"放了点儿皮冻，幸亏我是之前熬了皮冻放在冰箱里冻起来了，不然今天想吃这口灌汤生煎，我可没辙了。"说着话，冯老板就坐下了，他没坐在正对着沈小甜的那个原本属于陆辛的位置上，而是歪着屁股坐在了旁边。

一坐下，他就回头看向厨房，还好，他没忘了自己是来跟沈小甜聊天的："我这个生煎啊……"

吃完一个生煎的沈小甜看着冯老板恨不能后脑勺上长对眼睛的架势，忍不住笑了："我也想看那个双皮刀鱼怎么做，我能端着包子去吗？"

冯春阁把不知不觉转回去的头又转了回来："行……行啊！怎么不行！"他像屁股上安了弹簧一样，几乎是从椅子上跳起来的。

双春汇的厨房挺宽敞，沈小甜走进去就看见一群人正围着一个人。山东的男人以身高出名，这一圈儿厨子都算不上矮，可被他们围在中间的陆辛依然露出了一个头顶。

"粘掉鱼刺的时候动作要轻中有重，不要胡乱贴着边儿了就提起来，那刺都不跟刀，得这样，像是捶下去，手腕用了力气，又没真把鱼肉拍实了。"开着大灶和油烟机的厨房里，陆辛说话的声音依然清清楚楚。

冯春阁挤进人堆儿里，还愣是给沈小甜腾出了一个地方。

看着陆辛的动作，他说："这么快？大鱼骨你都剔干净了？"

陆辛手上的动作利落得很，说话的语气却是慵懒的："够慢的了，刚子非要我慢慢做。你这个师父是个老油子，带的徒弟也都滑头，见缝儿就想学手艺。"

"陆哥，您这话可就不对了，我的徒弟们那也不是谁的手艺都这么上赶着学的，这不是见您陆哥又要做这个双皮刀鱼了吗？陆哥，我可是跟我徒弟吹了好几轮了，您当年那盘双皮刀鱼，真是吓死我了。"

"得了……"陆辛余光看见了沈小甜，转头去对她笑了一下，全程没看旁边冯春阁的国字脸，"就是一道费点儿功夫的小菜，你见人就说，连红老大那边儿都知道你到处替我吹。"

"我怎么是吹了，陆哥你的菜要是不好，我一把年纪了怎么还叫你是哥呢？对吧？"

说话间，几条鱼上的小刺已经被陆辛"粘"干净了。

"这个菜啊，讲究的是刀鱼得完整，去了鱼鳍鱼尾之后，就从鱼嘴里用筷子把鱼内脏给取出来，再从鱼背上下刀，把鱼给对半儿剖开，整个儿去掉鱼的大骨，摊开就是这样了。"陆辛是在对沈小甜解释自己怎么把刀鱼搞成了这个样子的。

沈小甜踮起脚尖，看见他的刀在水碗里蘸了一下，然后刮在了鱼肉上，白里透着粉的鱼肉在他的快刀下成了附着在刀面上的鱼肉茸。

"现煮肥膘儿肉是来不及了，把那些五花肉拿过来。"

冯春阁亲自去端了肉过来。饭店里很多原料都是半成品的，客人点菜之后麻溜儿就能上桌。

问清楚了这肥膘儿肉煮的时候只放了葱、姜、料酒，陆辛手起刀落，挑了几块肥多瘦少的，把瘦肉去了，只留肥肉乱刀剁成茸："这肉太一般了。你们店里现在连老栾家的猪肉都不用了？改明儿是不是连做菜的手都不用了？"

原材料品质下降对于爱惜招牌的菜馆来说是致命的，双春汇是个主打淮扬菜的私房菜馆，靠的就是食客们口口相传的口碑，在这个方面更是极为注意的。

陆辛的语气只是平淡，冯春阁的反应却很大："陆哥，陆哥，栾学海他们家的黑猪肉我肯定还用着呢。这不是去年闹猪瘟，他们家也减了栏吗，为了省着给客人用，我们自己吃肉就吃在市场买的，你用的就是我们自己吃的肉，我这是焯水放着，等晚上做红烧肉浇头。"

陆辛终于看了冯春阁一眼，点了点头，又说："淮扬菜想在北方开好了是真不容易，北京天津多少淮扬菜老店，几年累积的口碑，一旦不精心，个把月就能砸光了。"

"是，我知道，我们本香本味，靠的就是材料好。"

猪肉茸、蛋清、盐……陆辛跟冯春阁说："你那瓶老绍兴拿出来给我用用。"

冯春阁屁颠儿地去取了自己的珍藏。

陆辛又对沈小甜说："做菜用的这一味酒必须得好，尤其是淮扬菜，酒不好，引不出鲜香气来。"

沈小甜含笑看着他，眸光专注。

陆辛又默默把头转回去，盯着装了鱼肉茸、猪肉茸的碗。案板上，四条刀鱼只剩了一张完整的皮，摊在那儿。

酒来了，陆辛先起了瓶口闻了一下，才往里倒了少许。然后他拿起筷子，将各种材料往一个方向上搅匀。鱼皮上又被抹上了一层搅好的肉茸，陆辛用筷子一挑，另一边儿的鱼皮就贴了回去，从鱼肚子的那一边看过去，仿佛这条鱼并没有经历什么可怕的事情。

鱼复原了，剩下的事情就简单多了，无非是用香菜末、火腿末封口，在鱼身上铺上笋片、菌片、火腿片，加葱、姜、酒、盐上笼屉蒸熟，再去了葱姜，净了汁水，另取鸡汤烧沸，调味，勾芡，浇淋。最后，就是四条整整齐齐仿佛只是被蒸了一下的刀鱼，而且好像厨子不用心似的，连肚子都不给开，又哪里能看得出里面藏着的锦绣乾坤呢？

"这就是双皮刀鱼，名字有意思，吃着也还行，瞧着是唬人，其实做法挺简单的，刀鱼肚子肉软，这菜就是软上添软、嫩上加嫩。"

陆辛端着双皮刀鱼往外走，后面跟着双春汇一众厨子学徒，个个仿佛嗷嗷待哺的幼鸟。

"干吗？"

"陆哥，这个鱼……"冯春阁正正方方的脸，左边写着"让我看看"，右边写着"让我尝尝"，脑门上还有横幅，俩字儿：卑微。

陆辛一脸不耐烦："我又不是给你做的。"

冯春阁冯老板冯大厨站在原地不肯动。

陆辛看一眼坐在椅子上的沈小甜，又转回去对他说："分你吃一条可以，坐这儿讲讲你开店的时候有没有什么好玩的事儿。"

明明是自己的鱼、自己的酒，自己想吃还得给人讲故事。冯春阁大概有些悲愤，夹了鱼到小盘子里就立刻咬了一大口，后背像个盾牌，接住了他徒弟和帮厨们眼里发出来的飞刀。

入口就是鲜香、咸香，本该是原汁原味的鱼皮咬下去却好像里面还有一条

107

鱼，比外面一层更加丰润多汁、香味浓郁，肉质更是细腻到了近乎极致，舌头贴上去就像做了个 SPA，也难怪叫双皮刀鱼了。

沈小甜吃的时候甚至不敢喘气，怕这种绝妙的口感被自己的呼吸给破坏掉。

冯春阁的表现比她可夸张多了："绝了！绝了！猪肉不咋地，鸡汤也不行，陆哥你还是把鱼给弄得这么好吃。嫩！嫩得我舌头都打结！我看你的做法也没什么特别啊，怎么就做得这么有功夫呢？"

面对着一连串夸张的赞美，陆辛的表情很冷静，甚至可以说冷淡："干正事儿，你的故事呢？"

"故事……"冯春阁坐下，目光扫过斜对面的沈小甜，她还在吃鱼，并且吃得很香，"我是在扬州学的艺，一学十来年，后来认识了我对象，就去了苏州讨生活。在苏州的时候是 1996 年，我是在个有名的当地菜馆里当厨子，苏州人吃饭跟扬州人那是真的不一样，讲究不一样，喜好不一样……苏州的厨子看不上扬州的，说淮扬菜没创新、没前途。扬州的厨子看不起苏州的，说苏锡常一带的本帮菜上不得台面。我呢，就练了一嘴的油，反正我是个山东人嘛，见了苏州人说苏州菜好，见了扬州人说扬州菜好……"

沈小甜吃了两条双皮刀鱼，心满意足。

冯老板又说："我那时候五六年没回家，顶多一年往家里寄点儿钱，那年吧，嘿嘿，我想结婚了，过年的时候就回来了一趟，想跟家里打声招呼。那时候回来一趟不方便，我提了五斤黄酒、一条火腿，领着我对象体体面面地买了两张硬卧票。从苏州到济南得十来个小时，从济南再回来又坐了一个白天的汽车，两脚一落地，我就想，嘿，这小破城。我姐找人开了辆小面包来接我，我开口就跟她说苏州我那老板开的可是四个圈儿。"

沈小甜看见冯老板抬起头，眼睛穿过窗子，看向了窗外挂着的红底儿黑字大灯笼，"双春汇"三个字在深夜里很显眼。

"沈小姐，你猜这个双春汇里有几个人名？"冯春阁对着沈小甜笑了一下，"我先说一下，我有个姐姐，叫冯春亭，亭子的亭，比我大两岁。我快三十的时候还在晃荡，她成家早，那次过年的时候带着她儿子回来，我给了一百块钱的红包出去，点了根烟跟我的姐夫满嘴吹牛，觉得自己真是了不得了。厨子这个活儿干着至少饿不死，我又在苏州找了个不错的老板，我跟我爸妈说，我想在苏州安家，苏州比咱这儿那可是好太多了。"

沈小甜在心里默默估算着冯老板的年纪，觉得那大概是 20 世纪 90 年代的事情了。

冯春阁自己也说："那时候是九几年，我估计沈小姐还没出生呢……"

"我是 90 后。"经常被人误以为是 00 后的沈小甜静静地插话。

"哦，那你跟陆哥还算是同龄人，挺好挺好。"

陆辛咽下冯春阁徒弟端过来的生煎包，空出嘴说："怎么说那么多没用的？"

冯春阁"嘿嘿"笑了一声。

沈小甜看了对面的陆辛一眼。这是第二个人了，二十几岁的越观红被人叫红老大，可是怕他，五十多岁的冯春阁冯老板看着是因为要靠他手艺揽生意所以敬他，其实也怕他。野厨子……这得是有多"野"？

一边的冯老板还在接着说："我这儿什么事儿都说定了，大年初三就挤着车回了苏州，结果一回去我傻眼了，我对象她爹妈不同意了，就因为来回一趟太折腾了。他们说山东人总想着落叶归根，我年纪又比我对象大，指不定我哪天就回山东了，还把他们女儿给带走了。"

冯春阁的徒弟又端来一盘尖椒炒毛豆米、一盘凉拌藕带，一看就是让他们聊天的时候填嘴的。冯老板还特意招呼了一声，给沈小甜又盛了一碗红豆沙。

沈小甜之前吃了两个生煎包，又连着吃了两条双皮刀鱼，已经有了几分饱意，夹着两颗毛豆送进嘴里，咸菜的咸香混着毛豆的鲜甜，清掉了嘴里残留的鱼味。

"嘿嘿，晚上订的是六点一桌，六点半一桌。"冯老板看了一眼手机上的时间，说，"有一桌要吃我做的狮子头，也是老食客了，半分都不能差，一会儿我得去剁肉。"

双春汇有两套菜单，一套是家常菜，客人随时来了就能吃，另一套就讲究多了，一顿最多就三桌，菜单是固定的，按着人头上菜，两个月一换，想吃的话提前几天就得下订金，冯大厨说的就是那后一种。

有事儿在心里惦记着，冯老板的舌头更顺溜了，后面的故事其实有些老套。

那年的冯春阁已经快到而立了，很多要考虑的事情就很现实，别人对他的要求也很现实，几番争论之下，女方父母对他提的要求是在苏州买一套房子，安置了家业，就把女儿嫁给他。

那时候的苏州房子平均一千多一平方米，六十平方米的房子也得凑上个七八万才能到手，这钱在现在看真是连个大城市的车位都拿不下来，可那时候冯春阁一个月的工资也才一千块包吃住，这还是因为他手艺不错任劳任怨，饭店给他开了高工资。

他几年来省吃俭用，手里也不过有一万的存款，这还是为结婚准备的。七八万，那是得一毛不拔六七年才能赚的钱。一晚上，冯春阁嘴里长了七八个大泡。

"我打电话给家里的时候都不知道怎么开口。我十几岁出来学艺，就是因为家里穷，供不了我和我姐上学，我姐初中毕业就去跟着倒腾服装，我呢，初中都没读完就去了扬州……一肚子的圆滑到了嘴边儿，就是没敢提买房的事。结果过了三天，我姐来了，给我带了三万块钱，说她一想就觉得我缺钱了，怕我是受了什么大罪，连夜上了火车就来了，放下钱就走了，说是要去义乌进货。"

三万加一万，四万块钱，冯春阁觉得自己有底气了。

"拿着钱，我站在我对象家门口……我对象给我开的门，我看着她，她身后是她爹妈在那儿坐着，三人六双眼睛都看着我呢。我本来挺高兴的，突然就跟鬼上身了一样，直愣愣地说'我有钱了，是我从我姐骨头里榨出来的'。

"那时候的一百块钱是蓝的紫的那种，一张张捆成一摞，跟块青砖头似的，我觉得那是把我三砖头给砸醒了。我有什么本事看不起我姐，看不起我老家呀？我看看我对象，她有爹妈怕她委屈，我姐有什么呢？有我这么个弟弟。

　　"我去义乌找我姐，义乌那个商品城里面人特别多，我看见我姐一个人扛着个半人多高的麻袋，一步一步往外走。她只给自己留了进一次货的钱，剩下的都给我了，连雇人扛包的钱都没了。那么个人来人往的地方，我和我姐两个人抱着头哭。"

　　冯老板说话时是带着笑的，笑得像是沈小甜嘴里的咸菜炒毛豆米，鲜咸清爽，一下子就去了油。

　　"后来我就回来了，一下子就长大了，以前看不见的都看见了。我爹妈身体不好，我不能让我姐一个人扛着吧？人家三十出头抹着口红烫了头，我姐三十出头挤着人堆儿扛麻袋……我看见了，就放不下了。

　　"我拿着我那一万块钱，先在西边儿开了个小饭馆，专门做小炒，慢慢就做起来了。我回来了两年，我对象也跟过来了，她原来在苏州的一个国营商店当卖货员，商店改制，她干脆拿了发的那笔钱来找我了，说她要当老板娘……不怕你笑话，那年我正经三十，看着她，我都哭傻了。

　　"我对象叫简双双，我姐叫冯春亭，我叫冯春阁，我开饭店就一直叫双春、双春楼、双春居、双春汇私房菜、双春火锅城……"

　　沈小甜记得自己点外卖的时候看到过一个"双春饺子家常菜"。

　　陆辛说："老冯开了挺多饭馆子的，最多的时候有六七家，现在也有四家，除了这个私房菜馆子，还有两家在沽市，一家在外地。"

　　都不用数指头，一想就是挺大的一份儿家业呢。

　　"回来之后发现，在沽市想开个淮扬菜馆子，我没那个本事，干脆就什么菜赚钱我卖什么，川菜我也做过，酸菜鱼馆子我也开过，那个韩国烤肉店我差点儿也开了……这两年我年纪大了，心也没那么大了，就开了这么个私房菜馆，带带徒弟，也重新练练手艺。没想到沽市还真有吃这一口的了，我这儿生意还不错，又遇到了我们陆哥，跟着陆哥去做什么宴会策划，那是真有意思啊。"

　　果然，不管讲的故事有多么的五味俱全，冯老板都能靠他一辈子的油把话转回到夸陆辛上面。

"陆哥，过几天我苏州的老伙计给我送太湖蟹，我可留了你的份儿，到时候你在哪儿你告诉我，我让他们给你快递过去，以前回个家得一天一夜，现在想吃个太湖蟹也就是一晚上的事儿了。以前我对象家两个老人怕女儿走太远了，让我在苏州买房子，现在我在海边给他们弄了套房子，专门让老人夏天度假住，高铁过来才几个小时，哪儿还远呢？"

冯老板确实能言善道，讲故事的条理却不如柜子。柜子讲的是自己，冯老板年纪大了，带着股生怕年轻人听不懂他的讲古味儿。

时代大概就是在人们不可把握的未来中过去的，就像冯老板当学徒的时候没想过自己会开那么多饭店，他的妻子大概也没想过自己真成了老板娘，他的岳父岳母更不会想到自己会一年来一次"太远"的地方度假。

十几天前的自己，也不会想到自己能回老家吃着好吃的，听着别人的过去。

往家走的路上，拍了一下自己平坦的肚子，沈小甜觉得里面装满了美味和故事。

陆辛看见了她的动作，鼻尖儿带着脑袋往别处转了。

沈小甜步履轻快，她很高兴这样喧嚣又戏剧的一天最终落幕于"双春"来历，就像是吃完大菜之后的咸菜炒毛豆米："据说谷氨酸能修复神经损伤，果然劳心劳力之后吃一点儿能让人觉得被治愈了。当然，你做的刀鱼才是救命良药。"

"救命良药？"陆辛停下脚步看着沈小甜，"你治好了伤，是要走了吧？"

沈小甜眨了一下眼睛，其实她说的是自己这一天的乏累，不过课代表的解题思路很有进步啊。她点点头说："嗯……吃饱喝足是该上路了。"

陆辛继续往前走，一只手插在牛仔裤的兜儿里。走了一会儿，他说："还有什么想吃的吗？走之前我再带你去。"

"我觉得你做的豆豉排骨很好吃，能再做一遍，帮我拍个科普视频吗？"

陆辛直接点点头。

路灯的光是幽黄的，一团又一团，陆辛不知道为什么走得有些快，沈小甜落在后面，低下头，看见自己踩在他影子的胸口上。

4

约了陆辛下午来做豆豉排骨，沈小甜早上叼着饼干就开始设计她家的厨房，说白了主要是为了找打光角度和固定镜头位置。

厨房的墙壁真的很老旧，好在并不脏，花岗岩的料理台上都是岁月的痕迹，灶台和沈小甜记忆中的不一样，连着锅和刀在内，应该都是她离开之后老爷子置办的。

"灶有点儿高。"沈小甜看看燃气灶下面四脚垫着的软垫，刚想把它们都卸下来，又想起这样好像更符合陆辛的身高，"他上次煮馄饨的时候好像都是弯着腰的，要是再矮就太辛苦了。"

想起那条漂亮流畅的背线，沈小甜拿起抹布开始清理灶台下面。

"菜板，刀，调料罐……"

旧的调料罐是塑料的，早在打扫的时候扔了，沈小甜站在厨房里想了一会儿，上了楼。

阁楼的角落里，沈小甜找到了那个大箱子。她很庆幸打扫卫生的阿姨没有放过这里，不然上面积存的灰尘怕是能把她的鼻子都给塞满了。

"一个，两个……"

盒子里装的是沈小甜曾经的"珍藏"：拇指高的金属小狗，外面镀的颜色掉光了，点点锈斑在上面，一点儿也不讨喜了；穿着粉色裙子的洋娃娃现在看就是个盗版的芭比娃娃，前额都秃了，在很久之前却是沈小甜每到周末就不肯放下的小伙伴、小模特，嘴上曾经用红色圆珠笔描摹的嫣红也褪了；扁扁的小片儿可以叠在一起组装成各种东西，沈小甜直到上了高中才知道这个东西叫乐高玩具，她有四套，两套是爸爸送的，一套是妈妈送的，还有一套是别人送她的生日礼物，现在这一套是她最早收到的，来自她爸。小时候她不喜欢规规矩矩地把玩具拼着玩儿，更喜欢把它们装在小碗小锅里，黄色的是土豆丝，白色的是面条，红色的是肉，绿色的被扔在一边——对不起，小孩子的烹饪游戏里并不存在蔬菜。

接着，她就看见了塑料小锅和塑料小碗，颜色也都不复鲜艳，拿开这些之后，她看见了一个木盒子，也正是她要找的东西。

"四个广口瓶，两个锥形瓶，一排试管……"

果然，这些东西都还在，旁边还有一个盒子，里面装的是一个天平。

沈小甜十二岁上初一，十三岁上初二开始学物理，十四岁上初三开始学化学，所以她初一升初二的那一年，外公亲手给她做了个小秤，给她讲解了杠杆原理，升初三的时候，外公也如法炮制，给她买了一套化学仪器，还信誓旦旦地说等她开始学习化学实验的时候，就买材料回来，让她在家里也能玩儿。

结果过了两个月，她就被外公塞给了妈妈。沈小甜从二楼号啕大哭到一楼，老人都是铁石心肠的样子，女孩儿抽泣着把自己的玩具和礼物都放在了阁楼，单方面宣布它们已经被埋葬，然后头也不回地离开了这个家，只留下一句"我这辈子都不会再回来了"。

"我这算不算刨坟掘墓？"把被尘封了这么多年的化学仪器搬到厨房清洗，沈小甜自己问自己，用不上的东西已经被她"埋了回去"。

透明的玻璃仪器上沾着水，隐约映出了她脸上的笑。

广口瓶装盐、糖、鸡精、胡椒粉，锥形瓶里放酱油、醋，那一排试管沈小甜也没放过，摆在一边，打算到时候撺掇课代表把葱末、姜末之类的放进去。可惜厨子到底是厨子，不能看课代表穿着白大褂拿试管，只能在脑子里自己想了一下。

沈小甜拍了一下脑门儿。

"课代表卖相太好了。"

咔嚓咔嚓，被咬碎的饼干吸走了嘴里的口水。

"小甜啊，你看看阿姨这么给你用缝纫机跑了一下，行不行？"

门外传来李阿姨的声音，沈小甜快步走了出去。

昨天晚上回来的时候，沈小甜遇见了在散步的李阿姨，闲聊的时候，她问阿姨哪里有卖好看一点儿的桌布。李阿姨直接说根本不用买，她家里剩的料子多了去，跑了边儿就能当桌布，也不理会沈小甜的客气，几乎是押着她回家量了尺寸回来，算算时间，估计是吃过了早饭就裁布给沈小甜做了出来。

"你看，白的这个的料子是混纺涤纶的，耐热耐磨不掉色，随便怎么用都行，我家里到处盖的都是这个。蓝色这个提花料子里混了麻，小是小了点儿，我觉得衬你家里，正好换着用。"

麻混纺的孔雀蓝料子上能看见大朵的花，在光下微微发光。沈小甜一下子就想起了这位一头羊毛卷儿的李阿姨曾经是干什么的了——她从前是纺织厂的质检员，有一个神技是上手一摸就知道这个料子里面含多少棉、多少麻……

小学快毕业的时候，沈小甜突然皮肤过敏，身上长满了红点子，尤其是后背都起了肿块儿，外公里里外外把家里擦洗了三遍都没用，阿姨奶奶们都来帮忙，就是李阿姨摸了一把床单，说是外公买的床单有问题。也是外公实诚，因为沈小甜喜欢上面的花色，一批床单他一口气买了五条，换来换去都没让小丫头摆脱变应原。

突然想起了这份"救命之恩"，再加上针脚细密平整的桌布，沈小甜眼里的李阿姨立刻熠熠生辉了起来。

李阿姨自然不知道自己如何的光辉高大，她拢了一下挂在手臂上的挎包，笑着说："你回去铺一下，要是不满意就上阿姨家来看料子。"

目送李阿姨离开，沈小甜看着手里的两张桌布。白色的用来做静物台，蓝色的，沈小甜把它铺在了茶几上，确实不大，可是上面压着一个透明花瓶是很好看的。

坐在沙发上，沈小甜刚想喘一口气，手机就响了。

"小甜啊，我是程老师，你这个年轻人真是的，怎么什么事情都这么着急啊，学校的正式处理意见都还没下，我和校长一直在为你斡旋，怎么你就学期前培训都不来了？年轻人不要这么急躁嘛，事情还是有很大转圜余地的……"

程老师是北珠高中的教导主任，可能是因为同是北方人，他在工作上对沈小甜和米然都不错，昨天米然说学校说不定会打电话找她回去，果然，今天来的就是程老师。

"我知道现在的年轻人都是有点儿性格的，小甜，你的遭遇和做法我也理解，谁还没年轻过对吧？现在学校的决定呢，是口头批评，你写一份检查，也不记入档案，等你回来就直接教高一。你可是咱们学校化学教研这一块的年轻骨干，学校对你的科普教学工作有很大期待，要是因为一时的意气就错过这些，不是太可惜了吗？"

"我知道，谢谢你程主任……"

"赶紧回来吧，学期初教育局会组织一轮大听课，你可得好好准备。"

"程老师……"沈小甜的声音很甜，一如她的人。

在程老师的心里，沈小甜应该是个什么人呢？

挂掉电话，沈小甜用手抚平了蓝色的桌布，嘴角是轻轻抿着的，一点儿弧度都没有。

懂事好说话，乖巧不张扬，发现了男朋友出轨应该就是嘤嘤地哭，连动手打了人都让人觉得惊奇。

那样的沈小甜……

"你做豆豉排骨需要什么调料呀？你来帮我拍视频，我肯定得给你把东西都准备好了。"快午饭的时候，沈小甜打电话问陆辛。

男人似乎笑了："你都说了豆豉排骨，那还能有什么？豆豉加排骨呗，再就是葱、姜、蒜和盐。"

沈小甜叹气："听起来好简单啊，我这个菜是不是选得太简单了，感觉不能显出你的手艺。"

面对明晃晃的夸奖，陆辛说："手艺好的人做什么都好，简单的菜也见功夫。"

哟，这是直接认了呢。

沈小甜："那我直接去买菜了？"

陆辛："豆豉就不用买了，老冯那边有坛正宗的永川豆豉，比市面上的东西好，你就买两条排骨……不用了，排骨咱们也拿老冯的，现在猪肉那么贵。"

"嗯！好。"

陆辛："那你就开门出来吧，咱们先去小乔姐那儿吃碗麻辣烫，回来我再去老冯那儿拿东西。"

"啊？"沈小甜举着手机走到门口，听见了摩托车发动机的声音，"那你等我一会儿。"

陆辛两条腿撑着车站在外面，看见沈小甜开了房门，又开了院子门，接着转身冲了回去，只留下几个字在她后面渐渐消散于空气中："你先放车！"

"你头上那是……"扎了根烂麻花？

头发乱糟糟挽在头顶的沈小甜当然没听见陆辛过分直男的疑问，梳头擦脸换衣服，五分钟后，她又甜甜美美地开门走了出来。

陆辛也忘了那根烂麻花。

小乔姐的麻辣烫一如既往的好吃，两个人喝汤吃串儿回来，陆辛离开了一趟去拿材料，等他拎着"强抢"来的排骨和豆豉进了厨房，先被吓到了。

"怎么样，是不是特别像一个化学老师的厨房？"沈小甜拿着补光灯，站在门口对他笑。

"这些玩意儿……你从哪儿弄来的呀？"陆辛小心地拿起一个装着酱油的锥形瓶，透过瓶子看着沈小甜。

"这些呀，是小时候的沈小甜留给自己的遗产。"长大了的沈小甜笑眯眯地说。

十分钟后，沈小甜端着手机看着陆辛炒豆豉，发现了一个问题："这个豆豉……好像和之前的不一样？"

"上次是阳江豆豉，用黑豆做的，广东那边蒸鱼蒸肉用那个多点儿。你不是说想要个不太一样的吗？我这次给你做个辣口儿的，永川豆豉加二荆条先炒成了酱，再用来蒸排骨。你知道这叫啥吗？"男人修长的手伸出来，指了指锅里与辅料和热油共舞的豆豉，"这叫老祖宗留下来的遗产。"

"啊？"

"比你这些东西辈分儿大。"

"哦。"

视频是从一根完整肋骨条的特写开始的。

付晓华一脸冷漠地咬着手里的薯条，上次那个牛肉夹饼馋了她好几天，可是她所在的城市根本没有牛肉夹饼的店。前天，付晓华干了一件很有创造性的事——她买了半斤卤牛肉，又买了一个面饼，然后把卤牛肉切碎夹在了面饼里。她觉得味道还不错，就是莫名有些凄凉。

视频里传出来的声音酸酸甜甜的："我有一个朋友，一年有三百六十天在减肥，每次吃饭的时候都会很矜持地说自己不吃猪肉，怕胖，可是如果请她吃排骨，她会非常开心。很多人都特别喜欢吃排骨，尤其是贴骨头的那部分肉，从结构上来说，就要联系我们上节课的知识点。胶原蛋白在生物体内承担了保护和润滑防摩擦的作用，也就是说，贴骨肉的结缔组织会更加丰富，口感会更细嫩。上节课没有好好做笔记的同学，这是你查漏补缺的好机会哦。"

居然还有查漏补缺环节？！老师你狠！

"居然用这个东西装调料？这个厨子也太会玩了吧！"

广口瓶和锥形瓶终于成功地把付晓华的注意力从肉上引开了一秒钟。

看着锅里被翻炒的豆豉酱，付晓华拿起可乐，恶狠狠地喝了一口，冲掉了嘴里的口水。这是她上过的最饿的课了，比初中的时候学《黄油烙饼》还要过分三千倍！

排骨腌制好了。付晓华注意到那个做菜的人的手真漂亮啊，不过这不重要，被斩成小小块的排骨带了一层酱色，也不知道那个人是有什么特殊的腌肉手法，付晓华就觉得这肉看着比自己妈妈腌出来的好看十倍。

排骨上面被盖上了豆豉酱放进蒸锅里了！

"单从化学成分上来说，骨骼中的成分的导热性是高于水的，但是我们都知道，骨头并不是一个实心的整体，有很多小孔，或者干脆呈网状结构，里面存在着空气，正是因为这些导热性很低的空气极大地降低了骨头整体的导热性，让贴骨肉能在一个温度更低的环境中被烹饪。"

镜头切换，肉应该是熟了。

付晓华手里捏着最后两根薯条，不知道是应该放下还是应该拿在手里。

这时，锅盖被打开了，水蒸气翻腾散开。

付晓华觉得自己算是从小甜老师这里学业有成了，她都会说"水蒸气"了。

青色的辣椒连着葱姜之前都被切碎后和豆豉一起炒成了酱，现在都卧在排骨上，排骨失去了红色，变成了诱人又汁水丰富的肉褐色，绿色的辣椒，黑色的豆豉……付晓华听见了自己吞咽口水的声音。

"利用空隙里的空气降低物体导热性，这种方式在生活中是广泛运用的，今天给大家留一道课后作业，希望大家能通过观察找到这样的例子。下课。"

下课就下课，一双筷子伸向豆豉排骨是什么意思？！

付晓华用手机键盘打字："小甜老师，课上完了，做好的菜什么时候分给学生们吃呀？我们做作业用的米饭都做好了呢！"

评论加转发之后，她想再吃根薯条垫垫肚子，却发现东西早就被吃得一干二净了。没办法，她只能空着嘴去看评论。

从视频发布到现在不过半个小时，已经有几百条评论了，"啊啊啊"和"啊我死了"依然占据主流，一部分人发出了怀疑人生的吐槽，比如"为什么我们不仅要在这里学化学，还要被留作业"，另一部分说的都是跟吃有关了。

"老师，我申请成为处理教学垃圾的课代表，我自带米饭！"

"我感动哭了，上次想吃牛肉夹饼结果找不着，这次豆豉排骨我终于可以点外卖吃到了！"

"我现在看着我 38 号脚脚都觉得这些贴骨肉一定很好吃！"

"为什么总是早上九点发视频？让我这个不吃早饭的人如何是好？"

"谢邀，刚醒，口水洗脸中。"

付晓华"批"完了评论，和很多人一样，拿起手机打开了外卖软件。

5

一回生二回熟，这次的素材拍得少，剪辑难度也更低，沈小甜前一天晚上剪完了，早上起来配上了讲解就直接发了，然后看了一眼评论和转发，又看了几遍视频，她在本子上记下了这次的一些心得。

不能因为课代表做的排骨好吃就一心想夸贴骨肉，想要展现这个主题最好的方式应该是煮棒子骨，然后切开看中心的贴骨肉质的粉嫩。

视频的定位还在摸索中，但是有几个要点一定要抓牢：1. 东西必须拍得好吃；2. 化学知识简单易懂。

做完了这些工作，沈小甜收拾了一下屋子，换了衣服出门。午饭时间到，她又有点儿怀念红老大的煎饼果子了。

越观红的铺子前面依然是客似云来，看着有些穿着校服的孩子混杂其中，沈小甜才想起来暑假将要结束，学校都要陆陆续续开学了。

"小甜你来得正好！"

一头奶奶灰又成了带了点儿蓝的冷灰色，长眉冷目、一脸凶煞的越观红穿了件黑色的T恤，虽然没露出红色的文身，但看着更加不好惹了。可这么个人，看见沈小甜，露出了一个大大的笑脸："我师父家的妹妹给我寄了枣泥月饼，你来尝尝！"

沈小甜一下子关掉了自己脑海中的音乐播放器："有月饼吃呀？对呀，快中秋节了。"每次来都有点儿额外的好吃的，沈小甜的心里一下子就美了起来。

枣泥月饼放在漂漂亮亮的红盒子里，红老大收拾了几个装在塑料袋里让沈小甜带走，她亲手做的煎饼果子可是得在这儿直接吃了的。

吃着煎饼果子，看着越观红利落到极点地干活儿，沈小甜很自来熟地给自己倒了杯温水，喝着水，吃着饭。

"我跟你说，我那个妹妹啊，就怕我回来了没有好吃的，隔三岔五就给我寄东西。我呢，不爱吃甜的，就这个枣泥的小点心，我吃了就不腻。"

吃完了煎饼果子，听着越观红的话，沈小甜在自己的肚子上摸了一下，一双眼睛已经看向装了月饼的袋子。酸的开胃，说不定……吃了也不觉得撑？

"小甜，我师父家那个妹妹可有意思了，跟你差不多高，就是脸比你黑点儿。"

正在给月饼拆包装的沈小甜点了点头表示自己在听，其实越观红忙着干活儿呢，也看不见。

"我刚跟我师父学艺的时候，她特崇拜我，因为我以前是个健身教练，她呢，瘦是瘦，不吃饭弄得干瘦，就想着能练个胸、练个腰出来，还跟我说要拜师，我拜她爸，她拜我，各拜各的……两个蛋加辣不加葱花，给。"

手上的煎饼推得又薄又圆，越观红的语气也是轻快得很。

"其实我那时候哪儿会健身啊，我就在那家健身房干了两个月的巡场。巡场你知道吧？其实就是教练的学徒，正经本事还没上手呢，除了秀身板儿就是打杂。我就是因为身高腿长，让人忽悠了去干了那个。就这，我能教我妹妹啥呀？我直接说了，她还不信。我总不能说我这身板儿是以前跟人打架练出来的吧？我就每天下午收摊儿之后带着她跑，一次跑五公里、十公里，就她那种上学连体育课都不爱上的能受得了这个？结果，她还真跑下来了，一跑就是三个月，跑得多了饭量大了，人也看着精神了、结实了。她也跟我交了心，她是看上了他们学校一个男同学了，现在觉得自己自信了，想去找人表白。"

坚持长跑三个月……红老大的妹妹也不是一般人啊。

叼着酸酸甜甜的枣泥月饼，沈小甜听得认真。

"我一听，完了，我跟师父学手艺，手艺没学出来，成了鼓励人家闺女早恋了。幸好啊，我什么大风大浪都见过，就先跟她套话，问她什么时候什么地方跟人表白，我好去看着。结果那天店里生意特别忙，感觉半个天津的人都来吃煎饼果子了，我光是磨绿豆面儿都磨不完，晚上我妹妹笑嘻嘻地回来了，我的心都

121

凉了。结果你猜怎么着，我那个妹妹跟我说，她终于鼓着劲儿抬起头来，看清了那个男孩子的脸，觉得他也不咋地，就回来了。你说，就这么个傻丫头，记得我爱吃枣泥月饼，年年给我寄。"

沈小甜忍不住抬头问："那个男孩子没觉得莫名其妙吗，被人约出来结果啥也没发生？"

越观红听了，回头对沈小甜笑了一下："莫名其妙也比被我盯上了好。"

对对对，红老大果然是红老大。

"你好，要两个煎饼果子，什么都要，多刷点儿辣酱。"

这个声音响起的时候，沈小甜就看见红老大回头看自己的脸一下子僵住了。

"好。"

小小的煎饼果子摊儿一下子就安静了下来。沈小甜站起来，踮起脚往外看，看见了一个戴眼镜的男人正在低头看手机。

"煎饼果子好了。"

"谢谢。"

一切好像都很正常，连红老大的普通话都正常了起来。

沈小甜把最后一口枣泥月饼放在了嘴里："唉，暗恋这种事情，就像是枣泥月饼，酸酸甜甜，味道自享。"

"啊？你说什么？"

沈小甜眨眨眼："我说你妹妹呀，暗恋了，不恋了，都是自己的事儿，嘿嘿。"

红老大轻轻笑了一声，说："枣泥月饼？枣泥月饼能吃在嘴里，天上的月亮得会造火箭的才能上去。"

——如果女的本来挺温柔的突然发癫了，挺汉子的人突然中邪了，那她们九成九是谈恋爱了。

这话沈小甜是听米然说的。

米然女士在认识赵曦之前是个坚定的不婚主义者，每天的业余爱好就是吐槽自己身边那些谈着恋爱的男男女女。不过其中并不包括沈小甜，按照米然的话来说，沈小甜就是一颗糖，只有糖让水变甜，哪儿有水让糖没味儿的道理。

后来姜宏远出轨，沈小甜还想过，她是颗糖，把水变甜了，然后甜了的水去做了粥，和米相亲相爱，也没有糖什么事儿了。别人喝一口粥说甜，也是说粥甜。

不过现在沈小甜想起米然的这句话，是因为她一直在看着越观红。那个戴眼镜的男人走了之后，她好像就安静了很多。

"天上的月亮，得会造火箭的才能上去……"

所以，红老大喜欢的那个人，一定和她自己的差距很大。

沈小甜看着那个英挺的背影。

越观红的身材极为接近网上现在推崇的"健身小姐姐"，从后面看，肩宽腰细，腿部线条很好看，更重要的是虽然瘦但是力量感十足，举手投足都很有气势，也难怪会被找当健身教练。可就是这样的姑娘，也会在面对一个人的时候连魔性的天津话都憋回去了。

好奇啊，好好奇啊……她是不是去"登月"然后失败了？还是她像个林子里的猴子，曾经用力打捞过那轮映在水里的明月？

"小甜，你读书的时候是个好学生吧，那时候谈过恋爱吗？"越观红突然问。

沈小甜语气淡淡地说："就谈了一个，大学时候谈的，半个月之前分了。他出轨，跟别人去看电影，被我朋友在电影院抓了个正着，我朋友要给他拍视频，他就抵赖，两边吵了起来。"

"哎哟，小、小甜你可别难过啊！"越观红的语气急了，她转过身来看着沈小甜，只看见她低着头，声音也越来越低，"哎呀，我怎么提了这个呢！你可别难过啊，我跟你讲小甜……"

红老大看着坐在凳子上缩成一团的"小姑娘"，脸上都快急出汗来了，她当初应付不来她师父家的那个妹妹，现在又哪里敌得过沈小甜？

就连旁边等着买煎饼果子的都探着头往里看，说："红老大你这是干什么，怎么就把人给欺负了？"

"我哪儿欺负了？"要不是戴着手套呢，红老大都想拍脑门儿了，冷酷的煎饼果子大佬形象崩得一塌糊涂，"小甜啊，我……我……"

沈小甜还没放过她，声音软软的、甜甜的，好像又酸酸的："我被我朋友叫去了电影院，看见那个女孩儿长得很好看……我前男友跟我说，他其实早就不爱我了，和我在一起很累，他不是故意出轨的，只是这么多年的感情拉着他，让他不忍心告诉我。那天正好有人在电影院门口直播，几十万人在线看着我男朋友出轨……看着他拉着另一个女人走了。"

越观红好像有点儿头疼，她紧闭着眼摇了两下脑袋，像是被念了紧箍咒的孙悟空。

"不想了啊小甜，咱不想了……我、我……我跟你说，我……你甩了个臭男人算什么？我可是刚出生就被我爹妈给送人了，不信你问问，我估计沽市认识我的人得有一大半儿知道这个事儿……我刚出生那会儿就被我爹妈送给了我姑姑姑父，八岁那年，我姑姑怀孕了，我亲妈怕她有了自己的孩子把我送回去，我才知道我叫了八年的妈是我姑姑，我叫了八年舅妈的人是我亲妈。"

沈小甜抬起了头。

"两边事儿闹大了，整个大院都知道了我是没有人要的野孩子。"

越观红完全是一副讲故事哄孩子的语气在说话，光听着，谁能想到这说的是她自己的故事呢？

"小甜，你知道一个孩子没有爹妈是什么意思吗？就是说，这个孩子就算受了欺负了，也不会有人找上门，摁着你的脑袋让你赔礼道歉……你的煎饼果子，两个蛋的，拿好了，行了大叔，我讲故事呢，你怎么还哭上了？"

摊子外面传来一个大叔的声音："红老大啊，你也别把他们放心上，你自己过好日子啊。"

"行了行了，我讲故事呢，你赶紧走。"红老大头也没回，继续做下一个煎饼果子，腰板儿笔直。

"十二岁之前，我上学被人欺负，放学也被人欺负。我小时候是长头发，

124

快到屁股那么长的头发，那天我被几个大一点儿的小孩儿给堵在了小巷里，咱们小时候吃过那个粘牙糖你知道吧，细长条的，还有口香糖，他们放嘴里嚼了，吐出来，粘了我满头，我到现在闻见绿箭的味儿都犯恶心。"又递出去一个煎饼果子，红老大歪了一下脖子，"那天晚上，我姑姑带着我去了理发店，给我把头发都剃了。我照着镜子，觉得自己特别像少林和尚，那时候不是有部电影叫《少林足球》吗，里面那个谁，把头剃了，记得吧？一下自己就帅了……我觉得吧，我也应该变得很能打，然后呢，我就真的发现我很能打，因为我长得高，力气也不小。"

"红……观红……"沈小甜看着红老大的背影，张了张嘴，都不知道该说什么。

学校里大部分的"问题少年"都有一个并不良好的家庭背景，比如她从前教过的那些孩子里，几个所谓"刺头"的家庭关系也都很不健康。虽然并不是班主任，沈小甜也一个一个地约谈或者拜访过他们，有时候真的是越了解就越无解。

大人的世界已经足够复杂和无奈，对他们过分苛责是没用的。可是依附于大人的孩子不过是巨浪中的小船，可能就在大人的某一次情绪颠簸中彻底倾覆，"沟通"和"理解"是谁都明白的词，想要真正让它们的根扎入生活深处，确实是太难的题。

"后来我发现，打架这事儿比上学容易多了，上学的时候你得用脑子，打架呢，够狠就行了，你比别人都狠，你就是老大。等到了十五岁的时候，整个沽市的初中高中已经没人敢惹我了，连那些街头混混看见我，都得叫我一声老大。十六岁办身份证的时候，我给自己改了名叫越观红，嘿嘿，以前我叫越红红，'观'这个字儿是个算命先生给我起的，那时候我就觉得自己是个电影里那样的老大，八字得硬，名字也得气派。现在想想，唯一觉得还不错的，就是这个名字挺好听。"

十二岁被人在角落里毁了头发的女孩儿，在三年后就成了赫赫有名的校园一霸，红老大说是因为她够狠，沈小甜轻轻摇了摇头。人的情绪有时候就像是弹簧，被压缩得越厉害，反弹得就越凶猛。

"观红，你手臂上的文身也是那个时候文的吗？"

"文身？"越观红摇头，"那……那可不是。哎呀你让我寻思一下再说点儿什么。小甜，你上学的时候是好学生吧？"

"嗯。"沈小甜说，"……还行吧，我小时候也没啥特长，就只能读读书，毕业之后就当了老师。"

"哎呀，原来是个老师啊，难怪一看就斯斯文文！"越观红的语气里充满了敬佩，"我该读书的时候忙着当老大呢，念书没好好念，一个月连学校门儿都没进过几次……"

越观红一回头，看见沈小甜眼睛发光地看着自己，摊饼的手顿了一下："你那眼神儿！收收！挺甜一个小姑娘，干什么这是！吓我一跳！"

沈小甜只是笑，有些不好意思地说："你这样的学生，一个月能被我们家访好几次。"

职业病，职业病又差点儿犯了。沈小甜默默吞下从肚子涌到嘴边的一连串儿关于生活、父母、家庭的话。

"家访？有家的孩子才能被家访，我这样的，啧。"越观红摇了摇头，转回去继续做鸡蛋灌饼，"高二的下学期，我突然觉得这样下去不行，我那些同学都在复习、读书、考学，我也就跟着学，学了一年半，考了个三本。结果我姑父身体不好，我姑姑生的那个妹妹也快上初中了，我亲爹妈更有意思，生怕我找上门儿去……我以前带着的一个人说他在天津干健身教练挺赚钱的，我就买了一张硬座的车票，去了天津。"

过了几分钟，排队的人没了，越观红站在油锅边上开始炸果子，白胖的果子进了油锅，她的眼睛盯着，又开口说："后来的事儿，陆辛也知道，我在天津被人骗了，两个月的工资一分没有，兜儿里只有几块钱了，就去买了个煎饼果子。看着那个果子，我脑子里想着'我下一顿饭是去牢里吃呢，还是让阎王爷请我呢'，结果就被我师父捡回去教我做了煎饼果子。"

那之后就一直做煎饼果子。

沈小甜说："陆辛说，你做的煎饼果子是沽市最好吃的！"

越观红冷笑："我做的煎饼果子，整个山东都没有比它更好吃的！"

这……还真像是老大会说的话呢！

"小甜啊，你看，人都一个样儿，我十五岁的时候，真以为自己能干一辈子的混混头子，现在就在这儿卖煎饼果子，不也挺好？有人不要我，也有人把我捡回去……都一样，人都一样。"

来自红老大的安慰有些笨拙，沈小甜听了，有些后悔。她后悔自己装可怜，结果要越观红拿自己的故事来安慰自己。

慢慢走回家，还拎着那几个枣泥月饼，拐过梧桐树的时候，沈小甜遇到了骑着摩托车的陆辛。

"离中秋还有大半个月呢，你这就准备上了？"

陆辛看着沈小甜手里的月饼，沈小甜看着陆辛。

——"……有人不要我，也有人把我捡回去。"

是呀，人都一样。

"红老大送我的，要吃吗？"她问陆辛。

6

如果说小甜老师的第一个视频，借着自己的私人感情纠葛的热度达到了"一炮而红"的目的，那么短短四天后她发的第二个视频，真正让人们看到了她的"内容"。

第一个视频最后是数万转发，第二个视频在二十四小时里也达到了一万五千的转发量，并且还在稳步上涨。

"谢谢小甜老师让我提前几天体会到了被老师留作业的快乐。"

视频下的这一条评论获得了四万点赞。

流量带来了粉丝，粉丝补充着流量，短短几天的工夫，"小甜老师"四个字已经成了一个微博热词。

这些数据，沈小甜没去理会，她分给了陆辛月饼，陆辛说要带她去吃鱼，这才是她眼前最重要的事儿。

"啥登月失败的故事啊？"坐在沈小甜家的沙发上，那双无处安放的大长腿叉开坐着，陆辛咽下嘴里的月饼，看着沈小甜。刚刚她说自己想听一个登月失败的故事，结果换来了一个雨过天晴的故事，听得陆辛一头雾水。

沈小甜只是笑，并不做出解释，而是说起了另外的事情："我今天接到了学校的电话，说让我回去。"

"嗯。"男人把手里吃空的月饼包装袋团在了手里。

"其实我还真有点儿想那些学生。"沈小甜说，"我刚教他们的时候，他们也是刚入学的学生，尤其是六班，一群小孩儿傻乎乎的，第一次上课，我走进教室里，他们都当我是走错了教室的同学。"

陆辛抬眼看看沈小甜，慢慢晃了下头说："他们是脑子不好使，眼力见儿还是有的。"变相说沈小甜就是长得像个高中生。

沈小甜"哼"了一声，一下子站直了身子："这位同学，你要有对老师的基本尊重，知道吗？"

陆辛"啧"了一声："我上学的时候就没怎么尊敬过老师。"

"这可不好。"沈小甜一脸认真。

陆辛敷衍地点点头："知道知道，我后来上大学的时候就好了。"瞥见了沈小甜眼里的好奇，他皱了一下眉头说，"怎么了？我是个野厨子，又不是个野人，就是读书上学的事儿呗，你这么看我干吗？"

"不干吗。"沈小甜把头转到一边，"第一次听你说你上学读书，我还以为你是从小就到处学厨艺呢。"

"那也差不多……我从小跟我爷爷长大的，他年轻的时候当过兵打过仗，干的是炊事兵，复员之后就在个厂子里当厨子……我十四岁的时候他去世了，我性子野，不爱念书，爸妈又管不着我，我就跑出去跟人学做菜。一开始，我还拜了个师父，后来师父不干了，我就全国到处跑……到了二十二岁的时候回去复习了一年，考了个大学。"

复习了一年考上大学。

沈小甜看着陆辛，一时间不知道该说他果然够野，还是真的太聪明了。

"二十三岁读大学，那你什么时候毕业的呀？"

"去年。"

"哦……长得一脸老相，原来还是个学弟。"

不知不觉，两个人已经离沈小甜是否要回原来的学校教书这件事越来越远了。

陆辛又摆出了标志性的无奈表情："你说你就长得这么点儿，怎么就总想显得比我大呢？"

大概因为你是个很不错的课代表吧。沈小甜在心里想。

"其实小有小的好，你看那个银鱼，太湖小银鱼那么一点儿，名气多大呀，长江淮河这边儿的大银鱼，一根儿这么粗，也没见有人夸它一句。"陆辛翘起一根手指头比画了一下。

他不光比画了，到了吃烤鱼的店里，他还特意点了一道酥炸大银鱼："这边儿吃鱼都是水库里出的，新鲜，肥。"

陆辛带沈小甜来的这家店是一家开在水库边的店，很有几分田园农家乐的风采，一进店门就看见了挂在照壁上用来装饰的草帽和草编蓑衣。餐桌之间的屏障也是竹编的屏风，上面还挂着塑料做的假叶子、假葡萄。整体风格与其说是"田园"，不如说是"土"。穿着绛紫色斜襟小袄和收腿裤的服务员们也贯彻了这一个风格。

"再要个鲢鱼头炖豆腐、一个红烧鱼尾，你是想吃铁锅鲶鱼还是鲶鱼烧茄子？"陆辛问沈小甜。

沈小甜想了想："鲶鱼烧茄子。"

"这家鱼是挺好吃的，就是这个装修……这已经好多了，之前这里可不是摆着屏风，是放了假花假树。你知道吗？大半个屋子的假花假树，我的天，来一次被辣一次眼睛。后来生意太好了，老板在店里加桌子，才把那些玩意儿撤了。"

陆辛的话音刚落，一个发际线岌岌可危的脑袋从屏风后面探了出来："陆辛，你来我这儿一趟就唠叨我一回，我的装修怎么了？我的装修挺好的呀！"

陆辛不想说话了。

男人从屏风后面出来，身材整体很富态，好在人不矮，比起胖来更显得壮，眉目长得挺平和的，有种"和气生财"的气质。他先是跟陆辛打了招呼，然后看向陆辛的对面，愣了一下，说："你是不是沈小甜？你妈是田校长的女儿田心对吧？"

沈小甜点点头，说："是，您是……"

"哎呀，你小时候我见过你，你这双眼睛长得真像你妈，我呀，我以前跟你妈相过亲。"

沈小甜："……"

陆辛："……"

生活在小城市就是有这点儿不好，随便出来吃条鱼，可能都会遇到一个认识你的人。更可怕的是，他不仅品位很有问题，还可能是你妈当年的相亲对象。

沈小甜觉得自己脑子里的脂肪在飞速燃烧。

"小甜……我可以这么叫你吧？你妈现在还好吗？我记得她是去广州了？"

"谢谢您的关心，她现在在深圳，挺好的。"

"那……你爸……"

"我爸现在是在北京。"

"哦。"男人叹了一口气，"他俩一开始在一起的时候，好多人都觉得挺般配，我就觉得不合适。你妈看着脾气好，其实很要强的，你爸爸看着是长得好、

130

学问高，其实为人处世还幼稚着呢，两个人在一起过日子肯定打架。果不其然呐……唉，大人不合适，老的操心，小的受罪。"

沈小甜只是微笑。

男人很慈爱地说了几句话，又跟陆辛聊了两句就走了，不一会儿，服务员进来，说他们这一单已经被老板免了。

沈小甜安静了好一会儿，才开口说："这个老板，他看人的水平比他的装修审美高多了。"

她妈田心女士何止是外柔内刚，心里装的根本是实心钢杆儿。她爸沈柯哪里是一般的幼稚，这么多年了，想把老婆追回来的手段连个小学生都不如。

只是一下子就在陆辛面前被人揭开了家里这些乱糟糟的关系，沈小甜的心情不是很好。

陆辛的语气一如既往："你这话应该在老于在这儿的时候说，说不定不光给咱们免单，还能送咱们一只清炖野生大王八。"

沈小甜抬起头看着陆辛。

男人回看她："怎么了？"

"没事，就是想起来今天没夸你是大好人。"

"这不就又夸了吗？"陆辛伸手给沈小甜的杯子里倒上了茶。

上来的第一道菜就是陆辛特意点的酥炸大银鱼，果然，一条银鱼有手指粗，用筷子一挑，半边身子的肉下来了，能塞满满一嘴，鲜嫩多汁。最棒的是这条鱼几乎是没有刺的，鱼肉的纤维在唇齿间迸发汁水，不需要有什么后顾之忧。

"老于找的这个厨子真的不错，外面这层炸得好。"

听见陆辛的夸赞，沈小甜点点头，嘴里还叼着半截鱼。有什么从她的脑袋里一闪而过，她"咔嚓"一声，咬碎了被炸到酥香的鱼头。鲢鱼公认最好吃的部位就是鱼头，肉质丰满，鱼脑香腻，足有一斤重的鱼头被剖开，和着豆腐一起炖，嫩滑鲜香，还有白胡椒提味，两口下去，喝得人暖意融融。

陆辛的筷子用得很好，随意夹了一块豆腐放在了嘴里吃掉，对沈小甜说："这

131

家的豆腐是从江苏进的，江浙沪那边儿很多食材加工是学的日本工艺，这种豆腐在日本叫绢豆腐，意思就是细嫩，比内酯豆腐扛煮，又比石膏豆腐鲜嫩。我之前跟老于说还是卤水豆腐更好一点儿，滋味足，结果他非要用这个豆腐，豆香气不足，胡椒味就得更重一点儿。"

说完，他看见沈小甜掏出了手机。

"卤水的主要成分是氯化镁，葡萄糖内酯……你说的这个问题应该是产生于凝固过程中的失水，氯化镁溶于水，形成电解质溶液，静止，让离子从形成了胶体的蛋白质溶液带走水，失去了更多的水分，所以卤水做的豆腐味道会更重，唔……这里也说了，葡萄糖内酯点出来的豆腐产量很高，也就是说反应过程中保存了更多的水。生活中有机化学的变化往往是多重的，这个题有点儿超纲，不过挺有意思的，胶体溶液中胶粒带电与电解质离子相互吸引发生凝聚反应，这个点准确来说不是个化学问题。"

物体间的相互作用，是物理问题。

陆辛默默地听着、看着，终于等沈小甜说完了，他说："尝尝鲶鱼烧茄子。"

"嗯。"

放下手机，沈小甜吃了一口香喷喷的鲶鱼烧茄子。装菜的青花大碗真的是土里土气的，味道却足够好，就像有些人看着又野还有点儿凶，其实你做什么，他都会捧场。

"要不要吃米饭配着鲶鱼啊？"对面的男人问她。

沈小甜点点头："要。"

第四章

体面与放下

ti mian yu fang xia

1

晚上八点多，沈小甜家的门铃被摁响了，她打开门出去，看见院子门口站着徐奶奶，徐奶奶的手里还拽着个快赶上她高的孩子。

"小甜啊，这是我家小哲，大名叫张哲，小甜啊……"老太太有些不好意思，握着手里的袋子，说，"我家小哲上初三了，有个数学题，他实在是做不出来，我那个儿子你张哥他脾气太暴了，为了个题差点儿跟儿子打起来，我就想找你看看，这个……这个数学？"

"徐奶奶您先进来吧。"沈小甜让开了门，让一老一小都进了屋。

打开客厅的大灯，沈小甜看着手里的卷子："二次根式啊。"浏览了一遍题干，再看看孩子的解题步骤，她心里就有数了，"这个应该是初二学的吧，怎么刚开学又拿出来考？"

男孩儿之前一直跟在自己奶奶的身后，脸上表情还带着愤愤和委屈，看见沈小甜看着自己，他的态度软了下来，说："这是开学摸底考试，明年要中考了，老师说先拿一个年级排名出来。"

估计也是为了让刚过完暑假的学生们收收心，题出得有些难。

沈小甜没有直接说这道题应该怎么做，而是先问："那这道题你的解题思路是怎么样的？"

男孩儿走了过来，眼睛盯着那道题，感觉跟仇人也差不多了，可再看看沈小甜，他还是开始说起了自己的想法。

一道题讲完了，沈小甜问："你还有哪个题不会吗？"

"还、还有……"

徐奶奶一直笑着陪坐在旁边，安安静静的也不说话，见沈小甜一道一道地讲，她低头看了看自己拎过来的葡萄，悄没声儿地站了起来。

那两个人且教且学都没注意到。

过了二十分钟，张哲小小地呼出了一口气："原来是这么做啊。"

"记住了，你以后做数学题的时候不要一看见算式就直接去做，你得先想清楚这个算式里到底能套用什么公式。"

"嗯嗯，谢谢……谢谢老师。"

沈小甜笑了一下。

看着沈小甜，张哲有些不好意思地说："老师，物理题您会做吗？我物理这次才考了七十分。"

初中物理那就更简单了，教上瘾的小甜老师小手一挥："卷子拿来我看看。"

张哲回家拿卷子，正好看见他奶奶拎着一个塑料袋往外走。

老太太看见自己孙子回来了，小声说："小哲，老师把你都教会了吧？"

男孩儿往房间里看了一眼，大声说："老师教得可好了，我都会了。我说我有物理题不会，她让我去拿卷子。"

"哎哟，小甜连物理都能教啊？"

老太太慢吞吞随着自己的孙子进门出门地在家门口转了一圈儿，又回了家门里头，过一会儿出来，手里又多了一个塑料袋，葡萄、核桃、鲜大枣……

把卷子都讲完了，沈小甜才意识到徐奶奶在自己家里"摆摊儿"。

"徐奶奶，您别这样，就是随手讲几个题，您……"

"我也就是随手给你带点儿吃的，葡萄是我弟弟他们家自己种的，小甜你要是吃着好吃了，我就让我弟弟的儿子再发点儿过来。"说完，徐奶奶就拉着她孙子往外走。

少年回了好几次头，跟沈小甜说"再见"。

清亮亮的声音回荡在窄窄的石榴巷里。

第二天早上，沈小甜出门去买早饭。

上次去小乔姐那儿吃麻辣烫的时候，小乔姐告诉她，麻辣烫店对面那棵树底下，早上有人推着韭菜盒子来卖。沈小甜记在了心里。

刚出了门，她就遇到了徐奶奶和几个阿姨、奶奶。

"小甜啊，你也去买菜啊？"

"奶奶好，阿姨好，我去买早饭。"

徐奶奶一手挽住了沈小甜的手臂，就像抱住了个宝贝似的，额头上都是笑出来的褶子："我刚跟她们说昨晚给小哲讲课的事儿。小甜啊，你是不知道啊，就为了辅导小哲这个事儿，你张哥白头发都愁出来一片一片的，看着比我还多了。现在这些学校也是，做作业的也不知道是孩子还是爹妈了，我们要是都知道怎么回事儿，还把孩子送学校干什么，我这个老太婆自己在家里就把孙子教了，那多好呀。"

沈小甜的脸上露出了极为标准的微笑。教育这个事儿，教的、育的和被教育的都难。老师管多了，家长会有情绪，老师管少了，家长的压力就大了，最惨的还是孩子，不管谁管多管少，到了他们这儿就只有被管的份儿，说不定还要用耳朵承担两方对彼此的不满。

徐奶奶的语气慢悠悠的，已经快把沈小甜夸上天了，有耐心有学问，又把孩子管得服帖……简直是天上有地上无的好老师，就应该脖子上挂个锦旗被供起来，听着的人都心动了。

"小甜啊，之前只听说你是老师，不知道你是教什么的？"

"高中化学。"

"哎哟，化学可是不好学呢，高中化学……那小甜你连初中的数学、物理也都能教呀？"一位阿姨在旁边问。

沈小甜还没说话，感觉到徐奶奶抓在她手腕上的手紧了一下。接着，徐奶奶开口了，还是不紧不慢的："小甜啊，昨天晚上你给小哲讲了一个小时的课，讲了两门课的卷子，我算了算应该给你两百块的，一门课一个小时一百五，两门课你能混着讲，这个应该多给你一份钱。"还竖起了两根手指。

听见了钱，姓郑的阿姨安静了下来。

徐奶奶的表演还在继续："唉，一百五十块找了个专门的老师给孩子讲卷子，老师教得好，孩子学得也开心，大人也少操了心……提着灯笼都找不着的好事儿，幸好是小甜人好，不然昨晚我家可有得闹呢。"

到了路口，沈小甜说要去另一边儿买韭菜盒子，徐奶奶继续挽着她，说："哎哟，小乔家门口有卖韭菜盒子的？我也好一阵儿没吃了，我家小哲不爱吃韭菜，我自己去买几个吃。"

拉着沈小甜往韭菜盒子那儿走，走出去十几步，徐奶奶停下来，压低了声音说："小甜呐，你可千万别松口，别人来问，不管是谁，你就说你一个小时一百五，最便宜也一百五，知道吗？"

沈小甜有些好笑地看着徐奶奶，老太太的表情真有几分像是电视剧里的地下工作者："奶奶，我也就是随便讲点儿卷子什么的……"

"不是不是，不是这么回事儿。"老太太的手上还是有几分肉的，在沈小甜的眼前摆来摆去，泛黄的指甲修剪得干干净净，"小甜啊，奶奶知道，你随你姥爷，都是心肠软，可这事儿不能这么办。这不是一点儿钱的事。别的不说，她们家的孩子都去找你问卷子了，水你给不给喝？电要不要钱？小孩子扑腾完了，你扫地擦地费的功夫，你说那值不值钱啊？你要是不收钱，这些小账不经算，一算啊，人情都没了。再说了，教一次两次，你一分钱都不要，她们承你的情，那教多了呢，不是每个人都念着人情的，教孩子这个事儿哪儿有一直顺顺利利的？真等孩子打架了，回家路上磕了碰了，她们眼里不光看不见你的好，你整个都成了坏人。哪儿有让好人理所当然吃亏的道理，你说对不对？"

沈小甜静静地听着，早上的风有些凉，从河上吹过来。

"你姥爷当年就是，一门心思为别人想，真出事了有几个人为他想过？你妈受不了的就是这个。唉，姓赵的一家子丧了良心，田心她就性子暴，比你张哥还暴，幸亏你姥爷把她给送走了，不然说不定她一把火就把那一家子给烧了。"

姓赵的一家？沈小甜恍惚了一下，才想明白徐奶奶说的应该是诬陷外公的那一家人。

说起那家人，徐奶奶的脸色都比刚刚难看了。

"奶奶，谢谢您。"沈小甜的感谢真情实意。

老太太有些不好意思了。

韭菜盒子的味儿总是远远地就能闻见，老太太闻见了之后捂住了鼻子："行了，奶奶我也就是说几句，我就不过去了，嘿嘿，我家小哲不吃韭菜就是随我。"老太太一笑，露出了嘴里的假牙，她终于放了沈小甜的胳膊，还跟她摆了摆手。

沈小甜也回身跟她道别，脸上是笑的："徐奶奶，谢谢您。"

"你快吃早饭去！"

卖韭菜盒子的是个小摊子，圆桶形状的铁皮灶上架了个平底大铁锅，薄薄的一层油上，圆圆的面饼被煎烙成了金黄的。这种韭菜盒子跟沽市家常用面皮包起来的韭菜盒子不一样，下锅之前外皮看着稀软，包上馅儿之后得在锅里用手指摁几下才能成个饼，出锅后皮子是蓬软的。

花了五块钱，沈小甜买了六个巴掌大的韭菜盒子，比她记忆里一块钱三个贵了好几倍。里面包的馅儿是韭菜、鸡蛋、豆腐和切碎的粉条，一口下去，韭菜的辛辣气就顺着喉咙下去了。

"含硫成分，真臭。"沈小甜呼了一口气，皱起了鼻子。这个韭菜盒子并没有她印象中的好吃。

她之前一直以为妈妈是受不了才走的，可听徐奶奶的意思，是外公让她走的。好吧，田心女士，你可能是一个很像韭菜的女人。

沈小甜嫌弃地扇了扇风。

在河边走着，吃了两个韭菜盒子，感觉韭菜的臭气都往水上飘了，沈小甜把其他的收起来，转身往回走。

"老远就看着你在这儿吃东西。"路边，陆辛用脚蹬着地，头盔的防风镜抬上去，露出一双眼睛看着沈小甜。

沈小甜的第一反应是捂住了嘴。

陆辛又无奈了："你吃都吃了，怎么还怕嘴臭啊。"

此刻，沈小甜也只是露出了一双大眼睛，看着他，眨了眨。

一分钟后，摩托车停在河边，陆辛看着河面吃着韭菜盒子，边吃边说："夏天的韭菜又臭又不香，还是开春的时候好吃。"

"嗯。"沈小甜点点头。

"我小时候特别喜欢吃韭菜盒子。"沈小甜对陆辛说，"因为我们学校门口就有卖韭菜盒子的……每天放学都能闻见韭菜盒子香喷喷的，可是我外公总是不让我吃，中午不能吃，因为下午要上课，嘴里不能臭臭的，晚上不能吃，因为要回家吃晚饭，不能拿个韭菜盒子当饭吃。"

身后有车在路上行驶而过，陆辛看看手里的韭菜盒子说："因为吃不着就特别想吃，觉得自己特别爱吃？"

"嗯。"沈小甜点点头，手指戳着桥栏杆的空隙，"所以后来有一次，我外公晚上有事儿，让我自己吃晚饭，我就美滋滋地去买了三块钱的韭菜盒子。"

听沈小甜用"美滋滋"来形容自己，陆辛笑了："你心里是有多美啊？"

"大概就是……我连走出学校都是一蹦一跳的那么美吧。"沈小甜的两根手指头模拟着"一蹦一跳"在桥边上来来回回。

陆辛看看她白生生的手指头，又把脑袋转向了另一边。

沈小甜的手指勾了一下，被她收了起来："其实想一想，那时候每天都是一样的生活，上学，放学，吃应该吃的饭，睡应该睡的觉，像是在一条轨道上，那个在路边我能看见、能闻见但是吃不到的韭菜盒子，在我心里，可能除此之外还有别的意思吧？"

在这么多年后都记得那个能买一摞韭菜盒子的晚上，沈小甜觉得自己在潜意识里大概真是这么想的。

"那挺好啊。"陆辛说，"人嘛，心里有点儿念想是应该的。"

他低下头，把一片落叶踢进了河里，水纹轻轻荡漾开，不知道下面是不是藏了一尾细鱼："我小时候特别喜欢秋天，因为秋天的时候我爷爷他们那个厂房门口就会摆很多的一串红。一串红是一种花，一盆一盆的，花蒂把是红的，花从里面伸出来，像个长喇叭，也是红的。我那时候吧，就特别喜欢把花从蒂把里给拔出来，然后呢，底下那点儿白色的地方藏着蜜，咬碎了吸一下，是甜的。就为了这么一点儿小玩意儿，我年年都盼着秋天。"

沈小甜看着陆辛，脑海中想象出另一张脸，比现在的陆辛小很多，没有现在这种久经俗世的"野"气，然后围着一个小花盆，摘红色的花往嘴里放。

"原来你一直梦想当一个偷花贼啊。"

小甜老师看着课代表的表情有那么一点儿痛心疾首，相比较而言，好像自己只是想吃个韭菜盒子的想法还是要朴素很多的。

早餐吃完了，两个人在韭菜的余味里告别，沈小甜要回家，陆辛要赶去别的地方。

"你这是……"

沈小甜看见了陆辛车上放着的一个木盒子，盒子不大，用塑料袋包了，绑在座位前面一点儿的地方，相当于陆辛抱着它骑车。

"今天要去给一个老爷子做寿宴，这是今年在这儿的最后一个活儿了。你呢？我记得你上次说你原来的学校找你回去了，大概什么时候走？"

"唔……"沈小甜歪头看了一下陆辛，"你大概什么时候走？"

陆辛说："就这两天吧。"

"哦。"沈小甜露出微笑，"我也差不多。"

140

2

有句话叫"说曹操，曹操到"，要是放过了古人，这话还有种说法叫"中国人是不经念叨的"，不过沈小甜认为自己是遭遇了"墨菲定律"的诅咒——害怕发生的糟糕事情，还是发生了。

果然，集齐三次"被提起"，就能召唤出田心女士本尊。

"我让人去给你送东西才知道，沈小甜你这段时间挺能干啊，你觉得自己挺洒脱是不是，一撒手工作、生活统统不要啦，遭遇一点儿挫折就跑回老家去躲起来，我怎么有你这么厉害的女儿呢？"沈小甜她妈田心女士在电话里先对自己的女儿不能面对困难的行为进行了深度批判，"你和姜宏远谈了这么多年，怎么连个男人的心都抓不住，啊？之前他在广东你在北京的时候，你们不是都还好好的吗？怎么凑到一起了，你们还闹成了这个样子？他在外面有人了你都不知道？你这个女朋友是怎么当的？还有……"

田心女士对着自己的女儿一顿狂轰滥炸，沈小甜默默地听着。从来就是这个样子的，这些年不管她遇到了什么问题，母亲都会先从她的身上找出她的几百个缺点，仿佛只要她把这些问题都修正，她就不可能遇到那些不幸的事情。如果沈小甜自己不愿意被数落这些缺点，只要表现出一点儿的抗拒和反对，就会被母亲痛斥为懦弱和逃避。

沈小甜甚至已经习惯了。拿着手机，她的脸上还能露出微笑。

"你回来，找姜宏远谈谈，实在不行你们就来深圳谈，我看着你们谈。这么多年的感情了，你和姜宏远都要谈婚论嫁了，多少人的眼里你们都是一对，闹成现在这个样子太难看了，就算分手也得体体面面的，不要弄得到处丢人。你的名声还要不要了？！"

沈小甜还在微笑，唇角是勾起来的。

她坐在沙发上环顾四周，这里是她长大的地方，外公对她的生活有约束，

141

却放纵她的灵魂恣意生长，音乐、美术、数学、英语……她随时可以感兴趣，也随时可以不去学那些课外的东西。到了广东，她的物质生活是丰裕的，衣食住行无不更好，可其他的呢？体面，不要丢人。这两个要求是笼子的横框和竖框，牢牢地把她关在了里面。

沈小甜曾经觉得当自己面对这个意料中的来电，会心平气和地挨到通话结束，就像过去的很多年那样。

阳光照进屋子里，细微的尘粒在光中缓缓游走。她眨眨眼，仿佛看见了一个女孩儿从楼梯上蹦蹦跳跳地下来："姥爷，我这次考试考一百分，我们一起去海边玩儿吧？"

"去海边？行啊。"老人答应了。

又或者有个女孩儿坐在餐桌前，一盘蛋炒饭吃得正香。

那个时候的沈小甜，会预料到今天的此情此景吗？

沈小甜的笑减淡了两分，流露出了一点儿薄薄的苦。她从沙发上站了起来，给自己倒了一杯水。

手机的提示音响了一声，沈小甜看了一眼，是课代表说今天被人答谢了一只跑山的母鸡，打算收拾好了给沈小甜炖了喝汤。

巧了，这里有红枣，红枣鸡汤，听起来不错。

电话里，田心女士说："你赶紧回广东，学校那边的工作我再想想办法。你联系你以前的教授了吗？让教授出面给你看一下这个工作怎么能保住……这么多正事儿不做，你就跑回了沽市那个破地方待着，我看你就是要把我气死，丢人丢到家了！"

丢人吗？沈小甜看着空气，对着光轻轻吹了一口。

嘿！沈小甜，看见了吗？这就是你的未来，明明被伤害的是你，在挣扎的是你，终于给了自己内心一个交代的人是你，可在你母亲的眼中，你就是那个不体面的。这就是你想要的吗？你还愿意像从前一样沉默地去接受吗？

"妈，你的意思是，让男朋友出轨是我不体面？"声音轻轻的，沈小甜突然问母亲。

田心的声音陡然一滞，继而更加严厉："你是什么意思？"

"没有什么意思，您刚刚说要我体体面面的，我就想知道，我到底哪里不体面了。又不是我脚踏两条船，又不是我背叛了我和他这么多年的感情。您说不体面，我觉得我最不体面的时候就是我失恋又失业之后发现自己连跟自己的妈妈倾诉都不能，因为她会把已经扎在我心口的刀捅到更深处。我最不体面的时候就是我极力调整自己的情绪让自己相信自己的生活没有那么一无是处，可是我自己的母亲一个电话打过来，我的一切努力就岌岌可危。我甚至想不明白您这个电话打过来到底是什么意思。可能在您的眼里，我的人生就是您买下的一个火车玩具，只要路线稍微有一点儿偏离，我就会被您拿起来放回到轨道上，然后一切就可以按照您的想象继续进行。可我想告诉您，不是的，我不想再像以前一样，听着您的各种要求去勉强自己。我想过得像自己一点儿。"

甜美的声音沉了下去，沈小甜说的每一个字都有着力量，大概是在这个老旧房子里不断积蓄出来的力量。

"沈小甜，你到底知不知道你在胡说些什么？"

"我知道，妈，您知道您在说什么吗？您知道您这些年到底在对一个人进行怎样违背人性的要求吗？"

快乐、悲伤都不体面，只有恰到好处的笑容是体面的。这就是田心女士对自己女儿最核心的教导。

"沈小甜！我不许你这么对妈妈说话！我对你的要求高是为了你好。你看看你，你刚回去那个破地方才几天，现在都成了什么样子，难不成我这些年对你的要求和培养都错了吗？我哪一件事情不是为了你好？！"

"就连外公去世这种事情，你都因为我在准备高考不告诉我，这就是你对我的好！"一口气说完这句话，沈小甜猛地深吸了一口气，泪水一下子流了出来。

"对不起妈，这句话我不该说。"她立刻向母亲道歉。

电话在短暂的静默后被挂断了，只传来一阵忙音。

下午四点多，孩子们刚放学，徐奶奶就笑呵呵地领着孙子敲响了沈小甜家的大门："小甜啊，今天可真是谢谢你了，小哲说老师上课讲这套卷子的时候他都听懂了，他物理这次考得不好，老师专门把他叫起来回答问题，幸好都回答上来了。"

"是吗？"沈小甜看着张哲。

少年点点头，有些腼腆地说："老师，谢谢您。"

"这说明你的基础知识点掌握得没有问题，就是在使用的时候要多动脑。"

"嗯！"

徐奶奶眯了眯眼睛，看着沈小甜说："小甜啊，我怎么看你脸色不好？"

"可能是今天有点儿闷，开空调睡了午觉。"沈小甜脸上的笑容纹丝不动。

"唉，你们年轻人就是火气旺，总爱开着空调，这都九月了！中午热的时候吹吹，睡觉的时候可不能了。"

"是是是。"

徐奶奶来找沈小甜不光是为了道谢，石榴巷附近要进行网络改造，通知已经送到了居委会，徐奶奶退休之后经常去居委会帮点儿小忙，今天正好看见了，想起来沈小甜这个年轻人肯定是爱上网的，就特意来通知一声。

"你张哥他们怕小哲不好好学习，早把网线撤了。"

真是……相当有魄力的举动。沈小甜都能想象到张哲一家在没事儿时面面相觑的画面。

送走了徐奶奶祖孙俩，她扶着门框长出了一口气。

她确实是开着空调在沙发上睡了一觉，开空调是因为莫名的气闷，睡觉是不知不觉睡过去的。从小时候她就这样，每次有什么大的情绪波动就会默默睡过去，好像身体在告诉她，一觉醒来什么都好了。勉强算是一种防护机制吧，虽然未必有效，但至少不会因为内心难过而失眠。

揉了揉有些发涩的眼睛，沈小甜走去打开了冰箱。她上一顿饭还是早上的那几个韭菜盒子。冰箱里没什么菜了，仔细看了一圈，只找到了一包金针菇和一包冷冻的牛肉片，还有一根小米辣，不知道是陆辛什么时候带来的。

把牛肉片拿出来解冻，金针菇放在盆里准备洗，沈小甜又走出了厨房。

"我不应该只是指责她，对吧？用糟糕的情绪对抗指责，只会让事情变得更糟糕。"她对自己小声说，也不知道是内在的思维惯性还是做老师习惯了，她开始像写听课笔记一样地复盘自己和母亲的那段争吵，"就像是在双氧水里加入了高锰酸钾，消毒能力并没有变强，只会爆出一堆紫色的泡沫。"

无意识地在房间里走来走去，脑内的各种想法明知道无用却又停不下来，沈小甜发出了一声叹息。她妈妈的逻辑稳固，就像一个苯环，六个角的位置难以撼动，就算其中某个元素被换走，也依然是个闭环结构，并不会多出一角或者少了一角。

就在她第五次在客厅走出了一个苯环的时候，门铃再次响了，沈小甜打开房门，看到陆辛的头盔在大门后面。

"看，今天他们送我的鸡，说是在果园子里养的，看这嘴这爪，还真挺不错的。"

道理我都懂……一手扶着门的沈小甜看着男人和他手里的鸡："鸡……怎么是活的？"

被倒挂在男人手里的鸡小眼乱动，"咯咯"叫了两声。

太阳西斜，照在小小的院子里，红白相间的漂亮摩托车停在一边，车身上黏着的两根鸡毛可算是被人拿掉了，大概还带着两分委屈的余韵。另一边的角落里，一只母鸡探头探脑地蹲在那儿，脚上的绳子已经松绑了，改成把它的一条腿系在了海棠的树根处。

屋子里，陆辛随手用抹布擦掉了厨房案板上的积水："本来是想给你炖鸡汤，也忘了你家连个能给鸡去毛的盆子都没有，还有你，杀个鸡，你的表情怎么那么别扭？这样吧，等我把鸡扔老冯那儿，让他收拾好了我再给你。"

沈小甜捂着脸坐在沙发上，闷闷地说："我就是……有点儿害怕，咳。"

回想起刚刚陆辛说要把鸡现场杀了，自己那一脸崩溃的表情，沈小甜觉得自己的脸微微发烫。她真是少有那么失态的时候。

"幸好我还带了别的。"陆辛从袋子里拿出了两个猪前蹄，袋子里还装了别的菜，满满的一兜儿。

"你是想吃金针肥牛？"他用两根手指拈起那根小米辣端详了一会儿，笑了一下说，"这小辣椒儿真是责任重大呀。"

沈小甜也笑了，站在厨房门口，看着陆辛在里面倒腾。站在厨房里的陆辛真的是会发光的，哪怕他的手上还举着一对猪蹄。

"炖一下给你？"陆大厨问沈小甜。

"都好。"

男人却突然挑了一下眉头，有点儿严肃地说："喂，我是个厨子，客人只能点菜，不能说都好，我不会做都好。"

看着眼前义正词严的厨子，沈小甜"哦"了一声。

过了一会儿，她问："那大厨啊，你的拿手菜是什么呀？"

"我？我什么菜都拿手。"

哎哟？这话很嚣张啊。沈小甜说了一道她在广东挺喜欢的菜："那我要吃……我要吃脆皮猪手。"

"脆皮猪手，你是想吃广东那种？"陆辛检查了一下厨房里的各种配料，说，"行吧，凑合给你做个简单点儿的。"

"好呀，什么菜都拿手的大厨要给我凑合了。"

陆辛转头看沈小甜，看见她对自己笑眯眯的，于是又是一脸的无可奈何……无可奈何地在锅里装水，无可奈何地一把抓一个猪蹄，手臂伸到了锅子正上方，松手，"啪"，洗干净的猪手就被冷水下锅了。

"一般来说这种猪蹄都得提前腌入味了，要么就得用卤料给炖入味……咱们自己是临时要做，就求个肉香吧。"

陆辛说话的语气还是懒散敷衍，可手上的动作却不是那么回事儿，沈小甜看见他颇为郑重地打开了带进来的那个木盒子。

"刀？"

"嗯。"陆辛拿起一把刀，木头的刀柄连接着冰冷的刀面。

沈小甜看着，第一个反应就是发出了一声感叹："这把刀好大呀。"

"没办法，我手大，个子高，一般的刀我用着不习惯。"

这把刀看着不仅大，还很有重量，被放在案板上的时候发出了一声闷响。沈小甜探过头来看，看见刀面上镂了两个字，四四方方，端端正正。

"清海，这是刀的名字？"

陆辛看了沈小甜的脑袋一眼，"嗯"了一声。

"这把刀是你定制的吧？"

"是。"

沈小甜的目光像是一只小手把整个刀都描了一个边儿，又抬头去看陆辛："这把刀真好看。"

其实用好看来形容真的一点儿都不过分，刀柄是黑色的木头柄，不知道是打磨得太好还是被人用得太勤，上面已经蕴了一层磨出来的光，刀面整体是黑色的，刀背是银色的，银色的花纹从刀背的银光中生出，占据了整个刀面大半的地方，刀刃更是冷光隐隐，一看就被保护得很好。

"这上面的花纹是玫瑰花吗？"沈小甜问。

陆辛用鼻音回答了她。

是的，这把名叫"清海"的大菜刀，上面用银色勾勒出来的花纹是非常常见的玫瑰花纹，顿时让整把刀大气磅礴的气质发生了变化，有点儿骚，也有点儿野。

"物似主人形。"小甜老师用五个字做出了整体的评价。

陆辛问："什么意思？"

沈小甜笑容甜甜："说你果然是个野厨子的意思。"

除了这把菜刀之外，盒子里还有三把刀，也都是黑色的木柄、黑色朴拙的刀面，看着个个分量十足，不过刀面上没有字，也没有花。

"怎么别的刀上没字也没花啊？"今天的沈小甜像是变成了一个好奇宝宝。

陆辛从锅里把焯水之后的猪蹄捞出来，叹了一口气："因为刻字和整花纹都很贵啊，我那时候没钱了。"

"啊……哦。"

真是简单朴实又真实的答案。

沈小甜终于安静了下来，看着陆辛继续做脆皮猪手。所谓脆皮猪手，就是将煮过的猪蹄烤或者炸，让猪蹄表层的胶原蛋白变成香脆的壳。陆辛先在锅里把葱、姜、香叶、桂皮用油煸炒出了香气，然后锅里加水，把猪蹄放了进去煮，又在里面加了酱油、料酒和盐。

"放这么多盐？"

"刚煮熟了就得捞出来，不多放点儿不入味。"

"哦。"

陆辛打开柜子找了一圈儿，问沈小甜："你家里有小苏打吗？"

沈小甜摇头，看着陆辛往外走，她出声说："你要去买吗？我和你一起吧。"

看了一眼锅底的小火，陆辛："开着火，肯定得留人的……"话说了一半，停住了。

沈小甜低下头轻声说："在家里等太没意思了，就我一个人。"声音很有些可怜。

两分钟后……

沈小甜干巴巴地说："其实我觉得一个人也没什么，不用这么兴师动众。"

陆辛站在旁边说："这回不是你一个人了吧，是一个人和一只鸡。"说完，就往门外走去。

"咯，咯咯。"

抱着鸡，沈小甜捂着眼睛笑个不停，笑完了，她用手截了一下鸡的脑袋，说："喂……嗯，鸡同学，我先给你起个名字吧？嗯，现在是开学季，你就叫开学吧。"

鸡伸伸头，想去啄沈小甜的手。

"开学要听话，知道吗？"

门外，陆辛看见沈小甜笑着和鸡玩儿，肩膀慢慢耷拉下去，两只手插在裤兜里，慢悠悠去买小苏打。

买好小苏打还没走到沈小甜家门口，陆辛就看见沈小甜家的院子门打开了，沈小甜在那儿对他挥手。

"陆辛！你快来看！开学下蛋了！"

啥？陆辛三步并作两步走过去，袖子被沈小甜拉着往里拽。

"开学居然当着我的面下了个蛋！"

跟陆辛走的时候比，客厅里凌乱了许多，被陆辛带回来的那只鸡趴在茶几上，很有点儿趾高气扬，看见两个人类进来了，嘴里"咯咯哒"叫了两声。

"它！"沈小甜指着那只鸡，"开学！它下蛋了！"

开学？陆辛看看那只鸡，又看看沈小甜，说："你给鸡也上课了？"

沈小甜兴奋的表情在瞬间凝固了，抬手，她捂住了自己半张脸："我是说，那只鸡，我给它取了个名字叫开学，它趴在茶几上面的纸巾盒子上下了个蛋！"

"哦，你起名儿挺吓人的。"说完，他走过去，一把把那只鸡抓了起来，鸡要啄他，被他弹了个脑瓜崩儿，"嘿，还真下蛋了，我记得送我那人说这鸡养了一年半了不下蛋，怎么回事儿？一听说叫你开学你就下蛋了？"看看那个比平常鸡蛋小了好几圈儿的蛋，陆辛又把鸡放到了地上，"一下子多了个鸡蛋，你说咱们是蒸个鸡蛋羹呢，还是炒个西红柿鸡蛋啊？就是这蛋太小，刚够给西红柿描个边儿。"

沈小甜被他给逗笑了，笑完了又瞪大了眼睛质问："你刚刚是不是以为我在给鸡上课？"

"咳。"陆辛拿着鸡蛋往厨房走，"猪蹄是不是要煮好了？我这就去炸。"

筷子插进猪蹄的皮肉里又拔出来，陆辛满意地点点头，把猪蹄从锅里捞出来控水，转头看一眼厨房门口，没看见之前一直在那儿的沈小甜。

放好了猪蹄他走出去，看见沈小甜在调戏那只鸡。

"开学，恭喜你首次成功下蛋！要不要吃点儿东西补补？馒头碎你吃吗？"

被起名叫"开学"的鸡也不蹲窝了，探头探脑迈着两条细长腿到处走，遇到沙发就啄一下，遇到桌布也啄一下。

沈小甜就跟在它身后转悠，转头看见陆辛，问："陆辛，厨房有白菜吗？我记得他们都是用白菜拌小米喂鸡。"

"没有。"男人说，"这鸡从小吃苹果长大的，你找点儿水果看它吃不吃。"

"苹果？开学你这么奢侈吗？"沈小甜说着，从冰箱里拿出了一个苹果，"你一顿能吃多少啊？我是剁碎了给你，还是给你一大块儿？"

陆辛摸摸鼻子，不去看蹲在厨房门口喂鸡的沈小甜，用纸吸净了猪蹄表层的汁水。然后，他拿出了自己买的小苏打。

不经意看见那个被摆在显眼位置的小苏打，沈小甜站了起来："我刚刚想了一下，你是不是要把这个抹在肉上啊？"

陆辛点点头。小苏打摆在旁边好几分钟了，他还没用，先拿了四根牙签捏成一排，在肉皮上扎起了细细密密的小眼儿。

一提化学相关，沈小甜就暂时放下了开学："小苏打的主要成分是碳酸氢钠，遇热之后产生二氧化碳和水……嗯……你在肉皮上扎孔是为了让小苏打的成分渗入肉里吗？可小苏打渗进去……"

"不是，有没有小苏打，我都能把猪蹄子这个皮做得嘎嘣脆！"

脆……沈小甜突然觉得有什么事儿忘了，可就是想不起来。

给皮子扎了孔还没完，陆辛终于拿起了刀，一刀剖开了猪蹄，却没把它真正劈成两瓣儿，刀尖从骨头上划过去，不一会儿，一根泛红的骨头被他扔在了案板上。

大骨头，小骨头，一根接一根被陆辛从猪蹄里卸了下来，他手里拿着那把"清海"，挺大的一把刀在他手里轻快得像是长出了翅膀的小鸟……不，应该是极为迅捷的鹰，精准无比地捕捉属于自己的猎物。

"现在猪肉这么贵，这几根猪骨头也不能放过了。"陆辛这么说着，把那几根从猪蹄里抠出来的骨头扔回了仍然在炖着的锅里，只留了两根大一点儿的长骨头，"汤再煮煮，一会儿下个面条，用这个汤加点儿杏鲍菇当个浇头。"

陆大厨站在厨房里，气定神闲，把菜刀擦干净放好，再慢条斯理地搅动着锅里的汤，往里面又加了一点儿酱油。

沈小甜还在一边儿眼巴巴等着他往肉上抹小苏打呢。等呀，等呀，陆大厨把猪蹄肉用棉线捆扎了起来，成了个肉卷。等呀，等呀，陆大厨把去净了水分的骨头塞进了肉卷的中间。

"这一招，你……"

陆大厨终于拿起了小苏打，嘴里说："你上次做视频的时候说了嘛，贴着骨头的肉好吃，是因为骨头传热比肉慢。"

课代表就是课代表，沈小甜的眼睛都亮了。

薄薄的一层小苏打抹在肉皮上，锅里的油温渐渐起来了，陆辛用筷子拿起一块猪蹄卷说："你别在这儿站了，去找开学鸡玩去吧。"

这话说得，仿佛堂堂小甜老师就是个会跟鸡玩的小孩子。

"加油啊。"精神上鼓励了一下，沈小甜就走了。

"嗞啦"，猪蹄下到了油锅里，偶尔传来水接触了热油的爆裂声，陆辛一步不动，手里用锅盖略微挡着锅子，用筷子拨弄着，以便猪蹄各个面儿都能炸得均匀。炸好的猪蹄因为本身味道略淡，还要进行最后的调味，陆辛调的是孜然口儿，热锅加葱、蒜、青红椒、孜然、芝麻，炒出了复合的香气之后，再把猪蹄扔进去入味。最后出锅的时候先把猪蹄卷里的骨头抽出来，肉卷切成小块儿，再把其他辅料铺在肉上。

之后他又做了一道干煸大头菜，两碗加了卤肉汤和娃娃菜的面条。

夜晚已经真正来临了，沈小甜和陆辛面对着在餐桌前坐下的时候，外面的路灯次第亮了，吃过了苹果的开学鸡都已经窝在了桌子底下。

陆辛独创的脆皮猪手当然是沈小甜首先赏光的。金色的脆皮与牙齿发生碰撞，细碎的响声传进耳朵里，是孜然与肉在舌尖跳舞的背景乐，下面是猪肉皮自带的脂肪层，油香味像是舞台上的干冰雾气，一下子将舞蹈带入另一个氛围。

核心是猪蹄的红肉和蹄筋，经过长达一个半小时的炖煮，它们都已经软烂，肉质却没有失水变硬，正相反，不管是一开始的带骨炖煮还是后来插着骨头一起炸，都完好地保存了它们蕴藏的肉汁。而这些肉汁抵达了真正的归宿之地——人的舌头两侧。

是舞蹈的灯光，是舞蹈的旋转，是直击人灵魂的高潮乐章奏响，无数的香浓软糯酥脆一起在舌尖旋转舞蹈，不存在疲倦与不合拍，它们可以在这里雀跃到下个世纪，舌头表示愿意与它们一直相伴下去！

沈小甜下意识用手捂住了嘴，刚刚她产生了肉汁会从嘴里喷出来的错觉。

对面，陆辛细细品尝了一块脆皮猪手，说："还是有一点儿淡，不够下饭。"

课代表，你不用对自己这么严格！

干煸大头菜也很好吃，足够入味，又保留了大头菜自身的甘甜爽脆，和猪蹄搭配得恰到好处，就像是舞剧幕间落下的幕布。

带着卤肉香味的面条让人吃起来也格外畅快。沈小甜吃下去半碗面条，突然觉得什么在心里一下子松开了。

这时，她听陆辛说："你为啥给鸡起这个名儿啊？开学，你让读书的听见了这名儿不得心口疼。"

她微笑："现在不是九月嘛，开学季，我就叫它开学。"

"九月就叫开学，那十月呢？"

"十月国庆，叫作业吧。"

陆辛觉得自己夹肉的筷子都在晃了："十一月呢？"

"十一月……期中考试。"

"十二月呢？行了，你别说了，我都会抢答了，十二月，期末考试。"

"不对，一般期末考试是在一月，十二月的话……进入了考前复习阶段，应该叫复习。"

复习有比期末考试好到哪里去吗？早就已经不是学生了，陆辛都感觉到了某种忧虑："那二月，叫寒假？"

"二月？对于高三学生来说，二月是要备战第一轮高考模拟，应该叫一模。"沈小甜美滋滋地又吃了一块脆皮猪手。

上学模式突然升级到了高考模式，陆辛低头吃了一口面条。他预感六月一定叫高考，而七月绝不是叫暑假，大概会叫……查分或者录取？明明就没正经上完高中，也已经离开了校园很多年，可陆辛还是陷入了某种沉默里。

沈小甜歪头看他，说："你这个脆皮猪手跟我在广东吃的完全不一样，可我觉得自己更爱吃这种。"

"嗯……"

还没等陆辛说什么，他的电话突然响了。

"陆辛啊，明天中午来我这儿一趟，有朋友就带着朋友一块儿啊，我得让你帮我试试菜。"

"试菜？怎么了？你们家那冷面馆子要出啥新鲜玩意儿了？"

听见陆辛这么说，沈小甜想起了那家"正宗朝鲜冷面"的冷面和煎牛舌，店长好像叫老金，他母亲做饭真的很棒。

"炸鸡！"老金说，"老子要卖炸鸡！"

挂了电话，陆辛看向沈小甜："老金约我明天去他那儿试吃新品——炸鸡，我明天上午十一点来找你？"

"好呀。"

桌子底下，开学"咯咯"叫了两声。

吃完饭，沈小甜要收拾碗，陆辛站了起来说："我得去厨房把卤汁净一下，你就别进去了。"说话的时候，一双大手已经把碗收了起来。

晚上八点多，陆辛走了，走之前没提"开学"。

沈小甜也没提。

陆辛走了之后，她找了个纸盒，在小院子里给开学弄了个鸡窝。

153

3

早起打开房门，沈小甜就看见了院子里白色的鸡屎。

"嗯……得做杀菌的无害化处理，还要做蛋白质分解，把有机物分解成含氮磷的无机物。"想了一下其中复杂的过程，沈小甜拿出手机下单了一包帮助粪便分解的菌种，又下单了一把铲子。

开学在院子里抻着脑袋看了沈小甜一眼，踱着步走来走去。

"是不是应该给你弄个篱笆圈起来？"

不只是篱笆，院子里的几棵树是外公留下的，到现在还活得好好的，沈小甜还要防着开学把树皮给啄坏了。

"那这边儿也得收拾一下。"

因为陆辛总是把车停在那儿，院子的另一边大半已经秃了。

"要不把这里铺一层水泥砖？"

想想野厨子也要去别的地方野了……不过没关系，铺了水泥砖在那里，拉根绳子晾衣服更方便。

放了摩托车之外的地方还有一米五见方，沈小甜没想好应该用来干点儿什么，不过得洗衣服了是真的。

吃了早饭，洗了衣服，沈小甜还签收了一个从广东发来的大包裹。包裹里装的又是一堆衣服，她用了半个多小时把它们都挂在了衣柜里。

"有空还是要买几件衣服。"

看着衣柜里各式轻薄的裙子、短裤和正正经经的黑色蓝色套装，沈小甜挑了一条长裤搭配着半袖的上衣。对着镜子看了一眼，她在手腕上加了一条细细的金手链。

拿一个苹果，沈小甜自己吃了四分之三，给了开学四分之一。

一人一鸡蹲在院子里吃着苹果的时候，陆辛来了。

"开学好像吃了不少虫子。"沈小甜对陆辛说，"之前我早上都能看见院子里有虫子，今天却没看见。"她对开学能发挥自己的作用还是挺满意的。

陆辛默默听着，突然停下了脚步。

"怎么了？"

"你看。"男人抬起手，越过了沈小甜的头顶。

沈小甜抬起头，阳光透过树叶照下来，她说："天真蓝啊。"

陆辛："我是让你看，这个柿子泛黄了。"

"啊？"沈小甜退后了一步，踮起脚。

陆辛配合着转了一下手腕，让她看见了自己手里拿着的柿子。和其他还涩生生绿着的柿子不一样，这个柿子的颜色已经透出了黄，就像是绿色的纱一直厚厚地罩在上面——柿子将要成熟，被隐藏的成熟色彩已经藏不住了。

"啊，真是秋天要来了。"沈小甜感叹了一句。

陆辛松开手，说："估计再过半个月就全黄了，你是肯定见不到了，就这样的，明后天就能让人摘走，拿温水泡一天一夜，说不定就能吃了。"

生在路边的柿子树，不知道会被多少来来往往的人惦记着。

随着他的动作，一片叶子落了下来，沈小甜用手一接，就把叶子拿在了手里。

"你看，我也是有东西拿的。"她手里举着叶子，得意扬扬地过了桥。

陆辛跟在她后面，仿佛在假装不认识她。

今天的天有多晴，老金的脸就有多苦，他苦巴巴地看着陆辛。

陆辛掀着门帘让沈小甜先进去，看着他的苦瓜脸说："怎么了？是谁塞了三吨死鸡给你，逼着你卖炸鸡了？"

老金的嘴瘪着："你说啥呢，没人给我死鸡啊，要真有人给我就好了……我这是背了大债了。"

陆辛："什么债呀？欠了多少钱？"

老金："我欠了一百多万，你是能替我还是咋地呀？那你替我把我闺女的嫁妆钱掏了吧。"

陆辛定睛看看他，转身对沈小甜说："他这是碰瓷来了，咱们走吧。"

"唉？别走别走，我家老太太让我找你来吃炸鸡的，你走了算什么事儿啊，我是让我家姑娘给捣鼓晕乎了，说昏话，你别听就完了。"

"到底怎么回事儿？"陆辛说，"你先弄壶大麦茶来让我坐着听你说。"

老金进去拎了一壶大麦茶出来，陆辛已经和沈小甜坐好了，两双眼睛一起看着他。

"唉，我姑娘不是出国去了吗，我之前一直以为她是从小喜欢那儿的电视剧啥的，她奶奶又教她说话，那出国去学习她肯定比其他人有点儿优势呗。呵，我想得是挺美，结果人家早就有别的心思了，前几天我看她朋友圈，我才知道，我家姑娘她……"

陆辛先给沈小甜倒了水，又给自己倒上，啜了一口，听老金压低了嗓门说："她是为了个男人啊！"

陆辛："咳。"

老金的语气越来越激动："她是为了个男的出国的！你知道吗，她发了那个男人的九张照片在朋友圈里，九张照片！这么多年，她朋友圈里就发过一次我的照片，还是我们一家子的合影，你说这姑娘啊，女生外向，就是说她！她还说什么'哥哥我爱你'！我的天呀，你说一个女孩子，就不能矜持点儿？那朋友圈是什么地方，同学老师不都看着呢？把我给气的，你说我……你说她奶奶操持这个店忙里忙外地赚钱，花了几十万把她送出国去，她呢？"

语气渐渐沉了下来，最后老金的脑袋都低下去了，两只巴掌张开，从上到下抹了一把脸，愁苦是怎么也抹不掉的："……我估摸着，我姑娘都出国两年了，现在和那个男的还没分，这么下去，谈婚论嫁也快了。"

听老金说了这么多，陆辛终于忍不住问："这和你卖炸鸡有什么关系？"

"啪！"老金宽厚的手掌拍在桌子上，痛心疾首地说："你知道他们那儿结婚多少钱吗？我有个远房老姑，她姑娘就嫁过去了，那是零几年的时候，她家里陪嫁了五十多万，那时候的五十多万，现在一百多万能打得住？"

156

沈小甜和陆辛对视了一眼，他们还真没想到老金居然已经想到了这一步。

老金看看这两个年轻人的表情，哼哼了一声，说："年轻人哪知道父母辈的给你们一操心就是操心一辈子的事儿啊！"

陆辛挑了一下眉，倒了一杯大麦茶给他："那你打算怎么办？"

"怎么办？赚钱吧！现在我家在沽市还有两套房子，一套我们住着，另一套小的租出去了，本来想着我姑娘结婚，我就拿那套房子当嫁妆，现在看也不行了，我家老太太身体还没好透呢，以后怕是还得花钱。我就寻思再弄点儿买卖。冷面我卖了这么多年，也就是不温不火的，养家糊口将将够了，要赚钱，我还得想别的辙。"快五十岁的男人又叹了口气，"这事儿我都不敢跟老太太说，不然再把老太太气出个好歹来，就跟她说我前几天去西边办事儿，看那边有家卖炸鸡的，生意挺好，我尝了尝，那味儿我们家能做出来，想试试。老太太还挺高兴，觉得我废物了这么多年，可算会用脑子了。"

说这话的时候，他苦笑了一下："我算了一下，要是真的能把炸鸡卖起来，好歹能多赚点儿，就是累，累也没办法了……"

门帘再次被打开，老金从凳子上跳起来迎上去。他家那位很严肃的老太太走了进来，手里端着一个八寸的不锈钢碗。

沈小甜站起来对老人点头行礼，顺便看见了里面装着腌好了的鸡翅和鸡腿。

看见陆辛和沈小甜，老太太笑了一下，对他们显摆了一下手里的碗："我调的，味道，一定，好！"

"是，您调的味道一定好。"对着这位老太太说话的时候，陆辛真的是乖巧。

老太太又说："请你们吃，有不好，一定要说。"

陆辛："一定一定，您放心。"

老金跟着他家老太太进了厨房。

沈小甜慢慢坐下，看看陆辛，再看看自己面前的大麦茶，她略低着眼睛，慢吞吞地说："嗯……我觉得老金好像想多了。"

陆辛："可不是，八字还没一撇呢，他家姑娘才刚二十，见过几个男人呀？

等着毕业了、工作了，自己有见识了，这事儿怎么样还不一定呢。老金真是，一直把他家闺女当个长不大的孩子。不过老金这个人，没想到啊，前半辈子靠亲妈，生活上靠他老婆，临了头发都要白了，终于知道要为他女儿豁出去了。"

沈小甜："不是。"

陆辛："嗯？"

沈小甜又重复了一遍："我说不是。"

陆辛抬头，看见沈小甜正看着自己，脸上带着意味不明的笑，终于意识到对方的话似乎是别有他意。

小甜老师的一根手指在陆辛眼前晃了晃："我是说，老金的女儿并不是在国外谈了个男朋友。她应该只是追星。"

陆辛呆愣的样子把沈小甜逗笑了。

"九张照片发在朋友圈，一直在说'哥哥我爱你'……老金刚才是这么说的吧？"沈小甜拿出自己的手机，点开了米然的朋友圈，"你看，我朋友追星就是这个样子的。"

陆辛看了一眼，看见一个叫"封烁的不知名老婆"的人发了一个男明星的九张图，上面配的字是"老公又变帅了我爱你啊啊啊"。

"是吧，跟老金说他女儿很像吧？"

小小的饭馆里油香渐起，两个客人站在门口都闻到了。

"老金家这是怎么了？"嘴里说着，他们被香味引进了店里，招呼着让老金出来。

陆辛转身看了一眼后厨的方向，非常小声地跟沈小甜说："你先别说这事儿，咱们先把这顿的鸡吃到肚子里再说。"

"好呀。"沈小甜眼睛微微睁大，笑得越发乖巧可爱。

油香味里隐隐有辣酱的香，陆辛闻着，终于坐不住了："走，咱们去看老太太做炸鸡去。"

陆辛带着沈小甜往后厨走，正好碰上老金出来招呼客人。看见两个年轻人往后面走，老金也没拦，直说："陆辛也就算了，姑娘你小心别把油弄身上了。"

厨房很干净，和老太太的气质一样，只看着，沈小甜就能想象到，那样看着懒散的老金一定是在老太太的铁腕镇压之下才能把厨房保持得这么干净。

"来啦！"老太太正站在油锅前，看见了他们，腰背一下挺直了。

用辣酱腌渍过的鸡翅和鸡腿外面裹了薄薄一层面粉，又裹了一层蛋液，又裹了一层面粉，才被放进了油锅里。另一边的小盘里已经有两个炸好的鸡翅根，老太太指了指，示意陆辛拿去尝尝，吸了一口气才说："这两个，是有面糊的。"

陆辛在一旁跟沈小甜解释："老太太是要实验很多种炸鸡裹面糊的办法，炸好的这两个外面是裹了一层面糊，这个在炸的是面粉加蛋液加面粉分开的，这边……"陆辛拿起一个装了面糊的小碗闻了一下，笑着说，"老太太您连啤酒都用上了？"

老太太点点头，脸上的表情依稀有一点儿笑的样子。

"面糊里面放啤酒或者雪碧，也有人是这么给炸货上浆的。"陆辛这么解释给沈小甜听。

女孩儿点了点头，说："鸡蛋富含蛋白质，在受热过程中蛋白质产生气体让面粉之间有空隙，啤酒或者雪碧是里面有碳酸，受热会有二氧化碳……这样，炸出来的鸡外面会更酥脆……"

酥脆！好像有一道光从脑子里划过，沈小甜一把抓住了陆辛拿着小碗的那只手的手腕，两眼发亮地说："我想起来了。"

"唉？你俩干吗呢？"老金走进来，一看他俩这样，脸都和双下巴连在一起了，"吃个鸡怎么还拉拉扯扯的？我跟你们讲，我烦着呢啊，我……"

老太太的目光让老金瞬间安静了下来。

"外面点了两碗冷面，妈，他们都说咱家的炸鸡香。"汇报完工作，老金就乖乖去下冷面了。

沈小甜还抓着陆辛的手腕，说："你记不记得我上次那个视频最后留的那个作业！这个！我可以从上次的作业引申出来新一期的视频了！"

159

上一期的作业？陆辛看看手里的啤酒面糊，抬起手拍拍沈小甜的肩膀："行啊，录视频就录呗，你别激动。"

"我们在炸鸡的时候都要追求酥脆，这种酥脆就要求这些面糊在油炸的时候产生空气，不仅外面这一层会膨胀起来形成酥脆的壳，里面的肉质受到的温度也不会很高，所以肉不会焦，也能更好地保存水分。"

看看老太太准备的各种面糊，沈小甜掏出了手机说："我可以拍您做炸鸡吗？不拍您脸，我就是把不同方式炸出来的效果做个对比，会发在网上作为化学课件……"

沈小甜还在认真组织着语言，老太太转头看看她，点了点头："好。"

"太谢谢您了！"

老太太摇头："你，孙女，都是孩子。"

这句话不用陆辛解释，沈小甜也知道是什么意思，她笑着说："您的孙女一定是个很好的姑娘。"

老太太高兴了，继续去炸鸡。

陆辛站在原地，看看被沈小甜抓过的手腕，默默把那只手插在了裤兜里，单手放回了那碗啤酒调制的面糊："其实调粉糊的法子挺多的，啤酒糊、全蛋糊都是最基础的。"

端着手机的沈小甜转头去看他。

陆辛淡淡地说："想要软炸，就是蛋清糊，再进一步就是高丽糊，先把蛋白打发了，跟做蛋糕一样，把没有筋性的面粉或者淀粉加冷水调糊，再把蛋白倒进去。想要脆性高的，就是蛋黄糊，再硬就是发粉糊，做个拔丝苹果什么的不怕里面出水。还有这两年到处都在说的脆糊，面粉淀粉调糊的时候加油进去，酥炸干炸都漂亮又齐整。面糊里还有加泡打粉的，说起来就更多了，除了糊之外还有拖浆和拖浆拍粉……"

厨房里很安静，除了鼓风大灶在响，煮面的水在翻滚，就剩了陆辛的如数家珍。

"当啷。"老金舀冷面汤的勺子跌回了桶里，他走过来对陆辛说："行啊，知道这么多门道，你还在这儿闲着呀？来来来，把你说的都跟我这儿整一遍。"

陆辛笑着看向他，说："你不是让我来吃的吗，怎么我还得帮你整了？"

老金两只手摊着，看看自己家老太太，再看看拿着手机的沈小甜，一拍脑袋，说："这样，姑娘不是要拍视频吗？你就当帮她拍视频了，从今以后啊，你想拍什么都随便来，真的……"

猛然间，男人一下子安静了下来。

陆辛回过头，看见了老太太威严的脸庞。

"不行，你的生意，你要卖的菜，你要自己做。"

"不是，妈，那个，我手艺不行都这么多年了，我……唉！"

老太太摘掉了自己身上的围裙，关掉了油锅下的火说："你自己来做，我在外面，我们都等着吃！"

"妈，我整不来的……"

老太太猛地抬起头看着儿子，嘴里一串儿的外语，那种语言的发声本来就短促直接，被老太太用来骂儿子，简直是如虎添翼。最后，老太太指了指油锅，又指了指店门。

"不是！不是，妈，妈我还得煮冷面呢，妈？！"

老太太真的出去了，瘦硬的手还拉走了陆辛，摆明了不让他帮自己儿子研究怎么做炸鸡。一时间，厨房里就剩还在拍视频的沈小甜和说不出话来的老金。

"唉，我哪儿行啊？"老金叹了口气，对沈小甜说："姑娘啊，让你看笑话了。"

他继续把冷面盛好，正好陆辛又进来了："你好好研究炸鸡，我帮你把冷面端出去。"说完，他又走了，走之前，对着沈小甜眨眨眼。

老金叹了口气，看看碗里剩下的十几块鸡，说："行吧，自己的儿女债自己背，我也不能让我家老太太再给我操这个心。"

沈小甜看着他要调面糊，开口说："如果你想要面糊里有更多空气，可以用接近零摄氏度的水来调，因为温度越低，水里溶解的氧气越多。"

161

老金呆了一下，说："姑娘，你也是厨子？"

"不是。"沈小甜笑得甜甜，"我是教化学的。"

老金这儿还真有冰水，他试着调了个面糊炸一下，再试了试放常温水的，眼睛都瞪大了："是不太一样啊！姑娘你……你外行人也能干内行事儿啊！"

沈小甜回以微笑，又说："刚刚陆辛说了放泡打粉，要不我们试试高丽糊，然后再试试加了泡打粉的高丽糊，还有冰水调出来的加了泡打粉的高丽糊？"对于烹饪，沈小甜知道的技术不多，可对于实验的对比流程，她真是再熟悉不过了，"把你知道的调糊方法和各种让炸物更加酥脆的方法依次搭配，这是第一轮，然后我们选出其中比较令人满意的改良，再搭配各种方法……总能找出最让人满意的那一个。"

老金看着沈小甜，好像一下子就找到了方向："姑娘啊，我听你这么说着，咋还挺好玩儿呢？"

沈小甜先试吃了之前炸好的全蛋糊版本炸鸡，老太太调制的酱料味道极好，光是这个酱就比她之前吃过的好多炸鸡要优秀很多了，可是外面这一层壳并没有什么优点。陆辛和她的看法是一样的，全蛋面糊并不适合老太太调制出来的口味，入口后的感觉太干了。啤酒面糊稍好一点儿，啤酒里的麦香和鸡肉的味道有所融合，可还是不够。

厨房里的各种油炸面糊实验进行得如火如荼，老金在各种比对中突然爆发出了热情，一溜儿不同的面糊排开，他对着它们，神情都变得专注起来。

"姑娘你再试试这个。"

沈小甜手机拍着，嘴里吃着，看着炸鸡，打了个嗝："我先去喝点儿水。"

"去吧去吧。"老金盯着被炸成金黄色的面糊，看着都有些走火入魔了。

馆子里来了客人，陆辛就会临时充当跑堂的，让老金把冷面煮了，他再端出来。

下午两点之后，馆子里也没什么客人了，老金继续全神贯注地搞他的面糊。

下午四点，吃了一肚子炸鸡的沈小甜和陆辛先走了。

"老金明天还要搞。"沈小甜说，"我吃不下了。"

陆辛看看她，笑了一下说："我把老金女儿的事儿告诉老太太了。"

沈小甜抬起头，问："啊？老太太说什么？"

"老太太说她今天回去给孙女打电话。不过我觉得啊，老太太怕是要和孙女联起手来，让老金真把炸鸡弄出来，做下去。"

"我觉得老金师傅做炸鸡的劲头还挺足的。"

"是，老太太也这么觉得。"

几十年不成器的儿子，要是真为了自己的女儿愿意拼一把，老太太估计是乐见其成的。

走在陆辛身边的沈小甜突然停下了脚步。

陆辛回头看她，看见了一脸的笑容。

"是你给老太太出了主意吧？"沈小甜对陆辛说。

男人皱了一下眉头："我……我像是那么聪明的人吗？"

沈小甜眨眨眼，说："你不光聪明，你还是个善良的大好人呢。"

陆辛听了这话，脸上又挂上了招牌式的无奈："你能不能别叫我大好人了？换个叫法行吗？"

"你听腻了呀？"

"嗯，炸鸡你天天吃，你也腻呀。"

"好吧。"沈小甜走在了陆辛的前面，"人美心善！"

桥中央，她转过来面对陆辛，还竖起了一根大拇指。

她的课代表，人美心善！

4

又一天剪视频剪到了半夜，第二天沈小甜起来的时候觉得眼涩头昏，摊在床上打了个哈欠，挣扎着起了床。

"早啊。"

阳台栏杆上停了只神采奕奕的麻雀，沈小甜隔着玻璃窗跟它打了声招呼。

看一遍剪辑之后又配了音的视频，沈小甜觉得挺满意。

昨天晚上十点多，陆辛突然又给她发来了一段视频，视频里是一口大油锅烧热了，一碗面糊隔着漏勺被倾倒进油锅里，瞬间就如万千菊丝绽放，整个锅都热闹了起来，美得像是炫技。等到锅里稍稍平息，他就将那拖了一层粉浆的虾仁用夹子夹到锅边，用筷子将锅里炸好的丝缕裹在上面。

"我想了想，这个千丝万缕虾的做法也是让外面这层面糊里的空气更多，在老冯这儿试了试，给你拍了一段。早点儿休息。"

她那个人美心善的课代表还给她留了一段话呢。

沈小甜当然把这一段的精彩也剪入了视频里，画面中的那双手修长有力，画面切换之后，又倒回去看了一遍。嗯，确实挺提神儿的，眼也不涩了，头也不昏了。

下楼，沈小甜先倒了一杯牛奶，然后洗了一个苹果，没忘了切一小块儿给开学。昨天吃了一肚子的油炸食品，她昨晚就只吃了一个西红柿，到现在还觉得没什么胃口。

"今天好像又是周末？"发视频之前，沈小甜确定了一下时间，"不管了，老师说要补习，那就要补习。"

小甜老师又要上课啦！

"上节课我们从豆豉排骨开始，讲了有孔洞的排骨降低了导热性，所以在烹饪过程中，贴骨肉部分因为烹饪温度略低所以更加好吃。上节课的作业是，我们在生活中还有哪些靠空气降低导热性的特点的实际应用案例呢？羽绒服、双层保温玻璃、保温桶……这些答案都对，不过今天我要讲的是几乎没有人提到的一个方面，炸鸡。"

画面上那"复习与总结"五个字突然消失，变成了一盘炸鸡腿，鸡腿显然是刚刚出锅的，上面细小的油花儿突然爆开。

"在油炸领域，一直有很多种方法，其中最常出现的就是像炸鸡这样，在外面裹一层面糊再进行油炸。我们经常用外酥里嫩来评价炸鸡，内里的嫩，正是因为饱含气体的酥壳让里面的肉质在较低的温度中烹饪。"

炸鸡、炸鸡、炸鸡！好多种炸鸡！

"今天我们就来延伸一下，为了追求酥脆，我们是怎么在炸鸡的面糊中让它包含更多空气的。首先是加入鸡蛋，原理是蛋白质受热产生水和气体。"

画面正中是一对炸成了金黄的鸡腿，左上角写着"包裹全蛋糊后油炸"。

"然后是用啤酒调和面糊油炸，原理是碳酸受热产生二氧化碳。"

另一对从油锅里淋着油被捞出来的炸鸡翅，配字"包裹啤酒调和成的面糊后油炸"。

"加入了发酵粉，原理是有机物的分解，淀粉转化成糖，转化成醇类和二氧化碳。"

……

付晓华默默揾着肚子。今天周六，难得想睡个懒觉，她做错了什么？她是谁？她在哪儿？她为什么要饿着肚子上化学课，还越上越饿？

"啊啊！"视频看了一半儿，她忍不住先按了暂停，然后掏出了手机，"我要吃炸鸡，呜呜呜，我要对自己好一点儿！"

点完了炸鸡，她继续哭着去看小甜老师讲课。

"呜呜呜，原来炸鸡要做好吃是这么回事儿啊！"

和付晓华一样想法的人真是太多了，视频下面以比之前更快的速度聚集了留言。

"一堂化学课！我在饿死和馋死的边缘反复横跳！"

"老师你说的都对。老师课上完了，炸鸡什么时候发给我吃掉？"

"我室友震惊地看着我周末早上九点哭喊着要吃炸鸡！"

沈小甜没有像之前一样发了视频就没管，事实上，昨天晚上她在写教案之前还把上一条微博下面的评论看了一遍，从各种搞笑的评论里把大家对于教学内容的反馈收集了一下。哦，这种反馈不包括要求分肉吃的。

除了微博之外，这几天沈小甜还分别在别的社交平台注册了账号，有的平台一开始并不能发长视频，她把一些剪辑的花絮发了上去，人气也还不错，现在都已经开通了长视频权限。"小甜老师"的授课视频这下算是全平台上线了。

"课外小知识：除了化学方法之外，还有很多物理方法可以让面糊里的空气更多，比如用冰水调和面糊，因为温度越低，水中能够溶解更多的氧气，在油炸的过程中也就能释放出更多气体，其次……"

画面里就是陆辛亲自出手的千丝万缕虾，金黄的面糊淋漓而下，丝缕不绝地进了油锅里，是烹饪美味，那精准的控制和完美的协调也是一场灿烂的表演。

"很多人以为，化学发生在实验室里，可事实上，化学就发生在你和我的身边，可能你在厨房一个习惯性的操作，就是无数小小的分子在互相结合产生变化，而这个变化，是我们的前人虽然不知道多少化学知识，却以自己的观察和智慧总结出来的，这是他们对于化学的实际应用……一个分子的变化我们难以察觉，可无数分子在变化，就导致了食物颜色在变化，样子在变化，味道在变化。化学的本质，就是去研究这些变化的根源，它们微观渺小，也壮丽灿烂……化学是一门学科，也是我们的生活。"

最后这些话随着小甜老师讲课的声音逐字出现在屏幕上，又消失，变成了炸鸡腿，这节课结束了。

付晓华疯狂了："小甜老师！这样的课外小知识我能吃五吨！我要去吃一个壮丽的炸鸡庆祝一下！！！"

在各处看了一圈儿反馈，沈小甜满意地喝了一口牛奶。以食物作为切入点来做化学科普，她当然希望大家不要只把重点放在流口水上，能够多想那么一点儿，这样她会觉得自己忙得很有道理。

陆辛骑着摩托车路过的时候，沈小甜正从居委会那儿往回走，看见她，男人停了车，依旧是用那双大长腿蹬着地。

"老金昨天忙到了凌晨两点多，今儿还问我你还去不去吃炸鸡了，我跟他说他这样让人吃，好吃都不好吃了，他就说过两天研究有了成果了再找你。"

"嗯。"想起昨天吃炸鸡吃到最后自己嘴里都是油味，沈小甜心有余悸。

"你要去哪儿？"沈小甜问陆辛。

男人戴着头盔，看不见他的脸色，沈小甜只能听见他说："没什么事儿了，我刚从柜子那儿回来，这几天开海，他那儿上了不少好东西。"

九月初，就是黄渤海一带伏季休渔期结束的时间。

沈小甜恍然大悟："我说我今天看见李阿姨，她还问我吃没吃螃蟹呢。"

秋天海里的梭子蟹日益肥美，刚开海的时候大家都愿意先来个"第一鲜"。

陆辛问沈小甜："那你吃螃蟹了吗？"

"没有。"

"那你回家等着我。"陆辛对沈小甜说，"我去薅一顿老冯。"

沈小甜眨眨眼说："啊？这样不好吧？我去菜市场买点儿好了。"

陆辛轻笑了一声，说："老冯早上刚从柜子那儿拿了一批货，比市场上的好。再说了，咱们连他家排骨猪蹄都拿了，也不差这点儿。"

是这个道理吗？沈小甜看着她家人美心善的课代表，终于点了点头，说："我有点儿想吃虾虎。"

"得嘞！"

陆辛走了，沈小甜继续往家走，脚步更轻快了。

回到家，给开学喂了午饭，沈小甜把家里的地扫了扫，昨天餐桌上的桌布让她洗了，拿出买的另一块新的再铺上。除了桌布，还有新的抱枕和椅子垫儿，把它们摆在该放的地方，整个客厅和餐厅看着就不一样了。

二十分钟后，陆辛带着他的战利品回来了。

看看那些大包小包，沈小甜突然想到，别人想吃海鲜是指望渔民出海打鱼，她想吃海鲜，就是指望她家课代表去打老冯。看这分量，老冯大概是被他给打哭了。

"海蛎子，海虹，这个是石甲红，老冯一共从柜子那儿弄了十斤，我给抠来了四只。"

背上长着红色斑纹的螃蟹在塑料袋里耀武扬威，跟梭子蟹比，这种螃蟹的产量要小不少。沈小甜笑眯眯地看看它们，再笑眯眯地看看陆辛。

"还有你要的虾虎，我全是挑了肥的拿，一边拿一边还说'来，这只皮皮虾跟我走'。要不是我跑得快，老冯能抱着我的腿哭。"

陆辛说得热闹，沈小甜听着，都觉得喜悦的小泡泡从她心口里往外冒。

除了海鲜，陆辛还拿了两样蔬菜，甚至还有一个饭盒，里面装了满满的一盒米饭。

"这些海鲜你想怎么吃？"他问沈小甜。

"清蒸！蘸姜醋！"

"那可太简单了。"说着，他就进了厨房。

"哗啦啦。"是海鲜连着水一起从袋子里被倒出来的声音。

站在厨房门口看着陆辛在忙，沈小甜从冰箱里拿出了一块姜放在了料理台上，说："我小时候特别喜欢吃皮皮虾，因为它的肉特别甜。每年五月皮皮虾有籽的时候，我外公就会买一点儿给我做。"

时空交错，某个瞬间，沈小甜仿佛看见了自己外公，就站在陆辛站的那个位置。她眨眨眼睛，说："陆辛，你认识我外公吗？"

在流水下刷洗海蛎子的声音稀里哗啦，陆辛没回头，略提了声音问她："你说什么？"

"我说……我说今天网上好多人都夸你做千丝万缕虾那段，特别帅！"

"千丝万缕虾这名字是人家肯德基起的，不过既然好吃，就肯定有人学着做。"说起做菜，陆辛知道的那就太多了，"人家做都是用机器压出来的成品丝儿卷上去再炸，我不是野厨子吗，怎么野怎么来，锅里一冲，成了丝儿就行。"

野厨子在锅里烧了水，把洗好的石甲红蟹摆在了笼屉上，还和一只格外凶猛的螃蟹搏斗了一番："螃蟹蒸好了就蒸这些小玩意儿。"

看了一眼时间，陆辛从厨房里出来了："你那个视频已经发了吗？怎么样，

168

是不是一堆人都被小甜儿老师那八百种炸鸡给折腾傻了？"

"我刚刚说了呀，他们都说你那段特别帅。"

陆辛歪歪头，假装没听见似的。

沈小甜说："我也觉得特别帅！"

野厨子又回厨房忙活去了。

蒸螃蟹，蒸海蛎子，用少少一点儿水煮到开口的海虹，还有白灼的虾虎，四个大盘大盆在桌上摆得满满当当。

黄渤海一带的海鲜因为是冷水生长的缘故，总让人觉得更加鲜甜，吃法也更粗犷，蒸蒸煮煮，原汁原味。尤其是这些小海鲜，海蛎子在别的地方叫生蚝，顶级生蚝是可以直接生啖的美味，做熟的话就是蒜蓉粉丝或者芝士黄油。在这里都不用，蒸到开口，把肉扒出来，蘸一点儿放了姜末的香醋，入嘴就是绝妙的鲜甜柔滑。海虹是贻贝在黄渤海一带的小名，西餐厅里被叫青口贝，晒干之后就是东南沿海人们煮汤时候深爱的淡菜，在这儿也是一样的待遇，煮熟之后，开出里面黄的白的嫩肉蘸了姜醋吃。

陆辛其实还调了一个汁儿，用的是葱、姜、蒜和炸好的花椒辣椒油，另加了醋和酱油，沈小甜试了一下，发现用来蘸虾虎的肉特别好吃。

煮熟的虾虎是紫粉色的，扁扁的钳子里都是满满当当的肉，虾头部位一点点白色的虾膏异常鲜美。只不过这个在别处被叫琵琶虾、皮皮虾、虾爬子的东西想要拆壳真是麻烦，沈小甜小时候为了吃这个也不知道吃了多少亏，虾壳锋利的边缘和暗藏的尖刺都能伤人于无形。

"先给这个虾捏着两边儿活动一下，然后拆掉小腿，撕掉两边儿，最后从靠近虾尾的下腹部位撕开，满满的虾肉就完整的在眼前了……"吃虾的法子还是老爷子一点一点教她的，沈小甜吃得眼睛都眯了起来。

陆辛看了她一眼，把手里完整的虾背壳扔到一边，说："我记得在广东也挺多人吃这个的，那边不是还有什么虾皇吗？"

"泰国的大皮皮虾当然没这边好吃呀，品种都不一样，还总是爱做成椒盐的，香是香，也甜，可总是觉得鲜味不够。"说着，沈小甜又解决了一只，随手把虾壳扔进了脚边的垃圾桶里。就在这时她突然愣了一下。

陆辛正好看着她呢，问："怎么了？是不是扎着手了？"

"没有。"沈小甜眨眨眼，又笑了，随手拿起一只螃蟹。

秋天的海鲜市场，螃蟹是永远的王者，尤其是时近中秋的时候，月饼和螃蟹都是可以组合出道的了。相比较这几年全网追捧的大闸蟹，海蟹更大，壳相对比较薄，大闸蟹的蟹黄和蟹膏都是人间至香的味道，可要说蟹肉吃起来的满足感，还得数海蟹。

陆辛弄来的这几只花盖石甲红单个都有七八两重，入手沉甸甸的，而且都是母蟹，一打开就是满满深橘红色的蟹黄。这种性情凶猛的螃蟹有一对大到不成比例的蟹钳，用力拆开，里面的蟹肉几乎直接掉了出来。

沈小甜吃螃蟹和别人不一样，她不是那种拆到哪里吃到哪里的，而是先把整个螃蟹拆了，蟹黄、蟹肉都用蟹腿抠出来装进蟹壳里，然后倒上半勺姜醋，还试着倒了点儿陆辛特意调出来的蘸汁。

陆辛吃了一半，看她捧着蟹壳往嘴里塞蟹肉，忍不住说："你这样吃螃蟹，要是碰到了个手欠的，等你拆完了直接端走，你怎么办？"

鲜美的味道在嘴里爆炸，沈小甜把全部蟹肉蟹黄吃下去，足足安静了十几秒，才一脸满足地长出一口气，说："哭。"

"啊？"

"我爸就干了你说的那种事儿。我刚去北京读大学的时候，他带我去吃海鲜，我好不容易把螃蟹肉扒得差不多了，他直接端走了，等我回过神儿来，他已经吃下去了。"

陆辛难得瞪大了眼睛，看看手里的螃蟹，再看看沈小甜，说："你爸……他是干吗？"

沈小甜的脸色倒是很平静："他以为我拆了螃蟹是孝敬他的。"

一瞬间，陆辛的表情像是有八百个脏字儿被他吞回了肚子里。

"然后我就哭了，哇哇大哭，哭得全餐厅的人都看我。"

说着说着，沈小甜笑了。那时候她刚上大学，从广东到了北京，她爸那时候还在北京一家国企上班，一年才能去广东看女儿一次，看见女儿来了，就请她吃海鲜，吃得沈小甜号啕大哭，吓得他差点儿打电话回广东对着孩子她妈也哭一通。

"我真的特别委屈，我是给自己吃的，我也没觉得我需要孝敬他。十四岁之前外公养我，十四岁之后我妈养我，他对我来说也就比陌生人强那么一点儿。"

跟青年离家中年回来的田亦清不同，沈小甜的爸爸沈柯对于沽市这座小城来说就是个外地人，读完了大学，被派到了当时还是国营企业的第二轻工业厂当技术员，在沽市认识了沈小甜她妈田心，那时候田心才刚刚二十岁。

田亦清老爷子忙了一辈子的教书育人，跟女儿的关系却并不融洽，田心聪明有余，读书却不用心，读了个高中，没考上大学，田亦清压着她复读再考，她却一心想工作，离开这个家。

就在这个时候，她认识了文质彬彬的沈柯。

"我两岁时我爸妈就离婚了，我归我妈，我爸调去了北京，我妈自己一个人南下广东，我就被留给了外公。我爸去了北京之后过了两年就再婚了，我十一岁的时候他又离婚了，回过头来一看，我妈在广东也闯出了一份儿事业，他又觉得谁都没有我妈好，也不知道他是怎么想的，又开始重新追我妈……我就是被他顺带讨好一下。我那时候已经很久没吃到这种清蒸的螃蟹了，我初中和高中都是住校的，就算回家，我妈也不会开火做饭。"

就这么一个父亲，一口吃掉了自己辛辛苦苦扒出来的，几年没吃过的清蒸螃蟹。沈小甜那一瞬间的委屈，让她现在想起来，脸上的笑容都有点儿波动。

陆辛低下头，半天没再说话。

沈小甜又吃了点儿小海鲜，一抬头，看见面前多了个蟹壳。

"蟹黄蟹肉都在里面，你吃吧。"

"啊？"

陆辛的眼睛垂着，只看着自己面前剥下来的蟹腿壳子，好像那是纯金打造的，递过来的手倒是很稳："我以前专门学过拆蟹的，比你自己磨蹭快多了。"

过了几秒钟，沈小甜还是把螃蟹接过来了，几个蟹腿的肉整齐码放在最上层，然后是泛着红的蟹钳肉和蟹身子肉，尤其是蟹身子连着蟹后腿那一块肉，看着就是肥腴甘美的样子，最底下的蟹黄，那是人间宝藏。其实已经吃了七分饱的沈小甜三两口把整个蟹肉都吃得干干净净。

从她吃到吃完之后好几分钟，两个人都没说话，仿佛是在比着谁吃海鲜吃得更安静似的。

"咳，你是不是吃饱了？"陆辛终于打破了沉默。

"吃饱了。"何止饱了，快要撑着了。

陆辛站了起来，收拾着桌上剩下的海鲜："剩下这些我拿葱姜调一下给你做个捞饭吧，再放点儿青菜叶子。"

"好。"

"那什么，蟹壳你别忙着扔啊，拍碎了给你外头那个开学鸡，比它吃石子儿强。"

"好。"

不一会儿，一碗海鲜捞饭就被放到了沈小甜面前，葱姜肉末爆锅之后用海鲜调了汤，加米饭和切好的菜丝去煮，临出锅的时候又放了葱丝香菜。小小的两口下肚，沈小甜觉得肚子里都暖融融的。

陆辛收拾完了厨房，就打算要走，看见沈小甜抱着抱枕坐在沙发上看手机，说："没事儿我就先走了。"

"给你看这个！"沈小甜举起手机给他看。

"看啥？这个？啊啊啊啊这只手我可以……他可以啥？"

"她可以……赞美你，在夸你的手好看。"

陆辛看看自己的手，哼了一声，往牛仔裤兜儿里揣："就一双做菜的手，怎么还有人夸这个？我看你的手倒是挺可以的。"

172

陆大厨是同龄人里比较少上社交媒体的那种人，除了看球、查菜谱、发微信之外，也没啥爱好。这大概也就是为什么他能认识这么多现实里的朋友，因为时间都花在了这里。

沈小甜抓着手机的手指动了动，脸上的笑越发灿烂起来。

就在她送陆辛出门的时候，沈小甜的手机突然响了。

陆辛一回头，看见沈小甜看着手机，脸上神色有些深沉。

"你怎么了？"

沈小甜深吸一口气吐出来，才说："那个人来了。"

"什么人？"

放下手机，她仰头看看对自己一脸关切的陆辛，表情一下子放松了很多："就是那个……把我辛辛苦苦拆出来的蟹肉都拿去吃了的人，我爸。"

沈小甜早就想到了，她妈跟她大生了一顿气，她爸肯定是要找她的，可她没想到，她爸居然直接来了沽市。

5

沈柯先生约自己女儿见面的地方是沽市一间五星级酒店的咖啡厅，沈小甜到的时候，他正皱着眉头看着手里的饮品单。

"这个手摇咖啡用的是什么地方的咖啡豆啊？"

服务生笑容满面地说了一个牌子，他的眉头皱得更紧了。

"小地方就是小地方，看着是个五星级酒店，细节上差得也太多了，我问的咖啡豆的产地，又不是问什么三流牌子。"这话他是在跟自己女儿抱怨。

服务生为沈小甜拉开了椅子，她笑着坐下，对服务生说："麻烦您，我要一杯当地的绿茶。反正什么咖啡也不是本地产的，还是绿茶比较地道。"

单从五官上来说，沈小甜的鼻子、眉眼和田心相似，可见了沈柯，人们都得承认他们果然是父女，沈小甜脸上的温和无害，就是从沈柯这张儒雅温文的脸上进化出来的。

"几十年不来，我都不知道这地方产茶了。那我也要一杯绿茶好了。"

沈柯看向自己的女儿："我听说你和姜宏远分手了？怎么回来北方也不去北京找爸爸呀？"

"嗯，他喜欢上了别人，我就和他分手了。原来是没打算在这儿待几天，也就没想过去。"

"什么叫作原来没打算待几天？现在你又改主意了？"

"是。"沈小甜的脸上带着微笑，抬手让了一下为自己端茶来的服务生，"我打算在沽市再待一段时间。"

沈柯的眉头又皱了起来："你在广东的工作就不要了？"

沈小甜："已经跟学校说好了，我是想要直接辞职的，学校让我再考虑一下。"

"直接辞职？你好不容易考上的编制就不要了？算了，你不想要就不要了，现在公立学校的老师太累了，很多私立学校给老师的待遇还不错，尤其你教的还不是主要学科……你打算是继续待在广东，还是回北京来？"

看一眼自己的父亲，沈小甜又去看茶杯里袅袅升起的水汽，说："我觉得我不太适合当老师，所以暂时也没有去别的学校应聘的打算。"

沈柯的眉头一下子拧紧了，仿佛是心里的火气压了又压，终于压不住："不适合当老师？你从本科读书到现在，又当了两年老师了，怎么突然就说不适合当老师了？你对自己人生的责任感呢？"

沈小甜深吸了一口气，说："你不也是结婚了三年才发现自己不适合当我妈的丈夫，也不适合留在沽市的吗？"

咖啡厅门口，一个穿着牛仔长裤的男人走了进来，直接对服务生说："我要杯卡布奇诺。"接着就挑了一个靠门的位置坐下了。

咖啡端了上来，他看了看，喝了一口放下了，过了一会儿，咂咂嘴，又把咖啡端了起来。

离他四米远的地方，父女两个人的对话还在继续。

沈柯一度被沈小甜的一句话给顶到说不出话来。他看着自己的女儿，终于忍不住笑了，是被气笑的："行啊，你行啊，沈小甜，你把你妈气坏了你连你爸我也不放过。"

"我没有想故意气您，只是拿这个事举例子，证明人确实是会改变主意的。"沈小甜对自己母亲和父亲的态度是完全不同的，"至于我和我妈的事情，其实我一直都想说，您没必要每次我和我妈之间有了什么矛盾，就出来当和事佬，真的没必要，我和我妈之间缺乏沟通的情况不会因为您的掺和就减少，我妈也不会因为您让我对她低了头就高看您几眼。"

这话比刚刚那句更刺了沈柯的心，他看着沈小甜，表情变得极为难看。

可沈小甜的话还在继续："其实我一直都想跟您说，我不是一件您用来讨好我妈的礼物，您作为父亲的责任感，在您离婚后那么多年都没看过我这件事上已经展现得淋漓极致。说真的，我不怪您，将心比心地说，换了我，一边是调去北京的机会，一边是来自小城市的妻子和孩子，我也会纠结犹豫。而且我小时候获得了足够多的爱，我也没有因为自己没有父亲这件事受到过什么伤害。您想和我妈复合，请真正拿出一个成年追求者的态度出来，不要每次都企图把我当成一件向她展示的礼物……"

从气急怒急到平静下来，也不过是在女儿说几句话的时间里。沈柯盯着沈小甜，说："你是不是早就想跟我说这些了？你早就看我这个爸爸不顺眼了？嗯？沈小甜，你的工作出了问题，你被人抛弃，这是你父母的错吗？就把你突然扭曲了的、毫无逻辑的价值观往你父母身上套？是不是你用语言显得我们功利又冷酷就能衬托出你现在逃回这个小破地方什么都不要的行为很正确？"

要说往人的心上插刀子，沈柯先生的功力更甚过田心女士，想想也对，毕竟当年带着两岁孩子被抛在沽市的是田心女士。从结果倒推当年离婚过程之惨烈，不难看出谁是真正的狠人。

这些事情，这些年都翻来覆去地在沈小甜的心里滚过，她真的一点儿都不甜，所以现在还是能笑的："我妈也说我是被抛弃的，可她想的还是不管怎样，

175

第四章　体面与放下

我得站起来，体体面面地往前走。有时候我就会想，人所追求的往往是自己得不到的，所以您当年离婚的时候，到底给我妈留了几分的体面？"

桌上的茶杯被沈柯端了起来，差点儿就要泼到沈小甜的脸上，他大口喘着气，茶杯里的水倾洒到了桌面上："沈！小！甜！"

对面，女孩儿看着他，目光平静。

过了一会儿，沈小甜喝了一口被放温的茶，任由甘甜略苦的茶水顺着喉咙下去，她又开口了："您还记得吗，我第一次带着姜宏远去见您的时候，您带我们去吃的海鲜。那天，您挺高兴的，和姜宏远喝了几口酒，就开始教导我了。"教导两个字，沈小甜说的时候略有些重，"您跟我说，我得贤惠可爱一点儿，要放手让男人去做事业，要给姜宏远当好一个贤内助，不要总是拿生活上的小事去烦他。那时候我不懂，觉得您说的也没错。然后，桌上上了一盘螃蟹，您指着螃蟹跟姜宏远说我娇气，之前扒了螃蟹肉被吃掉了，我就气哭了，让我以后改了这个毛病。姜宏远怎么说？他说他没觉得我娇气，觉得我挺独立的。那顿饭，三只梭子蟹，您吃了一只，姜宏远吃了一只，剩了一只……我没吃。因为我一边害怕我扒出来的蟹肉会被您端走吃掉，来证明我的娇气，又害怕我扒出来的蟹肉会被姜宏远端给您吃，来证明我的独立。"

沈柯看着她，沉声说："所以呢，你自己矫情可笑，是想说什么？姜宏远那个小子他巧言令色，我当时就觉得他不是什么好东西！"

沈小甜忽而笑了一下："他在这件事情里面不重要，只是有个道理，我直到今天才想明白，重点根本不是我在你们的嘴里到底是娇气还是独立，重点是我喜欢吃螃蟹。"她抬头看着沈柯，自己的生父，"您知道我妈喜欢吃什么吗？"

第五章

人美心善野厨子

ren mei xin shan ye chu zi

1

"那家的卡布奇诺其实还挺好喝。"回家的路上，陆辛对沈小甜说。

沈小甜辞别了自己的父亲从酒店出来，陆辛也出来了，两人打了一辆车。

"我饿了。"沈小甜没问陆辛为什么要跟着自己来，坐在出租车后座上，她捂着自己喝了半杯茶的肚子，只说了这么一句话。

陆辛歪头看看她，说："你想吃点儿什么？"

只有细细小小的呼吸声是对他的回答。

沈小甜竟然在转眼间就睡了过去，脑袋一下靠在了陆辛的肩膀上。陆辛以一毫米每秒的速度把肩膀摆正，又用同样的速度转头，目视前方。

司机师傅突然一个急刹车，沈小甜的脑袋往前一砸，砸在了陆辛张开的手掌里，发出了"啪"的一声。

"小伙儿，你用胳膊接啊，胳膊肘，一接，不就抱着了吗？"司机师傅的语气有点儿痛心疾首。

陆辛推着沈小甜的脑门儿把她推回去，对着司机师傅用气声说："谢谢您操心了啊！"

沈小甜再睁开眼睛的时候，就看见自己眼前一片诡异的蓝光，她眨眨眼，抬起手，才发现是自己脸上盖着一条蓝色的毯子。这个毯子挺眼熟，这个沙发也挺眼熟……

揉了一下眼睛，她看见一个高大的男人走了出来，对她说："你醒了？"

"啊？"

重新用手捂住脸，又过了两秒，沈小甜终于清醒了过来："陆辛？"

"你也真厉害，一声不吭就睡过去了，下车的时候正碰上李阿姨她们，把你一通折腾进来，你也没醒。"陆辛的语气里有点儿羡慕。

沈小甜"哦"了一声，看看头顶的灯光，说："我睡了多久了？"

"大概两个小时吧。你醒得正好，直接能吃饭了。"

沈小甜两脚踩进拖鞋里，拖着一身睡懒了的骨头站在厨房门口，看着陆辛往外盛汤。

"这是你们山东人倒腾出来的罗宋汤，又炒了个西蓝花，再吃个米饭。"

"嗯。"沈小甜点头。

汤端上桌的时候，她说："这个不是西餐吗？"

陆辛的目光瞟过沈小甜的脑门儿，说："你想知道呀？"

沈小甜："想。"

陆辛笑了一下，再不说话，两勺汤带着肉和西红柿、大头菜一块儿倒进了饭碗里，大口吃了起来。

沈小甜看了他两秒，也只好开始吃饭了。

听到罗宋汤的故事，是在陆辛吃完了一碗米饭之后。

男人看着那一锅红红的汤水，对她笑了一下："罗宋其实就是俄罗斯的国名音译过来的，咱们看《鹿鼎记》里面不是管他们叫罗刹人吗，一个意思。俄罗斯人的红菜汤你知道吧？其实吧，更早，那就是乌克兰人的乱炖菜，里面放了红色的菜头，把汤熬红了，就叫红菜汤。我在漠河那边还吃过他们做的红菜汤饺子。这玩意儿正经说，只要放了红菜头、红菜叶子，它再放啥都叫红菜汤。

就保尔·柯察金那个时候，你知道吧，很多人就跑来了上海，开了西菜馆子。"

沈小甜当然看过《钢铁是怎样炼成的》，大概明白陆辛说的就是俄罗斯十月革命之后了。

"一开始呢，开西菜馆子肯定是洋厨子，金头发、棕头发、蓝眼睛、高鼻梁那种，后来上海那边洋人越来越多了，都爱吃西菜馆子，上海本地有钱人呢，也爱吃西菜馆子，那怎么办呢？就有了另一拨儿厨子……你听过闯关东吧？"

沈小甜点点头，东北和山东常被当兄弟，这些年东北人入关讨生活也常爱来山东，很大一部分原因就是自清末开始的"闯关东"。那段时间的山东乃至整个黄河中下游都不太平，旱涝频发，又打着仗，从义和团到外国人都没停过，所以人们希望能出关到东北，至少肥沃的黑土能让他们有口饭吃。起初是不行的，可是朝廷腐朽，沙俄侵边，不行也得行了。

"闯关东呢，就有很多山东人跑去了符拉迪沃斯托克，那地方你肯定也知道……就有很多的山东人在那儿学了做俄罗斯人的菜，后来这些山东人也到了上海讨生活，就成了西菜馆子里的厨子。这些人多聪明啊，到他们手里，啥菜也得走他们的规矩。红菜汤里面得放什么？牛肉，红菜。牛肉贵，红菜得进口，这帮山东厨子们摸摸脑袋，得了，红菜改了西红柿，没有西红柿放西红柿酱，牛肉改了香肠不就便宜了？再说菜，你们这儿叫大头菜，别的地方叫卷心菜，切了块儿扔进去。现在生活又好了，牛肉好歹是回来了，就成了这个样子。"

舀汤的大汤勺在锅里打了个转儿，捞上来了两块炖得酥烂的牛肉。

"怎么样？往上一数，想成就这一碗汤，有咱们割了符拉迪沃斯托克，有日俄大战，有闯关东，有保尔·柯察金，还有大上海那儿洋人都跑过去……几十上百年的功夫呢，都在这个汤里了。"

看着自己的碗里又被添满了汤，沈小甜笑着说："还有，咱们现在吃得起牛肉了。"

"对对对！"陆辛点头，"当老师的就是当老师的，脑子真灵啊！"

沈小甜端起碗，一口喝掉了大半的汤水，放下碗，说："其实照这样说，我也不过是这碗罗宋汤。我外公大学还没毕业就去了大西北，在那儿一待十几年，娶了我外婆，生了我妈，后来沽市要把学校搞起来，就想起了我外公这个曾经的全市高考状元，把他找了回来。我爷爷本来是北京人，也是下放知青，最后就留在了下放的地方，一心想把我爸培养出来，我爸读了大学被分配到了国企，就来到了沽市这个小地方。我外婆身体一直不好，为了生我妈遭了大罪，我外公前面收到了让他回来的信，第二天她就去世了。回了沽市，我外公是希望我妈也能接受更好的教育，可他忙着从无到有把一个学校搞起来，有多少时间能管女儿呢？

"说起来，我爸会被调到沽市这边，还是因为那时候流行辞职下海，当时二轻厂的技术科一圈儿人都被一家民营厂子给挖走了，他才会刚毕业就来了这儿，认识了我妈。我外公是学校的校长，教过的学生几千上万，这些都是人脉，我妈又长得好看……才刚认识几个月，他们就结婚了，结婚刚一年就有了我。然后就是国企改制，工厂的人要分流，我爸不愿意就此脱离国营企业，成沽市的一个小老百姓，就写信给他的大学同学，他的大学同学是个女的……我爸跟我妈离婚之后，就被调回了北京，过了两年，就跟他那个同学结婚了，两个人还生了一个儿子。没过两年，我爸升了主任，他们又离婚了。

"我妈呢，去了广东，跟着我一个表舅做生意，先是倒买倒卖的行当做了半年多，正好九七了，去香港容易多了。她有钱，就去逛香港那些高档百货店，提升眼界，学习潮流，因为眼光好，就给广东的一个服装厂往返香江做买手，慢慢地，她有了货源，有了客源，自己在广东开起了名品店，一家，两家……

"上山下乡，九年义务教育，改革开放，国企改制，香港回归……有时候我们说起这些已经发生的事情，好像就是在说一个和自己没关系的名词，可仔细想想，我们都像这一碗罗宋汤，是时代决定了里面放的是红菜还是番茄，是火腿还是牛肉。"

奔波于时代，周旋在命运，一代又一代，不可避免。

陆辛一只手撑着脸，看着对面又喝了一碗汤的小甜老师："其实我想说的是，

181

你看那罗宋汤也能说是红菜汤的儿子，结果都成了两样东西了，怎么被小甜儿老师你一下就给拔高了呢？"

"嗯？"沈小甜看着他笑，"你还记得我和我爸的事儿呢？我都忘了。"

"什么？忘了？"

"满脑子都是你说的什么保尔·柯察金，什么上海滩的山东厨子，我早忘了。"

"忘了好！"灯光下，陆辛的笑容真的很好看。

"谢谢你啊，人美心善的野厨子。"

陆辛笑不出来了。

2

又是想吃煎饼果子的一天。

十五块钱的那双深度山寨小拖鞋穿着有点儿凉了，沈小甜就穿着一双运动鞋去红老大那儿买煎饼果子。路上遇到了不少晨跑的人，带着她也跑了几步。

"我还真应该运动了。"

昨晚洗澡的时候，沈小甜摸到了自己肚子上多出来的肉。其实她本来就挺肉的，只是因为骨架纤细，所以看起来很瘦，可捏在手里的厚度不一样了，这足够让沈小甜紧张起来了。

当然，紧张归紧张，煎饼果子还是要吃的。

今天红老大的煎饼果子店依然很热闹，却热闹得有些不正常。

"红老大，他偷了东西，你把他打一顿送派出所行了，跟他生什么气呢。"一个大叔拎着三个煎饼果子还没走，对站在档口里的红老大如此说着。

沈小甜走过去，看见越观红站在店里做着煎饼果子，脸上似乎比平时更冷了些。在她身后，一个男孩儿在那儿骂骂咧咧，仔细一看，竟然是被捆着手的。十一二岁的男孩儿嘴里骂骂咧咧，随便一句都让人吃不下饭去，来买饭的人都听不下去了。

"红老大家这是怎么了？"沈小甜排在队尾，问一个有些眼熟的阿姨。

"这小子和他哥是咱们这周围的惯偷了，这两天不知道怎么就盯上了红老大的店，昨晚红老大把兄弟俩给摁了，这个小的拼命拦着，让他哥跑了，这不，今天早上红老大就把这小子给绑这儿了。"

刹那间，小小的煎饼果子摊儿在沈小甜眼里就成了《古惑仔》里的洪兴堂口。

"红老大她也太帅了吧？"她小小的声音里都带了崇拜。

"帅？红老大这是……唉，这兄弟两个这两年祸祸的人不少，也不是没人把他们抓了送派出所，每次都这样，小的护着大的跑了，不让大的走，小的就撞墙撞地，偷的也就是三两百，谁能看着一个孩子命都没了？小的年纪又太小，进去了警察就把他爷爷找来，他爷爷是个五保户，腿脚也不方便，能管得了这小孩儿？几天就又出来了，倒是抓了他们的，说不定就又得被折腾一轮。"

珠桥边上住的都是沽市当地的老居民了，家业都在这儿，穿鞋的怕光脚的，估计也就是因为这样，才被这兄弟俩盯上了。

沈小甜只觉得自己好像一下子就进入了某种江湖风雨里，看着阿姨的脸色沉重，她也有些严肃地说："那红老大现在是要干什么？把那个孩子捆在这儿，等他哥哥来救人吗？"

"我看啊，红老大是这个意思。"

沈小甜忍不住皱起了眉头："这也太危险了，要是那个人真来了怎么办？还是报警吧！"

旁边的几个阿姨叔叔也说："是啊，报警吧，不然那个小偷真的来了，被红老大打死了怎么办？"

沈小甜："……"

小店里面，越观红用完了一批馃箅儿，在油锅前面调理着面想要炸一拨儿，那个孩子看她离自己近了，一头撞向她后背。身前就是油锅，要是被撞准了九成得烫着，下面排队的人都急了，好几个人都大喊出声。

越观红头也没回，反手就摁住了那个男孩儿的脑袋，转瞬之间，就不是她要被撞到锅里，而是那个男孩儿的半边脸皮离锅里的热油不到五厘米远了。

"啊！"男孩儿惊叫出声，脚下一抖，要不是越观红提住了他，已经有了个油炸脑袋瓜儿了。

"你偷东西，我捆了你手脚，是你活该。你骂我是为了让我气急了把你送派出所，我懂，我不怪你。可你这一下是存了害我的心思，你说我该怎么处置你？"越观红今天的头发又是纯粹的奶奶灰，配着一张熟人也莫近的脸，有一股犹如实质的杀气。

小小的孩子被吓坏了，尖叫着要往后倒，却怎么都挣不开那只手。

"你可哭小心点儿，眼泪鼻涕掉锅里，滚油可就要溅你脸上了。"

那个男孩儿瞬间不敢哭了。

"你放开我弟弟！"一个手里拿着铁棍的半大少年不知道从哪里挤了出来，对着煎饼果子摊儿大喊。

越观红看着他，终于提起了一脸通红的小男孩，也不知道他那脸是憋得还是让热气熏的。

"行啊，明知山有我，偏向我山行。"红老大笑了，赤手空拳从煎饼果子摊儿里走了出来。

沈小甜跟着人堆一起后退，她旁边那个担心红老大打出人命的阿姨现在又变卦了，说："拿条凳子出来也好啊，吃亏怎么办？"

看见有人悄悄报了警，小甜老师想了想，发了消息给课代表。

那个年轻人看着瘦，力气却不小，一根铁棍挥得很吓人，却到了半空就被红老大一把抓住了手腕，两下，铁棍就被卸掉了。那人另一只手还想掏出刀来，红老大也不知道做了什么动作，一会儿，刀从她手里被扔了出来。

"持械还想用刀，派出所里你怕是得多蹲几天了。"

那个人还想说话，结果发出来的不过是一声惨叫，仿佛红老大是生拆了他的骨头。

184

一切都不过是发生在瞬息之间，警察赶来，就看红老大气定神闲地压着那个人，说："昨晚他们偷东西的视频我有，今儿这个人他是带了刀带了棍来打我们这些奉公守法小市民啊……"

奉公守法小市民。

沈小甜觉得警察先生的眼角似乎抽了抽。

"您等我会儿，二十分钟，我把这些等着吃早饭的大爷大妈给应付咯，这都等着上班上学呢，咱不能让人空着肚子走吧？"

一大一小两个惯偷被押走了，红老大走回店里，话是对着警察说的，脸还是朝着那些在那儿等着吃煎饼果子的人。

一位看着四十多岁的老警察跟红老大也是熟了，听她这么说，笑了一下："那我在这儿等你吧，这一大早上的，谁都不容易。"

"行嘞！您吃早饭了没？要不要来套煎饼果子？不对，现在我是当事人，您可不能吃我的煎饼果子，把案子处置利索了，您才能来吃我的煎饼果子。"

听红老大这么说，那个警察笑了。

见有警察穿着警服守着，有心想买个煎饼果子的人都绕了路走了，看着队伍越来越短，红老大叹了口气。

沈小甜当然是还想吃煎饼果子的，快轮到她的时候，她听那个警察大叔说："红老大，前两天我就觉得奇怪，你个煎饼果子摊儿怎么还里外里装了三个监控，原来是在这儿等着钓鱼呀？"

"您说什么呢？"红老大抬眼，看见了沈小甜："小甜老师！还要夹馃箅儿的是不？"

沈小甜点点头，说："要两个，其中一个要两个蛋。"

红老大没再说话，利索地做了个煎饼果子。

接煎饼果子的时候，沈小甜忍不住说："观红！你刚刚特别帅！"

冷峻的脸上顿时出现了一点儿笑影，虽然浅淡，但是格外可爱。

陆辛让沈小甜在红老大店周围等他，沈小甜拿着煎饼果子坐在店里啃，听见其他人还在讨论刚刚的事情。

"还是得红老大出手，小狐狸被大老虎收拾了。"

"可不能这么说，红老大这多少年了本本分分的，怎么就大老虎了？"说这个话的就是刚刚担心红老大会吃亏的那个阿姨。

"刚刚老林警官说红老大是故意的，你听见了没？"

"不用脑子也能想得出来，红老大不用点儿招，那两个小偷是吃了豹子胆来她店里偷东西？"

几个说话的人看了一眼姓林的老警察，都悄悄压低了声音。

沈小甜用大大的煎饼果子遮着脸，也遮着自己脸上的笑。吃着同样的煎饼果子，大家好像也在分享同一个市井传奇。

陆辛来的时候，红老大已经走了。她的店没关门，她一走，一个年轻人坐在了店里，看有人还买煎饼果子，就说"等半个小时再来吧，我们老大一会儿回来了"。见陆辛，他还站起来打了个招呼，喊陆哥。

沈小甜也站了起来，笑着递出去了一个煎饼果子。

陆辛看看煎饼果子，接过来啃了两口，问沈小甜："你是不是看得特过瘾？"

沈小甜点头，说："你知道吗，我现在吃这个煎饼果子，就像是在朝圣！这是红老大那双手给我做的煎饼果子！那双手能一下子就把刀子棍子给抢下来！一个看着还挺厉害的小伙子在她手下一招都没挺住！"她的一双眼睛都在发光。

陆辛又露出了那种无奈的表情，转身看着那个帮红老大看店的年轻人："小五，是不是你也在里面掺和了？"

叫小五的年轻人笑了一下，说："陆哥，我也没干啥，就是上次前街的李大爷半夜看店，为了抓他俩心脏病发了，要不是老三他们汽修厂几个人正好路过，李大爷怕是凶多吉少……这俩小东西偷的是不多，可干活儿太不地道，手也脏，差点儿为了几百块钱闹出人命也不知道收敛。老大就找了那些混混，让他们下了套子说红老大这边生意好，钱也放得松，还真把他们俩给引来了。"

186

陆辛看看小五，说："昨晚是红老大自己一个人动的手？"

小五点头，说："老大说得录像当证据，不能跟我们下了套儿似的，不过那个小的真是……要是再没人管，长大了肯定是祸害。"

沈小甜在一边心有余悸地点点头。那个孩子用头撞红老大的时候真把她吓到了。

陆辛叹了口气，咽下嘴里的煎饼果子："他们每次都偷的不多，也是那个大的知道点儿分寸，也怕闹大了自己进去出不来……大的这次估计得关一段时间，小的那个得防着。"

可怎么防呢？沈小甜想了想都觉得犯愁。她一向推崇学校教书育人的作用，可越是这样，她越明白家庭和环境对孩子的影响。

没一会儿，红老大就回来了，手里还拎着半块猪肝，看见沈小甜还在这儿，就挥了挥手。

"陆哥，你们这是吃煎饼果子吃完了，还要在我这儿看风景？"

小五说："老大，我们是担心那个小孩儿不服管，这次他那个哥又进去了，他再闹出事儿来，你说说你……"

"啪。"热乎乎的猪肝隔着塑料袋被摁在了小五的脑袋上。

"行啦！做事不后悔，后悔不做事，再说了，十几岁的小孩儿有多疯，谁能比我更知道？那小孩儿要是真来了，我再教教他什么是真折腾！"

和陆辛一起往回走的时候，沈小甜的脑海里都还是红老大说话时的样子，真正轻描淡写，举重若轻。

"真的好帅啊。"她再一次发出感叹。

陆辛无奈了，推着摩托车在车道边上停下了脚步。

沈小甜回身去看他："怎么了？"

"我觉得吧……那次在桥上看见你的时候，我应该直接过去撂你一个过肩摔，把你摁地上，你是不是也会觉得我挺帅？"

沈小甜眨眨眼，很镇静地说："我会报警。"

上午时分，人们忙忙碌碌地从河边的路上经过，就见两个年轻人对着笑得停不下来，像是两个小傻子。

"我刚认识红老大的时候她就这样儿，本来就长得不好惹，客人一刁难，她那手就朝着别人衣领子拎上去了。她那个师父信了一辈子的和气生财，差点儿被这么个不省心的徒弟给气病了，就跟红老大讲道理，怎么讲呢？就是红老大在那儿做煎饼果子，她师父在旁边站着说：'跟我念，和气生财和气生财和气生财……'"

最后那一句，陆辛学的是天津话，又把沈小甜给逗笑了。

"红老大就苦着一张脸，跟着念，念了半年，硬生生把煞气念掉了一半。"

沈小甜心有戚戚："老师傅这个法子虽然笨了点儿，可也不是没有用，想出这么个办法磨她性子，老师傅真是把她当孩子待的。"

陆辛点点头："幸好红老大也没辜负了他。对了，你今天干吗？"

沈小甜看看陆辛，说："我有个快递上午到，它来之前，我得干点儿重活呢。"

"什么活儿？我帮你搞了吧。"

沈小甜看看他的手臂，笑了下，点点头。

两个人一边往回走，一边继续说红老大："其实她这个人真的挺有意思的，从小在野着长大，明明是个小姑娘，十几岁靠着打架打服了一个沽市。长了一张是非不分的脸，估计有不少人以为她就要一条道儿走到黑了，可上了高二的时候，她突然就收了心读书。考大学没考上，估计也有人以为她又得重操旧业当个混混头儿，可她偏偏去了外地，最后回来卖起了煎饼果子。说起来，她在天津那时候，也有一批小姑娘跟你一样，稀罕红老大稀罕得不行。"

沈小甜毫不意外："男人的柔软脆弱、女人的坚强帅气格外抓人眼球，当然，要是脸好看，那就更好了。"

停下来等着过路口，她看看陆辛说："所以你那时候直接把我背摔在地是没什么用的，你要是穿着一条裙子过来跟我说'You jump, I jump'……"

陆辛嗑着牙花子："咋了？你还能觉得我特别好看？"

沈小甜很明显是认真思考了一番："我还是会报警。"

陆辛："那你刚刚跟我说那一串干吗呢？"

沈小甜："其实我就是想告诉你，你已经是非常的人美心善了，不用非要跟别人攀比。"

"谁攀比了？"陆辛把脸撇一边儿，推着摩托车过了马路。

沈小甜家的重活就是清理小院子。

"我买了点儿空心水泥砖，往这儿一铺，以后好晒衣服。"她指着陆辛平常停摩托车的地方说。

陆辛"哦"了一声。

在铺砖之前要清理掉杂草，还要平整泥土，工程不算大，却挺烦琐。陆辛戴着沈小甜给她自己准备的防磨手套，蹲在地上把两棵野草连根拔起。

"我记得你说你快要走了？"陆辛问沈小甜，"什么时候走呀？"

"快了。"

见开学探头探脑地啄着被拔出来的新鲜草根，沈小甜想着怎么在院子里弄一个集中处理鸡粪的地方，反过来问陆辛："你不是说要去别的地方吃吃喝喝了吗，到底什么时候走呀？"

陆辛："我也快了。"

大概，小院子里沉默了有一分钟吧。

陆辛说："那我走的时候叫着你呗？"

沈小甜抬头看看他，反问："不然呢？"

3

下午四点，下班接孩子的电动车从路上驶过，小店里一阵"咔嚓咔嚓"的声音。

陆辛："脆，外面确实够脆，肉也有肉汁儿，外面这个酱料也好，前后味儿都有，我觉得可以。"

沈小甜："我觉得比我吃过的好多炸鸡都好，我喜欢外面起鳞片感觉的这种炸鸡！蜂蜜和辣酱的我都喜欢，尤其是这个辣酱，味道真好！"

老金一直屏息等着两个人的评价，陆辛说好，他的脸色放松了三分之一，沈小甜说好，他的脸色才完全放松了下来："呼！那我算是有底气了，晚上我就先搭着卖，要是客人都说好，我就正式上了，到时候啊，我就在外面挂个牌子，然后架个炸锅……我家姑娘跟我说，让我买个空气炸锅，我还真去商场看了，又借了邻居家的试，挂浆之后放进去成形不好看，再一个没有油香味，我觉得吧，我得先追求了好吃，等我真做大了，再考虑用什么空气炸锅。"

陆辛把啃完的鸡骨头往桌上一放，看着老金说："行啊，你还想着以后做大了？"

"嘿嘿。"老金有些不好意思地笑了，"我按照小甜老师说的反复试了两百多次，你说我都费了这半天事了，做点儿梦也没啥吧？"

说完，老金一拍脑门儿站了起来："差点儿忘了，我给你们拿蒸饺。我家老太太说上次难为小甜老师一直吃炸鸡，这次她弄点儿蒸饺，我再给你上点儿酸黄瓜，咱们配着吃。"

吃了两个鸡翅中的沈小甜一听，立刻放下了伸向炸鸡盆的手。

老太太包的蒸饺就像她的为人那么齐整，十几个饺子在盘子里摆开，透过薄薄的皮子能看见里面微微泛红，用筷子夹一个放在嘴里，咬开就是泡菜特有的清爽和酸辣味道，却又不太一样。

看看被咬开的那半个饺子，沈小甜看见了碎碎的肉和切成了粒的粉条。

"这是拿鸡肉包的饺子啊，有肉味，还能不抢了泡菜的味儿，挺不错。"陆辛评价说。

是的，真的不错。沈小甜从没吃过这种馅儿的蒸饺，山东人已经号称天下无物不可当馅儿，这种泡菜的馅儿她还是第一次听说。

吃了个饺子，再吃点儿腌好的酸黄瓜，沈小甜看看旁边放着的炸鸡，好像又有了食欲。

"我觉得……"再拿起一个泡菜蒸饺，沈小甜说，"你也可以试试卖这个蒸饺，一般女生的饭量比我小，要是吃了炸鸡估计吃不了冷面，但是你配着这个饺子就不一样了，一份只有几个。"

老金沉思了起来："要是炸鸡卖得好，我还真有雇人的打算，可要是再卖这个饺子，耽误了我冷面的生意怎么办？"他还是放不下做了半辈子的冷面。

沈小甜又吃了一个蒸饺，然后又拿起了一个辣酱口味的鸡翅中。

陆辛看看她，对老金说："你不是要给女儿赚嫁妆吗，怎么还回过头来担心你冷面的生意了？"

说起"嫁妆"两个字，老金有些不好意思地笑了："前两天我家姑娘给我打电话了，她主动交代了，那是她喜欢的一个男明星，就随便叫叫……我家姑娘跟我说了，老太太给她打电话，想让她就装着真在外面找了个男朋友，因为我这人这大半辈子就没干过多少正经事儿，我家老太太不想我的这一口心气儿泄了。你们猜我家姑娘怎么跟我说的？我家姑娘说，她爸爸一直是个好爸爸，能为了给女儿赚嫁妆就忙起来的爸爸，她舍不得骗……你说，我家闺女这个话都说了，我还能说啥呢？"

说着说着，年近五十的男人抬起手捂住了自己的脸——他还是在笑，却不想让人看他的眼睛了。

"就那么一下，我真没觉得一下子没了百八十万的嫁妆债，反而觉得我这辈子欠了太多了，从我妈到我老婆，现在连我女儿都知道我不成样儿，打个跨国电话回来，她怕什么呀？不就是怕我被这么一笔嫁妆给吓垮了吗？她才二十一，就开始反过来担心她家老子了。我爸没得早，我妈又不识字，带着我在老家受欺负，没办法，她就带着我来了山东。她一开始在老乡的店里帮忙，养着我，一口肉能藏兜儿里一天，就为了让我能吃上，细想想，我小时候没想过吗？没想过让我妈过上好日子？到头来，我孩子都大了，我这个家还是靠我妈撑着的。"

"我姑娘跟我打了电话的那天晚上，我就躺在床上想，我妈这辈子是为我活的，我娶了个老婆也是大半辈子都把力气花我身上了，现在轮到我闺女了，我不能让我闺女再护着我、让着我，最后再养着我吧？那我成什么了？这个炸鸡，我拼了命也得做起来。"

老金长得五大三粗，在碰到自己妈妈的时候却像个吓呆了的鹌鹑。这么一个男人活到了这把年纪还怕自己的妈妈怕成那样，不能说他不窝囊，可听他这句话，沈小甜莫名觉得他其实是个挺不错的父亲。

"小甜老师，我还得谢谢你，教了我这个法子，一样一样试过来，不然我非得跟个没头苍蝇似的，说不定这事儿做得乱糟糟的，我再听说根本没嫁妆这事儿，我就又不想干了。"抬起头，他勉强对着沈小甜笑了一下。

听他这么说，陆辛抬着眼皮看了看他，默默从裤兜儿里掏出了两张名片："这个是肉鸡场经理的电话，咱们这儿不少店的肉食鸡都是从他们那儿拿的货，便宜，东西也好，比你去市场上买放心。我朋友柜子给你找了关系，你头两个月拿肉可以先压两件儿货，也就是不到五十斤，两天给你送一次，不要你的送货费，要是以后一次能弄两件儿货以上，也不要你送货费。这个呢，是老冯的电话，他那儿有个退下来不用的炸货炉子，用了一年多，我看了，哪儿都没毛病。你要是不嫌弃，就先用着。"

看着两张名片，老金已经站起来了："嫌……我……我嫌弃啥呀，哎呀！哎呀！老陆啊，陆辛呐，以后、以后我也叫你陆哥！哎呀！"

两只手接过名片，一手拿着一张端详了半天，老金最后看向陆辛，张张嘴说："真的，啥也不说，我太谢谢你了！"

明明做了好事儿，陆辛的语气却透着不耐烦："光嘴上谢啊？"

"啊？"

"那个泡菜蒸饺呢？老太太包了你肯定留了，赶紧拿出来！"

何止泡菜蒸饺啊！老金往厨房里窜，说："我家老太太前几天做了点儿萝卜苗儿的泡菜，也该好了，我拿给你和小甜老师尝尝！"

从老金那儿出来，沈小甜就一直笑着看陆辛，走着，看着，笑着，一直走到快到柿子树下了，陆辛忍不住了，扬了扬下巴说："你看，那个柿子没了。"

几天过去，那个原本第一个泛黄的柿子已经从枝头消失了，倒是有更多的柿子开始泛黄，一个个像个颜料没抹匀的灯笼。

"哦。"沈小甜看了一眼，又看回陆辛，还是笑眯眯的。

"你再不看路，小心掉河里。"

"已经过河了呀。"

陆辛停下了脚步："我说小甜儿老师，你到底在看什么？"

沈小甜说："我呀，我在想一种化学元素，不对，是两种化学元素。"

陆辛转过头来看她，看见了一双很亮的眼睛。

甜甜软软的声音在秋风里慢悠悠地飘，比熟透了的柿子还让人喜欢："有种化学元素叫氟，它非常非常活泼。你知道吗，纯氟是一种气体，你把这个气体对着玻璃瓶吹上去，哪怕是我家里用来装酱油的那种玻璃瓶，它也会立刻产生火焰，因为发生了剧烈的化学反应。可就是这样的一种东西，它在反应之后会非常非常稳定，最有名的产物就是聚四氟乙烯，它几乎能完全抵抗所有已知的化学侵蚀，从此成为我们生活中一个不可摧毁的壁垒，我们到处都能看到它，虽然我们很少在生活里提起它的名字，虽然它的存在很不起眼。"

沈小甜终于垂下眼睛，笑了一下，才继续说："还有一种化学元素叫氖，作为一种化学元素，它完全不会跟任何元素产生化学反应，可人们感觉不到它竟然是这么冷漠的一种存在，因为它很好看，充入灯管里，通上电，就会发出橘红色的光。它光鲜亮丽地存在于每一条有霓虹灯和广告牌的街道上，尽管只有这一个用处。"

陆辛听完了沈小甜说的话，就像是认认真真地听完了一节化学课。

女孩儿站在原地，秋天傍晚微凉的风从她的脸庞上吹过。她沉默了良久，终于说："家……就像这两种元素一样吧，有的看起来不起眼，看起来一点儿事情都能折腾一下，可它们凝聚在一起，就坚不可摧；又有的，仿佛很好看、很光鲜，可事实上……什么都没有，不过是通了电，就发出光而已。"

陆辛看着沈小甜的头顶，问她："你想哭吗？"

"不想。"

"你哭，也没人能看见，我给你挡着。"

"我不会哭的。"

"那行吧。"陆辛想了想，抬起手，举到沈小甜脑袋的位置，"反正我给你挡着了。"

抬头看看柿子树的叶子，陆辛又看向前方，看见自己的手指动了动，离沈小甜的脑袋真的很近。

4

"酸甜苦辣中的酸，和我们在化学实验中提到的酸到底有什么区别呢？答案是没有区别，我们能够感受到酸这种味道，正是游离氢离子在刺激我们的味蕾。"

又是几天一度的开饭，啊不，上课时间，很多像付晓华一样的网友捧着手机或者电脑，点开了小甜老师的视频。水准备好了！面包准备好了！纸巾也准备好了！来吧！

付晓华看着屏幕上诱人的泡菜，一下子捂住了嘴："噫——"

泡菜、酸黄瓜、酸菜、淋了醋的酸辣土豆丝……这个土豆丝炒得也太好看了吧！

"有时候我们会奇怪，有些腌制的方法里并没有放醋，可出来的味道却是酸的，这是因为乳酸菌或者酵母菌的作用，在无氧条件下，葡萄糖在酶的催化下产生了酸。如何产生更多的游离氢离子，如何消除过多的游离氢离子，是我们在做饭的时候总是要考虑的问题。

"所以我们会看见白菜、胡萝卜、黄瓜被做成了酸味十足的小菜，因为它们都富含大量的糖分，尽管发明它们的人并不知道糖和酸的关系。此外还有我们在发酵酸奶的时候会放入糖，除了调味之外也是为了让酸奶更快地酸起来。

"做馒头的时候我们会放入无水碳酸钠或者碳酸氢钠，当然在外包装上它们的名字是苏打或者小苏打。众所周知，只要一看见碳酸两个字，我们就能够想到二氧化碳了，而游离的氢离子则会带走碳酸根里面那个多余的氧原子，它们变成了水……"

馒头，面包……这些我都懂，可那个一看就很好吃的大包子是怎么回事儿啊？

用门牙撕扯着手里的面包，付晓华想起了妈妈包的包子，可能没这么好看，可是蒸笼拿起来那一瞬间的白气蒸腾，让她想起了小时候端着饭碗守在厨房门口的期待。

"作为一个从不缺课的好学生，强烈要求老师给出下节课的知识要点！好学生要点菜，啊不，预习！"

评论转发点赞一条龙，付晓华打开了购物软件想买点儿泡菜吃，酸黄瓜也不错，等买到之后再去吃大包子！不对！中午就要吃包子！

各种想法在脑海中翻来覆去，味觉拉扯着神经急切地做出各种决定，最后付晓华站起来，趁着还没有正式上班，打了个电话。

"妈……没事儿，我就是突然想吃你做的包子了。"

"妈，我最近看了个视频，挺有意思的，我看了都觉得自己会做饭了，我发给你看吧。"

"妈，我国庆回家，你给我包顿包子吧……"

结束了通话，付晓华把小甜老师的视频一个一个用微信转发给了妈妈，回到办公桌前，她又加入了"啊啊啊啊我饿"的哀号大军里。

坐在火车上，沈小甜刷了一遍评论，在本子上记下了一些要点。

"小甜儿老师又在忙着备课呢？"陆辛看着她趴在小桌板上写东西，站起

195

来从背包里拿出了一本书让她垫在下面。

"我这是收集学生反馈，感觉上一期的评论气氛不如留作业的时候好，我这次留了作业给他们，得观察一下他们对作业的接受度。"

陆辛"哦"了一声。

他们第一次一起出门，要去的地方倒不算远，是离沽市几个小时车程的济南。陆辛的一个朋友在济南开了好几年菜馆子，想开分店了，找陆辛去看看。

男人跟沈小甜说的时候，沈小甜还貌似惊叹地说："你的朋友是不是真遍布全国呀？"

野厨子想了想，说："真能当朋友的也不是很多。"

可见"普通朋友"这个基数是很大的了。

乘务员推着德州扒鸡走过，陆辛问沈小甜："要不要吃？"

女孩儿摇摇头，眼睛盯着手机，慢吞吞地说："早上吃了徐奶奶包的大包子，吃不下了。"

昨天沈小甜去老金家拍老太太出马做泡菜和酸黄瓜，往回走的时候被站在自家院子里的徐奶奶给喊住了，说是包子刚进了蒸笼，让她拿几个。

徐奶奶家竟然还留着土灶，炉膛里烧散煤的那种，沈小甜征得了她的同意拍了大包子开盖时候的样子，临走还被塞了五个大包子。

"小哲能吃着包子还是得谢谢他的小甜老师，在你那儿补习了几次，好几个老师都说他进步大呢，这次摸底考试考了九十八分，他非跟我要包子吃，我这才忙乎了一趟，不然啊，这个大灶我都要用不动了。"徐奶奶一边说一边往袋子里给沈小甜捡包子，要不是沈小甜使劲儿摁着老太太的手，半屉包子都要被她打包了。

临走之前，沈小甜还跟徐奶奶打了招呼，说自己要出门几天，把开学托付给了老太太，也不麻烦，每天两三顿扔点儿菜叶就够了。沈小甜没敢说开学是吃苹果长大的。

徐奶奶很高兴地接受了代喂鸡的工作，她还很惋惜，说好几家都来问了沈小甜是不是真的讲课本事很高："我刚想给你抬到一百八呢，你这又要出门。"

沈小甜觉得徐奶奶很想给自己当补习事业的经纪人。

包子是白菜豆腐虾皮粉条猪肉馅儿的，丰富得像是一大盆乱炖，因为猪肉贵了，所以一个手掌大的包子里最多也就七八块肉丁，可兑的油多，所以依然很香，面发的暄软可口，每一口都扎扎实实的。沈小甜昨天分了陆辛两个，晚饭吃了一个，剪视频到半夜的时候没忍住诱惑，又吃了一个当夜宵，最后一个今天早上被她吃掉了。

"早知道，昨天应该给你三个包子才对，这样我就不会给自己吃夜宵的机会了。"想起了早饭，想起了大包子，沈小甜又开始为自己没忍住诱惑吃了整个包子当夜宵而懊悔。

陆辛笑了一下，说："你这样的话，我以前听得多了。晚上十一点，小姑娘穿着睡衣拖鞋，外面套着个外套，冬天的时候就干脆穿个羽绒服从头套到脚，抱怨说天太冷了，肚子饿了，晚饭太难吃了，我的小摊儿闻着太香了，点菜的时候一个比一个凶猛。"

沈小甜转头看他。

"吃都吃了，抱怨啥？那人长个胃是为了好看的？不就是为了吃饭的？不装饭那不就浪费了？再说了，我是个厨子，要是小姑娘都不吃饭了，那我生意得少多少啊？"

火车停在了济南站，济南作为千百年来山东的省会，出站口竟然没有电梯，让在北京和广州待了几年的沈小甜万分惊讶。

"这是老站没有电梯，西边儿的新站什么都有。"在维护本省形象方面，陆辛这个家伙更像是个山东人。

好在火车站通往外面的地方是有电梯的，沈小甜暗暗松了口气。她带的衣服化妆品都不多，可行李箱里有反光板和两个稳定器，虽然陆辛提得挺轻松，但她自己知道那分量不算轻。

路过排着长队等出租车的人群，陆辛带着沈小甜上了一辆公交车："这边儿打车才是不方便，幸好地方不远。"

公交车上摇摇晃晃，他们算是始发站上车，还有位子坐，过了七八站，人多了起来，沈小甜把座位让给了一个老奶奶，一回身，差点儿一头撞在陆辛的身上。陆辛对她挑了下下巴，原本属于他的位置上也坐了个挂着拐棍儿的老太太。

又晃了七八站，两个人终于到了地方。

陆辛的那位朋友姓黄，人挺白，还有点儿微微发福，要不是脸上有一茬短短的小胡子，看着年纪应该不到三十岁。

陆辛说他叫黄酒的时候，沈小甜以为他在开玩笑，可这个人也说自己叫黄酒，沈小甜才反应过来这是真名儿。

看见陆辛，黄酒也开口叫陆哥。

"这是我朋友，专门吃好的，还听故事，我给你来帮忙，你有什么好故事可得给她讲讲。"陆辛是这么介绍沈小甜的。

黄酒有些拘谨，只是笑着说："我的故事陆哥你又不是不知道，沈老师想听，你讲就是了，我笨嘴拙舌的。"

陆辛哼了一声，说："各人有各人的事儿，别人讲可没那个感觉……现在中午你店里还忙着吧，让你店里那俩厨子一人给我做个拿手菜，剩下的等你不忙了再说。"

"哎！"

刚走进黄酒开的馆子里，沈小甜就觉得自己眼睛周围有些异样的感觉。

一个服务生端着一个冒着热气的大海盆从他们面前走过去，上面满满铺着一层辣椒，红的绿的，在滚油的作用下不停地释放辣椒素。

黄酒开的是一家湘菜馆。

"黄酒是带了自己的两个师弟来济南的。"黄酒去后厨打招呼去了，陆辛对沈小甜说，"他们以前都是在长沙一家老字号当学徒的，后来就出来一块儿干。黄酒家就是济南的，本钱是黄酒出的，店也是黄酒的，黄酒一直说三个兄弟一

198

起发财，店开了八九年了，终于能开个分店了，两个师弟较上劲了。"

沈小甜默默听完，问："是两个师弟之间有竞争吗？"

陆辛想了想，摇了一下头说："未必。"

黄酒亲自端了一份蒸腊肉过来，看看陆辛，对沈小甜说："沈老师，我们这腊肉是正宗湖南老乡家里吊在灶台上风干的，绝对又香又正。"

他又对陆辛说："陆哥，一个酸豆角炒肉末，一个剁椒鱼头，一个跳水蛙，你看怎么样？"

陆辛说："行啊，他们什么菜拿手我们就吃什么。"

黄酒点点头，转了一圈儿又回来了，这回他空着手直接在陆辛身边坐下了："陆哥，你可得帮帮我，不然这回我两个师弟怕是都要走了。"

十来年前，黄酒和很多被父母确定了在学习上没有天赋也没有出路的年轻人一样，开始纠结于"我能学点儿啥，将来干点儿啥"。黄酒的父亲是开酒厂的，规模不大，可事业红火的时候也能说得上是日入斗金，可黄酒上面还有个哥哥，不仅学业相对不错，早早考上了个二本大学，学的也是工商管理专业，怎么看都是将来要接班的。

一开始，黄酒的父亲想让他去学个酒店管理，家里给他弄个小酒店赚钱。可黄酒不愿意，那年夏天和同学一起去张家界旅游，他在长沙中转的时候吃了个本地挺有名的湘菜馆子，一边儿被辣得上气不接下气，一边儿又惊为天人，一把鼻涕一把泪地要拜师学艺。他父母拗不过他，被他抱着腿的师父也拗不过他，没奈何，就让他留在了长沙学艺。

黄酒长了张听话的脸，可事实上做菜也没啥天分，好在他本分听话，又有一双从小察言观色的好眼睛，就算活儿做得不够好，师父也忍了。过了两年，师父又陆续收了几个徒弟，其中有两个和黄酒的关系一直都很好，后来黄酒打算回济南开饭馆，也把他俩带出来了，三个兄弟就这么搭伙干到了现在。

一开始创业的时候，黄酒的父亲给投钱租了地方，可干了半年没赚着什么钱，自家酒厂的生意也不景气，后续的投资就没了影子。挺排场的一个餐馆开不下去了，黄酒连自己小时候过年存的压岁钱都拿了才付清了员工的工资。可两个背井离乡跟着他来了山东的师弟怎么办呢？黄酒觉得特别对不起他们，两个师弟却觉得没啥，能跟着黄酒见见世面，他们觉得很不错了。

看着那两人的脸，黄酒没了招儿，硬着头皮想了个主意，他要回去霸占酒厂里的食堂。

那个食堂本来是黄酒的舅妈管着的，百来人的伙食怎么也能抠出点儿油水来。黄酒的父亲早知道亲戚做事不地道，可黄酒家里他母亲才是真正说了算的，一句"流也是流自家人田里"就硬是让黄酒的舅妈在小食堂里把持了十几年。黄酒知道厂里很多人都对他舅妈不满，就趁机鼓动他们，那些人也希望他这个"二太子"能出头给他们捞点儿好处。

从小低眉顺眼只在要学湘菜这事儿上执拗过的黄家二小子，先是把自己的舅舅灌了个烂醉，又把自己的舅妈关在了食堂外面，搜东西，查账，当着整个酒厂上下一百多个人的面儿，他把臭了的蛋、烂了的菜、一看就注了水的肉扔在了自己父亲的面前。

黄酒的母亲在家里横了几十年，什么时候在自己孩子身上栽过这么大的跟头，一口气儿没喘上来，差点儿就中风了。

自己亲妈的半条命压着，黄酒的膝盖到底没有打弯儿，他父亲拎起一根凳子腿要揍他，结果就砸在了他一个师弟的身上。混乱里还夹着舅妈的哭天抢地和舅舅的破口大骂。二十二岁的黄酒蒙了。

"我从出生，我爸妈就说我是他俩的一条后路。"黄酒给陆辛倒了一盅酒，对沈小甜笑着说，"我呢，也总觉得自己是有后路的，实在不行就回家嘛。要不是这么想，我也不会盯上我爸酒厂那个食堂不是？结果这么一闹我才发现，人生在世，都是没有后路的。我成不了我爸妈的后路，我爸妈也成不了我的后路。"

舅舅舅妈离开了酒厂，母亲住院了，酒厂里人心涣散，黄酒的大哥本来在外地谈销路，连夜赶了回来，当着父母的面给了黄酒一个耳光。

第二天，大哥找到黄酒，把食堂的钥匙给了他。

"我大哥说得明白，事情闹到这个分上，酒厂的食堂要是不立刻处置好了，这个酒厂也就完了。他让我管食堂，不是爸妈还惦记着我是他们的儿子，是这个烂摊子，谁闹出来的，谁得解决好了。"

黄酒看着被砸烂了的酒厂食堂，再回头看看自己两个师弟，一个脸上带着青，一个头上绑了绷带，突然明白，自己当了二十多年的黄家的"酒"，从这之后就不是了。

"食堂跟餐馆是两码事，我一开始想着是……嘿嘿，酒厂那边儿给我的饭钱，我少克扣点儿，攒一攒，再用那个灶、那个油做了菜往外面卖，结果第一次去进货就差点儿被人坑了，因为送货那人是我舅妈的关系户。"

黄酒既然带头砸了之前不好的食堂，就得把新食堂给撑起来，可问题比他脑袋上的头发还多，最大也最致命的问题是他的两个师弟只会做湘菜。

此刻端上桌的剁椒鱼头选料用的是大花鲢，这种鱼也叫胖头鱼，头上的肉比较多。

"蒸鱼啊，吃得就是这个鱼头的新鲜，黄酒你们家这个鱼不错啊！"

黄酒"嘿嘿"笑了一下。

沈小甜吃了一口鱼鳃上面的肉瓣，并没有想象中那么呛辣，却是比想象中更鲜香美味，厚厚的红剁椒和绿色的剁野山椒的味道略有不同，却都是好好烘托着鱼头本身的美味。

"这是大杨做的，大杨做菜，两个字儿，地道。去年我们过年的时候一起回去看了师父，师父让我们上灶给他做个菜，就只有大杨被师父夸了。离乡十几年还能做出一手正宗的湘菜，大杨这个稳当，我是服的！"

大杨是黄酒两个师弟中的一个。

陆辛又吃了两口，抬起头来看了一眼餐馆贴在墙上的菜单："黄酒，我记得我上次来吃的时候，你们家菜色没这么多啊。"

黄酒笑了一下说："小营一直爱琢磨新菜，这几年不是流行吃牛蛙吗，他研究来研究去，弄出来的这些菜还都挺受欢迎的。"

小营就是当初替黄酒挨了一下凳子腿的那个师弟，那一下砸在了他的肩胛骨上，他带着伤去了书店，就看怎么能做好鲁菜。看一个菜，他回去做一个菜，因为连买菜谱的钱都掏不出来了。

大杨就给他打下手，洗菜、跟刀、打荷。

黄酒自己进菜验货，缺人切菜了他就切菜，做菜忙不过来了他就也上灶。他吃了十几年鲁菜还真没做过，但好歹知道个大概的味道，不放辣椒，多放油酱，总能应付了。

就这样，他们三个年轻人跌跌撞撞把一个食堂给撑了起来。

过了几个月，他们终于知道怎么能开源节流了，早前在师父那儿学的套路到了这个时候才知道大概怎么用，又过了一年，他们开始赚钱了。

就靠给这一百多号人出自费的小炒只不过赚点儿小钱，小营会做的菜色越来越多，周围有个婚丧嫁娶也想到了请他们来帮忙。开食堂的第二年，他们正式有了自己的营业执照，开始接受电话订单往外送外卖了。

"这个是小营做的跳水牛蛙，四川人做这个喜欢做香辣味的，小营做的是酸辣口儿，用的泡野山椒和酸萝卜调味，别人家都做不出来。"

在吃跳水牛蛙之前，沈小甜又吃了一口剁椒鱼头，葱姜蒜和豆豉让鱼的味道丰富又醇厚，配着米饭真的容易上瘾。再吃一口牛蛙，刚进嘴里就是痛快的酸辣味道，牛蛙也处理得很干净，肉块可以直接用嘴从细骨头上吸下来。吃完了肉，还觉得不够，总想再夹一块起来。

这时，沈小甜看见陆辛放下了筷子。

他问黄酒："你这两个师弟，就为了这个菜单子怎么排，没少打架吧？"

黄酒刚刚还夸奖自己两个师弟的笑脸一下子就清淡了几分，像是一块涮了水的剁椒鱼头，或者一块涮了水的跳水牛蛙："是，新店的事儿也是卡在这儿了。你是行家，我就直说了，其实从当年在食堂的时候开始，我这两个师弟就走了不同的路子，一个呢，守着老菜谱，一个呢，天天变花样儿。尤其是去年从湖南回来，小营不服气师父只夸了大杨，就跟大杨较上了劲。之前他们俩都在这个店里还好，不过是较劲，现在我要分一个出去，他们俩谁都不干，都跟我说，要是让他走，他就真走。唉，我也不知道这是啥时候开始的事儿，现在他俩还天天比着谁卖出去的菜多，都是自己家兄弟，这到底是怎么了？！"

沈小甜问："因为剁椒鱼头走了，这个店撑台子的就成了跳水牛蛙，跳水牛蛙走了，这家店最好的菜就成了剁椒鱼头，所以他们都不肯走？"

黄酒看看沈小甜，点了点头："对。"

传统和创新这些年在这个店里互相争锋，仿佛变成了一个战场，他们谁都不要当退出战场的那一个。

这和沈小甜一开始以为的剧本不一样。她抬起头，像陆辛一样看向墙上的菜单。

听了黄酒这么一说，墙上的菜名仿佛都不再只是菜名，而是一个个的士兵，他们分成了不同的阵营，带着辛辣的浓香交锋。

"陆哥，我找你来，就是想让你看看，你要不要给他们个决断，我们三个当年那是守着一个破食堂都手拉着手一块儿往前走的兄弟，怎么就能闹成这个样子呢？我答应了要帮他们一人开一个餐馆的，总不能我再继续攒钱，到时候一口气直接开俩吧？"

陆辛抬起手，修长的手指划过他干净利落的下颌线。

这仿佛是他遇到了难题时的样子，反正沈小甜之前是没见过的。

"这两个菜哪里能分出高下来啊，要说调味，大杨的本事确实更稳当，可他这个菜是成菜，小营这个菜是自研的，虽然后味上差了点儿，可我敢说小营的菜不愁卖……差哪儿了呢？"

"如果实践操作上得分一致，不如……出份卷子让他们俩试试？"小甜老师说道，"这个我最擅长了。"

她还毛遂自荐，对着看过来的陆辛眨眨眼。

"你听说过……出卷子考厨子的吗？"黄酒掏出一根烟来，没抽，放在鼻子旁边深深吸了一口，放下，问陆辛。

陆辛没说话。

黄酒他们餐厅的米饭是掺着嫩玉米粒做的，也不是电饭锅里直接焖的，而是先在锅里煮沸之后，再把米粒捞出来装在特制的笼屉里上锅蒸熟的，北方罕有饭店愿意这么做。

"这个饭，大杨非要这么做的吧？"一口鱼一口饭，一口牛蛙一口饭，都吃下去了，他问黄酒。

黄酒点点头。

陆辛"嗯"了一声。

黄酒又看向对面，坐在那儿的年轻姑娘吃着饭呢，手在手机上敲敲打打。

"出卷子啊……"黄酒的语气里充满了莫名的敬畏。

沈小甜却是全神贯注，全神贯注地边吃边想出题大纲。

"我问你啊，你的这两个师弟，单从工作方面说，你更喜欢跟谁合作呢？"吃着吃着，她突然抬头问黄酒。

黄酒想了想说："我两个师弟单说干活儿那都挺好的，大杨人踏实，说怎么干就怎么干，小营脑子活，要想什么新花样找他就对了。"

陆辛捧着饭碗看他："那你们三个在一块儿干得挺好啊，要不就不分了？"

黄酒连忙摇头："那怎么行，从一开始我就答应了他俩，将来给他俩一人开一家店，要是不干了，这不更完蛋了吗？"

陆辛掀开了鱼头侧面的骨头，看了看沈小甜，又对鱼眼扬了扬下巴。

沈小甜笑了一下，伸筷子过去夹起那块肥厚的富含胶原蛋白的鱼肉，在剁椒的汤汁里蘸了蘸，一大口放在了自己嘴里。她的脸颊看着比平常红润一点儿，就是辣出来的。

吃了那块鱼，再扒了两口饭，沈小甜又问黄酒："那你觉得你两个师弟，谁能带好一家店？"

黄酒说："我也想了好久了，他俩真差不多，小营脑子活，可是脾气不太好，大杨是脾气好，可他做事儿吧，太稳当了。"

沈小甜吃了两口牛蛙，伸出筷子把另一半鱼头的骨头给起开了，然后看着陆辛。

陆辛也看着她。

黄酒看着他俩，慢慢拿起水杯，喝了一口。

"快点儿，轮到你了。"沈小甜说。

陆辛默默伸出筷子，夹走了另一边的鱼眼睛和与它连着的那块肉。

小甜老师满意了，用勺子挖了一点儿酸豆角炒肉末放在了饭上。

陆辛吃完了鱼肉，一抬头，看见黄酒傻愣愣地看着自己，不耐烦地说："看什么呢？"

"没、没什么。"黄酒又端起水杯喝了一口。

陆辛："你喝风啊？"

黄酒这才低头，看见水杯里已经空空如也。

"一会儿我们吃完了就先走，等下午大杨小营他们不忙了我们再过来。"

黄酒给他们安排的住处是离他们饭店不远的酒店，四星标准，两个大床房，按照他的话说，好不容易陆辛被叫来给他帮忙，肯定得安排周到了才行。

房间里，沈小甜放好衣服和洗漱包，克制住了一屁股坐在酒店床上的欲望，慢慢走了几步。

听见敲门声，她去开门，就看见了陆辛站在门口。

"咋样？刚刚黄酒的卷子是不是分儿不高啊？"

沈小甜先是笑了，然后点点头："何止是分不高，根本是不及格。"

陆辛笑了一声，指了指沈小甜的脑袋："他这个人啊，这里一直有点儿问题。"

沈小甜说："……你可以指你自己的脑袋。"

伸出去的手距离沈小甜的脑袋只有几厘米的距离，陆辛先是手指合拢收进掌心，然后才收了回来。

下午两点多，沈小甜他们还没出发去黄酒的饭店，有一个人已经先找了过来。他长得瘦小，脸还微黑，眼睛却挺亮的，是一副聪明相貌。

"陆哥，你可别听黄酒的，他非要把我拆出去，就大杨那三棍子打不出一个屁的性子，啥事儿都闷在心里，我要是不在这儿盯着，他俩不出两年就能闹崩了！"酒店一楼的卡座上，小营一脸急切。

陆辛："那你怎么跟大杨较劲呢？"

小营："我那叫较劲吗？对，我是较劲，师父更喜欢大杨的菜我肯定不服气了，同门师兄弟，大家水平差得也不大，我但凡想要提高，肯定得跟大杨比着来呀。这是互相进步啊！黄酒是不是跟你说我俩天天比着看谁赚得多？不说饭店了，哪个企业没有内部竞争？天天师兄师弟哥俩好是做买卖的吗？"

陆辛点点头，看向在一边的沈小甜。

女孩儿问小营："你确定，大杨跟你一样这么想？"

小营笑了："这就是大杨提出来的！"

接着，他又对陆辛说："陆哥，黄酒心里一直有点儿怕你，他现在连他亲哥的面子都不给了，也就听你的话，你跟他说说，别把我分出去啊！"

陆辛看了一眼沈小甜，说："那要是把大杨分出去独当一面了，你怎么办？"

小营沉默了一下："我觉得大杨也不肯走的。"

"为什么？"

"他怕我和黄酒打起来。"

小营匆匆来了匆匆走，陆辛问沈小甜："他的卷子打几分？"

小甜老师笑眯眯地喝了一口水。

大杨看见陆辛的时候，竟然是他们三个师兄弟反应最激烈的："陆哥！我今天那个剁椒鱼头做得咋样？知道是给你吃，我特意重了一分豆豉，是不是入味儿更好？陆哥，你什么时候再做一回子龙脱袍？"

被人叫大杨，沈小甜下意识觉得他应该身材略高大，没想到只是比小营略高壮一点儿，也不过一米七多的个头，三个师兄弟里面块头最大的还是黄酒。

正是酒店里清闲的时候，拉着陆辛的胳膊，大杨就要他往厨房带。

"大杨你先等等。"黄酒压住了师弟的胳膊，说，"其实我今天找陆哥来，就是想请他做个评判，咱们说要弄个新店，总得有人去。"

"你到底在搞么子咯？谁爱去谁去哟，我是不去。"大杨一着急，嘴里蹦出来的都是湘音了。

黄酒也是又急又气，说："大杨，咱们不能这样，早就说好的事情……"

"谁跟你说好咯？"

黄酒无奈了，叹了口气，跟陆辛说："陆哥，你看，我是真没办法了，好好一件事，搞成这个样子，谈都没法谈。"

"到底是谁有问题？黄酒哥，好好三个兄弟的生意，你非要让一个人出去单独管一家新店，到底是谁有问题？你以前说我们一人一家店，我和大杨哥都觉得是个目标，可谁都没想到你居然一直想分出去！"小营从后厨走出来，他刚刚在监督着学徒打扫厨房，手臂上的套袖都还没解下来，"黄酒，你就实话告诉我们，你一直惦记的到底是开新店，还是把我们俩都分出去？！这么多年兄弟你就不想做了？！"

师兄弟三个僵持着，陆辛拉开一把椅子，让沈小甜坐下。

"你在胡说什么呢。"黄酒说，"我是这种人吗？咱们兄弟这么多年……"

这个时候，陆辛开口了："黄酒啊，你们的卷子分儿出来了。"

黄酒"啊"了一声，看看陆辛，再看看沈小甜，说："沈老师，我们这卷子还没看见呢……"

不光出了卷子还完成了监考和批改的小甜老师露出了甜甜的标准笑容，仿佛面对的是一个成绩不理想的学生。

"黄酒，你们三个人里面，有一个人不及格，是你。你……一直害怕三个人凑在一起，总有一天会闹崩，甚至他们两个人出现了一点儿竞争，在你的脑海里已经想出了一场不合的派系大战。"小甜老师的语气很温和，"他们两个都很担心你，也非常重视你们之间的兄弟情义，人跟人是不一样的，不是每一对兄弟都一定会走到你害怕的那条路上。"

为了那个食堂，黄酒和家里几乎所有人都翻了脸，等他把食堂做起来之后，他们家的酒厂反而江河日下。那个时候，黄酒提出来承包，他每年往家里交点儿钱，也不用家里再给食堂钱了，饭钱直接给工人，让他们自己花钱来买菜吃就行。黄酒是想把食堂升级成餐馆，也想给家里贴补点儿，当初的事情闹成那样，他也不是没有后悔过。

可黄酒没想到，合同签了半年，他哥想要把酒厂卖掉，却独独瞒着他。为了不退他那三年承包费，他哥向工商卫生部门举报他卫生不合格。仿佛是历史的重演，可他哥比他狠多了，两只死老鼠就在卫生检查的当口被扔在了食堂里。

后来，黄酒就和大杨、小营两个师弟来了这里开湘菜馆子。

这是陆辛告诉沈小甜的，关于黄酒他们创业的后半段儿故事。

那死老鼠是扔在了他的店里，也是扔在了他的心里。

"黄酒，你就不信咱们能当一辈子好兄弟？"这是大杨。

"黄酒哥，你把我们从湖南带出来，就是为了有一天扔出去的？"这是小营。

黄酒张张嘴，似乎想反驳什么，可看着其他人，他说不出话来了。

陆辛拍拍他的肩膀说："黄酒，就你们仨的本事，在一块儿还行，真分开了，谁都撑不起一家店来，你别折腾了。"

这话可就讨打了，黄酒看着陆辛说："陆哥，你这话我可听不下去，你等着，我们三个肯定把我们的店开得更红火。"

三个兄弟还有话要说，心结总要慢慢打开，陆辛问沈小甜："晚上还想吃辣吗？"

沈小甜看看墙上满目的湘菜名，问陆辛："子龙脱衣是什么？"

"那是子龙脱袍！"

"子龙脱袍也可以叫滑炒鳝段，其他的步骤和很多菜一样，讲究的是快炒出锅，保留食材的滑和嫩，唯有一开始给鳝鱼一刀去皮那一招儿最见功夫，所以叫子龙脱袍。"陆辛给沈小甜解释那个菜，"其实正经湘菜里的功夫菜是真不少。百鸟朝凤是要取出鸡内脏还要让鸡整个形状不坏，旺火蒸出鸡的原味汁水来，另在鸡汤里加辅料，吃的原汁原味的酥烂鲜美。还有那个特别有名的霸王别姬，王八炖鸡，现在徐州那边儿说它是自己的，可湘菜一系早在清末就开始做这个菜了……只不过那时候不叫这个名字……"

说着说着，陆辛停了下来，看向旁边聚着的三个脑袋："干吗干吗？你们仨兄弟是把话说完了？"

黄酒嘿嘿一笑，说："我们三个兄弟天长日久的，说话也不用急在这个时候，你看看我们现在厨房清静着呢，你想做子龙脱袍还是霸王别姬，还是百鸟朝凤的，我们现给你备料都行！"

陆辛的回答是大手直接把三个人的脑袋一块儿推开。

小营退开两步，笑着说："沈老师，陆哥没带你去他母校看看？"

母校？沈小甜看陆辛。

男人歪着头，随手指了指门外，说："我不是随便考了个大学吗，对面就是，不然我也不能认识他们呀。"

沈小甜："……随便考了个一本，你还真挺随便的。"

陆辛清了清嗓子。

黄酒又把头挪了回来，对沈小甜说："沈老师，陆哥带你来听我的故事，那你要不要听听陆哥的故事呀？想当初我们可是差点儿套了陆哥麻袋的。"

这句话足够刺激，沈小甜却说："你们肯定没套成，不然就不是你们现在叫他陆哥了。"

黄酒往后缩了一下，像是被扎了心了。

小营走到店门口，指着一边说："以前那边有个卖炒饼的大爷，就在两个铺面中间，现在卖袜子那里。大爷不会说话，就会闷着头做炒饼，白天出来，晚上收摊儿，结果有一天晚上，大概九点多，我们就在这个店里闻着旁边，哎呀，真香啊！"

那一天，是陆辛成功从大爷手里承租了炒饼摊儿晚上时间的第二天。他不过是像从前一样，靠着晚上借着别人的摊子赚点儿零花钱，也像从前一样，引来了大批人排队等着吃一份炒饼。

"那是……五年前。"小营掰着手指头数了数，"我们这个菜馆子只有现在的一半儿大，晚上也是一口气卖到宿舍熄灯之后，为的就是多卖点儿什么老干妈炒饭、酸豆角炒饭，那时候学生兜儿里钱也少，尤其是过了晚上九点，吃炒菜的也少了，全指望炒饭能多赚点儿。"

也就是说，陆辛的炒饼，成了黄酒他们师兄弟三个人强劲的竞争对手。

"连竞争都算不上。"黄酒摆摆手，对着陆辛又露出了那个有些拘谨的笑，"一开始，陆哥只是卖炒饼，豆芽、菜丝、鸡蛋，加钱了就再放火腿肠的那种。"

便宜又好吃，适合一个宿舍派一个人出来打包个六七份回去顺便开个睡前卧谈会，这样的炒饼一下子把整条街的夜宵市场都给压制住了，受害最惨的当然就是他们仨这小小的菜馆子。

黄酒笑着说："我那时候就在店门口站着数，一晚上，八点到十一点半，陆哥卖了五百份炒饼！五百份什么概念？这个学校这半边儿校区一共六座宿舍楼，一座宿舍楼五层，一层二十间宿舍，我们就平均一间宿舍六个人，一共三千六百人。我们身后这个小区，八栋楼，每栋楼两个单元，十二层，一层三户，一户我们算是一家三口，往多了算是一千八百口人，加起来才五千多人。也就是说，十个人里面就有一个大半夜要吃陆哥的这份炒饼，你说我们还做什么生意？"

陆辛在旁边找了把椅子坐下了，一双大长腿叠在一起，半边儿身子靠在椅背上："行了，哪儿有你这么算的？那时候前后还都有工地呢，上头那边的写字楼也有加班的跟我买饭，再说了，买五百份那是秋天的时候，天冷了生意就不怎么好了。"

黄酒看着陆辛，表情竟然有些悲愤："是，天一凉，你还卖酸辣汤！"

沈小甜正好低头喝水，差点儿把水又吐回杯子里去。

"有吗？"陆辛仿佛不记得了，"我那时候就是个赚生活费的穷学生，就你们三个，心眼儿那么小，跟我计较。"

"我们能不计较吗？"黄酒越说越委屈了起来，看着沈小甜，说，"我们被逼得没办法了，一个月夜宵卖出去的不如从前一个礼拜的多，可晚上的电费在那儿耗着呢，所以呢，我们就去找了陆哥，问他能不能换个地方打工。陆哥跟我说不行，因为在这儿卖饭离他宿舍近，去远了的地方，他怕被舍管大妈骂。"

想想就知道黄酒他们听了这话得有多憋屈。

那时候黄酒他们三个也是不到三十岁的壮小伙子，被生意逼得一上头，就去找了炒饼摊儿的主人——那位不能说话的老大爷。

老大爷不会说话，听三个年轻人说要给他钱，让他别再把摊子租给陆辛了，就一个劲儿地摇头。

黄酒一着急，差点儿就使了坏，被小营好歹给拦住了。可他们跟老大爷闹了一场这个事儿被很多人看在了眼里。

过了两天，老大爷的铺子被人半夜撬了，锅、铲、菜刀之类的都被拿走了，其余的都被打烂了，烂菜叶子从店里被扔到了马路上，一看就是在泄愤。

"那时候说别人了，就连小营和大杨都寻思这事儿是不是我干的，我自己都问自己，是不是我恨得晚上梦游，去把人家的铺子给砸了呀。"

陆辛在一边儿静静听着，突然开口说："我那时候没管是谁。"

黄酒听了这话，忍不住笑，还是苦笑："是，陆哥，你没管是谁……你就是溜达了一趟，挨家把这条街上卖饭的看了个遍，然后呢，你就有了酸豆角炒饼、老干妈炒饼，旁边是个鲁菜馆子，你就有青椒肉丝炒饼，再那边儿是个卖韩国料理的，你还有泡菜五花肉炒饼……最可恨的是，你哪个都做得比我们做得好吃！你没管到底是谁动的手，你一下子要让整条街都服软，你是逼着整条街的人替你把那个人找出来。"

恃才行凶。

一瞬间，沈小甜就想到了这几个字。

读了大学的陆辛依然是个"野厨子"，也许比曾经收敛了一些，可遇到了事情的时候，他依然是越观红嘴里那个凭着本事逼着别人服软的陆辛，天生的

211

厨艺高手，也是浪迹天涯总有热血的"野厨子"。

被沈小甜看着的男人眼神儿飘到了门外，嘴里说："黄酒你这话说得……"

想吃最好吃的泡菜炒五花肉吗？别去那家韩料店了，卖炒饼的做的菜好吃。

想吃最好吃的酸豆角和老干妈炒饭吗？就那个炒饼摊儿，谁都不如他做的好吃。

那是怎样的一种景象？沈小甜悠然神往。

每当路灯亮起的时候，整条街上只有一个小小的炒饼摊儿是最热闹的地方，那么小，却犹如一只入林的凤鸟，压制了所有庸碌的燕雀。人们因为最纯粹的味道汇聚而来，路过各种派系的餐馆，来吃一份小小的炒饼，只有这个小小的摊子锅灶是热的，翻腾的菜香里弥散着胜利者的宣告……眯着眼睛想一下，都仿佛带着一种武侠小说里的江湖浪漫。

沈小甜喝了一口水。

"不到……不到半个月，好几家店查了自家店门口的监控，硬是把那两个人找出来了，是上面写字楼底下的一家小摊儿的人，根本不是我们这条街上的。"黄酒更委屈了。

沈小甜努力让自己的笑容不要显得特别幸灾乐祸："那后来呢？"

"后来就没事儿了呗，我们脑子抽了才再去找陆哥的麻烦。大杨和小营两个都喜欢研究厨艺，这俩货就逼着我去跟陆哥套近乎，我那时候就开始叫他哥了。再后来过了一年多，大爷突然退休不干了，我们还吓了一跳，生怕陆哥去顶了那个摊儿，没承想，陆哥没这么干……"

小营在一边儿笑了一声，说："那年陆哥应该是去上海砸别人场子了。"

砸场子？还砸去了上海？陆辛他又干了什么事儿呀？沈小甜瞪大了眼睛想继续听，却看见陆辛站了起来，伸了个懒腰说："子龙脱袍是吧？有新鲜黄鳝吗？"

"有有有！"见陆辛决定露一手，师兄弟三个人的眼睛都亮了，也不接着讲故事了，一个跟着一个，溜着陆辛的屁股后面往厨房走。

212

"陆哥，我给你洗菜！"

"陆哥！我这儿还有鸡，百鸟朝凤您来一个？"

"陆哥陆哥……"

沈小甜也跟着进了厨房，看见陆辛在案台前面站定，穿上了一件黑皮围裙。

"你还想吃什么？"他问沈小甜。

沈小甜笑容甜甜地说："我想吃炒饼，就是你逼着别人店都开不下去的那种。"

正好大杨端来了一盆黄鳝，陆辛从里面挑了一条出来，只见他挑了一把菜刀，往下一甩，刀尖牢牢地把还活着的黄鳝钉在了案板上。沈小甜根本看不清他手上的动作，只觉得他的两只手好像拉住了什么东西，往下一扯，足足半米长的黄鳝，那一整张的皮就被他撕了下来。

"看，这就是子龙脱袍。"他对沈小甜说。

"嗯。"沈小甜抬起一只手，手指半遮着嘴，遮住了上扬的嘴角，"脱得很帅。"

"你快点儿帅帅地给我做炒饼吧。"她并没打算放过自己仿佛在害羞的课代表。

黄酒买了炒饼回来的时候，子龙脱袍刚好出锅，他就是卡着点儿回来的。

除了脱皮之外，黄鳝还要剔骨去头，然后切成丝，再用蛋清淀粉上浆。沈小甜在一旁录视频的时候就在想，这里其实是个复习要点，上浆意味着追求鳝鱼肉质的滑嫩，蛋清调制淀粉的目的也是考点。

除了鳝鱼的处理之外，其余的步骤倒是没什么了，不过是滑熟辅料再爆锅重炒之类的，沈小甜涨了不少正处于"看山不是山，看水不是水"的境界，知道了步骤原理，明白了烹饪基础操作，又看不懂陆辛时间火候把控之精妙，只是沐浴着烹出来的香气如实拍下视频。

倒是大杨一直在旁边激动，他一激动就跟小营说湖南话，沈小甜听着费劲，略觉得有些耽误了自己拍课代表——子龙脱袍当然好看，穿着围裙的课代表也十分好看呀。

213

用冬菇、冬笋炒出来的鳝鱼丝是鲜嫩爽滑的口感，入嘴就觉得所有的味蕾都被赋予了新的生命力，不曾体味的滑、不曾体味的爽都成了一场令人愉快的全新体验。

沈小甜吃得心驰神往。黄酒也是嘴里不停发出意味着享受的怪声，有点儿像头牛。大杨和小营两个简直像是朝圣，吃一口品一口，品完了还要吧啦吧啦夸上好几句，然后再像是做好了心理建设一样，再去来这么一轮。沈小甜觉得他们这样挺好的，能少吃一点儿。

陆辛只吃了一筷子子龙脱袍，自我评价是："几年没做，手感有点儿生，勉强吧。"

野厨子您这个评价也真是太勉强了。

刷洗了一下炒锅，擦掉里面的残水，陆辛开始切大头菜。

所谓炒饼，炒的就是北方最常见的烫面烙饼，温水和面，揉成面团擀成饼，烙成了两面儿金黄之后再切成饼丝。

"往面里掺水的时候，水越热，面越软，要是水烫手，那面基本上就没啥筋性了。"陆辛切好菜，沈小甜已经凑过来开始边看边拍了，他也就随口跟她讲了点儿。

"水越热面越软？是蛋白质结构被破坏吗？"沈小甜举着手机，心里默默记下了这一条。

大火把锅烧热了，沿着锅边滑了一点儿油进去，一手抓着锅把将油在锅底晃成了薄薄的一层，看着烟气微起，陆辛问沈小甜："你还想吃辣吗？"

沈小甜诚实地摇了摇头。虽然香辣味确实勾人，沈小甜也确实喜欢吃，可在广东待了这么多年，她的口味还是有点儿偏清淡。就算再不受影响，吃了一顿辣菜之后，她还是有点儿想喝杯凉茶的。"怕上火"三个字基本是广东人刻在骨头里的。

陆辛笑了一下说："那我就给你炒个帅帅的不辣的炒饼。"

沈小甜点头，然后用很认真的语气说："虽然是你做的菜，可我还要说，你做的菜是没你帅的。"

一句话，细品前后都是夸奖。

陆辛又不说话了，手腕一动，碗里打好的蛋下到了锅里。

沈小甜早就发现了，陆辛炒鸡蛋的火候是很重的，总要炒得两边都有了一层微微的焦黄才行。这次也一样，锅铲在锅里滑动，把鸡蛋划成了细细的丝缕，蛋随着陆辛控制着锅把的动作离开了锅底，仿佛是自发地翻了个身。

炒好的鸡蛋盛出来，下一点儿油，葱花爆香，加菜，加饼丝，加蛋，调味。

真的是再简单不过的菜了，尤其是跟刚刚那道从名字到手法都颇有传奇色彩的子龙脱袍相比，它平庸家常到了几乎极限，全中国的每个厨房里都可以做出这样的菜，它不需要一双多么神奇的手，不需要多么新鲜的材料，不需要用追捧的目光和溢美之词另做调味料。

用筷子夹一口放在嘴里却是真实的，真实的丰富柔软的口感，真实的菜香、蛋香、面香，里面又藏着烟火气，像是平凡简单的生活，随着一份热烫从嘴边下到胃里，也从一个人的面前走到他的身后。

清晨，黄昏，都该在这样的味道里到来，它们连起来，仿佛就是幸福本身了。

"锅气好足！"沈小甜只来得及夸了这一句，然后就开始埋头苦吃起来。

陆辛看着她的样子，觉得刚刚她那句夸他更帅大概是骗自己的。

黄酒师兄弟三个为了那道子龙脱袍大概是开了个专业研讨会，他们进厨房的时候，就看见沈小甜捧着盘子吃得正香。

"看什么？"捧着另一盘在吃的陆辛对眼巴巴看着的三个人挑了下眉头，"她点的菜，你们又没点。"

好像曾经被炒饼统治着一条街的日子又回来了，黄酒干巴巴地争辩："不是，那……我们……我也想吃啊！"

陆辛没说话。他炒了两份，确实是给他们三个留的，可看着小甜老师吃得香，他不知不觉就拿起来吃了，也吃得很香。

晚饭这就算是吃过了，黄酒的事儿也算是解决了，他们两个人没有在黄酒他们店里再逗留，赶在晚上的客人到来之前就先离开了。

"学校又在盖新楼了。"看一眼自己的母校，陆辛说，"那边的新宿舍楼是我毕业那年建起来的。"

沈小甜抬头看了看，突然问他："你走在这条街上是什么感觉？"

"啊？什么什么感觉？"九月中旬的济南还挺热，太阳还没下山的痕迹，抬手遮一下太阳，陆辛反问。

"这里曾经可都是你的江山呢。"沈小甜笑着说，"从那边，到这边……"她抬起手，转了个一百八十度，从街的一头指向另一头，"整条街的夜晚都是属于你的。"

陆辛不自觉停下脚步看着沈小甜。

沈小甜也看着他。

"啊？"几年前不动声色就逼得整条街其他饭馆一起帮他找"黑手"的陆辛，此刻脸上终于有了个过分生动的表情，他被沈小甜的形容吓到了，"没有，咳，你……你别乱用形容。"

小甜老师还在笑："事情明明是你做了的，怎么你还在害羞啊？"

"我没害羞！"陆辛偏过脸去，抬手用食指的指节蹭了一下脸颊。

小甜老师觉得她家的课代表可真是可爱死了。

"害羞"两个字好像是戳到了陆辛，让他之后变得有些沉默。

他带着沈小甜走啊走，路过了一家米线馆子，又路过了一家烤肉拌饭店，再路过一家排骨米饭店……

看见一家店的招牌，沈小甜说："这个我好久没吃了。"

陆辛抬眼一看，是一家全国连锁的品牌餐厅，主打的是酸菜鱼："别在济南吃这些连锁。"他摆摆手说，"也不知道为什么，这些店开来了济南，大半跟中邪了一样，菜品质量的把控一塌糊涂。"

说起吃，陆辛总是会展现出他特别令人信服的一面。

沈小甜"哦"了一声。

216

"你这两天肚子里油水不少，我就不带你吃烤肉了，明天咱们吃小吃吧。"

"好呀。"

于是第二天，沈小甜捧起黄乎乎、热滚滚的一碗喝了一口，皱起了眉头："咸的？"她的目光飘向了小吃店门口的立牌。

大早上的，小吃店里人来人往，隔着那些人，她确认了一遍，上面写的是"甜沫儿"。

"一开始看见的时候我还想，为什么甜玉米面粥里还要放菜叶子和豆腐丝……粉条……"说一个词儿，沈小甜的筷子就从里面"打捞"出一样东西。

看着她的样子，陆辛嘴角翘起来又压了下去："甜沫儿这个名字跟济南话有关系，小米面做了粥底，再加蔬菜、豆腐皮、粉条、花生米，据说是以前会问'再加点儿什么'，用济南话就是'添么儿'，就成了甜沫儿了。"溜着碗边喝了一口甜沫儿，他又补充说，"但凡吃的东西，九成九那些老板都想给自己加个来历，什么明末啊宋朝啊，什么皇帝啊名人呐，可着劲儿地往上扯关系，我一般是挑着跟这些东西没关系的信。"

沈小甜认真听着，点了点头，喝了一口甜沫儿，说："我之前出去旅游，吃小吃的时候总会吃到'乾隆下江南吃过的东西'，我还以为他是跟咱们俩这样一路吃吃喝喝走的呢，现在才明白怎么回事儿。"

说完，她从旁边盘子里拿出了一个油旋儿咬了一口。被烙香了的油旋儿就像它的名字，是个扁扁的螺旋形状，带着咸味，还放了五香粉，混在一起很香，外面一层是酥脆的，里面部分却很柔软。

"这个应该是冷水和面还是热水和面啊？"她问陆辛。

"这家做油旋儿是发面的，温水和面。"

沈小甜点点头。

吃过了早饭，两个人走在马路上，正是上班的时间，人们看起来都很匆忙，只有他们俩显得格外悠闲。

其实，与其说是悠闲，不如说是无所事事。

出来和在沽市的时候不一样，吃完了可以各自回家，他们现在要是一起回了各自在酒店的房间，好像也就是一个人待着……这么一想，似乎还是两个人一起比较好，尤其这一大早的，回去好像有点儿可惜。

"你以前到处跑的时候，不做饭也不吃饭的时候会干什么？"

面对这个问题，陆辛想了想说："有时候会打牌，不过我闲的时候比较少。"

刚说完，他的手机就响了。

"这下怕是闲不了了。"

"小陆，你来了怎么不跟我说声儿？不是看了黄酒发朋友圈我都不知道，中午来我这儿一趟，看看我这几个徒弟怎么样！"

陆辛打开了免提，让沈小甜也听得清清楚楚。

"那……我们中午之前还能看个电影。"沈小甜给陆辛看了一眼自己的手机，安排得明明白白，"半小时后开场，十点半就结束了。"

"啊？好。"

第六章

糊涂账

hu tu zhang

1

"你这小子，还真把自己当客了，我让你中午来吃饭，你还真踩着点儿来了？"

男人看着大概五十多岁六十不到的样子，面庞微红，因为头顶是光的，所以一直红到了头顶上。他的一双手很是粗大，一见面，就在陆辛的肩膀上拍得梆梆响。

"老元，我是和朋友一起来的。"

陆辛先给沈小甜介绍人："这是老元师傅，正经的济南老厨子，这家合意居就是他的。"又跟老元师傅说："这是我朋友，姓沈，她一直想科学研究一下咱们这个做菜，我带她来找您长长见识，刚才我们在济南逛了逛。"

逛进了电影院里，看了一部轻松愉快的爆米花电影，中间还喝了一杯果汁。

脸上是标准的微笑，小甜老师还在回味猕猴桃汁的味道。

"哈，我刚刚在楼上看见，心里还咯噔了一下呢，就小陆你这个脑子，居然能领了姑娘来？果然，指望不上你这个小子哈哈哈……"打趣完了陆辛，老元师傅带着两个年轻人往里走，"我是刀也准备好了，腰子也准备好了，后面闻荷亭我空出来了，就为了今天细品品你做的腰花。"

陆辛停下不走了，看着他，说："老元师傅，你不是让我来看你徒弟的吗？怎么成了我给你做菜了？"

"你说你辛辛苦苦大老远来了济南，我能不吃你个菜？"老元师傅直接摆出了一副无赖样子，下巴抬得快比鼻子高了。

陆辛哼了一声："你都已经马上退休的人了，怎么还越来越无赖了？"

"我无赖？你小子当年毕业走的时候怎么说的？你说你年年回山东来，肯定找我吃饭，结果呢？你毕业有两三年了吧？要不是我顺着黄酒那小子的朋友圈抓了你，你说不定早跑了。"他大手一挥，推着陆辛往厨房走，"快快快，我也不白吃你的，我徒弟他们做几个菜，你给我炒个腰花，我也给你做个糖醋鲤鱼。"

陆辛回头看看沈小甜，又讨价还价说："再做个奶汤元鱼吧。"

"我让我小徒弟给你做！"

勉强算是成交了。

沈小甜一直在后面跟着，看见了合意居的厨房，然后透过走廊上的一个花窗看见了外面的小小的荷塘，不过荷花过了花期都谢了，剩了些半卷的荷叶和零星的莲蓬在水上。如果是夏天，这里一定很好看。

合意居是个旧式小楼的构造，前面二层小楼是吃饭的，一旁是个厨房，留出了一个小院子，挖了池塘种了荷花，老元师傅说的闻荷亭就是中间那个小亭子。

"小姑娘你姓沈啊？"老元师傅像是尊金佛，震慑着整个厨房，看了一圈儿觉得效果不错，又过来跟沈小甜搭话。

另一边，陆辛已经拿起了一把大菜刀端详着，嘴里漫不经心地说："你放心，这个沈不是那个沈，小甜儿老师是当老师的，不会骗了你把你那宝贝荷花摘下来做菜。"

"你这小子，瞎说什么呢！"老元师傅像是被截了一刀似的，要不是陆辛正在看刀呢，他说不定一巴掌就拍上去了。

中午时分正是不少人来吃饭的时候，旁边的厨师们来来往往，有的在掌勺，有的在切菜，看见了陆辛，有几个人还抬头跟他打招呼。听见陆辛这么说，不少人笑出了声。

"老元，你年纪上来了，怎么记性不好了呢？当初……"

"当什么初啊，磨你的刀！"

这时候，沈小甜在他身后说："元师傅，我来的时候就听陆辛说您做的菜特别正宗还地道，他一直很佩服您几十年来不光精研厨艺，还一直认真收藏和学习不同的菜谱。我是学化学的，对做菜不太懂，可是我觉得这种在厨艺上精益求精的精神和科学家不断探索的精神是相通的。"

老元师傅转身，看着沈小甜。好甜的一个姑娘啊，长相甜得跟蜜一样，话又说得这么好听。

"哈哈，这个沈果然不是那个沈，这……这话夸得我，哎呀，小沈老师，你要研究做菜是吧？我跟你讲讲……陆辛啊，他是要做爆炒腰花，爆炒腰花这个菜，刀工、火候都很重要，这个刀啊，他就得自己磨得有数儿。"说着说着，看起来嘻嘻哈哈的老元师傅就正经了起来，"刀要磨得好，不光是左右两边儿磨……"

老元师傅说话的时候，陆辛已经把刀拿了起来，刀刃对着自己细细地查看。

"他是看刀刃上有没有刺儿。"

陆辛看着刀的样子很专注，让沈小甜想起了一个在看着自己兵器的将军。可能对一个厨子来说，刀就是刀，五味是他的千军万马，锅灶是他的城墙堡垒，每一次做饭也就是一场战争。

将刀刃斜着在磨刀石上撇了两下，动作又轻又巧，陆辛再次把刀拿起来，用手指细细地在刀刃的两边儿摸下去。

"他这是在最后检查刀是不是磨好了。"

磨好的刀放在水中清洗，拿出来的时候，水从刃上流下，便是一条银光水线。

"小沈老师，你见过陆辛的刀吗？"

"见过。"

"他那套刀还是我托人给他打的，嘿嘿，为了那套刀，这小子在我这儿白打了两个月的工呢。"

沈小甜："您是说清海刀吗？他在我家做饭的时候用过，可惜坐高铁不方便，他就没带过来。"

"在你家做饭……嗯？"老元师傅转头去看身边一直笑眯眯的小沈老师。

那边儿陆辛已经拿起了一个猪腰子，快刀将腰子剖成两半，揪起中间白色的部分削去，再将腰子翻过来撕去外膜，整个动作比昨天在黄酒那儿给黄鳝扒皮还流畅几分。

"先斜刀后直刀，真说起来，能方方面面操练着厨子手艺的，还是鲁菜，要刀工有刀工，要火工有火工，红白案都不缺，细处的功夫也不少。这几年什么川菜、湘菜、粤菜大江南北铺开了，真吃起来，哼……"

"您哼什么呀，各个派系都在往前走，有坚持的，有融合的，只要不失本味，不丢本心，做啥不是做呀。"说话的是在一块腰子上切完了花刀开始切另一块腰子的陆辛。

老元师傅："做你的饭吧！你再跟我啰唆小心刀花切垮了！"

陆辛刀刀都很稳，声音里都能听出来他异常平稳的呼吸："我说的是实话，您一直是老派鲁菜里脑子最活的，不然也不会被那人一招儿骗倒了，自己动手摘了自家的荷花去做海参啊。"

说话间，他两根手指一拎，把切好的最后一块腰花也扔进了清水盆里。被漂净了血水的腰花垂下，像是秋天最饱满的麦穗。

"其实新旧这事儿在您这儿，就跟这刀花一样，横切是斜刀，竖切是直刀，什么样的切法用在该用的位置上就行……我腰花都切完了，您的鱼还不做呀？"

"你这刀上不闲着，嘴上也不闲着……"老元师傅嘀嘀咕咕，拿出一条早就准备好的鲤鱼。

223

掏鳃剖腹去鳞这种事情早就不用他自己做了，检查了一下鱼清理干净了，他轻轻拍着鱼身子，把鱼肉中间那根"腥线"抽了出来，对沈小甜说："小沈老师，你看着，要做最老牌的糖醋鲤鱼啊，就得把鱼跃龙门的那个形儿给造出来，诀窍呢，就是在这个鱼身子上切刀的时候，先竖下去，再横切进去，这样鱼肉翻出来才好看。而且啊，正面七刀，反面八刀，这样鱼下锅炸的时候……"

"鱼肉中富含大量蛋白质，高温下失水收缩，随着收缩，刀口会被放大，有八个刀口的一面会比有七个刀口的一面更长，所以鱼的造型就会翘起来，变成您想要的那种样子。"

按说，老元师傅那双手做了几十年菜，应该是很稳的，可他的刀停了下来："等会儿，小沈老师，你说啥蛋白质？"

"我是说蛋白质在高温下会释放水分并且收缩，按说一样的温度收缩的程度是一样的……"

老元师傅摆摆手，示意自己大概听明白了："小沈老师，你还真是想科学研究我们这个菜呀？"

"是。"沈小甜说，"我之前说过，我是学化学的，之前一直在做老师，遇到了陆辛之后我发现我可以通过拍摄好吃的来做化学科普视频……"

"你这想法不错。"老元师傅沉思片刻，点了点头，"做事儿吧，能琢磨明白了是为什么，那就比别人更进了一步了。"

再点点头，老元师傅低下了他圆滚滚的脑袋继续去切鱼。鱼身上挂了面糊，在锅里一炸，果然如他说的那样，头尾皆翘，有腾跃之势。

"元师傅做糖醋鲤鱼这个汁儿是烹两遍醋，这种做法现在很少见了。"

"第一遍取香味，第二遍取酸甜，小沈老师，你知道这是为什么吗？"老元师傅看了一眼沈小甜，问她。

"因为醋酸的沸点是117.9摄氏度，第一遍将醋煮沸，挥发掉醋酸，只留下和锅里其他物质发生反应产生的芳香物质，还有就是醋酿造时产生的风味，这就是您第一遍说的香味。第二遍加醋您会控制火候也就是温度，让醋酸不要过分挥发，保留了酸味。"

"哎呀！小沈老师，你以前拍的那什么视频啊，等一会儿你找出来，我下着饭看啊！"

"好！"沈小甜答应得很痛快。

陆辛看看她，笑了一下，端着腰花和配菜走到了一个空灶前面，也开始做起了爆炒腰花。

一时间，两个灶上热气腾起，香气碰撞在一起，是旧而不老，是新而不骄。

2

爆炒腰花这菜做得极快，因为火候多一分腰花就不够香脆了，所以呢，它出锅的时候，老元师傅刚好把酸甜的汁儿浇在鱼上，这也是陆辛算好的同时出锅。

好笑的是，老元师傅让别人端着自己的鱼去上桌，他则亲手捧着那盘腰花，手里还拿着筷子。

"小沈老师，我也不客套了，小陆这一手我等了两年了，这腰花啊，就是出锅了立刻吃才好！"

摘了围裙，陆辛随手把刀架里的刀摆正，跟上来说："幸好闻荷亭是往外走，要是老元你就这么边吃边往厅里去，你们合意居几十年的老招牌都让你砸光了。"

"唔……"闭眼享受的老元师傅大概已经灵魂出窍了，被那张在缓慢咀嚼品着味儿的嘴给带上了天。

陆辛嘴里嫌弃他，一边却用手扶住了他的背："吃就好好吃，闭着眼砸了盘子怎么办？"

"这路我走了几十年了，闭着眼倒着走我都摔不着。"

话是这么说，老元师傅在下台阶的时候身子晃了一下，他赶忙护住了手里

225

的盘子。一段路走完，一盘爆炒腰花让他吃了一半。

"一样的菜，不一样的人做它就是不一样，小陆啊，你炒的东西就是更清爽……"回味了一下，老元师傅点点头，再吃一口，"这一手，你是天分。"

好歹这吃上了瘾的老师傅没忘了自己也是请客的。

"怎么样？这味道，地道吧？"闻荷亭上，看着沈小甜吃了一口糖醋鲤鱼，老元师傅问她。

新鲜出锅的糖醋鲤鱼看着像是一座金色的蜜蜡雕像，又像是被人把玩了无数次的琥珀，带着光亮的汤汁均匀地包裹在外面，明明很轻薄的样子，却像是已经和牛顿的苹果决裂，并不会从鱼的身上流淌下来。用筷子从鱼背上撕一块肉下来，蘸一点儿汤汁，像是把一块凝固的时光放在嘴里，有酸的，有甜的，让人魂牵梦萦的酥脆蕴藏其中，有鲜香的本味伴着汁水一起在嘴里爆发。

沈小甜闭着嘴，点点头，又夹了一块鱼肉。

这次是从鱼肚子上夹了一块，外面挂的那层脆壳跟鱼肚子上的油脂结合得天衣无缝，在酸甜口味的烘托下完全不会腻人，恰好似长河遇了落日，大漠里一缕孤烟，天上一片雪落下，就是衬在了红梅上，恰到好处。

"跟我以前吃的那种糖醋不一样。"

"放番茄酱的是吧？放了那玩意儿的颜色是红，可也没这么亮。再一个，那个得多放油，我不喜欢，不过也确实挺多年轻人喜欢。我这些年做菜啊，总有人说，老菜还是老人喜欢的多，年轻人不喜欢。我就听不来这个话。怎么了，年轻人的喜欢是喜欢，老人的喜欢就不是喜欢？再说了，他谁啊，他就知道年轻人到底喜欢不喜欢了？好几亿年轻人呢，他认识几个？"老元师傅一边说着，一边朝着陆辛的爆炒腰花下筷子。

一双筷子出现在腰花盘子里，夹了两块腰花。他一双眼睛盯着，看着那腰花"飘"进了沈小甜的盘子里。

年轻的女孩儿还在吃糖醋鱼，笑眯眯地对他说："我喜欢您做的糖醋鱼。"

"嘿嘿。"老元师傅有些不好意思地一笑，也就忘了陆辛给沈小甜夹菜这事儿了。

腰花确实很好吃，沈小甜不是没吃过爆炒腰花，却没有哪次比这次更脆爽可口。她嘴里嚼着，看着陆辛，对他眨眨眼，然后竖起了一根大拇指。

陆辛看看她，又对老元师傅说："你徒弟们做的菜呢？"

"等会儿等会儿，我跟他们说了，等我吃上腰花了再让他们做。"最后两块腰花一气儿放在了嘴里，老元师傅又陶醉地闭上了眼睛。

"唉，许老头儿就是个傻子，放着你这个好徒孙不要，听着许建昌那小子的屁话！"咽下腰花，老元师傅是叹息着说这句话的。

沈小甜抬起了头，看见陆辛的眉头轻轻皱了一下。

陆辛说："事情都过去十年了，你提他干吗？我也就是跟着魏师父学了三个月，才不是什么徒孙呢，照你这个意思，我在你这儿前前后后干了有半年呢……"

老元师傅的眼睛一下子就亮了，好像就连脑袋都亮了起来，他凑近一点儿对陆辛说："你要是愿意当我元三同的徒弟，那我……"

"不愿意。"

老元师傅立刻又坐了回去："我就知道，你呀……也不知道你天天在想什么，快三十的人了，都说男人得成家立业，你成家，咳……你立业立哪儿去了？我本来寻思你大学也读了，可能是想正经进个公司当个白领儿，那我也不拦你。结果我那次在饕餮楼听老徐说你还晃荡去北京他店里了。行呀，你要是真想当厨子，我这合意居，老徐那儿的，啊，还有、还有裴光头那儿的，你也都待过，可你是一个都不去。我琢磨着你可能是喜欢福山菜，那你更方便了，是吧，那兄妹俩那儿，我豁出去老脸也能把你塞进去，你也不去！"

老元师傅越说越着急，要不是他徒弟们带着菜上来了，沈小甜觉得他能一气之下跳到亭子顶上去。

"别着急，别气啊，来，你徒弟做的菜，你也尝尝。"拿起公筷，陆辛给老元师傅夹了块九转大肠。

"陆哥，你别给师父吃，他年初查出来了高血压，现在饮食都得控制呢。"一个年轻人连忙出声拦着陆辛。

"高血压了？那就更不能生气了，喝杯茶降降火？"

老元师傅翻了个白眼儿。

除了九转大肠之外，还有一道葱烧豆腐箱，一道奶汤元鱼。

老元师傅不理人，陆辛也不是会上赶着哄人的，筷子一收，把九转大肠夹回到自己面前，再给他换了块葱烧豆腐箱。

吃了一口九转大肠，陆辛说："这个九转大肠是刘松你做的吧，一吃就吃出来了，大肠的火候你一贯是控得好，这股香味别人可难学。"

刚刚和陆辛说话的那个年轻人笑了一下，算是默认了。

沈小甜也夹了一块九转大肠，就听陆辛在她旁边说："这菜名头响，可要做难吃真是太容易了，所以啊，不少外地人来了吃这个，都说不好吃。"

做难吃很容易，这是什么形容……

沈小甜一口咬下去，微微带着一点儿焦香气的肉外面是略有些重口的酸甜味道，大肠里面是卤煮熟了的，肉味被保存得很好。如果不是之前了老元师傅的糖醋鲤鱼，她对这道菜的评价会更高。

"再尝尝这个豆腐箱。都说鲁菜有三大菜系，胶东、鲁西、孔府，其实临沂、淄博那一圈儿做的菜也很好，叫博山菜。这个豆腐箱就是博山豆腐箱改的吧？用葱扒海参的那个烧汁来调这个菜的味儿，豆腐里面的馅儿也改了，这是里脊肉加了虾仁海参？"

陆辛只是嘴里在说，自己还没吃呢，偏偏他用筷子扒开看了一眼，就把这菜的稀罕之处说了个七七八八，看刘师傅后面一个厨子点头，他应该是都说对了。

沈小甜吃了一口这个用料贵重的豆腐箱，外面的烧汁是鲜咸的，有葱香气，葱配着豆腐从来都不难吃，现在也一样，有这个味道在，真是一点儿豆腥味都没有。咬开外面的豆腐，就先尝到了一股混着豆香的鲜味儿，是馅料挤在一起成了团，给唇齿之间带来了莫大的满足感，很好吃。

沈小甜又吃了一块糖醋鱼。

"这菜可是我研究出来的。"看着两个年轻人在吃豆腐箱，老元师傅又得意了起来，"哼，我不光会做这种豆腐箱，现在一些人不是都跟着网红走吗，就一直拿着蟹黄和咸蛋黄搞东西，天天蟹黄了这个，咸蛋黄了那个的，我还能拿蟹黄和咸蛋黄烧豆腐箱呢。不过这葱油煨烧汁也是不一般，吃出来了吗？"老元师傅的眼睛紧巴巴地看着陆辛。

男人懒懒地往背后一靠，一只手撑着下巴，说："您是学了广东那边煨鲍汁的方子，拿来改了味儿再烧豆腐。"

老元师傅的脸又亮了："我就知道你一准儿能吃得出来，哈哈哈！"

看着老爷子又理人了，旁边那一圈儿徒弟齐齐松了一口气。

"老元啊，你不用总是替我操心，好好做菜，把你那血压降一降。"

"哼，要念叨我还轮不到你。小沈老师，你尝尝这个奶汤元鱼，早十年，这可是我们店里铁打的招牌菜，就是现在好这一口儿的人是真少了，野生的元鱼价格也太贵，我们也少做了。"

或是酸甜，或是鲜咸，每道菜的调味都很有济南特色，喝汤之前，口味偏清淡的沈小甜已经颇有些五味大乱，纯白的奶汤却一下子就镇定了她的舌头，鲜香中带着温润、平滑，让人隐约有一种不用敷面膜也会皮肤很好的错觉。

"别小看这奶汤，也是个功夫呢，咱们今天吃的这些菜，腰花不算，其余的都是功夫菜，火候、调味差一分，东西都不像样子了。"

听着陆辛的"解说"，沈小甜越发觉得这顿饭好吃。

可她的收获也不只是在好吃上。

老元师傅说要看她的视频，居然就真的拿出手机打开了一个软件："我孙女给我弄了个软件，让我看看年轻人都吃啥，别说，还挺有意思。"

恰好小甜老师上一个视频因为热度高，被放在了频道推荐位上，老元师傅点进去，嘴里还说："先给小沈老师一波三连。"

沈小甜突然觉得自己夹着糖醋鱼的手不是很稳。

一顿饭一直吃到下午三点，老元师傅高兴得很，要么就是抓着陆辛调侃厨艺圈儿里那些人和事，要么就是跟着沈小甜说一些做菜时候的小窍门儿。虽然被陆辛怼得话都说不出来的时候也是有，可他显然是开心的，被怼也开心。

沈小甜也挺高兴的，她一直在搜集素材拍视频，能和老元师傅这样有见识、有心胸、思维完全不古板的老前辈聊天，她获得的好处是现在难以计量的。

"你要是没事儿就再来找我，唉，这店我现在交给我徒弟了，等过两年，我就整七十了，到时候我就彻底退了。这一池荷花，从十年前就有人跟我说，现在房价这么贵，我这个地方要是把园子收了改建成个豪华的大酒楼，一定赚得更多，可我一直就不愿意。

"合意居、合意居……我1984年从我师父那儿接过这个地方，到了1990年终于攒够了钱把那小砖房推了改成个小楼，本来想叫荷意居的。荷花那个字儿，找了个算命先生，说荷花应该在里面不在外面，我才改了叫这个名字，又在这里面引了水养荷花。我哪儿舍得真把它们都挖了呀？就算我把它们做了菜，那也是我给花儿安排了去处，就是那沈丫头不厚道……

"小沈老师，我不是说你，是另一个沈丫头。唉，她做个茶汤手拉海参还取名叫什么听荷一壶鲜。那也是二十年前了，我也是没见识，一看她揉了几下就能把海参一下子拉成比纸还薄的一张，直接就被镇住了，就为了学那个菜，把我这一池子荷花给薅了半池子去。"

沈小甜眨眨眼，捧着茶杯说："海参里面富含蛋白质，而且是纤维性状的蛋白质，因为不确定里面的胶原蛋白含量，我就先用纤维状蛋白形容了。纤维状的蛋白质有个特性，就是它们会组成一个网，其余的什么脂肪啊、微量元素啊，都是挂在这个网上的。平常，海参身上的这个网是收缩的，但是后来人们发现只要用力，就能把这个网彻底拉开。"沈小甜两只手的手指交叠在一起，突然张开，在模拟一个网被拉开的样子，"我觉得这才是这道菜的原理，在这个过程中，如果真的有什么东西能够帮助改变蛋白质分子的排列，无论是浓度还是性质上，都不会是你的荷花。"

老元师傅一脸的恍然大悟："啊！原来是这样，果然我的荷花没用啊！小沈老师你这么一说，我大概能明白，要是荷花能让海参更好被拉扯了，那在荷花池子里泡泡，人身上也有蛋白质，人也就能被扯出两米长的脸皮来了，是不是这个道理？"

"是是是！"沈小甜连连点头，老元师傅果然是能在网站给视频一键三连的人，在理解力方面比大部分学生都要更好，哪怕他可能只有很浅薄的来自生活的化学知识。

"啊，二十多年了……这帮小子每次提起来就打趣我，我也要面子，说什么也不想去问一句'你当初是不是故意折腾我'，现在我终于知道了。哎呀，谢谢你啊小沈老师，你果然不是那个沈！"

"嗯。"成功解惑的小甜老师脸上是甜甜的笑，她眨眨眼说，"元师傅，所以您最后把海参做成了吗？"

"咳——"一直在旁边静静听着的陆辛轻咳着放下了茶杯。

老元师傅的笑容卡住了，过了好几秒，他抬手一拍自己肉乎乎的光脑门："哎呀，连个主食都没上，你们还要吃碗面吗？"

果然是能一键三连的老元师傅，连转移话题的本事都这么溜。

临走的时候，老元师傅拿出了一本书，封面上却是没字的："干股我早就折给了我几个留在合意居的徒弟，剩下的一半就留给我孙女了，她呀，就是个吃不了苦的小丫头，我也没指望她当个厨子。她也喜欢我那池子荷花，我觉得就够了。这东西我也是整理了这么多年了，我留了饕餮楼一份，给我徒弟一人一份，我家里头没有再学厨的了，不过我还是留了一份，说不定将来有呢？"

听他竟然这么说，陆辛看着那本书的表情难得变得严肃起来："老元……"

"你先别说话，你听我说啊。小陆啊，你的天分，这么多年，我也就见过两个比你更好的，我是真心想收你当徒弟，可你的心是真的太野了，可能以后能好点儿？"老元师傅的目光从沈小甜的脸上划过，"可你现在东拼西凑，本

231

事也不小了，到底我没把你收进来。这东西你拿着。那些老东西个个敝帚自珍，我不一样，我收方子，不是为了藏着的，是为了把我这招牌给焊结实了。到现在，我觉得我手艺还行。你呢，要是你看着这些方子，能再倒腾出点儿什么来，嘿嘿……"

那本书，被老元师傅一巴掌拍在了陆辛的手里。

沈小甜在一边静静看着，看着老元师傅挥手让他们走，看着这个脑袋都泛红的老人转过身去，抬着头看着"合意居"的招牌。

"老元，要是我真从里面弄出了什么菜，你那厨房可得借我用啊。"

男人的话挺平和的，一点儿抑扬顿挫都没有，甚至少了点儿他平时那点劲儿，却像是里面藏着什么宝贝似的，一下子就让老元师傅把身子转了回来。

"好！小陆！我可跟你说定了！这事儿不改了！"

陆辛的语气这下又正常了，他还笑："不改了。"

"小沈老师，这小子心野，可人品很好，有担当，从小就是个汉子……唉？唉？你们就这么走了？"

陆辛大长腿迈开，拉着沈小甜往车站走："你先好好治你的高血压吧！"

走出一段儿，他头也不回，只是随意地对老元师傅挥了挥手。

老元师傅叉着腰看了一会儿，"哼"了一声，回了他的合意居。

回酒店坐的公交车，反正两个人也没什么事儿，一路晃回去就挺好，没到晚高峰，车上人不多，沈小甜和陆辛前后坐着，沈小甜坐在后面。

"我发现了一个事儿。"她凑过头去，手肘搭在陆辛的椅子背上，用一种很神秘的语气对他说。

"嗯？什么？"陆辛转头转了一半儿，听她说话。

"我发现，做菜好吃的人都特别聪明。"

"干什么都得用脑子，也不一定特别聪明，肯下功夫琢磨的话，差不了。"

"好吧，那我再换个说法。"沈小甜想了想说，"我觉得你特别聪明！"

"说得没错！"陆辛非常愉快并果断地收下了沈小甜的夸奖。

"人美心善还聪明！你的优点真是越来越多了！"小甜老师喜欢鼓励式教学法，从来不吝啬自己对课代表的赞美。

陆辛抬了抬手，似乎想捂脸，又收了回去。

"那聪明的陆辛同学，我们今天再做点儿什么呢？"

看了电影，吃了美味，听了故事，还知道了一点儿课代表的小秘密，沈小甜觉得这么美好的一天不应该平平淡淡地结束。

"做什么？"

陆辛又把头转过来了两分，然后定住不动。沈小甜那只撑在他椅背的手，离他的脑袋很近，只差一点儿就能擦到他的下颌，真的只差一点儿。

"趵突泉，大明湖，你要去看吗？"移开目光，陆辛给的建议真是平庸到可怕。

沈小甜："好呀。"

"你们要去趵突泉约会，那刚刚怎么不下车？说话的时候就路过了。"旁边一个阿姨听见两个人说话，忍不住开口。

沈小甜："这样吗？那……那大明湖呢？"

"大明湖？大明湖你更该下车了，再走都是千佛山了！"

刚被夸了聪明的课代表居然当场翻车了。

"那我们就不去了吧。"沈小甜转回去对陆辛说，眼睛看着自己还搭在那儿的手，嘴角带着笑，"再去哪儿呢？"

"马上就是晚高峰了，你们不如找个舒服地方聊聊天。哎呀，你们这两个年轻人，就知道去景点，景点有什么好去的？约会当然去能坐着说话的地方了……"也不知道这位阿姨哪儿来的痛心疾首，真是充满了对他们俩的恨铁不成钢。

这时，另一个阿姨也开口了："现在这些年轻人哪儿有咱们那时候会谈恋爱？我那个闺女也是，让她出个门儿相亲难死了。哎呀，我家那口子在工厂里追我，那是天天给我送东西，到了我闺女呢，别说天天能让她收东西的，她连个能送出东西的人都没有。"

"唉，看他俩约会，把咱俩给难着了。"

"阿姨。"

陆辛突然听见那熟悉的声音在离他脑袋不远的地方响起。不远，大概是很近的意思。

"阿姨，您误会了。"沈小甜笑眯眯的，看着这两位特别热心的阿姨，她的笑容真是能让人心都化了，"我们不是在约会。我们这是在策划约会。"

沈小甜转回来，一本正经地对陆辛说："阿姨建议我们去个人少安静的地方，你说呢？"

男人不知道什么时候已经完全把脑袋转了回去，还抬起了手似乎在揉眼睛——遮着半张脸地揉眼睛。

两个阿姨看着这两个年轻人，忍不住都笑了起来。

"要不我们下车去逛逛？"看看车窗外，沈小甜已经站了起来。

公交车语音提示到站了，她往车下面去了，陆辛也站起来跟了出去。

"唉——"下车呼吸了一口，沈小甜转身看着陆辛从车上迈着大长腿下来，"树多，人少，挺安静。"

陆辛手插兜儿里，抬头看看，说："墙那边儿就是学校。"

沈小甜面带微笑："那你是嫌不够安静了？"

陆辛又飘开视线不想说话了。

沈小甜这下真的笑了："行啦，除了第一次你在桥上看见我是意外，第二次你让我等你，然后你给我买了红老大的煎饼果子，这也是约会呀。明明天天都是约会，怎么你还害羞了？"

长相甜美的女孩儿理直气壮，陆辛只能默默跟在她身后，看着她往前走。

"元师傅真可爱啊。"走过一棵道边的白杨，沈小甜说。

陆辛在她身后叹了一口气。

"怎么了？"沈小甜回头看他。

"我就是突然觉得'人美心善'这四个字儿，咳，就……还挺好。"如果老元那样子都能称得上可爱，陆辛觉得沈小甜对自己的评价可能还是有道理的。

"那当然，我可是老师，对人的评价必须要严谨。"

"其实老元这个人挺有意思的。"跟在后面的陆辛终于想到了要说什么，"我是在刚来济南的时候认识他的，那时候我刚拿了录取通知书，正好有个朋友来济南参加餐饮业的展会，就带着我一起来了。"

"餐饮业的展会？什么样子啊？"沈小甜问陆辛，"会不会像厨王争霸赛那样，各种比赛做好吃的？"

陆辛看看沈小甜的后脑勺，说："我发现你来了济南之后有点儿不太一样呀。我们是厨子，又不是金庸写的那些武林高手，你还以为是五岳剑派开大会，个个还得舞刀弄枪地比画一圈？"

"五岳剑派？那也挺好呀，你就是令狐冲了。"沈小甜又想起了陆辛一个人逼着整条街都做不下去的样子，回身说，"不对，你应该是杨过，在襄阳城给郭襄过生日的神雕大侠！"

陆辛没忍住，低头看了看自己的右手："那我还怎么颠勺儿？"

"对哦，那你还是当周星驰吧，他能两只手一起用黯然销魂掌。"

越说越偏，偏呀偏，也不知道两个人为什么越说越开心。

正碰上有人抬着东西从对面走过来，还抬着一块白色的长板子，陆辛抬起手，护在了沈小甜的肩膀外面。

"对了，你刚刚说元师傅什么？"

陆辛放下手臂，说："老元看着粗枝大叶，其实心细得很，他早年有个绰号，叫厨子圈儿的百晓生。"

沈小甜忍不住说："这个称呼也太江湖了吧？连百晓生都出来了！"

"说他百晓生是因为他方子多、消息多。"陆辛低头看了看老元塞给自己的这本书，"以前的人可不会上网，能搜集这么一本菜谱是真的不容易。"

沈小甜点头表示认同。

"那次行业大会上有两家在济南刚混出了名头的店参加，其中一家店叫香巧家常菜。济南还有一家老店叫秋湖饭店，那家店传了好几代，济南菜里有几道就是从他们店里传出来的，他们家姓李的老爷子在济南很有名。香巧家常菜不是娘俩开的吗，里面那个女儿，之前就是李老爷子的儿媳妇。"

哇！本以为能听到行业争锋，没想到还夹杂着家庭大戏，沈小甜的眼睛瞪大了。

"那次代表秋湖饭店去参加活动的就是李老爷子的那个儿子，那小子忒不是东西，吃喝嫖赌是出了名的，可李家这一辈儿就他这一个能传了手艺的，李老爷子就一直惯着他，惯得他是……大明湖里都装不下了。"

这样的家伙在这样的场合碰到了自己的前妻，那事情的发展几乎是可以预料的了。

"那货直接拿了一个杯子，就要把酒往郑巧的脸上泼，就是被老元带着他徒弟给拦下来了，我也就这么认识了老元。"

"所以你也出手拉人是不是？"沈小甜问陆辛。

"哪儿能啊？我哪儿是那么好的人，我一脚把那孙子踹开了。"陆辛说得轻描淡写。

沈小甜："哦，大侠您继续。"

"姓李的还不肯老实，骂的话难听得要命，老元当场就直接给他爸打了电话。他说的第一句话，我到现在还记得：'顶着一个名厨子的招牌，老李呀，你就没干过什么地道的事儿。'一下子，就把姓李的一家底子都给揭开了。郑巧家里原来是淄博那儿有名的厨子，九几年的时候，他爸曾被邀请去国外参加美食交流。后来过了几年，郑师傅病重，李老爷子就带着他儿子上门去求亲。其实当时愿意出面帮郑家的不少，郑师傅出身博山派系，跟福山、孔府菜那边关系都挺好的，都愿意帮衬一把，就连淄博当地也是给郑师傅筹过钱的。可姓李的这一家子精明啊，小的装了个人模狗样，老的也看着不像个畜生。当个厨子，一辈子也就是个厨子，嫁进李家，以后就是济南老字号饭店的老板娘……李老爷子还说，郑巧生的孩子将来就是板上钉钉的秋湖饭店继承人。"

有几个人能不动心呢？沈小甜勾起了唇角，隐约带着些嘲讽。这样的故事从古至今总在上演，将女儿托付出去，仿佛就是对她这一生最好的负责。

"老元就当着所有人的面儿，在电话里问李老爷子：第一，郑师傅死了还不到一年，他们为什么逼着郑巧就嫁了；第二，郑师傅留下的菜谱在哪儿；第三，为什么郑巧没生孩子，她刚离婚不到三年，李家就冒出来一个看着三四岁的孩子。

"原来那姓李的趁着郑师傅病了的时候就借着这个名义安慰郑巧，那年郑巧还不到十八呢。也多亏了郑巧她妈周阿姨，郑巧嫁到了济南，她妈留在了淄博，还经营着郑师傅开的饭庄，干得还挺好，但是她再来济南，李家就不让她见她女儿了。周阿姨就找了老元，老元派人打听，才知道郑巧几乎天天挨那姓李的孙子打。后来郑巧就跟周阿姨走了，和姓李的也离婚了，过了几年，她和她妈那个香巧家常菜开进了济南，她才又回来。这里头，从前到后，老元都掺和着呢，连香巧被请进那次行业会，估计老元也出力了，为的就是当着全行当的面儿，把李家里里外外的脸皮都撕下来。"

听完了整个故事，沈小甜长出了一口气："元师傅真是太棒了！那个周阿姨开的店在哪儿？她们做什么好吃呀？"

"酥锅，干炸肉，这都是老菜色，郑巧大姐还挺能干的，据说也经常捣鼓新菜。"

沈小甜一脸期待地看着陆辛，看呀看。

陆辛终于忍不住了，说："那我们明天去吃？"

"好呀！"沈小甜一下子就心满意足了。

转过一条街的路口，她的脚停住了："这边是学校，那肯定得有让学生打牙祭的地方。"

陆辛也看见了面前的热闹，时间已经接近四点半，一条隐藏在学校旁边的小吃街开始热闹起来，卖羊汤的、卖驴肉火烧的、卖拉面的、卖米线的……陆辛之前待的是学校的新校区，旁边的餐饮业发展的根基不深，这里就不一样了。

第六章　糊涂账

237

窄窄的路，嘻嘻哈哈的学生，不同的店铺里有饭菜香气往外飘，透着物美价廉的朝气蓬勃。

"真是一下子就感觉回了大学。"沈小甜对陆辛说。

陆辛想了想，说："你刚在老元那儿吃完，现在还吃得下吗？"

"我不吃。"沈小甜说，"我今天的晚饭就是水果了。"

"嗯。"男人点点头，"从这条路穿过去，再走两百米，就到咱们住的酒店了。"

"那就走呗。"说着，沈小甜迈开了步子。

穿过一家做煎饼果子的，她探头看了一眼，对陆辛说："这个不是绿豆面儿的，里面怎么还放土豆丝？"

"那个是鸡蛋卷饼吧，也有在手抓饼里卷菜丝儿的。"陆辛就一直落后沈小甜半步，由着她一边走，一边点评着那些铺子。

"这家店的香料气好重啊，是做了卤肉吗？不太像是骨汤米线的汤头，油味儿也很重。"

"那你进去尝尝？"

"不用了，我说了不吃东西了。"沈小甜摆摆手，视线又被一家做寿司的吸引了。

走啊走啊，又快过马路了，沈小甜抬头看看红灯，对陆辛说："要不是遇到了你，我还真不知道就在这儿随便逛逛都这么好玩儿。"

陆辛没说话。

绿灯亮了，沈小甜突然说："把你手给我。"

陆辛不明所以，只看见沈小甜突然抬起手，拉住了自己的手。

"既然是约会，总该牵牵手呀。"小甜老师是这么说的。

陆辛被她牵着，一直走到路中间，他握紧了那只仿佛没有骨头的手。

"下次，咱们在出门前就策划好，别让大妈再小瞧了。"一双眼睛只看着两边儿都停着的车，像是怕它们谁会突然冲出来，陆辛说得仿佛很随意。

"好，经验是积累出来的。"沈小甜回答得干净利落。

3

济南的天气感觉是比沽市稳定的，陆辛说可能是三面有山的关系，除了夏天实在太热之外，其他时候都还算温和。

昨天他们出去玩了一天，黄酒他们三兄弟对他们俩没有来店里吃饭很不高兴的样子，当然，面对他们的"陆哥"，他们的不高兴也就是——"陆哥，你又出去呀？晚上要不要给你和小甜老师留饭？"

当然是不用的，陆辛也不过是路过的时候打个招呼——"你们脑子里想什么呢？来一趟济南，我能让你们一个湘菜馆儿给困住了？"

这话好像也没啥不对。

黄酒看看旁边站着的大杨，突然问："刚刚陆哥和小甜老师走过来的时候，是不是陆哥拉了小甜老师的手？"

大杨："没看见啊，昨天我的剁椒鱼头比小营的跳水蛙卖得好……"

"唉，算了。"黄酒摇摇头，转身回了饭店里。

陆辛和沈小甜没有直接去"香巧家常菜"，而是按照原定计划去逛了个公园。济南的景点大都脱不开个"泉"，公园里有几个石头砌起来仿佛洗手池的东西，打开水龙头里面就能涌出泉水。

"以前这些大爷大妈们经常用小推车推着七八个桶来这儿接水，现在看着是管起来了。"

这种水想要喝到嘴里，要么是有容器装，要么就得把嘴对上水流。沈小甜在旁边围观了一会儿，到底没去尝试一下。

"我还是相信絮凝剂和氯气的作用。"她对陆辛说。

出了公园再走了一会儿就到了"香巧家常菜"，明明是个很接地气的名字，门脸儿的装修其实挺现代的，漂亮的几何形状在阳光下显得干净又舒服。才上午十一点，进了店里一看，里面竟然差点儿就要满了。

服务员看了一圈儿，找了一个靠里面的位子让他们两个坐下。

"黄酒他们的馆子，元师傅的馆子……看起来这家店的生意最好。"光看人气，沈小甜就想起了广东那些总要排队的老字号或者网红店。她其实不爱在吃饭的时候凑这个热闹，可是米然很喜欢，也带着她排过两次队。

"黄酒他们店中午的生意会差一点儿，可是晚上更好，正饭点儿也得排队。给学生吃的，要的是性价比。合意居那是出了名的高档饭店了，一顿饭上座能有一半儿，就亏不了钱。"陆辛显然是混多了各个饭店，对他们的成本很清楚。

"香巧"点菜是用的扫码点菜，其实黄酒那儿也是。

"她们家的菜价格挺便宜。"陆辛说，"比黄酒家也不高。"

沈小甜看看左右，说："装修不错，性价比高，口味肯定也不差，难怪人气特别高了。"

"热酥锅、干炸肉、光棍鸡……她们家的当季特色菜是蟹鲅鱼煎包，看来蟹鲅鱼煎包也不是随时都有了，可能是东边儿开海了，这会儿才上了这个菜。有鲜榨果汁你要吗？白梨、火龙果……"

"我要梨汁。"

下单没一会儿，就有服务员送了消毒餐具过来，壶里的茶水虽然热但是不烫，喝着还挺舒服。

"他们博山人做酥锅，有点儿像胶东人的饺子，过年一定得吃，家家户户还都有不同的方子，一家一个味儿。周阿姨家的酥锅是放那种连着背五花的排骨的，特别香。"

陆辛正说着，沈小甜看见一个干净利落的大姐从后厨房里走了出来，腰上还扎着围裙。

"大家稍等一下啊，我们家酥锅是十一点二十准时出锅，现在才十一点，别的菜先给大家上了，麻烦大家边吃边等。"

单看面相，郑巧的名字起得是真巧，一看就是一副出得厅堂下得厨房的模样，头发完全梳起来，在脑后扎了个圆髻，越发显得天庭饱满，双目有神，下巴和鼻头都有点儿肉，让大爷大妈看见了，一定特别想拉回家当儿媳妇。

沈小甜觉得自己会这么想，是因为知道了郑巧之前被姓李的人渣家暴过。

可能是她盯着看被察觉了，郑巧转头，也看见了她和她对面的……

"陆辛？"她快步走过来，微微有点跟儿的鞋子配着挺括的阔脚裤，实在是气势十足，"前天我就看见黄酒发朋友圈了，还想着能不能趁你有空把你叫过来呢，也不知道能不能从别人手里抢到人，我妈可是念叨你好几次了。"

她又看向了沈小甜，眼睛里都是笑意："这位就是小沈老师吧？陆辛这个家伙从来不加微信群，昨天晚上呀，元老在群里发了几十条呢，都是在夸你，还夸你做的视频。你的视频我们都去看了，拍得是真有意思，我小时候要是碰上你这样的化学老师，说不定还能跟陆辛一样考个好大学呢。元老给我的那个网站我没玩过，倒在别的软件上搜到了，还给你点了好几个小红心……"

她又看了看陆辛，再看看沈小甜，突然笑了一声。

陆辛说："郑大姐，我们是来吃您做的酥锅，您要是有空就过来坐坐，没空就赶紧去忙。"

"好好好！点了菜了是吧？再想吃什么直接跟我说，等我一会儿，等着酥锅出锅了，我再过来跟你们聊，陆辛你来了，我能没时间吗？"

郑巧往厨房走的时候已经掏出了手机，沈小甜很清楚地听她说："妈，陆辛来咱们店里了，还带了个朋友呢，女的，长得真好看！哎呀，您过来吗？"

"你的人缘儿真是太好了。"沈小甜只能这么夸奖她的课代表了。

陆辛笑了一下，说："郑大姐几年前还不是这么热情的，真是……变化太大了。那次，姓李那孙子想动手的时候，她直接就吓呆在那儿了，现在要是那孙子再来，我觉得郑大姐能把他连他多一起赶出去。"

看见陆辛的表情有些欣慰，沈小甜摁下自己脑海中的"创伤后应激障碍"，低头喝了一口茶。

十几分钟后，比酥锅更早上桌的是个精神极好的中年阿姨，她人挺瘦的，面貌和郑大姐有五分像，正是郑巧大姐的母亲，周香云女士。

"真是一副好面相，一看就是面善心软的好孩子，今年多大了？"她轻轻握着沈小甜的手，慈爱得就差去抚摸女孩儿的脊背了。

沈小甜还没怎么样，陆辛先受不了了："周阿姨，酥锅这么香，您让我们先吃上两口吧。"

"好！"周阿姨再对沈小甜笑一笑，这才又看着陆辛，"一直怕你这个愣小子在外面吃了苦，这么一看啊，你还过得挺好。"

和沈小甜想象中那位厉害的母亲不一样，周阿姨说话的时候轻声细语，完全不像是一个在丈夫去世之后独撑门户、抢回了女儿的女人。

陆辛对她的态度倒是比对老元更恭敬一些："我肯定过得不错呀，阿姨您就甭担心我了，倒是您，老元那边体检查出了高血压，您也是忙里忙外这么多年了，可别嫌麻烦，半年就往医院去一趟，检查检查。"

"你放心，巧儿她盯我盯得可紧呢。你也一样，现在也不算一个人了，可得多顾着自己的身体了。"

"阿姨，您要喝梨汁吗？"沈小甜赶紧解救她又开始害羞的课代表。

周阿姨连忙摆手："不用了不用了。"又对沈小甜说，"陆辛真是个实诚的好孩子，那年我家巧儿差点儿被欺负，他也不认识我家巧儿，一脚上去把那畜生给踹飞了……"

本就坐得满满当当的餐馆里突然更热闹了起来，是酥锅出锅了。浓郁醇厚的食物香气没有任何攻击性，好像就是最简单的菜、肉、酱料的香气混在了一起，直接勾起了人最朴实简单的食欲。

"我们家的这个酥锅啊，一直就是用大缸酥出来的，做足了十二个小时才好吃呢。"

所谓酥锅，就是把各种菜肉放在一个容器里，加上调料小火煨上，一直到所有的食材都彻底酥烂，看着简单，可细节也很多。

沈小甜先吃了一块被陆辛极力推荐的排骨，薄薄一层脂肪铺在上面，比果冻还要细嫩几倍，入口直接就化了，肉的汤汁饱满极了，每一口都是醇香的味道，这种醇香越发激发了肉香，让人的舌头一下子就被俘获了。肉质的细腻到了惊人的地步，里面那根骨头不仅可以直接被抽出来，咬一口竟然让人有种可以直接吃下去的错觉。

"好吃！感觉肉本身的香味儿特别足！"

看见沈小甜喜欢，周阿姨更高兴了："小甜你喜欢，阿姨就给你讲讲，我们这个酥锅呀，是不加水的你知道吗？锅底放了一层瓷勺子，然后呢，是藕、海带、白菜、豆腐，最重要的就是这个白菜，一层一层铺在锅里，像个包袱布。海带得洗好多遍，不然牙碜。这个肉啊，得放肘子、排骨，豆腐得是用油炸了的豆腐泡，我们家一天做四缸酥锅，光是豆腐泡就要炸一大锅呢。"说着，她笑了一下，说，"最近我一直在忙别的事儿，这个酥锅都要靠巧儿一个人来操持，我看她做得是真不错，以后我也可以放心了。"

"无论白菜、豆腐，还是这个藕，都特别香。"沈小甜毫不吝啬自己的赞美。

"你喜欢，阿姨真高兴。"

再看陆辛，周阿姨说："陆辛，你猜我最近在忙什么？"

陆辛也在埋头苦吃呢，闻言抬起了头："您忙什么？"

周香云女士有些不好意思，她那双看着太瘦却有力量的手在桌上交握着，慢条斯理地说："我把秋湖饭店买下来了。所以我说陆辛是我们家的贵人呢，你一来济南，我什么事儿都成了。"

看着两个震惊的年轻人，周阿姨捂着嘴笑了一下，还有些不好意思。看她的样子，仿佛并不是买下了一家几十年老字号的秋湖饭店，而是只去秋湖饭店买了一盘锅贴。

她继续说道："今天这些酥锅，应该是我们家最后卖的不加鱼的酥锅了……"连着她买下了秋湖饭店那句话一起听，就让人察觉到里面别有深意。

"有些事啊，陆辛也不知道。小沈老师，元老说你特别喜欢听故事，你想听我这……不怎么好听的故事吗？"

当然要听了！沈小甜给周阿姨倒了一杯茶，表情殷勤得很："阿姨，您要不要边吃边说？"

"这怎么行呢……"周阿姨真的不是一个很外向的人，被沈小甜劝着拿起筷子，笑容甚至有点儿拘谨。

她轻声细语地说："有时候，不经事，真的是不知道人心到底是怎么长的。前头我对象病了，光是我家在老家开的饭店，都有人去量了地皮，想着等到了他们手里，这个店就改成个洗桑拿的。我得撑着家里，还得看着外面，每天都有人跟我说，先别管着饭店了，老郑都那个样子了，我得多顾着他。可我不能这么想啊，我女儿还在念书呢，老郑还得看病，这不都得花钱吗？我要是什么都不管了，钱从哪儿来？学费从哪儿来？药费从哪儿来？"

陆辛说："阿姨，那些人的话您不用放心上。"

周阿姨摆摆手，笑说："我知道，现在跳出来看那个圈子，我自己都觉得好笑，他们不算什么。真正伤人的，也未必是这些跟你沾亲带故的。"

吃一口酥锅里的藕，沈小甜的心都随着周阿姨的语气往下一沉。

"我丈夫临去世的时候，答应了我家巧儿和李迪的婚事，我不太愿意。怎么了，是觉我这个当妈的不能把孩子照顾好，得找个人再接了手？可我那时候……也真的没什么力气了。老思想里面，男人就是家里的顶梁柱，顶梁柱倒了，家就不成家了。这种老思想我有没有？"她当着两个晚辈，问的是自己，"我是有的。所以，我的巧儿就被我这么害了。"

"那年，我求了不知道多少人，就想看看我家巧儿，看一眼就行，当妈的，总该知道自己的孩子是生是死吧？孩子他爸留下的东西，我不在乎他们拿了多少，可他们得对巧儿好呀，不然……不然我把一半家当做了嫁妆又是图什么呢？可我就是看不见她，我找不到她，秋湖饭店不过是个饭馆子，我就是连门都进不去。在济南，我实在找不到能帮我的人了，只有正好来了济南的乐先生指点我去海城。"

"饕餮楼的沈姑娘人好，一听了我的事儿就找了吴胜学来帮我，他以前是秋湖饭店的二徒弟，晚上九点多，他带着我摸进了李家人开的养猪场……我女

244

儿就在一个养猪场里做她爸教她的酥锅，酥锅酥上了，她还得去喂猪，李迪那畜生还打她，往死里打她。"周阿姨噎了一下，她低下头，看见面前的茶杯蓄满了。

"阿姨，都过去了。"

女孩儿的笑容似乎是有抚慰人心的能力，周阿姨看着她，眼睛还是红的，可还是努力吐出一口浊气，让自己能把话说完。

"养猪场半边儿都是暗的，我就站在暗地里，看见李迪打我捧在手心养大的巧儿……从地上捡起来一块砖我就冲上去了。我这个当妈的，以前到底教了我女儿什么呢？教她温柔善良，教她听话懂事儿……都不对呀，我该教她怎么能把人的脖子给砍断了才对，好歹她不会被人打进猪圈里都不敢还手了。那时候，我就是这么想的。"

"我把李迪的头打破了，要不是吴胜学拉着我走，我说不定就让李家人也抓着了。我就拉着我女儿往外跑，坐上车，一开始车往济南城里开，他们开了车来追，巧儿被吓到大叫，我就报了警。济南城是他们李家的地盘，从派出所出来，我一分钟都不敢耽误，打了一辆出租车，就直接从济南带着巧儿回了家。为了让巧儿能彻底跟姓李的断了，我就答应了他们李家的条件，承认秋湖饭店是郑氏酥锅的正统，我自己再做的时候，就减了一味鲅鱼。"

明明自己是郑师傅的遗孀，明明自己的女儿才是郑师傅的传人，可为了离开那个狼窝，周香云硬是咬着牙认了、忍了，直到九年后的今天。

这九年是怎样的九年？一切从那个夜里她抢回自己的女儿开始，她们母女像是惊弓之鸟一样逃回了故乡，她们连丈夫（父亲）的遗产也不敢再提……那之后就是凤凰涅槃吧？她们两个人把香巧家常菜开回了济南，开回了济南的餐饮行业会里，开得红红火火、热热闹闹，最后反过来将当年压得她们喘不过气来的一切彻底踩在脚下。

沈小甜看着周阿姨，脸上像是在发光："周阿姨，我觉得您特别特别厉害！"她说话的时候，指了指自己的心口。

周阿姨又是腼腆地笑了："小陆啊，明天你一定要带着小沈来阿姨这儿，

245

阿姨让你尝尝真正的香巧酥锅。"

香巧酥锅这个名字让沈小甜的眉头动了一下。

连她都有所感觉，更不用说久经世事的陆辛了，他迎着周香云女士的目光，对着这位中年女人轻轻点了点头："您新饭店开业那天可得记着叫我，我来给您的香巧酥锅捧场。"

"可不光你得来，小沈老师也得来。"周阿姨对着沈小甜笑。

这一天中午的客人实在是太多了，郑巧大姐每次刚出来要跟他们说两句话，就因为厨房里太忙又被叫走了。

周阿姨只看她忙，笑着说："这家店以后就彻底归她了，她忙是应该的，越忙生意越好。"

光棍鸡就是一种炒鸡，可调味扎实，肉里进足了味道，不是酥烂的口感，可嚼劲也恰到好处。鲅鱼水煎包单说馅料和胶东的鲅鱼水饺有些相似，所谓的蟹鲅鱼水煎包，其实就是在做水煎包浇进去的面粉汤里加了蟹黄，让整个包子的外面略多了一层薄薄的蟹味。

"这两年蟹黄不是网红吗？巧儿就想了这么个法子，附近的年轻人啊，喜欢得不得了。"说起自己现在能独当一面的女儿，周阿姨的表情是完全不一样的，骄傲之情真是挡都挡不住。

郑巧正好过来，听见自己的妈妈夸自己，走过来拉了一下她妈妈的手，母女两个人也不需要再说什么了。

沈小甜看着，笑着移开了目光。

吃过了这一顿，两个人告辞离开，店门外面已经排到了二百多号，实在是生意兴隆。

"其实，周阿姨和郑巧姐姐心里都怨着郑师傅吧？"走在前面的沈小甜问陆辛。

陆辛叹了一口气："不然也不会把郑氏酥锅改名叫香巧酥锅了。她这么一改，不说济南了，她老家的人也肯定很多不愿意的。其实她们恨的也不只是郑师傅，还有那些人。老元以前说过，郑师傅给女儿定下婚事也是不得已的，他就一个独生女……很多地方，家里只有女儿，也被人当绝后，这帮畜生就是想找个由头从别人身上吸血。没儿子的寡妇，就是他们眼里的天下第一好欺负。"他冷笑了一下，把脚边的小石块踢到了墙角堆了几片落叶的地方。

"唉，好在阿姨和姐姐走出来了，真的太棒了！"

说话的时候，沈小甜想起了自己的母亲。田心女士就是很多人印象中女强人的样子，精明能干，虽然个子不高，长相也绝称不上凌厉，可她在为人处事的时候总是要强的，总是会在一开始就表现出攻击性，越是亲近的人，越能感觉到这一点。比如身为女儿的沈小甜。周香云给她的感觉完全不一样。她温柔、腼腆，可为了孩子，她能变成一只猛虎，扑杀所有的敌人。

"我真的特别喜欢周阿姨，我特别高兴。"她停下来对陆辛说。

"嗯？"看着阳光下像是在发光的女孩儿，陆辛插在裤兜儿里的手指头动了动，"所以呢？"

沈小甜抬了抬下巴，说："我都这么高兴了，当然要庆祝一下。"

怎么庆祝？

陆辛看着沈小甜抬起了一只手，愣了一下，有些茫然地四下看看，终于明白了。他的语气很无奈："这就庆祝了？也太简单了吧？"

"简单吗？那晚上再吃点儿好吃的吧。"说着，沈小甜笑眯眯地看着陆辛的右手握住了自己的左手。

她把右手搭在那只手的手背上，说："怎么样，这样是不是隆重了一点儿？"

"嗯——"陆辛想了想，迈了一步，拉着沈小甜慢慢往前走，脚步轻得像是初秋的叶子，"勉强有了那么一点儿意思吧。"

他眼睛略垂着看着地面，是笑着的。

第二天的早饭，沈小甜和陆辛一起吃的锅贴。

老店开在居民楼里面，老远就能看见老板低着头把包好的锅贴一排一排码在锅里。锅贴像是一个一个包到了一半就被撂下的饺子，两头儿能看见满满当当的肉馅儿。

陆辛点了一份猪肉白菜的，又点了一份虾仁的，另加碗小米粥。

他们坐的地方离老板不远，能听见铁板上的热油滋滋啦啦的声音，好像是汁水被从馅料里驱赶了出来，与炽热的锅底短暂交锋了一下。

过了一会儿，老板又拿了一碗调了面糊的水倒进锅贴里，水烹煮着面皮儿，让锅里一下子变得透亮起来，最后就是用特制的铲子给锅贴翻个身，让它的另一面能够彻底熟透。

"这个锅贴和昨天的水煎包做法是不是有点儿像？"放下拍视频的手机，吃下一个锅贴，沈小甜问陆辛。

陆辛把醋碟往沈小甜的面前推了一下，说："都是有煎有煮，也不完全一样，水煎包用的面是发面，锅贴皮儿得用烫面。"

说起烫面，沈小甜想起了自己之前拍的素材："其实我想设计一个实验，来证明和面的水的温度对面团的影响……是不是应该先把面团里的蛋白和淀粉分离出来？"一边说，脑袋里一边在飞速地想，"这样的话，我可以把冷水组作为对照组，温水组，热水组，先把面团里的淀粉洗出来……"

陆辛："把淀粉洗出来不就是面筋吗？你要真想要纯是面筋的粉，也不用拿面粉折腾，可以考虑直接去买谷朊粉，这玩意儿也叫面筋粉，就咱们之前在珠桥看见的那些钓鱼的，他们经常用这个，因为在水里泡不烂，鱼还咬不开，不怕鱼叼了食儿就跑。"

沈小甜"哇"了一声："原来你不光知道怎么喂饱人，你还知道怎么喂饱鱼！"

陆辛："……行了，你赶紧吃吧。"

沈小甜又吃了两个锅贴，肚子里已经有了四五分饱，再喝一口热粥，说："其实上一节课讲的是酸，我这一节课是想讲甜的。在农业领域，人类一直在努力让食物积累更多的糖分，在烹饪上，糖也在很多我们看不见的地方发挥作用。可是我又觉得这个关于温度和面团的课更有趣啊。"

小甜老师为自己的备课纠结。

陆辛也喝了一口热粥，说："一个一个接着做呗，想做哪个做哪个，反正能吃的多了去了。"

"对呀。"沈小甜如释重负地笑了起来，还对着陆辛眨眨眼，"反正好吃的多了去了！"

才十点多，他们就到了香巧家常菜馆，因为周阿姨要跟沈小甜细细地讲这个酥锅。

"你看，这么一大缸酥锅，我只往里面放了这么一点儿调料。"周阿姨拿起一个中号的碗，给沈小甜看了一下，"其余都不用再放，里面的水分靠的全是白菜、海带、肉、鱼……这才叫酥，彻彻底底的原汁原味。"

郑巧在旁边看着自己的亲妈给别人讲课，一直在笑，她转头对陆辛说："我妈以前教我的时候可没这个耐心。我刚从李家出来的时候，恨天恨地，也怕天怕地，一会儿恨我妈怎么这么多年不管我，一会儿又怕我一睁眼又回了李家。我妈一边得照顾生意，一边还得看着我，看我完全不成样子，就让我在厨房守着这个酥锅。我就闹，我在李家受了委屈，怎么回来还得被自己的亲妈压着。你猜她跟我说什么？"

陆辛抬起眼皮，说："郑大姐，周阿姨那是想逼着你自己立起来，这是亲妈才干得出的事儿。"

"是呀，亲妈能干出来的事儿。"郑大姐叹了一口气，"我妈跟我说，人这一辈子就是这个酥锅的缸子，有人做出来的菜是糊的烂的，有人做出来的菜是香的。爹妈把料放进来了，是香是烂全靠自己，之前李迪是块臭鱼，被我爸当好东西扔了进来，她替我收拾出去了，剩下的，还得我自己来。"

"她跟我说了这话，第二天就逼着我去餐馆里擦桌子端盘子。有个小子说话不尊重，我还没怎么样呢，我妈拿起鸡毛掸子一口气把那小子抽回了家。我妈呀，那是我妈呀，她把我从李迪手里抢出来的时候，手都是抖的，她跟我爸结婚二十年就没红过脸，她跟人吵架都不会，为了我，她那是第二次打人了。她回了店里，把鸡毛掸子往我面前一扔，说她又把一条臭鱼清出去了，问我能不能自己把自己给酥得一锅香。"郑巧低头看看自己的手，她今天也是打扮得很利索，脚上踩了一双渐变的凉皮鞋，鞋尖儿从宽松的裤腿里露出来一截，"我说，我能。我总不能……让自己也变成我妈那酥锅里的一条臭鱼吧？"

郑巧说完，头歪向一边，用手指擦掉了眼角微微的一点儿湿润。

陆辛没说话，眼睛还跟着在那儿跟着周阿姨转圈的沈小甜转圈，仿佛什么都没看见。

"还得谢谢你，那次我看见李迪，眼前一黑，只觉得我后来的好都是假的，要不是你一脚把他踹开，我真不知道自己什么时候能把心里这道坎儿迈过去。"

沈小甜站着没动，陆辛的眼睛也没动，只有嘴没滋没味地说："照你这么说，我得多上街踹几条咬人的野狗，指不定能治好几个怕狗的呢。"

郑巧终于忍不住笑了，顺着陆辛的目光，看向沈小甜："这姑娘一看就是蜜罐子里长出来的，一看见她我就喜欢得不得了。"

"嗯。"陆辛点了一下头，"所有人都这么想，我以前也这么想。"

加了鱼的酥锅香气更加丰富了，一打开盖子，就看见了拢向中心的白菜叶子，都已经是烂得不能再烂了，拨开白菜叶子，下面是豆腐泡、海带、藕片……酱色的鲅鱼块儿鲜香气十足，周阿姨把第一块鱼捞出来，给了沈小甜。

"尝尝看。"

夹起一块鱼肉放进嘴里，沈小甜的眼睛都眯了起来："好吃。"

"喜欢再多吃一块儿！阿姨给你盛米饭。"

一块又一块，一口又一口，走出香巧家常菜馆的时候，沈小甜打了个嗝："我觉得周阿姨特别喜欢看我吃东西。"

"陆辛。"一个男人手里捧着一束粉红色的玫瑰，叫了一声。

陆辛停下脚步，冲着那个男人点了下头："吴师傅，好久不见了。"然后对沈小甜说："这是吴胜学吴大厨。"

沈小甜觉得听过这个名字，对着那人微笑致意。

吴胜学看着四十多岁的样子，长相真的很不像个厨子。其实陆辛也不像。

不过陆辛不像很大程度上是因为他长得太帅，而吴胜学不像的原因，是他的气质真的很斯文，更像是个大学老师之类的，要是戴上一副眼镜，冒充个专家学者，估计也足够。

很显然，吴胜学和陆辛不熟，干巴巴地客套了两句，就捧着花进了香巧家常菜馆的大门。

"我想起来了，他就是帮着周阿姨找郑巧姐姐的那个人。"沈小甜的记忆力是真的很不错。

陆辛点点头，说："他以前是秋湖饭店的徒弟，十几年前吧，秋湖饭店的那个李迪参加厨艺比赛，用的是他自研的菜，结果也是连第二轮都没进，李迪那个性子想也知道，把错都怪他头上了，没多久他就被挖走了，秋湖饭店也算是偷鸡不成蚀把米。我跟他也就见过一次。"

"嗯……"沈小甜看向陆辛，"他是不是救人，对郑巧姐姐救出感情来了？"

"不可能。"陆辛摆摆手，"郑巧大姐在我大三那年再婚了，嫁给了一个高中体育老师，前年还生了个儿子，李迪他们家为了这个事儿还闹了一通，之前他们一直败坏大姐的名声说她不能生，结果……"

沈小甜瞪大了眼睛："那李迪……"

陆辛淡淡地说："老元说他估计是个没种的畜生，不过李家一直说他那个儿子是他亲生的。郑巧大姐生了孩子没多久，李老头就病了两年，李迪自己把持着秋湖饭店，不然也不会败得这么快……"

"信息量真大啊。"沈小甜说，然后她的疑问回到了最初，戳了戳陆辛的腰，说，"那……吴师傅为什么要捧着花啊？他还穿着西装呢，他不是追郑姐姐的话，那还有谁……"

话说到一半，沈小甜卡住了。

陆辛迈出去的步子也卡住了。

两个人看着对方，沈小甜说："你现在脑袋里信息量一定超大。"

陆辛说："你肯定也是，那还是别想了。"

沈小甜点头，然后看着自己的手被陆辛拉了起来。

"我用脑过度，有点儿晕。"男人懒洋洋地说，和她并肩走在人行道上。

沈小甜问他："那你什么时候就不晕了呀？"

"我只是个厨子，我怎么知道？"

"这可麻烦了。"沈小甜说，"我也只是个老师，我也不知道呀。"

反正，就牵着手，一直走啊走。

晚上回到酒店，沈小甜拿起手机，深吸了一口气。她想打个电话给她妈妈，这两天看着周阿姨，她突然就这么想了。

"随便说点儿什么，告诉她我现在过得不错……"

虽然可能又会被嘲笑一顿。

这么一想，沈小甜苦笑了一下。

就在这个时候，她的手机突然响了，打电话过来的人是她的好朋友米然。

"小甜小甜！你又上热搜了！有个网红照你前面几节课说的弄了一桌菜！"

"一只不转的小陀螺"是个在网上挺有热度的博主，不过他的内容输出范围并不涵盖美食，准确来说，他是半个搞笑博主。为什么说是半个，因为他的视频里除了他之外，还有他妈——他负责搞怪，他妈负责吐槽，很多人都挺喜欢这种嘴毒亲妈傻儿子的模式。

"妈，我觉得我会做饭了。"其实小陀螺的长相很清秀干净，就是每次跟他妈说话的时候都自带着"看看看，我要闯祸了"的气质。

"得了吧，就你还会做饭？你前几天端个盘子都差点儿把地板给砸穿了。"阿姨坐在沙发上看书，吐槽完了儿子，还啃了一口苹果。

（上册完）

252

知音动漫图书 · 漫客小说绘
ZHI YIN COMIC BOOK 以梦想之名 点燃阅读

吃点儿好的

下

Savour
the love

的

水草
三小
—著—

中国致公出版社　　知音动漫

CONTENTS

第七章

我男朋友真是太好了

wo nan peng you zhen shi tai hao le

1

"我真的会做饭了，妈，前两天我看那个小甜老师的视频，哎呀，看完了我觉得做饭可简单了！"小陀螺不愧是小陀螺，说话的时候围着他妈转来转去，一身欠揍的气质简直扑面而来。

他妈自然是不信的，于是镜头切换，小陀螺叉着腰站在了厨房里，指着面前的碗碗盘盘的食材，表示要给自己的妈妈做一顿饭。

"第一节课，小甜老师说肉在七十摄氏度以上炖久了就炖烂乎了；第二节课，小甜老师说在炖的时候温度低了肉就更嫩了；第三节课，小甜老师说炸东西想要外脆里嫩得有空气；第四节课，小甜老师讲的是面发酵的时候会有酸，放了碱面就没了。那么总结一下，就是我把面发一下，面里面放点儿碱面，里面包上肉，然后……"

他妈在一边说："蒸包子？"

弹幕上嘻嘻哈哈滚过了一片。

小陀螺看着自己的亲妈："蒸包子就不用我做了，这种没有技术含量的行当咱家有一个人掌握就足够了，你看我给你做个新鲜的！"

他拿出了他妈的保温杯，并挨了他妈一顿打。惨叫声里，弹幕里一大片"舒服"浩浩荡荡过去了，沈小甜先关掉了弹幕。

"他这种做法其实就是水浴加热法，再加上用空气降低导热性，确实是可以从我之前的课里总结出来的。"

除了保温杯之外，小陀螺还准备了一堆稀奇古怪的东西，比如……

"妈，这骨头我啃得老干净了，我还拿牙刷刷了三遍。"

又比如一个炸油饼，他还用吸管编了一个小筐子，又弄了一个拧紧了口的罐头瓶子："你们看，这些里面都有空气，你看我把肉都绑上去，这个肉就不怕炖老了……"

猪肉、牛肉、羊肉、鸡肉被乱七八糟地放在这些东西里面，其中牛肉最惨，它是被一堆骨头像是盔甲一样用棉线捆扎在一起的。

"妈，理论上来说，我这个肉应该炖得挺嫩的。"

家里所有的灶都用上了，各个锅里加了点儿酱油调料就煮啊煮，在小陀螺他妈一脸的嫌弃里，小陀螺把煮了一个半小时的各种肉拿了出来。

"你就穷折腾吧。"看着各种被搞得乱七八糟的肉，陀螺妈的表情已经超越了嫌弃，进入了无动于衷的麻木状态。

小陀螺手忙脚乱地把各种肉放在盘子里，里面不乏有故意搞笑出错的部分，却不夸张，沈小甜大概理解他为什么会红了。

"好了，看，我这一桌肉，这个是保温杯焖羊肉，我还放了枸杞，这个是吸管笼子烧鸡腿肉，这个是油饼裹猪肉，这个是骨头绑牛肉！今天我能不能挨打，就看这一遭了！"

小陀螺嘻嘻哈哈地拿起一块羊肉，放进了嘴里，两秒之后，他咽下去，瞪大了眼睛跟他妈说："妈……还真挺好吃的，真的很嫩。"

不只是羊肉好吃，每种肉都很嫩，是连小陀螺妈妈都认可的嫩，尤其是玩笑一样的骨头绑着的炖牛肉，小陀螺妈妈吃了一块，很惊讶，竟然真的没炖老。

这个视频首发在 B 站，然后小陀螺上传到了微博，还 @ 了小甜老师。

一只不转的小陀螺：@小甜老师我来交作业啦！老师我跟你学成了厨神！

热搜上就是"小甜老师我来交作业"，点进去看一下，小陀螺这个万转的视频竟然还不是第一个。热度最高的微博是一张图：一个女孩儿把手放在自己看起来肉肉的肚皮上，配的字是"小甜老师，我来交作业了"，三万多转发几乎全是"哈哈哈"。

她之前的几个视频也都在热门上，下面还有很多别的图文，有人蒸了包子，有人炖了肉，看看时间，最早能追溯到"牛肉夹饼"那个视频发布的第二天。

大体都看了一遍，沈小甜又有了个想法。

首先，她需要另一部手机的硬件支持，所以她敲响了陆辛房间的门。

"谁呀？"

"是我，有事要找你帮忙。"

过了半分钟，房门终于打开了，沈小甜愣了一下，陆辛是刚洗完澡，长裤和上衣套在身上，头发还没干呢。

"我需要借你的手机录个视频。"

"哦，好。"男人走进自己的房间拿了手机，出来给了沈小甜。

小甜老师却没直接走，她指了指自己的耳朵边，说："你这边，泡沫还在。"

陆辛抬起手去擦，就听见沈小甜说："下次不用急着穿这么多，先冲干净了比较好。"

说完，她转身进了自己的房间，笑嘻嘻的。

第二天一早，小甜老师又发了一个视频，配了一行文字："我批了一下同学们的作业。"

不少人还没点开视频，就觉得一阵儿牙疼。

"我很高兴同学们踊跃上交作业，大家能够有较高的复习积极性，是所有老师都特别喜欢的，下面我来讲一下大家作业中的问题。"

屏幕上是一部手机，正在播放"一只不转的小陀螺"的视频。

"小陀螺同学在知识点的归纳方面是很用心的，我很高兴看到他自己设计出了一套实验，在这个实验中，他充分利用了大部分的知识点，并且加入了和家长的互动，这一点是很棒的……"

小甜老师一共点评了二十几份作业，补充了不同做法里出现的其他化学知识，甚至就连那张肚皮，她都认认真真地说："做作业不用着急，慢慢来，我希望大家在快乐中学习一点儿化学知识，大家量力而行，不要让它变成生活的小负担。"

看视频的人都知道，这些所谓的"作业"其实都是网友在玩耍，可看着小甜老师一本正经地批改，还给出了不同角度的鼓励，很多人酸了。

"呜呜呜呜呜，我辛辛苦苦做个包子我妈都没夸过我！小甜老师你好甜啊！下次我也要做作业。"

"原来会被批作业吗？早知道我昨天就发我之前炖的排骨了！贵到我心疼！我也要小甜老师夸我！"

"小甜老师的学生一定超幸福吧！啊啊啊！这是什么神仙老师！"

"生活的小负担呜呜呜……小甜老师我有好多负担！"

就连"一只不转的小陀螺"都转发了这个视频，竟然还规规矩矩地说："好的老师，老师我要继续学做菜！"

当然，也有人又想起了那个劈腿的渣男，一想到他连这么甜的小甜老师都渣，又有人骂了他一顿，其中就包括付晓华。骂完了，她开始期待起了小甜老师的下一节课，她也要做作业，她也要小甜老师给她批改，哼！

而又在网上带起了一波热度的沈小甜正坐在一家小店里，等着吃黄焖鸡米饭。这个风靡全国的小吃，很少有人知道它的原产地就是济南。

"鸡得是小公鸡，肉嫩，做法就是先炒香了转在砂锅里再加水，大火把水收了就行。山东人做炒鸡都这样，咱们那边儿有个铁锅蛤蜊鸡，也是这么回事，上次吃那个光棍鸡其实也差不多，就是配料不一样，选鸡不一样。"

"我在北京也吃过这个。"沈小甜说，"肉有点儿老。"

"那估计是水放多了，肉给炖老了，要么就是鸡肉不行。"说起这个，陆辛是专业的,"别的地方的人做这个鸡,总怕炒不熟,其实鸡肉只要够嫩,真是一做就好。海南文昌鸡、广东清远鸡,这俩你肯定吃过,白切鸡的骨头里还见着血呢,其实肉也熟了。"

"嗯,只要蛋白质变性,其实就算熟了。"

黄焖鸡端上来了,热腾腾的两个小砂锅,陆辛的那份是加辣的,沈小甜的这份是微辣的。夹起一块看起来是贴在鸡胸骨上的肉放在嘴里,唇齿间都是软嫩的肉质和丰富的汁水,咸辣香都正好,吃一块就让人想吃两口米饭,也难怪是黄焖鸡米饭了。

"我们下一站去哪儿?"沈小甜问陆辛,黄酒他们的事情解决得很快,又在济南吃吃喝喝了三四天了,她开始好奇接下来的行程。

"我有个老朋友在西安,一直想让我过去一趟,想介绍一单生意给我,我还在想呢,到底去不去。还是咱们先去一趟洛阳?那儿有个会做洛阳水席的胖子,还欠我好几顿饭呢。"

"你说去哪儿都行。"沈小甜笑眯眯地看着他。

"对了,"陆辛突然想起了什么,"我昨天不是故意穿那么多,别的衣服让我泡洗手池里要洗呢。"

"嗯。"沈小甜说,"我信,我信你不是故意穿那么多,我这么可爱,怎么看都不是会占你便宜的呀,对吧?"

陆辛顿了好几秒,终于忍不住用手撑着下巴,一脸放弃治疗地点头,说:"对,你说得对,你,那什么,可爱!"

2

"北京南站到了,到站的旅客请拿好您的行李物品下车。"

陆辛收起手里的书册,晃了一下肩膀,说:"嘿,到站了嘿!"

沈小甜迷迷糊糊睁开眼,被陆辛拉起来往外走。

对，没去西安也没去洛阳，他们两个先来了北京。

因为陆辛在北京的一个"老朋友"出了事，他晚上接了电话，就跟沈小甜说了要去北京一趟，沈小甜问了他一句"能吃到好吃的吗"，在得到了肯定回答之后就决定要来了。

南站下车，上地铁，四号线往北走，再上十三号线，最后转昌平线……沈小甜前一天晚上把新一期关于"水温与面团关系"的视频剪完了，今天早上发了，在火车上睡了一路，在地铁上还是犯着困。

陆辛想出去打个车，让她在车上坐着睡得舒服点儿，她摆摆手，说："没事，打车还不一定堵在哪儿呢，这么抱着你也挺舒服的，你要是被我靠累了，咱们就打车。"

她两只手抱着陆辛的手臂，脸也靠上来，像个小动物。

陆辛由得她靠着，还要小心上下车的人别碰着她。累？他可从来没说过。

昌平在北京本地人看来是个郊区了，却也很繁华，出了地铁口，陆辛就看见了等在那儿的一辆车和车边一个穿着蓝色外套的男孩子。

"陆哥！"

"魏赫！"

名叫魏赫的男孩子身高也不低，可站在陆辛的面前，就能清楚地让人察觉到少年和成年男人的区别。

"他的检查结果怎么样？"一上车，陆辛就这么问道。

坐在副驾驶座上的男孩儿摇了摇头："他不肯再查了，也不让我们提，不然我也不会想着找你过来呀。"

陆辛哼了一声说："他这么多年，还是一副自以为什么都能扛着的臭脾气。"

这话大概也只有陆辛能说了，男孩儿转过身，说："你可千万要劝劝他，也别跟他吵架，要是你真气急了，好歹想想他脑袋里有个东西呢。"

"我知道。"陆辛点点头。

沈小甜来之前就知道是陆辛的一个朋友病了，却没想到对方竟然讳疾忌医到了这个程度，喝了一口水，她彻底清醒了过来。

看看沈小甜，魏赫说："陆哥，酒店我也给你定了，你在这儿多待几天呗？"

陆辛没回话。

又过了一会儿，魏赫说："陆哥，你放心，我也长大了，我也能扛事儿了！要是她们再……我可绝对不让！"

陆辛的回答是一句"傻小子"的评价，还有对小孩儿脑袋的一阵揉搓。

车开了十分钟，就到了他们的目的地——一个不是很新的小区。

上到三楼，魏赫打开门，就提着嗓门说："妈！姐！陆哥来了！"

魏赫的妈妈长得挺漂亮的，头上是一头大波浪，她看着陆辛，嘴张了张，才说："啊，陆辛，你来了啊。"

魏赫的姐姐跟他妈不太像，也可能是化了妆的缘故，她一脸不熟地跟陆辛点点头就算打招呼了，眼睛有意无意地看向跟在后面的沈小甜："陆辛，这次的事情真是得拜托你了，你师……不是，老魏的脾气你也清楚，要不是那么个犟驴性子，他也不至于就跑这么个地方还得在人家的食堂里干活儿。"

魏赫招呼着他们两个坐下，又去张罗着倒水。

看着小孩儿的背影，陆辛压低了声音对魏妈妈说："您放心，事情了结了我就走，保准不给您添麻烦。"

说完，他看向了沈小甜，因为沈小甜突然握住了他的手。

"你怎么了？"

女孩儿慢悠悠地说："我想吃烤鸭了。"

陆辛有些困惑，却只能由得她这么握着。却没想到，沈小甜突然看向魏妈妈，然后慢条斯理地说："全聚德的，大董的，利群的，便宜坊的……我什么时候吃完了烤鸭，再说走不走。"

这话意有所指，魏妈妈瞬间变了脸色，可她儿子端着水回来了，她也不能再说什么。

陆辛反过来握住沈小甜的手，另一只手拍拍她的肩膀，小声说："小甜儿老师，你也太聪明了。"

沈小甜也小声说："不聪明怎么当老师呢。"

房间里的气氛很尴尬，或者说，魏妈妈很尴尬。沈小甜是从来不会尴尬的，脸上挂着特别标准的笑，她问起了魏赫的学业，听说他是高二在读，笑容更是含有充分的愉悦。

"我记得北京明年就文理不分科了，你有选修化学吗？"

魏赫点了点头，然后在三分钟内被问成了魏蔫。

魏赫的姐姐刚刚看见沈小甜怼了自己的妈，现在又在"欺负"自己的弟弟，忍了又忍，终于忍不住说："我还忘了问，请问您是？"

"哦，我姓沈，是个化学老师，陆辛说他要来北京一趟，我正好也回来看看。"

面对沈小甜无懈可击的微笑，对方竟然酝酿不出什么词儿来。

就在这时，门口传来了钥匙开门的声音，一个高大的男人走了进来，侧着身子换鞋，就看见了坐在沙发上的两个人。

"陆辛？！你怎么来了？"

话是这么问，他看向自己的妻儿，心里又哪儿还有不明白的。把脱下来的外套扔在椅子上，他说："是你们把他找来的？"声音里隐隐藏着怒气。

陆辛已经站了起来，还拉着沈小甜，说："我交了个女朋友，带来给你看看。"

哗！瞬间雨过天晴！男人瞪大了眼睛，看着沈小甜："好啊你小子，不声不响就有女朋友了！我去给你做几个菜，咱俩晚上开瓶酒好好聊聊！"

他走过来，拍了拍陆辛的肩膀，又满是笑容地看着沈小甜，像个父亲。

沈小甜顿时就明白了这个人是谁——他应该就是陆辛曾经的师父，他和老元师傅说过的"魏师傅"。

陆辛说："不应该是我做菜给你吃吗？"

魏师傅一下子就更高兴了："六个菜，你做三个，我做三个！"

这个看着有些年头的房子格局也不大，就算厨房和餐厅打通了，两个大男人站在里面还是显得逼仄。魏家其他人都各自进了屋，故意想让他们两个说话，只有沈小甜坐在餐厅里，听着他们两个一边洗菜一边闲聊。

魏师傅择着芹菜，问："你这几年浪哪儿去了？"

陆辛的手里在剥蒜，不是一粒一粒蒜瓣地剥，而是用刀切了蒜屁股，拇指和食指的指节一抠，一粒蒜就出来了："读了个大学，出来了就到处转呗，缺钱了就找个饭馆干一阵儿，饿不死就行。"

"我还以为你读了书就不当厨子了呢，怎么还浪荡着？"

"野惯了。"

魏师傅扭头看了眼正在外面坐着的沈小甜，对陆辛说："这个姑娘不错呀，人家跟了你，你可得好好待人家，总在外面浪着可不行，好歹有份儿自己的家业。"

陆辛只是笑。

"臭小子，笑什么？我还说错了？"

"没有，我就是想起来我遇见您那年的事儿了。"

魏师傅沉默了一会儿，把手里的一把芹菜叶子扔进垃圾桶里，叹了一口气，说："你那时候就是个皮猴子，怎么都管不听，现在也长成个大男人了。"

陆辛把剥好的蒜洗净，在砧板上快刀切碎，又拿起了一块牛肉，说："我是想着那时候的您。"

魏师傅站了起来，他也是五十多岁的人了，脊背不那么笔直，在这一瞬间更显出了一点儿颓唐："我知道你小子要说什么。"他开始在水池里洗西红柿，"陆辛啊，吃完这顿饭你就走吧，别的也别说了。"

"您什么都知道，当然也知道我是肯定闭不上这张嘴的。"

刀横着从肉上一点点片着，陆辛的手很稳，说话的声音也很稳，他说了一声："师父。"

"当啷。"西红柿掉进了洗菜池子的铝盆里。

"许建昌就真把您逼得心里头一点儿热气儿都没了吗？许清淮的大徒弟，鹤来楼的前总厨，您就愿意一直在这儿窝着，在食堂里当个炒大锅菜的厨子，

262

等着一身手艺都荒废完了，这辈子就这么了账了？"

"陆！辛！"

"脑子里有个影子怕什么？反正早也是死，晚也是死，骨气散尽了活着跟死了区别也不大了，是不是？自己一不小心把半辈子的辛苦都填进去了最后什么也没了，活着意思也不大了，对不对？家里人担心就担心着吧，虽然不是鹤来楼的总厨了，总还是家里挑大梁的，窝在这个小破房子里爱怎么撒气就怎么撒气，总之别人是绝不能多嘴的是不是？您有这个威风怎么当初不直接一刀劈了许建昌那龟孙子呢？早死几年您还能带了条人命走呢，怎么也不亏！"

厨房外面，沈小甜瞪大了眼睛。她还真是第一看见陆辛这么怼人，不仅字字带着刀子，手里居然还是很稳当，一气儿把巴掌厚的牛肉都打成了薄片。

卧室的房门打开了，魏师傅的妻子要冲出来，被她女儿和儿子一起拉住了。

牛肉片放在碗里，加了一点儿小苏打和料酒，直接手指一调，陆辛一抬手，果然从一个柜子里摸出了一包淀粉。

"水淀粉您要用吗？"

他居然还在有条不紊地做菜？看着被气到站不稳的魏师傅，沈小甜觉得自己家课代表这个一边做菜一边骂人的功夫可真是绝了。

终于缓过一口气来，魏师傅转身就要往外走。

陆辛背对着他说："这些年您也不是没长进啊，弃灶的本事是越来越高了。"

沈小甜就看着魏师傅呆了半晌，慢慢转过身，竟然又一步一步走回了厨房。所以课代表一开始那么好说话，就是为了把人骗进厨房吧？

厨房里一时安静了下来，魏师傅默默洗完了西红柿，开始洗土豆。

陆辛站在灶前，把酸菜和蒜末翻炒出香气。加水的时候，他又说话了："吃完饭就看看最快能挂哪天的号，现在网上就能挂号了，方便着呢，您赶紧去检查了看看到底是什么，该怎么治怎么治！"

"闭嘴吧！"

"您闭嘴吧！拿自己的身子干耗着，还觉得自己威风挺大是吧？"

魏师傅又安静了。

锅里的汤水被煮成了金色的，陆辛用筷子把酸菜捞在汤盘里，又在上面浇了一半的汤，只是原来的蒜末被留在了锅里。挂了一层薄粉糊的牛肉片格外的粉嫩，又薄得近乎透明，几乎一下水就变了色，捞出来码放在酸菜上，陆辛又在上面铺了一层蒜末。

土豆放在案板上，先是破开成两半儿，再切成薄片，都切完了，魏师傅鼻子里重重地出了一口气："还轮不到你教训我。"

"天底下想死的人那么多，也不缺您这个被赶出了师门的厨子。"

灶火起，刀声急，是在手上，也是在嘴里。

沈小甜在外面静静地看，魏师傅也不过五十多岁的样子，他家两个孩子都比陆辛要小，可也小不太多，陆辛跟他说话的时候还真有点儿像是儿子对父亲。不仅是因为说话的腔调，他们拿刀的时候、颠锅的时候，总是有几分相像的。

蒜香清氽牛肉出锅了，沈小甜站起来想去端，陆辛已经一只手拿着汤盘出来了："你早上就没怎么吃，又睡了一路，现在饿了吧？"

"还好。"沈小甜对他笑了一下，"你呢？骂人骂累了吧？要不要喝点儿水？"

厨房里魏师傅手一滑，把油壶的盖儿给碰到了地上，当啷啷地响了一圈儿。

骂人的时候精神得要命，对着沈小甜，陆辛的眼神又开始往旁边飘，就听沈小甜说："你也别一直骂，我看魏师傅的体格，他家的儿子女儿都摆弄不了，你可不一样，实在不行就捆了送医院里。我以前在广东就住在医院旁边，看见过好几次病人是被绑着送进医院的，医生都见怪不怪了。别人要问呢，我们就说他是想不开要自杀，反正是在医院，别人不信也信了。"

当啷啷，油壶盖子又掉到了地上。

陆辛被沈小甜弄得哭笑不得，挑着眉头说："你现在说这个不是添乱吗？早知道就该在来的路上就谋划好了，刚刚趁着在厨房的时候，我拿起擀面杖就把他砸晕了得了。"

"擀面杖能打晕人吗？"

"用了巧劲儿的话肯定行啊。"

两个人正大光明地讨论了一番怎么把魏师傅"物理送医"，陆辛一回头，看见魏师傅还在地上捡那个油壶盖子呢。

"咳。"魏师傅清了一下嗓子，另一只手下意识就举起来捂住了后脖子。

"魏师傅。"沈小甜笑容甜甜，"我是学化学的，真想弄倒您也不一定非要用棍子。"

陆辛走回厨房，摆摆手说："您别放心上，我女朋友就爱开玩笑。"

"对呀，我就是开玩笑的，魏师傅，您可千万别当真啊！"她脸上的笑容十分真诚，让人一时觉得她在开玩笑，一时又觉得她真能干得出来。

魏师傅最后只能站直了身子把油壶放好，嘴里说："你们小两口自己说的什么我可不知道。"

陆辛开始做他的第二道菜，清炒荷兰豆，拿起油壶，他小声说："这油壶盖子怎么都摔变形了？"

魏师傅瞪了他一眼，彻底没了脾气。

厨房里也不过是个普通的天然气灶，实在站不开两个大男人，陆辛炒完了荷兰豆，把炒锅刷干净放回灶上，看着魏师傅切好的配菜，愣了一下。

其实，魏师傅要做的菜从配料上看就是很简单的西红柿炒土豆，做法却跟别人不太一样。土豆片先在盐水里浸了一会儿，然后捞出来控水，撒点儿干淀粉在上面，颠几下，让土豆片上都带了点儿白，这才下油锅里把土豆片炸一下。土豆片刚刚炸成金黄，就再用蒜末爆锅，下西红柿、青椒炒个底味，倒了土豆片进去炒到入味。

陆辛站在一边儿，默不作声地看着他把这个菜炒出来，双手去接了盘子："这菜您还记得呢。"说话的时候，他的气势比刚刚弱了一两分。

魏师傅哼了一声，说："这菜你给你女朋友做过吗？"

陆辛摇摇头，说："这都是我小时候瞎搞出来的……"

端着盘子出来的时候，他难得有些腼腆地对沈小甜说："他真是，今天竟然做这个……这、这是我十几岁刚给他当徒弟的时候，那时候……"

"那时候小孩儿不是都爱吃什么肯德基麦当劳吗？我家萱萱，就是我大女儿，正好上小学呢，过生日非要去肯德基吃，我就不愿意，父女俩闹了一架，晚上我去厨房，就看见这小子在捣鼓这个。他还说，不就是西红柿土豆吗，我也能捣鼓出来，结果就捣鼓出了这个肯德基不肯德基、地三鲜也不地三鲜的玩意儿，倒是还挺好吃的。"

原来课代表还有这么可爱的时候吗？

红绿黄三色的炒土豆片看着就讨人喜欢。

"他一贯是这样，有了什么事儿也不说，只一气儿地做，不出个结果来是绝对不行的。"说着说着，魏师傅就忍不住笑了，看着沈小甜说，"这小子真的人不坏，不然也不会一听说我这儿有事就千里迢迢过来了，他其实打小儿就心软。"

陆辛站在旁边，就算他是铁石心肠，现在也说不出硬邦邦的话来了。

沈小甜看看他，又看向魏师傅，笑着说："他这么一个心善的好孩子，从小也没什么亲人，您总不能就为了自己，把他一个人孤零零扔在这世上吧。"

"呲——"好像谁的心被软刀子一下扎透了。

房间里安静了好一会儿。

隔着木门，魏赫那儿不知道是谁又跟谁扑腾了一会儿，门被打开又关上了。

"你们两个啊。"魏师傅苦笑，"难怪能成一对呢。陆辛是大刀大斧不管不顾的，后面还跟着这么个补刀的，这谁能顶得住。"

陆辛刚想说一句什么，突然腿上被人戳了一下，低头看一眼沈小甜，他福至心灵一般，抢着说："所以事儿是谈成了吧？这就给您挂上号咱再吃饭。"

看看站着的陆辛，看看坐着的沈小甜，魏师傅终于点了头："行。"

门开了，那娘仨从屋里出来，魏赫和魏萱的脸上都是笑，尤其是魏赫，要不是他爸积威甚重，他说不定能直接蹦到陆辛的身上去。

"陆哥！我就知道也就你能说服了我爸！还有，还有……"十八九岁的孩子对着沈小甜不好意思地笑了一下。

魏萱看看餐桌，笑着说："我去拿筷子，爸，你跟陆辛也好几年没见了，你们好好喝一杯。"

每个人都各自有各自的高兴，唯独魏师傅的妻子看看自己的丈夫，看看自己的儿子女儿，看看陆辛和沈小甜，笑了一下，笑到一半成了个冷笑的模样："行啊，你们这父慈子孝的，魏萱、魏赫，你们还在这儿高兴？看见没，你们俩加起来，在他眼里连陆辛几句话都不如！你们这个爸，他把你们真当一家人了吗？他要是真考虑了你们，这事儿是今天这个样子吗？"

魏师傅的脸在她把话说到一半的时候就沉了下来："今天有客人在，你能不能少说两句？"

"少说什么？啊？哪儿有客人啊？这陆辛不是比你亲儿子还亲吗？他以前给你当徒弟，萱萱、小赫你一个都不看在眼里了，现在你们俩断绝师徒关系了，他一来你又什么事儿都听他的？我们呢？你被人从鹤来楼里赶出来，这么多年混来混去就混成了一个工厂食堂的大厨，是谁陪着你的？不是我们娘仨吗？你脑子里有东西，我们让你治你不治，他让你治你就治，那我们又成什么了？"

"行了！"看着自己的妻子，魏师傅叹了一口气，肩膀都垮了下来，"先吃饭吧。"

见其他人都用担心的目光看着他，魏师傅说："还有两个菜，我去把它都做了。你们放心，我说了去检查，就去检查。"

再看一眼自己的妻子，他低着头说："先吃了饭，行不行？"

就在这个时候，陆辛开口了："薛阿姨，前年我去找了我叔叔，做了个鉴定，我真的是他侄子。"

这话里的信息量可就太大了，沈小甜的头一下子抬了起来。

"我知道您一直怀疑这个，我就明着跟您说，我就是老陆家的孩子，我师……魏师傅他教我，是因为他心善，真的从来不是因为别的。"

沈小甜看见魏赫和魏萱也都惊讶地瞪大了眼睛，就知道这一张薄薄的窗户纸，怕是在陆辛和魏家人面前已经贴了很久很久了。

"许建昌那个龟孙子为了跟魏师傅争，肯定什么话都编得出来，您就算谁也不信，总该信自己挑男人的眼光吧？"

桌上摆了三个菜，一盘牛肉，一盘土豆片，一盘荷兰豆。

魏萱拿着筷子站在厨房门口。

魏赫站在柜子旁边，整个人都傻了。

魏师傅和他妻子正隔着餐桌站着。

所有人里，只有沈小甜动了。她站起来，从桌角拿起一个塑料袋，把那盘清余牛肉倒了进去，一只手拎着，另一只手一把拉着陆辛的手就往外走："这饭吃了也生气，你们自己家人的糊涂账自己算清楚吧。"

3

沈小甜个子小小，步子却能迈得很大。她今天梳了个马尾辫，随着她的步伐甩来甩去，几次差点儿抽打在陆辛的脸上。

陆辛临出门的时候拽着他们两个人的背包和箱子，由得她一路小火车头似的冲了出来。

魏赫回过神儿，急忙忙冲出来，只看见了出租车离开后留下的尾气。

"女士，您去哪里？"

"哪里的烤鸭好吃就去哪里。"沈小甜坐在副驾驶的位置上，手里还抓着那份牛肉。

陆辛在后座上探头看了一会儿，拍了一下她的肩膀："我都没生气……"

"我生气，我现在是两人份的生气！"

开车的司机师傅慢悠悠开口说："女士您想吃好吃的烤鸭啊，那北京自称好吃的烤鸭可太多了。全聚德说他们家老字号，便宜坊说他们家是焖炉烤鸭的老祖宗，利群烤鸭的张师傅也说自己手艺好呢。这还都是老字号的，大董他们家我没吃过，但我上次接了俩客人，浙江的，把大董好一个夸！那个四季民福也是特意照顾外地游客，听说也弄得挺热闹。要我说呀，金百万、大鸭梨的也挺好，还便宜点儿……

"烤鸭这玩意儿，一顿饭三五百一个人，半年三个月吃一次，那是觉得跟过节一样，时间久了，就觉得烤鸭确实是个好东西，可你要是挑个便宜的店，一两周吃一回，跟你吃涮肉、爆肚儿、门钉肉饼一样，那也就觉得没什么了。那反过来说，烤鸭愿不愿意被你当三五百一顿的好东西呢？还是你随随便便遛着弯儿就能去吃一顿的家常菜？"

沈小甜的脑袋往车座的靠背上靠了一下，她忘了，这是在北京打车，那基本就是在跟一群市井哲学家打交道。

"师傅，这附近最近的，您觉得还行的饭馆，您把我们带过去吧，麻烦您了。"

"行嘞！"

红绿灯路口，师傅往右一转，话匣子又打开了："哎，感情也是那么回事儿，有的姑娘本来就是三五百一只的烤鸭，在大董里面趴着，旁边还钓着花，人家过得不滋润吗？跟你在一起，那就是天天见的家常菜了，那人家是变成家常菜了，你也得记得人家是几百块钱一顿的好东西，为了你变成家常菜了。"话说完了，也到地方了，"这家菜挺好吃的，没有烤鸭，可以尝尝别的。"

看见沈小甜掏出手机扫码付款，师傅还跟她说："您手上拿着的牛肉闻着就香，哪家馆子做的呀？"

"我男朋友做的。"说完，沈小甜下了车。

陆辛早把东西都拎下来了，手里抓着她的书包看着她说："听人讲了一路，小甜儿老师您还生气吗？"

"气。"她看着陆辛，说，"我是气她跟自己的丈夫不能把事情讲明白，明明是夫妻之间的问题，硬是把气往一个十几岁的孩子身上撒。"

陆辛："我那年都十六七了。"

沈小甜："你这个时候跟我说四舍五入？"

那倒也不是。反手拉着沈小甜，陆辛单手拖着一堆东西，边走边说："其实我那时候也就是个毛头小子，哪儿知道到底是怎么回事啊。"

沈小甜："你是说人家欺负你了你都没感觉是吗？那你得受了多少气啊？"

陆辛无奈地停下了："我没受过气。你知道吗？我从小住我们那个家属院儿里，就没人敢欺负我，十四岁的时候我爷爷去世了，我叔叔也管不了我，我到处野，是魏叔叔他看不下去了，正好我跟我爷爷也学了点儿底子，他才要收我当徒弟……就这样的人，谁能欺负得了？"

正是下午两点多，司机师傅推荐的小店里也没什么人，沈小甜为了手里的牛肉跟人打了招呼，服务员也没说什么。

小甜老师抬了一下下巴，对陆辛说："点菜，我要吃降火的。"

陆辛点了两碗炸酱面，一盘西芹百合，一盘炸藕盒。

"行了，你接着说吧。"

服务员先送来了一个空盘子，沈小甜把自己拎出来的牛肉放在上面，打开，挑了一块放在嘴里。

陆辛的故事说简单其实挺简单的。

他爷爷从前当兵的时候是个炊事兵，一直干到了副营，转业之后就进了一家国有企业当起了干部。干了几年，他觉得还是管食堂更舒服，就争取成了个食堂的管理兼大厨，后来陆辛的爸妈也是在这个工厂里认识的。

1991年陆辛出生，1993年他父母在晚上回家的路上被人抢劫杀害了。一年后嫌疑人被公审，他爷爷还带着他去看过，陆辛十六岁的叔叔抱着他。

半大小子吃穷老子，陆辛的爷爷奶奶为了养活陆辛和他叔叔，一把年纪了还开了个小饭馆。陆辛小时候是他叔叔带着，再大一点儿，他就经常在放学后去饭馆里帮忙。

他八岁那年，奶奶突发急病走了。同一年，他叔叔的亲生父母也找了过来，原来陆辛的叔叔其实是他堂叔。

叔叔跟着亲生父母出了国，陆辛就和自己的爷爷相依为命。

他从小是野着长大的，越大了，爷爷越管不住他，爷孙两个也能闹得鸡飞狗跳。

他十四岁那年，爷爷也去世了，他想一个人再把爷爷开的小饭馆撑起来，可说到底他也不过是个十四岁的孩子。

小叔叔回国，想带他出去，可陆辛看得出来，他小叔叔在国外也是过的辛苦日子。

"一件大衣都起毛边儿了还穿着，小时候文绉绉的最讲究了，天天压着我吃青菜，结果出去一趟回来吃啥都跟见了我奶奶似的，这是往好了过日子吗？"说起来的时候，陆辛撇了撇嘴。

沈小甜夹了一块带着蒜香的牛肉片放在嘴里，香得很。

魏师傅就是从这个时候开始照顾陆辛的。他不上学，出去一野三五天，到处去人家馆子里偷师，也不是没挨过打。

"我那时候就不太喜欢他，一个大男人，怎么还有点儿扭捏？后来我知道他是我妈发小儿，再想想薛阿姨对我的态度很奇怪，我就猜出来了，不过那时候我早大江南北跑了。不过我也不常见他，他那时候就在北京呢，两三个月去看我一回不错了。"

陆辛吃了一口西芹，看着沈小甜吃牛肉吃得那么香，他识趣地没伸筷子。

"拜他为师是我晃了两年之后，觉得边边角角能学的都学了，就想出去找地方学，什么八大菜系，我都想去看看。他知道了，吓了一跳，就跟我说我想学什么他能教，鹤来楼的总厨可不是一般人。"

陆辛就拜师了，一来是想学厨艺，二来是魏师傅确实待他不错。

"鹤来楼的老师傅叫许清淮，听名字就知道，安徽人，徽菜和淮扬菜都能拿得出手，有一个儿子，就是许建昌，九几年就出国了，本来是说以后鹤来楼就交给他大徒弟魏师傅来管，许建昌就坐等收钱，所以魏师傅就辛辛苦苦任劳任怨地给鹤来楼当了十年的总厨。认真算起来，他是在鹤来楼里认认真真干了

271

三十年。

"结果呢？2006年的时候，许建昌回来了，一开始说是回来探亲，后来就留在国内不走了。我拜师之前，他就已经跟魏师傅闹了半年，想把鹤来楼改成中西合璧的融合餐厅。魏师傅是个守旧的人，当然不愿意，而且他那一套也确实没什么章法，把臭鳜鱼切成小块儿摆在大盘子里再叫个什么维多利亚奇妙鳜鱼，这是个啥呀？许清淮自己也摇摆不定，他应该是想守着老规矩的，可老规矩未必比得上亲儿子。许建昌还私下联络了魏师傅的几个师弟，一块儿捣鼓了一个菜单出来，说是要跟魏师傅斗菜，结果输了。

"那是我拜师之前的事儿。我拜师之后……嗯……反正那段日子过得还行，许建昌他们那一伙儿做的东西，我一吃就明白怎么回事儿了，这后来在薛阿姨那儿大概也是我的罪证。

"过了两个多月，许清淮说有人举报魏师傅贪了鹤来楼里的钱。那天正好大年初五呢，魏师傅为了证明自己没贪污，和人一口气盘了十年的账，正月十五发着高烧在后厨里戴着口罩管事。正月十六是鹤来楼开年的日子，有食客说鹤来楼的饭菜一年不如一年了，许建昌就趁机又要跟魏师傅再比一轮。魏师傅不想比了，比一次，鹤来楼的人心散一次，何苦呢？再加上那时候许清淮的身体也不太好了……"

陆辛吃了一口面。这家店做的炸酱面和北京很多其他的京味菜馆一样，面里加了点儿碱，跟细筷子尖儿差不多粗细，菜码也是寻常的菠菜、豆芽、黄瓜和心里美的萝卜丝儿，肉酱里肉丁寥落，大概跟肉价脱不开关系。

沈小甜看着他，说："魏师傅比了？输了？"

"是。"夹着面，陆辛笑了一下，"小赫那时候才六岁，被人不知道领哪儿野去了，薛阿姨来找魏师傅回家找孩子，许建昌激他，说输了的人以后彻底离开鹤来楼，魏师傅红了眼，赌了。结果许建昌拿出来的菜真的比从前高明太多，他就输了，从此得离开鹤来楼。一环扣一环，他里里外外被人算计得死死的，为的就是让他彻底离开鹤来楼。"

"那你呢？你在这儿又发生了什么？"

"魏师傅输了之后，许清淮和许建昌都开口让我留下，他们说魏师傅被逐出师门了，我没有。"说这句话时，陆辛的眼神里带了几分煞气，"我就说我是没根没着的野厨子，从今往后我都是个没根没着的野厨子。"

盘子里还剩三块牛肉，沈小甜夹了两块放在了陆辛的面碗里："野厨子，吃肉吧。"

陆辛故意一口把两块肉放在嘴里，吃得很香。

"还生气吗？"

"气。"

牛肉彻底吃完了，沈小甜挑了一筷子面，又放回了碗里。

陆辛看了她一眼，笑着说："怎么了？气得饭也不吃了？不至于啊，我都没气过呢。"

"不是这样的……你气不气，是你的心胸气量，这事不对就是不对，他们夫妻两个人的不信任，不该牵连到你的身上……"

一个孤零零的孩子身上。

陆辛又笑了一下："可世上哪儿有那么多的该不该啊？要我说，如果真是该怎么样就怎么样，魏师傅就该跟薛阿姨把话说透了，可他那个性子你也看见了。薛阿姨也一样，你也别怪她。其实我也不怪她，我后来在扬州遇见了一个从前在鹤来楼干过帮厨的，他跟我说薛阿姨当年也不是这么不容人的，她是生魏赫的时候遭了罪，我估摸着就是产后抑郁症，只不过十几年前哪儿有人知道这个啊。"

沈小甜放下筷子，喝了一口水，慢慢地说，声音还是清澈又甘甜的，也隐隐有着分量："陆辛，在关于你的事情上，我没办法去想别人到底有没有苦衷。伤害这种事情，看的是过程，不是结果，不是你不痛，她就没伤你，也不是你现在还跟我说说笑笑，我就要去想她是个产后抑郁症患者。"

"就像这个勺子。"沈小甜拿起餐桌上没用过的金属勺子，"它现在的导热性很好，我把它插在热汤里，它也很快就热了，可要是我一直把它加热，它的导热性是下降的……你不能要求它在高温的情况下还保持着很好的导热性。你也不能要求我在生气的时候还保持同理心。"

"我知道。"陆辛说着话，一只手从桌子上面伸过来，戳了戳沈小甜拿着勺子的那只手，"来，给你降降火，火气都传我身上来。"

对面的男人半边儿身子被玻璃窗透过来的光照着，他的手臂伸过来，影子投在了桌子上。沈小甜看见他修长的手指戳了戳自己的手，也看见桌上的影子戳另一个影子。抬起头，她能看到陆辛带着笑的眼睛。

把勺子放在桌上，她翻过手，去抓那根淘气的手指头，陆辛的手就被她压了下来，竟然有几分温顺。

陆辛的另一只手把西芹炒百合往沈小甜的面前推，嘴里说："多吃点儿蔬菜，降火。要不，你再喝个王老吉？"

沈小甜终于笑了，不是那种一直挂在脸上能掩盖一切的笑，笑意在唇角也在眼角。

陆辛被沈小甜压在下面的那只手也翻了过来，他说："其实这事儿对我来说真不算什么，那帮孙子都把我当孩子呢，说到底他们要对付的是魏师傅。别看我那时候年纪不大，我还真看不上他们那些人把一个小酒楼当了宝贝钩心斗角。就是憋气，魏师傅真的把半辈子都填在里面了，结果被人这么赶出来……他被这事儿给激得大病一场，我跟他的师徒缘分也断了。过了一年多，我听说他在别的饭馆里干活儿，前几年又去了那个机关食堂，虽说没了鹤来楼总厨的名头，可好歹稳当，就是他自己走不出来。你看，我不一直都很好？"

说着话，手还不老实，一开始只是手指尖儿动两下，还有些害羞似的，看沈小甜的手一直不动，他就用手指头去挠沈小甜的手心。

"别生气了。"

挠两下，再挠两下。

沈小甜终于开始吃面了，左手还放在那儿，右手拿起了筷子。

两个人的手，就一直这么扣在一起。

4

吃过这一顿，两个人站在北京郊区的街头，走是不会走的，他们两个是为了魏师傅的病来的，那就必须等一个结果出来。

正好，魏赫的短信又过来了，应该是发了好几条，陆辛看了之后只跟沈小甜说："魏师傅挂了后天的号，估计很快就能出结果。"

"哦。"沈小甜空着手，在路上慢慢地走，又说，"那我们在北京干点儿啥呢？"

陆辛："爬长城？"

沈小甜的步子都停了："这个就算了吧……我对长城有阴影，大三那年清明，室友就要去爬长城，结果早上七点坐上大巴，下午三点都没到，最后晚上十点多回来了，长城没看见，人城看得清清楚楚。"

陆辛差点儿笑出声来。

"我带你去吃点儿好的。"沈小甜突然说，"我以前就挺喜欢那家店的。"

于是两个人又走了十几分钟，找到一个地铁站。

坐在地铁上，沈小甜突然说："其实咱们离开北京也行吧，从济南到北京两个多小时，跟南站到魏师傅家的时间也差不多了。"

她又说了几句别的，过了一会儿就低着头，仿佛睡了。

陆辛看着她的发顶，一直看着。

"陆辛。"沈小甜没睡，只是声音很低很低，"你知道我为什么不当老师了吗？因为我发现我心里没有足够的爱，想当一个好老师，需要一个人心里有很多力量，要面对学生的好，要面对学生的不好，还要面对他们出于对你的好而做下的不好。太累了，我坚持不下来。我不够包容，也不够善良，更糟糕的是，每次遇到这些事情，我就会想起我外公。

"我小时候，沽市的学校还没开始供暖，冬天想要过冬，一面是学生自己

275

拎着家里的煤和木头来，一面是学校得弄到煤。我五岁那年冬天特别冷，哪儿的煤都不够烧，珠桥边的树都让人砍了拿回家烧了，为了抢劈下来的树枝，还有两家人打架。学校里也缺煤，我外公就用小推车一车一车把他给家里买的煤推去了学校。

"我在幼儿园，是能守着煤炉搓着手取暖的，有一天我幼儿园放学了，外公一直没接我回家，幼儿园的一个阿姨离我家近，就把我送了回去。结果家里冷冰冰的，我外公穿了一堆衣服坐在沙发上睡着了。我推他，怎么都推不醒，阿姨说他是发烧了，出门去喊人。我看见他脚边放了一个塑料袋，里面装着煤，我家就剩那么多煤了。可那时候的他，还被很多人叫……

"真正当了一个老师，每次遇到事情我都会去想，我能不能当一个像他一样的老师。可是一次又一次，我发现我根本没办法真正去温暖和包容别人。"

陆辛静静地坐着，看着自己的手握成了拳头又张开。

沈小甜沉沉地说："就在刚才，我又有了这种无力感。陆辛，我很想说点儿什么来安慰你，可我什么都说不出来，光是让自己不要被愤怒冲昏脑袋，我就已经用完了自己所有的力气。"

"没事儿，咳。"出声之后才觉得自己的嗓子眼儿有些干涩，陆辛清了清嗓子说，"我哪儿用你替我使劲啊？我自己的劲儿都用不完，分你也行。"

"你分我？怎么分啊？"沈小甜似乎笑了一下，抬起眼睛看他。

陆辛笑了笑，用手包住了沈小甜的手："你看，我在给你传劲儿呢。"

地铁上，一个年轻人戴着耳机站在两个人的旁边，看了一眼那交握的手，慢慢转身朝向了另一个方向，浑身上下都写满了"不吃狗粮"。

下午五点多，西二旗地铁站已经开始热闹起来了，这个昌平和北京市内的中转站承载了大量人上下班的往返换乘。他们大部分是住在昌平的北漂，穿着不怕在地铁里弄脏弄坏的外套，穿着运动鞋，背着书包。

和步履匆匆的他们比，沈小甜和陆辛两个人真的很像两个看风景的游客。

又换乘了两次，地铁出现在地上，又钻入了地下，到酒店的时候已经是晚上六点多了。酒店是沈小甜在要去吃饭的地方旁边订的，图的就是方便。

两个人放下行李洗了把脸，钻进一个小胡同走了一百多米，就看见了一个白色的灯箱。

"海大叔的炒饭？"

"嗯，这是我和我室友最爱来的一家店了。"说着，沈小甜掀开深蓝色的门帘走了进去。

这家店明显是一家日料店，陆辛环顾一周，在"日料"两个字前面加上了"不正宗"三个字。

店里的两人桌都坐满了，他们两个人就在吧台坐下了。

"你好，我要一份三文鱼炒饭，加葱加海苔，再要一份小章鱼！"

难得到了自己的主场，沈小甜自己点完了菜，又看着陆辛，笑眯眯地说："他们家的肥牛饭也很好吃，还可以加温泉蛋，你要不要尝尝？"

陆辛从善如流。

沈小甜又给他点了一个唐扬鸡块，很是有一种自己当了主人的殷勤。

大厨就在吧台里面，一个是四十多岁的大叔，另一个是年纪看着只有二十几岁的年轻女人，两个人各自守着灶，不声不响，听见点菜头都没抬，只是一个人开始盛饭、拿牛肉片，另一个人在炒锅里下了料。

行家一出手就知有没有，陆辛闻着鸡蛋和葱花翻炒在一起的香气，微微点点头，对沈小甜说："他们的火候掌握得很不错。"

"这是海大叔，他在我们这儿做了好几年了，这位是海大叔的女朋友。"沈小甜对陆辛说。

这时，那个年轻女人把头抬了起来，对沈小甜说："我、们已经，结婚了，是老婆。"声音结结巴巴，语气却很坚定，说完又低下头去继续做牛肉饭。

"哎呀，小月姐姐！海大叔终于开窍了？"沈小甜被秀了一脸，却是欢喜的，转头去看陆辛："也不知道我室友她们知不知道，嘿嘿嘿……"

给饭拍了视频，吃上两口，她又说："我刚刚是不是被塞了狗粮？"

这种初级的网络梗，陆辛还是能接上的，他拍拍沈小甜的后背，说："狗粮是给单身者吃的，你也不是单身啊。"

对呀。沈小甜又开心了，问他："你觉得他们的炒饭怎么样？"

"挺好的。"陆辛说，"他们用的油是三文鱼皮上煎出来的，香是挺香的，容易腻，也难怪你要多加葱花和海苔。"

"那牛肉饭呢？"

"牛肉是在铁板上和洋葱一起煎出来的，酱汁应该是自己家调出来的，里面加了蒜，味儿更足了。"

"啪。"一碗蛋炒饭放在了沈小甜的面前，金黄的蛋、淡粉的三文鱼、橘色的胡萝卜丁、白色的饭粒儿，上面铺了一层碎海苔和葱花，葱花是翠绿的，海苔是深绿的。旁边是一份小章鱼，红通通的。还有一碗汤，就是最简单的大酱汤，能看见一点儿昆布。

几样东西都是摆在朴拙的日式陶器里，真的不正宗，但是看起来就挺好吃的样子。

海大叔忙完了自己的，又开始炸鸡块，嘴里终于出声儿了："兄弟，你也会做饭？"

"会一点儿。"陆辛说得还挺谦虚。

"我说嘛，一听就是会做的，喝酒吗？我这儿的酒都是真货，也不贵。"

听见喝酒，沈小甜对陆辛说："我有点儿想喝，你陪我喝吧。"

最后，两个人的中间又多了个小陶瓶酒壶和两个小杯子。

有客人吃完了，掏出手机在桌边刷了一下就起身离开，牛肉饭端上来的时候，正好伴随着"到账××元"的声音。

"我读本科的时候就来这家店吃饭了，不过海大叔基本不抬头，估计也不认识我。"小酌一口味道浅淡的酒，沈小甜对陆辛说，"后来读了研究生，我还带着同学一起来吃，照这么算，海大叔应该给我提成才对。"

陆辛还没说话，就听在炸鸡的海大叔说："才一口酒呢就说胡话。"

沈小甜："……海大叔，你总这么说话是会失去朋友的。"

海大叔没说话，鸡块炸好了，他往陆辛面前一放，对身旁的妻子说："现在人少了，你去休息吧。"

年轻女人摇了摇头。

牛肉饭的酱料确实味道很足，陆辛用牛肉片夹着米饭吃了一口，牛肉片的品质不错，火候也很好。

沈小甜三两口就把盘子里的炒饭扒出了一个口子，再吃一只小章鱼，对陆辛说："你尝尝这个小章鱼，海大叔自己做的，跟外面日料店卖的成品不一样。"

陆辛挑了一下眉头，吃了一个，对沈小甜说："你要是喜欢，我回去给你做，这个东西调味就是那么一套东西，最重要的是章鱼过水那一步，得眼疾手快，出锅要快，下冰水里得更快。"

沈小甜一听这个话就高兴了，眼睛里亮晶晶的，她的课代表真是太上道了："我带你来吃，就是为了让你给我做。"

陆辛："这都不算什么事儿，还想吃什么，你跟我说了，我都能给你做出来。"

"哇！"沈小甜的声音假假的，"我男朋友真是太好了。"

重读的是"男朋友"三个字。

小甜老师吃过的狗粮，是一定要"呸"回去的，双份儿！

吧台后面，被沈小甜叫作"小月姐姐"的年轻老板娘没有回去休息，又有人点了寿司和炒饭，海大叔在炒饭，她从木盆里倒了米饭出来，掺了醋的米饭透着勾人食欲的香气。

"我来吧。"做完了炒饭的海大叔从她手里接过装了米饭的木盆。

"不重，你、不用。"

短短几个字，联系之前那句话，陆辛已经听出来了，这位被沈小甜叫"小月姐姐"的老板娘口齿不太清晰。

小小的饭馆里客来客往，沉默的老板娘和跟她比着沉默的老板……

陆辛看向沈小甜，沈小甜对他举起了小酒杯。

"我上大学的时候，在宿舍里排老三，可这个名字真是不占便宜，不管排行第几的都管我叫小甜。别的宿舍的老大都是个大姐样子的，我们宿舍的老大是个宁波姑娘，温温柔柔瘦瘦小小。不过老大还是很厉害的，她特别会交朋友，刚来了一个月就跟宿管阿姨亲得跟闺蜜似的，学校里卫生抽查什么的，老大都是最先知道的……也是她发现了海大叔的店，带我们来吃。"说完，沈小甜看着陆辛，皱了一下眉头，"我们都从你大学门口经过，你都不跟我说说你上大学的时候什么样儿？哎呀，这么一算我是不是吃亏了？"

迎着沈小甜隐隐带着控诉的眼神，陆辛从碗里挑着洋葱配着米饭吃了一口："我忘了。"

"你怎么能忘了呢？"

"咳。"陆辛给沈小甜的盘子里放了一块唐扬鸡块，说，"我那不是忙着谈恋爱吗？太忙了，忘了。"

沈小甜看着陆辛。

陆辛看着沈小甜。

"那……也算情有可原。"沈小甜的语气很像是听完了学生解释为什么没做作业。

"好嘞，谢谢小甜儿老师。"

"不客气。"

饭差不多吃完了，陆辛的手机突然响了，看着显示的名字，他站起来说："我出去接个电话。"

目送他离开，沈小甜听见海大叔说："吃完饭赶紧走，我们晚饭还没吃呢，都快被你们给甜撑了。"

"海大叔！"沈小甜笑眯眯看着大叔，"大叔你还记得我呀？"

男人又盛出来了一盘炒饭，转身从冰箱里拿出了一个小罐子，给了沈小甜："小月做的布丁。"

"谢谢小月姐姐。"

小月抬起头，说："他、挺、好的。"

"嘿嘿嘿，小月姐姐你是说大叔吗？"拿着布丁的沈小甜笑得像个十五六岁的小姑娘，然后想起来什么，问海大叔，"大叔，我老大上半年回来，来过您这儿吗？"

海大叔终于抬起头，想了想，看向自己的妻子。

小月点点头："来了，黑了。"

沈小甜点点头。

布丁就是最简单的日式布丁，带着蛋香气的甜香味道，沈小甜吃完了，陆辛还没回来。她掏出手机结了账，然后往店外走，打开店门的时候，她回过头笑着说："小月姐姐，开盘下注的时候我一直赌你能赢的！"

小月对着她笑了笑，摆了摆手。

透过玻璃门，沈小甜看见暖黄的灯光里，海大叔转身对小月笑了一下，脖子后面是一片发白的皮肤。

拿着手机，陆辛看着沈小甜踩着路灯的光冲着他走过来，对她挥了挥手。

"我来的路上找我北京的朋友看看能不能给魏师傅联系个专家，这是给我回话。专家说检查结果出来之前他也不好说，如果真是肿瘤的话，可以送他那儿去。"

电话终于挂了，陆辛嘴里跟沈小甜复述着，就看见自己的面前出现了一个小玻璃瓶。

"小月姐姐做的布丁，本来只有我的份儿，我好说歹说给你蹭来了一个。"沈小甜才不会说小月姐姐和海大叔都夸陆辛不错呢，她的课代表也不能太骄傲。

"谢谢小甜儿老师，小甜儿老师辛苦！"陆辛接过布丁的动作很郑重，用双手。

"怎么样，海大叔做饭挺好吃吧？"

陆辛点点头："挺不错。"

沈小甜得意了："你看，我也能带你找好吃的。"

熟悉的味道，熟悉的人，回想起来的大学生活，还有陪在身边的陆辛，这些都混在沈小甜刚刚喝的酒里，让她感觉特别愉快。

"你知道吗？小月姐姐是被海大叔从火场里救出来的。"快走出小巷子的时候，沈小甜对陆辛说，"那是十几年前吧，海大叔的后背都被烧坏了，当时谈的女朋友也没了，工作也不能继续了……小月姐姐看着安安静静的，真是个狠人，读完了大学就来找海大叔，一直在他店里这么做，别人问，她就说自己是海大叔的女朋友，现在终于混得持证上岗了！"她的语气很感叹，"那时候我们也都还是学生，有人就觉得小月姐姐一定会守得云开见月明，有人又觉得年龄差距那么大，小月姐姐的家人还来找过呢，可她就是认准了海大叔。我就觉得吧，他们一定会在一起的。"

结巴又怎么样？身上全是斑斑伤痕又怎么样？

"走在这个世界上，没有人是完美的，就像这个世界上没有完美的元素，不过是一个原子在等着另一个原子，对不对？"

要过马路了，陆辛抓住了沈小甜的手。

"那边就是我曾就读的大学了。"站在路边，沈小甜指了指远处的几栋楼。

陆辛点点头。

北京秋天的晚上是带着凉意的，沈小甜的手凉凉的，他忍不住搓了一下。

到了酒店门口，沈小甜终于忍不住了："天有点儿凉，我们又喝了酒，一路走回来的光线也挺好，是吧？"

陆辛："嗯，是都挺好。"

小甜老师理直气壮地问他："那你为什么不抱抱我呢？我这个原子都等了你半天了。"

一个原子被另一个原子拥抱。

比如钠，它咸了。

比如铁，它绿了或者黄了。

比如沈小甜，她……

"你真的好高啊，把星星都遮住了。"

被陆辛抱在怀里的时候，沈小甜努力仰起头，才看见了陆辛的下巴。

陆辛的两个手臂撑成了一个环，绕着她的肩膀把她环在了中间。与其说是个拥抱，不如说是陆辛把自己变成了一个卡座儿，给沈小甜留下了足够宽裕的空间。

沈小甜往里靠了一下，陆辛又正好低头，她几乎是一头碰在了他的下巴上，像是来了个头槌攻击。

"唉，果然这个也得经常练习。"后退一步从陆辛的怀里出来，沈小甜笑容满面，抬手捂着自己的脑门。

陆辛摸了一下自己的下巴，问她："行吧，这个原子撞一起还挺激烈吧？"

"还行吧。"说完，沈小甜转身就走，进了酒店的大门。

陆辛站在原地，把手臂微微举高，好像还能闻到残留的香气。

放下手，他转头又看向远处那所大学，目光越过灯光华彩和黑夜中静默的距离。

早饭还是沈小甜带着陆辛去吃的。学校斜对面的馄饨店卖的是南方的鸡汤小馄饨，皮薄得像一层纱，肉馅儿却没什么味道，像是吃一碗鸡汤做的面片儿汤，都觉得面片儿太烂了。

沈小甜觉得很可惜，她读书的时候这边有一家卖小馄饨的，不仅馄饨的味道很好，连糖炸糕也很棒。可惜现在那些后来的学弟学妹是没有这个口福了。

"北京这个地方变化得太快了，我上大学的时候就有这种感觉，放个暑假回来，喜欢的小吃店都换了个七零八落。"吃了一顿不满意的早饭，走在人行道上，手从冬青叶子上拂过，她对陆辛这么说。

陆辛："哪个大城市都这样，变得快就是留下来的少，我在上海晚上摆摊的时候，一周，我旁边的摊儿换了两家。"

"哦。"小甜老师想了想，反问陆辛，"你不觉得是你的手艺太好，以致你

283

旁边的摊位竞争压力太大吗？"

显然，她还对陆辛用炒饼统治一条街的事儿念念不忘。

上午他们就在学校周围逛了逛，海淀区的风好像一直都很大，还很干燥，也实在没什么风景好看。可只要是有个人能一直陪着聊天，也不在乎聊什么，开心就行，这一路也会很快乐。

唯一的问题是不知道中午吃啥。

他们走到的地方是个CBD，目力所及能吃的几乎都是各种全国乃至全球连锁的餐厅，种类从米线到牛排，不管是意大利的面还是老北京的面，现在都放在了眼前让你去选。

"那个面馆好像不是连锁。"陆辛指着路对面对沈小甜说。

"它是北京市内连锁。"沈小甜如此说道，"我研一的时候连吃了一个月。"

最后，陆辛选了一家川菜馆，门脸儿不大，也不是连锁。

小甜老师问自己的课代表："你为什么选它呀？"

野厨子很有经验地说："能在这个地方开下去，这家店是跟多少国内国际的大牌竞争啊。"

好像还挺有道理的样子。

餐馆里面有点儿老旧，沈小甜坐下的时候笑眯眯地问陆辛："你有没有想过其实这家店的老板是个不差钱的拆迁户？店能一直开下来不是因为东西做得好，而是因为不用交房租？"

这个问题可真是太刁钻了。陆辛想了想说："我还真遇到过一个，不过……一个不差钱的老板，这个概率肯定比做饭好吃的概率低吧？"

一来一回，两个人对这顿饭的质量都期待了起来。

陆辛点了一份宫保鸡丁、一份鱼香茄子、一盘捞汁木耳。沈小甜说北京的空气太干了，他又点了两碗纯素豆汤饭，又要了两个五香鲜肉的锅盔。

"单看菜单，还挺成都的。"陆辛对沈小甜说，"豆汤饭和这个锅盔，离了四川，还真少有川菜馆子做。"

店里虽然看着旧，两个服务员却都是年轻精神的小伙子，风一样来点了菜，风一样地添上茶，在 CBD 这种地方，真是一切都讲究效率。

"幸好老元不在这儿。"宫保鸡丁端上桌的时候，陆辛对沈小甜说，"我说过吧，鲁菜和川菜都觉得宫保鸡丁是自己的，一个贵州人带了一个山东厨子去四川当官儿，在那儿把原来山东的酱爆鸡丁给做出名儿了，你说这个官司怎么打？这家鸡丁看着还行，只有葱段、花生米和干辣椒，我是真不喜欢他们那些人往里面放黄瓜、胡萝卜。"陆厨子又开始了他的专业点评。

吃了一口鸡丁，香辣里还有一丝甜，里面混着的花生米更是让沈小甜一颗接一颗往嘴里送："其实好吃就行，哪儿的菜都一样啊，就像你，也不能一定说你是哪个菜系的，我觉得你什么都会做，也什么都做得好吃。"

陆辛听了，说："小甜儿老师，我发现你除了特别会讲课之外，还特别会做一件事儿。"

"什么？"

"夸我。"

沈小甜的筷子在盘子上停了一下，看看陆辛，说："居然不是调戏你吗？"

陆辛的目光飘了一下，正好捞汁木耳和豆汤饭也上桌了。

服务生离开的时候，差点儿撞到了刚进店的年轻女人，女人晃了一下，脚下的鞋跟儿不稳，沈小甜连忙扶了她一下。

有了这一段插曲，陆厨子在紧张过后就顺利把话题转移到了菜上。

"豆汤饭，成都人冬天吃得多一点儿，一般是先吊好鸡汤，泡好的白豌豆下进去煮，再把这个汤泡饭里，放点儿烫好的菜就行。咱们这个是……"陆辛喝了一口汤，声音略低了一点儿，说，"咱们这个是豆芽、芹菜和香菇煮出来的汤，可能还放了点儿海米，做的时候炝锅炒了白菜，再加了米饭进去。估计是故意贴了北方人的口味。"

素汤里可以放海米吗？沈小甜怀着这个疑问用勺子舀着又喝了一口。汤的口感很柔和，被彻底炖酥烂的白豌豆就算没去壳也足够酥烂，让人舒服的味道包裹着整个舌头，最突出的就是豆子里被煮出来的香气。

"好吃。又是很浓郁的谷氨酸的味道。"沈小甜说，"没想到川菜还有这种口味。"

陆辛："川菜一定辣，鲁菜一定咸，本帮菜一定甜……真是有很多人都这么以为。"

沈小甜又喝了一口："就像有人以为当老师的就一定温柔体贴，当厨子的就一定很凶一样？"

陆辛反过来问她："难道我不凶吗？"

沈小甜："我知道，你省了半句是夸我温柔体贴。"

哎呀，小甜老师真是太聪明了。

陆辛看着外面的风吹着树叶子，哗啦啦的，它们大概也是这么想。

锅盔是金色的面饼，里面裹了肉馅儿烙出来的，拿上来的时候刚出锅，闻着就是一股油香气。就在沈小甜打算吃的时候，旁边传来了一声大喊："我说了，你们的酸萝卜不够酸！"

他们两个同时转过头去，看见一个年轻女人正在座位上，指着面前的碗，跟那个服务员争执："你们这个酸萝卜老鸭汤根本不是酸萝卜，喝起来一点儿都不酸！你听不懂吗？"

"女士……"年轻的服务员的脸上还带着笑，轻声说，"女士，我们这个酸萝卜是从四川买回来的……"

"它不酸！"年轻女人还是固执地坚持着那一句话。

"女士，您……"

服务员想说的话没有说出口，因为那个年轻女人突然哭了起来，歇斯底里不管不顾地哭泣："我就想吃个酸萝卜老鸭汤！我从昨天到现在都没睡，上午开会我的选题又没过，下午我还要赶一个书稿下厂，我就想吃个酸萝卜老鸭汤！我怎么做什么都不顺！"

店老板匆匆走了过来，看着她在店里彻底崩溃地哭泣。

"我为什么要来北京？我在这儿什么都没有，我连酸萝卜都吃不到！"

陆辛收回目光，看见沈小甜还看着那个年轻女人。

"她就是太累了，哭过了就好了。"陆辛说，"我以前也见过，半夜开摊儿，来吃饭的少不了这种撑不下去的。"

沈小甜重重地叹了口气，看着眼前的锅盔没张开嘴。

老板和服务员都是男的，两个人四只手摊着，都不知道该怎么劝。

年轻女人的整张脸都哭红了，她的衣服本来穿得很体面，蓝灰色的套装裙子配着黑色的高跟鞋，可现在，她真的浑身都写满了憔悴和狼狈。

沈小甜对陆辛说："有时候，人就是这个样子，看着什么都还好好的，可谁也不知道什么时候就彻底崩溃了，就像一个瓶子，太脆了，石子儿轻轻蹦上去，它就从那一个点彻底碎了。"说着话，她放下锅盔，吃了两口豆汤饭。

这场热闹，其他人看了几眼，都低下头继续吃自己的饭，时间已经是中午十二点，距离午休结束已经不远了。

有一个男的不耐烦地催菜，老板让服务员去忙，自己手忙脚乱地抽了纸巾递给那个年轻女人："别哭了，你别哭了，那个……你、你想吃什么？我给你做好不好？"

"呜呜呜……"年轻女人还在号啕大哭，擦了一下鼻子，她说，"你做饭不好吃，呜呜呜……我今天又得加班，回家还得坐两个小时地铁，我不想去西二旗挤地铁，我想回成都，我想回家，北京不是我家。"

看见沈小甜又叹了一口气，陆辛站了起来，走过去，对那个年轻女人说："嘿，别哭了，你想吃什么？回锅肉行不行？"

野厨子真是个过分好看的厨子，光靠脸，他的安慰就比饭馆老板更见效一些。

年轻女人打了个嗝儿，流着泪的眼睛呆呆地看着陆辛，看见他身后冒出来一个人，歪着头说："你放心，他做饭绝对好吃！"

年轻女人又打了个嗝儿，继续抽泣。

陆辛转身跟沈小甜说："你去把锅盔吃了，凉了就不香了。"又对老板说："多余的围裙给我一条，我们这是出来旅游的，洗衣服不方便。"

老板："啊？"

"啊什么呀啊，人家想吃个好吃的回锅肉。"一把抓着老板的肩膀，陆辛就这么去了厨房。

沈小甜手里拿着锅盔，又看看那个年轻女人，也跟着往厨房走。

厨房里，一个帮厨正在收拾小菜，陆辛从菜架旁边抓起了一个围裙套在了身上，又在流水台上洗了手。

厨房门口，沈小甜对一个拦着她的服务员说："这份回锅肉记在我们那桌哦。"

服务员笑了一下，说："这不能……"

"怎么不能？"沈小甜对厨房里面喊，"陆辛，我也要吃回锅肉，你做两份吧。"

陆辛正在切着一块白煮肉，这么一听，下刀更快了。

"你这个肉煮的时候放了不少八角啊。"一边切肉，他还跟店老板说话。

老板在另一个灶头上忙着单子，还不停地用眼角儿来看陆辛的手艺，见那刀又快又稳，心也放下了几分，摇摇头说："没办法，猪不行，北京这边的肉都是屠宰场出的，香味没多少，皮臊气可一点儿没少。"

陆辛听他这么说，咧嘴笑了一下："你这锅不够大，不然你就拿烧冒烟的黑锅底把猪皮烙一下。这样的话你就明火把猪皮烤黑了再刷干净，味儿也能好点儿。别用这么多大料，香味本来就没多少，给盖没了。"

肉是一片一片的，薄薄的，软软地贴着刀面垂到案板上。

"你这儿尽是五花肉，唉，回锅肉吃的是那个瘦肉的嫩，不是东坡肉那个酥烂劲儿，下次看见后肘上贴着臀丘的，你让卖肉的给你那块儿。"手上的活儿在做着，陆辛居然还搞起了现场教学，说话声和油烟机的声音一起传了出来。

沈小甜面带笑容，在厨房门口听得津津有味。

灶上烧起大火，陆辛在锅里添了一勺菜籽油，等油热了，就把切好的肉片倒了进去。粉粉白白的肉遇到了热油，滋啦声里，香气就出来了。

"回锅肉这个菜，最重要的是什么你知道吗？其实跟番茄炒蛋一样，你得把火候用足了才好吃，肉要起金边儿。"说话的工夫，他把拍碎的姜、切碎的辣椒和豆豉添进了锅里，开始颠勺，"我说你那个酸萝卜是不是拿水泡过呀？"

老板的脸色僵了一下，说："在这儿开川菜馆哪敢做口味那么重啊，那些酸萝卜要是不泡洗一下，一块萝卜能让人下半碗饭。"

炒锅与灶轻碰在一起又扬起来，陆辛说："那多好呀，要我说，这年头儿大连锁店都开始讲究什么正宗了，你也别总想着别人爱吃不爱吃，人家正经川菜为什么这几年这么扬眉吐气，不就是爱吃的人多吗？"红椒块儿是厨房里现成的，他抓了两把扔进了锅里，"那姑娘啊，你也别生她气，年轻人走出来谁都不容易，这年头儿谁都要脸，能真绷不住了，那就是真绷不住了，心里不定多大委屈呢。"

老板点点头，他的年纪其实也不大，就是发际线看着增龄效果明显，听陆辛这么说，他也叹了口气："是呀，不然还能怎么办？那姑娘也是我们的衣食父母，爹妈哭了，没让你陪着哭就不错了。"

唉？这话有意思，陆辛看了老板一眼，抓出来的青蒜苗段儿在菜案上一放，左手抄起刀一拍，直接用刀给摺进了锅里。

这一手耍得挺帅，老板旁边的帮厨差点儿看直了眼。

门口传来啪啪啪的鼓掌声，没错，就是我们的小甜老师。

两盘回锅肉，其中一盘被端到了那个年轻女人的面前。

其实时间也不过过去了三分钟而已，年轻女人还在抽泣，闻着肉香气，她呜咽了一声，默默拿起了筷子。

"有肉吃就别哭了啊。"

陆大厨围裙还没摘呢，回身，看见沈小甜守着另一盘回锅肉在对自己笑。

"真香啊。"

先煮后炒的肉真是规整又香味十足，咸香的辣，香辣的咸，肉里的汁儿是混着油的，外面的 一层是翻炒赋予的香。不过这句话却不是沈小甜夸的，是那个年轻女人，她的眼睛还是红的，眼泪还没擦干净，吸鼻涕的声音隐隐约约，嘴里还在嚼着回锅肉。

"真香。"她又说了一遍。

面前放着的那一碗白米饭，肉放上去，夹着饭，她吃了一口又一口。"啪嗒"，眼泪又掉出来了。

吃了两口饭，擦掉眼泪，她转头，终于不好意思地说："对不起，给你们添麻烦了，谢谢，太谢谢你们了。"

沈小甜看看她，又看向对面的陆辛，脸上带着笑。

"哎呀……"

她想说人美心善的野厨子，没想到陆辛也看着她。四目相对，夸人的词儿没说出来，她"扑哧"一声笑了。

"要是我早点儿遇到你就好了，嗯……早个十来年。"再次走在秋日的阳光下，沈小甜说道。

陆辛跟在后面，今天刮的是北风，他们一路往南走，风从后面来。

"我上初中的时候去了广东，那时候也是各种不适应，广东的烧腊饭好吃，可吃久了我就特别想吃酸辣土豆丝、韭菜炒鸡蛋，又吃不着。其实我的同学和老师都挺照顾我的，可他们越是照顾我，我就越想家，越不敢告诉别人我想家。有一次，我周末回家，家里没人，我就坐在马桶盖上，开着卫生间的水龙头，开始哭。"沈小甜自己想想都觉得那场景挺好笑的，于是她真笑了，"那时候我妈事业正忙着呢，匆匆赶回家，一开卫生间就被我吓住了。我妈……其实不太知道怎么跟我相处，她问我怎么了，我说我想吃韭菜炒鸡蛋了。我妈问我，大葱炒鸡蛋行吗，我说行。她给我炒了一盘大葱炒鸡蛋，不太好吃，很咸，我也没配别的，就全吃了。那是我第一次觉得，其实我妈也挺好的……可是吃完之后，我妈就让我对着墙站着，让我说一百遍'为了口吃的就掉眼泪，我太丢人了'。"

陆辛的脚步停了下来。

沈小甜继续往前走："这就是我妈，她能尽自己所能满足我的一切物质需求，可我会忍不住去想，她对我的满足，到底是不是为了获得在精神上更高的统治权。"

身后传来男人的声音，问她："所以你是不是特别羡慕那个姑娘？"

"嗯？"沈小甜回身，看着陆辛，笑着说，"如果是以前的话，我应该会吧。不过现在我不会了。"

因为那个能为了让别人不掉眼泪而下厨房的人，是我的课代表。

这个话沈小甜没有说出口，她只是微笑。

十四岁之前的沈小甜是这个世界上最幸福的女孩子，十四岁之后的沈小甜没有那么不幸，她物质丰裕，能读书，能吃饱，能被人关心，她会嫉妒从前的自己，也会……羡慕二十六岁之后的自己。

"你要是那时候碰着我，我可未必会做好吃的哄你。"陆辛说，他的目光划过沈小甜身后的都市天际，绕一圈儿落在了沈小甜的唇角上，"我只会想着，这么一个小姑娘，又小又软，我把她带走吧，带着走得远远的，谁也不能让她哭。"

"那……估计会有人报警。"沈小甜实话实说。

陆辛问："那现在呢？"

沈小甜脸上的笑有那么一点儿停滞。

陆辛接着问："那我要是现在说，我想带着你走得远远的，就咱们俩，到处吃好吃的，到处听故事，谁都不能让你哭……小甜儿老师，之前都让你抢了先了，这会儿你先给我个准话儿呗。"

面对陆辛，沈小甜几乎展示了自己所有的直接与热情，她几乎每一次都抢占先机，出其不意地靠近，笑着看着他有些害羞又不得不配合的样子。这是第一次，陆辛比她更加的直白和干脆。那双眼睛看着她，满满的都是她。

"我……"

"小甜儿老师，快点儿啊，起北风了，这是得变天了，赶紧答应了得了。"陆辛还是害羞的吧，潜藏的害羞是藏在裤兜儿里的手指，是他想移开又坚定的

291

眸光。

"我……"短暂的犹疑之后，沈小甜说，"好啊。"

昨天，沈小甜以为陆辛不会拥抱，他只会僵硬地环着自己。

今天，沈小甜才知道自己错了。昨天她的课代表只是第一次答题有点儿紧张。

男人的手臂真的很有力量，它们把她紧紧地抱住，甚至把她给抱起来了。

脑袋埋在陆辛的胸前，沈小甜能闻到上面还有淡淡的回锅肉的香气，听见男人的胸腔里心脏在跳。这种激烈程度的原子碰撞，肯定是教学大纲允许范围之外的实验了。

"小甜儿……老师。"

陆辛的嘴唇轻轻碰了一下她的头顶。

第八章

灿烂的"遗产"

can lan de yi chan

1

“陆哥，我爸脑子里那个是积液！不是肿瘤！”

欢天喜地的声音直接冲入了陆辛的脑袋。他的嘴角抿了一下，成了个怎么都掩盖不住的笑容。

“嘿嘿嘿，陆哥！幸好你来了劝我爸检查，不然我们光担惊受怕就得折寿好几年。”

“小孩儿瞎说什么呢？什么折寿？”手机里传来了魏师傅的声音，看来是爸爸拿过了儿子的手机。

“陆辛啊……”魏师傅叫了一声陆辛的名字，又沉默了一会儿，自从捅破了那一层窗户纸，他可能就不知道该怎么跟自己这个曾经的徒弟说话了。

还是陆辛先开口了：“挺好的，您没事儿是最好的，要我说啊，您也别总把事儿憋在心里头，啥事儿不能跟家里人说明白呀？”

“唉，陆辛，中午一块儿吃个饭吧，叫着小沈你俩一起来，总不能你为了我千里迢迢来一趟北京，我连顿饭也不招待吧？你放心，就我们这一家人，我跟你薛阿姨把话挑明了，我觉得我和她也该跟你道个歉。”

陆辛看了一眼沈小甜，说："您好不容易有个好消息，赶紧跟家人一块儿是个正经，真的，您……"

"不是这么回事儿。陆辛啊，有些话，是我这个当叔叔、当师父、当爸爸的人该说的，你就当赏我个面子，让我说出来，行不行？"

给个面子……这是陆辛从魏师傅嘴里听过的最软和的话了。

看见沈小甜对他点点头，他就答应了。

吃饭的地方是魏师傅订的一家酒楼，做的是山东菜，估计是考虑到沈小甜是山东人。偏巧儿这家店陆辛还知道，来的路上还跟沈小甜讲了一波儿："这是从山东开来了北京的老字号，先是从单县开到了济南，再走出来。他家的吊汤师傅兼老板的手艺是真不错，姓徐，我没见过本人，不过老元他们都知道他，生意做大之后也撒手不管了，只在这家挂着他羊汤手艺的招牌。徐师傅又去广东开了一家菜馆，主打也是汤品，我去广东的时候想尝尝来着，结果得提前半个月订桌儿，我没那等着的工夫。老元说他喝过徐师傅的汤，对材料和火候的把握都超乎常人想象，我还真挺好奇的。"

沈小甜点点头，说："那我们下次去广东之前提前预约吧。"

陆辛当然答应了。

小甜老师接着说："我看了你的卷子，觉得我的视频还得讲得再浅一点儿。"

一听这个，陆辛皱了眉头，倒不是想起自己咬着笔杆儿答题时候的凄苦，而是："怎么了？我不是都答上来了吗？"

"是啊，你都答上来了，可别人不行啊。"沈小甜叹了口气，"不管是理解力还是智商水平，你都是比较高的，可是科普视频就是要尽可能让更多的人看得下去。"

陆辛一下子就笑了，回身看坐在后面的沈小甜："你这是又夸我？"

"你本来就是优等生啊。"

不光优等生，还是课代表呢。沈小甜对陆辛笑了一下。

她其实有点儿想问陆辛，这样的一顿饭去吃了有什么意思呢？魏师傅说得再多，当年的小陆辛还是被亏待了，就算今天薛阿姨低头道歉又有什么用呢？不过她没说，只是微笑看着那个男人。他有担当，也重感情，不会受伤是因为心大，不是因为不会疼……没关系，她能把他拽出来很多次。

去的时候正是饭点儿，酒店里服务员来来往往，穿梭进不同的包厢里，进电梯上到三层，一出来就看见从房间里探出头来的魏赫。

"陆哥陆哥！来这儿！我们正点菜呢！"

魏赫这个小孩儿一脸的喜气还没退，可见跟亲爹没得癌症这件大喜事比，几天前的冲突已经不往他心里去了。

两个人随着魏赫一起进了包厢里，就看见魏家其他三个人都围着桌子坐着，薛阿姨眼睛泛红，应该是刚刚哭过，魏萱的手搭在她的手上，正在安慰她。魏师傅坐在自己女儿的另一边，乍一看，好像魏萱坐了主位似的。

"陆辛啊，你和小甜往这边坐。"魏师傅指了指自己旁边的位置。

陆辛看了看，坐了过去，沈小甜坐在他旁边，和薛阿姨隔了一个魏赫。

"陆辛，我点了他们家的羊汤，再吃个拌羊脸？我记得你小时候冬天就爱吃羊肉，那时候厨房炖个羊排，我给你一根长肋条你能啃一天。"

陆辛说："都行，再点个烧饼吧，羊汤配烧饼原汁原味的。"

魏师傅又点了几个菜，什么红烧小乳羊，什么蒜香烤鲈鱼，什么腊八蒜烧肥肠，蔬菜类就要了个大拌菜、一个有机花菜，另有一个服务员推荐的拌羊脸。

魏师傅要了一小瓶的半斤白酒，给陆辛倒了半杯，他自己满上了，魏赫说要喝，被他瞪了一眼："陆辛啊，我今天请你来，不光是想庆祝一下我这死里逃生，也是想把一些话说清楚。说真的……你那天说完了之后，我越想越觉得我这些年真是白混了，也难怪许建昌他们能把我赶出来，我呀，连自己家里的事儿都料理不平，还说什么呢？我和你妈确实是从小一块儿长大的，但我对你妈真的没那个心思，她比我大两岁呢，真要说起来，你妈就是个救过我的姐姐。我们小的时候，也没什么人管我们，学也不能好好上，我夏天就去河沟里游泳，你妈不让我去，我翻了墙出去了，谁也不知道，结果在河里脚抽筋了，要不是你妈不放心来河边看，叫了人来救我，我这条命早就交代了。这话我从前没说，是我有私心……是我有私心，陆辛的性子本来就偏，又野惯了，我怕再跟他说了这个我更压服不了他。"

魏师傅说这个话的时候，还看向了自己的妻子，然后苦笑了一下："陆辛他妈是顶好的人，咱们结婚的时候，她挺着大肚子还送了两条枕巾给咱们，就这么个人，走在马路上就被人给害了，还是夫妻俩一块儿。薛秀秀，你说，这要是你朋友，你心里能好受吗？你说我对陆辛好，我对他再好能顶过他爹妈？再说了，这个孩子他不招人疼吗？他那时候才是个十几岁的孩子，对你对我，对小萱小赫，哪儿不好了？你说我对小萱不好，小萱比陆辛小两岁，她过生日能吵着去肯德基过，陆辛过生日呢？这话我跟你说过一遍又一遍，你总觉得我在骗你，你说我骗你什么呢？这十几年过去了，你说我到底骗了你什么？"

房间里安安静静，魏萱轻声说："爸，妈她刚好一点儿，今天这是喜事儿……"

魏师傅喝了一口酒，说："我这些年是在外面讨生活，她在家里跟你说什么，你以为我不知道吗？小萱，你爸我是没本事，我没用，可我没干过对不起咱家的事儿，真没有。"

魏萱沉默了。

沈小甜看见她妈抓了一下她的手，可她还是沉默着。

房间门大开，服务员端菜上来了。

魏赫努力挤出了笑，对陆辛说："陆哥，你尝尝这个羊汤，前年我妈过生日，我爸带我们来吃过一回，回去就一直夸。"

雪白的汤水连着肉被分在小碗里，沈小甜喝了一口，羊肉的香气从舌尖翻滚开来，似乎是在打着转儿往肠子里走。

魏师傅把自己的酒杯添满，接着说："陆辛啊，我知道你这孩子一直是个汉子，你别怪你阿姨，要怪就怪我，你阿姨当年生小赫的时候受了罪，我呢，那时候正是刚干上总厨没两年的时候，结果……"

薛阿姨用鼻子重重地哼了一声说："姓魏的，你别把话往好听了说，就你家老母亲那样儿，我一边坐着月子一边还得供着她，你说你没对不起我，我又怎么对不起你了吗？你爹妈哪个不是我伺候到死的？两个孩子我一把屎一把尿拉扯大，我是怎么对不起你们老魏家了吗？"

她的声音回荡在房间里，字字带着刺儿，沈小甜没忍住，在桌下抓住了陆辛的手。

"我没说你对不起我，你疑了我十几年，你把陆辛这么好的一个孩子往外推，你都不叫对不起我，我知道，是我对不起你。"说完，魏师傅又喝了一杯酒，脸上竟然有了点儿笑意，"我没本事，是我对不起你；我对个孩子好，是我对不起你；我被人从鹤来楼赶出来，也是我对不起你；就连我这次脑子里长了东西，也是我对不起你。"

薛阿姨冷笑，说："你不用在这儿卖这个惨，姓魏的，我知道你这是知道自己没得癌症了，就拉着一大家子来审我。我不用你们审，你直接判就行了，你说，我是怎么罪大恶极了，我就怎么该死了，你给我定个死法，我就去死。"

这话真是往人的心里扎，滚烫妥帖的羊汤进了肚子，也被这话给凝成了冰。

陆辛想说什么，被魏师傅抬手拦住了。他拿起酒瓶，把最后几口酒往嘴里倒，脸已经彻底红了："我不审你，我审不了你，咱俩这辈子，从来是你审我，我今天就是得告诉你们……"他从身后的袋子里拿出了几个文件夹子，"小赫把陆辛找来劝我，他到底劝了个什么？本来……今天……"他笑了一下，笑容里全是苦意。

魏萱拿起一份文件打开，先是惊诧，继而困惑："人身意外保险？爸，你……"

餐桌下，陆辛一下子握紧了沈小甜的手。这一刻，他们两个人都知道了为什么魏师傅之前拒绝进一步检查——他买保险，就是想让自己在没有确诊癌症的情况下意外死亡。

本来菜香流溢的小小包厢里，一下子变得鲜血淋漓。所有人都看不见，却也都觉得喷了自己一身。

"爸！爸？您什么意思啊？"魏赫一下子从椅子上跳了起来，抓过桌上的文件，翻了几页，表情却越来越迷茫，"我怎么看不懂呢？我怎么都不懂呢？"

他用求助的目光看向沈小甜和陆辛，似乎想让他们为自己解惑，又看向自己的妈妈和姐姐。

魏萱一直翻到合同最后，指着对她妈说："你看，受益人是你。"

"你这是什么意思？"薛阿姨的眼里几乎要滴出血来，她看着自己的丈夫，又问了一遍，"你这到底是什么意思？！"

"我没什么意思。"魏师傅的嘴角抽了两下，他有些抱歉地看了陆辛和沈小甜一眼，"又让你们看笑话了……我怎么就又让你们看笑话了呢？"他抬手，捂住了自己的眼睛。

椅子被猛然推开，在地上摩擦出刺耳的声音，薛阿姨冲到魏师傅的身边，抓着他的衣服说："凭什么呀？姓魏的你凭什么去死啊？两个孩子都还没结婚呢，小赫还没考上大学呢，你凭什么去死？你凭什么丢下我们娘仨不管？"

薛阿姨的力气真的不大，被她拉扯着，魏师傅只是有点儿狼狈，他放下一只手，看着自己的妻子，好一会儿，说："我不凭什么……我什么都凭不起。"

"妈，有话好好说，你别拉我爸了。"

两个孩子过来劝架，魏萱被她妈推开，一下子碰到了餐桌上，沈小甜看着自己面前的汤水狠狠地晃了一下。她和陆辛的手握在一起，像是这房子里唯二的雕像。

"我今天就是想说，你们爸爸没用，事业一败涂地，照顾家里也照顾不好，真的是我自己能力不行照顾不好，跟别人都没关系，都是我的错，真的，你们爸爸这点儿本事，根本养不了另一个孩子，你们陆哥是个顶好的人，他妈救过我一命，他也救了我一命，你们得念着他的好，知道吗？"

薛阿姨的声音一下子变得尖厉起来，她一巴掌拍在魏师傅的脸颊上："姓魏的，你别说这些没用的，你告诉我，你这是什么意思？"

"我没意思，我没意思透了。"

两个人像是两个扣在一起永远不能解开的丝扣，纠缠着，偏又是两条不同的线，不管被绑得多紧，终究不能是一条，他们各自扭曲，也看不见对方被自己捆得多紧。

服务员来上菜，被包厢里的混乱吓到了，退出去叫了人来帮忙。

"姓魏的你给我把话说清楚！你凭什么想死？！你凭什么说陆辛救了你？我告诉你我不认！你姓魏的不是个东西，连脑子里的东西是啥都不敢认你就光想着死！我怎么嫁了个你这么没用的男人！"薛阿姨被女儿和服务员联手拉开，还是不依不饶。

沈小甜在旁边听着，终于明白了她的意思，她难以释怀的是魏师傅想要去死这件事。

"我都说了我没用了呀。"魏师傅居然还哼哼笑了一声，他越发酒意上头，一双眼睛不知道是泪还是被酒冲的，像是要哭似的，"陆辛啊，我也是想告诉你，你不欠我的，我早该告诉你，也省得你再来受这个委屈，你不欠我的！是我欠你的！"他挥挥手，又捂住了自己的眼睛。

"好的，您说的我们都知道了。"沈小甜站起来，紧紧攥着陆辛的手，"陆辛从来不觉得自己欠了您，情分不是亏欠出来的，是互相尊重，是沟通，是理解。他尊敬您，所以想着各种办法想让您好好活下去，他没算过谁多谁少，亏欠不亏欠。您和您的家人之间的关系有问题，两边连交流都成问题，把他夹在中间当坏人，他没说什么。您妻子把自己生活的不幸都算在了陆辛的头上，他也没说什么。你们今天在这个房间里说的话，是互相往对方的心上插刀子，也是往他身上插刀子，你们谁问了他疼不疼了吗？现在你们都把话说完了，我们也没什么好说的了，陆辛从来没救过您，他来北京，只是来看看一位照顾过他的长辈，现在话说完了，我们这饭也算是吃过了。"说着，拉着陆辛就往外走。

陆辛一直罕见地沉默着，跟在她的身后，两个人的脚步声在酒楼的廊道里错落响起。

"他们怎么可以呢？"

走进电梯里，陆辛听见沈小甜在小声说话。什么可以不可以？他拉着沈小甜的手，除了手之外，他好像全身的关节都锈死了。

"你花过他们家多少钱？"

陆辛恍惚了一下，才反应过来沈小甜是在问自己。

"啊？我？没有……"一开口，他才发现自己的喉咙里早就涩住了，对沈小甜笑了一下，垂着眼睛说，"我爷爷给我留的钱够我长大的，我叔叔还一年给我一笔，直到我成人了，我说我能养活自己了，他才不给了。"

沈小甜还是沉着脸，仿佛被伤到的是她："我讨厌这种不计成本的互相伤害。他们只是希望对方的心彻底崩溃掉，不管是孩子也好，你也好，都成了他们攻击对方的武器，我讨厌他们！"走出酒店的大门，她抬头看着陆辛，眼睛里像是有两团火在燃烧。

陆辛看着她，把她抱在了怀里："行了，没事儿，真的。"

"一定很疼。"

"不疼，哎呀，我也就是惊了一下……"

"不对。"沈小甜在男人的怀里深吸一口气，轻声说，"如果善良宽厚成了一个人不断被伤害的理由，那就一定是哪里出了问题。"

陆辛失笑，轻轻拍了拍沈小甜的背脊："你也把我想得太好了吧？"

沈小甜摇了摇头，也像是蹭了蹭。

这一天余下的时间，他们都过得很沉默，离开北京的车票已经买好了，是明天。魏赫和魏师傅打过好几个电话过来，陆辛都没有再接。

"我也没啥好说的了。"他对沈小甜说，"有时候想想，要是魏师傅再硬气哪怕一分，或者再软和那么一分，他和薛阿姨也不会到这个分上。薛阿姨也一样……唉，何必呢。他们俩的事儿还是得他们自己解开。"

沈小甜问他："要是解不开呢？"

这两人孩子都已经成人了，人生过了一半儿，也不像是能解开的样子啊。而且，沈小甜心中的想法实在冷酷许多，以魏师傅和薛阿姨现在的境况，也并没有什么契机能够改变他们的生活，既然没有外在的改变，那内心的改变也是极难的。

陆辛的回答是："那就……这样吧，我有个老朋友跟我说，他活了几十年才终于明白一个道理，人生在世，能伸手帮一把的时候一定伸手。我又问他，那要是帮不了呢？我那朋友说，一个人要是能记得自己是帮不了所有人的，说不定也是帮人又帮己。我觉得他说得挺有道理的。"

这个回答让沈小甜有些意外，也有些安心。

"陆辛……"安静的房间里，沈小甜叫了男人一声，她正在低着头准备新视频的文案，鼻梁上架着一副眼镜，看起来更像是个老师了，"如果有一天，我开始指责你，我们就分手吧。"

"啊？怎么突然想到这茬了？"

"也不是突然想到的。"沈小甜停止敲键盘，转头看向她的男朋友，"我的性格挺糟糕的，而且自我反省的能力也很差，你呢，又是个心大的，要是咱们俩之间出了问题，肯定是你一直在包容我……这是我最不想看到的局面。燃点越高的东西，真正燃烧起来杀伤力也越大，我不想我们走到彼此伤害的那一步。"

男人的脸上露出了无奈的笑："小甜儿老师，咱俩正式确定关系才两天吧？你就想得这么长远了？"

戴着眼镜的沈小甜理直气壮："没办法，我的性格就是这么糟糕。"

"不是……小甜儿老师，先说清楚啊，我不觉得你这性子不好，我觉得你现在这样特别招人稀罕。"

沈小甜突然觉得想要维持自己的理直气壮，有那么一点儿艰难。

陆辛接着说："咱俩现在是在这儿处着，那肯定是遇着事儿了就商量着解决事儿，对不对？谁能说自己就一定对，别人就一定错呢？小甜儿老师你可不能现在就觉得我啥都对啊，这还啥都没干呢，说不定真经了事儿，你才会觉得……"

沈小甜问他："觉得什么？"

男人捧着手里的书，嘿嘿一笑，说："你才会觉得，哎呀，陆辛这人呐，

302

比我想象中还好！"

这家伙竟然还做了个少女捧心的动作。沈小甜一下子就被他给哄笑了。

笑完了，两个人各干各的，陆辛又突然说："小甜儿老师，我突然发现啊，你这个人不诚实。"

沈小甜有些疑惑地转头，就见陆辛已经凑到了自己面前："你总说你没劲儿安慰我，可我仔细一想啊，上次，这次……小甜儿老师你可有劲儿了，不光能安慰我，你这一双小手啊，真是救苦救难，能拉着我走出来一次又一次。"

隔着镜片，她看着陆辛的大手抓着自己的两只手，嘴角就漾出了笑："我是用你借给我的力量来安慰你吧？"

听她如此说，男人垂着眼睛笑了："那我得多借给你一点儿。"

"MUA！"

好大的一声，是他在沈小甜的额头上用力亲了一口。

2

"来，小心点儿。"

一大早，陆辛拉着沈小甜的手在街上走，他们现在是在洛阳的老街区里，路边全是各种铺面，这个时候最热闹的自然是卖早点的，沈小甜看见各种小吃店的门口冒着热气，在凉风阵阵的秋天早上，这些热气格外讨人喜欢。

"一大早你就说要带我吃洛阳水席，就在这儿吃吗？"沈小甜忍不住问陆辛，实在是他们走的这个地方跟"席"字没什么关系呀。

"是啊。"陆辛对她眨眨眼，眉眼中飞着光，看见沈小甜有些疑惑的表情，他更得意了。

离开了北京，他们就来到了这儿，也能暂时把那些事、那些人都封存在那座日新月异的大城市里。陆辛对洛阳还真是挺熟的，带着沈小甜七转八拐，在一所学校门口找到了一家小馆子。

"浆面条？"沈小甜看见了他们家的招牌。

"洛阳水席里面就有这么一道，别看孙光头那儿名气大，这家可比孙光头做的好吃。"陆辛说的孙光头就是欠了他一顿大宴的那个人，昨天知道陆辛来了就嚷嚷着让他晚上一块儿出来喝酒打牌，实在是个特别爱热闹的人，听说陆辛带了朋友来才老实了。

一走进店里，扑面是带着酸意的香气，再看见别人碗里那种灰白颜色的汤水，沈小甜立刻就想起了北京的一种著名小吃——豆汁儿。

"这个面条不会是酸的吧？"她问陆辛。

男人一直拉着她，正好有一桌空了，他立刻带着沈小甜去坐下了，身后好几个人脸上都是没抢到座儿的懊恼。

"浆面条确实是酸，不过这个味道嘛，也不只是酸。我看你在北京用焦圈儿蘸豆汁儿也能吃，就想着让你尝尝这个。"

作为一个外地人，让沈小甜喝豆汁儿她是喝不来的，但是用那种炸好的脆脆的焦圈儿蘸着豆汁儿吃，她还挺喜欢。听陆辛这么说，沈小甜对这个浆面条就期待了起来。

店里的人实在是多，陆辛让她坐着，自己去了汤锅那儿点餐："老板！两碗浆面条，一份炸馍片，一份炸咸食，再来两个咸菜。"

小餐馆里挺干净的，沈小甜看见不管是煮面条的还是端着上菜的都是中年阿姨。

"浆面条的面条就是普通的手擀面，也有用挂面的，重点是在这个浆水上，得用绿豆糊或者面糊，跟豆汁儿一样发酵成了酸的，再拿这个酸浆煮面条。据说还有用地瓜的，不过那个都是各人自己家里做了。"

店里的阿姨们统一系了红色的围裙，干活儿利落着呢，陆辛一段话还没说完，就有阿姨端了他们点的东西上来。浆面条看起来有点像山东的疙瘩汤，菜啊、面啊浓浓地混在一起。能看见菜叶、嫩豆腐、胡萝卜丝和肉片悬在里面，面也不太像是精面做的手擀面。

陆辛在一边说："这家最有名的就是这个面，杂粮的手擀面，还是现煮的，在洛阳可真是越来越少了。"

果然是杂粮面啊。

"配菜里面，葱得炒香了掺进去，快出锅了还得放芹菜叶。"

炸咸食有点儿像炸萝卜丸子，只是面要少得多，用的还是白萝卜，一点点绿翠点缀在焦黄里，是加了葱，咬一口，四周是脆的，里面是软的，香味很足。除了葱和萝卜的香味之外，还有五香粉和花椒味儿，咸香味一下子就把人的味蕾打开了，更像是一道能下饭的小菜。

炸馍片，沈小甜刚听见名字的时候没反应过来，现在一看，这就是炸馒头呀，不过是炸得透了些，里外都是酥脆的，外面微微有点儿咸，陆辛说是炸之前先过了一下盐水。

"洛阳人最喜欢吃汤汤水水，所以这些东西蘸了汤都好吃，你试试？就跟焦圈儿蘸豆汁儿一样。"陆辛还指导沈小甜吃法，用筷子把炸馍片推进了浆面条里泡了一下，又夹出来吃掉。

沈小甜按照他说的试了一下，还真挺好吃。

最后，沈小甜开始品尝这个浆面条。

浆面条真的没什么卖相，吃起来却是酸香里透着醇厚，面条比清水里煮的要更软烂一点儿，却很顺滑，喝上一口，是热腾腾的连面带汤下到肚子里，胃和舌头就一并被安慰了，酸浆包裹着其他的香味，还有点儿让人上瘾。

沈小甜第一次看见有人用芹菜叶子做出锅的调味，竟然还挺合适，微微的一点儿苦被酸给中和了，只剩了芹菜清爽的香，又跟芹菜梗完全不一样。她喝了第一口，吃了口泡在里面的炸馍片，又左一口右一口，一碗浆面条一会儿就下去了三分之一。

陆辛吃得比她还快，咸辣的小菜在前冲锋，酸浆的面条随之而下，是稳健又无所畏惧的大军。

"洛阳人有句话，怎么说的，叫'剩饭烫三遍给肉也不换'，说的就是这个浆面条。它也被人叫浆饭，据说是这个浆面条越是回锅了就越好吃。你看，还有人特意拎了浆面条回家去，说不定是晚上或是明早儿热了再吃一顿呢。"

沈小甜随着他的目光看过去，果然看见一个大叔用塑料袋提了一次性饭盒回去，明明刚刚还坐在那儿吃来着。

"小甜儿老师，你说说看，这面条为啥越回锅越好吃呀？"

课代表会主动提问了呢。沈小甜叼着炸馍片，吃完嘴里这口才说："得看是怎么个好吃法。如果说是口感上更好，可能是长期静止让胶体更稳定，分子结构更紧密。如果说是味道变得更丰富了，一方面是蛋白质在酸性环境下进一步水解，产生更多的氨基酸，另一方面是配料里的风味物质在释放。如果说是变得更酸了，味道更浓了，那就还是放置之后它在缓慢地继续发酵……"面对这么一道简答题，小甜老师提出了各种解题思路，说着说着，眼前一亮。

"你这是又有拍视频的想法了是吧？"陆辛问她。

沈小甜给了他一个非常灿烂的笑容："渗透压相关可以加个缓慢释放的例子！"

男人想抬手捏一下自己女朋友的脸，想起来刚捏过炸馍片儿，手在餐桌上打了个转儿，又收回去了。看见沈小甜在看他，他说："你记着啊，你欠我一下捏脸呢，等我洗了手我得捏一下。"

无辜欠债的小甜老师不明所以，继续吃她的浆面条。

陆辛也喝了两口，开始讲故事了："这家店，我上次是和我一个老朋友来的。"他抬头看看这家店，笑了一下，又低头看着沈小甜，"这家店的第一个老板是个阿姨，下岗之后没办法，开了这么个卖浆面条的铺子。"

下岗？沈小甜愣了一下，说："不少小吃店，真说到起源，都脱不开下岗呀。"

陆辛想了想，还真是："比咱们爹妈再大点儿的那一辈儿，还真是这样，尤其是在城里的，离了大国企，又得谋出路，开饭馆还真是一条被人走熟了的路子。成本低，风险就少，能把几个菜做好就行……还真有不少是一道菜养了一家人的呢。"

比如眼前这碗浆面条。

陆辛又低头喝了一口，然后对着汤碗笑了一下："我和我朋友来洛阳的时候，就住对面，那里之前有个小旅馆，一晚上八十，一个标间，我俩睡正好。我们吃饭啊，就来吃这个浆面条，他一开始吃不来，捏着鼻子陪了我两顿，嘿，他自己还吃上瘾了，不光吃上瘾了，还在这儿给人断官司呢。"他指了指门口的位置，"这家店的老板不是个下岗的阿姨吗，她下岗的时候就已经三十多岁了，用这家店把自己病了的男人、上学的儿子、要照顾的老人都撑起来了，说起来，真是个强人……她也不光是强在能立起门户上，这店里里外外干活儿的，都是些失了业的阿姨。她们之前基本是下岗的，后来被婆家赶出来的、为了照顾孩子辞职后来又找不着工作的，里里外外七八个人都是这么找来的，都被阿姨收留下来干活儿。"

穷则独善其身，达则兼济天下……沈小甜的脑袋里刚想起这句话，就听陆辛接着说："穷则独善其身，达则兼济天下，我朋友一听这阿姨的事儿，一拍大腿就是这句话。"

沈小甜笑眯眯吃了一口浆面条。

"店开了十来年，阿姨也到岁数想退休了，事儿也就来了，她的儿子想把这浆面条改成连锁。阿姨一听觉得是好事儿，可再听下一句她就不干了，她儿子想把这些在这儿干活的阿姨都换掉。"

沈小甜毫不意外，她去过很多的连锁餐厅，无一例外都是窗明几净外加青春靓丽。

"那天，阿姨就在这儿听她儿子说什么连开十二家店的大计划，脸越听越黑，我和我那朋友就一边吃着面条一边听，跟俩大耗子似的。"陆辛的眼神里满是追忆，又比追忆更复杂，他看着静静听自己说"故事"的沈小甜，嘴角扯了一下，是愉悦的弧度，"阿姨最后还是听不下去了，她就说了一句：'你这主意挺好的，你别在我这儿用，再找个妈给你留个店吧。'"

这话说得漂亮，沈小甜的眼睛一下子就亮了。

陆辛说：“我那朋友当时就带着我在那儿鼓掌。”

“然后呢？阿姨的儿子说什么了？”沈小甜问。

“阿姨的儿子当然不愿意了，他说他也不是没人情味儿，可现在这个时代变了，市场啊，竞争啊，转型啊……”

这些词，他们这一代年轻人也都知道，老板的儿子知道，当老师的沈小甜知道，当野厨子的陆辛也知道，现在说起来，只用这些词汇，他们就知道什么是“时代变了”。

“阿姨笑，她说她开了十几年的店，啥不知道啊。你卖浆面条，他买浆面条，跟你讨价还价，这就是市场。你卖浆面条，对面卖不翻汤，这就是竞争。你卖浆面条不赚钱了想搭着杂烩菜一起卖，这就是转型……她问她儿子，这跟用什么人有什么关系呢？是用了这些人，她的浆面条就不好吃了吗？那时候我也是十几岁，正觉得天老大，地老三，我在中间是个二呢，听着很多老师傅讲起老规矩，我也是不耐烦，可这阿姨一段话，把我说得服气了。”

沈小甜慢慢长出一口气，说：“这世上不是只有学校里能教人知识的。”

“是啊，那之后我就知道了，人人心里有本经，能在这世上摸爬滚打站住了的，没一个是能小瞧的。”

“然后呢？你那个朋友断了什么案子啊？”

隔壁桌的人走了，一个穿着红围裙的阿姨走过来擦桌子，看见沈小甜在看自己，笑着问：“恁再来点儿什么？”

“不用了，谢谢阿姨，我是看您干活儿真利落。”女孩儿甜甜的脸上是纯蜜一样的赞美。

阿姨一下就给哄高兴了，被喊去端菜都是笑着的。

陆辛接着说：“来来回回说了几句，她儿子急了，说要是看不上他，就别说让他接班的话，一群人就守着个破饭馆到老吧。他气呼呼地就要走，我那朋友就把他叫住了。”

陆辛那个朋友气质温润，笑容还挺慈爱，他招招手，还真把那个年轻人给

308

叫住了："年轻人，你别走啊，过来过来。"

老板的儿子哼了一声，说："你这老头儿一边待着吧，我们自己家的事，关你什么事儿？"

"我呀，是为了这个浆面条好吃才说话，你就在这儿听我唠叨两句，要是你觉得不好听呢，反正也就耽误你一会儿，对不对？"

老板也被气得够呛，挺健壮一个妇人，一脚踩在门槛上，很有点儿不被世人所懂的孤绝。

"你呀，是误会了你妈的意思，她要给你的，可不只是这个店这一份产业。"老人站起来，陆辛扶了他一把，他走到馆子的门口说，"这里呀，是两份家业。一份叫自强不息。你妈妈这十几年怎么辛苦过来，你肯定比我们这些外人知道得更清楚，对不对？我活了一辈子，见过中年受挫的人不计其数，可真正能走出来再打拼出一份家业的，十个里面也不见一个，你妈妈能做到，是她自强不息，这份心成就了这个面馆的根基，我说得对不对？"

年轻人沉默了一会儿，才说："我知道我妈这些年不容易。可是……"

"这第二份家业，你妈也想给你，就看你接不接得起。"

年轻人看着站在自己和母亲之前的老人，皱着眉头说："什么家业啊？"

老人笑眯眯的，说："这份家业啊，就叫厚德载物。你妈妈的肩上担着的可不止你们一家人，这些你觉得无所谓裁掉的人，是你妈妈的德行和担当，年轻人，你能接下来吗？年轻人，你的责任与抱负总希望父母能听见，那你妈希望你能接住的第二份家业，不管你接或者不接，你得看见，得听见。"

沈小甜长出一口气，才问陆辛："那后来呢？老板的儿子接下来了吗？"

"我们过了几天就走了，当时可不知道。"陆辛摇摇头。

这时，一个三十多岁的男人走进餐馆里，手里端着一盆拌好的小菜。陆辛定睛看了几秒，突然一笑，说："他大概是接下来了。"

沈小甜随着他的目光去看，一下子就懂了，然后也笑了。

陆辛再看沈小甜，脸上还是笑着的。

上午，他们两个人去逛了博物馆，沈小甜说洛阳是古都，来一趟总得开开眼界。这话让来过洛阳好几回的陆辛忍不住摸了摸鼻子。

当然，他没忘了要捏沈小甜的脸。早上吃完饭回酒店休整的时候，陆辛特意把手洗得干干净净，用了酒店的洗手液，香喷喷的。结果他站在沈小甜的房门口，看着小姑娘打开门出来，突然就舍不得了，香喷喷的手抬起来又放下，还问人家："你脸洗了吧？"

"洗了呀。"沈小甜看他这样，也想起来自己莫名其妙欠的债，一下子就用手捂住了自己两边的脸，还对陆辛眨眨眼，"你不会真的要掐吧？"

这还怎么掐得下去？

香喷喷的手在空中挥了挥，最后变成了摸摸沈小甜的脑袋。

"我头发是昨天晚上洗的。"小甜老师说道。

陆辛用鼻子出了个气音，拉起沈小甜的手。

下午四点多，两个人从隋唐遗址公园出来，陆辛就带着沈小甜去找了那个会做洛阳水席的孙光头。

"洛阳水席呢，有两个意思，一个是咱洛阳人离不开这个汤汤水水，另一个呢，就是这菜啊，是一个接一个地上，流水席。"去的路上，陆辛还给沈小甜讲了讲这个水席的意思。

"哎哟，陆哥，我刚听你说带了朋友来，还以为是那老爷子又跟着你来了呢。我还想呢，他岁数也不小了，还这么东奔西跑能行吗？没想到……嘿嘿嘿，没想到。"孙光头圆脸小眼睛，一笑起来贼贼的。

他是个光头，老元师傅也是个光头，不过老元师傅那颗山东光头看着红亮有光，他这颗原产山西的光头就是小两号的圆球样子。看身材他也不是很胖，可就因为头太圆，总让人觉得这人肯定胖乎乎的，典型的"看脸胖十斤"。

陆辛听他这么说，看了沈小甜一眼，才说："那老爷子早让家人接回去了，这是我女朋友，当老师的，你叫她小沈老师吧。"

孙光头立刻从善如流，把嘴里"嫂子"两个字儿憋了回去，叫沈小甜"小沈老师"。

孙光头听口音也不太像河南本地人，他老家是山西的，自称是早年间家里的地被征用开矿了，他就跟着父母来了河南："想当初，咱也是家里有矿的人，就是少点儿设备。"

孙光头一看沈小甜就忍不住对着陆辛挤眉弄眼，揶揄之情几乎要从他的小眼睛里冒出来了。

"行了，你呀，今天安心还债吧，说是欠我一道水席，我们俩也不吃全套了，挑着你拿手的菜上几个就行了。"

听陆辛这么说，孙光头一脸失望，说："陆哥！你居然不吃全套？我又不是请不起你！嫂……小沈老师，我是真心要招待的！你看看陆哥！"

陆辛转头对沈小甜说："洛阳水席菜多规矩多，真按照他们规矩来啊，就有个人在旁边一直唠叨，这个怎么吃，那个什么讲究……"

他这么一说，沈小甜立刻明白了，她今天可是已经看见了无数"武则天的规矩"，可真有点儿受不了了。于是，她只是微笑，笑得孙光头没了脾气。

陆辛开始点菜了："牡丹燕菜来一个，这是你最拿手的，再要一个酸汤焦炸丸子、虎皮扣肉、洛阳熬货……浆面条我们早上吃过了，你就上个炒饭吧。"

孙光头还不愿意，磨磨蹭蹭走出房间，又探头回来对陆辛说："那我给你带子上朝呗？陆哥？"

被陆辛果断拒绝了："带子上朝就是他们这个水席上菜，是一个大菜再带两个，说是就是……"

"好意头对吧？"

陆辛笑着点点头。经过这一天历史文化的熏陶，我们的小甜老师已经会自己抢答了。

洛阳水席最大的特点就是素菜荤做，比如那个牡丹燕菜，主材是白萝卜的丝儿，经过久泡之后拍一层干粉，再上锅蒸成透明的丝缕，最后过凉水变得根根分明，看着有些像泡发后的燕窝。这些烦琐的步骤对这道菜来说不过是小小一部分，还要把处理过的香菇、冬笋、火腿、鸡丝、牛肉、黄瓜间隔铺开在萝卜丝上面，中间插着鸡蛋做的"牡丹花"，上锅一起蒸完，再倒入熬炖了三天的高汤，让萝卜吸收其中的味道。

"这菜啊，萝卜是提前弄好的。"陆辛吃了一口，对沈小甜说，"这是蒸熟了之后的萝卜放在冷库里，吃的时候现调制的，不过也没办法，这菜太麻烦了。"

野厨子摇摇头，又说："这菜啊，古代的时候更麻烦，蒸完了晒，晒完了蒸，就为了一口萝卜。"

萝卜是脆的也是软的，还有点儿清甜味道，跟浓厚的汤底融为一体，就是吃起来你完全想不到它是萝卜。

沈小甜看着这道菜，脸上渐渐起了笑容："果然，洛阳这个地方到处都能看见渗透压的应用！"

陆辛的手又痒了，最后他挠了挠自己的头。

3

"也不知道今天能不能上课啊。"

一大早，付晓华打着哈欠坐在了工位前面，一面给昨天的工作扫尾，一面趁着还没上班，打开了微博。

从小甜老师开始她的"美食化学"系列以来，都是每四天更新一次视频，算起来应该是昨天更新的，结果昨天付晓华正好出外勤不用在办公室打卡，早早跑到友商公司门口的早餐店里等着刷更新，却没等到。要不是她昨天吃到了觊觎已久的牛丸米粉，她可就要闹了！

"有时候我还真该出去走走。"付晓华自言自语，"那么多好吃的，得自己用嘴去吃才过瘾。"

作为一个每天回家就摊在床上的社畜，付晓华每个月总有那么三五次会不想一直宅在家里。当然，她也就是想想。

时间九点过两分，她一刷新，还真看到了小甜老师新发出来的视频。

"洛阳的牡丹燕菜有一句话，叫'素菜荤做'，赋予萝卜丝肉汤的鲜美味道。这一句话里，就包含了我们今天要讲的重点，渗透。为什么做菜的时候萝卜丝要铺上干粉？为什么传统做法里还要把萝卜丝进行晾晒？为的就是降低萝卜里面的水分，让它能够更好地从汤汁里吸取味道。"

牡丹燕菜……要不是小甜老师说，付晓华绝对想不到这居然是一道萝卜菜。妈呀，之前听说那个开水白菜就已经挺吓人了，这个菜居然也不差啊！

"类似的做法在酸辣焦炸丸子里也是一样的，油炸能够让丸子表层失水，而所谓焦炸，从化学层面来说不就是让丸子尽可能地失去原本的水分，来拥抱汤汁吗？"

付晓华饿了，这个焦炸丸子看着有点儿像他们工作餐里偶尔会出现的所谓"狮子头"，可这个名字一读出来，她就觉得自己的味蕾受到了强烈的刺激。

"为了让一种食材在烹饪过程中更好地获取味道，人们经常会提前对它们进行干燥处理，比如据说难以入味的茄子，就可以在烹饪之前先用盐去掉里面的部分水分，当然在这个过程中，茄子也是受到了'腌渍'。"

炸茄条从付晓华的面前飘过，被裹上了一层薄薄的酱汁，付晓华吞了一下口水。她今天早上还是有所防备的，包里装了一个从便利店买的三明治，口水滴答地咬了一口，她默默地说："这个面包做得这么干，是不是就为了更好吸收我的口水？"

"……生活中的化学从来不是独立存在的现象，一个简单的动作里可能存在无数的化学原理，甚至某一道菜烹饪方法的演进，都可能是对某个化学现象的不断追求。鲤鱼焙面里的面条原本是水煮的，为了让面更好地入味，逐渐变成了油炸后失去水分的面。"

看着一双很好看的手将炸过的鲤鱼推入锅里，汤汁咕嘟咕嘟，付晓华觉得自己已经成了一条瘫坐在座位上的死鱼。

"说到渗透，我们还要提到咸鸭蛋和果脯，它们之所以能够长期保存，也是因为对渗透的应用。经过腌制，它们的细胞中富含了高浓度的盐和糖，细菌一旦进入其中就会因为渗透作用失水死亡。"

道理我都懂，小甜老师，你不用给我现场切开一个流油的咸鸭蛋了！呜呜呜，我也想吃咸鸭蛋配面条，呜呜呜我的三明治它不好吃。

看完视频，付晓华哭着去看评论，大早上的，今天上完课的大家日子也一样不好过啊——

"河南人看见这个视频里的菜超亲切！安利大家洛阳水席！求求大家一定要去当地尝尝！"

"同是河南人举手！小甜老师来河南了吗？"

"我这次终于有小甜老师同款了，我在吃咸鸭蛋！可不知道为什么不流油……"

看见评论里有人说这些大部分是河南菜，付晓华直接把视频转给了一个同事，然后火速加入到"啊啊啊想吃"的行列中去了。

十分钟后，她目瞪口呆地看着那个同事哭着进了门。

其他人连忙问她怎么了，那个一贯大大咧咧的女孩儿红着眼睛摆摆手说："没事儿，我就是想家了，我妈就会做这个酸辣焦炸丸子，我去年过年回去的时候还吃了。"

转个视频把人给惹哭了，付晓华觉得很不好意思，午休的时候一刷朋友圈，还看见这个同事把视频分享在了朋友圈里，配的字是："妈，我这下明白你为什么把丸子炸得那么黑了！"

"嘿嘿嘿，又给我们小甜老师拉了两个粉！"付晓华有些得意地笑了。

沈小甜在看手机。陆辛叫了她好几声她才听见，抬起了头。

"孙光头让咱们下午三点过去，他给露一手，你要是想听故事，他家的故事也挺好的。"

沈小甜点了点头，再看看自己的手机，对陆辛说："我今天这个视频做了个尝试，没有像之前一样讲清楚化学原理，只是把一个概念的应用例子讲了一下，目前看反响还不错。"准确来说，就是内容没有那么"硬核"了。

"渗透这个词儿大家都知道，可是化学上渗透的概念，准确地说并不属于基础教学领域，学生们所知道的也只是个大概，渗透压的计算等内容在高中生物上有一点儿涉及，但也不深，之前我讲的大部分化学知识属于人们都知道，但是遗忘了，或者不会跟做饭联系起来，但是这次不一样……"

"我懂你的意思了，你就是说你要是死抠这个词儿就太深了，又怕自己讲得太浅？我觉得没事儿。"陆辛很认真地听她讲自己的思路，笑着说，"你讲的这些东西，别人也讲不着，除了从你这儿，谁看个做饭还能学点儿东西啊，能学一点儿是一点儿，你不用觉得自己一定得把一个知识点讲明白了。"

沈小甜点点头，她也是这么想的，与其艰难地讲解一个人们连听懂都难的点，不如铺开来，用更浅显的方式做到让他们对"化学"本身存有印象。

"我大概是职业病又犯了，教案做得太多了，总想着把一个点给讲透。"沈小甜长出一口气，终于又是那副笑眯眯的样子，"所以啊，以后我要用的文案，还是得先给你讲通了才行。"

"那我这个男朋友还得给你当学生？打两份工啊？老板，你得加钱！"

加钱这事儿有什么难的。沈小甜原本是坐在床沿儿上的，她站起来，弯腰抱了一下蹲着的陆辛，然后在他的脸上亲了一大口："要加钱啊？"她又在另一边也亲了一口。

给钱的大老板得意扬扬，放下了心事，出了房门回自己的房间了，留下收钱的野厨子僵在了原地。几秒钟后，他想站起来，都忘了自己是蹲在地上的，重心不稳，一下子歪坐在了床上，左边的脸有点儿热，右边的脸也有点儿热。

左手捂左脸，右手捂右脸，他又觉得自己的脑门好像被电了一样，酥酥麻麻的，淡淡的香气和软软的触感……哎呀！男人最后用整个右胳膊卷着盖住了整个脑袋，一下子仰躺在了床上。

大老板给钱给得太快了，打两份工的小可怜儿突然暴富，心态有点儿崩。

孙光头这顿饭是约在下午，中午快十一点的时候，陆辛先带着沈小甜去喝了洛阳有名的"不翻汤"。

　　所谓的"不翻"其实就是一个小薄饼，用绿豆粉、鸡蛋、水和面，小薄饼在火上不用翻面就能烙熟了，就叫"不翻"。虾仁、木耳、黄花菜、粉条、海带、紫菜、韭菜码放在小饼上面，中间留着点儿空，放点儿香菜，再把用胡椒粉、醋、盐调过味儿的猪骨汤冲淋在上面，就成了。单从做法上看真是简单，尤其是准备好了配料，只要浇汤就立刻能吃，实在特别适合在街头的小吃店里卖。

　　"这个有点儿像是胡辣汤，不过汤口儿不稠，还有点儿韭菜的清辣，我觉得比起胡辣汤来，我还是更喜欢这个。"一口酸酸辣辣的汤下肚，很快热汗就泛上来了，让人忍不住伸展一下身子，再来一口。陆辛说着，额头上已经微微有了汗意。

　　"要是天再冷一点儿，喝这个一定更舒服。"沈小甜也挺喜欢的，喝了两口，嘴都微微有点儿烫红了。

　　陆辛的视线飘开又飘回来。

　　倒是沈小甜，看着他的脸突然笑了一下说："洗脸了吗？"

　　"啊？啊……"男人犹疑了一下，说，"我这脸现在是你的收款凭证，老板不发话，我哪儿敢洗啊，是吧？"

　　沈小甜被逗得哈哈大笑。课代表果然学什么都快。

　　下午到了孙光头那儿，沈小甜很惊讶，陆辛也没比她好多少。

　　"没想到吧！"头顶一个面团儿，孙光头的一对小眼特亮，"陆哥说要我做个平时不太做又特拿手的，我就想给你们露一手了！"

　　陆辛笑，脸上的诧异都还没散去，说："你居然会做刀削面？"

　　"嘿嘿，那是，我爹手把手教的。"孙光头拿下头上的面团，看了看说，"光是和面这一道，我爹就问了好多人，愣是让我给它调出来了。"

　　一米外，锅里的水开了，孙光头又把面顶在头顶上，正在沈小甜以为他会表演"飞面"绝活儿的时候，他又把面搁回手里，安安稳稳地削面进锅。

"我只学了做法，顶面削我是不会的，就是不能白费了我这个光头不是？"

此刻的孙光头缩着脖子，真是低调又勤恳。

看见刀削面，沈小甜就想起来小时候看过的一部电视剧，男主角就是个光头，带着一个王爷吃了个光头顶着面团削出来的刀削面，那王爷就一直掂量着主角的光头——和她现在一样，都是思维定式导致的。

"别看我不会飞刀，面可一点儿都不差，削出来的是正宗柳叶面！"

孙光头说着话，面已经煮好了。别看他这人滑头，做事儿真的是精细，面浇头准备了两份，一份是纯肉臊子，一份是鸡肉、鸡蛋、虾仁、海参的四鲜味卤子，拿高汤调得浓浓的。

"你们要是还想吃点儿清口的，我再给你们弄个番茄鸡蛋卤子，也快得很。"

陆辛看一眼沈小甜，摆摆手说："不用不用，你给我烧一勺热油泼个辣子就行。"

一会儿真弄了热烫的油泼辣子上来，他舀了两勺放在碗里，配着肉酱吃得很香。

沈小甜吃的是四鲜汤卤，但是也放了点儿肉酱。孙光头炒的肉酱是用的五花肉，还搁了香料，仔细吃，里面还有点儿豆腐干，很香。汤卤很平滑，鲜味儿很足。当然，最好吃的是面，柔韧又滑爽，偶尔在舌头上打个滑，你就找不着它了。

陆辛吃了半碗面，对同样埋头吃面的孙光头说："你这面确实不错啊。"

孙光头立刻得意起来，笑着说："有陆哥你这一句话，我可就不虚了，嘿嘿……可不是我吹，就我在这个面上下的功夫，我也就当初学着切萝卜丝儿的时候用过。"

陆辛跟沈小甜说过，在洛阳想正经学好牡丹燕菜这道菜，在案板上苦学三年刀功是少不了的。

"他媳妇就是他用这碗面追来的。"陆辛突然说道。

孙光头"唉呀"了一声，说："陆哥你现在就给我揭了这个底，我怎么跟小沈老师显摆？不过我媳妇确实是吃了我这个面，嘿嘿嘿，就看上了我的。"

一抹嘴，他喝了口水说："我认识我媳妇那阵儿吧，还是个学徒呢，我媳妇是陪着她爹来洛阳看病的，她爹那时候心脏不好，来洛阳想做个支架手术，她很孝顺，钱都给她爹看病了，自己吃饭的时候就从医院出来买个便宜的饼吃。她买饼的那家店就在我家楼下，我呢，晚上下班，就看见她买四个烧饼，一天，四个烧饼，又一天，又四个烧饼……连着三天，我碰见她三回，她一共买了十二个烧饼。别说我了，连人家店老板都记住她了，听她是个外地口音，就跟她说，这个饼都是配汤吃的，她这么吃可太干了。那她哪儿是不知道啊，她那是把钱都留着了。第四天我回来早了，我爹要吃刀削面，我就削了一大块面，然后端着一盆到了楼下，正好她来了……"

说话间，孙光头的眼睛眯了起来，笑了。

沈小甜又往自己的面碗里加了一勺肉臊子。

"我就跟我楼下那老板说来两碗汤，我混着面吃看香不香。两碗汤倒进去，我分了老板一碗，分了店里俩认识的街坊一碗，又端了一碗给她。她说她不要，我说别人都有，正好碰见了，尝尝味儿呗。"说到这儿，孙光头突然压低了声音说，"其实我之前只留意她买饼了，结果递面的工夫，我一看，她长得还挺好看。"

陆辛打趣他："那你是当时就动了心了？"

"哪儿能啊？人家一看就是家里艰难着呢，我就是随手请人吃碗面。"

孙光头又接着说："我想，这帮人的事儿，你得贴着边儿干，一下子糊上去，又都不认识，这就不是帮人，是把人脸面往地上摞了。所以啊，过了两天，我又端了面下去了，街坊邻居都认识我，都笑着问我是不是面又削坏了被我爹骂了。我就说是。那次那面里，我就加了勺肉卤子，倒了点儿酱油醋。嘿嘿，我问她上次的面好不好吃，她说好吃，我就又给她了。一回又一回，第六回，我的面没给出去，她跟我说她爹手术挺成功的，她也得走了，是特意来谢谢我的。结果过了一年，她又来洛阳了，那天我下班，看她坐在我家楼下那家铺子里。你们能想到吗？就……就像是你心里有个东西扎在那儿，你平时不管它，它也不疼，但是那个人又来了，哎呀，心里一下子是又酸又疼。"

说着说着，孙光头叹了口气："我俩啊，是我媳妇追的我。真的，我们俩隔得远，我就是个高中毕业就跑出来当厨子的，也没啥前途，她呢，也就困顿了两年，在云台山跟朋友合伙儿弄了旅游公司，来看我的时候，穿得一次比一次好，我们俩差距也越来越大。好几次我就撑不下去了，真的，连我爹都不知道人家看上我哪儿了。我问我媳妇我到底哪儿好啊，她总说我人好。到最后，来回三年……我俩就结婚了，她们公司开大了，她就来洛阳弄个店。"

听到最后，沈小甜不禁瞪大了眼睛。孙光头真的是其貌不扬的长相，谁能想到，就因为送了人家几碗面，最后竟然颇有几分"霸道总裁爱上他"的味道？！

终于说完了，孙光头哈哈一笑，说："陆哥，没想到吧？他们天天夸我有个厉害好媳妇，结果是这么个厉害法儿！"

陆辛也摇摇头："我只知道你媳妇挣钱比你多，还真没想到你这小鼻子小眼儿的，竟然这么被人稀罕。"

他这话说得，让孙光头又笑了起来："我也没想到呀！哈哈哈！我刚跟我媳妇结婚了三年多，认识了陆哥，这么一算，也有十年了。那时候陆哥跟老爷子来洛阳，正好赶上我这馆子跟别人打擂台，找了陆哥和老爷子在评审席里。跟我比的那家大厨以前是我师兄，人品不行，非说我菜里有东西，要不是陆哥啊，我说不定还真栽了。所以我这辈子啊，都是别人在关键时候拽我一把，我媳妇拽我，陆哥拽我。"

幸亏他们吃的是刀削面，要是在酒席上，说不定孙光头已经端着酒杯站起来了。

说着话，三个人的面都吃完了，孙光头眼珠子一转，说："陆哥压着我讲故事，我这是把家底儿都掏出来跟小沈老师你们说了，不如你们也告诉告诉我，嘿嘿，小沈老师啊，你是怎么看上我陆哥的？"

沈小甜喝了一口水，面不改色地说："一见钟情。"

陆辛看她，她也回看陆辛。

野厨子说："怎么就一见钟情了？我怎么不知道呀？"

小甜老师笑眯眯的："你现在知道了。"

孙光头看着他俩，嘴都要笑得合不拢了，他是个爱热闹的，又问陆辛："陆哥，你从哪儿把小沈老师给骗过来的？人家是对你一见钟情啊，那你呢？"

陆辛对他挑了下眉头。

孙光头笑嘻嘻地说："陆哥，有小沈老师在这儿我就不怕你，哈哈哈！你赶紧说呀，不光我想听呢，小沈老师也想听！"

见沈小甜看着自己，陆辛眼神飘开了，又飘回来，落在沈小甜的下巴上："我……我是看着你吃了好吃的就那么开心，嗯……还……人好……还……好看……"越说越慢，越说越飘忽，他清了一下嗓子，声音又拉稳了，说，"反正就……越来越喜欢。"

沈小甜笑着看他，笑着笑着，眼睛都笑成了一条弧，又一把抱住了他的肩膀，在他脸上亲了一口。

哎呀，孙光头的脸皱得跟个干枣儿似的，忙不迭用手挡了下眼睛，真是没法儿看了。

回酒店的路上挺清静的，一条道，两个人拉着手，谁都不想松开。

陆辛说："其实孙光头他爸在孙光头上学的时候受了伤，右手整个没了，孙光头这才出来当厨子。他爸爱吃刀削面，他也就下了功夫学，真说起来，他的面筋道是真，浇头已经完全是河南人的口味儿了。他媳妇也不是一直顺的，前几年她那个旅游公司出了事儿，合伙人想拆伙跑路，孙光头本来有个饭馆的，二话不说顶给了别人，钱都拿去填了窟窿，自己又回了老东家干。"

沈小甜静静地听着，叹息了一声说："他刚才说总有人在关键的时候拽他一把，你是告诉我，其实他也一直拽着自己的家不松开是吧？"

"嗯。"陆辛点点头，"果然还是小甜儿老师会说话，一下子把我的意思给拿捏了。"

沈小甜笑了，说："我觉得你是在暗示我，你这一路也不想松开了。"

"那是。"野厨子突然得意了起来，"我可是你一见钟情回来的大宝贝儿，我说不松开，就不松开。"

这个小语气可真是太让人心里痒痒了。

"那你之前害羞什么呀？"

"我那是害羞吗？我那是提前没准备好，你看，我现在就准备好了。"陆辛看着沈小甜说。

准备好了？准备好了什么呀？沈小甜不明所以。

陆辛说："我准备好了，你快点儿，再亲一下！"他还指了指自己的脸蛋。

沈小甜摇头："不行，没感觉。"

陆辛挑了下眉头："一见钟情你没感觉？"

他今天是过不去一见钟情这个坎儿了。

沈小甜说："一见钟情是一眼的事儿，我都看你多少眼了。"

陆辛有些夸张地叹了一口气："行了，我知道了，我们小甜儿老师一眼是一眼的买卖，说不定这一眼就不稀罕我了。"

"那倒没有。"沈小甜笑嘻嘻地说，"现在每一眼还都挺喜欢的。"

正在这个时候，一个电话极煞风景地打了进来。

米然快被沈小甜愁死了："你都转行当网红了，就不能看看私信留个工作邮箱吗？人都摸我这儿来了，我这给学生上课手机响得没完没了，还得兼职你的经纪人啊？"

沈小甜"啊"了一声，她已经很久没看私信了，竟然都忘了这一茬。

"啊什么你啊？"电话里，米然依然很不满，"我最近要带学生参加歌唱比赛都没空找你，你自己得对自己的工作上心啊！内容做得好，你的外联也得跟上知道吗？"

"嗯，好，我知道了，真不好意思，麻烦你了。"沈小甜乖乖认了错。

她这样，米然反而觉得有些不对："不对啊，你说话怎么不挖坑埋我了，听着傻甜傻甜的？"

傻甜傻甜的沈小甜对着陆辛笑了一下。

"找到我这边的有四家，两个是要跟你谈一下广告的事儿，好像都是吃的，一个说自己是远程教育平台，另一个是个网红工作室，一上来就跟我说想跟你互动一下，我把他们的电话都微信发你，你自己看看怎么搞。还有那个私信啥的你都自己看看，十个里面能有一个通过咱俩的互动找到我就不错了，其他的你也都自己看看。"

米然挂了电话，沈小甜看起了自己的手机。私信里面一串儿的红色消息提醒，果然有好多是找她谈广告的，从电动牙刷、除螨仪，到柿子、石榴……要签她的网红公司也有几个，沈小甜先略了过去，再有就是……

"嗯，我都忘了，我还得给人讲题呢。"

她一下子高兴起来，给陆辛看自己的手机。发来消息的人叫"闪闪的少女心"，问的是一道化学题。

"这个题……稍稍有一点儿超纲，但是反应式都属于学生能解出来的。"

接下来的一路上，沈小甜都在不停地看题解题，有的题很简单，她只是略写一下思路，有的题比较复杂，她还要问一下对方是哪里不会。

陆辛双手插在裤兜儿里默默陪着她走，还怕她撞在电线杆上。

进酒店的时候，他突然听见沈小甜说："这个例题都不会，上课的时候睁着眼了就不至于啊。"

作为老师，沈小甜的嘴还挺毒。

上楼，进房间……陆辛站在自己房间门口掏门卡的时候，突然说："我是不是忘了什么事？"

4

沈小甜回答了今天之内私信里别人找她的所有问题，活动一下脖子，才发现自己已经坐在自己的房间里了。

接广告的事，沈小甜其实想过的，她现在准确来说做的是自媒体，想要吃饭的话少不了接广告这一步。可她没想好应该怎么接，也不知道该接什么，牙刷之类的其实跟她的内容没关系，跟她视频有关系的食物又有品质控制的问题。

最后，沈小甜给那个远程教育平台回了消息，又打开了自己今天上午发的那条视频微博。短短半天过去，这条微博已经被转发六千、评论三千，看一下内容，里面还真有人问自己化学题。

私信里的化学题大多是高中的，评论里就更多样了，一些题一看就是初中的，还有的是有人在讨论渗透压计算公式。

"这道题是初中基础知识，人教版九年级化学上册氯酸钾与二氧化锰共热的方程式做了一个变形你就不会了吗？"

"这个是复分解反应，课本灭火器原理部分你再看一下。"

"氯气和氢氧化钾的反应，氯气既是氧化剂又是还原剂，应该把体现出唯一性质作用的物质做突破口，不要用一般的配平步骤。"

……

哇，小甜老师正在在线答题！

评论里的人纷纷出现"活捉小甜老师"。

"小甜老师你在哪里拍的菜？啊啊啊我想吃同款！"

"跪求小甜老师你第一期的牛肉夹饼，我是你的铁粉！我要求氪金买周边！"

……

小甜老师在评论区的出现不仅瞬间钓出了一群口水滴答的网友，还引出了一个粉丝众多的美食博主，他关注的重点则是另一个方面："小甜老师，我看到你的视频里总是出现一个人在做饭，我能不能问一下这个人的身份是什么？不管是之前的鲁菜还是今天的鲤鱼焙面，都能看出来他是个高手。"

嗯？夸陆辛是高手？

沈小甜看了一下，这个博主名字是"访味真人"，打开他的首页点了个关注，两个人变成了互关的状态。

小甜老师："对，他是个高手。"

访味真人："不知道我有没有机会吃到这个高手做的菜呢？我之前在私信里给您留了消息。"

这个美食博主还真是个名副其实的老饕，在他微博看了一圈儿，几乎就是各种对美食的点评。再一看私信里讲的，这个访味真人还挺认真地自我介绍了一下，表示自己人常住杭州，要是沈小甜背后的那个厨子愿意，他来或者他们去都可以，他还可以包路费。

包路费就不用了，沈小甜把这事儿记下了，对那人说："这个我要跟他商量一下。"

他们的几句闲聊被网友看见了，瞬间就从里面找到了不得了的消息。

"小甜老师你几个视频里都有同一个人出场吗？"

"啊啊啊鲤鱼焙面那个我今天一边流着口水，一边还夸那只手好看（没有要吃人肉的意思）。"

"爆炒腰花！鲤鱼焙面！豆豉排骨！都是一个人做的，我早看出来了！"

……

看着人们夸奖陆辛，沈小甜笑了一下，正好那家远程教育网站有了回应，她又切换了页面。

这家远程教育平台是一个付费的视频教育网站，他们表示很喜欢沈小甜的风格，问她愿不愿意在他们网站开课。

沈小甜问："是讲正规的化学课本知识，还是像现在这样做科普向视频？"

对方表示都可以，他们喜欢的是沈小甜广泛联系生活的教学思路和温和细致的讲课风格。

一下子又多了一条路，沈小甜答应了对方会考虑之后，去搜了一下这个平台，一看就又看了两个小时。陆辛敲她房门的时候，她已经记下了第六个对方平台老师讲课中出现的错误。

"今天有人找我打广告，不过我没接，到现在才做了几个视频，我觉得以后还能更好。"他们本来就说好了晚上要去小吃街逛逛，沈小甜穿了一件厚一点儿的外套就和陆辛出门了，边走边说起了今天自己的各种权衡和选择，"有个网校让我去当老师，我看了一下其实教得挺死板的，应该是卡着大纲做的。"

网校的视频教学就有这么个问题，讲课过程都是提前录好的，严格按照教学大纲来，要学生的成绩在中游以上，那看看这个基本能看懂。可问题就在这里，如果一个学生在课上的接受能力已经在中等以上，那么他看教学视频也不过是个辅助复习的过程，而真正跟不上进度的孩子并不会被照顾到。

"我本来还想蹲一个直播教学看看，不过我觉得直播教学也是很难对学生有了解的。"

当个老师简单吗？说简单很简单，照本宣科，来去如风，那也是个老师。当个老师难吗？想要当好一个老师，把一整颗心扔进去都未必够用。

在这件事上，沈小甜从一开始就没选过简单的那条路。

陆辛静静听完，说："我觉得在网校上课，你说不定能过过你上课的瘾。"

"那也不用上网校啊，开视频直播就行……不过我的脾气不好，说不定几句话就吵起来了。"小甜老师还挺有自知之明的。

陆辛听了，笑了一声。

"对了，今天超多人夸你帅。"沈小甜又把"访味真人"的事儿说了。

"杭州啊……十月还真该去一趟江浙沪，桂花香了，螃蟹肥了，鲜肉月饼也该吃了。"

说起螃蟹和月饼，沈小甜说："我们中秋节去哪里过？"

陆辛："听你的。"

东拉西扯，两个人走到了小吃街，小吃街的灯光早就亮起，光晕笼罩着一个又一个的小摊和铺子，一家铺子门口人挺多，他们两个走过去一看，是卖卤味的。

既然人这么多，肯定要尝尝，两个人站在队伍后面，听见前面的一个小孩儿跟她妈妈说："妈妈,我要吃麻油鸡腿。"

她妈说:"好,给你买。"

沈小甜对陆辛说:"麻油鸡腿听起来挺好吃的。"

陆辛点点头,用跟小孩子她妈一样的语气说:"好,给你买。"

沈小甜:"……"

前面的小孩儿大概只有七八岁,叽叽喳喳像只等着被喂食的小鸟:"妈,鸡胗鸡胗!我看见那个伯伯买了鸡胗。"

她妈妈低头给她整了整衣领,说:"吃鸡腿就不吃鸡胗了。"

小孩儿哼哼了两声,还是低低地说:"好吧。"

沈小甜对陆辛说:"听起来鸡胗也挺好吃。"

陆辛说:"前面还有那么多家吃的呢,你光想吃这个啊?"

小甜老师理直气壮地说:"排这么久的队,多吃两样是应该的吧?"

这个时候,前面那个小孩儿又说:"妈妈,爸爸爱吃鸡爪,给爸爸买点儿鸡爪吧?"

她妈妈微微有点儿酸地说:"你还总记得你爸。"

小孩儿说:"我也记着妈妈,妈妈你爱吃什么呀?"

过了大概两秒钟,她妈妈说:"妈妈看你吃就高兴了,妈妈什么都不爱吃。"

是不爱吃吗?

是舍不得吃呀。

沈小甜低头笑了一下,笑容的弧度很标准。

那个小孩儿又说:"妈妈,你不爱吃,咱们就只买一个鸡腿吧,留着钱给你买你爱吃的。"

"扑哧,咳!"小甜老师被呛到了。

陆辛连忙看她,看见她咳着,满脸都是笑。

最后,那个带着孩子的妈妈买了两个鸡腿,又买了五个鸡爪,显然,鸡爪是给孩子她爸的。

"妈妈也爱吃鸡腿。"买鸡腿的时候，她是这么跟孩子说的。

沈小甜很开心。

陆辛能感觉到她的开心。

于是两个人开开心心地买了两个鸡腿，结了账转过身，沈小甜就一口咬了上去。

"真的好吃！"她对陆辛说。

麻油鸡腿确实有很浓的芝麻油的香气，味道却跟想象中的不同，虽然看着酱色不重，咸香味却丝毫不淡，又额外放了花椒粉和辣椒，每一口都是满满的味道。鸡皮浸润了油，又滑又嫩，里面的鸡肉也丝毫不柴。

沈小甜吃了四分之一个鸡腿后对陆辛说："我觉得这家店还可以再来一次。"

这真是极高的评价了，陆辛当然说好。

他一手捧着鸡腿，另一只手护着沈小甜，随着人流，又到了一家看起来人气很旺的店。这家店主打烤面筋，是小串儿的那种，细细一根，一卖就是一把，此外还有些什么鸭肠小串、牛肉小串、五花肉小串。

陆辛问沈小甜："要不要尝尝啊？"

沈小甜皱了一下眉头，很诚实地跟陆辛说："烤面筋这种东西，我只吃过一回，还是上大学的时候室友让我尝的，连什么味儿都不记得了，只记得味精味了。"

其实沈小甜很少吃烤串儿，烤肉在生产过程中各种不健康的操作且在其次，她不喜欢吃的原因是大部分的烤串儿都放了太多的味精，过量的谷氨酸钠会让人口渴，毕竟谷氨酸钠也是化学意义上的"盐"。

"那你现在要不要尝尝？"陆辛问她，"我看这家人气确实不错。再说了，你之前给我讲了那么多的什么面粉里的蛋白，这纯蛋白不尝一尝吗？"

一分钟后，他们又开始排队了。

手里的鸡腿还没吃完，其他人都在饥肠辘辘地闻着香气排着队，只有他俩已经进入了"就餐"模式。

"小哥，你们的鸡腿哪儿买的？"

有人问，陆辛就指指那边卖卤货的铺子。等排到他们的时候，也不知道多少人已经惦记起了那边的鸡腿。

一把小串儿就是十根，陆辛和沈小甜买了一把烤面筋、一把五花肉。

小的好处就是快，没等多久串儿就好了，带着浓浓的孜然和辣椒粉的香气。面筋上签子之前应该是熟了的，都是圆柱形，串在了细签子上再用刀转着圈儿划下来，再抻一下就成了攀在签子上的螺旋形。

沈小甜用牙把半根面筋从签子上拔下来，嘴里嚼啊嚼。面筋这个东西怎么讲呢，既然是高蛋白质含量，那基本就具有越嚼越香的特点，还有谷物的甜味，细密的蜂窝结构里都是调料的香气和恰好的盐味。

沈小甜有些惊讶地说："烤面筋还挺好吃的。"

陆辛笑了一声说："这下我信了你真没怎么吃过了。"

烤五花肉的串儿也是小小的，咬上去和普通的烤串儿不太一样，肥肉全被烤酥了，被咬碎的一瞬间就唇齿生香。鸭肠倒是一般，香味不如五花肉，还烤得有点儿干。

陆辛说："我在杭州吃过一家烤鸭肠，挺好吃的，等我带你去。"

杭州之行俨然是已经被定下来了。

吃完了烤串儿，沈小甜已经有七八分饱了，再看看那些人气火爆的烤猪蹄、烤红薯、烤年糕、炸豆皮、锅贴、胡辣汤、烫面蒸饺、不翻汤……她心有余而力不足。

最后，陆辛坐在一家羊肉汤馆子里，要了一碗汤一个饼，她在旁边举着甜甜的小串串陪着。

小串串其实是糖葫芦的变种，主材料是山药豆，就是山药在地上叶间长出来的小豆豆，沈小甜小时候吃过，刚刚路过看见就买了几串。内在香甜软，外面酥香甜，咬开的时候会听见糖在牙间碎开的声音，用来当小吃街之行的收尾真的是刚刚好。

"你看那个女的手里拿着什么呀？我也想吃，你一会儿给我买吧？"邻桌坐了一对情侣，女孩儿指着沈小甜手里的山药豆对男朋友说。

"吃什么呀？我够烦的了。"男孩儿不耐烦地说了一声。

女孩儿沉默了，几秒钟后站了起来："我们分手吧。"

沈小甜因为这突如其来的剧情发展转了一下身子，耳朵已经竖了起来。

男孩儿没当回事地说："你够了吧，就为了口吃的你就拿分手来威胁我？"

"不是。"刚刚这个女孩儿说好的时候还是撒娇的语气，现在已经变得平稳无波，"我不是因为一口吃的就要分手，我就是突然想到，如果我真跟你结婚了，我的一点儿喜好都得看你的脸色。"

见女孩儿真的要走，男孩儿拉住了她："你什么意思啊？你能不能别闹了，那个东西是什么我去问行不行？我给你买行不行？"

女孩儿气笑了："你怎么不懂，根本就不是吃什么的事儿。"

男孩儿也恼了："那到底是什么事儿啊？你说清楚啊！"

"我说得还不明白吗，我不想以后想吃点儿什么都要看你烦不烦。"

"这不还是吃的事儿吗？"

两个人的争执引起了所有人的注意。

在一边听着，沈小甜已经忍不住去捂脸了。她讨厌无效又重复的交流，这些年和田心女士的关系一直冷淡保持，很大程度上就是因为她发现自己要无数次向母亲证明自己个人意志的存在，于是就丧失了沟通的耐性。

陆辛喝了一口汤，把里面泡的饼捞出来吃了，再喝一口汤，然后站了起来："兄弟，女朋友跟你要东西吃，你以为那是等着你掏钱？等着你赏一口饭？那就是想找个由头儿跟你撒撒娇说说话，你这态度太伤人了知道吗？不是喜欢的人，人家干吗把喜欢什么告诉你？结果你呢？不要以为人家真等着你来做主，让你做主是给你面子，你真把自己当个主儿了，人家当然不想当个看脸色的了！"

男孩儿抓着女朋友，不对，大概率是前女友的手。陆辛说话间手指扣在了他的手腕上，也不知道具体是个什么动作，那个男孩儿还没反应过来，手已经

329

松开了。

"你谁呀？我跟我女朋友说话……"

见那个女孩儿呆在原地，陆辛问她："你走不走啊？"

她犹豫了一下，转身走了。

男孩儿要追，陆辛用他那一米八多的大身板儿拦着说："嘿！兄弟，你结账了吗？"

一番折腾，要是那个女孩儿真的不想再被纠缠，说不定就走远了。

陆辛坐回沈小甜面前，看见一串山药豆出现在了自己眼皮底下。

"来来来，大英雄，辛苦辛苦。"

"我也没干啥呀。"

他还挺谦虚。

接过那串山药豆，左手拿着，陆辛拿筷子捞了一下羊肉汤的碗底，把最后两片肉捞出来吃了。

"陆辛，要是有人评什么最体贴男朋友、最佳妇女之友，我肯定选你。"

听沈小甜这么夸，陆辛一乐，说："不用别人评，我在你心里是，足够了。"

沈小甜脸上的笑容一下子就灿烂了起来。

第二天，陆辛收到消息，西安那边的事儿已经解决了，他和沈小甜商量了一下，决定先回沽市。

杭州当然好，苏州也想去，可一个十一黄金周近在眼前，他们可不想去凑那个热闹。

火车上，沈小甜又睡着了，她的本子从膝头摔出来，陆辛想要捡起来却不方便，一个路过的乘务员把本子捡起来递给了他。

陆辛看见展开的纸面上写着这么一段话："这个世界是由无数个平行的人生组成的，正在为麻油鸡腿流口水的孩子不会理解另一个人想吃山药豆糖葫芦，拒绝了女友要求的男人不会懂得一个母亲说自己什么都不爱吃，平行的光照亮这个世界，他们之间并不相知。"

小甜老师脸甜声甜，总说自己人不甜，她的字也是有几分遒劲的行书，跟她的长相并不匹配。

"是啊。"合上本子，陆辛用极轻的声音说，"我们本来也是平行的，是我……"他笑了一下。

从洛阳到沽市的火车要开八个多小时，他们两个人在火车上吃了两顿饭。

一顿吃的是麻油鸡腿和蒸饺，虽然凉了，但是味道不错。陆辛中间两次想用热水把蒸饺给沈小甜烫一下，都被她拒绝了："哎呀，还是温的呢，我又不是小孩子，这样吃刚刚好。"

陆辛说："你不是前天还夸我体贴？今天就嫌我烦了？"

关心还是要接受的，所以小甜老师给了课代表一个亲亲。

陆辛害羞了大概两分钟，也没忘了提醒沈小甜多喝热水。

另一顿吃的是饭团，米饭里面包着紫薯、咸蛋黄和芋泥，咸甜的味道倒是不错，只是陆辛更害怕沈小甜两顿都吃了冷的会对肚子不好，又压着她喝了大半杯的热水。

明明总是一个人到处跑的野厨子，照顾起人来真是一套一套的，沈小甜喝热水都觉得里面掺了二斤的蜂蜜。

早上上车，下车的时候天都黑了。打个车，两个人一起回了沈小甜家。

"咔哒"一声，打开院子的门，沈小甜就听见了黑暗里传来了几声"咕咕"。她立刻想起了自己养的那只鸡，打开院子的灯叫了一声："开学！"

开学探头探脑走过来，打量了一下两个人，又一脸不认识地走开了。

沈小甜看着它胖乎乎的两条腿说："你是不是又胖了？"

开学拿屁股对着她，态度十分嚣张。

5

陆辛陪沈小甜去小乔姐那边吃了碗麻辣烫就走了。

那时候还没到晚上七点呢。

沈小甜一贯是挺有行动力的，回家之后先把楼上楼下的地都扫了一遍，还把换下来的床单被套都扔进了洗衣机里。门口撕下来的供暖缴费通知单她放在了茶几上，看见上面写着可以网上缴费，她立刻就把钱交了。

在洛阳火车站时她想起来徐奶奶一直帮自己喂鸡，想买点儿特产的点心当谢礼，陆辛一听，说："不用，老冯那里有烤箱，你要是想拿点心送人，不如我自己做点儿蛋黄酥什么的，吃得还新鲜，徐奶奶她们年纪大了，减油减糖她们更高兴。"

沈小甜这才知道陆辛居然连点心都会做。

想想也觉得没啥不对，毕竟他是个无所不能也无所不去的野厨子嘛。

沽市的秋天真的比洛阳舒服很多，至少风没那么干，里里外外忙完了，她去洗了个澡，敷了个面膜，很惬意地瘫在床上看电影。

陆辛的电话就是在这个时候打来的。

"我突然想起来个事儿。"

男人应该是在一个很安静的地方打电话，沈小甜连他的呼吸声都听得很清楚。

"什么事儿？忘拿东西了吗？"

"不是。"陆辛似乎还犹豫了一下，才说，"我在这儿坐着，突然就开始想，咱俩到底出没出去？你成没成我女朋友？"

沈小甜愣了一下，说："啊？你在说什么？什么出去，去哪儿？"

她的语气何其无辜，仿佛一切都没发生过似的，却在下一秒又笑了："我刚刚也做了个美梦，梦见你带着我去吃好吃的，还当了我的男朋友，咱俩这个梦也是一对儿的，那就凑合凑合一起过吧。"

笑声就在耳边，陆辛的脸上渐渐浮出了笑："好，那我就跟小甜儿老师你凑合凑合了。"

沈小甜挂了电话继续看电影，并不知道陆辛一个人坐在一间只开了小灯的房子里。行李包扔在凳子上，房间依然干净得像是没人住过。

昏暗里，陆辛摸索着打开了自己的木盒，从里面拿出了镌刻着"清海"两个字的大刀。手指从"清"字上轻轻抹过，他张了张口，想说什么，却终究没有说出来。

可能回了家，人也觉得安然舒适，沈小甜十点多躺下，一觉睡到了第二天早上七点，还是因为入了秋，单薄的凉被抵不住这清晨的凉意了。

算着自己今天得买一床新被子，沈小甜穿上衣服走出房子，手里还拿着昨晚买的一个苹果。刚一开门，先听见了一阵儿"咯咯"声，然后就看见有人正撕着白菜叶往院子里扔。开学扑扇两下一看就肉乎乎的翅膀，一下一下啄着肥厚的白菜梗儿吃。

这是在喂鸡呀。

她打开了院门，看见的却不是徐奶奶，而是李阿姨。

"哎呀，小甜你回来啦！"一看见沈小甜，李阿姨就笑了，"你不是出门了，家里还有只鸡吗，我这去菜市场买菜，就顺便捡个白菜叶子回来喂喂它。"

沈小甜看见李阿姨的手里果然有一片撕到了一半的白菜叶子，不禁笑了："谢谢阿姨。"

"哎呀，随手一点儿小事。"李阿姨摆摆手，本来是想把白菜叶递给沈小甜，看见她手里拿着一个苹果，干脆三下五除二把白菜都撕碎了，又顺着围栏的缝隙扔了进去，"这些白菜啊，够它吃到中午的，你也不用管了。怎么样，是去哪儿了呀？看着黑了，也瘦了。"

黑了是有点儿，毕竟天天在外面吃吃喝喝，可瘦了……

沈小甜面带微笑说："去了一趟北京，又去了趟洛阳，就是晒了一点儿，也没累着。"

"哎哟，跑了两个地方可是辛苦了！"听沈小甜这么一说，李阿姨又心疼了，她手臂上还挎着一个买菜的袋子呢，低头打开，从里面分了一袋小黄瓜就要给沈小甜。

"阿姨，不用，我一会儿也得去买菜。"

"哎呀，你去买菜的时候可没有这么好的黄瓜。我跟你说，这是他们自己种的，我回来的时候都快卖完了。我这是买了四斤，回去腌咸菜正好，现在的黄瓜都是直溜溜的大黄瓜，一点儿味都没有，这个小黄瓜才好吃。"

李阿姨头上的羊毛卷儿比之前松了不少，头发也长了，她在头上别了个淡粉色的小卡子，一低头，沈小甜就看见了，还挺别致。

最后，一人清早被投喂的不光是开学鸡，还有她这个开学鸡的主人。

目送了李阿姨走，沈小甜拎着黄瓜，咬了一口手上的苹果。

秋天的小巷子就像是一下子被画家换了一个主题色似的，梧桐叶变得稀疏发黄，就连小楼上攀爬的爬山虎都不复浓绿之色，黄色和红色渐生，让各家小小的楼在颜色上变得斑驳热闹起来。石榴树也都悄悄地结了果子，挂在各家树上，秋姑娘来总是要风风光光，得有些喜庆的红灯笼她才开心。

站在原地赏了一会儿风景，苹果也吃了一半，沈小甜正想回去，看见一个老太太端着饭盆慢慢走了过来。

"哎哟，小甜你回来了！"

沈小甜记得她，是巷子中间住的卢奶奶，年轻的时候是个搞文化工作的，退休之后腿脚就不太灵便，平常不大出门儿。

卢奶奶戴着一副眼镜，她把镜框扶了扶，看见了沈小甜的脸。

"卢奶奶！早上好！"

"哎，我这是……听小陈说你不在家，你院子里还有只鸡，她这天天还得出去忙居委会的事儿呢，我怕她忘了，我有空想起来就来看看。"她手里端着一个搪瓷盆，里面装了些捏碎的玉米饼子，"昨天烀的玉米饼子，我还做了菜团子，还挺好吃的，放了白菜和肉脂渣，蘸着酱油让他们都吃了，我也没给你留出来。"

听卢奶奶这口气，大概她还觉得是自己家里人抢了鸡的口粮。

"奶奶，谢谢您，真的太谢谢了。"

"我在家闲着也是闲着。"说着话，卢奶奶一步一蹭走了过来，沈小甜迎上去要接过她手里的搪瓷盆，她摆摆手说，"不用不用，你吃着东西呢，你别沾手。"

说着，老太太调整了一下拿盆的角度，搪瓷盆斜着穿过了沈小甜家的栏杆，然后干净利落地往里面一倒。哗啦，盆又斜着被拿了回来。

沈小甜脸上的笑都要僵了，卢奶奶这真是行云流水一般的熟练。

"好啦，我走啦！"

沈小甜在心里默默算了一下，这一早上，开学就被喂了两轮了，这还不算她本来要分给鸡吃的苹果……哦，她还知道了陈阿姨有时候也会来喂鸡。

说起来，她好像是把喂鸡这事儿拜托给了徐奶奶吧？

沈小甜蹲在自己家院子里看着开学呢，徐奶奶就来了。

"红花儿啊！奶奶今天给你弄了小白菜拌小米……"

沈小甜：……我家院子里快沤上肥了。

"我要是再晚回来几年，你就别叫开学了，你叫体重控制之神算了，被人天天这么喂居然都没变成猪，就应该在网上开个教程。"

苹果到底是被沈小甜一个人吃完了，她拿起扫把清理了一下院子里残留的菜叶和各种谷米，竟然已经有了厚厚的一层，简直是令人叹为观止。她还顺便找到了一个鸡蛋，跟开学之前下的鸡蛋一样，还是不大，也不知道放了几天了。

"就一个鸡蛋啊？开学你真的……"

仿佛有点儿廉耻心的开学鸡"咯咯咯"地溜着墙边儿小跑了两步，绕到院子后面去。

陆辛打电话问沈小甜吃饭了没有，沈小甜一下子就委屈了——有些鸡什么都不干，就能一早上吃三顿，有些人一早上忙里忙外，结果只吃了一个苹果和几根黄瓜。

讲着电话，她还看着开学大摇大摆地啄了一下自己手里的扫把。

女朋友这么可怜，陆辛当然不会只是电话里安慰了，十几分钟之后，他拎了些菜出现在了沈小甜家的门口。当然，还是骑着他那辆特别好看的摩托车。

"我给你下一碗面条吧，你不是说要去买被子吗？正好我也得添点儿东西，咱俩吃完饭一块儿去商场逛逛。"

"好呀。"

沈小甜一下就被哄高兴了，还不忘拿出那个小鸡蛋说："这个鸡蛋好像还算新鲜，是开学请咱们吃的！"

小小的鸡蛋在桌上转了一下，晃晃悠悠地转了大半圈儿，显然里面的蛋白质还没有因为长久放置而凝结。

看看那个小鸡蛋，他笑着说："行，我还真没带鸡蛋过来。"

陆辛带来的菜有芸豆、韭菜、鲜虾、瘦肉，要做的就是芸豆虾仁面。想想他来得这么快，沈小甜一猜就知道这些东西又是他从老冯那儿给掏出来的。

陆辛带了他的刀来切菜，一下一下把肉切成了粉粉的丁。

沈小甜坐在餐桌旁边给芸豆去弦，嘴里说："还真得让你做点儿点心了，这只鸡一次吃好几家的饭。"

"行啊，明天我就做，一会儿就弄好了。"

沈小甜把择好的芸豆送进厨房，问陆辛："那我和你一起怎么样？你教我做。"

陆辛抬头看看她，笑了一下说："行啊，不过那一会儿可就弄不好了。"

"为什么啊？我觉得我做实验挺利索的，做饭也不至于拖后腿拖得太厉害呀。"

"不是。"陆大厨放下菜刀，趁着沈小甜从自己身后路过的时候一下子抱住了她，"你看，我就这样只想抱着女朋友不撒手，肯定越做越慢。"

沈小甜的回答是用脑门儿顶了一下他的下巴。

第九章

见家长
jian jia zhang

1

说是要去做点心让沈小甜送邻居，陆辛第二天来的时候就直接开了车来，后备厢里装了十来盒刚做好的酥点。

他到的时候，沈小甜正在给一群孩子讲题。

徐奶奶果然有一颗推动沈小甜"补课"事业长远发展的心，正好是个周末，让她孙子张哲带着几个孩子到了沈小甜家，带着自己不会的数学题、化学题、物理题、英语题和课本。

老太太干活儿总透着一股说不出的周全，她把沈小甜拉进了一个群里，沈小甜刚给张哲讲完题，一看手机，这几个孩子的家长已经把补课的钱都给了，既不用孩子把钱带过来，也不用沈小甜操心。

"题还有多久讲完啊？"陆辛一看屋子里整整齐齐坐了一排小毛头，顿时后退了一步。

沈小甜想了想说："还得二十几分钟吧，这两个孩子都需要讲一下初一的几个数学知识点。"

陆辛听了，应了一声，从桌上拿了钥匙出去。

他来去如风，小孩子们的注意力还是被他给吸引了，五六双小眼睛随着他出去，有三四个转回去看小甜老师，另外两个孩子就走神儿。张哲就是其中的一个，他可不是初一初二的小朋友了，小甜老师讲的这个知识点他早就学会了。

沈小甜讲完了一道题，喝了口水，让其中一个孩子把卷子改了，另外几个孩子在本子上把这道题也做一遍。

张哲捏着笔，眼神还在往门边溜，沈小甜看见了，轻声说："张哲，我要是给这道题做一下变形，你会吗？"

变形？小孩的注意力回到了课堂上，看见沈小甜在纸上修改了两个条件。

"啊……"

他审题的时候，陆辛回来了，抱着一摞点心盒子。浓浓的甜香气一下子就在屋子里肆虐起来，一下子，所有的小孩子都坐不住了。

沈小甜动也没动，轻轻咳了一声，几个孩子又转回头看她，然后又看向自己手里的题。

一摞又一摞，十几盒点心都是刚出炉的，因为热，也没有做二次包装，只是放在铺了油纸的盒子里，盖子也只是盖上去，没有封口。掺了糖的面食经过烤制之后会拥有像是被恶魔祝福过一样的香气，就像小时候放学路过的蛋糕店，它不仅会引诱着你进去，甚至会进入你的梦里，一切甜蜜和幸福的想象里它都会出现。

沈小甜的房子里，小孩子们就是在这样的诱惑里熬过了艰难的二十分钟。

小甜老师默默观察着他们，心情真是……很愉悦。

"嗯，课上完了，你们都表现得很好。"看起来很正经的小甜老师对他们笑了一下，心里很满意他们没有因为诱人的点心而耽误了学习，她站起来，走到点心盒子旁边，打开了一盒，"来，一人拿一块，吃完了再走吧。"

陆辛一共做了两种点心，一种是用咸蛋黄和绿豆做的绿豆蛋黄酥，一种是中间切了个十字口儿、酥皮层层绽放的栗子蛋黄酥。一个小盒子里装了八个，打开一盒，让孩子们挑走了自己喜欢的。栗子酥是开花的，在造型上很让小孩子喜欢，最后剩了一个栗子蛋黄和两个绿豆蛋黄的，沈小甜挑了个绿豆的。

"这一批栗子好。"陆辛吃了一口，对沈小甜说，"老冯进了一大批，能做板栗鸡，还能做点心。"

层层的酥脆像是连绵不断的浪花，带着轻响碰撞于唇齿，绿豆沙是提前炒好的，却不是甜腻的口感，居然有一点儿清爽，跟居然在微微流油的咸蛋黄搭配得恰到好处。围坐在沙发周围的小孩子们不停发出"哇！太好吃啦"的声音。

沈小甜突然笑了一下说："我突然想到，咱们把点心送出去之后再出门，开学一顿能被喂八次。"

"噗。"陆辛差点儿噎到，沈小甜给他拿了个杯子倒了水。

杯子是昨天他们一起买的，除了杯子之外，还有碗盘、男士拖鞋和一条蓝色的毛巾。拖鞋本来是摆在鞋架上的，现在穿在陆辛的脚上，一双黑色的运动鞋代替了它原本在鞋架上的位置。毛巾挂在卫生间里，和一条白色的毛巾并排放着。

"你这个绿豆沙做得真好。"

听见自己的女朋友这么夸，陆辛有些得意地说："我蒸豆子的时候放了点儿陈皮调味。"

沈小甜恍然大悟："难怪，我觉得这个味道有点儿熟悉，我在糖水店吃过有些像的！"

广东的"糖水"指的其实是传统的甜品小吃，陈皮绿豆沙就是其中很受欢迎的一款，沈小甜以前也会在下班后吃上一份，消暑去火。不过陈皮绿豆沙里还会放海带，所以味道跟陆辛这个还是有区别的。

小孩子们陆陆续续吃完了点心，也该回家了。看他们意犹未尽的样子，沈小甜就知道未来他们说不定会想尽办法来自己这里补习。

"老师再见！叔叔再见！"

看见小伙伴们一个接一个走了，张哲走到沈小甜跟前说："小甜老师，我、我能买一份点心回去吗？"小孩儿翻了一圈儿，说，"我兜里就二十块钱，剩下的我下次来给您，我能买一盒点心回去吗？"

"你要买回去干什么呀？"沈小甜问张哲。

男孩儿有些不好意思地说："因为太好吃了，我想带回去给我奶奶吃。"

张哲的奶奶就是每天都很热情来喂开学的徐奶奶，这点心可以说从一开始就是为她做的。

男孩儿又说："其实刚刚陆辛哥哥第一次进来的时候我就闻见了，这个真的好香好好吃啊。"

沈小甜拍了拍男孩儿的肩膀，用很遗憾的语气说："这个事情啊，你得问你奶奶。"

"啊？"

"这是给你奶奶做的点心，要是卖给你了，我怎么给她送呀？"

男孩儿傻眼了。

无良的小甜老师在捉弄完了学生之后终于忍不住笑了出来。

点心是陆辛陪着沈小甜一起送的，沈小甜似乎从来没有考虑过是不是该让别人知道陆辛是自己男朋友这件事儿，他们俩一人端着几盒点心，从最近的宋叔叔家开始。宋叔叔虽然可能没有帮她喂鸡，可之前帮她修整过房瓦，还清洗过空调，沈小甜觉得这份人情不能少。之后是李阿姨家、陈阿姨家、卢奶奶家、徐奶奶家……一家一家送过去，是对他们表示感谢，也是带着陆辛在他们面前露露脸。

从第一家开始，陆辛才突然意识到这个问题。站在沈小甜的身后，他两腿绷得像是站军姿，虽然宋叔叔全家早就跟陆辛很熟了，可看着他和沈小甜一起出现在自己家门口，脸上的诧异真的是遮掩不住。

"啊，哎呀，你们这跟叔叔阿姨客气什么……"宋家人都是朴实寡言的，除了表示感谢和关心之外，也没再说什么。

陈阿姨和李阿姨正巧都在李阿姨家的院子里给牛蒡去皮，看见他俩，陈阿姨突然笑了一声，拽了一下李阿姨的衣摆，然后她们两个人就都笑了。

"挺好的，真的挺好的。"

也不知道李阿姨这个"挺好的"到底是在说什么。

两个人一人收了一盒点心，李阿姨还说明天要给沈小甜送点儿黄瓜咸菜。

在卢奶奶家门口等着开门就等了好一会儿，卢奶奶腿脚不方便，她的一双儿女都在事业单位工作，在沽市另有住处，每周会回来几天，这个老房里除了她和老伴儿之外，还有一个一看就能干的年轻姑娘，叫卢奶奶"大伯娘"，应该是卢奶奶老伴儿家的亲戚，来照顾两个老人的。

看见点心，卢奶奶直说"使不得"："一点儿剩菜剩饭，哪儿用你们拿这么好的东西来谢啦！"

沈小甜笑着说："奶奶，我不光是谢您，之前去洛阳的时候就说给你们带点儿点心回来，就是陆辛说他手艺好，非要自己做。"

"哎呀，陆辛？"老太太愣了一下，扶了扶眼镜，仔细打量着面前高瘦的年轻人，"哦！原来是陆辛啊！你和小甜，哦……"老太太发出了一声意味不明的长音。

这个巷子里的人们都认识陆辛，包括很少出门的卢奶奶。沈小甜在心里默想着，就听见卢奶奶说："你们俩是订婚了吧？什么时候办喜事，可得早点儿跟我说呀！"

"没有呢奶奶，就先交往着看看。"沈小甜笑着回答道。

老太太笑着说："你放心，错不了的。"

卢奶奶家斜对面就是徐奶奶家，徐奶奶真是周到到了骨子里，收下了两盒点心，转身就拎了一袋子梨出来："鲁岗的鸭梨，你大哥他们昨天才带回来的，正好天凉了，我记得你小时候就容易咳，跟你姥爷一个毛病，早点儿准备着梨，咳了就蒸一个吃。"

这话让沈小甜垂着眼睛笑了一下，把梨收下了。

徐奶奶又盛赞了一番沈小甜的教学成果，张哲同学站在他奶奶身后，直接被他奶奶抓过来，让他再谢谢小甜老师。

"张哲很聪明的，而且是个好孩子，吃块点心都能想到您。"

听见别人夸自己家孩子，徐奶奶的脸都笑成了一朵花儿，她看看沈小甜，再看看陆辛，说："也好，陆辛是从小苦过来的，小甜你们俩好好过，凡事有商有量，你姥爷也就安心了。"

站在沈小甜身后的陆辛听见徐奶奶这么说，身子晃了一下。

沈小甜回头看看他，笑着说："听见了吗？"

"听见……听见什么？"

"没什么。"小甜老师笑着跟徐奶奶说再见，拉着她有点儿呆傻的课代表往回走。

回了沈小甜的家里，陆辛就开始做饭了，一截挺嫩的莲藕正好用来做藕片，一块牛肉加圆葱、辣椒、香菜做个爆炒牛肉，冬瓜和虾仁做个汤，主食是加了南瓜一起蒸的米饭。食材当然是他在老冯那儿做点心的时候顺便拿来的。

"你有没有什么想跟我说的？"

沈小甜站在厨房门口这么问他的时候，陆辛正在切藕片，用的就是那把清海大刀。他手下的刀没有丝毫停歇，只是嘴上慢慢说："你不是早就猜到了吗？"

"猜到什么？"沈小甜笑眯眯地看他。

老房子最大的问题是采光不好，春秋两季客厅里总有些阴冷，沈小甜回家后换了一套长袖的家居服，肩膀上还搭了个羊毛披肩。对肩宽腿长的人来说，披肩能够越发显出她们的气场，可对沈小甜这种骨架纤细的人来说，裹在身上的披肩越发勾勒出了她细瘦的肩膀和手臂。她就靠在门边上，带着笑，陆辛却觉得转头看她一眼都艰难。

光线昏暗下来，沈小甜给厨房开了灯。案板上藕片一片接着一片，都是匀称的一毫米厚度，刀刃落在案板上，"清海"两个字被厨房里的光勾勒出了一道边。

"你之前问过我……"陆辛说，"对，我是认识你家田老爷子。"

果然，自从自己回到沽市，一切都跟外公脱不开关系。

沈小甜问："只是认识那么简单？"

藕片切完了，陆辛把它们装在盘子里，锅里烧上了水。另一边的锅里，炒过后再煮的冬瓜已经开始溢出了香气。

"我那时候离开了京城到处跑，在火车上正好儿跟他坐了对脸儿，不是高铁，就是个蓝皮儿空调车。"有些话真的开始说了，后面就越说越顺，把藕片倒进锅里焯水，陆辛转头看了沈小甜一眼说，"老爷子问我现在又不是假期，怎么不在学校里念书，我说我早就不读书了，就是满天下跑的野厨子。结果，嘿，就被老爷子给盯上了，非要我回学校去把书给读完，要早知道他以前是个老师，我肯定不说那句话。"

看着陆辛一脸的无奈，沈小甜笑了一下，都能想象到自己外公是怎么"劝学"的，陆辛的血泪史估计都够写个几千字了。

"结果他就把你给带回沽市了？"

陆辛点了点头。

焯水后过凉冲洗的藕片变得剔透，再倒上调好的料汁拌匀就成了酸辣藕片。

"那段时间正好也是冬天了，他愣是让我在这儿学习了三个月的数理化。"

把焯过藕片的水倒了，锅子刷出来，陆辛开始做爆炒牛肉。他看着锅里的油，手上抓着已经腌渍还裹了淀粉的牛肉片。

"后来我说不行，得在这儿找点儿营生，总不能让个老爷子养着我，这才认识了老冯他们。我就习惯了每年来一个月，学习、做菜都不耽误，到现在都是。不过这边儿夏天比冬天舒服，待到九月还能吃海鲜，我就改了夏天来了。"

牛肉下锅滑炒，变色之后就先盛出来，又下了圆葱和辣椒。热腾腾的香气一波接一波。

沈小甜站在原地说："你来过这儿很多次吧？是不是还给我外公做过饭？"

"何止呀，你们家老爷子忒猛了，押着我在他书房里做题，一套又一套的……"

饭都做好了，沈小甜把菜端到餐桌上，陆辛去盛米饭。饭锅盖儿一打开，热气打着圈儿蒸腾而出，冲了一下陆辛的眼睛。他揉了揉眼，无声地长出一口气。

这顿饭吃得比平时安静很多，沈小甜除了夸陆辛的饭做得好吃之外，几乎不说话，陆辛就更沉默了。冬瓜虾仁汤明明很鲜，他喝着却是苦的。

"陆辛。"吃过饭，陆辛就要走，沈小甜却突然叫住了他。

他回身问："怎么了？"

女孩儿看着他，轻轻地说："他那几年，是不是一直过得挺开心的？"

男人的目光落在女朋友的脸上，像是想起了一段好时光，带着笑，他说："那肯定啊。"

沈小甜笑着低下了头："那挺好的。"

他们今天没有拥抱，也没有亲吻，在离别的时候，都逃避着对方的视线。

车是老冯的，当然得送回去，陆辛一路开车，灯光在车顶次第划过，遇到红灯，他停下车，那双被无数人夸赞的手捂住了自己的脸庞。

而这边书房里，沈小甜紧了紧身上的披肩，慢慢坐到了她外公惯常坐的那张椅子上。

"今天有人跟我说，你把我塞给我妈之后，真的去周游全国了，还玩得挺开心的。"

手指抚摩过这张老旧的木头写字台，中间边缘的位置因为被常年使用，早就不复平整，整块桌板凹进去了足足两厘米，都是被人磨的，时间从 1980 年到 2011 年，一个人的后半生都在这里了。

"我这些天明白了一个道理。"沈小甜对着空荡荡的书桌说，"没有人一定要明白所有人的悲和喜，也没有人能做得到，您把我捧在手心十四年，突然想走出去看看，这没什么不对的。"

各人的喜乐悲苦最终都是在各人的心上，没有谁离开了另一个人就可以理直气壮地不快乐，也没有人就应该时时刻刻为了别人快乐而承担着什么。

"听见他说你过得挺好，我还有点儿高兴。我还是盼着您好，估计您也一样，虽然……把我就这么送走了，可心里也在希望我能好好地过吧。"

345

又坐了一会儿，沈小甜静静闭上眼睛，吸了口气，然后站起来，走出去，关上了房间的灯。

第二天一大早睁开眼睛，沈小甜就先给陆辛发了一条消息："起床啦起床啦！我要去红老大家吃早饭。"

课代表回了四个字："二十分钟。"

二十分钟后，穿戴整齐蹲在门口喂鸡的沈小甜等来了骑着摩托车的陆辛。

"我想吃煎饼果子，还想吃鸡蛋果子，不过一样一个我估计吃不完，你陪我一样吃半个吧？"陆辛把车推进小院子的时候，沈小甜手拉着院子门，探头问他。

正好开学吃了几口苹果，也探着头看着他们两个人，动作跟她出奇的像。

陆辛乐了，抬手揉了一下沈小甜的头发："行啊，怎么不行，你说要把我的肉放上面一块儿烙了都行。"

"这可不行。"沈小甜对他眨了下眼睛，笑眯眯地说，"你浑身上下哪儿我都挺喜欢的，真上锅了我得心疼的。"

这话真是……陆辛没忍住，一把拉过沈小甜，在她的额头上亲了一口。

正巧外面宋叔叔家的儿子路过，看见之后吹了一声长长的口哨："这一大早的，陆哥和小甜姐姐你们是要对我们这些单身的赶尽杀绝啊！"

男孩儿的惨叫声回响在石榴巷里，他妈笑着拍了一下傻儿子的脑袋，对陆辛和沈小甜说："没事儿啊，你们忙，我家臭小子没见过世面。"

两个人手拉着手往外走，沈小甜的手里还拎着一盒点心，是给红老大的。

"早知道你是给她的，我昨天直接就给了呗，还得今天你拎过来。"陆辛这话可有点儿酸。

沈小甜对他笑："红老大人那么好，我肯定得当面请她吃点心呀。"

男人握着自己女朋友的手紧了一下。

碰到菜市场门口在卖海带，陆辛看了一眼，问沈小甜："看着还挺好的，要不要买点儿回去中午炖个排骨汤？"

哇，一听就挺美。沈小甜点点头。

陆辛就直接过去买了一点儿，海带是半干的，上面有一层白霜似的东西，像是凝结的盐霜。

拎着海带，自然又买了点儿排骨，要过国庆了，中秋也跟在后面，不少人都担心猪肉的价格会上去，在菜市场一看居然还可以。龙骨连着肋排一块儿买了三斤，让老板帮忙剁开，陆辛把东西都拎在手里，还空出一只手拉着沈小甜。

他们走之前，黄渤海就开海了，现在水产摊儿的生意也红火着呢。陆辛看了看，买了条黄花鱼，看了一眼螃蟹的价格，对沈小甜说："要是想吃海鲜，咱们还是去柜子那儿。"

"嗯。"不说还好，陆辛一说，她还真有点儿想吃了呢。

就这么一路往红老大那儿走，到了的时候，陆辛的手臂上已经挂了一堆的东西了。

天凉了也没耽误红老大的生意，一大早，新出锅的煎饼果子在凉风里冒着热气，看着比之前更勾人了。越观红的头发颜色依旧冷肃，身上穿了一件灰色的工装，越发衬得身上带了秋风似的，也比之前更帅气了。

"哟……"红老大低头做煎饼果子，先看见的是两人握着的手，再抬头看见两人的脸，半天就说了这一个字儿出来。

"观红！我回来了，我男朋友做的点心请你尝尝。"

不用沈小甜说，越观红就知道沈小甜的男朋友是谁了，她又不瞎。

"这一大早，我差点儿让你吓着。"嘴里说着，越观红挥挥手让他们两个人进屋里去等。

"我要一个带馃箅儿的煎饼果子，要葱，微辣！再要一个鸡蛋果子。"

"知道啦。"红老大开始推面糊。

几分钟后，陆辛和沈小甜面前摆了一个煎饼果子和一个鸡蛋果子，煎饼果子上的鸡蛋是个心形的，鸡蛋果子整个形状都是心形的。

沈小甜愣了几秒钟，也没把这两个心跟越观红那张大佬脸联系在一起。

"情侣款"特制煎饼果子和鸡蛋果子吃起来挺艰难的，毕竟得把一颗又一颗"心"拆了。沈小甜越吃越觉得这不太像情侣款，像是单身者的怨恨。不过这话不能跟陆辛说，他看着这个还挺开心的呢。

"你看，你把心分了我一半儿，我把心也分了你一半儿。哎呀，红老大今天真是太上道儿了。"

嗯？沈小甜这么一想，竟然被陆辛给说服了。

两个人吃完了早饭，红老大那边的忙碌也告一段落。

"红老大，那俩小子没有再来找你麻烦吧？"陆辛说的是上次来偷东西的那俩兄弟。

"早没事儿了，那个哥哥身上有案底，又交代出来还犯了别的事儿，蹲大牢是一定的了，你俩甭替我操这个心。"红老大摘了黑色的皮围裙和手臂上的套袖，活动了一下脖子冲着他们走过来。

要不是刚刚才吃完她的"爱心组合套餐"，沈小甜心里的那个"古惑仔主题曲播放器"又要关不住了。

"那个小的，警察叫了他爷爷奶奶，也没管住他，还来我这儿闹腾了两回。我是谁啊，能让个小东西给占了便宜去吗，又把他给收拾了两顿。"

听她这么说，陆辛皱起了眉头："你总这样也不行啊，哪儿有日日防贼的？"

红老大笑了一声，说："陆哥你甭替我担心，我倒觉得挺好，这样的小子有爹妈和没爹妈一个样儿，又让人给带野了，让别人沾了不定哪边是得见了血的，让我拦住了就好点儿。不是说了吗，他这是恶人偏要恶人磨，遇上我了，是他倒霉。"

见陆辛的眉头还皱着，红老大说："我之前就觉得你俩有情况，没想到啊，这么快就手拉着手出来了？"

说话的时候，红老大拍了一下沈小甜的肩膀："陆哥为人没话说，对你也肯定真心真意的，小甜你放心，哪天你和陆哥吵架了，你来找我，我替你出头，我虽然做菜的功夫不如他，可在沽市这一亩三分地儿……"

"您好，我要一套煎饼果子。"

外面来生意了，还是个年轻男人，沈小甜没看见那人长啥样儿，先看见了红老大在原地僵了一下，脸上本就只有淡淡几分的嬉笑一下就褪得干干净净。

等她转身去做煎饼果子，沈小甜透过摊口看见了一个戴着眼镜的年轻男人。她对这张脸没什么印象，但是红老大的反应让她想起了之前见过这个人。

哦，就是那个疑似红老大心上人的。

她捏了一下陆辛的衣袖，等自己男朋友看过来的时候，用眼神示意他看向外面。于是陆辛也看见了那个男人，问："怎么了？"

发现陆辛不认识那个男的，沈小甜笑了一下。

还没等她说话，陆辛一下子站了起来——店门口站着一个小孩儿，十一二岁的年纪，黑瘦，更重要的是，他的一双眼睛直勾勾地看着红老大。

沈小甜也站了起来，她虽然是个被要求关爱孩子的老师，可她也从来没小看过孩子的破坏力。

他们都看见了，红老大自然也看见了，只不过红老大是当没看见。戴眼镜的男人要求在煎饼果子里加两个蛋，她正把煎饼反过来加鸡蛋呢。

"扑通"一声，小孩儿结结实实地跪在了地上："你收我为徒吧！我要跟你学打架！"

单手放鸡蛋的红老大差点儿直接把鸡蛋壳给捏爆了。

没人去搭那孩子的话，那个孩子又大声说："我知道你功夫厉害，你教我吧，我以后不闹你了。"

红老大没接茬，对面一个在买酱菜的阿姨先气不过了，出来说："这是不是那个之前到处偷东西的小孩儿啊？你这小孩儿又来瞎说什么呢？红老大人家规规矩矩做生意的，倒了霉被你们兄弟两个给盯上了，又是偷东西又是砸店，你哥哥都已经进去了，你这个小孩儿能不能收敛点儿？小小年纪好的不学，你还真想跟你哥一样也去蹲大牢啊？"

阿姨说完话，连忙后退了一步，只见一口唾沫落在了她的脚边，是小孩儿

349

啐出来的。

"你还冲我使厉害？你知不知道个好歹了？"

沈小甜看见那个小孩儿的眼神都带着狠劲儿，陆辛自然也看见了。他两步走出去，一把就将那个小孩儿给提了起来："别在这儿耍花招，你以为你会吐唾沫别人就怕你了？我告诉你，就你这点儿阴狠，除了害了自己什么事都成不了。也别以为别人欠了你什么，许你们偷东西不许别人抓贼？我告诉你，你走遍了天底下就没这样的道理。"

小孩儿还要往陆辛脸上啐唾沫，陆辛哪儿能让他如愿，一把提起他的衣服下摆，兜头一掀，那些"暗器"都被喷在了上面，并且随着衣服下摆一起糊了小孩儿一脸。小孩儿又要挣扎，陆辛两手一转，把他整个人都给制住了。

"你放开我！"几乎转眼间，小孩儿就被人蒙了脸、抓住手，只剩脚上还在挣扎，却怎么都踢不到陆辛。

"你这小孩儿也欺人太甚了，你怎么不想想为什么你那个哥每次都带着你，不就是为了让你这个没成年的顶罪，他好没事儿吗？一个人把你往歪了带，别人把他送进去那是把你救出来了，你怎么就不懂呢？"

"呸！我不用救！你放开我！"又是一串儿脏到不行的话从他被蒙着的嘴里说出来。

这时，红老大走过来了："陆哥，把这小子交给我吧，不劳您动手。"

一把拎过那小孩儿，红老大把他的衣服从脑袋上揭下来，挑了一下眉头，说："我知道你恨我，想跟我学打人，学会了再打我？你这小子心里全是坏水啊。"

"我没有！"看见自己是在红老大的手里，小孩儿一下子就比刚才老实了很多，就一张脸通红，不知道是不是骂人累的。

"行了，我像你这么大的时候，珠桥这边儿就没人打得过我了，我能不知道你小子在想什么？"

沈小甜和陆辛站在一起，看着红老大平静地看着那个孩子。

350

"爹妈都不要你，爷爷奶奶也把你当累赘，上学呢，老师同学都看不起，也不想上学，就你那个哥搭理你，你就一门心思想跟他走到黑了，反正好赖无所谓，也没人关心你是好还是赖。"

听着红老大这么说，沈小甜抓住了陆辛的手。

"我说对了吧？"

红老大的声音一向是有些中性中带着低哑，现在的字字句句，比平时还要沉一些，就这样砸在上了年岁的街道上。

这里的老街巷，不止一个无处可依的孩子。

"现在这些人跟你说你是错的，你也不放在心上，还是那句话，你走错第一步的时候，所有人在你这儿就都已经来得晚了。"

小孩儿安静了下来，看着面前的这个人。

四目相对好一会儿，红老大说："要不这样，打架我是不会教的，煎饼果子我可以教，但是你要想在我这儿学做煎饼果子，得先去我兄弟的汽修厂跟着学三个月，三个月里你一点儿事没有，我教你做煎饼果子。"

说完红老大松了手，小孩儿也顾不上整衣服，看了她一眼，撒腿跑了。

红老大看他跑了，转过身，就瞅见了沈小甜亮晶晶的一双大眼睛："干……干吗？"

"不干吗。"沈小甜走过来，笑眯眯地看着红老大，然后给了她一个拥抱。

红老大一下子就愣住了，她连自己师父家的那个妹妹都应付不过来，又哪儿能敌得过沈小甜，只能两只手张着，生怕对面她陆哥以为自己占了他女朋友的便宜。

陆辛两只手插在裤兜里，只看着这俩人在笑。

"行啊红老大，我还真不知道你有这个本事。"见沈小甜从红老大的怀里退出来，陆辛又过来拍了拍红老大的肩膀，"还是那句话，有事儿得跟我们说，知道吗？你可是有朋友的。"

"嗯！"红老大正看向旁边呢，听了这话，略低低头，笑了笑，"你们也甭为我操心，我可是被我师父捡回去的。"

沈小甜留心了一下，刚刚那个眼镜男站着的地方早就空了。

手拉手往家里走的路上，沈小甜问陆辛："你是不是一直就在担心这个？"

陆辛叹了一口气，拉过她细细软软的手臂隔着衣服摸了摸："我就知道红老大看着那野小子能想到她自己，就怕她一上头，把小孩儿拉自己这儿了，结果还是这样……"说着又叹了一口气。

沈小甜反过来也在他的手臂上摩挲了两下，权当是安慰了："别担心，我看那个孩子给吓跑了，他要是真的再来，说不定就还有救。"

要是十岁出头的孩子连红老大这么掏心窝子的话都毫无触动，还想继续干坏事儿，那真是坏到了骨子里了。

"再说，要是真没救了，红老大肯定一下就知道了。"

从某种程度上来说，沈小甜权衡起来比陆辛更冷静。

停下脚步，陆辛把手里拎着的海带排骨换到了另一只手上，然后一把环住了沈小甜："小甜儿老师啊，你说这个世上被丢了的孩子是不是总会被人捡回去？你看，我遇到了你，红老大遇见了她师父。"

"应该是我遇见了你。"沈小甜看着倒映在河面的云影，轻声说道。

是我遇见了你，一份"遗产"，光辉灿烂。

2

真正在一起相处，陆辛发现沈小甜特别爱看书，她研究化学，就看化学的书，做视频就看教人做视频的书，坐在一楼的那间老书房里，她手边儿摆着的书越来越多。

到了这个时候，陆辛也不闲着，坐在老房子的沙发上，偶尔也会翻翻沈小甜的书，包括且不限于《青少年心理保健指导》。当然，更多的时候，他会研究老元给他的那本菜谱。

一个在书房一个在客厅，各自安安静静看书，手边儿放个陆辛做的炸鲜奶或者加了葡萄干和松子的沙琪玛，半天时间很快就消磨过去。这时候就可以凑在一起研究一下吃什么。

在这个国宴大厨都拍小视频的年代，陆辛可以毫不客气地说里面一些菜谱已经老了。他也确实这么对沈小甜说了，可"积累"这种行为本身就是以巨大的时间成本来保存数量微小的"金子"，所以他有所收获的时候也挺多。

"这个虾球挺有意思的，我一会儿改改做法给你做个金沙虾球吧。"陆辛拿了根牙签儿当书签，翻出来一页给沈小甜看。

沈小甜当然没意见。

主菜有了，再吃点儿什么呢？两个人正想的时候，沈小甜的手机响了。看着来电显示的名字，沈小甜愣了一下，然后就笑了。

"喂，老大！"

见她脸上是很高兴的样子，陆辛对她比画了一下，意思是自己先去买菜了。沈小甜点了点头。

她这个老大说的不是越观红，而是从前大学的室友，名字叫叶雅心。

"小甜！"软软的声音从电话里传出来，"好久不见啦。"

"老大，你在贵州还好吗？"

"挺好的，这边吃得蛮好的。"

"是，你过年时候给我寄的小腊肉真好吃。"

听沈小甜这么说，叶雅心笑了："你要是喜欢，我过年再给你寄哦。"

沈小甜毫不客气地答应了。

叶雅心笑了，她大学刚毕业就去了贵州支教，一去三年，现在又待了两年，对于一个城市女孩子来说，五年最好的岁月都扔在了山沟沟里，除了一点儿腊肉特产之外也给不了这些昔日的老同学什么。可沈小甜她们每次都借口"吃了老大的腊肉不好意思"，一包一包地往山里发书和衣服。

她们不客气，是让叶雅心也"别客气"。

一来一往，虽然很久不见，可两个人打起电话来很快就找回了曾经的熟稔，叶雅心也说了她这次打电话的目的："我有一个学生跟着他爸爸去了广东，我想让你帮我查一下，他是不是在这所学校……"

陆辛回来的时候，沈小甜刚挂了电话。看沈小甜脸色不好，他问道："怎么了？"

沈小甜对他说："我大学室友的一个学生跟着父母去了广东，说是在一所中学读书，可我室友的其他学生说听见那个孩子的姑姑说他是在打工，所以让我帮她问一下。"

陆辛拍了拍她的肩膀说："没事儿，你先忙，我给你做饭去，金沙虾仁加一个干煸杏鲍菇，主食我给你摊个土豆饼。"

"好。"对自己的男朋友笑了笑，沈小甜开始继续打电话。

她先打给了米然，问她认不认识这所学校的人，再问问自己在当地师范大学毕业的同事，广东人不爱出省，尤其是当老师的，一般都会在省内就业。

大家都是当老师的，一听说一个孩子可能失学了，都跟着着急起来，从沈小甜这里开始，一个点沿着网络开始往外扩散。

"我有个同学在这所学校，你说的那个孩子在哪个班啊，我让她问一下。"

"上初中几年级啊？他们学校今年扩招了，人不少呢。"

"有没有可能是去了别的学校啊？小甜啊，你让你同学别急，我有个同学在他们市教委，外来务工人员子女入学这里都是有名单的。"

"孩子的家长联系不上吗？唉，怎么能把孩子带出来就不让他念书了呢？"

"现在好多这样的，不要说贵州了，我们这边下面的学校也是，一些留守的孩子到了十四五岁就被父母带走了，说是孩子跟在父母的身边更好，而且在外面也可以好好读书，其实很多都辍学了，可留在当地，村干部和教育部门都有义务，会督促送孩子上学的。"

微信里，一位有经验的老教师叹了口气。

最后，给沈小甜一个准确消息的，是个让她意想不到的人——程老师，北珠高中教导主任，不久之前，沈小甜还因为不想回北珠跟他闹得不太愉快。

"小甜啊，我和他们学校的副校长联系过了，你说的这个孩子没在这所学校读过书，一会儿你把这个孩子的家长信息给我一下，我找人问问看他是不是在别的学校上了学。"

沈小甜拿着手机，低声道谢："好的，程主任，您辛苦了，真是太谢谢您了。"

"几个电话的事情，跟我客气什么呢？小甜啊，我不止一次听学生反映想你了，有时间就回来看看，你从实习到工作，在北珠高中待了这么多年，总还是有感情的。"

"好的程主任，我会的。"

结束通话，还有各种消息源源不断地往沈小甜的手机上汇总而来，她一个接一个地道谢。

"小甜，你让你那个同学也别担心了，唉，没办法……"

是呀，没办法，父母带着孩子走了，这本就是无可厚非的，作为老师又能做什么呢？

香喷喷的土豆饼做好了，金沙虾仁做好了，干煸杏鲍菇也做好了，隔着饭桌，陆辛看着沈小甜一直盯着自己的手机。

"也别太着急了，把饭吃了，再看这事儿怎么能给解决了。"他把一块儿土豆饼送到了沈小甜的面前。

沈小甜叹了一声："我还得把这个消息告诉老大……"光是这句话说出来，她就觉得自己的舌头已经被难住了，"我怎么说呀……"

陆辛拍了拍她的手，说："要不……我替你跟她说？"

沈小甜摇了摇头："我……我先吃口东西。"

把手机倒扣过来，沈小甜夹了一只金沙虾仁放在嘴里。

所谓的金沙就是咸蛋黄，陆辛从老元师傅的那本菜谱上看到了一道脆皮虾的做法，虾开背之后先用料酒微腌一下，为了不让酒气影响了虾的鲜，还往上面弹了点儿水，然后再放葱姜，扑淀粉，下锅慢炸一遍，再快炸一遍，最后裹上炒出细泡泡的金沙。

虾壳已经彻底酥脆，和着咸蛋黄的咸香格外可口，沈小甜的表情却像在吃药："我老大……算了，我还是叫她本名吧，雅心……一开始毕业只是想回宁波当个老师，可是没考上满意的编制，她就想先去支教一年……"

金色的虾又放了一个在嘴里，沈小甜又想起了叶雅心的样子，她细瘦文雅，从里到外都符合人们对一个江南姑娘的想象。她的生活本来有一条既定的轨迹，在那上面，一切都已经安排妥当，可是——

"支教从一年变成三年，三年变成五年，别说她父母，连我们都慌了，事业、工作、婚姻、生活……这些在我们看来，都跟她现在的经历毫无关系，没有人能想象她在贵州待五年。可去年她跟我说，她又延长了支教申请，因为有几个孩子，她觉得他们能考上大学，她想送他们进重点高中……这次这个小孩，就是其中一个。她为了他们，把五年都扔进去了，现在我怎么跟她说呢，说她这些年耗费的时间和精力多半是白费了？"

陆辛站起来，走到沈小甜的身边，把她拉了起来，然后抱了抱："办法总能想出来的，你别把自己愁坏了。"

"嗯。"沈小甜在他怀里笑了一下，拿出了手机。

陆辛环着她，像是在哄个小孩子似的。电话拨通的时候，他看见沈小甜的眼睛红了。

"雅心，目前……在你说的那所学校没有找到孩子的入学记录。"沈小甜的嗓子哽了一下，另一只手抓着陆辛的手，像是借来了力量，撑着自己把话说完，"现在有老师在帮忙联系他们当地其他接收外来务工人员子女的学校，看看能不能有进一步的消息，你那边把孩子家长的信息给我一下吧。"

叶雅心的声音很平静，她说："好，我一会儿发给你，小甜，辛苦你了。"

"老大。"抬头看了一眼陆辛，沈小甜叫了叶雅心一声。

男人轻轻拍了拍她，还笑着点点头。

沈小甜的声音变得坚决又坚定："孩子的姑姑不是还在你们那儿吗？你去

跟她问一下，最好能问到孩子在哪里工作，我们再想办法去做做工作，哪怕知道孩子在哪个区做什么都行……老大，你放心，我们一定能把孩子找回来。"

电话那边传来了一声短促的气音，叶雅心像是笑了一声，可接着就是哽咽："小甜，小甜我不能让一个孩子就这么毁了！我给他申请了补助，他数学成绩特别好，要是能进城去读个重点高中，一定能考上好大学，呜呜呜……"

五年来一直在那个西南穷山沟里报喜不报忧的女孩儿终于哭了出来。

陆辛觉得自己的手臂上一阵热烫，是沈小甜陪着叶雅心掉了眼泪。

"老大，没事儿，我们一定能把孩子找回来，我明天就回广东。"

香喷喷的土豆饼已经温了，沈小甜吃的时候一咬一大口，她的脸上还有点儿泪痕没有擦干净，却吃出了一份对土豆饼咬牙切齿的味道，很凶。

陆辛一边吃饭一边看着，还给她倒了杯水。

沽市没有到那个城市的直达车，不管怎么样都得先去广州，哪怕是坐高铁，单程路费也得一千多块，来回是两千多，这还不算其他的。

算算自己手上的余款，沈小甜只打算自己一个人去。可是等她从程老师那里确认了孩子确实没有上学时，陆辛已经准备好了两张机票。

"看我干吗？我肯定得跟你一块儿去的。"

"这事儿说到底是我自己的事儿，等我接了广告，把钱还你。"

视频刚发了一个倒是还能再拖两天，接广告什么的沈小甜现在是顾不上了。

沈小甜计较这个，陆辛没跟她计较，只拉着她的手说："咱们先去把正经事儿办了，别的再说。"

俩人是在院子里说的，路过的张哲小朋友探头问："正经事儿是什么呀？小甜老师你们要结婚了吗？"

这一闹，俩人好一会儿才想起真正的"正经事儿"是啥。

叶雅心孤身在外待了五年也不是白待的，这天下了课，她就找了村干部一起去那个学生的姑姑家，问出来那个孩子是跟着他爸去了一个酒吧打杂。

357

"他爸听说现在酒吧都喜欢找年轻男孩子去跳舞，赚得比他自己还多，就心动了，也不想想孩子连个舞蹈学校都没去过，在酒吧打杂能学到点儿什么呀？！"

是呀，人应该接受社会基础技能的培养，这么简单的一个道理，就是有一些家长不懂，或许也不能说他们不懂，应该说他们的理解方向是有问题的。孩子聪明，很好，那不用专门学就能跳舞，然后就能赚钱，我不光让孩子早早赚了钱，我还让他省了好几年读书的时间。至于说接着读书……反正读书也不过是为了将来给人打工，既然白领跟跳舞赚得差不多，那还不如就让孩子去跳舞呢。什么？读书还有别的作用？这话在他们看来是多么可笑啊。

这些话，按说从一开始实习就工作在北珠高中这种生源良好的学校的沈小甜是很难理解的。可她想起了自己的外公田亦清，这样的事情他经历了太多，沈小甜见过不少，桩桩件件都被她从脑海中挖了出来。

"看你这个样子，我就想起了你家老爷子当年让我去念书的样儿。"坐在飞机上，陆辛主动和沈小甜聊起了她外公，"那时候我就是傻愣子，要多傻有多傻，你家老爷子一听说我是自己不想念书了，急得呀，在火车上直接给我上起思想课来了。"

一想就是外公会做的事儿，沈小甜笑了。

看她笑了，陆辛说："他说的话攒起来能出好几本书呢，我就记得那么几句。他说：'你现在觉得当个厨子很好，那你要是当不了一辈子的厨子呢？要是有一天你做够了菜，你怎么办呢？'他还说：'你想走遍天下跟人切磋厨艺，那你也得交朋友吧？一个连天儿都跟人聊不起来的人可怎么交朋友呢？你现在的朋友你觉得还能说得上话，那是因为你是个孩子，你如果不是孩子了呢？'还有什么……他跟我说咱们这个国家的人文化水平是肯定会越来越高的，我十来岁的时候初中水平，跟二三十岁的初中水平说话，没问题，可等我自己到了二三十岁，我会满足于只跟初中水平的小孩聊天吗？人家说一句高中时候学的知识我跟不上，人家嘿嘿一笑说叔叔你这水平可忒不行了，那我可就歇菜了。"

最后这句话陆辛跟说相声似的，一下子把沈小甜给逗笑了。

"现在的基础教育就是一个梯子。"笑完了，沈小甜说，"没有这个梯子，人就站在地上，有了这个梯子，爬上了一个台子，人才能看见路。"

陆辛："你这话跟你家老爷子说出来的味儿一个样儿。"

沈小甜脸上的笑一下子停滞了，她看着陆辛，然后又笑了："我喜欢你这句话。"

"我当年报考师范专业的时候，我妈很不高兴，她希望我学工商管理或者金融，可我就是学了这个。我妈问我，是不是为了我外公，我说不是……"沈小甜看向陆辛的时候，也看见了窗外，那是云之上的天空，"我希望我成为一个和我外公一样的人，这句话里面，我是为了我自己。"

沈小甜看着天和陆辛，她没想过自己有一天能这样自然而然地说出来，说出她对外公那份自小生长出的崇拜，没有怨怼，没有感伤，只有怀念和对自我的鉴定。

"陆辛。"

"嗯？"

"谢谢你。"

"小甜儿老师你这是又跟我客气上了呀。"

万米高空上，两个人的手握在了一起。

3

飞广州，再坐轻轨去了惠州，最终目的地是惠州的一个下属县级市。

沈小甜见到那个孩子的时候，距离叶雅心给她打第一个电话，也仅仅过去了两天。

他们找到了那个叫杨凯的孩子。十六岁的男孩儿脸是小麦色，头发略长，扎手扎脚穿着酒吧的白衬衣和红马甲。

从秋天一下子就到了夏天，身上出了一身的汗，沈小甜觉得自己已经不太适应广东一年三百六十天的夏天了："我叫沈小甜，是叶雅心老师的朋友和同学，从昨天到今天我忙了一天，穿越了大半个中国，就是为了来问问你，你到底是为什么没有继续上学。"

男孩儿支吾了一声，说："我知道你的，你和好几个老师每年都给我们送书，还有叶老师的新衣服。"

"对。"沈小甜点点头，"就连你们去年搞运动会，奖品都是我给你们准备的，你们叶老师挑了好几天，我们帮她买了发到你们手里。你们叶老师对你们好，看来你也知道，那你能不能告诉我，为什么你就不继续读书了？"

说着话，沈小甜掏出了手机："来，你不想跟我说，你跟你叶老师说。"

对着这个孩子，沈小甜的心情很复杂，一方面她忍不住去想这个孩子怎么能辜负了叶雅心对他这么多年的培养和照顾，另一方面她又提醒自己这个孩子很大概率是不愿意的，主要问题出在他父母的身上，自己不应该迁怒。

沈小甜拨出去的是视频通话请求，男孩儿拿过手机，手机上就出现了叶雅心的脸。

"老师！"盯着手机屏幕，男孩儿的眼泪从眼眶里流了出来。

再看见这个孩子，叶雅心是笑着的。

"小甜，我太谢谢你了，你可算找到他了！杨凯，你告诉老师，你现在到底是什么情况？"

小孩儿的语言组织能力和逻辑水平都还不错，把事情的经过讲得很清楚。杨凯的爸爸带着他来了这儿之后，就先带着他玩了几天，吃吃喝喝，看看高楼大厦，还来酒吧看了看。孩子一开始确实还想着要赶紧回去上学，可玩了两天，他开始觉得赚钱挺好了。他爸爸确实就打的这个主意，十六岁的孩子了，还有一年考高中了，强逼着不让学了孩子肯定闹，可带出来看看这花花世界，孩子自己说了想赚钱，那就是另一回事了。

沈小甜在旁边听着，心里什么都明白了。

杨凯一边说一边哭，眼泪鼻涕都止不住那种，可见这些天也受了不少委屈。他瘦瘦的，又穿了一身更瘦的衣服，哭起来后背的肩胛骨运动的轨迹都能看得一清二楚，像是被砍掉翅膀后留了一点点的根。

　　叶雅心没有哭，视频的另一边，她的目光平静又慈爱："别哭了，你告诉老师，你现在想怎么办？"

　　"老师！我想回去跟你读书！我想读书！我想读书！我一定好好学习！老师！你让我回去吧！"

　　有这句话就好办了，沈小甜长出了一口浊气，剩下的就是跟他父亲沟通了。

　　"你爸现在在哪儿呢？带我们去找他。"沈小甜对孩子说。

　　听到外面哭哭闹闹，酒吧里的人出来看情况，沈小甜过去跟他们聊了几句，用的是广东话。虽然在广东生活了几年，沈小甜的广东话也没有很标准，只是说起来还算流利。

　　陆辛第一次听她说方言，耳朵悄悄竖了起来。

　　酒吧的负责人不同意杨凯跟着他们去找杨凯的父亲，孩子才十六岁，要是就这么被陌生人带走了，万一出事，他们酒吧还要承担责任。

　　这只是一方面的原因。

　　"这位兄弟说什么？"站在沈小甜身后，陆辛问道。也不知道这个哥们儿说了啥，竟然让小甜老师笑了。

　　"这位领班说工地上都是孩子父亲那边的人，我们两个人万一跟他们起了冲突会很麻烦，还不如把人叫到这里。"

　　这话说得有人情味儿！陆辛的表情一下子柔和了不少，他一米八多，肩宽腰窄，从来了一直冷着脸，这下松了劲儿，好几个服务生都在旁边说他是"靓仔"。

　　杨凯的父母很快就一起来了。

　　沈小甜说明来意，两个人的脸色并不好看。

　　"读什么大学啦？读了大学不也是在别人碗里讨生活？叶老师说杨凯聪明，那他肯定做什么都不会差的，哪里还用读书啦？"

361

男人说着，要拉他的儿子过来，却被他儿子躲开了。

男孩儿说："我想回去读书，我想考大学！"

他爸扬起手要打他，被陆辛一把给制住了："你可别动手，我告诉你，打孩子是家暴，现在得进去坐牢的，你别以为你自己的儿子你说揍就揍了！"

"我想读书，我不想在这儿学跳舞……"哭着哭着，孩子都说起了方言。虽然听不懂，可看他的样子，沈小甜和陆辛也能猜到还是这个意思。

"你回去吧，你回山里去，我以后一分钱不打给你，我看你拿什么去读书！一个老师还能管了你一辈子？你让这些人供你读书去吧！"

这话吓孩子是够，却吓不住沈小甜，她拉着杨凯说："你们为人父母的，如果不抚养孩子也是犯法的，这叫遗弃罪。你们在哪儿工作？你要是敢不养孩子，我就去问问你们的领导，这样犯了法的人他们还敢要吗？"

吓人，谁不会啊！

陆辛回头看了沈小甜一眼，脸上是忍不住的笑。

"你也不用怕，我千里迢迢来找你，会是一点儿办法没有就来的吗？你老师在学校一直给你申请着补贴，你明年只要能考上县里的重点高中，她还可以帮你申请高中的学费减免，上了大学有助学贷款，办法比困难多多了！只要你想读书，就能让你读下去！"

陆辛看着沈小甜，又仿佛看见了那个瘦削的老人，他们的眼睛里真的有一样的光。

她对那个孩子说："你别以为你上不上学你爹妈就能做了主了，这不光是你爹妈的事儿，你想想你们叶老师，那是你爹妈请去教你们的吗？"又看向被陆辛拦住的那对夫妻，"你们孩子聪明也不是让你们这么糟践的，你们这么多年在外面赚钱，为的就是让孩子在这儿跳舞？"

孩子的父亲脸色阴沉着不说话，孩子的母亲说："那我们生的娃子我们怎么管不了？我们也没说让娃子搬砖受罪，我们就让他在这里学本事赚钱。"

沈小甜看着她，笑了，说："不让孩子接受义务教育就是违法的，按照国家相关规定，你不让孩子读书我就能告你，告到最后你这个亲妈不让孩子念书，那就找他姑姐、他奶奶，谁能送他念书谁以后才能管了他！你明白吗？！"

小甜老师今天几乎表现出了一个山东女孩的真性情，又凶又虎，什么话都敢说，虽然脸上总还有那层笑。

酒吧里的员工也在说："怎么能不让孩子读完书再出来呢？"

"我要是学习好，我妈肯定让我读完大学啦。"

"不要总想着让孩子早早赚钱，该读书肯定是要先读书啦。"

两个中年酒客一直坐在酒吧的角落里，也说："孩子能读书当然要让他读书，连初中都不让读完出来是犯法的！"

"为了孩子读书这么操心的老师不多啦，你们两个人要惜福呀！"

看两个家长都不说话了，沈小甜推了一下那个孩子："去换衣服。"

扎手扎脚的服务生衣服被换掉了，男孩儿身上穿了T恤和短裤，应该是还洗了脸，至少之前的鼻涕眼泪都没了。

"老师……"他就站在沈小甜的后面，像只可怜的小鸟。

"哪个行业来钱都不容易，你们看见人家酒吧里跳舞的赚钱多，你们知道他们学跳舞花了多少钱吗？你以为这是你家孩子的聪明就能解决的吗？真学不成，两三年耽误进去，十八九岁连个初中都没读完的孩子还剩什么？"先拿法律法规把孩子父母吓了一顿，沈小甜也不和他们再撕扯，拉着在酒吧里坐下，五个人面前都摆上喝的，她几乎是掰开揉碎了跟这两个家长讲道理，"这几年纯体力活儿越来越不好做，孩子有机会跳一步，至少以后找工作更容易啊，这么算起来，你们孩子上学到现在也已经七八年了，又确实有天分，这是马上要见收成的时候啊……至于说孩子上学的花费，刚刚我也说了，叶老师给孩子申请了补贴，只要能考上重点高中，家里也就花个孩子吃穿的钱……"

她的脸上挂着笑，声音是甜的，人也是甜的，白白净净的一双手拉住孩子母亲的手，大有对方不答应，她就绝不肯松开的架势。

如果她只是个管闲事的路人，自然可以怎么爽快了就把话怎么说，可这个孩子叫她老师。老师，就要为孩子一段长久的时光负责，对家长当头一棒似的喝问可能会有效，但是更多的是沟通和说服，决不能让家长恼羞成怒，把不堪的情绪再发泄到孩子的头上。

杨凯的父母犹豫了。

陆辛在旁边搭话："那孩子就在这儿，说了想要上学，你们要是非不肯让他上，他以后万一没出息，不就把你们给恨上了？我看他这个身量，这才十六呢，以后还得长一截，等你们打不动骂不动了，还怎么管他？"

终于，这对父母被说服了。

"明天我给你买票，你自己回去。"

听杨凯的父亲松了口，陆辛挑着嘴角一笑，说："兄弟，现在买票就是在网上付个钱的事儿，这就赶紧买了吧，赶紧买票赶紧走，别耽误了孩子学习，这孩子出来也快一个月了，这得耽误多少课呀。"

掏出手机，陆辛开始给孩子规划怎么回家，看了一圈儿，最快的法子是现在就坐轻轨去广州，买下午五点的火车票，半夜就到贵阳了，也有慢车，明天下午也就到了。

沈小甜看了他一眼，笑着对孩子的母亲说："您看这样行吗，咱们这就回去收拾东西，你们要是没时间，我们两个就替你们把孩子送上车。"

实际上就是怕孩子的父母再变卦。

三个小时之后，沈小甜和陆辛带着那个叫杨凯的孩子到了广州火车站。

离开车还有一个多小时，沈小甜问杨凯："要不要吃点儿什么？"

男孩儿低着头，脸上的眼泪也不知道是流了几次又洗了几次，鼻子眼睛都是红的："老师，我回去一定好好读书，谢谢您！"

"我是问你想不想吃点儿什么？"沈小甜拍了拍他的肩膀，"把决心给你叶老师看，她才是真的为你操碎了心。"

"嗯。"男孩儿点了点头。

最后，男孩儿说他想吃肯德基的蛋挞，他刚来广东的时候，他爸妈带他吃过。

葡式蛋挞和普通酥皮蛋挞的区别就在那层焦糖的外皮上。男孩儿吃了一口蛋挞，小心地避开了那块黑色的焦糖部分。

沈小甜和陆辛的面前各摆了一个草莓圣代。这一整天的折腾，他们两个从秋天一下子来拥抱高温的人最大的感想就是没有了食欲。

看见孩子奇怪的动作，沈小甜问他："怎么了？"

男孩儿有些不好意思，说："老师，这儿煳了。我烧菜烧煳了也这样，都是苦的。"

"糊了？"沈小甜笑了，说，"这不是煳了，这是焦糖，焦糖就是糖在高温下发生了脱水变化……你学了化学吗？"

男孩儿点点头："叶老师提前教过，可是您说的我们没学过。"

"没关系。"沈小甜拍了拍他的肩膀，"你就先记在心里，知道糖经过高温会变成焦糖，就成了这种黑色的，是甜的，可以吃。"

他将信将疑地咬上去，发现果然没有苦味，瞪大了眼睛，一下子就咬掉了半个蛋挞。

"我之前跟你和你父母讲了很多，我跟他们说，学好了知识能改变你的未来，但是呢……你看，你知道了焦糖，就会知道黑色的部分也可以吃，可以一口吃半个蛋挞。这也是知识。"沈小甜对杨凯说，"这是知识，在改变你的现在。"

"老师，您说的话我懂了。"男孩儿放下手里空了的蛋挞壳，匆忙咽下嘴里的食物，要找出笔把这句话记下来。

沈小甜笑着说："有什么好记的呀？知识就是每时每刻在改变你，也改变我……科学家造出了高铁、飞机、手机、网络……还有很多很多东西，所以你们叶老师能立刻找到我，我能两天就找到你，还能让你明天就回去，这就是科学和知识对我们的改变。我知道你这次回去，会一直想着要在中考里考一个很高的分数，但是学习本身不只属于分数，知识是属于你的，就像你买衣服、吃饭花的都是你父母的钱，可知识不是，你能很快得到它，它也不会离开你。"

"你父母可以不让你上学，可是他们不能让你已经获得的知识离开你。"

这是临别的时候，沈小甜最后对杨凯说的话。

然后，她就像一个真正送孩子毕业的老师一样，看着杨凯走进了检票口。

"沈老师，谢谢您！"

男孩儿背着不大的一包行李，手里拎着的塑料袋还装了点儿沈小甜和陆辛给他买来路上吃的零食，广州站人来人往，他在人堆儿里一下子就能被人淹没。可他对着进站口的方向鞠躬，沈小甜还是一下就看见了。

"这傻孩子。"她笑。

在沈小甜的身后，陆辛轻轻抱着她："唉，走吧，今天咱们的小甜儿老师可是折腾大发、立了大功德了，我得带你去吃点儿好的去。"

"我肚子里的圣代还没消化呢！"沈小甜摸了一下肚子，拍了拍陆辛的手臂，还是忍不住在他的怀里多借一点儿力气。她真是有那么点儿累到站不住了。

"没事儿，你慢慢消化，咱们慢慢走，想想是吃个蒸汽儿的海鲜呢，还是吃个潮汕锅。对了，明天先别走，我带你去吃个早茶呗。"

"好呀，我还真有点儿想吃虾饺了。"

两个人手拉着手，拖着一身的疲惫和放心，逆着人流往外走去。

4

初到广东的人，会发现广东人的饮食文化深重到超乎他们的想象，毕竟这是一个打开点评软件能随随便便看到万字长评的神奇地方。

对于这一点特别，沈小甜认为一个主要原因是他们吃的顿数太多了——早上早茶，中午午餐，下午有下午茶，晚上有晚餐，半夜还有一顿夜宵，这种吃法，让人想对吃不在意都不行。

就像米然，刚来广东的时候是个泡面爱好者，来了广东两个月之后就进化到每周末都要吃一顿早茶、一顿夜宵，原本是吃喝都有点儿随便的人，后来就进化到了连买奶茶都要货比十八家。

说起来，米然要不是看完电影急急忙忙想去买那家她喜欢的奶茶，也不会看见姜宏远出轨……

咳，我们还是说吃吃喝喝的沈小甜和陆辛吧。

晚饭，他们俩最后是七点多才吃的，找了一家挺有人气的街边小火锅店，吃的鱼火锅。鱼是广东特有的脆肉鲩，看活鱼的样子像是草鱼，其实还是草鱼的一种。

当然，这些都是陆辛说的。

一条鱼被分解得彻彻底底，鱼头、鱼骨、鱼鳍、鱼尾……就连鱼皮、鱼背肉和鱼腩肉都做了区分，装在白色的盘子里，端上来摆了一桌。

北京的火锅讲究的是个黄铜打的炭火锅，四川的火锅因为口味问题分什么鸳鸯、子母、九宫格，跟这些火锅比，广东的火锅从器具上就显着简陋。端上来的锅子就是安了俩把手的一个盆，里面简单粗暴地煮着白开水，据说是山泉水，聊胜于无地放了几片姜。

"鱼头鱼尾可以先煮哦，一会儿可以喝汤。"沈小甜端起了鱼头鱼尾先倒进了锅里。

陆辛笑着看看她说："一看你就是常吃这个。"

"还行吧，以前的同事都喜欢吃火锅，要么潮汕牛肉锅，要么是这个，再就是毋米粥火锅了。"

沈小甜承担了下东西的工作，陆辛就主动给她调蘸料，蒜末、葱末、香油、酱油……从某种意义上来说，广东火锅连蘸料都简陋。

锅再次煮开，两个人就开始涮鱼肉吃，鱼背肉带了一点儿皮，切成了能透光的薄片，一煮就熟了，肉质很脆，就是几乎没有脂肪，一不小心就老了。

不过这个事在陆辛的手里是肯定不用担心的，他拿着漏勺，俨然一个绝世神厨的样子，鱼片熟到恰到好处的那一瞬间，他就把鱼片捞了出来，不光捞出来，还要立刻分开塞到蘸料里，入味加降温，生怕鱼片自身的余温让它"过熟"。

这活儿他干得龙精虎猛，沈小甜也就乐得不管，坐在那儿等着他来照顾。

鱼皮完全不辜负这个"脆"字,不仅鲜甜,还脆嫩,齿间有声,舌尖有香,也是一烫就熟了的东西。

跟鱼背肉和鱼皮比,鱼腩肉和鱼鳍能让人真正感受到吃到脂肪的快乐,香嫩鲜滑。陆辛说这个脆肉鲩想要好吃,得把鱼送到专门的水域"饿"上四十天,就是停止人工投喂,让它们脱去多余的脂肪,还能去除肉里的土腥气。

"我认识的好几个厨子都说,广东人啊,牛肉要够鲜,鱼肉要够脆,舌头是真讲究。"

沈小甜想想自己广东本地的同事,再想想被同化了的米然,点点头,笑了:"可惜我在广东待了这么多年,还真没觉得自己变讲究了,倒是回去了一趟再来,仿佛讲究了不少。"

"嗯?"陆辛捞出一个煮好的鱼鳍放在沈小甜的碗里,"为什么呀?"

"因为有人教我怎么讲究。"

"那小甜儿老师你是真学得挺快的。"陆辛说话的时候一本正经,"不愧是当老师的。"

沈小甜吃了一口陆辛给的鱼,说:"那也是野厨子教得好。"

酒店订得离他们住的地方大概六七百米远,可吃完饭,沈小甜已经连眼睛都睁不开了。

"小甜儿,小甜儿?"陆辛看着沈小甜迷迷糊糊的样子,脸上全是心疼,"唉,你呀!行吧,你教书育人,我就把你带回去,养胖了,也挺好。"

人行道上人来人往,属于广州的夜晚才刚刚开始,陆辛的脖子上挂着他们两个人的行囊,身后背着一个睡着的姑娘。

高大的男人一步一步往前走,酒店就在下一个路口,可他的步伐稳得很,走到天涯海角都不会晃。

晚上十一点,沈小甜被自己的手机吵醒了。

"你妈生病了,你知道吗?"

恍惚中接听,她就听见了这么一声,带着恨不能扎进她心里的指责意味,沈小甜一下子就清醒了。

打电话来的人是她爸："你妈怎么养了你这么个没有心的女儿？她病了你都不知道吗？"

躺在床上，沈小甜慢慢吐出一口气，才说："爸，您到底是想来告诉我什么？是我妈生病这件事儿，还是你又想拿伤害我来显示您对我妈的爱？我妈生病这件事儿我无从知道，谢谢您告诉我，您还有其他的事情吗？没有的话，我想慰问一下我妈。"

对沈小甜的父亲沈柯来说，这话大概是扎了他的心了："沈小甜！你除了伤害你的家人你还会做什么啊？工作工作没了，前程前程你不管了，家人对你的关心和爱你全部踩在脚底下！明明是你出了问题，你却要先把责任甩出来吗？！"

沈小甜的回答是挂了电话。

看一眼时间，她从床上慢慢坐起来，给田心女士的秘书发了个微信。她妈的这个秘书也跟了她妈很多年了，沈小甜来广东之后一半的家长会都是这个姓柳的阿姨给她开的。

很快，柳阿姨的电话就打过来了："小甜啊，田总是查出来心脏有一点儿小毛病，没有大问题，她之前不让我告诉你，你也不用担心哦。"

柳阿姨的声音很温柔，可实际上是个身高超过一米七、体格健壮的阿姨，跟着田心女士走南闯北这么多年，光贼就打了好几个，兼任保镖和秘书，一个人顶好几个用，性价比极高。

"柳阿姨，我现在就在广州，想去看看我妈，您方便把她医院的地址告诉我吗？"

"那真是好巧哦。"柳阿姨的声音一下子清亮了好几分，透着喜悦，"田总现在就在广州疗养呢，我把地址发给你。"

地址通过微信发了过来，沈小甜又听柳阿姨说："小甜啊，田总真的是很关心你的，母女之间哪里有说不清楚的话呢？田总这一段时间工作上比较忙，你也体谅她一下，一个女人在商场上打拼是真的不容易的。"

"阿姨，我知道，您放心，我会跟我妈妈好好谈谈的。"

沈小甜确实想跟自己的妈妈好好谈谈，谈谈她新的工作方向，也谈谈她有了一个新的伴侣。

床边放了一瓶水，沈小甜知道这是陆辛怕她半夜起来会渴。

第二天早上八点多沈小甜才醒，回了慰问的微信。

因为她洗了个澡，一个小时后，他们才坐在了茶楼里。

广州的茶楼总带贵气，这是沈小甜一直以来的感觉，就算餐桌上铺着薄薄的塑料桌布，桌椅和门口的红柱子都有些脱色，茶楼里也莫名显得富丽堂皇。

早茶自然有茶，沈小甜和陆辛都嫌天气热，点了一壶清凉下火的菊普。服务生带着茶走过来，现场冲泡，从洗茶、热杯到沏好一壶茶不过转眼之间的事情，也不在乎水渍会溅到桌上，反正桌上也不过是一张很便宜的塑料桌布。单纯追求效率高，冲出来的茶还是很好喝的。

点心，沈小甜拿了全是虾仁的蒸虾饺、上面点着小鲍鱼的干蒸烧卖和叉烧包。陆辛笑她是一下把早茶里的"四大天王"拿了三个。

沈小甜问他第四个是什么，还跃跃欲试想让四大天王一起开会，听说是蛋挞，就淡了这个心，毕竟昨天刚见过，一点儿新鲜感都没有，又不是她的男朋友，这么可爱。

陆辛拿了个金沙红米肠，外面殷红，内在金黄，光看外表就好看得不得了，还有一份黄金糕、一份虎皮凤爪。

六样东西摆了大半桌，沈小甜还怕陆辛吃不饱，陆辛摆摆手说他吃完了要是还不饱就去端一碗鲜虾云吞面。说完，他又去拿了一份皮蛋瘦肉粥回来，是给沈小甜的。

"这家虾饺很不错啊。"陆辛笑着说，"也难怪是老字号了，每个都是十二褶，东西确实做得见功夫。"

咬开薄皮，里面就是满当当的六个虾仁抱在一起，放在嘴里一下就满足了口腔的每个角落。

沈小甜很喜欢金沙红米肠。这个点心不算传统点心，却好看又好吃，红米做的拉肠粉里面是一层脆脆的"金沙"，再里面是鲜甜的虾肉，口感丰富又有趣。

"其实就是虾肉外面裹一层那种特制的酥皮榨出来，然后裹在肠粉外面。至于金沙怎么做，其实我们可以去看一下小甜儿老师的视频学习一下。"

听见陆辛打趣自己，沈小甜笑眯眯地说："你再多吃点儿。"

饭吃了大半儿，三个叉烧包陆辛独自解决了两个却还是没吃饱，还真的要了一碗鲜虾云吞面。

"咱俩今天干什么？去上下九逛逛？老西关那边不少老馆子，我一直听说还没怎么去过呢。"吃着云吞，陆辛对沈小甜说。

"一会儿你陪我去个地方吧。"女孩儿的脸上是甜甜的笑容。

"去哪儿？"

"医院。"

"怎么了？你不舒服？"

"不是，我就是想让你陪我去看看我妈。"

"嗝。"打了个嗝儿，陆辛突然觉得自己有点儿撑得慌。

沈小甜本以为他们吃完了早茶就可以直接去，可她没想到陆辛居然要理发。

"你头发也就刚长一点儿啊。"沈小甜盯着陆辛的头顶说。她刚看见这个男人的时候，他的头发短短的，这么阵日子虽长长了一点儿，也不过是发际线顶上那几根头发开始垂下来的程度。

可陆辛站在理发店门口就是不肯走。

两个人僵持了一分钟，沈小甜都笑了："你不会是紧张了吧？"

野厨子用手抓了一把今天早上刚在水龙头底下洗过的脑袋，说："紧张？哪儿至于啊？我就是……你看，你妈把你生得这么好看，那眼光肯定不错啊，我不能给你丢人。"

沈小甜笑："得了吧，我妈就喜欢好看的，你这张脸她肯定喜欢。"

她这话绝对没说错，田心女士喜欢上前夫沈柯，沈柯那张文质彬彬的脸是极为讨她喜欢的。不过后来，田心女士遭遇了婚变，口味大概也变了。

　　心里默默对照着田心女士手下那些一个比一个有男人味的男模特，沈小甜觉得陆辛最快能过关的就是这张脸了，至少比那些模特都帅呀。

　　陆辛的目光瞟到了理发店的橱窗，看了自己的造型一眼，终于说："行吧，那就不理发了。我去买身衣服。"

　　一个小时后，站在某个涉外医院的康复科单人病房的门口，陆辛深吸了一口气，发现沈小甜还在看自己。

　　"怎么了？"

　　"嗯……"沈小甜想了想说，"我觉得我妈可能会希望你转行。"

　　小甜老师决心自己要多赚钱，课代表能把几十块钱的衣服穿得像是上千，这真上千的衣服上了身，他好像可以去巴黎走秀了。

　　病房门打开，一位高壮的女士转头看见了沈小甜，无限欢喜地拉着沈小甜的手往里面走："小甜！哎呀，小甜。田总，你看，小甜来了！"

　　单人病房里有电视还有茶几，原本坐在病床上看电脑的女人抬起头，看见了自己的女儿。

　　"妈，心脏是怎么回事？"

　　"小甜？"田心女士想下床，看见地上摆着的拖鞋，对她的秘书说："把我的鞋拿过来。"

　　柳阿姨转身去衣柜那里拿了一双鞋要递过去，沈小甜一看见那十厘米以上的高跟，不禁叹了一口气，先把鞋拿到了手里："该好好休养的时候就别想那么多了，您在床上坐着吧。"

　　"不行。"

　　沈小甜看着自己的亲妈，说："怎么不行？您要是非得穿，那我给您穿。"说完，她拎着那双鞋半蹲在了床边，等着她妈把鞋穿上。

　　田心女士一下就愣住了："你这是干吗？"

"您不是非要穿高跟鞋吗？我怕您摔着，我给您穿鞋。"

薄毯下面那双脚动了一下，到底没从里面抽出来。

"算了。"示意秘书把电脑收到一边儿，田心整理了一下自己身上的病号服，"你怎么过来的？是不是沈柯告诉你我生病了的？"

坐在床上，田心女士也气势不减，靠着两个问题找回了自己的节奏。

沈小甜把鞋放回柜子里，回过身看着她说："昨天晚上他给我打了个电话，太晚了，我就问了一下柳阿姨，正好我也在广州，就过来看看你。"

"你也回广州了？"田心仔细打量着自己的女儿，说，"怎么黑了，还胖了？"

柳阿姨在旁边轻声说："小甜一直太瘦了，胖一点儿倒是挺好，看着更好看了。"

听她这么说，田心笑了一下，说："这是在外面吃了苦了。怎么样？学校那边沟通了吗，让你回去吗？还有姜宏远，我之前查了一点儿东西，还真有点儿发现，你尽管回去，他那儿我……"

"妈。"沈小甜轻轻唤了一声，"我没打算回广东。"

田心女士脸上的表情消失了："你没打算回广东？那你打算做什么？就靠你在网上发的那些视频做网红？"

沈小甜眨了眨眼睛，看着自己的妈妈，反问："不行吗？"

田心的神情变得严厉了起来。她和沈小甜单看相貌大概有七分像，单看鼻子眼睛嘴，哪儿都能找点儿相似的影子出来，可相似的五官拼凑着不同的人，一个眉目间就带着不好惹的厉害劲儿，另一个温温柔柔还甜丝丝的。

她看了自己的女儿一会儿，表情又缓了下来："也不是不行，现在自媒体行业确实很热闹，我代理的那几个品牌也不少是要走网络渠道带货的，可是……这个行业的竞争太激烈了，又鱼龙混杂的，你好好当个老师安安稳稳赚点儿工资不好吗？我早说了，你要是想赚钱，我给你在你们学校周围弄几套房子，你是想租出去还是想自己开店都可以，这样轻轻松松赚钱不好吗？"

"我没打算往网红的圈子里挤。"沈小甜慢慢地说，柳阿姨搬了椅子让她坐下，她没坐，还是站着，"我做视频，一开始只是想证明自己没被男朋友出轨的事儿打垮，可越是做，我越觉得真的挺有趣的，而且我在这个过程中还认识了很多人，知道了很多事。"

田心说："就为了这些，你就觉得你可以放弃一份安安稳稳的工作了？如果你真的只是想要做视频，你完全可以在工作之余去做啊，没人拦着你的兴趣爱好。"

沈小甜面带微笑，继续说道："这不只是兴趣爱好，我想要摸索着做一整套从食物引申到化学的科普视频，酸为什么是酸的，甜为什么是甜的，为什么厨房里有那么多神奇的现象……这里面的工作量我没办法在正常的教学工作之外完成。而且，妈妈，我觉得我并不适合做一个传统的老师。"

田心摇了摇头，她的脸上其实还带着几分病容，略微有些苍白的嘴唇挑了一下，勉强是个笑，她说："又是你那一套适合不适合，凡是你想要的都是适合你的，凡是你不想要的都是不适合你的，对吗？沈小甜啊，你说这些话的时候有没有想过你已经是个二十六岁的成年人了……"

这话就比刚刚的话要重一些了。估计这还是田心女士身体还没好透，不然一堆诸如"幼稚""没有责任感"的指责说不定就又要扔出来了。

沈小甜的脸上依然是笑容，却不再只是情绪的遮掩，她真的在笑，因为想起了好笑的事情："妈，我记得您来广东的时候也就二十六岁吧？我记得外公说过，您年轻的时候也不肯好好听他的话去考大学，后来也是扔了原本稳定的工作来广东。妈，我跟您是一脉相承的。我想请您以过来人的目光看看我，其实我在走的不过是一条您从前走过的路，只不过那时候你是南下经商，我呢，是通过网络换一种教学方式。可能每一代年轻人都会走这样的一条路，从长辈给我们规划的人生里跳出来，我是这样，您是这样，外公也是这样的……很多人都是这样的。"

田心又笑了，看着沈小甜，懒懒地垂下了眼睛，说："怎么，你是当老师当上瘾了，还要来给你妈讲道理？"

"我是想争取您的谅解。我知道您想让我过一种很安稳的生活，但是我还是想试试走自己的路。"

站在病房里，沈小甜看着自己的妈妈，表情有些放松。一天之前，她可以说服无知的夫妻送自己的孩子回去上学，再往前，她是个老师，可以说服自己的学生让他们更珍惜和热爱知识，那她为什么不能心平气和地跟自己的妈妈谈谈呢？

转头看一眼门口无声站着的那个男人，沈小甜笑了一下。

陆辛正靠在门上，对她竖起了一个大拇指。

田心女士本来皱着眉头在思索什么，看见沈小甜的这个笑容，愣了一下："你还带了别人来？"

病房的卫生间在门口，墙壁恰好遮挡了田心的视线。

"是，我还带了我男朋友。"

"男朋友？！"先惊讶出声的是柳阿姨，她有些不好意思地捂着嘴，说，"我还以为又是来找田总的模特，要不是怕耽误你们两个人说话，我就要赶他走了。"

藏不住了。陆辛迈开大长腿，两步就走到了沈小甜的身边。

田心女士皱眉看着自己的秘书："一直有另一个人在，你怎么也不出声？把我的鞋拿来！不对……"想想自己现在的病容，她用鼻子长出了一口气。

沈小甜一手拉着陆辛的手，另一只手搭在病床上，笑着说："妈，您别忙了，您一直好看的。"

"你这孩子！"田心女士瞪了自己这个不省心的女儿一眼，抬头看向她带来的那个男人，"你……"

"田、田阿姨您好，我叫陆辛，陆游的陆，辛弃疾的辛。"

这突如其来文质彬彬的自我介绍差点儿让沈小甜笑出声来。

"哦。"田心看着陆辛的脸，露出一个礼节性的笑容，问，"你今年多大了？"

陆辛的脸上写满诚恳和老实："二十八。"

"是做什么工作的？"

陆辛继续诚恳，更加老实："我在上海的金泰集团做餐饮总监。"

没忍住，沈小甜抬头看着自己家的野厨子。

"金泰集团？"田心看了一眼自己的秘书，又看向陆辛，"餐饮总监这个名头听起来可不小啊。"

陆辛依然是老老实实的样子，说："我在厨艺方面有一点儿天分，大学还没毕业的时候就参加了一个美食大赛，比赛是金泰冠名的，所以后来……"

田心摆摆手，问："你读的是什么大学？"

一听学校名字，田心就恍然大悟："原来你们是在老家认识的。"

"是。"陆辛继续说，"正好在路上发生了一点误会，我们就认识了。"

真是多余一个字都不说，课代表同学连儿化音都没了呢。小甜老师在心里暗暗腹诽。

"盘问"还在继续。

"你大学是学的什么专业？"

"金融。"

"学了金融，怎么后来去做餐饮了？"

"一方面是做餐饮起始月薪更高一点儿，另一方面是金融业当时就业前景不太好。"

"嗯……"田心女士终于从一个审犯人的角色里退了出来，"收入什么都是次要的，我们家也不缺这个，重点是你要对小甜一心一意。"

"阿姨，您放心，只有小甜不要我的份儿。"

田心女士又把陆辛仔细打量了一番，然后说："那麻烦陆先生你先出去，我和小甜有点儿事要谈。"

"好的，田阿姨。"

这时候，田心才注意到陆辛拉着沈小甜的手呢，两人的手中间跟涂了一层胶水似的，翻来覆去黏糊了好几下才分开。

田心的眉头挑了一下。

陆辛出去后，她对沈小甜说的第一句话就是："你以前和姜宏远在一起的时候可没这样。"

"不一样。"沈小甜笑眯眯地说，"和不一样的人在一起，心情不一样。"

"心情不一样？"田心笑了一声，说，"你这是跟姜宏远在一起吃亏没吃够吗？你呀，从前我以为你一直乖乖巧巧的，家世不错，工作也不错，就能跟姜宏远好好过日子，结果……男人果然没一个能靠得住的，那个畜生！"

看着田心的脸色突然变得难看起来，沈小甜没管别的，先去扶住了她："妈，您心脏还差着呢，怎么突然就生气了？"

"我没事。"田心女士摆摆手，又对秘书说："阿柳，你把那些东西给小甜。"

柳阿姨又从衣柜里拿出了一个文件袋，看看沈小甜，再看看田心，对沈小甜："小甜，你妈之前只是有点儿胸闷，就是看了这个才住院了的，你也先缓缓，别气着，这种下作小人啊，咱们想收拾他有的是办法。"

沈小甜有些茫然，直到她打开文件袋，看了几行字，不由得瞪大了眼睛。

"你姥爷真厉害，他到处散财，到处帮人，得了个好儿吗？到头来连你都被人作践。这个姜宏远就是你姥爷生前资助过的，他从一开始接触你就知道你是谁。你说他多厉害，跟你姥爷借钱读书，你姥爷死了之后他不说还钱，还勾搭了你，然后又劈腿！怎么你别的没学会，招惹白眼狼的本事咱们老田家还从头学到尾了？！这是造了什么孽，怎么净碰上这些不是人的东西？！"

田心女士越说越气，有一只手在她身后轻轻拍打，好一会儿她才反应过来，这是女儿在安抚她。

"没事，妈。"沈小甜的脸上还带着笑，"这是我的事儿，您交给我自己解决就好。"

从医院出来，陆辛说："我还以为你会陪你妈吃个饭呢。"

沈小甜的怀里抱着一个文件袋，默默走在前面。

过分英俊的男人和可爱甜美的女孩，这一对搭配一路上吸引了不少人的目光。

到了一个十字路口的时候，她停了下来。

"是你主动坦白呢，还是我找别人一圈儿一圈儿地问？"

沈小甜没回头，陆辛也知道她是在说自己。

"我坦白我坦白，这也不是啥事儿，金泰的那个餐饮总监我确实干着呢。这事儿说起来比较复杂，咱俩先找个地儿坐着吃点儿东西再说行不行？"男人的声音有点儿可怜兮兮的，"房间里那空调温度开得那么低，结果我还是让你妈给问出了一身的汗，现在身上还是湿的呢。"

沈小甜回身看看他，说："好呀。"

他们俩找了个海南菜馆，点了白切文昌鸡、抱罗粉、椰香鸡油芋头饭，青菜就是最简单的白灼时蔬。

沈小甜看着菜单说："陆总监，我现在心头有火气下不去，想喝一个槟榔花猪骨汤，您看行吗？"

陆辛小心翼翼："槟榔花有点儿凉，你喝一碗就行啊。"

点完了菜，沈小甜看着陆辛，脸上带笑："说吧。"

野厨子揉了揉眼睛，声音放得略低："确实是我不对，经历没交代清楚，可这个吧，我也不是故意瞒着你……我不总是到处跑吗，那时候我就到了上海，然后钱花完了。"

陆辛与上海的故事，沈小甜只听过只言片语，他说过自己在上海开了个夜宵摊子，还有黄酒他们说过陆辛大三的时候就去上海了。这次，她终于听到了一个完整版。

陆辛第一次到上海的时候是十八岁，在那之前快两年的时间里，他就是到处跑，靠着自己的天分在各个馆子里混饭吃，也混了点儿本事出来。

在去上海之前，他一直在北方，待过最大的城市就是北京，又哪里知道这座被称为"魔都"的城市到底有怎样的魔力呢？他来了，然后……很快花光了身上的钱，为了混口饭吃，他第一次开起了摊子。小小年纪就自己创业，哪儿有那么容易？就算他手艺好，可既没有货源，也没有客源，每一步都很难走。

每天从下午七点忙活到凌晨三点，却赚不着什么钱，还经常惹麻烦，刚成年的陆辛还真是第一次知道什么叫"走投无路"。

这个时候伸手帮他的人，是他邻摊一位卖羊肉粉的阿姨，姓王。王阿姨几乎手把手教陆辛怎么把自己的摊子开起来，从进货到定份数，她都帮他算得清清楚楚。王阿姨极少说自己的事情，陆辛只知道她有丈夫和女儿，女儿十岁了。

慢慢的，陆辛的摊子做了起来。

被 CBD 高楼大厦包围的弄堂口，每到深夜，就被小摊贩们布置得香气满街，让人流连忘返。陆辛的摊子是其中生意比较不错的。

不仅生意不错，心情也不错。王阿姨是个爽利好说话的，她的女儿也很可爱，会给妈妈揉揉肩膀，还会说"妈妈我给你唱歌听吧"。充斥着各种传说和挫败感的"魔都"上海，至少在这个小角落里，对陆辛来说是快乐的。听听食客的抱怨，听听小女孩儿的歌声，夜晚就在饭菜的香气里过去了。

可就在陆辛开始觉得上海人钱好赚的时候，王阿姨的前夫找了过来。陆辛这才知道，王阿姨之所以带着女儿在深夜出来赚钱，就是因为白天经常被人骚扰。她的前夫是个在大餐饮集团工作的名厨，他们找上门就是为了让王阿姨把女儿的抚养权让出来。王阿姨是绝对不肯的，当年他们离婚的原因，就是她的前夫家暴，不仅打她，还打孩子。

那些人什么都不用做，只要站在那儿，谁的生意都没法儿做，王阿姨报了警，警察走了他们还来。王阿姨是个刚强的性子，不然也不会靠着半夜出摊儿咬牙抚养自己的孩子。那些人拦，她也不惧，只要对方敢动手，她就报警。终于，王阿姨的前夫忍不住了，趁着王阿姨收摊的时候动手抢孩子。深夜的里弄中一片混乱，陆辛护着王阿姨和她女儿跑，打了人，自己也被打了，肩胛骨骨裂。确定了她们母女安全，陆辛就离开了上海，回老家养伤去了。

那之后他们一直断断续续有着联系，陆辛一直劝王阿姨带着孩子离开上海，可王阿姨舍不得孩子的上海户口。好歹她前夫不敢闹到学校去，她带着孩子换着地方住，总能得几个晚上的安生。

"好了，小馨终于成年了，我也安了心，他抢不走孩子了。"

这是王阿姨给陆辛打的最后一个电话。

过了几天，她的女儿小馨哭着告诉陆辛，王阿姨自杀了。她早就在漫长的骚扰、迫逼中被折磨疯了，连孩子考上大学都顾不上了。

陆辛赶到上海，怀里揣着一把刀，在王阿姨前夫工作的地方蹲了两天，心里盘算着自己十八年后还是一条好汉。

"我其实不太想跟你讲这件事。"看着沈小甜红了眼眶，陆辛无奈地笑了一下，在她的面前放了一块文昌鸡，仿佛是希望这因为细腻柔滑而名满天下的鸡肉能安慰一下自己的女朋友。

陆辛没找到动手的机会，可他看见了那家公司门口贴着的海报，很快就要有一场国际美食大赛在上海举行，这家公司派了名厨参赛，其中就有王阿姨的那个前夫。

"然后你就去参加比赛了？"沈小甜轻声问他。

"是。"陆辛点点头，"我这个野厨子，除了一条命，也就只剩这点儿手艺了。"

陆辛的参赛名额是老元师傅给他的，顶着合意居的名头他一路杀进了前四，对手就是王阿姨的前夫。

"我和你有仇。"刚铸成的清海刀拿在手里，当着中外评审和直播观众的面，陆辛用刀尖指着那个男人，心里已经把他砍成了文思豆腐。

组委会让陆辛说话注意分寸，他一把脱下了身上的厨师袍，身上穿了个白背心，前后都印着王阿姨的遗像。

此役，陆辛一战成名。

打败了那个家伙，对陆辛来说是必有之事，毕竟他就是为了这个来的。至于夺冠，他还真没想过，可是……

"我一想，我来都来了。"他跟自己女朋友说起来的时候，笑容竟然有点儿羞涩。

是啊，来都来了……沈小甜的思维跟着他的话去转，渐渐摆脱了刚刚难言的辛酸和难过。

其实拿冠军也并不是一帆风顺的，一个年轻人凭着自己一腔孤勇打乱了多少人的算盘？本来搭建好为那名厨进一步扬名的平台成了让对方公司丢人现眼的现场，别人又怎么能让他好过呢？

决赛现场，有人提出来陆辛并不具备参赛资格，因为他在合意居并没有劳动合同。

这还真是个漏洞，差一点儿，陆辛就被逼退场了。

这时，主办方之一的金泰站了出来。

"金泰的杨老板这人很有意思，他说参赛资格不重要，重点是他们这个比赛不能让一个心有侠气的年轻人倒在最后一步上，所以我就成了他们金泰的餐饮总监。"

槟榔花猪骨汤端上来了，沈小甜主动给陆辛盛了一碗，野厨子笑着捧着汤，脸上一点儿阴沉也没有。

"现在想想，我觉得金泰的老板还真会做生意，我还可以接着到处跑，他呢，给我点儿工资，我就得一年四季给金泰集团名下的私厨审菜单子，还一审得审十年。"

十年的卖身契！

陆辛对着沈小甜眨眨眼。

沈小甜心里泛起的酸和疼都被他给眨没了，只能说："喝汤喝汤，后来呢？"

陆辛喝了口汤，接着说："小馨考上了大学，找了个律师起诉她爹，说他多年来没有尽到抚养义务，挖了一笔钱出来，够她这些年读书的了。我呢，在上海待了几个月，就又跑了，也就每年回去几次，来回还让金泰给我报销点儿路费，名头听着是不错，其实也就那样儿，我还是个野厨子。"

"嗯，野厨子。"

"咔哒"，两个人的汤碗轻碰了一下，算是沈小甜敬她家这个生了副侠肝义胆的野厨子，也是陆辛敬自己流离中不失本心的年少岁月。

陆辛的汤刚进嘴，沈小甜突然又问："你只有这一个职位吗？"

"噗。"野厨子一歪身子，汤被他喷在了地上。

"也不是……"他老老实实，规规矩矩，左右两只手各出了一根手指夹住那汤碗，放在了身前，一副坦白的样子。

沈小甜吃了一口滑腻中透着浓香、浓香里夹着清甜、清甜中含着椰子味儿的椰香鸡油芋头饭，问："那你今天打算交代几个？"

"嗯……就先一个？"陆辛说，"其他都是我吃出来的。我舌头好用，人家非要我帮点儿忙，拿个名头留我，我也没干别的，真的。"

沈小甜看起来很勉强地答应了他。

这家店做得最好吃的就是这个椰香鸡油芋头饭，槟榔猪骨汤只能说是不错，抱罗粉就……不过沈小甜也没吃过正宗的抱罗粉，她觉得汤味有点儿鲜甜，和她平常吃的粉很不一样。

来的时候两个人是一前一后来的，离开餐厅时是手拉着手走的。

广州被称为花城，一年到头总是有花盛开的，这时候当家的正是粉色的异木棉，走在路边能看见热闹的花树在人们的头顶灿烂着。

好吧，准确地说是沈小甜的头顶，陆辛还是要避过这些花枝的。

转过一条小巷子，有人推着小车卖着一捧一捧的花，大部分都是常见的菊花、百合。小小的白茉莉和蝴蝶似的姜花倒是让陆辛这个北方人觉得有些稀罕，于是他一样买了一束，都给了沈小甜。

"你送我花还一次送两束啊？"

"我觉得都好看，那就都给你呗。"

沈小甜一手还拿着文件袋呢，陆辛抽走了文件袋，把两束花塞在了她的怀里。

"陆辛。"看着陆辛拿着那个文件袋，沈小甜叫了他一声。

"怎么了？"

"我就是觉得能遇到你真是太好了。"捧着花，沈小甜的笑容很灿烂。

　　刚刚那一瞬间，沈小甜问自己，如果没有遇到陆辛，现在的自己会是什么样子呢？知道自己交往了多年的男朋友从一开始对自己就处心积虑，谎言与背叛贯穿了她自以为的这许多年，她会做什么？

　　她会愤怒，会郁郁不平，她的脑袋里会装满自己过去那些被辜负了的付出，甚至会想要不惜一切代价也要让姜宏远下地狱。世界上再美味的食物也不能让她从这个旋涡中脱身，走在这个街头，她不会看见诸般的美丽。

　　可她遇见了陆辛。

　　痛苦的根源被拿开，她拥抱的是花。茉莉与姜花都是香的，醇、醛、酮、酯构筑着馥郁馨甜，就像现在的她。

　　"你说，我抱了这么久的花，是不是也香香的？"酒店房间门口，她问道。

　　男人微微倾身，深吸了一口气，刚要点头就愣住了。

　　"是不是很香？"女孩儿问他。

　　柔软的触感在嘴唇上一触即分，是甜的，是香的，是惊雷，劈在了陆辛的后脑勺上。

　　他呆了一下，用力抱住了沈小甜："没闻到，没尝出来。"

　　花束背在身后，沈小甜的脸上带着笑，又轻轻亲了一下。

　　"真香。"男人这么说。

　　下午时分，酒店的走廊空荡荡的，他的两只手拍在墙壁上，中间围着他带着花香的珍宝。

　　窗外的阳光照进来贴在墙壁上，嘴唇贴在另一个嘴唇上，野厨子的额头贴在他家小甜老师的额头上。

　　"这下我连做梦都能闻着这香。"

　　看着沈小甜微红的脸颊，陆辛笑着，他的呼吸还急促着，嘴总是想再去追着什么，是带着香气的唇，是他捧在手里心上的花。

　　"那挺好。"沈小甜的唇角慢慢漾出笑。

　　陆辛手里的文件袋不知道什么时候滑落到了地上，不过也没人在意了。

5

沈小甜还想再看妈妈几次，陆辛自然赞同，而且他表示赞同的方式是又买了三身能让他卖相更好的新衣服，并且还趁机修剪了自己的头发。

看着他这样，沈小甜在一边儿站着，说："我在想，你到底是在跟我谈恋爱，还是跟我妈谈恋爱。"

这话可严重了，野厨子说："你看，我吧，最擅长的就是跟这些吃吃喝喝打交道，其次呢，是我这个人……"他指了指自己的胸脯，"你也说了，我心肠好。这两样我都给你了，那就只剩皮相能表现一下了。"

沈小甜一时间不知道该笑他的脸皮越来越厚，还是该说他的诡辩能力真是越来越强了。

他的这份用心自然不是白费的，第三次陪沈小甜从医院里出来的时候，田心女士的秘书柳阿姨快步跟了出来："那个，陆……陆先生，您要是想让田总喜欢你，可不能只给自己买新衣服啊，哪儿有男朋友光给自己打扮的？"

陆辛："……"

沈小甜忍不住用两只手捂住自己的脸，生怕笑到失态。

陆辛觉得自己委屈大了。他不是不肯给沈小甜买衣服，可他家小甜老师总是笑眯眯地说这次来广州的开销都是陆辛出的，她得把账算清了才能再收他的礼物。这他跟谁说理去？

除了抱着沈小甜默默委屈，也没别的办法了。

当然，抱着抱着，他们就又亲到一起去了。

田心女士对他们一直来看她倒是态度还好，只是偶尔会刺一句："你怎么还不去拍视频当网红？你守着你妈能干吗？"

但是沈小甜不理她，她也就不会执意赶人走了。

有一次，她支走了陆辛，对沈小甜说："这次这个卖相还不错，男的但凡皮相好一点儿都会有点儿自觉了不起，明天我就把我手下那些模特叫过来，你看看想让谁陪你在广州逛逛，你就选一个，让他知道知道在我这儿卖相可是不值钱的。"

这可算了，课代表的心里可是容易泛酸的，沈小甜说："他不是一定要显摆自己长得好，就是怕您眼光高，觉得他配不上我。"

"我是肯定看不上的。"田心女士说，"以前的姜宏远我也没看上，是你非要找他，我也就不管了，反正你自己觉得不吃亏，别人说破嘴皮子也没用。这次也一样，小甜，你可别又一头扎进去……"

这话虽然不好听，还是为了自己好，沈小甜只笑着说："我觉得他挺好的。"

除了看田心女士，他们在广州还是一如既往地找吃的。

陆辛对广州不像其他地方混得熟透了，认识的厨子也寥寥，好在广州这个地方想要找好吃的并不难，问问在这儿住了几年的人，谁的心里都藏了三五个可以推荐别人去的好店。就连柳阿姨都说她之前吃了一家小海鲜很不错，是她当地的朋友带她去的。

沈小甜和陆辛当天晚上就决定去吃那家小海鲜。

那家店也是个排档，却跟柜子的那个排档不一样，一个老旧的洗车场门口挂了个"谭仔海鲜"的招牌，走进去就看见一个挺大的棚子，海鲜都是用普通的塑料盆装着，增氧器激出来的水流了一地，整个地方都像是刚洗完车了一样。

花螺、花甲、大蟹、鲍鱼……皮皮虾在这儿就成了濑尿虾，推荐的做法是椒盐。很像鲶鱼的一种鱼在这儿被叫钳鱼，店家热情建议可以用豆豉蒸一下。还有很多海鲜，从小吃海鲜的沈小甜都不太认识。

陆辛要了白灼花螺、豆豉蒸钳鱼、蒜蓉蒸元贝和炒薄壳。

薄壳的样子有些像是迷你的海虹，炒开了口儿就个个香甜，小小的一点儿，吃起来像是嗑瓜子。除了这个之外，沈小甜也喜欢吃白灼花螺，钳鱼味道比想象中更入味，元贝也是个大鲜美，蒜末下面一整个贝肉能把嘴里塞得满满当当。

广东的海鲜比起黄渤海的似乎少了那么一丝冷海水里特有的鲜，却真的是个个都甜。

"我想好我这一期视频拍什么了。"沈小甜嗑着薄壳跟陆辛说,"我可以做'甜'。"

海鲜的甜是甜美的甘氨酸,点心的甜也是甜,于是第二天一早,他们俩又去吃了一顿早茶,拍了奶黄包、流沙包、核桃包……

两个人对甜点都没有多少执念,一早上全靠吃甜的吃到饱也有点儿不太能接受,所以沈小甜又加了几样点心,一起带去给妈妈。

路过一家人气不错的肠粉店,她还特意打包了一份艇仔粥:"我刚来广东的时候,就跟我妈住在深圳,她就带我去喝艇仔粥,我觉得她挺爱喝这个的。"

陆辛拎着打包的点心和粥品,笑着说:"早知道阿姨喜欢喝粥,我也可以做啊。"

话是这么说,在广东想要在餐馆里借灶真是比别的地方难多了。

陆辛说过,广东的小吃一是重工,二是重料。重工就是往往要提前制备各种料头,比如鲍汁扒鹅掌的那个鲍汁,想要做一坛出来就要几天的工夫,那厨房自然就成了个重地,轻易不会让人进去。重料就是重材料的新鲜,比如潮汕火锅,牛肉从屠宰到入锅,所需时间甚至精确到了分钟,广州最好的猪什粥铺子也是一样,食材从屠宰场直接到店,也必须新鲜到人们能够用眼看得见,这般讲究下来,他们哪里舍得让辛苦得到的食材被外人糟践呢?

"也不知道阿姨喜欢吃什么鲁菜,我还真想给她做个家乡风味呢。"

沈小甜笑了一下,说:"不用了,我刚来广州的时候说想吃白菜炖粉条,我妈说那是穷酸到了极点的人才会吃的东西。"

她的笑容挺甜的,却让陆辛忍不住握紧了她的手。

"没事。"沈小甜说,"我早就习惯了,其实我妈的这股子劲儿也不只是对我,她在这个地方扎下了根,自然觉得这里什么都好。"

"可她不该这么说你。"

一个孤零零背井离乡的女孩儿,不过想吃个最简单的家常菜,却被自己妈妈这么形容，陆辛是真的觉得心疼。

倒是沈小甜笑了："说起来，我们在吃饭上确实挺奇葩的。有一年暑假，我快要去夏令营了，突然肠胃不太舒服，医生说我有轻度胃炎，后来我从夏令营回来，我妈问我想吃什么，我说我想吃川菜，因为我们去的那个夏令营里面有个大厨做川菜很好吃。"

陆辛拉着沈小甜过马路，嘴里说："你喜欢吃川菜？那咱们算算什么时候去趟成都吧，我在那儿认识的人可多了。"

看吧，野厨子的心里，永远装着的是沈小甜嘴里说出的"喜欢"。

沈小甜笑着说："好呀！我一直想去，就是总没有合适的机会。"

又走了一百米，他们的话题回归到了刚才。

"你猜我妈怎么办的？她带我去了川菜馆，然后对服务员说'你们这里有什么可以做不辣的川菜，给我列个单子我好点菜'。"

这个做派还真是挺有意思的啊，陆辛摇摇头说："你那时候是不是一下子心情就变糟糕了？"

"是啊，我差点儿尖叫出声。我想吃川菜想吃的就是辣，为什么要选出一堆不辣的菜？"

看看沈小甜脸上似笑非笑不知道在嘲讽谁的表情，陆辛一下就对她那时的感觉感同身受了。

"小甜儿老师，你跟你妈说了你就想吃口辣的吗？"

"说了，我当然说了，我还说我只是想吃份回锅肉，不用麻烦了。可我妈说回锅肉太肥了，还放了辣酱，对我的胃不好。"

"那你们最后吃了什么？"

沈小甜想了想说："我一个都不记得了，只记得最后也没什么辣的，可能在我妈眼里，在我说了想吃川菜之后，我的选择权就用完了，剩下的就是她的各种考虑。可既然如此，为什么还要让我选呢？那顿饭有两个人很痛苦，一个是我，一个是要努力记住所有菜能不能免辣的服务员。"

"我记得很多餐厅的菜都会标出辣度，服务员给她看这个不行吗？"

沈小甜摇摇头："对我妈来说，那种标注没有用，她想要的就是那种感觉——别人都要围绕着她，把所有的内在都表达出来，让她去挑选。"

她决定，她挑选，她给人权力，她又收回，让你觉得自己曾经短暂地拥有过那么一会儿的选择余地。

能说她不爱自己的孩子吗？那是绝对不行的，可这种"关爱"却让沈小甜一直难以接受。

"所以，我觉得我妈现在只是暂时性地放手，她也可能会有一天突然说觉得我和你根本不合适，就把你当成了回锅肉一样，不管你怎么讨好她，她觉得不合适，就是彻彻底底不能挽回的不合适。"

陆辛有点儿犯愁了，说："那要是真有那么一天了，咱俩咋办呢？你可是该盖章的都盖章了，我好好一个黄花大闺男落你手里了，你可不能你妈说不让你要我了，你就真不要我了！"

沈小甜看着委屈巴巴的陆辛，看了足足十几秒，终于说："黄花大闺男呐，我是告诉你，你与其讨好我妈，不如把我抓牢了，她说什么你也不用放在心上。"

自己说自己和自己的女朋友说自己，明明是一样的词，却是两种感觉。陆辛的眼神飘开，说："那我肯定啊。"

两个人说说笑笑，到病房门口的时候比平时早一些，病房的门开着，他们刚走到门口，就听见一个男人的声音从房间里传出来。

"田总您放心休息吧，我肯定能把他们都安排妥当，倒是您的身体，可一定要好好保重，不然我……我们都会很担心的。"

从病房门口看进去，一个男人站在病床旁边，那个沈小甜之前一直站的位置上。他长得很高大，和陆辛差不多，头发浓密，好像还微微烫了卷，做了一个旁边剃掉的发型，从侧脸看大概三十多岁的样子，五官硬朗，下巴上留着一点儿胡子，男人味十足，身上穿着简单的白色衬衣和黑色西裤，站在那儿就是个标准的衣架子。

沈小甜还听见自己的妈妈对他说："好，我知道，子扬你放心去吧。"

"您躺在医院里，我怎么能放心呢？"

病房外，沈小甜看了陆辛一眼。

这句话基本就落实了这两个人关系的不一般呀，而且她妈居然还没反驳。

男人察觉到有人在看他，转过头，看见他们便说："你是……小甜小姐吧？我看过你的照片，真是比照片上有气质多了。你好，我叫凌子扬，是田总旗下的模特。"

"你好。"

凌子扬又看了看坐在病床上的人，才说："那我就不打扰你们聊天了，田总，我走了。"

沈小甜走进房间，看见她妈坐在床上，身上还是穿着病号服。

"妈。"

田心女士的声音好像有点儿干，她说："你们今天来得挺早啊。"

"我给你带了艇仔粥。"

"先放在那儿吧。"田女士指了指单人病房的那个茶几。

沈小甜点点头，于是陆辛过去把粥和点心都放好了。

刚放好，他就听见沈小甜说："妈，这个凌子扬是在追你吧？卖相不错啊。"

她妈用来形容陆辛的词，沈小甜终于也用了回去。

凌子扬走之前最后看田心女士的那个眼神，沈小甜甚至敢拿她的课代表下注赌他们两个人之间一定有情况。算了，课代表还是不能用来赌的，收回来吧。

田心女士清了下嗓子，说："你不要瞎说这种事情。"

"什么叫'这种事情'？哪种事情啊？我觉得他不错，看着人也不错，要是你觉得他对你是真心的，你就跟他试试呗。"

相较于那个让人一言难尽的亲爹，沈小甜其实一直都希望妈妈能找个真正关心她的人。

面对自己女儿明晃晃的支持，田心女士只是说："不要乱说。"

看她是这种态度，沈小甜也不说什么了，从柜子里找出干净的碗和勺子，又去卫生间冲洗了一下，给妈妈盛了一碗艇仔粥送到了手边，上面还撒了一层炸薄脆："本来想给你多要一份油条的，想起来你心脏刚做了小手术，还是少吃油炸的，这么一点儿解解馋算了。"

沈小甜说完这个话，突然觉得这个语气有点儿耳熟，抬头看了陆辛一眼，看见他正对着自己笑。

艇仔粥的意思就是船上的粥，旧年代里，广州的老河道上总是有渔家的女人撑着小船谋生，就是把河里的小河鲜打捞出来放进粥里。除了粥，其他能提鲜又丰富口感的材料她们也都会去放，生滚的鱼片、海蜇丝、鱿鱼丝……后来就逐渐定了型。

广东这片土地上从来不少谋家又聪慧能干的女人，结婚的或者不结婚的。

捧着粥碗，看看自己的女儿，田心女士叹了口气说："我不打算再结婚了，子扬……子扬是我前几年发掘的一个模特，他半路出家做得还不错。"

能在挑剔的田心女士嘴里得一句"还不错"，那应该是很不错。沈小甜点点头，心里默默给那个男人打分。

"男人呐，可不能惯着，一惯着，他的骨头就轻了。"

"嗯，您说得有道理。"沈小甜坐在床边，笑眯眯看着亲妈喝粥，"所以您肯定没惯着那个凌子扬，对吧？"

"咳！"田心女士差点儿被呛到。

餐厅的包厢很安静，坐了田心女士、柳阿姨、沈小甜和陆辛。

"这家店说是要排队半个月，正好我有个朋友之前排着队，听说我出院，把名额让给我了，你不是喜欢拍吃的吗，好好拍一下。"

沈小甜的目光从一旁的竹林移开，对她妈说："其实之前就听说过'博汤馆'，陆辛前两天还说要是早知道会来广东，就提前预订一桌了，没想到妈妈你这么厉害，这家确实一看就很不一样。"

听见女儿的恭维，田心女士笑了一声，对陆辛说："看来你这个餐饮总监确实没白当，好吃的东西也知道不少。"

"没有，阿姨，我……"

只听见田心女士又说："男人确实应该有事业心，你就好好做吧。"

这话可不太像她一贯的画风，陆辛在心里暗笑了一下，看向旁边的沈小甜。

沈小甜也对陆辛眨了眨眼睛。

最近这些天，田心的日子确实有点儿一言难尽。她是个众所周知脾气不太好的人，平常就喜欢舌头带刺地说话，现在又生病了，在医院里前前后后住院了半个月，身体的不自由让她的舌头更加放飞了。偏偏她女儿回来了，还带了个新男朋友回来。

过去这些年里，她的女儿过分乖巧恭顺，可上次那通电话，母女两个人之间潜藏的矛盾一下子爆发，让田心女士感觉到了女儿在脱离自己的控制。这次回来的沈小甜也和从前完全不同了，少了几分"应有的"甜美，言行更加随性，也更加真实。

田心女士不想再跟自己的女儿争吵，再加上姜宏远的事儿，她忍不住就把挑剔的目光放在陆辛的身上。可她说一句陆辛，沈小甜就怼回来一次。说一句，挨一次怼，女儿还一直笑嘻嘻的，田心女士渐渐就收敛了。

陆辛也就偶尔能听几句好话，就像现在。

田心女士说："陆辛你是见过大世面的，也不知道这家汤馆你能不能喜欢，其实在深圳我还认识几个搞餐饮的，你下次和小甜来，我介绍你们认识。"

沈小甜在一旁面带微笑，看着陆辛坐在那儿很恭敬地说："让您费心了。"

汤馆的整体装修很朴拙，又跟日式风格不太一样，残荷做壁画，枯竹当屏风，隔开了一桌又一桌，让人放眼看出去只能看见落地的玻璃窗，完全看不见其他桌的客人。

一个男服务生穿着简单干净的青色短褂进来，先鞠躬行礼，然后说："田女士您好，这是你们之前预定的'思甜'全套，现在可以给您上菜了吗？"

思甜？

"妈，原来您这么想我呀？"沈小甜看着她妈，笑眯眯的。

田心女士说："你问问他这儿还有别的套餐吗？一直就是一个月换一种，你是碰巧儿赶上了。"

沈小甜却又说："我怎么知道不是您听说了这个套餐名字，就非要别人把名额让出来？"

田心女士提了一下眉梢，看着沈小甜说："我怎么以前不知道你这么会往自己脸上贴金呢？"

她的女儿只是笑。

过了片刻，三个穿着统一小褂的服务生带了一套竹筒进来，说："田心女士，这是新鲜砍伐后空运来的闽东苦竹。"

展示完了之后，他们在桌上用还带着竹子香气的竹筒搭建起了一套流水装置，其实就是把竹筒放了一个成品的木架子上，再固定住，确保水能从上面流下来。下面放了个天青色的大瓷碗。摆好之后，又过了一会儿，他们端了一个陶罐进来。木质的勺子从陶罐里舀出汤水，倒在竹筒里，汤水顺着竹筒流进了大瓷碗中。

一勺又一勺，沈小甜注意到这个汤的颜色是微微带着黄的，里面的食材都已经被捞干净了，汤水晶莹剔透，只有隐隐一点儿鲜香味道告诉人们它的与众不同。

一个人负责倒汤，另一个人就过来在每人面前放了个小碗，碗里还有一朵干花。

陆辛看了一眼，跟沈小甜说："这是栀子花，也有人用来煮汤的。"

沈小甜点了点头。

服务生笑着说："先生很懂啊，我们这个思甜汤是二十几种材料熬煮后用苦竹自带的天然苦香提味，再用栀子花来丰富甜味。"

介绍完后，汤也被分到了四个人的碗里。

沈小甜喝了一口，一开始感觉的是鲜香味道，大概是放了肉和海鲜一起煮，虽然汤看着很清亮，但是味道很醇厚，当汤水滚过舌头之后过了几秒，就开始感觉到了苦味，不仅苦，还微微有点儿涩，像是喝了药之后的余味。抬头看一眼，她妈的眉头已经皱起来了。

"真的挺苦，还挺……"田心女士端起水杯想冲掉嘴里的味道，被陆辛制止了。

"您再等一会儿。"

田心女士看了他一眼，又想举起杯子，却又放下了。

这个时候，他们的舌头上都感觉到了甜，带着花味的甜，好像一下子从舌根处释放了出来，与此同时，苦味消失了。整个过程的感觉很奇妙，像是有人在舌头上施了魔法。

沈小甜又喝了一口，感觉和刚才一样，甚至香味更浓郁，苦味更突出，随之而来甘甜的余味也更加甘甜。

一时间包厢里没有人再说话，大家都在默默喝汤，喝一口，缓一缓，感觉自己的舌头上味道的变换，然后再喝一口。

一大碗汤喝完，服务生又进来了，拿走桌上的架子和竹竿，换了六样小菜上来。

"你能喝出来刚刚那个汤里面放了什么吗？"沈小甜问陆辛。

陆辛想了想说："能尝出来一点儿吧，发酵过的苦竹笋、鸡骨头、沙参、玉竹、无花果、板栗、发制的鲍鱼和鱼鳔……我还吃出了一点儿浮小麦的味道，就是麦子晒干之后扬起来的那种里面干瘪没有麦粒的麦子，最后那个甜味应该是甘草加了甘蔗调出来的。"说是尝出来一点儿，却连着说出了十几种材料。

沈小甜眼睛睁大了，一脸惊奇地说："居然放了这么多东西吗？我只感觉有鸡有鲍鱼，后面的苦和甜我都没尝出来。"

田心女士看不下去了，开口说："他说什么你都信，这么多材料放一起，神仙都未必尝得出来。"

沈小甜说："陆辛在尝味道方面是真的很厉害。"

她又转而看向陆辛，接着说："不过你这么一说，我就明白了他这个复合的甜味是怎么调出来的。甘草酸盐提供的甜味确实存留度很长，我刚刚就在想到底是甜芋素的作用，还是甘氨酸被缓慢释放了。我觉得甘氨酸的作用也是有的，但是如果放了甘草，甘草酸盐作为水溶剂是很难缓慢释放出来的，它会在第一时间就让你的舌头感知到。"

陆辛说："甘草放得很少。"

沈小甜说："那应该是甘草酸盐和甘氨酸的共同作用？还有甘蔗？苦竹笋、鲍鱼、鱼鳔都含有大量的甘氨酸……"

看着两个年轻人满嘴说着莫名其妙的名词，好好的一顿饭变成了科研讨论会，田心女士和她的秘书兼好友面面相觑。

"你们两个，能不能好好吃饭？"

沈小甜挥挥手说："等一下，马上就有结果了。这里面会不会也有脂溶性和水溶性差异的问题？"

陆辛说："认真说起来吧，这汤里的油水真的不多……"

"你们怎么没想过，我在里面还放了茶叶呢？"

一个瘦削的男人穿着一件长袍站在包厢的门口，头上的短发几乎全白了，要不是身板挺直，脸上也没有很多皱纹，看着就像个老人了。

"不好意思，我本来在隔壁坐着，听见你们的讨论，忍不住来看看。"

黑色的长袍下摆轻动，男人迈步走了进来。

听他说话，陆辛已经想到了他是谁，立刻站了起来："您是徐师傅。"

"是，打扰几位客人了，请坐。"男人双手抱拳，嘴上说着抱歉，脸上却没什么表情，"我是徐山博，小小汤馆，今日蓬荜生辉。"

徐山博，博汤馆老板。

"徐先生您好。"田心女士笑着跟他打了声招呼，正想夸两句他这个汤的神妙，却看见他一屁股坐下了，眼里只有自己的女儿和她的男朋友。

他又说了一遍："想过吗？我在里面放了茶叶。"

沈小甜说："可是茶碱久煮之后只剩苦味啊。"

听到她的问题，陆辛突然想到了什么，直接接过来解答了："那就不用久煮，出汤的时候不是得净汤吗，就把纱布里面裹一层茶叶，这就相当于是用热汤沏茶，留住了茶味儿却看不见茶叶。"

沈小甜突然笑了一下，说："你说到茶叶，我突然想起来，茶多酚可以跟蛋白质结合，在人的舌头上形成一层膜，短暂地阻止人尝到其他味道。另一方面，还可以考虑对比效应，苦和甜不过是相对的，甜味可能是味蕾对苦味的一种错觉回击，如果在这个时候这种感觉被加强了，那甜味也就被加长了……"

自称徐山博的男人在旁边静静地听，默默地看。

沈小甜夹了一筷子小菜放在陆辛的碗里，说："先吃两口，咱们接着聊。"

"你们喝我这个汤，看起来很愉快。"徐山博突然说道。

沈小甜笑着点点头说："您的汤太奇妙了，奇妙这件事本身就让人特别开心。"

过了几秒，徐山博点点头，又问沈小甜："你刚刚说那个对比效应理论，是什么意思？"

"就是说，人吃了苦在嘴里，还是会用一点儿甜来欺骗自己的，就像我们吃了苦瓜再吃没有味道的东西，都会觉得有一点儿甜。"

徐山博的脸上一直没表情，听沈小甜说完，过了好久，他那张脸上有了一点儿轻微的松动，勉强可以称之为笑。

6

"徐山博真是一个很有意思的人。"

回味着"思甜"的味道，离开了博汤馆又告别了长辈的陆辛和沈小甜坐在了一家甜品店里。沈小甜点了一碗双皮奶，开始等陆辛讲故事。

"他在整个山东厨艺界都挺有名的。"男人说，"据说二十年前，他是大白羊汤的领头人，徐家人世代做汤，他是他那一代最好的。可是他们徐家人做事不地道，比他长两辈有个老爷子，更早几十年的时候被徐家人赶了出来，就在济南卖羊汤，后来老爷子遭了灾，子孙不孝，徐家人又跑济南去要把那个老爷子的方子拿走。"

短短几句话，沈小甜就听出了几分的火气：把人赶走几十年了还要人家的配方？"

"别气别气。"陆辛拍了拍沈小甜的手，"这事儿挺复杂的，老元跟我说的时候都没说明白到底是徐家自己找上门的，还是那个老爷子没办法，找了徐家上门的。不过，那时候被徐家派去接人的，就是今天跟咱们聊天的这个徐师傅。"

"后来呢？他们拿到配方了吗？"

"后来他们没接着人，徐师傅把自己赔进去了。"

红豆双皮奶端上来了，俩人都没胃口吃，陆辛用小塑料勺撬了一颗甜滋滋的红豆放在了沈小甜嘴边，是在哄她。

沈小甜吃了，听他继续说："那位老爷子是给了配方了，却只给了徐山博一个人，徐山博那之后几十年，都没对这事儿说一个字。"

"啊？"

"徐家人逼他交方子，这事儿还闹得挺大呢，他也没干，就被徐家人赶出来了，先在济南，后来去了北京，现在来了广东。"陆辛说着说着，突然笑了一下，对沈小甜说，"你知道吗，我听了这个事儿特意去喝过徐家的羊汤，又去对照过徐山博卖的羊汤，不过不是北京咱俩一块儿去的那家，是济南那家，我和老元一块儿去的。"

野厨子就是这么野，就是这么闲。

"其实差的根本不是材料。这事儿就很有意思了，徐山博后来做的也都不是羊汤，你看，就咱们今天喝的那个汤水，里面多少弯弯绕绕啊，那可不是一个什么羊汤的配方能变化出来的。而且……"陆辛回忆了一下，说，"我还喝过徐家老爷子两个徒弟炖的汤。"

"那个老爷子还有徒弟？"

陆辛"嗯"了一声，说："一个是包饺子的，一个是做川菜的，不过都有一手调汤的好手艺。他俩的汤，一个吧，那个汤味儿你喝之前你都想不到它会有多香，一点儿都闻不到，你知道吗？"

沈小甜说："那是胶体的稳定性好，限制了分子往空气里运动。"

"对！小甜儿老师真厉害，这儿又给我补了一课。"陆辛笑着，又喂了沈小甜一颗甜红豆。

"另一个师父姓裴，他人可好玩了，咱们去重庆能找着他给咱天天做好吃的，还能讲故事。他做的那汤吧，跟徐师傅的汤也是两个意思，他的汤是清爽的，因为要配着川菜吃，那真是你嘴里着火了，一口汤下去都能给你灭干净。但是细品一下，能觉出他这个汤和他师兄那个汤是一个师父教出来的，徐师傅那儿就完全不一样了。做菜这事儿，跟很多事儿一样是能摸着根的，为什么这时候放这个，为什么那时候放那个，这个火怎么用，很多时候都是一句'师父教的'。树长地上有根，厨子也一样。"

光是听着就觉得很有趣。

沈小甜也拿起一个塑料勺，挖了一块双皮奶给陆辛："所以，你是说徐师傅可能根本没从那个老爷子那儿学着配方？"

陆辛点点头："我是这么觉着的，就是不知道为什么徐师傅一直也不肯说。没想到今天见着他真人了，跟我想的还不一样。"

沈小甜又喂了他一口双皮奶："哪里不一样？"

"嗯……"陆辛想了一下，说，"老元跟我说，徐师傅的汤是带着一股要把自己骨头都熬化了的劲儿，可我没喝出来。就像你说的，苦是苦，可还甜？这甜呢，就像是本来就该甜似的。"

正说着呢，沈小甜的手机屏幕突然亮了。她看了一眼，对陆辛说："徐师傅让我们明天去，说想请我们吃饭。"

房间的门打开，是个看起来像茶室的屋子，整洁干净，却摆着高档的灶台，其实是个厨房。几位穿着厨师制服的年轻人站在一边，安安静静。

"你们喜欢我做的汤，我很高兴。"

跟在徐山博的身后走进来，沈小甜看着清清冷冷的厨房，心里的感觉有点儿复杂。

她其实见过不少厨子的厨房了，马爷爷和杨奶奶卖夹饼的那个大概不算，可老金家的厨房她可进了好几次，虽然面积不大，到处摆了东西，却有一股带了烟火气的热闹。黄酒的厨房里，大杨和小营分庭抗礼壁垒分明，带着一股在竞争的味道，当然这种味道在他们抢陆辛做的菜的时候也很强烈。老元师傅的厨房是沈小甜见过的最大的厨房，也很传统，一溜儿灶台摆开，所有的厨子都忙着自己该忙的。孙光头的厨房，沈小甜看见的时候只有他一个人在里面做刀削面，可面进了水里都是沸沸扬扬的热闹。

可徐山博的厨房却完全是另外一种味道，虽然也有人在，却整个是冷寂的，好像灶台上燃着的火都是冷火，锅里沸腾的汤下一秒都会变成冰。想想陆辛给自己讲的旧事，这种冷冷的孤寂感就更强了。

"你们喜欢吃什么？我请你们吃。"

今天他们两个是徐山博特意叫来的，他没解释为什么，就是一副理所应当的样子。

沈小甜和陆辛也就来了。

听他这样问，沈小甜说："徐师傅您想做什么就做好了，我们听您的。"

"我想做什么？"

徐山博回头看看沈小甜，他的眼睛细长，脸还挺长的，看人的时候仿佛天生带了一股傲气。只是昨天接触过，沈小甜觉得这位师傅只是说话的时候有点儿呆气。

过了几秒钟，他说："我给你们炖羊汤吧。"

羊汤？沈小甜看向陆辛。

"辛苦您了，徐师傅！"

徐师傅扎上围裙，摆摆手，站在了灶前，烧上了水。

"羊汤想要做白，得水响下料。"陆辛在旁边对沈小甜说。

果然，水响的时候，徐师傅把鲜羊肉、羊骨和余过水的羊杂放进了锅里。灶下的火被调到了最大，徐师傅就静静地站在灶前，动也不动。一直等到锅开，锅盖大敞开，他拿起一个竹编的大勺子撇去了沫子，又往里加了冷水。这时，徐师傅又调了火。

到现在，沈小甜对做饭知道的也很多了，还真是第一次看见有人炖汤的时候往里面添冷水："他这样是因为滚沸状态能让水油更好地混合吧？"

锅再次烧开了，徐师傅再次撇去了汤里的脏东西，又在汤里下了料，第三次调整了火候之后，他盖上了锅盖，转身走了过来："我今天想让你们尝尝，我做的羊汤是不是甜的。"

对两个年轻人这么说的时候，他的眼睛微垂，厨房里的灯光从他头顶洒下来，颇有几分深沉。

说完，他带着两个人在一边坐下，桌上还摆了一套茶具。

"我以前不爱喝茶，后来来了广东，喜欢了。"

徐山博沏茶的样子很熟练。

沈小甜捧着茶杯，闻到了一股很醇厚的茶香气："您是喝茶的时候想起来可以用这个做汤的吗？"

对方似乎又进行了一番思考，然后点了点头，说："上好岩茶，苦意重，回甘也重。"

沈小甜对茶叶一知半解，陆辛比她强一些，接话说："您这个菜真是出其不意。"

徐山博喝了一口茶说："你有天分，还差一点儿，上次那个人来，喝了两口就知道我是怎么做的了。"

那个人是谁？两个年轻人都有些不懂。

徐山博微微抬头说："我说的那个人，姓沈。"

陆辛对沈小甜说："徐师傅说的应该是饕餮楼的沈主厨，就是给老元祸祸了荷花的那位，据说她的舌头特别灵。"

野厨子提起那位沈主厨的时候语气很正经，沈小甜默默记下了。

陆辛说："我又没想着跟人比，能吃就挺好了。"

听了他的话，徐山博抬起头看着陆辛，似乎是在笑。

过了四十多分钟，羊汤好了，浓浓的一碗汤里能看见切好的肉和羊杂。碗上放了一根吸管，是绿色的。

"这个是香菜吸管，喝汤会有香菜的味道，不重。"

香菜能做成吸管？搞化学教学的沈小甜都要为这科学的进步惊讶了。

轻轻喝一口汤，是浓香又不会让人生腻的味道。

徐山博问沈小甜："你觉得这汤是甜的吗？"

小甜老师又喝了一口，点头说："您熬得这么好，当然是甜的。"

徐山博再没说话，他抬起头，不知道在想什么，一张饱经风霜的脸上有几分莫名的神色，好久之后，他喃喃说："是，甜的，什么年纪就该有什么样的火。"

喝完了汤，两个长了见识的年轻人就要告辞离开。

徐山博坐在那儿，手里捏着一个茶杯，突然问："你们想知道怎么能把汤熬到极致吗？"他的眼睛看着陆辛，目光锐利到几乎能扎到人的心里去。

年轻的野厨子笑了一下，说："想，但是不必知道。"

说话的时候，他和沈小甜的手握得紧紧的。

走出博汤馆，陆辛长出了一口气，对沈小甜说："要是真从他那儿学了这股子冷劲儿，我可就得被小甜儿老师开除啦！"

沈小甜笑着回头，看见徐山博站在二楼的落地窗前，对他们挥了挥手，一个女人走过去，倚靠在他的肩膀上。

苦味是能熬成甜的吗？

当然是会的。

"明天我们回家吧。"她对陆辛说。

夜晚，看着手机屏幕上的字，陆辛笑了笑，光映在他的眼眸里，随着他关掉屏幕而彻底黯淡下去。

"想要熬一锅好汤，就是要把人的心和神一起熬进去，闭口不言，文火烧心。所谓的'熬'，不过守着一句话，守着一个地方，守着一个人……心里藏着一件事儿，谁也不说。这谁没熬过啊？大叔真是半辈子把自己熬傻了。"

陆辛的左手在裤兜儿旁边转了两圈儿，一拍那空空如也的兜儿，突然长出了一口气说："忘了，我是要戒了。"

拎起包，他又检查了一遍房间里没有遗落的东西，正好房门被敲响了，开门，外面是沈小甜。

"好了，我们可以出发了！"女孩儿笑容灿烂，让人从心里都觉得是甜的。

柳阿姨专门带了司机开车送他们去机场，上车的时候，她让陆辛坐在副驾驶位，自己和沈小甜坐在了后面。

"田总今天早上又生了一顿气。"她对沈小甜说，"一会儿到机场，你跟她打个电话吧。"

沈小甜笑了笑，她当然知道自己妈妈在气什么，拍视频这种事情哪里做不得，田心女士不能理解为什么沈小甜一定要回沽市那个"穷乡僻壤"。不过反正妈妈也不在身边，沈小甜也不再说什么让柳阿姨为难了。

"阿姨，我一直过得挺好的，做想做的事，说想说的话，当一个自己想当的人，我知道我妈很难理解我，可我现在已经能理解这种'不理解'了。没关系，我把我的路走清楚就好了，就像我妈一样，我踩在这个世界上的脚印是清楚的，别人就很难擦掉了。"

"小甜……"柳阿姨想说什么，看看陆辛，没有说出口。

沈小甜先问她："柳阿姨，那个凌子扬对我妈好吗？"

高高大大的柳阿姨坐在车里，衬得旁边的沈小甜越发娇小，听着这话，她的手擦了擦沈小甜的脸，说："我觉得他人还不错，可这事儿得看田总，田总现在是不想结婚更不想要孩子，凌子扬那边也没说什么，我觉得他还挺好的。"

这话说完，柳阿姨自己先笑了："不过他要是不乐意，那吃亏的也不是田总。"

是呀，他要是非闹着要结婚、要生孩子，那田心女士受不了自然会考虑换一个，毕竟无论是从财势还是情感来说，占据主动的都是她。

可是沈小甜却说："我妈不是那种人，她这些年一直单着，这个凌先生也算是第一个，您别觉得她占尽了优势就不会吃亏了，她当年嫁我爸，别人也觉得她又是本地人，家里又有点儿人脉，结婚吃不了亏，可结果呢？"

这一番话让柳阿姨静了一下，半晌，她长叹了一口气说："你说得对，你妈呀，冷不丁就让人觉得她是个伤不了苦不了的，其实委屈还真不一定少了。"

快到机场了，柳阿姨说："你刚刚那段话真该让你妈听听，她总当你不懂事儿，其实你心里也心疼她。"

沈小甜只笑不说话，看见陆辛透过车窗外的后视镜看自己，她凑到男人的脑袋前面，隔着镜子飞了个吻。

"阿姨，这话您就不用说了。"女孩儿回过头来对柳阿姨说，"我妈对我的态度不是因为她没感觉到我关心她，她不能接受的是我按照她心中那条'错误'的路往前走。"

笑容甜甜的沈小甜，她什么都知道。

镜子里，陆辛和她目光交会，两个人都笑了。

到达机场的时候，柳阿姨拿出手机，随后沈小甜听见自己的手机弹出了一个提醒。

"阿姨，这钱我不要。"

"这是田总让我给你的，哪个行业从头开始都不容易。"说着，柳阿姨笑着对他们摆摆手，快步走了。

第十章

没人比你更好

mei ren bi ni geng hao

1

又几天没见，开学似乎又胖了，变成了一只又圆润又花哨的神气母鸡。

沈小甜打扫院子的时候，它就在那儿张望，俨然一副自己才是这个家主人的样子，还跟沈小甜对视了好几次，可以说是凛然不惧，并且有点儿挑衅。

当然，当沈小甜举起了扫把的时候，它就"咯咯咯"地跑了。

沈小甜还发现有人喂了胡萝卜和葡萄，不禁感叹这食谱可真是越来越丰富。

清理着鸡的粪便和又在地上铺了一层的"投喂"，沈小甜打了个冷战，广州是真的热，沽市的傍晚也是真的凉爽。

"嘿！小甜儿老师！别倒腾那鸡了，来来来，饭做好了！"

屋门打开，陆辛站在那儿，身上系着围裙，一只手还插在裤兜儿里。

沈小甜笑了笑，放下东西就进屋去洗手。等她从卫生间出来，没看见屋里有人，倒是那个厨子，围裙也不摘，正干着院子里剩下的活儿。

"正好我还没洗手呢，这不就顺便了嘛。"

看见沈小甜瞪着自己呢，陆辛笑了笑，最后几下耙得草叶乱飞，要是家里再添只狗那可就称得上是鸡飞狗跳了。

最后，开学的身上挂着好几片草叶子，躲在杜鹃花下探头看着两个人一起进房子里吃饭去了。

食材是陆辛现去买的，机器轧出来的"手擀面"在锅里煮了，又过了冷河，清爽又带着面香，浇上一层西红柿鸡蛋做的卤子——沈小甜在飞机上就说她想吃打卤面了，她想吃，那陆辛肯定要第一时间满足了。

光有打卤面肯定不够，新鲜的基围虾买了半斤，白灼之后调了个清辣鲜香的蘸料摆在一边儿，再买了个花菜，加肉片炒得又香又脆。

"你尝尝我这个菜，锅气足不足啊？"

去了一趟广东，陆辛就学会了一个词儿——"锅气"。所谓锅气，其实就是一种特殊的感觉，有的厨子说锅气应该就是"气势、气味、气色和气质的综合"，出锅热气腾腾，菜看香气扑鼻，外观鲜美好看，口感上乘。

当然，在沈小甜看来，锅气并不是这么虚无缥缈的东西："肉质地鲜嫩，里面还藏着肉质，外表有氨基和羰基化合物通过美拉德反应产生的充分香气，花菜里糖的焦糖化反应也恰到好处，有芳香酮，又不带苦气，说明加热到了一百四十摄氏度又没过火，算是有锅气吧。啊，我觉得美拉德反应我也可以再做一期视频。"

陆辛失笑说："你这是有多少视频要做啊？"

"酸甜苦辣，各种反应，蛋白质凝固啊，结缔组织分解啊，我都可以再做一期。这么一算，我可以做很多呢。"沈小甜说一种就吃一口花菜，咔嚓咔嚓，脆爽有味。

陆辛说："行啊，小甜儿老师想做啥尽管说，我在你家这厨房给你准备素材。"

这话可不只是说说而已，第二天，他俩忙了一天，晚上沈小甜就剪出了一个视频，讲的是她一直想讲的"甜"。

从一个葡式蛋挞上面的焦糖开始，沈小甜讲的是在食物中千变万化的糖。

"焦糖化反应是指单糖在没有氨基化合物的参与下被加热到了一百四十摄氏度以上，失水变色的过程。完成了焦糖化反应的糖就没有了甜味，如果加热过度甚至会产生苦味，我们所钟爱的焦糖就是没有充分焦糖化的糖，也就是靠焦糖化增加了风味的'糖'……同样的情况出现在红烧肉的炒糖色中，甚至我们烹饪用的酱油里也用焦糖进行着色。"

伴随着小甜老师的声音，视频里的画面从诱人的葡式蛋挞到香喷喷的红烧肉，又到了一锅不知道是什么反正看起来很好吃的火锅……然后镜头聚焦到了火锅的蘸料上。

眼睛直勾勾看着视频，付晓华口水滴答地说："道理我都懂……不对，我也不是很懂，可是小甜老师你讲个酱油摆个酱油瓶子就完了，为啥在火锅上面绕场一周然后再给我个特写啊？那个火锅是要买一赠一吗？"

又是一天的"上课时间"，付晓华觉得这节课格外难熬，小甜老师的课讲得越来越好懂，这拍视频的技术也有很大提高，总之就是让人越来越饿了。

"总有人觉得绵白糖比砂糖甜，砂糖又比成块的冰糖甜，可实际上它们都是蔗糖的结晶，甜度上来说是相差不大的，之所以觉得绵白糖更甜，是因为它们的单位大小不同，溶解的速率不同，溶解得越快，口腔里的糖浓度越高，你才会觉得越甜……哎呀，一不小心给大家讲了个物理知识，坏了坏了，物理老师会嫌弃我串堂的，说不定他会让你们拿一套数学卷子出来，他给你们讲。"

小甜老师第一次在视频里讲笑话，还讲得这么可爱，付晓华喜欢疯了，再看一眼微博下面的评论区，大家都煞有介事地说："小甜老师放心啦！我们不会跟物理老师告状哒！"

仿佛真有这么个老师存在似的。

当然，少不了有人又带着他们的化学题来跟小甜老师讨论了。自从小甜老师开始讲题，这样的人越来越多。

小甜老师："化合价的基础知识你不太熟练，建议看一下课本。"

看见小甜老师突然出现，付晓华"啊啊啊"地冲了上去："小甜老师！你发的视频太棒了！说实话，你拍这个胖了几斤？"

沈小甜本来让陆辛拉着一边走一边回复大家的提问，看见这条，她叹了口气，放下了手机。

2

"陆辛、小甜！你们来得正好！"小乔麻辣烫的店里，小乔姐对他们俩挥挥手，"我这儿正琢磨新菜呢，快来尝尝我这个炸串儿口袋！"

"新菜？"

陆辛拉着沈小甜的手进了小乔姐的店里，就看见小乔姐正在摆弄白色的小袋子。说是袋子也不太恰当，更像是个四方的面饼中间撕开之后又两刀切成四份，一份一个方角，光看外面，有点儿像是切了边的面包片，透着一股香软的气息。小乔姐说的新菜，就是把炸串儿从签子上撸下来，用这个包起来。

"这不是后头老金那边卖个炸鸡卖火了吗，我就想着自己也搞点儿什么，谁还能嫌钱赚多了呀，是吧？你们两个想吃什么，我给你们弄这新吃法尝尝。"

沈小甜要了素鸡、金针菇、鸡肝、鸡心，陆辛要的就多多了，鸭胸肉和炸里脊都拿了两串。

不一会儿，小乔姐就端着炸串儿出来了，旁边放了三个"面口袋"："陆辛你点的这炸串儿一个口袋可装不下。小甜，你尝尝姐做的这个怎么样？我去问老金，他夸你可是没停过，你做的那个视频啊，小甜老师是吧，他还让我也去看，别说，我还真看出来一点儿东西。你试试这个炸肉蛋，是不是挺稀罕？"

她放下炸串儿，又扭身回了厨房，不一会儿又端了两碗麻辣烫出来。

陆辛一看，赶紧说："小乔姐，这我们可吃不了！"

"没事儿。"小乔姐笑着说，"我呀，是怕你们噎着，顺便也帮我试试这么吃对不对味儿。"

小乔姐单独送的炸肉蛋就是很粗的香肠，里面看着就是满满的肉，外面是一层酥壳，酥壳外带着浅浅的一点儿金黄色。陆辛咬了一口，嘴里就被肉塞得满满的："您这外面一层是放了咸蛋黄呀？"

"啊，炒了点儿咸蛋黄，炸完了就往上面抹一层。"小乔姐笑着坐在沈小甜的旁边，跟沈小甜说，"小甜你那个视频拍得可真是太好了，我呀，就给我们家小洁看，她也特别喜欢。我就跟她说，你别看你妈妈天天就是卖个炸串儿，其实里面也可多知识了，她也听得进去了。"

小乔姐的女儿小洁今年也十三四岁了，正是性子跟妈妈拧着来的时候，小乔姐偶尔也会抱怨两句，还说过想把孩子送沈小甜那儿上上课，这孩子之前还不愿意。

"小甜啊，你说我这个这么做怎么样啊？我算了一下，这个肉蛋肠是贵，可要是好吃呀，那贵点儿也行，昨天和前天我还真卖出去了十几根，他们吃了也觉得真不错。"

沈小甜咽下嘴里的香肠，笑着说："觉得好您就卖吧，我也觉得很好，您用这个咸蛋黄我觉得也挺好的。"

"我问你也是图个心安，现在这珠桥东面，谁不知道你和陆辛一块儿把老金的店给扶起来了。"小乔姐脸上的笑就没停过，那语气里隐隐透着羡慕，"哎哟，他家卖的那个炸鸡是真好，我家小洁也喜欢吃，放学了就要买两个回来。我本来想就是炸鸡嘛，我也能卖，没承想那味儿还真是不一样。"

说着，小乔姐又让沈小甜尝尝她这个"口袋串儿"："这个皮子啊，是我蒸出来的，发好的面擀成皮，刷上油，两层的四边儿夹在一起，等面醒了之后直接上锅蒸出来，也是试了好多次才有这个皮子。"

像面包片一样的皮子比面包皮还要香软，味道就是面香，里面却藏着极为丰富和浓重的味道。炸好的肉串和菜串外面裹着酱，被人从签子上撸下来之后塞进了面皮里面。一口是面包着菜，一口是面包着肉，炸好的食物无论荤素都带着脆香和油香，又被这样浓厚的酱料和饱满的面所包裹，可以说每口都是大满足。

"好吃。"沈小甜笑着说。

她没说的是，这么吃，人一定会胖。

"我觉得呀，我这个可以放在外卖上。桥西面那些上班的也喜欢吃麻辣烫，可我这种麻辣烫要是不分开做，一会儿里面的红薯粉就泡烂了，要是让我跟别人一样分开放，我说实话，那粉儿凉得快，再泡进热汤里，味道都散了。再要是加上这个呀，我觉得能带一带外卖的量，不用买麻辣烫，这也是有菜有肉了。"

小乔姐这么说，沈小甜都能听见她心里的算盘打得啪啪响。

陆辛坐在对面，好半天插不进话来，听着小乔姐说完才说："我觉得你这个想法挺好的，这个挺饱人的，我吃两个就饱了。您看这两个面皮加起来也就四五块钱，真做起来比做麻辣烫方便多了，也省了一层打包费用。"

这话说到小乔姐心里去了："唉，咱们这边啊，吃外卖的还是少数，都是邻居街坊，送孩子上学放学来，自己上班下班来吃一顿。可我出去看看，人家大城市都在赚外卖钱了，虽说那些啥啥网抽成挺高吧，可是这钱就在这儿，我不卖，那些人也不会走出来买啊，还是让别人赚去了。小买卖抠一分出来是一分。老金把他女儿送出去了，我觉得我家小洁就算不出国，也得有钱读个好大学呀，就像小甜似的，说啥都能用科学知识给我们讲通了。"

说着话，小乔姐又让沈小甜吃口麻辣烫，看对不对味儿。她看着还跟十来年前一样，长得漂亮，为人敞亮，说起女儿的时候有点儿担心，又有点儿骄傲。

"小乔姐，我觉得您这个新吃法真的挺好的。"沈小甜对她说，"能不能卖多好其实我真不知道，但是您东西一直做得好吃，又干净又让人舒服。"

"哎哟，被小甜这么一夸，我心里可真美。陆辛啊，你看看小甜多会说话，你这个愣小子第一次来我这儿说我是海带泡粉条，我这可还记着呢……"

说话间，小乔姐的眸光一滞，声音沉了两分："要是田老师能看见你们俩在一起该多好啊。顶顶好的人，我闹离婚那会儿那个没良心的还来吵吵我，是田老师帮我把人给撵走的，都说寡妇门前是非多，我这离了婚的女人门前是非也不少啊，田老师帮人却没犹豫过……"看看沈小甜，她轻声一叹，微红的眼睛下面又扬起了个笑脸儿，"我说多了，你们好好吃……"

正好有客人进来了要吃麻辣烫，小乔姐站起来就去忙了，留下两个人继续吃着饭。

陆辛还是没忍住看了沈小甜一眼，看见她的脸上还是笑，像是一层甲，在那儿，就是刀剑戳不进的样子了。

剩下来的时间，沈小甜都是安安静静地吃着饭，吃完之后，他们两个人一起往家走。

"陆辛。"

经过昔日的垃圾场如今的碧波河，沈小甜抬头看着走在自己左边的男人。

"怎么了？"

"你给我讲讲我家老爷子吧。"说出这句话的时候，沈小甜才发现这句话真的在她心里盘旋了太久，好像还发了酵，一打开，就是一股酸意直冲她的脑门儿和鼻子。可她仰着头，硬是不见半点儿泪，脸上还是笑着的。

陆辛的手从裤兜儿里拿出来，握住了沈小甜的手，说："咱们先回家，让我喝口水。哎呀，这炸串儿有点儿咸，你听我这嗓子，跟里面有个敲破锣的似的。"

沈小甜笑着去听了一下，抬手拍了一下他的胸膛："没听出来呀。"

到了路口，两人过马路，陆辛还是拉着沈小甜的手，抻着脖子，好像他刚刚不是吃了啥炸串儿，而是被人把盐块塞进了喉咙眼儿。

终于回了家，还没开院门，就先听见了开学的咕咕声，沈小甜进屋去拿出一个苹果，切了一点儿，剩下的给了陆辛："喏，用这个润你的嗓子吧。"

啃了一口苹果，陆辛说："一个苹果未必润得了嗓子呢，还得添点儿什么。"

把手里那点儿苹果给了开学，看它在那儿吃的欢，小甜老师慢悠悠地说："嗯，鸡也这么想。"

"咔嚓！"陆辛张大嘴咬了一大口苹果，用的那个劲儿啊，估计能把鸡脖子都咬断了。

"老爷子真是个爱管闲事儿的，那次我跟他一块儿去长春，他是要去长白山看天池，坐的是个慢车，一开二十几个小时，那车上有个老人是回东北去寻亲的，老爷子跟他聊了七八个小时。那老人年轻的时候是个当兵的，后来随着部队去了湖南，说是他家里有个姐姐早些年没了，留了一个外甥被他姐夫带走了，这老人就想看看这个外甥过得好不好，从湖南打听了消息到了山东，又从山东一路找回东北去。火车到德州的时候，老爷子还下车买了三只扒鸡，让我和那老人一块儿吃。"看沈小甜在旁边默默听，陆辛又清了一下嗓子，插了一句，"那扒鸡也够咸，跟我今天也差不多了。"

沈小甜笑，默默站起来给他倒了一杯水，还是温的。

茶杯接过来，连着那端茶的姑娘一块儿拽进了怀里，陆辛环抱着沈小甜，摸摸她的脊背，像是在安抚一只离了家的小猫一样："长白山那儿的鸡和鱼是真好吃，鱼肥，鸡也肥，还嫩，我和老爷子吃得可开心了。有一天晚上去吃了个烤梅花肉，哎呀，真是，不到东北不知道猪有多香，尤其是那个农村的粮食猪，真拿豆粕喂出来的，一吃就是不一样，那叫一个香。"

沈小甜最近对体重有点儿敏感，看着陆辛，说："你一定要一边抱着我一边说猪吗？"

陆辛不紧不慢转了话题，脸上跟没事儿人似的，手还在那儿拍啊拍："吃完了也晚了，我们俩奢侈一回坐了个出租车，听着那司机放广播，就是热线电话解决问题那种，司机还说这人在他们这一片儿都很有名。结果回我们住的宾馆，我就看老爷子用手机给那热线打电话，他在火车上聊天的时候把人家要找的人的那些信息都记住了。这一个电话过去，还真有人找了过来……"

沈小甜坐在陆辛的膝盖上，扭过头去看着他："那个老人找到外甥了吗？"

陆辛点点头。

沈小甜笑了，说："真好啊。"

过了几秒，她长出了一口气，又说了一遍："真好啊。"

3

早上八点多，陆辛拎着一塑料袋包好的馄饨来沈小甜家，刚进了院子，就看见他的女朋友蹲成那么小小的一团，在院子里的水泥地上折腾一堆报纸。

"嗯？你干吗呢？"他问。

沈小甜说："我想把报纸铺着，然后晒晒书，结果忘了还有个开学在这里。"

陆辛拎着手里的塑料袋也蹲下了，看着报纸被收一半儿放一半儿的，说："要不我把那鸡抓了先找个笼子关着？不然它一泡鸡屎就把书都祸害了。"

两个蹲着的人一起转头，看着开学趾高气扬探头探脑地在杜鹃花下面走来走去。

沈小甜说："要不还是去楼上晒书吧，二楼阳台和阁楼的窗台也能用。"

陆辛帮沈小甜把报纸收了，再把自己的摩托车推进院子里放好，扎上围裙去了厨房。小馄饨是他早上去老冯那儿看货的时候随手捏的，四十来个，就是最简单的韭菜虾仁馅儿，一边锅里煮着馄饨，另一边灶上是个平底锅，煎了两个鸡蛋。

"我在想我应该明天就早起去跑步。"沈小甜靠在厨房门上，对陆辛说。

"挺好呀，早上在珠桥边走走还是挺舒服的，不过眼瞅着天就要冷了，你可小心点儿别感冒了。"

沈小甜突然觉得自己这个男朋友有时候说起话来不像个男朋友，更像个长辈。

吃过早饭，陆辛到底先把开学给收拾了——他出去了一趟，从菜市场里借了个塑料筐，直接把开学罩了进去。这还不算，他又扎了个篱笆，算是彻底把开学圈在了小半边的院子里。剩下的地方他铺了好几层报纸，这才进屋喊沈小甜来晒书。

沈小甜想晒外公留下的那些书，之前打扫卫生的时候粗粗晒了一下，可过去了这么长时间，书房里还是有一股浓浓的旧书味道，这才下定决心把它们再晒一次。

九二年的数学教学大纲，八六年的数学课本……看着泛黄的书页在阳光下一页一页翻开，沈小甜的脸上是笑着的。

除了书以外还有各种本子和书信，陆辛蹲在沈小甜旁边，看着再熟悉不过的字凝固于纸页，又晕散于时间。

"我外公左右手都能写字。"沈小甜打开一个本子，指着上面的内容对陆辛说，"你看，这些就是他左手写的。他左手右手各写一个字，我都能认出来。"

刚去西北的时候干活伤了右手，才二十多岁的老爷子不肯荒废时间，硬是几个月时间又练出了一手的左手字。这些事情，沈小甜都惊讶自己居然还记得一清二楚。

"你看这个，这个人我也认识，他是我外公的学生，毕业之后被分配去了肉联厂，过年来我家送过猪耳朵和猪尾巴。"沈小甜指的是一张照片，上面的年轻男人笑得带着那个年代人们特有的憨厚气质。

陆辛瞅了瞅，说："他长得也不像猪耳朵啊，你怎么还一直记着人家长啥样儿？"

沈小甜看了他一眼，说："我记得是因为那是我第一次吃到猪尾巴。你知道吧，猪尾巴炖烂了的那种，切成一节一节的，我外公会切点儿蒜末，倒上酱油，让我蘸着吃。"

久远的记忆里总带着食物的味道，小时候发现这个世界的"每一次"，长大之后如果还记得，那就是旧时光所给予的奇迹一般的馈赠。

陆辛长长地"哦"了一声，仿佛真知道了什么大秘密似的。

沈小甜又从书堆上面拿起了两本书，这两本书外面都包着封皮。摩挲着灰褐色的封面，她想了想，然后笑出了声。

"你猜这是什么？"她把书在陆辛的面前晃了晃。

陆辛看着那层书皮，说："课本？"

才不是呢。沈小甜打开书，露出了扉页，上面写着两行字，第一行是"烟雨蒙蒙"，第二行是"琼瑶著"。另一本书也打开，写的是"扬清抑浊"，作者"全墉"。

陆辛看了两眼才看出第二本上面的门道，说："这怎么还全墉了？金老爷子知道自己被人把钱包捞了吗？"

"这两本书比我年纪还大，我外公说是九几年的时候从他学生手里没收来

413

的，我觉得他也不是收了学生书就不还的人，估计是什么时候放乱了。小学的时候我还翻出来看过，结果看了没几天，电视剧就播了，我还奇怪杜飞是谁。这个盗版书不好看，男主就会一招扬清抑浊，一使出来反派就都倒了，离金老爷子差太远了，还一次撩好几个小姑娘。"

这种"杂书"还有不少，沈小甜从前经常会偷拿一本去厕所，作为厕所读物。

"不过我也没稀罕它们多久。那时候能看的书就多多了，我最喜欢的是科幻小说，我外公也喜欢，给我一年一年地订。"

整整齐齐一箱子杂志是从书房的角落里找出来的，打开一看，竟然还按照年份整整齐齐地分好了。

"每次杂志来了，我们俩就每人三天，把杂志看完，然后就在吃饭的时候讨论里面的故事。有一次我看上了瘾，把书带去了学校，上课的时候偷偷看，被老师给抓了，老师还把我外公找去了学校。我外公很严肃地教训我说，这些书是在家里才能看的，在学校我连知识都学不完。可老师说我看那些书只会让我胡思乱想的时候，我外公又很严肃地说'科幻不是胡思乱想，是人类为之努力的未来'。我觉得这句话对我影响挺大的。"

沈小甜抱着一摞带着陈灰的杂志，笑着对陆辛说："就好像这一句话，就能让我从此比别人更自由。"

自由？陆辛看着沈小甜，抬起手，似乎想擦掉她笑容里不存在的泪，可泪并不存在，所以他勾了一下她的鼻头儿："行吧，咱们自由的小甜儿老师，我得小心点儿，别风一大，你就被吹跑了。"

他手上沾了灰的，一下子就在沈小甜的鼻子上抹了一道。不过他当然不会说出来，只是接过那些杂志，摊开在铺好的报纸上。

"是我该小心才对呢。"沈小甜又拿起一摞杂志，对他说，"你这个野厨子，风一大肯定跑得比我快。"

"那挺好。"陆辛说，"咱俩都小心一点儿，风一大了就抱一块儿，管保谁都跑不了。"

一本一本地翻着，俩人从十点干到了快中午。

徐奶奶买菜回来，正好路过，看见两个小年轻儿肩并肩蹲一起，笑着走几步，正好跟小甜家隔壁的宋阿姨打了个照面儿，她压低了声音说："这小两口大上午的就在那儿亲得不行，我看咱们的红包是得预备上了。"

宋阿姨也笑，她一上午来来回回可都看见好几次了："准备红包估计还不行，明年我想收点儿棉花，说不定就该做被子了。"山东的传统婚嫁礼中是少不了被子的，被子越多，就是嫁妆越厚，娘家越看重。

徐奶奶的耳朵有点儿背，说话的声音大而不自知，她们的声音早就传进了陆辛和沈小甜的耳朵里，两个年轻人没说话，脸上都带着笑呢。

翻到了老爷子那些毕业学生的留言本，沈小甜脸上的表情冷淡了两分，打开一看，几乎满眼都是"师恩如山，师恩如海"。

"写这些假大空的根本没用，他们要是写什么'师恩是肉，师恩如油'说不定还能好一点儿，毕竟天天惦记着，山山海海，离他们远着呢。"

本想随手把这些个本子扔到哪个旮旯里，沈小甜深吸了一口气，也把它们摊开晒着了。

彻底忙完的时候，太阳已经挂在头顶了，捶一捶麻木的腿，两个人站起来，院子里已经都是书了，只有开学的领地没有被书香侵袭。

陆辛对沈小甜说："下午我得和老冯出去一趟，你晚上想吃点儿什么？"

"不用啦。"沈小甜说，"我想自己出去拍点儿素材，你不用为了给我做饭就急着回来。"

和老冯出去，陆辛多半是要操持宴席的，沈小甜舍不得他忙完了外面还要为自己忙活。

午饭就是两个人手拉手去吃了一家新开的烤肉馆子，用的桌子上有个洞，洞里下了炭火盆，上面放个有洞的铁板，像烤肉也像铁板烧。肉都是调过味儿的，切成了薄片拌着洋葱一块儿端上桌，猪五花、羊肉片都挺香。不过沈小甜最爱吃的是里面的烤酸菜，在烤完了猪五花的地方堆上一点儿，一会儿就是下饭的好东西了。

"这个有点儿像是北京的炙子烤肉，早知道你爱吃，在北京带你吃一顿就好了。下次吧，下次咱们去北京，炙子烤肉和涮羊肉我都给你安排上。"陆辛一边给沈小甜烤酸菜一边说。

沈小甜说："重庆、北京……你可跟我约了好多地方了。"

"哪儿止啊。"野厨子扬了扬下巴，"我跟我家小甜儿老师那是约了千山万水、天涯海角，早晚有一天得去北极凿着冰炖企鹅的。"

这话可真甜啊，不过……小甜老师笑眯眯地对他说："企鹅是南极的。"

这重要吗？陆辛把酸菜混着烤好的肉放在沈小甜面前的盘子里："行，企鹅是南极的，我是小甜儿老师的，没毛病了吧？"

路过的服务员都被这话给酸得打了个激灵。

吃完了饭，陆辛取了车就去了老冯那儿，沈小甜一个人在家里看书。电话响了，她拿着手机站在床边，满眼是外面被风拂动的回忆和过往。

电话里，她妈说："你姥爷的同学找到我这儿，想让咱们牵头给他捐所希望小学，我答应了。"

"妈……"沈小甜的心一下子被塞住了，"他们没有资格用外公的名号去做这种事情。"

田心女士在那边儿笑了一声，说："什么资格啊？人家是学生，纪念一下自己的老师怎么了？"

沈小甜觉得自己的嗓子都被塞住了。

就在她想要说什么的时候，她妈又说："我跟他们提了两个条件。第一，要在学校门口刻名字，你的名字必须排在第一个。第二，他们得把你姥爷的生平写得明明白白，连着他当年被人诬陷还没人帮他的那一段儿。"

声音那么清楚，拿着手机，沈小甜愣住了。

"小甜，人家来了，你就一句话给拒绝了，那可太轻了，下次记得把这帮人的脸皮扯下来往地上踩，记住了吗？"

"好。"沈小甜笑了，"妈，我记住了。"

4

上午十一点，沈小甜戴着眼镜在电脑前面整理视频。在广州那些天她也拍了不少素材，各种海鲜正适合用来做"甜"的下集——食物中的甘氨酸。

窗开着，一阵儿清风把窗纱撩开了，带着一声摩托车发动机的响声。

沈小甜往窗外看了一眼，就看见男朋友背着个书包戴着头盔抬头看自己。

"来啦。"摘了眼镜，沈小甜噔噔噔下了楼。

陆辛的书包里装了个保温桶，一打开，一股肉香味就冲了出来："三根猪尾巴，一个猪蹄，我在老冯那儿炖的，这汤挺好，下午我去弄半只鸡来一块儿煮煮，可以做个肉冻儿。"

"我昨天说了猪尾巴你就真给我炖了猪尾巴呀？"沈小甜脸上的笑都满到快溢出来了。

她跟着陆辛去了厨房，看着他把猪尾巴捞出来，用刀切成了小段儿。

除了猪尾巴，陆辛还带了两盒生煎包，是韭菜豆腐加虾仁的。

有了主菜和打底的主食，其他的就简单了。秋天的菠菜好吃，用水焯了再浸冷水，控完了水之后炒一点儿酱放在旁边，蘸着吃正好。秋葵也不错，同样焯水，然后加了蒜末和小米辣做了个油淋秋葵。

一荤两素，生煎包还是滚烫的，摆在亚麻色的桌布上就让人觉得心里暖洋洋的。

"我买的碗挺好看吧？"沈小甜问陆辛。她在网上买的餐具昨天晚上到了，细细的白瓷盘子圆润晶莹，摆在里面的菜感觉又比平时好吃了半分。

"好看好看，咱们小甜儿老师整啥不好看啊，就这个猪尾巴，本来我还觉得酱油放少了不好看，你这个盘子一衬，我能端桌上卖八十八。"

沈小甜用舌头吮掉了沾了蒜末酱油的猪尾巴肉，说："那等我明天发了视频，咱们一块儿去逛街吧，我也打扮你一下。"

冷不丁被将了一军，陆辛只能说"行啊"。

过一会儿，他说："吃完饭我就把书给你摆好了，你赶紧把视频弄完，别熬夜。"昨天他没过来，沈小甜就把书一摞一摞地放在客厅了，是他又打电话又发消息，不让沈小甜自己把活儿都干了的。

沈小甜嗦着猪尾巴骨头里的余味，点头说："知道知道。"

野厨子又问她："你昨儿还说跑步呢，今天跑了吗？"

沈小甜还真去跑了，她得意地说："我跑到了公园又跑了回来，不去都不知道，原来那个新公园还挺好看的。"

陆辛点点头："那你还跑挺远，要不要给你拿块儿猪蹄补补？"

"不用。"沈小甜说完，又抬头看着陆辛，说，"为什么是猪蹄？"

男人茫然地叼着秋葵："啊？"

沈小甜又低下头继续吃饭，吃菠菜吃秋葵，猪尾巴就再吃了一块儿，生煎包干脆就不碰了。

陆辛说自己一个人收拾书，沈小甜还是陪着他一块儿干活了，她的理由可充分了，毕竟这些书摆在哪儿她得好好想想，哪儿有只吩咐不做事儿的呀。

最重要的是外公的笔记之类，放在书架顶上，中间是几本沈小甜自己还想看的书，包着书皮的"琼瑶"和"全墉"被她当作杂书想要放在书柜最底下的一层。结果放的时候手一滑，两本书掉到了地上，"琼瑶"的书皮那么旧了，摔了一下直接破了。

沈小甜心疼地把书捡起来，把书皮彻底拆掉，只见印着一个忧郁美女的封面上被人用钢笔端端正正写了一句话：我想做行走在世界上的刺猬，不需要别人给我温暖，只要一个偶尔能停泊的港湾。

下面还有一行字：田心，1990。

沈小甜倒抽了一口冷气。

陆辛正在往顶上放东西呢，听她这一声，扭头看过来，就瞧见自己的女朋友在那儿拆书皮："怎么了？"

沈小甜的脸上挂着意味不明的笑。

那本"全墉"的封面是一棵松树一把剑，上面也被人用钢笔写了一句话：我要是有这么好的武功秘籍，绝不给别人。

这句话就没有署名了，估计对那时候的田心女士来说不够诗意，也不值得被铭记。

两本书上的笔迹是一样的，昭示着它们同属于一个人的少女时代。

沈小甜终于忍不住，蹲在地上开始笑。

陆辛不明所以，一步迈了过来："怎么了？"

沈小甜又笑了好一会儿才说："昨天我妈给我打了个电话，那个电话让我明白了一件事儿，原来我和我妈讨厌的东西里有共通的。到了今天我又明白了一件事儿，我妈以前也是个年轻小姑娘。"

年轻的小姑娘有着对人生的规划和梦想，1990 年，她可能还没遇到沈柯，已经决心成为一个刺猬一样的女孩儿，心里却也渴望着爱的温暖。可后来，她终究有了一本武功秘籍，只属于她自己。

这就是她那个不怎么称职的母亲。

沈小甜的目光变得越发明亮。

陆辛看着她站起来，把书好好放在了书架中间的位置，竟然有点儿郑重。

"这种感觉很特别。"沈小甜轻声说，"其实我一直觉得我妈是一堵墙，冷冰冰的，一直拦着我，墙上还有刀刃，每当我想在墙边休息的时候，那些刀刃就会伸出来捅伤我。可有一天我一下子发现，这堵墙其实是个人，会伤会痛。"

她想起之前对柳阿姨说自己的妈妈虽然看着强大，可还是能被伤害，又觉得那话语中展露的与其说是自己对妈妈的了解，不如说是一种普世思想的延续——人人皆有软肋，不管那个人是谁。

直到这一刻，她才真正有了一种意识，一种能够让她去代入自己妈妈的意识。

"从心理学上来说，我们有共通的痛，也因为我们有着共通的爱……"她抬起头，看着陆辛，"就像一个分子有一天突然意识到另一个家伙也是分子。都是分子，那就是具有共性的。"

共通的爱是什么呢？是对那个老人的吗？

陆辛大概明白了沈小甜的意思，他轻轻叹了一声，把沈小甜拉进了怀里，拥抱着她。

"谁都是一个人，天生一个鼻子两只眼，用手吃饭，用脚走路，吃的是五谷杂粮，品的是酸甜苦辣。听你这意思，你以前都不把你妈当人了，那怎么可能呢？你呀，就是这一阵儿的心气儿都往你妈的好上去了，可你跟她关系也就那样，心里都是她的好，那看自己就觉得不好了。可这不是自己难为自己吗？你回过头去想想以前那些事儿，要是再让你选一遍，你还有哪个是会改的吗？你妈的脾气是那样，你的脾气是这样，有些事儿走到这一步，可能不是谁的错，就是不合适。你可不能硬是把个大黑锅往自己身上背啊。"

在陆辛的怀里，沈小甜长长地出了一口气。

她说："我才不会为难自己呢。"

陆辛笑着拍拍她的肩膀，说："是啊，咱们小甜儿老师多豁达呀，要是换个人，受着这两边儿夹着的气，估计早把自己憋屈坏了。小甜儿，个人因果个人担着，搁我们这行来说，鲜肉下锅就是香的，烂鱼下锅就是臭的，你妈妈能当个什么样儿的妈，不是你这点儿锅里的油说了算的。"

说完这两句，两个人都没再说话。午后的阳光从房间的窗外照进来，照在被磨得凹凸不平的书桌上，照在老旧的书架和书上，照在两个年轻人的身上，如旧如新，亦旧亦新。

陆辛看着那把空着的椅子，恍惚看见一个老人坐在上面，转过头来对他微笑。

他低下头，轻声说："没事儿，什么事儿咱们都一块儿来想，我不把你一个人丢下。"

椅子上的老人消失不见，只有怀里柔软的温暖的女孩儿，似乎是哭了。

5

关于海鲜中富含甘氨酸所以吃起来有甜味的视频，作为"甜"的下集发布之后，过了一个礼拜，沈小甜就发了第一个广告，却不是电动牙刷和除螨仪这种热门博主手里人人皆有的"入门级"广告，而是羊肉。

是的，羊肉，来自大西北的羊肉。

这事儿说起来也跟沈小甜她妈有关。

田亦清老爷子的学生们想要集资建希望小学的事情被田心女士重拳出击给搅和黄了，田心女士自己又动了想要捐款的心。她的行动力超强，很快就选定了一个地方——老爷子当年待过的那个西北贫困县，那里有一片沙枣林，曾经被撒过一罐骨灰。

为了建学校这事儿，她还亲自去了一趟大西北，两天下来，除了脸黑了、嘴干了，也吃了一肚子的羊肉。

大西北是田心女士从小长大的地方，回到这里，她的笑容都和平时不一样了，当然，也可能是喝了点儿酒，又看见女儿，有点儿高兴。

"他们这个羊肉真挺好吃的，我小时候就喜欢吃。"视频通话里，田心女士是这么对沈小甜说的，"他们这个县长也是个厉害人，就比你大两岁，人家肩膀上是扛了一县好几万人的生计呢。"

那位县长确实很年轻，出现在镜头里，揉着跟年龄不符的发际线，笑容有些腼腆。

田心女士还夸他脑子活，说他为了帮着县里脱贫，上网络直播卖他们县里的羊肉。

"我们这儿有个加工厂，真空包装的羊肉加热就能吃，味道很不错，你也可以试试。"这位县长真是一时都不放过能多卖点儿羊肉的机会，也难怪被沈小甜的妈看顺眼了。

421

田心从后面拍拍他的肩膀，举着手机对自己的女儿说："你妈我给你招个商吧，咋样？我也不要抽成，你们俩谈个广告费的价，你帮他们卖卖肉。"

她还对旁边的县长说："你看，这是我女儿，在网上有五十多万粉丝，小甜老师一个视频好几万转发，好几百万人看。"

那位县长的眼睛顿时比他的发际线还亮。

就这样，沈小甜有了第一个广告。

"大家好，这是我录制的第一条广告。北方的秋天已经来了，很多人都说现在正适合吃点儿羊肉暖和一下，这些人里面包括我妈。所以她去西北的时候给我拉来了我的第一条广告，并且没要提成。"

屏幕里是一张空荡荡的桌子，随着好听的话语，一个电火锅被摆在了桌子上，然后是一包真空包装的羊蝎子底料，打开，底料倒进了锅里，还有大块已经卤好的羊蝎子，加水……锅开了，羊蝎子用小火慢慢煮着，酱色的汤汁滚着泡。

桌上又多了刚刚被切好的漂亮肉片、刚刚被洗净的青菜、去了皮切成厚片的白萝卜和嫩白的豆腐，它们被码放在白瓷盘里，一样一样出现在火锅旁边，安置它们的那双手修长有力，是让人熟悉的漂亮样子。

"一会儿我再揪点儿面片吧？"

"好呀。"

视频里镜头不动，让人看不见说话人的脸，只有两个人调制调料的动作和简短的对话。看着视频的付晓华愣了一下，突然反应过来这是小甜老师真的在准备吃火锅的时候和那个会做菜的厨子说话呢。

"要不要再添点儿什么？我看他们送的羊蹄也挺好的，要不要加一包？"

"不用了呀，够吃了吧。"

原来小甜老师平时说话的声音比讲课的时候软那么多！

哎呀，这个厨子说话的时候带京腔！

付晓华有点儿激动，也不知道人家吃个火锅自己在那儿激动什么。

视频里，画面一转，两个人已经开始啃羊蝎子了。

422

男的说："一点儿膻味都没有，他们那包手抓羊肉应该也不错。"

小甜老师也说："比平时吃的羊肉更香啊。"

听着他们俩在吃肉的间隙说话，付晓华的视线移向了视频下面的购买链接。

"羊肉的膻味主要是脂肪水解后产生的挥发性脂肪酸造成的，此外还有羧基化合物、含硫化合物……这个羊肉里面膻味少，就是因为这些方面的含量少一点儿。其实羊为什么会膻，跟它们吃什么也有关系，有些东西能供给它们囤积挥发性脂肪酸的材料。"

吃个火锅，小甜老师居然还在讲课？

惊讶的人不止付晓华一个，评论里出现了成群结队的"黑人问号"。他们还很同情和小甜老师一起吃饭的那个男的，好好一顿火锅，没想到居然还要上课。

有人评论说："虽然我没有羊肉火锅吃，可我也不用上课呀！哈哈哈！"

付晓华给这条评论点了个赞。

这时，那个男人说话了："以前人养羊的时候估计也没想过，就是草料好，品种好，肉就好吃了呗。我还真去过给咱们羊肉那里，整个羊腿扔白水锅里一煮，再来头紫皮儿蒜，撕着肉吃，绝了！"

付晓华抬起手，捂住了自己的嘴，让自己的口水不要流出来。

男人还在继续说："你知道这玩意儿为啥叫羊蝎子吗？因为这羊脊骨支棱出来，一整条看着就跟个蝎子似的，说起来这块儿肉还真香，肉嫩不塞牙。"

一只手伸到了小甜老师那边，是一块极好的羊肉。

接过羊肉，小甜老师说："羊蝎子为什么好吃我就不用再说了吧？贴骨肉原理他们应该可以自己复习吧？"

无数人看视频看到这里都开始努力回想之前小甜老师讲的知识。

男人开口说话，拯救了屏幕前很多人的心虚："不用，我都记着呢，他们更忘不了。"

对对对，忘不了，老师你安心吃火锅。付晓华在心里想着，已经决定午休的时候再找小甜老师之前的视频来看看了。

屏幕上不露脸的两人还在吃火锅，汤汁明显变得更浓稠了，都能听到清晰的咕嘟翻滚声。

"下顿饭咱们先不吃羊了，我给你做个咸蛋黄的粥呗？今天徐奶奶给咱们的咸鸭蛋我看挺好的。"

"行呀，我还想吃荽瓜鸡蛋饼。"

两个人说了两句，那个男人又说："咱们俩是不是在拍广告来着？我怎么忘了呢？差不多了，我去给你揪面片。"

"我要一点儿就行了，我吃饱了！"

两人的对话到此彻底结束，画面又切换成了真空包装羊肉的摆拍，只剩下小甜老师的声音在说："祛除羊肉膻味的方法有很多，大家在使用的时候有没有想过其中是怎样的原理呢？欢迎举例哦。"

发广告还给人留作业的，全网也就小甜老师一个了吧。

再看看评论里，有人在哀号写作业，有人在哭唧唧地说自己住宿舍买了不能煮，还有人说："徐奶奶的咸鸭蛋链接在哪里呀？"

看完视频的付晓华捧着手机瘫坐在椅子上，深吸一口气。她想下单八包羊肉，自己留四包，给爹妈送四包。

"妈呀，怎么已经卖完下架了？"

一万包羊蝎子底料和一万包白水煮羊肉在沈小甜的这个广告发出来一个小时之内就都卖完了，随着视频被转发和平台推荐，播放量节节高升，几次补货几次售罄。就连一个网红主播都在自己的直播里说起了这件事："想吃个羊肉可真难。"

这局面持续发酵，不光是那个发际线闪亮的年轻县长笑得合不拢嘴，一口气送了沈小甜一堆羊肉，还有一些研究网络数据的机构下场，研究到底这个视频里有什么秘密，能让一个内容简单的广告如此"带量"。

其中一条网络评论得到了很多人的认同："可能很多人想买这个羊肉，就是为了能够和小甜老师一样，对着对面的那个人说一句'我吃饱了'。"

当然，这些事情对沈小甜来说只有一个直观的体现，就是来找她发广告的商家数量瞬间暴涨，价格也水涨船高。

这件事让田心女士十分得意："我看市场的眼光是绝对没错的，我手上品牌这些年的爆款我就没押错过，冬天卖羊肉多好呀，还有我给你把关这个品质，其他那些来找你的，你要是不放心，我就找人去给你现场看看去。不管新媒体旧媒体，道理都是一样的，你得把东西的质量拿准了，别的都不是事儿。"

挂了电话，沈小甜笑着看向陆辛："这是我妈第一次跟我讲她的生意经。"

男人正在厨房里调高汤，手里端着鸡蛋白、鸡肉、猪肉、鸭肉混出来的肉茸，他转头对着他家小甜老师眨了眨眼睛，继续忙乎去了。

一切都很顺利，沈小甜一次就赚够了能支撑她继续去"逛吃"很久的钱，和母亲的关系也得到了很大的缓和，她家野厨子说要带她去趟成都。

就在要买机票的时候，一个男孩儿敲响了沈小甜家的门。

"我师父！我师父要卖房子！"

黑瘦的男孩儿沈小甜见过两次，一次是他被越观红捆了，另一次是他闹着要拜越观红为师。

沈小甜顿了一下才想到他说的"我师父"是越观红："红老大怎么了？"

比起一个多月前，这孩子身上干净多了，穿着一件灰白色耐脏的棉外套，说话的时候袖子往脸上一抹，沈小甜看见了他脸上的眼泪。

"别着急，先说清楚怎么回事儿？"

男孩儿抽了一下鼻子，扁着嘴说："是菜市场的奶奶告诉我你们在这儿的，我没有想偷你们的东西，我找你们是为了我师父，她要卖房子，有人来闹她。"

"别哭，我知道。"沈小甜拍了拍他的肩膀，回头看了一眼陆辛。

野厨子回去拿了一包抽纸出来，还拿了一条围巾和一双鞋。沈小甜是家居服外面套了一件外套出来的，他是怕透风，又怕她一着急就穿着拖鞋走了。

"你别哭了，我信你，我们和你一起去找你师父。"沈小甜对男孩儿说。

他们赶到煎饼果子摊儿门口的时候，就看见一头白发的红老大站在店门口，微微侧着头，一双眼睛盯着面前那些人。

"生我的不养我，养我的不亲我，我要卖房子你们倒是都蹦出来了。这房子也跟你们几个没关系呀，怎么着？我怎么都不知道我这巴掌大的地方还被你们几个惦记着呢？"

"小红，你这话怎么说的？你年纪轻轻不懂事，我和你妈是为了你好才怕你是被人骗了，你……"

"嚓——"

金属摩擦的声音，红老大拿起了她案板上的刀。

这刀平时也就是切切葱花香菜，要么就是给火腿肠扒个衣裳，可现在的红老大拿着它，硬生生让人觉出了几分杀气。

刚刚说话的那个中年男人闭嘴了。

"我以前被人骂没爹没妈的野杂种的时候，你还真没跳出来说我是个不懂事的野孩子呀。野杂种有了家业了，这也就有了亲戚了？"眼睛微转，仿佛是从这一群人的脖子上一个一个抹了过去，越观红手指一动，尖刀在她的手里打了个转儿，冷光凛凛，"我知道你们惦记什么，有种就一块儿上法院，咱们看看这个从小不养孩子是个什么罪名，也让法官开开眼，这个世上还有这么没脸没皮的人物呢。要是法院解决不了，来，刀给你们，哪吒割肉还爹还妈的，我越观红觉得这法儿也不错，你们看好了哪块别客气，我也想知道我这一百多斤的肉够不够还你们的。"

沈小甜听见了一声抽泣，是带她来的男孩儿在哭。

看见了沈小甜他们，越观红嘴角一翘，是个笑。

那群人来的时候估计是颇有声势的浩浩荡荡，走的时候两边路上都是骂他们的。

"红老大，别怕啊，咱们好好过咱们的日子，他们管不了你了！"

红老大放下刀，扬声说："您这话说的，除了我煎饼果子不好吃，我怕过什么呀？"

"你到底怎么回事？怎么要卖房子？"

听见陆辛这么问，越观红用力揉了一下那个男孩儿的头，语气轻巧："我缺钱，可我住的那套房子不是还没还完贷款吗，我也舍不得，就想把这个店先卖了，我摆摊也一样。"

沈小甜看着她："老实说话，为什么会缺钱？开店怎么能和摆摊一样呢？你有什么难处跟我们说呀，不是朋友吗，总该互相帮忙吧？"

刚刚还气势如虹的红老大默默后退了一步："小甜，你这样还真挺像我高中那个教导主任的。"

她说话的时候，沈小甜看见她抬手揉了揉手臂，那个位置正是她那个红色文身所在。

"你们把心放肚子里吧，不是我师父出事儿了，也不是因为我师父家那个妹子，人家都还好好的呢，就是我自己想先弄辆车。招牌做起来了，是个摊子是个店的无所谓，做了这么多年了，我也是有点儿小虚荣。"

放下手中的刀，越观红的脸上有了一点儿笑，是她看见沈小甜外套领子下面露出来的领子上印着小鸭子："你们俩这是衣服都没换就过来了？哎呀，我能有什么事儿呀。"

她可是红老大，十几岁的时候就能让珠桥东这一片没一个混混不服她，什么风浪没见过，一个人对好几个都没怕过。摆摆手，红老大转身要去接着做生意了。

沈小甜听见身边那个小男孩儿"哇"的一声哭了："根本就不是！我在汽修厂都听见了，你是要走了！你卖了店，要把钱给那个男的还债，你要走了！你刚说了要当我师父的，你说你要教我做煎饼果子的，你骗人！你要走了！"

十几岁的男孩儿还没经历变声期，声音尖锐得像是被开了刃，往人的心底下捅了上去。

"哪个男人？"问完了，沈小甜似乎是轻轻笑了一声，她对着越观红僵在

427

原地的背影自己回答自己，"就是那个斯斯文文戴着眼镜的男人，对吧？"

越观红转身，看见沈小甜揽着那个男孩儿的肩膀，用纸巾给他擦眼泪。

"呜呜呜，大人就会骗人！"男孩儿的眼泪怎么也擦不完似的。

陆辛站在红老大另一边，开口说："干吗呀你，不光要卖房子，居然还要走？怎么了，消停日子你过腻歪了，非得出去体验一下大冬天的冷风？"

几分钟之前还气势如虹的越观红明显气虚了下来，她扭头，眼睛微微抬起来，看了看陆辛："陆哥……"

"这事儿你跟你师父说了吗？我上次去天津，老爷子还特意请我吃了饭，就怕你一个人回来过得不好。怎么了，你这是怕人家这担心白费了是吧？非得搞点儿事出来是吧？"

看着陆辛这样训越观红，沈小甜终于明白了为什么天不怕地不怕的红老大会有些怕陆辛——他凶起来真的挺像个当爸爸的。

"到底怎么回事儿啊你？"

越观红沉默了好一会儿。

陆辛和她就僵持在了那里。

店里因为炸油条馃箅儿和摊煎饼，总是透着一股温暖的油香与面香的混合，现在这种香气仿佛都凉下来了，凝固在了人的口鼻中。

沈小甜对那个孩子说："别哭了，哭也没用啊，你去洗洗脸，我和她谈谈。"小甜老师总是见不得孩子一把鼻涕一把泪的可怜样子。

小孩儿犟着不肯走，黑黑的脸哭得带着红，眼睛死死地盯着越观红，恨恨地说："你不是那么能打吗？你这么厉害的人为什么要给一个欠债鬼还钱？"

可能在孩子的逻辑里，能打的人总是拥有一切的，卖掉店铺离开家乡这种懦弱的事情，不该发生在她的身上，就像英雄不该倒下。

沈小甜用手挡住了他的眼睛，说："事情都还没有弄清楚，你说这个话没用的，想要解决事情，咱们得好好聊聊，弄清楚到底发生了什么，对不对？我向你保证，我会问清楚这是怎么回事的，好不好？"

428

打发了孩子去洗脸，她又对陆辛说："我饿了。"

算算时间也快到晚饭点儿了，本来他们俩说好了今天做白菜猪肉炖粉条的，菜都洗好了，人又来了这儿。

陆辛看看沈小甜，再看看站那儿沉默的越观红，叹了一口气说："行吧，你们俩先聊着，我去做饭。"

他进了厨房，探出头来对沈小甜说："这儿有包酸菜，还有五花肉，我给你做个酸菜炖五花肉吧？"

"好呀！"沈小甜对着自家野厨子笑着点点头。

转身，脸上的笑容已经浅淡到几近于无了，她的目光就像看着一个因为早恋而成绩下降的学生："红老大，真的有很多人关心你，因为他们都知道你一路走过来不容易，不管你想的是什么，你又想做什么，你好歹让人有个心安，对不对？"

越观红终于动了，她看着沈小甜，算是笑了一下，说："你这个姐姐啊，唉……"

厨房里传来陆辛切肉的声音，小孩儿洗干净了脸站在后门，沈小甜招呼他："你快过来把脸擦干净。"

越观红看看他，抬手揉他脑袋，小孩儿避了一下，还是乖乖让揉了。

"我像他这么大的时候，天不怕地不怕，现在回过头去想想，有好几次，我就走那些回不了头的道上去了。"

短短一句话，红老大就用它概括了自己年少时候的那段时光。

沈小甜给大的小的都倒了杯水，又端着水杯进厨房给了陆辛，又出来，看着红老大低着头。

"我高一那年，也是跟现在差不多的一个时候吧，几个外地过道儿的混混喝多了，骑个摩托抄着根棍子来埋伏我。打不过我，就骑了摩托来撞我，我被撞了一下，瘫在地上动不了，心里也知道这次说不定就交代了。正好有个人路过，一把就把我从地上给拽开了，他拖着我往小区里面跑，钻进了楼洞儿里，我就

429

在那儿躲着，躲回了一条命。"

炖酸菜想要好吃，肉和油必须得下足了，五花肉在锅里被煎出了油，浓浓的油香味从厨房里飘出来。

红老大腿上一松，斜靠在餐桌上，秋末初冬的阳光从外面照进来，打在她的半截身子上。

"被人救了这一遭，我就想还回去，打听清楚了，那人是我们学校里一个重点班的尖子生，人家一门考出来的分数快赶上我所有科目加起来的了。我也不敢直接找人家，就远远看着，上学、放学……好学生的日子过得那跟我就是俩味儿。我那是一缸子的臭鱼烂虾，自觉得不错，但凡要脸面的谁愿意沾呢，他那儿是清水白汤，虽然看着没滋没味的，可养人呐。看着，看着，我也问自己，是不是就要这么混一辈子，看着别人考上大学、找个好工作……后来的事儿你们都知道了，我费劲学了快两年，也没考上个正经好学校，也没人供我上学……"

说话的时候，她拍了一下小孩儿的后脑勺："你前几天不是说想回去念书吗？真回去了就好好念，别偷懒，你要是能考上大学，我这儿就没白受了你一声师父，好歹我也是教出了一个大学生了对不对？"

男孩儿低下头，眼眶又红了。

撸完了自己这个半道儿捡的"徒弟"，越观红抬起手，指了指自己手臂上文身的那个位置："就这儿，以前是文了个骷髅头，还是个绿的，后来我就去找人给我洗了，人家说洗不干净，要不就给我改了，我就改了个巴掌，我得记着有人抓着这儿拖了我一把。"

拖了她一把……沈小甜突然想起之前越观红对这个男孩儿说的话——"你走错第一步的时候，所有人在你这儿就都已经来得晚了。"这句话，她真的是说给自己听的吧。

"那人就是你说的那个戴眼镜的，之前考了大学，说是找了份工作干得还挺好，一边工作，一边还在读着博士。人家那多体面啊，我都没敢再细问。他九月份的时候回来了，这都两个多月了还没走，结果前两天有人找上门，说他吃了官司，欠了以前公司的钱，我找以前的兄弟帮忙打听了，说是欠了三十多万呢。我这小铺面儿当初是从老房东手里买的，那时候这边市场还没建呢，买的时候二十万，我兄弟们给我凑了钱，后来我都还了，现在卖四五十万应该能卖出去，给他还了钱，我手里还能剩点儿……"

沈小甜看着她，问："就因为他当初帮过你？"

越观红扯了一下唇角，她的眉目真的凌厉，笑的时候也像是在轻擦着刀刃似的："这还不够吗？这地球上几十亿人，到我这儿，亲爹妈都不管我，有个人那么拉了我一把，我这时候拉他一回，不是应该的吗？"

红老大的心里有一本账，跟别人都不一样。别人受了一分好，就记着一分好，她受了一分好，就满本子写满了那个人的好。

因为她受的好，太少。

沈小甜想叹气，看着这样的红老大，又叹不出来："那你想走又是怎么回事？"

"我这也忙了这么多年了，趁着店盘出去了，我再找个地儿缓缓去，说不定我就一路做着煎饼果子，走到哪儿就做到哪儿。人家走一路是一路都是汽车尾气，到我这儿，走一路那都是煎饼果子的香气呢。"

酸菜被炒出了香气，酸香味是层层叠叠的，进了人的鼻子，就让人的嘴里都跟着往外跑水儿。

香气里，沈小甜的心也跟着酸了。哪里是想休息，不过是她跟从前一样，觉得对方不该跟自己牵扯到一块儿，怕人家嫌弃是从个摊煎饼果子的手里拿钱还债，所以干脆就走了，看不见她，自然不记得了。

"哎呀，我的姐姐呀，你这是怎么了？"看着沈小甜低下头，越观红的语气不淡定了，她可真怕了这些看着娇软其实一个个心里都有主意的姑娘了，更不用说这个姑娘身后还有个陆辛呢。

"那钱我替你出了。"沈小甜低声说，"观红，我想说你这样不值得，可我又觉得，这句不值得也是来得太晚了。"

431

越观红张开两只手，也不知道该怎么哄哄这个几乎要为自己哭出来的姑娘，就看见人家姑娘的男朋友出来了："陆哥，我可什么都没干！钱我也不要啊！"

"行了。"陆辛把装了拍黄瓜的不锈钢盘子往桌上一放，伸手拉住了他家小甜老师的手，"她出钱，我去帮你给了，你呀，该干吗干吗，别想些有的没的。你自己一步一步踏实把日子走出来的，怎么还扭捏上了？"

微凉的手指被陆辛温暖的大手包裹着，沈小甜抬起头，笑着说："对呀，观红，你特别好，没人比你更好。"

她知道，自己以后看见这个身材瘦高、面相凌厉又发色飘忽的女孩子，心里再也不会响起什么"消失的光阴散在风里，仿佛想不起再面对"了。

在红老大这样的有一腔热血的市井豪杰面前，古惑仔又算什么呢？

酸菜炖五花肉被陆辛整治得极香，白肉几乎是炖化了，放在米饭上，掺着被炖烂了的细酸菜丝一起拌着米饭，真正让人吃到停不下来。

除了拍黄瓜之外，陆辛又蒸了个鸡蛋羹。和现在很多人追求的镜面儿一样的"无瑕"鸡蛋羹不一样，陆辛在蒸鸡蛋的时候先在蛋液里放了一层被切得碎碎的葱，蒸熟之后的蛋羹上面一整层的葱只有香气没有辣味，再配一点儿酱油，比平常的做法更下饭一些。

配着这三个菜，他们四个人平均每人吃了两碗半的米饭，饭锅都给掏干净了。越观红又现炸了几根油条，和陆辛两个人就着油条把酸菜炖肉剩的那点儿汤给清干净了。

吃了一碗半米饭的沈小甜抱着圆滚滚的肚子坐在一边，觉得自己没啥话语权了。

"陆哥炖酸菜我还真是第一次吃，让小甜你看笑话了。"越观红说这个话的时候，正好灯光照在她的脸上，那张气势逼人的脸光洁无垢。

陆辛做饭，也是陆辛刷碗，越观红这个当师父的也挺欺负人的，把小孩儿也赶去刷碗了。

又有客人来买煎饼果子，越观红扎上围裙干活。

沈小甜抱着肚子靠墙站着，轻声问她："观红你有没有喜欢过那个男的呀？"

红老大摊着煎饼，看着嘴皮是没动，低低的一声"那肯定有啊"已经传进了沈小甜的耳朵里。

"其实我也说不上来那算不算喜欢。我也翻过几本小说，看着一群人搁那儿情情爱爱的，你把我推墙上，我把你摁树上的……就我这样儿，谁敢把我推墙上，我不生撅了他两条腿？但是天天看着他……"

红老大递出去一份煎饼果子，问了要不要葱和辣酱，这话就断了。

陆辛碗都洗完了，又从红老大的厨房里搜出来了几个苹果，给了小孩儿一个，又问沈小甜吃不吃。

沈小甜吃不下了，她的肚子里还是鸡蛋羹、酸菜炖五花肉和米饭的三国鼎立呢。

"我怎么觉得你每次进了别人的厨房都像个土匪？"她说陆辛，顺便还想起了一直被陆辛薅羊毛的老冯。

"我是厨子啊，当然是什么好吃拿什么了，这苹果可不是一般的红富士，闻着特别香。"

香是真的香，离着还有一米多远呢，沈小甜就闻到了甜甜的果香气。

做着煎饼果子的越观红说："陆哥是一贯识货，这苹果是涛子他舅舅家种的，说是栖霞牙山的苹果，每年不等入库就让人买没了。涛子给了我一箱，我也不太爱吃，您要喜欢啊，可千万别跟我客气。"

客气啥啊，她这话还没说，陆辛已经找了个干净塑料袋要装苹果了。一听说"别客气"，他对沈小甜说："要不咱给她留两个，剩下的都搬走算了。"

沈小甜笑着说："不太好吧，咱们俩得走回去，再抱着苹果很累呀。"

这俩人，拿别人东西还看人累不累。

小孩儿一直在旁边乖乖的，听这个口气，赶紧从厨房拿了两个苹果放进了冰箱里。

陆辛点点头说："行啊，好歹你还想着你师父。"

把一个苹果放在不锈钢盘子上，他拿着一把尖刀，不一会儿就把苹果削成了一片一片，又拼成了一只胖乎乎的长耳朵兔子。

小孩儿在一边歪着头瞪大了眼睛看。

沈小甜闻着越发浓郁的果香气，又揉了揉肚子。

"我们学校后门有棵树，坐在树上看到五楼，就是他的教室，他就坐在窗边儿，一抬头就能看见。"越观红的声音穿透了油香的封锁与水果的芬芳，"是喜欢吗？我可一直弄不明白，就只知道这么看着。"

说完这一句，她又转回头去做煎饼果子，沈小甜揉肚子的手停了下来。

6

陆辛跟越观红说沈小甜负责出钱，他负责出面把钱借给对方，这话也不是虚说的。

没两天，一个周末的上午，沽市一中的后门，一个戴着眼镜的男人走过来，对他说："就是您，愿意借钱给我？"

陆辛没说话，先打量了一下男人，红老大说这人跟她一届的，可光看脸怎么都让人觉得他比红老大要大那么一两岁，不过确实文质彬彬，现在身上背着几十万的债，脸色看着也还好。

"是，我能借钱给你，你想借多少啊？"

"我这儿是缺个十六万应急，您的利息是怎么算？"

陆辛是贴着墙站着的，他抬手，示意这个男人跟着自己走。

学校的保安被他提前打过招呼了，看他领着一个人进了后门也没说什么。

其实这学校的后操场在周末是半开放的，不少人在那儿打篮球，球场边停了共享单车、电动车和一辆黑色的轿车，骑车来和开车来的人都在操场上投篮呢，热腾腾的呼吸、脑袋上的热汗在这冬天里成了冒着的白气。

"我这利是卡着国家政策的边儿算，十六万给你，你一年得还我四万，一个月光利息就是几千。不过我也不让你为难，你爬上这棵树，待够十分钟，我给你省一个月的利息。"

戴着眼镜的男人看看这棵树，再看看陆辛，问："您这是什么意思？"

"没什么意思。"身高比他高一截的男人双手插在裤兜儿里，一脚蹬在那棵树上，抬了抬下巴，说，"你爬上去吧，我给你看时间。"

男人穿了件灰色的毛衣，里面是件格子衬衣，外面是件蓝黑色呢子大衣，他看看这棵树，再看看陆辛，牙一咬，把外套先脱了。

"一看你就不是个爱运动的。"

男人不算清瘦，可也不算健壮，上面的树杈也就两米半的高度，他费了半天劲都上不去。

"这人呐，还是得多动动。"

陆辛倚着树下一辆顶漂亮的摩托车，看着他在那儿费劲，脸上挂着似有似无的笑，也像是在嘲讽什么。

那个男人转头看了他一眼，看看另一棵树下面有石头凳子，问他："我换棵树行吗？"

陆辛垂下眼说："你换个人借钱行吗？"

男人擦了擦脸，摘掉了脸上的眼镜，放在树下他的衣服上。

"你多少度近视啊？"

"三百多。"

"那还成啊。"

陆辛问了一句话，就又在旁边等着他继续爬。

又过了好一会儿，男人那双皮鞋在树干上磨出了好几道划痕，两次没站稳差点儿摔倒，这才终于爬到了树上。

陆辛听着他在上面喘粗气，又问他："你这钱打算借多久啊？"

"一……一年。"

"哟，十好几万呢，一年你就能还清啊？"

男人在树上战战兢兢坐好，说："我是做软件的，一直在搞一套算法，已经有公司对这个感兴趣了。"

"哦。我听不懂这个，那你要是想把利息全免了，你就在上面坐满了两个小时吧。"野厨子在树下又转了一圈儿，才说，"你是怎么回事，为什么得跟我借这个钱呢？"

男人笑了一声："您这人也挺有意思的，什么都没先问好了，先逼着人上树。"

陆辛抬头看看他，又低下头："是我借钱给你，我问什么，我怎么问，也不用你操心呐。"

男人沉默了一会儿，说："我在上一家公司做到了项目管理，结算的时候有两笔账三十多万找不到了，查流水，是到了我的私人账户上。"

"也就是你贪了公司的钱呗。"

男人苦笑了一下，说："算是吧。"

陆辛站在树下，看向篮球场边上的教学楼。

男人叹了一声，又说："我和我以前的老板是读研时候的同学，我刚毕业的时候本来签了一家大公司，干了没两年，他说要创业，拉我入伙儿，还说分我股份，我就动心了。前年我们一个同事得了癌症，他说让我从公司走两笔钱去给那个同事。结果今年公司真做起来，有大公司来收购，他为了不算当初的股份，就用这笔钱把我给算计了。公司账上只有五十万的时候，他能拿一大半儿给同事治病，公司要被人高价收购的时候，他连一成的股份都不想分我了。"

这世上就是有些人能共患难不能共富贵。

不过陆辛也不会听他这一面之词。

接下来，就是沉默。

男人问："我还没问，您是做什么的？"

陆辛哼了一声："跟你有关系吗？"

"不管怎么说，您这是对我雪中送炭。"

陆辛又沉默了。

坐在树上的男人小心翼翼地看着四周，三百度的近视也不知道他还能看见什么，陆辛也不提要给他拿眼镜。

"我以前就在那栋楼上课。那时候我们学校里有一帮混混，带头的是个女孩子，我听您口音不是本地人，八成是没听说过她，好多人都叫她红老大。"他指了指五楼的一个窗子，说，"我以前就只会看书，是个书呆子，有时候上课的时候往下看，能看见红老大躺在这棵树上睡觉。"

摘了眼镜的男人笑了一下，揉了揉长久负担镜框的鼻梁："那时候只觉得好好读书，好好考大学，被人赶出公司的时候我才突然想来这儿躺一躺。我想知道，红老大那时候看我们在教室里规规矩矩读书，是不是就已经知道了我们学的东西根本挡不住人的黑心呢？"

没有，她想的，你根本不知道，也永远不会知道。

陆辛没说话。

男人慢慢地躺在了树杈上："够了一小时五十分钟，您跟我说声儿，您好心借我钱，我怎么也得给您付一个月的利息。"

那之后，男人再没说话，时间到了，他从树上磨蹭着跳了下来，戴上眼镜，穿上外套，掏出写好的借条，签了字给了陆辛，还给了一张身份证复印件。

陆辛把钱转给了他。

目送他离开，陆辛看着一个人从篮球场上走了过来，摘掉黑色的帽子，露出一头灿烂的银白色头发。

"陆哥，真的，这次真是谢谢你和小甜了。"

打了两个多小时的球，越观红的脸泛着红，帽子下面的头发都湿哒哒的，可她眉目飞扬，银白色的头发贴在额前像是一抹霜。

"你这是怕我动手揍那小子，还在这儿打球盯着我？这么不怕累回去开店啊！"陆辛双手插兜，站在树下不动。

越观红走近了，才说："我知道陆哥你心里有火。"

"你要是看着你师父家的妹妹为了个男人要卖家当，你肯定比我还火大。"

这话让越观红又沉默了下来。

好一会儿，陆辛说："你把帽子戴上，一头汗吹着冷风是干吗呢？生怕不感冒？"

越观红拿起帽子，擦了擦脑门上的汗，笑着说："陆哥，你和小甜在一块儿，我都认不出你了。"

陆辛看了她一眼，说："怎么认不出我了？我是多了眼睛还是少了鼻子了？也不知道是谁，刚开店的时候咬着牙，低着头，说自己从前做事儿不对，以后要低头踏实过日子，那时候之前受了你欺负的都可以来免费吃煎饼果子，怎么了，一声不吭张罗要卖店，你是又觉得踏实日子可以都丢了？要不是我家小甜儿要帮你，我先跟你拉道上干架了。"

戴好帽子的越观红低着头说："我知道，你和小甜老师都是为我好，小甜老师是真的善人，能看见别人心的善人，跟我师父一样。"

"那是……"陆辛的目光从那棵树看到那个窗口，"你以为只有你一个人的心里藏着个碰不到的人吗？我以前可站得比你还远。"

嗯？

越观红抬起头，看见有人站在学校门口对着他们挥手。

"陆辛，观红！你们这个钱可借得太慢啦，我课都上完了，还买了烤地瓜！"

是沈小甜，她拎着一个塑料袋，穿了件白色的外套，映着融融的冬日阳光。

陆辛笑着向沈小甜走过去，越观红在后面，看着他越走越近，也越走越快，最后干脆小跑了起来。

最后一眼，曾经在这个校园里叱咤风云的红老大回头，看了一眼那棵树，没有再看那个窗子。

"有些人啊，跑得够快，就能够着自己的月亮，有些人啊，走着走着，自己就亮了。"她喃喃自语，拍了拍肩上文身的位置。

走到沈小甜面前的时候，越观红说："走吧，我请你们俩吃点儿好的。"

十几万对沈小甜来说也不是一笔小钱，她从广州回来的时候，柳阿姨给她的钱不太够，又加上了她上次大半的广告收入。再加上因为这事儿耽搁，成都之行暂时延后了，沈小甜因为经济压力，一口气把"酸甜苦辣"系列的"苦"和"辣"都剪了出来。

"苦"是从茶开始说的，用的是在广州拍的视频，早茶店里服务生极为利落的茶道功夫放在视频里，沈小甜还特意拍了水被注入茶壶的样子。

"喝茶的规矩，很多人都觉得是穷讲究，可事实上，这些讲究的背后其实藏着我们无所不在的化学。比如这一壶倒茶的水为什么不是滚烫的沸水呢？因为温度越高，茶水中的苦味物质就析出得越快。那么反过来说，如果不希望喝到茶过多的苦味，我们要做的就是在热水冲泡之后尽快把茶倒出来喝掉。其实茶水的苦涩味道与它的香度，在化学上看不过是茶多酚和氨基酸的比例问题，让茶水获得更多的氨基酸，它就会更香，减少酚的析出，苦涩的味道就会降低。此外，茶叶中还有另一种苦味物质，就是咖啡碱，这个大家就不陌生了，我们也管这种黄嘌呤生物碱化合物叫咖啡因。咖啡因在温度到达一百六十摄氏度之后会快速升华，所以进行了深度烘焙的咖啡会含有更低的咖啡因。茶叶的炒茶温度较低，对咖啡因的影响不大，反而会随着发酵过程略有增加，所以红茶和乌龙茶里依然含有咖啡因。"

说茶的时候就一桌活色生香的广式早茶，说咖啡的时候配点心，还有一锅看起来就很高大上的汤水。

本来看着这个题目，很多人都会觉得嘴里发涩，食欲降低，可是从茶开始说，再展示一下配茶的食物，评论里就只剩了一群高喊着"我能吃十顿"的尖叫鸡。

视频的最后，沈小甜也提了一下有些盐是苦的，因为随着相对分子质量越大，盐的苦味就会越明显，超过一百五十这个阈值就彻底是苦了，所以因为主要成分是相对分子质量为 95.21 的氯化镁，盐卤在点豆腐的时候用多了，豆腐就会呈现苦味。

"辣"的这一个视频，因为他们没去成成都，就主要麻烦了陆辛这个无所不会的野厨子。

水煮肉片、回锅肉、麻婆豆腐……甚至还有一锅胡椒猪肚鸡汤，因为胡椒里的胡椒碱也是一种辣味剂。

伴随着热气腾腾的各式川菜，沈小甜着重讲了一下不同辣味成分在不同食材里的使用。比如辣椒油和辣椒水为什么都有强大的效力，因为大部分的辣味成分都是双亲分子，既溶于油又溶于水。比如为什么干姜的辛辣味道会更重，因为里面姜醇脱水成了姜烯酚累化合物。又比如为什么葱蒜在烹饪熟了之后就没有辛辣味道了，因为里面作为辛辣来源的二硫化物在受热后会分解……

因为野厨子的好手艺，这一期视频发布之后大受好评，滚油浇在水煮肉片上的那一幕拍得太好了，导致后来想要看的人必须要关掉弹幕才能看见画面。

光是微博平台，"辣"这一期视频的数据就在两天内创下新高。

沈小甜一高兴，就买了好几套书寄给了叶雅心，还指明说里面有一本关于化学的科普读物是单独给杨凯的——因为陆辛这段时间比较忙，沈小甜实在不想自己做视频的时候要他帮忙，视频剪出来还要他来做"小白鼠"，她就想到了叶雅心的那些学生们。

听说是让孩子们帮忙看一下科普视频，叶雅心怎么会拒绝？她找了个课间的时间让孩子看视频，还让他们写了各种问题给了沈小甜。

想要做科普，就应该把内容的门槛放低，沈小甜一直以为自己已经放得很低了，看了那些孩子的话才知道有些问题自己疏漏了。她用了一天的时间重新做了调整和梳理，才有了这一期视频的流量飙升。

"老大，你谢我干吗呀，应该是我谢你，要不是你的学生，我还真发现不了这些问题！"

电话那头，叶雅心笑着说："好吧，我也不跟你客气了，你的视频我的学生们都特别喜欢，不管是初中生还是小学生。你知道吗，昨天杨凯跟我说，他姑姑上工那个地方的菜总是发苦，他看了你的视频觉得可能是那里的盐不对，没想到还真是呢，把盐换了味道就变好了……"

440

沈小甜笑着听着,听见对面换了人。

"小甜老师!你说得对!学科学不光能改变我们的未来,还能改变我们的现在!我姑姑吃的菜不苦了,我还教我姑姑把糖炒了再做菜,又香又好吃!"

光听语气就知道这孩子现在有多激动,连带着沈小甜脸上的笑都更灿烂了。

挂掉电话,沈小甜坐在椅子上,半天没有说话。

天冷了,她在楼上的书桌离暖气略远,晚上总是冻脚,就干脆把工作的地方从楼上转移到了楼下外公的书房。现在,她就坐在老旧的木椅上,背后有一个傻乎乎的小鸭子抱枕,屁股下面也是一个印着小碎花的坐垫儿。穿过几十年的时光,抱枕和木椅依偎在了一起。

"外公,你看,现在想当好一个老师真的比您从前容易。"

不用把家里的煤支援学校,不用挨家挨户求着那些孩子的父母不要轻易断送孩子的前程,更重要的是,距离已经渐渐不能阻碍知识的传播,她在沽市就能听到贵州山里孩子的激动呼喊声。

"您要是生在这个时代就好了。"

沈小甜站起来,手指从那些老旧的书本上抚过。

窗外传来了一阵摩托车的声音,看一眼时间,已经是下午四点半了,沈小甜就知道是她家的课代表又来给她送吃的了,穿着棉拖鞋"哒哒哒"跑出去。

院子里,开学正在叼着落叶,一片又一片。它也有了一个新鸡窝,看着还挺暖和,就是每天晚上沈小甜要给它在外面关上小门。

陆辛拎着饭进来,笑着说:"今天去了趟柜子那儿,给你弄了条鱼,他说让咱们明天去一趟,他弄了几个极好的响螺,想让我做一下。"

"好呀。"沈小甜笑容满面,把暖乎乎的手在陆辛的脸颊上贴了一下。

陆辛摘了手套,才用自己的手去握她的手,又说她不该只披着外套就出来开门。

晚饭他们吃的是清蒸海鲈鱼、三鲜豆腐汤和青椒炒肉丝,陆辛还烙了两张香喷喷的饼,外面因为降温又起了风,也不耽误他们在这栋老房子里的温暖。

第二天，陆辛带着沈小甜去柜子的"二猫海鲜"，一进去就听见了有人在尖叫。

"猫让章鱼打了！"

柜子养的那只雪里拖枪窦英雄被一只挺大的章鱼扒在了脑袋上，一只猫眼睛也给遮住了，只能迈着步子往后退，退呀，退呀，"啪嚓"一声，掉进了水箱里，只剩尾巴还支棱在水面上。

陆辛去救猫，脸上是忍不住的笑，一直持续到他的手机响起来。

"厨艺比赛就是一堆厨子站那儿比赛做饭，那我可见多了，在电视上……"

窦英雄被吓着了，柜子给它擦身上的水，它也呆呆傻傻的，一点儿也不见平时的枭雄之气，更像个被洗过的鸡毛掸子，毛巾擦过它的鼻子，它还打了个喷嚏。

那只叫窦小花的狸花猫在绕着柜子的腿喵呜喵呜叫个不停，还用爪子去抓一下窦英雄的尾巴尖儿。要是平时，窦英雄估计早就教训它了，现在连尾巴都不动了，真是格外可怜。

"陆哥，真多亏了你，不然我家英雄今天就成死熊了。英雄啊，咱们英雄今天倒车开得溜啊，直接栽河里了，那一溜儿小碎步，是吧，还'倒车，请注意'呢。"

在柜子喋喋不休的念叨下，窦英雄终于恢复了精神。它从柜子的膝头跳下去，从屁股扭到头，水珠溅在了柜子的裤腿上，也溅在了窦小花的身上，又是一只精神抖擞的好猫了。

柜子摸了一把猫头，笑着说："那只八带今天我就吃了它，给你也加菜，好不好？"

他抬起头，看见陆辛在看手机，沈小甜在……看着猫。

"小甜老师，你看看陆哥，没事儿吧？怎么说了一句啥厨艺比赛，他就不说话了呀？"

沈小甜说："没事儿，让他自己先想明白吧。"

三个人两只猫现在都是在一个包厢里，因为柜子也怕客人看见了餐厅里有猫会有意见。

和上次陆辛、沈小甜看见这两只小家伙一样，窦英雄和窦小花今天是再次逃家成功了，窦英雄是来店里宣示所有权的，没想到就被一只章鱼给教育了。身上终于半干了，窦英雄坐在能晒着太阳的阳台上给自己舔毛，眼神睥睨，可沈小甜还是忘不掉它脸上糊着章鱼的样子。

窦小花实在是只会撒娇的小猫，现在已经在沈小甜的脚边打滚儿翻起了肚皮。沈小甜的指尖轻轻戳了一下它的肚子，脸上在笑着。

陆辛抬头，看她在那儿撸猫，一把撸了一下猫头。

"没事儿，我就是想想……不是让我们来吃响螺吗？我边吃边想也行啊。"

听他这么说，柜子一下直起身子，瞪着眼睛说："陆哥，我是有响螺，可得等你陆大厨来做啊！怎么成了你就空手来吃了？"

"行啊。"陆辛没理会一脸委屈的柜子，卷了一下毛衣的袖子，对沈小甜说，"我给你做烤响螺吧，这也是个功夫菜，全靠耳朵做。"

"耳朵？"

柜子去拿了响螺过来。这响螺一端看着就是个大海螺，另一边却是细长的，足足有四五斤重，外壳上整体看着圆润，花纹细密，还透着一点儿厚重的紫色。

"汕尾上岸的深海响螺，绝对的本港货，昨天下午上岸，今天早上到我这儿。"柜子用手指敲了一下螺壳，跟沈小甜显摆了起来。

沈小甜大概听懂了这个是福建那边的好东西。

陆辛补充说："这个是响螺里的文螺，肉多，确实适合烤着吃。咱们黄渤海也有类似的品种，不过更适合白灼或者烤着吃肉，也基本长不到这么大。广东、福建人特别喜欢它，炖汤也用它，这种大的近海的都基本吃没了，全靠远海拖网船找货。"

听陆辛说得专业，柜子也来了精神，跟陆辛说："陆哥，你就在这儿做呗！我让帮厨把东西搬出来，也省得让人偷师。"

"不用麻烦，怎么了，你还觉得你那些厨子看了一遍就能学会？跟我在这儿装正经人呢？"

柜子嘿嘿笑了两声。可他到底还是让帮厨送了东西进包厢，一个小小的陶土炭炉，还有一坛子好酒，余下的就是火腿、川椒、肥肉、生姜、青葱、酱油，还送了半锅高汤进来。

陆辛闻了一下，叹了口气说："你们家这个大厨啊，就老老实实做他的海鲜吧，火候明明用得挺好，也不知道这个高汤是用猪骨头炖的还是他的骨头炖的。"

高汤弃之不用，陆辛想了想，去厨房了一趟，过了几分钟，带了一锅汤回来："用柜子家盐焗鸡的骨头炖的，将就一下吧。"

他当然是跟沈小甜说将就。

沈小甜深吸一口气，对他说："我觉得你煮的这个汤好香啊！"

窦小花在地上"咪"了一声，四只爪子朝天，圆圆的大眼睛看着柜子。因为柜子"咝"了一声，还用手捂着半张脸。

"小甜老师，你们这不是要做烤响螺，你们是要拿糖把我给甜死呀。"

陆辛才不管他在那儿耍宝，用各种料调出了一份汁水，先放在一边，又去洗那个响螺。他洗响螺的时候也挺好玩儿，一根尖筷子往响螺头探出来的地方一刺，一股看着有些浓稠的水儿一下子就喷了出来。

窦小花就地滚了起来，窦英雄也忘了舔自己的小猫脚，看向喷水的地方，脚还支棱着呢。

陆辛对沈小甜说："洗响螺最重要就是这一下，喷出来的都是黏液，还腥。"

用清水洗完了还不算，陆辛又往响螺里灌了酒，一次，两次，然后又灌了调汁下去，把响螺放在小炭炉子上烤着。

看着汁水没过螺肉，柜子吞了下口水，说："我可不能在这儿干等着，万一一会儿抢着喝汤就麻烦了，陆哥你们坐啊，我先出去看看。"

他人走了，留下两只猫。

沈小甜用鞋子尖儿逗弄着窭小花，听陆辛说："我之前不是要去西安吗，因为有个老师傅想介绍一单生意给我……就是他教我做这个烤响螺的。那个老师傅姓龚，一个在广东待了几十年回了老家的北方人。我第一次遇上他的时候也就二十出头，他特别怕我只会东学西蹭的，没有一门能拿得出手的手艺，几乎是手把手地教我。我这点儿本事，有三分是到处蹭着学的，有一分是在魏师傅那儿打了底，有两分是在江浙系统学了本帮菜和淮扬菜，有两分是在老元那儿靠鲁菜成了型，还有就是龚师傅帮我磨出来属于潮汕菜的两分。不然我怎么没怎么去过广东，却知道那么多呢。"

陆辛的一只手拿着一个铁夹子，略略调整了一下响螺烘烤的角度，另一只手握着沈小甜的手。

"龚师傅的左手不太好，是中年的时候伤了，他总是说，他要是没伤了手，也不至于灰溜溜地从广东回来。"他说话的时候表情有些沉，"他跟我说，他身体不太好了，希望我能替他去参加这次的比赛，拿个奖回来，也算是为他争口气。"

看向沈小甜，陆辛笑了一下，是苦笑："小甜儿老师你知道吗，这次的比赛名单里，有鹤来楼，还有龚师傅的老东家……他说是让我替他争口气，其实他是知道我心里也有心结。"

"那挺好的呀。"沈小甜笑着拍拍他的手背，"有仇报仇，有冤申冤。"

"听你的语气，你是觉得我赢定了呀？"

"那是。"沈小甜笑着说，"你是我家的野厨子，你肯定赢呀。"

这话大概真的安慰到了陆辛，他脸上的神色好看了很多，然后他说："可龚师傅给我这个名额，本来应该是他儿子的。"

陆辛一直都知道，龚师傅辛苦了大半辈子，最大的愿望就是自己的儿子能有出息。

"可龚师傅的儿子看不上龚师傅的手艺，他学的不是龚师傅的潮汕菜，而是新派川菜，也不肯在龚师傅的饭馆里干活儿，弄了个什么网红店，在西安名

445

气还挺大。龚师傅本来要到这个机会是给他儿子出头的，但是不知道为什么就一定要给我。我是怕他们父子俩再生了仇出来。"

这也是让野厨子很纠结的点。

在这个时候，他的小甜老师真是比他还要爽快多了。沈小甜笑了一声说："没办法啊，我家野厨子就是有这么个本事，又有才又细心，哪个师傅拿到手里都比亲儿子还亲呢。你要是担心啊，你就打电话问问。"

沈小甜知道陆辛在纠结什么，魏师傅那一家的事儿，其实还是让他的心里不舒服了。

"行。"

陆辛又给烤响螺调整了一下位置，里面的汤汁沸腾着，鲜香的味道透壳而出，还有一种被炙烤的香气。

"喂，龚师傅，我是陆辛……"看着沈小甜，他笑着说，"您这突然让我去比赛，我啥也没准备，就想问问这是咋了呀？"

两分钟后，陆辛脸上带着笑容挂了电话。

"他儿子最近在弄什么西安市餐饮地标的评比，对这个比赛不感兴趣。"陆辛的语气真的是比刚才轻松了很多。

沈小甜笑眯眯地说："你看，这不就是没事儿吗！人家想着你是因为你好！"女孩儿站起来，抱住了自家课代表的脑袋，"陆辛，这个世界上任何的好，你得到都是值得的，你明白吗？真的，你不用去担心那么多。你是能自己在水里剧烈反应的钠，别人只有随着你变化的份儿。"

她的拥抱馨香柔软，陆辛深吸了一口气，说："小甜儿老师，你说错了，你对我的好，那是我八辈子不吃肉求来的。"

"啊？八辈子啊？"沈小甜揉了揉陆辛的头发，"那你可太亏了，这辈子得多吃点儿好的，补回来。"

房间的门动了一下，是柜子把门打开了，他探头看了一眼，踩进来的一脚停在了半空中："怎么回事儿？那……我……我把猫也带出去？省得打扰了你

446

们？"

沈小甜松开了陆辛，听见野厨子笑了一声说："行了窦桂花，就别耍宝了，赶紧进来。"

当场被点破了真名，昵称叫"柜子"的窦桂花呆了一下，哼哼唧唧地说："陆哥你怎么一下就叫我这名儿了呀，不是说好了就叫柜子吗？"

看着沈小甜明显在憋笑的样子，柜子的嘴都瘪了："小甜老师，你想笑就笑吧，我那老爸从来都迷信，我小时候人家说我八字太硬了，得当个女孩儿养，他就给我取名叫窦桂花，还给我写户口本上了。哎呀，陆哥！陆哥今天这烤响螺我得吃一半儿，小甜老师这想笑的样子太伤我了！真的太伤我了！"

陆辛可不理他，正襟危坐，继续烤他的响螺。

另一边儿，柜子张罗着让人上了几个菜先开胃，什么葱拌八带、铁锅杂鱼贴玉米饼子、海葵烧白菜，还有一盘二十多个饺子，是新鲜黄花鱼馅儿的。

"这个八带就是刚刚那只。"柜子手指着盘子，一副大仇得报的样子。

八爪鱼是章鱼的别名，在渤海和黄海一带，很多人就干脆叫它八带。窦英雄今天差点儿让个八带给收拾了，窦桂花就反过来把这个八带给收拾了。

沈小甜强行让自己忽略掉柜子的本名，一脸认真地听他介绍其他的菜。

铁锅杂鱼其实就是各种小鱼一锅烩了，多半儿是得放点儿酱烧出来的，重口的鲜香味，是沿海渔民很喜欢的一道家常菜，尤其是用铁锅边儿贴出来烙熟了的玉米饼子配着，香味能在人的舌头上留好几天。

这菜沈小甜小时候也吃过，她其实不太爱吃粗粮，可配着里面这个咸鱼汤她就能吃好几个。

看她挺喜欢的，陆辛开始琢磨回去也买个这样的平底铁锅。

海葵是珊瑚的亲戚，好歹也在珊瑚目下面，在海水底下总是跟开了朵花似的，长得那么奇形怪状，在这儿也成了吃的。

"这东西蜇人，洗起来剪开用盐和醋一直搓。"这是陆辛说的。

海葵吃起来是脆的，应该说一半是脆的，另一半是细细的小触角，很软，

447

总之是道口感挺丰富的菜。沈小甜还挺喜欢的。

看着柜子在那儿咬牙切齿吃葱拌八带，沈小甜帮陆辛夹了个饺子。新鲜黄花鱼肉包出来的饺子，鲜美滋味是没吃过的人想象不到的。这一顿，沈小甜最喜欢这道菜，除了陆辛的烤响螺之外。

"你听见了吗？"吃了三个饺子，陆辛问沈小甜。

"什么？"

"响螺烤好的声音。"

说完，陆辛用夹子夹起响螺，往盘子上一扣，一整个螺肉就完好地被倒了出来。

还真是用耳朵烤的呢！

响螺肉连切都是有讲究的，薄薄的一片放进嘴里，有一股烤出来的焦香味，极致的脆爽在舌尖化开，是的，化开……

三个人正在享用美食的时候，窦英雄跳上了餐桌，直奔着螺肉而来，被柜子一把摁了回去。

"英雄啊，咱们报仇是得吃这个八带，别找错了！"一边说着，窦桂花先生还往嘴里塞响螺的肉。

窦英雄的表情变得格外凶残，仿佛在说："这几年的情分你都忘光了吗？！"

估计是忘光了。

所以，猫也生气了。

直到沈小甜和陆辛离开，窦英雄都还拿屁股对着窦桂花。

第十一章

属于他的三次盐

shu yu ta de san ci yan

1

陆辛决定要去参加美食大赛，整个人就立刻变得比之前还忙碌。

沈小甜也忙，因为陆辛不停地试做各种菜，给了她太多机会去拍各种美食的视频。

这让看她视频的网友们越发"痛苦"，同时又有不同的声音传了出来，一方面是陆辛的手艺真的很好，做的菜又样样都特别，看着就勾人食欲，另一方面是随着菜色不那么"家常"，又没有什么"小吃"，就有人质疑小甜老师是不是收钱开始要给什么美食博主、厨艺达人引流了。

面对这些声音，沈小甜毫不避讳地回答说："这是我男朋友的做菜练习，他最近要为一个活动准备，正好给了我很多素材，也正好天冷了。"

最后这句话真是扎心啊，天冷了，连美食博主都不愿意出门去找素材了。

不过网友们的重点都放在了这句话的前半部分。

两个小时后，"小甜老师官宣"冲上了热搜。

什么小甜老师不发小吃了，什么天冷了……这些有狗粮重要吗？有小甜老师直接承认那个厨子是自己的男朋友重要吗？！

之前小甜老师拍广告的时候，就有人觉得这俩人的气氛太亲昵了，怎么看都是一对儿，只不过小甜老师没有直接说，大家吃糖归吃糖，也是"道路以目""心照不宣"地吃糖，现在公开了，很多人都掩藏不住自己"CP粉"的身份了。

"我早就觉得小甜老师和厨子是一对儿！别看厨子只出了一双手，我也觉得那双手和小甜老师是绝配！"

"小甜老师真甜啊啊啊啊！就这么自然而然地承认了！！！"

"我也想要一个厨艺好到能参加厨艺大赛的男朋友，呜呜呜……我错了，我们化学老师比小甜老师好多了，我们化学老师虽然不甜，可她也不给我们塞狗粮！"

……

在众多网友的评论中，掺杂着无数的尖叫声，其中自然包括付晓华的。她尖叫，她快乐，她能抱着自己的手机绕着她们公司大楼跑八圈，告诉全世界"我嗑的CP是真的"！

在这些善意的祝福和调侃中，也同样存在异样的声音，有人整理了小甜老师视频中陆辛的手出现的时间线。

"小甜老师的第一个视频里就出现了这个男人，你们跟我说小甜老师当初失业又失恋？失恋了还这么快就找到新欢了？"

"男的劈腿，估计女的也不清白。"

……

如此种种，混合在网络语言的洪流中，十分刺眼。

沈小甜看见了，可她没管，照例和从前一样回答完了一些化学方面的问题就下线了。

老冯的厨房里，陆辛在研究一条鱼。

"挑个酒，点燃一烧，酒味也进去了，菜看着还热闹，我可查过了，这两年好几个地方的什么厨王比赛都用了这一招。"

陆辛点点头，说："就跟前几年冷菜都上一遭干冰是一个道理。我懂，可我不想这么做呀。倒上酒一烧，那最早是广东人做鹅的法子，锅边儿淋一圈酒，去腥增香，后来有了锡纸，咱们又学了外国人的洋把戏，菜做了九分熟，上桌一点火，靠那一下最后入味……都是这么一回事。"

站在案板前和一条鱼死磕的陆辛，看着和平时都不一样，眼神里带着某种说一不二的霸气。

沈小甜在旁边看着，脸上全是笑。

"再说了，你也说这两年比赛拿奖的都用这一招儿，你以为那些比赛专业户不知道？"

陆辛跟沈小甜解释过，有很多厨子主要是靠参加各种比赛拿奖，顺便带动自己所在餐厅的名气，可日常并不会一直待在烟熏火燎的厨房里，而是各种"合影""握手"，只要把他们拿奖的菜色交给下面的厨子就够了。当然，他们对美食的研究也主要放在了研发新菜上，这些厨子甚至可以在好几家饭店里挂名，几乎可以说是各家"共享荣誉"了。

陆辛管这种人叫比赛专业户，光听语气就知道他不喜欢这些人。

认真说起来，他们也并不是这几年才在厨艺圈里新兴的物种，早些年各种美食比赛熠熠生辉的时候，就有很多人以刷奖为生，不过随着内地餐饮的集团化模式越来越清晰，这些刷奖的人靠着挂靠多家公司，除了名头之外也赚了钱。

沈小甜能理解他的不喜欢，他见过了太多沉默于灶间，踏踏实实靠着自己手艺坚守自己招牌的人，他从这些人的身上汲取养分获得成长，也看见了他们的快乐和痛苦，自然排斥另外的方式。

"我觉得他们看见你也挺讨厌的。"坐在椅子上，沈小甜对陆辛说，"你看，他们的套路也都被你摸透了，可你又不是啥专业户，就是个野厨子，每天到处去吃好吃的，到处交朋友听故事，他们想干吗你还是一清二楚，这多气人啊！"

陆辛转身看沈小甜，看到她的眼睛里亮亮的，什么霸气都散了，只剩略有些无奈的笑容："小甜儿老师，你再这么夸我，我做饭都不用放糖了。"

沈小甜笑得越发甜了："我是在夸你吗？我不是在说实话吗？"

"嘶——"老冯的帮厨里有人发出了牙倒了的声音。

忙着研究菜色，陆辛也没忘了要让自己的女朋友吃上好吃的，正好老冯这儿有新到的短裙竹荪，就给沈小甜做了个竹荪虾滑汤。

所谓的短裙竹荪就是网状的菌丝，比一般的竹荪要短，除此之外它的柄也短且厚，吃起来的口感比一般的竹荪更脆。虾滑是新鲜打出来的虾泥里面拌上切成粒的虾肉做的，被注入到了竹荪里面，使得整体的口感变得外脆内软，更多了几分充实。

此外，陆辛用的这个汤也不一般，毛豆、笋、玉米、胡萝卜、白萝卜、泡发的香菇、洋葱……这些大部分都是沈小甜核定过，在长期熬煮之后会让汤底拥有大量谷氨酸盐和核糖核苷酸的材料。陆辛搭配了很多遍，才调出了这么一个素汤底。

这也是他这些天来的收获之一了。

用这个素汤底加上竹荪、虾滑两种材料本身的鲜美，几乎可以说是激活了人嘴里的每一点味蕾，沈小甜光靠这道菜就能吃上一整碗的米饭了。

陆辛当然不会只给自己的女朋友做一道下饭菜，另一道菜是肉菜，葱爆羊肉。

这道菜沈小甜当然也挺喜欢的，当然，这是建立在这道素汤竹荪虾滑被彻底吃光喝光的基础之上。

"极致的鲜美。"沈小甜对陆辛说，"这几乎可以说是一种化学成分的刻意堆叠了。"

陆辛点点头说："我想试试再加点儿东西，这个味儿确实很好，就是……就是太薄了，压在舌头上没分量，下次我试试大蒜和芹菜。"

沈小甜低头想了想，说："如果你说的这个分量是指芳香物质不够刺激的话，要不要考虑加点儿发酵物或者美拉德反应后的物质，这样的材料芳香物质更丰富。"

这还真是个思路，陆辛想了想，一拍大腿说："这个路子说不定还真行！

东北酸菜和四川酸菜还真的都是味儿很足的东西。不过这俩不行，我得再想想。至于你说的美拉德反应……我试试煎过的豆干？"

"都可以试试呀。"

冯春阁在一边儿听着，他其实是蹭饭来的，看着沈小甜明明是个没啥厨艺的，居然能把事儿正好说到点子上，他真是一愣一愣的："哎呀，我这做了多少年的厨子，到现在就只会傻吃傻喝了，小甜老师你这本事是真厉害了，陆哥遇到了你那真是捡到了个大宝贝儿啊！陆哥，就小甜老师这话，要是你真琢磨出了结果拿了奖，你这奖金肯定得给小甜老师一份啊！你们这叫什么，比翼双飞！"

冯春阁的这张嘴永远是飘着油花儿的。

当然，他蹭饭也不白蹭，沈小甜饭后吃的红豆沙就是他熬的。

吃完了饭，陆辛继续跟那条鲈鱼较劲，他做鱼的手艺自然是没话说，可是越是这样，就越让人感觉到他是在思路上遇到了什么问题。

"你到底想做一个什么鱼呢？"从早上到晚上，沈小甜问陆辛。

"我以前吃过一道鱼……"陆辛站在案板前，两只手抱在一起，长腿略微分开地站着，微微蹙着眉头，帅得可以去拍杂志了，可这种帅，他是表现给鱼的，"那个鱼看着是蒸的，吃起来肉质极为鲜嫩，可肉上还有一层烧烤出来的味道。我当时以为这个做法是先做了简单熏烤后蒸，然后做了一层油泼，但是做这个菜的人告诉我，我猜错了。"

陆辛垂着眼睛，慢慢说："我总是忍不住想起这道菜。"

想要复刻，或者想要弄明白。

冯春阁在一旁听着，忍不住说："陆哥，马上要比赛了，你干吗跟一道旧菜还较上劲了？"

陆辛深吸一口气，说："因为这次的决赛评委就是那个人，既然要比赛，去都去了，我也想做得更好一点儿啊。"

在他身后，沈小甜"哦"了一声。

冯春阁连忙说："小甜老师，这个评委虽然是个女的，可是年纪挺大了，就是那个……"

沈小甜摆摆手，她要说的不是这个。

"你有没有想过，你吃到熏烤味道是因为她的鱼可能是熏鱼和鲜鱼一起蒸的？"看见自己的课代表转过头来看她，小甜老师皱了一下眉头，说，"分子运动的部分，我不是早就讲过吗？"

夜晚，昏黄的路灯把石榴巷照得很长，柿子树的影子被斜光拖进了河里，大概是因为没剩几片叶子，也就不挣扎了。

踩着岸上那点儿影子，陆辛听见自己的脚步声比平时重，不过也没重多少。

"昨天徐奶奶还跟我说，让我把院子也跟她们家一样包起来，这样冬天暖和。"

石榴巷里好几户人家都已经把自家的外墙重修了，有的是改装了个车库出来，大部分是重新砌墙，铝合金框架和石棉瓦做的顶棚把院子直接包成了个客厅。宋大叔家的最有意思，暖和的时候是个敞开的院子，天一冷，几面的墙板一扣就成了个遮风挡雪的小房子。总之，整条巷子里还保留红砖底子铁栏杆的只剩了沈小甜一家，也难怪徐奶奶天天念叨了。

"改也得等天暖和了，这个时候要是动了泥瓦匠的活儿，天一热能裂缝儿。"陆辛说着，看着自己的影子在自己脚下渐渐变短。

"嗯，我知道的。"沈小甜用力抬起头，说，"路灯离我好近啊。"

一根树枝被她伸手拉了一下，枯黄的叶子像是盛夏被惊动的蝴蝶。可它没飞起来，只是由着细白的手指从自己的下面掠过。

听见细碎的沙沙声从脑袋上面传来，陆辛笑了一下："你想装个什么样的院子啊？老冯搞了好几个店了，装修公司的门道摸得门儿清，到时候让他帮忙找个人看看。"

"哎呀，冯师傅可真是只羊啊，让你逮着不停地薅羊毛。"

"就老冯那个性子，你越是用他，他才放心你是把他当自己人，不然心里早不知道翻来覆去琢磨多少回了，他也是真不嫌累。"陆辛说完，哼了一声。

沈小甜问他："是不是我太重了？"

"没有，我是想起来今天做的那个汤，你说我放点儿榨菜怎么样？"

沈小甜很诚实地说："我想不出来。"

听她这么说，陆辛笑了一下："我也想不出来。"

"可我得找着那个东西。"静夜里，男人轻声说，"我还是想赢的。"

"真巧。"沈小甜笑着说，"我也想你赢。"

厨艺大赛定在了元旦开始，先是选拔赛，然后是决赛，因为龚师傅是在西安给陆辛报的名，所以他要参加的选拔赛也在西安，决赛则是在杭州。

沈小甜闻名已久的饕餮楼承担了这次活动的顾问工作，甚至还有饕餮楼主厨担任首席评委。

"沈主厨真是个挺好又挺坏的人。"

陆辛这样评价那位在传说中影响着国内整个厨艺界的女人。

"我说她很好，是因为她厨艺好。真的，我走南闯北见过那么多的老师傅，凡是见过她的，没有不夸她的，就连之前我们去广东见到的徐师傅也一样。据说徐师傅家那个长辈一直是被沈主厨供养着的，沈主厨也没对他客气过，可他之前接受采访，提起沈主厨也是夸的，这么一个人，你想想得多好。可就这么个人，你说她坏，那坏劲儿是真不缺。我第一次见她的时候就是在老元那儿，她从国外回来，在北京下了飞机，回家的时候路过济南，瘦高利落的一个女人坐在角落里，一口气把菜全点了，还说要不同的厨子做，我那时候正好帮厨呢，听见整个后厨都炸了，个个都气着呢。"

风又起了一阵儿，吹着耳朵和后脖子发冷，陆辛下意识缩了一下脖子，突然觉得头顶一暖，有什么东西贴了上来，沈小甜的呼吸就在他的后脑上，是一阵一阵湿润的暖风。

"怎么样，这样不冻脑袋了吧？"

除了脑袋贴上来，还有两只羽绒服的袖子拢在了陆辛的耳朵周围，袖子里面钻出来两只手，温暖柔软的手掌贴在了他的耳朵上。

"耳朵也给你保护起来。"

陆辛把自己要说的话都忘了，只有低低的笑声在喉间。

"是，不冷了，特别特别暖和，小甜儿老师就是冬天里的小火炉子。"

沈小甜没说话，就是手在陆辛的耳朵上转了转。

陆辛双手用力，把她又往上颠了一下，牢牢地背在背上。

路还有一截，他继续讲和沈主厨第一次见面的故事："那时候我虽然听过沈主厨的大名，却没见过真人，就看着老元一个管事的徒弟放下菜刀，说'不行，一个人点这么多菜，还挑着厨子做，合意居没这个规矩'，然后他特有气势地出去了。我就站在那个廊道里看，看他刚走到餐厅，一顿，脚底一滑就又转回来了。"

随着陆辛的话语，沈小甜都能想到当时的画面有多么好笑。

"他就跟被狗撵着似的跑了回来，指着大堂的方向说'沈沈沈……来了'，一下子，整个厨房里的人都忙起来了。她说了要每个人做一道菜，我也被分了一道菜，老元那些徒弟也不为难我，就让我做最简单的海鲜疙瘩汤。那天来吃饭的人还挺多的，所有人就算着时间做菜，尤其是急火快炒的菜，都等着前一个人端着菜出去了才开始做。你也见过老元那儿的徒弟，那么多人，跟皇帝选妃似的，一个接着一个，端着自己的菜出去……"

终于到了沈小甜家门口，沈小甜要下来，陆辛说："你开了门就行，我背你进去。"

路灯让两个人重叠的影子映在了门上，听见了门响，鸡笼里传出了两声低低的"咕咕"声，似乎是扰到了开学的梦。

陆辛一直把沈小甜背进了房间，才终于把她放下。

室内的暖气冲刷着两个人，被冷风吹过的手指和脸颊都有些发麻。

"小甜儿老师，你放心，你这下身体力行地让我知道了得好好复习……下次我要是再忘了，你就干脆让我从老冯家把你背回来算了。"

沈小甜看着陆辛，说："我怎么觉得你一点儿都不累呢？"

陆辛笑了一声，说："就你这轻飘飘的一个，我背着你都怕你飘走了。"

脱了外套，陆辛去倒了杯水喝。冬天烧水麻烦，沈小甜买了一个带即时热水的净水机，还挺方便的。他也给沈小甜倒了一杯水，刚好五十摄氏度，送到手边已经算不上烫嘴了。

沈小甜也在脱她的外套，鹅黄色的羽绒服有个大大的帽子，足够把她连头带脸都罩住，刚刚她就是利用这个大帽子给两个人一块儿挡风的。当然，略长的羽绒服袖子也立功了。

衣服脱了一半，沈小甜又想起来外面的开学鸡："我出去了一天，开学也不知道吃饱了没有。"

陆辛拦着她说："你就不用出去了，一会儿我走的时候顺便给你喂了，外面冷。"

于是，剩下的时间，沈小甜换了家居服坐在沙发上，听陆辛继续给她讲"故事"。

"她极少夸别人厨艺好，国内的国外的，那些厨子做的菜到了她的舌头上，能被称一声好的，几乎后来都会成厨艺界响当当的人物。一样的，哪怕最有名的厨子，被她点出了问题之后，那问题就成了他们很难迈过去的坎儿，很多人就被拦在那儿再也动不了了。所以呀，那一天我是真见识了，老元的几个厨子，平时气性也不小，见了她之后灰溜溜地回来，尝一口自己做的菜，话都说不出来，有一个干脆就哭了。轮到我的时候，我就端着我的海鲜疙瘩汤去了，蛏子肉、鱿鱼须、瑶柱……做菜的时候有个厨子跟我说别留本事，把十二分力气都使出来，可我一个疙瘩汤也没啥力啊。我想了想，就是做汤之前，先把虾壳子炒了虾油，然后添水煮开，再放了干海带丝下去煮，这个汤混着高汤，我做了碗疙瘩汤。"

灯光暖融融的，陆辛的眼里亮亮的。他走过很多地方，见过很多的人和事，却还能把这一次见面的细节都记得如此清楚，可见他心里也一直把这点儿经历当作自己人生中的一段"传奇"。

"她一口就喝出来了。"说着，陆辛笑了，"在遇着沈主厨之前，我一直觉得自己天分高，手艺好，虽然是个野厨子，可我也是能野出花儿来的。遇到了她，我才知道天外有天，人外有人。"

"所以咱们这次比赛一定得赢啊！"沈小甜对陆辛说，"才华横溢的少年变成了一个有能力、有担当的成年人，必须要把自己的本事在曾经指点过自己的人面前展示出来才行！"

陆辛皱了下眉头，看着沈小甜，说："这话是没错，我怎么听着怪怪的？"

"反正我以前没收我那些学生的漫画书，上面都是这个套路。"捧着水杯的沈小甜对着陆辛眨眨眼睛。

第二天一早，他们一起去马爷爷、杨奶奶那儿吃牛肉夹饼。

天冷了，牛肉夹饼的生意更好了，店门口卤牛肉的锅一打开，热气升腾出去十几米远，几乎要成了冬日里温暖又美味的地标。

看见沈小甜和陆辛，两位老人很高兴。

"小甜你拍的那个牛肉夹饼啊，被咱们这儿好多人认出来了，前两天还有人从潍坊跑过来吃我的牛肉夹饼呢！哎呀，我们老两口的店也有了点儿名气了！"马爷爷脸上的笑就没停过，杨奶奶碰了他一下，他还是高高兴兴的样子。

戴着助听器的杨奶奶脸上也是很舒缓的笑，她对沈小甜说："正好别人送了些冬菜来，我给你们留了一坛子，炖汤可好了！"

冬菜，就是被用特殊手法腌制过的白菜，又跟酸菜什么的不一样。

看着那个小坛子，陆辛愣住了。

沈小甜看他的样子，脸上是愉快的笑："谢谢杨奶奶！应该是你们帮了我们大忙才对！"

在北方，冬菜其实就是腌渍发酵的白菜，不过这个白菜都是先晒干的。这边儿的冬菜分成了京冬菜和津冬菜：京冬菜带了个"京"字，其实主要产地是在山东的日照，因为早些年一直进贡给皇帝，所以叫京冬菜；津冬菜就是天津产的了。

打开坛子看一眼，陆辛说："这是静海产的荤冬菜啊。"

他还没忘了跟沈小甜解释一下，说："这个荤跟肉不肉的可没关系，其实就是葱、蒜、韭菜这些气味大的东西。佛道两家所谓的'五荤'各有讲究，倒是挺嫌弃蒜的，我说这个是荤冬菜，就是说这个是加了蒜的冬菜。"

沈小甜默默点头，记下了新的知识点。

坛子里的冬菜是金黄色的，菜叶子上略有点儿绿，根根分明的菜丝上挂着白色的盐霜。

"小陆说得对，我儿媳妇就是天津静海的，这个菜是我亲家做的。我之前和老伴儿商量过了，以后就在这儿养老，也不惦记我儿子他们了，他们这些年轻人反倒懂事了，前几天还专门回来带我去办了护照，说今年过年带我们出国去。"马爷爷说着话，手里的夹饼一个接一个做好了。

杨奶奶的耳朵能听见了，马爷爷说话的嗓门也没小多少，藏着笑的声音跑得比锅里蒸腾出的肉香气还远。小饭馆的玻璃窗上蓄了一层的水汽，仿佛一下被他的声音震落了好几滴。

杨奶奶扭头看自己老伴儿，说："你声音小点儿，人家是来吃饭的，又不是听你说闲话的。"

"哎呀，小陆和小甜都爱听我说，对不对呀？"

沈小甜点头说："对呀对呀，马爷爷的故事一讲起来，夹饼都更香了！"

这话听得马爷爷一下子就更高兴了，要不是沈小甜执意拒绝，他都想捞块带蹄筋儿的肉让她直接带走。

走出两位老人的店，沈小甜转头，一边是老人忙碌的身影，一边是被窗上层层水汽遮挡的食客们，像一幅精彩的年画，长久地镌刻在了小城朴旧的街头，又因为老人过年会跟孩子们一起出国去玩，另有了一重不一样的味道。

回家，两个人是一块儿坐的公交车，陆辛的大手摩挲着那坛子，说："这津冬菜的名儿你可能第一次听，但是在广东肯定吃过，很多潮汕的馆子里都有，

460

汤啊，粥啊，都是用它们来提鲜的。"

沈小甜眨眨眼："潮汕？"

陆辛点头，笑着说："没想到吧，明明是天津人舌头边儿最简单的一点儿腌菜，到了潮汕就被人玩出花样来了。龚师傅就跟我说过，冬菜真是个好东西，冬天顶好的白菜里面藏着顶鲜甜的味儿，潮汕人的舌头能吃出来。"

今天的天气比较冷，车窗关得严实，正午的阳光照进来，沈小甜眯着眼睛看着窗外。

陆辛说："所以啊，只要是好吃的东西，总有能发光的地方，从北到了南，也会遇到珍惜它的厨子。"他对着坛子笑了一下，又笑着看沈小甜。

沈小甜慢慢地说："液体的凝固点随着浓度的升高而降低。"

突如其来的知识点，就像是停车后打开的车门，带来了不一样的空气。沈小甜也看着陆辛，然后笑着说："冬天的白菜为了抗冻，就要提高细胞液浓度，所以本来是不溶于水的纤维素分解成了溶于水又有甜味的单糖，然后这些单糖随着白菜被晒干留在了菜里，经过盐渍和之后的发酵获得更丰富的风味物质，再加上蒜，做好之后，从北方运到南方，从天津运到潮州一带……我说的对吧？"

陆辛点头："小甜儿老师一出手，立刻就是稳稳的。"

沈小甜还是笑，把手放在了陆辛的手背上。今天陆辛是戴了骑摩托车时的手套出来的，笨重的手套上面，白白小小的手像是来自另一个世界的奇妙造物。

陆辛连忙把手从手套里脱出来，反握着沈小甜的手说："还行，不凉。"

"我不是想说这个。"沈小甜笑嘻嘻地看着陆辛，阳光照在她的眼睛里，"我就像是这个冬菜，转了一圈儿，遇到了你这个野厨子。"

"不对。"陆辛的眉头挑了一下，说，"我才是这个天津卫里被人端出来的一坛子冬菜，走南闯北，上车，换车，被人搬来搬去，然后就遇到了咱们的小甜儿老师，品品尝尝，说：'这个味儿不错，我先留着吧。'"

沈小甜的手指头在陆辛的手心里挠了挠，说："你要是冬菜啊，那一定是

461

味道最好的一坛子了！我肯定一下子就抱着藏起来。"

陆辛看着沈小甜的手，垂着眼睑笑了一下："听小甜儿老师的意思，是您慧眼识珠，早早把我给定下了？"

"那是。"沈小甜是笑着的。

陆辛抬眼看了看她说："你怎么知道不是我这坛子冬菜为了你生生长出了两条腿，一路跑到你面前的呢？"

公交车恰好路过了珠桥，当初陆辛以为沈小甜要自杀的地方。两人同时沉默下来，看着冬日的阳光照在还没结冰的粼粼河面上。

"那天我骑着车路过，就想，挺好一个小姑娘，怎么就想不开了呢？"

雨伞和头盔遮着他们各自的脸庞，那时候他们没想过几个月后会这样手拉着手回忆当初吧。

"我在想，以前这个地方是个臭河沟，没有水，只有苍蝇、玉米地和鸡屎。"沈小甜还记得自己在想什么。

"原来你在想这个呀？"陆辛看了看她，又说，"那我得感谢这沽市发展得这么快，把这个河给修好了，河修好了，你停下了，我看见了，咱俩成了。"

仿佛还押韵呢。

要下车的沈小甜笑容灿烂，陆辛怕她磕绊着，先下车之后一手揽着坛子，一手递给她。

送了沈小甜回家去剪视频，他还得去老冯那儿研究怎么把冬菜加进自己的汤里。

从沈小甜家的院子走出来，他对着自己手里的坛子说："咱俩运气都不错啊。"

"运气"两个字，他说的时候舌头上像是被压了块儿石头。

开学在院子里"咕咕"了两声，陆辛笑了一下，仿佛刚刚的沉重阴郁并不存在。

"嗯，还有你，运气也不错。"他对那只总是趾高气扬的母鸡说。

2

网络上关于小甜老师的种种说法越来越玄乎了，当初戏剧性的"出轨"和"分手"，到后来小甜老师的视频横空出世，一下子都被人扣上了阴谋论的帽子。

沈小甜不着急，米然可急坏了，打电话给沈小甜说："人家明星红了之后都知道谨慎处理自己的感情，你怎么回事儿，网红的饭吃得不香吗？谈了新男朋友就迫不及待拉出来晒，这下好了，被人抓住把柄了！"

米然的语气简直是痛心疾首。

她所说的可不只是自己的意见，虽然沈小甜辞职了，可她的人缘一向好，一开始辞职的时候谁也没说，后来这些老师她也都联系上了。现在他们说起沈小甜，也都是有些恨铁不成钢的样子。

就算没吃过猪肉那也都见过猪跑啊，不知道网红怎么运作自己的招牌，也都见过明星谈恋爱藏着掖着的。这是为啥？是为了少点儿是非啊！

再加上沈小甜找的这个新男朋友还是个厨子，跟姜宏远这个工作体面的名校高才生比起来，那差的也不是一点儿半点儿，不少老师干脆就是对这个厨子有意见，觉得他是把沈小甜给骗到手的。

因为沈小甜一贯的形象，这个说法不仅被老师接受了，学生们之间也是这么传的。沈小甜教过的那个班的班长韩欣悦也给沈小甜发了好多条长长的微信，刚听了二十秒，沈小甜就惊讶了。

"韩欣悦你哪儿来的这么一套爱情理论啊？我以前教你的时候还一直觉得你是个注意力都放在学习上的好孩子，没想到你藏得好深啊。"

可怜的小班长听到小甜老师这么说才惊觉自己竟然在老师面前自爆了，再回过来的语音都变得磕磕绊绊："老师，我没有，我……我就是随便说说，现在电视剧、小说，稍微看看大概都知道得差不多了，真的，老师，我……"

沈小甜拿着手机，站得笔直，就像是拿着教鞭一样："你期中考试考了多少分？全校排名是多少？高三的期中考试都有参考线了吧，你超过了一本参考线多少分？有超过八十分吗？"

"老师，我就是英语没发挥好，现在已经在好好地补听力了。"

"我说过多少次，成绩下滑从来不是单一科目的问题，这说明你的整体学习态度出了偏差，分数是具现的知识掌握能力，而知识从来不会骗你，只有自己欺骗自己。"

这话大概是韩欣悦期中考试发挥不佳之后听到的最严厉的批评，她一下就安静了下来。

过了几秒钟，沈小甜又说："欣悦，明年夏天我想去贵州，我有个大学同学在那儿当老师，你想不想一起去呀？要是你父母不放心，我们可以联系个大旅行社安排行程。"

韩欣悦的父母沈小甜接触过，是很开明友善的，正因为如此，她的性子看着沉稳，其实偶尔会飘而不自知，所以沈小甜在对待这个学生的时候总是略严厉一点儿，这是外公教她的——人的一生中要从不同的人身上汲取不同的营养，而老师，因为他们的职业，就要是这个"人生大餐"里查漏补缺的那一环。

"呜呜呜，老师，我会好好复习的！我要好好复习考上清华，再跟你一起出去玩儿！"韩欣悦哭哭啼啼挂了电话，埋头书山题海，全然忘了自己刚刚是想从小甜老师那里套一点儿她新男友的消息。

打开电脑，沈小甜粗略看了一眼自己的微博评论。

"实验环境准备好了。"她说，"应该加试剂了。"

她打开了电脑里的一个文件夹，里面是一些被扫描录入的文档，还有照片。她把它们拿出来排列好，看着说自己是靠陷害前男友炒作的评论，露出了一个很甜美的微笑，不久之前被陆辛抚摸过的柔软手指快速地敲了起来。

我和我现在这个男朋友见面的第一天，他以为我要自杀，这就是当时已经失去了爱情和工作的我，撑着一把伞，站在河边。今天我们

464

又路过了那里，我也很惊讶，短短的几个月里我竟然能获得现在这样的幸福和快乐。

他用他的宽厚善良和无数美味的食物，教会了我两个人在一起是相知和包容，是携手并进……爱情不是欺骗、妥协和虚与委蛇，不是一定要一个人弯下腰。

不过我和姜先生之间也谈不上爱情，因为从一开始，姜先生接近我就是因为他曾经在十年前从我外公手里借了三万块钱用来完成学业。可笑的是，我们在一起整整七年，我对此一无所知……

一大早，付晓华和往常一样早早到了公司，昨天有个报表上的数据反馈有问题，她那时候都已经下班了，现在改也来得及，十点之前一定能交给对方。

因为这个，她在肚子里羊肉锅贴的帮助下工作得心无旁骛。反正今天是小甜老师不更新的日子，网上也没啥值得她惦记的消息了——现在小甜老师的更新基本是稳定下来了，每周一和每周五，周五的课一般还会布置作业，已经是个会按时上课、批改作业的好老师了呢！身为铁粉的付晓华十分欣慰。

付晓华全神贯注工作了二十分钟，她的同事陆陆续续来了，气氛有些躁动。

"晓华，你看见小甜老师那个微博了吗？她也太惨了，刚上大学就被渣男盯上了。"

"什么？"付晓华蒙头蒙脑，脑子里还是数据，直到她同事把手机屏幕怼到她的眼前。

三分钟后，她在心里骂了一句脏话："这根本就是诈骗啊！至于吗？！"

同事也义愤填膺，说："人家小姑娘当时刚上大学啊，外公去世了，一个人在外地读书，他找上去也不提还钱，怎么想都用心险恶啊！"

小甜老师的微博里展示了借条，上面有姜宏远和他父亲的签名。

……这张借条来自我外公去过的一个镇政府，我外公自己就是做教育的，从业几十年的特级教师，还当过两次校长。他一生资助过的学生不知多少，少的是几顿饭钱，多的就是直接资助到高中甚至大学毕业。在拿到了这张借据之后，我清查了外公留下的遗物，并没有从里面找到这张借条……

小甜老师的长微博下面配图是厚厚的一摞旧纸，足有人的一个指节那么厚，铺展开来，很多字因为年代久远的关系都不怎么清晰了，钢笔写的字带着暗绿色，圆珠笔写的字更是成了油黄色。可"借条""借据"等字眼儿都直接甩到了人们的眼里，带着老旧又不甘彻底消逝的冲击力。

付晓华的眼眶已经红了。

对我外公来说，这可能只是旅行过程中的一场偶遇，他遇到了一个家境困难的好苗子，就理所当然地借出一笔钱供他完成学业，那时候他一定不会想到，区区三万块，他改变了两个人的人生——姜先生的和我的。

对化学有初步了解的人都知道，一个化学元素与不同化学元素发生反应，会得到不同的结果。所以，在遇到我现在的男朋友之后，我就从不会拿他与姜先生进行比较，这让我的生活以极快的速度获得了一种新的状态，这种状态叫幸福。不然，我今天的言辞可能会比现在激烈一百倍。

拿到这些资料是在一个多月前，我平静到连自己都觉得诧异。至此，我感谢夏天的那场闹剧，不然这个真相可能会来得太晚。

这一个多月里，我有两次想起姜先生。一次是我整理外公的遗物，我外公如果知道后面发生的事情，他应该不会再借这笔钱了，不是因为我，而是他绝不会想要看到一个前途远大的年轻人为了区区一笔债务堕落到这个地步。另一次想起姜先生是今天，产自天津的冬菜在遥

466

远的潮汕地区被人们当成调味的好东西，过去几年，我自以为和姜先生"正常"的情侣关系，可能就是一场从秋末到严冬的"发酵"。熬过来了，我终于遇到了真正珍爱我、尊重我的那个人。

感谢姜先生在过去几年里，以不堪开始，以闹剧结束的陪伴。

这条微博不仅被标注了热门事件，在热搜上闹得沸沸扬扬，还被诸多的营销号转发，连评论都多达上万。

"太可怕了，这么多年都一个字没说啊！三万块钱，至于吗？"

"渣男去死！"

"我记得那个男的好像收入也不少啊，区区三万块，他给那个白富美买包都不止花这个钱吧？"

"十年前的三万块，利息都不少了！这个人也太过分了！"

"心疼我们家小甜老师，呜呜呜，幸好小甜老师遇到了现在的男朋友。"

"大早上的逼我口吐芬芳！三万块钱是给你全家买坟地吗？渣男给我滚出来受死！"

曾经跟沈小甜互动过的博主们也纷纷留言转发，白纸黑字的借据在那儿，是被辜负的老人，是被欺骗的女孩儿。

付晓华也一腔愤怒，她实在想不到为什么一个人可以无耻卑鄙到这个地步。

用手机噼里啪啦敲了一通，她的同事把手机抢了回来说："要骂人你拿自己的账号骂，这是我的手机！"这都气忘了！

网络上涛声滚滚，而发了微博的沈小甜在拿着手机拍徐奶奶摘榛蘑。

家里要是有个亲戚在东北林场周围，每到冬天总少不了被送一些晒干的木耳、蘑菇之类的，徐奶奶的弟弟就一直在那儿工作，每年他寄来的东西，徐奶奶都会摘摘干净，泡泡洗洗用来炖个鸡。榛蘑炖鸡的味道很香的，尤其是里面的榛蘑，带着菌菇特有的香气，一整根小蘑菇都很好吃。

和徐奶奶在一起，除了能录视频，沈小甜还能听她讲些街坊邻居的故事，在居委会常来常往的徐奶奶肚子里可真藏了不少事儿呢。

"正好你出门的那几天，后面小区里老何家里闹起来了，你还记得老何吧？你小时候，他是咱们这一片的电工，早就退休了，他儿子之前给物流公司跑运输，结果偷货，让物流公司开了，要不是老何钱赔得痛快，说不定得去监狱里待一阵儿呢。工作不称心，他就天天和他媳妇小赵吵架，还动上手了，连孩子都打……打人这事儿啊，真的是有瘾的，你看小哲他爸长得不像个好人，可从来不对孩子动手，我和我家老伴儿也没打过他。老何就不行了，他以前逼着他儿子跪在小区门口让他打，这几十年过去了，他儿子也学会这一套了。"

徐奶奶叹了口气，把挂在榛蘑上的一根松针薅下来扔到了垃圾桶里："老何是打儿子，他儿子是老婆孩子一块儿打……我本来是在居委会那儿给核桃去皮呢，听说这事儿就和你陈阿姨一块儿去了，哎呀，小何一脚把他媳妇踹下了半截楼梯，可把我吓着了。"

沈小甜举着手机轻声问："那后来呢？"

"后来？我和你陈阿姨那都是干部，都得干事儿的，直接报警，我俩都是人证。现在小何他媳妇是闹着离婚呢，老何也同意了，就是想留孩子，人家孩子也不愿意啊，后背、前肋骨下头，全是让自己亲爸爸打的，谁还想再受一次啊。"

说完了老何家，徐奶奶又说起了小乔姐，因为小乔姐的前夫也是跑大车的，徐奶奶就串着一块儿说了。小乔姐当年离婚之后一个人带着孩子，那个男人也回来找过好几次，大半是为了小乔姐家的孩子，另外估计也是生活不太如意，小乔姐这里怎么说也有个店，虽然小点儿，可是旱涝保收，他大概也是惦记上了。

"这么多年，我最喜欢小乔这一点，说不回头就不回头。她最近不是卖那种外面夹一层饼的炸串儿吗，我家小哲也爱吃，跟我说他同学有一下课就去买了吃了再擦嘴回家的。估计是知道小乔那儿生意好，那个男的这又找回来了……男人呐，没到手的时候是个宝，到了手就是草……"说话说到一半，徐奶奶顿了一下，差点儿把榛蘑当脏叶子扔出去。

"不过我看陆辛对你是真心，他刚来这儿的时候，可不是现在这个样子，

468

挺瘦高的一个小伙儿，浑身带着刺儿呢，就是做饭的手艺真好。他那时候跟隔壁你李阿姨家的那儿子差点儿打起来，你姥爷拄着根拐棍儿，带着他去跟人道歉，还让陆辛炖了一锅猪蹄，哎哟，一开盖，我都想放你张哥出去跟他打一架了，也能混碗猪蹄吃，是不是？”说起陆辛，徐奶奶脸上的笑就没停过。

她抬眼看看沈小甜，年轻的女孩儿脸上也是笑着的。

笑着才对，笑着才好。

“陆辛看着这样，也真是个好小伙。那几年有传言说市政府要搬到珠桥东边来，石榴巷这条街就被人看上了，那家公司本来就是混混起家的，光想占便宜，憋着劲儿在这儿使坏，光是下水道就给掘坏了两回。陆辛就整宿坐在你家那个门口，眼睛瞪得老大，别说坏人了，那一阵儿真是连野狗都给吓得一只不剩了。”

“噗。”沈小甜真没想到徐奶奶居然会这么生动地讲故事。

榛蘑摘好了，放在热水里泡发，徐奶奶开始收拾鸡。两年生的跑地小公鸡，最大的特点就是肥油多，徐奶奶用剪子把它们都剪了下来。

沈小甜要帮忙，被她拒绝了。

“陆辛说这个鸡油做菜好吃，我试了试，还真是，弄个虾肉丸子、猪肉丸子……放一点儿鸡油可真香。”再说回陆辛，徐奶奶说，“田校长说这个孩子有骨头，怎么说的，为人侠义……有一天晚上对门儿你卢奶奶家孙子病了，那时候家里就他们俩人，真的没办法，你卢奶奶在院子里吆喝了一声，陆辛也忙着去帮忙，一忙就忙了一晚上。他对你姥爷那心也是真好，光我知道的，他两次都是半夜背着你姥爷去医院。一直也不知道你姥爷那是什么病，人瘦得呀，就脸上还有点儿肉。”

屏幕里，一块儿鸡肉上沾着的碎血块儿成了一道红影，是沈小甜举着手机的手晃了一下。

“小甜啊，小哲在家天天看你那个讲课的视频，学了东西就跑来跟我嘀嘀咕咕的，你说我这鸡煮得怎么样啊？”

徐奶奶这么问了，沈小甜就看着锅里小火沸腾的汤水说：“您现在是想把鸡肉里的油往外煮一煮？"

老太太笑着点头，拿起勺子净了净汤表面的油："我年轻的时候我妈教我做饭，就说这个鸡，想吃肉得中火烧，想喝汤就是小火炖，这也是科学知识吧？"

当然是了，汤水里面的物质成分复杂，有离子化合物，比如味精、盐，有蛋白质这种大分子，说不定还有小分子固体有机物，比如有些人炖汤放的胡椒粉，还有油脂这种小分子液体有机物。从不同的物质成分看，可以把汤看成溶液、胶体、悬浊液或者乳浊液。

站在鸡油和水的角度，汤就是个乳浊液，静置状态下能让乳浊液产生分层，这正是徐奶奶在做的。这是从生活中被一代代人总结出的科学，可能不在书册，却不会断掉。

沈小甜一直面带微笑，小小的厨房里，鸡与榛蘑的香融合在一起。没人知道她脑海里在想着什么，无数的念头就像汤锅里滚沸的那一点儿，不歇止。

中午，沈小甜从徐奶奶家出来，手里端了一小盆的榛蘑炖鸡。

有放学的孩子骑着自行车飞驰在巷子里，看见了她连忙减速，打招呼说："小甜老师！"

沈小甜抬起头，想笑一下做回应，脸上的肌肉动了一下，也只是动了一下。

她没笑出来。

电话在这个时候响起，屏幕上是个陌生的号码，沈小甜随手点了一个软件，这才把电话接起来，果然，她听到了一个很熟悉的声音。

"沈小甜！你想要什么你直说，到底怎么样才能放过我？"

女孩儿沐浴在冬天中午的阳光里，恍惚了一下才想起来，这个人是姜宏远，她的前男友。

"我不用你做什么。"沈小甜的声音淡淡的，"我只是想告诉所有人这个真相而已，我不像你，能把一件事隐瞒这么多年。"

电话对面，姜宏远的声音是压抑的冷静："沈小甜，我这些年对你不好吗？咱们两个认识的时候是在学生会的联谊晚会上，那时候我是学生会副部长，你是个大一新生，我哪儿知道你是田老师的外孙女？再说了，你让我怎么说，你让我怎么跟你说我借过你外公的钱？"

"用嘴说就行啊。你确定了我身份的那一天可以告诉我吧？可你没有，你在开始追我的时候一定已经确定了，可你还是没有告诉我。那之后的好几年，你就再也没告诉我。行了，不用再说了，就像你出轨一样，你的回答都是'我不知道该怎么说'，所以你无数次地欺骗隐瞒，仿佛做错事的是别人。"

姜宏远说："我真的说不了，我……我知道我该还你钱，但是你知道吗小甜，你吃的穿的用的一看就都比我好，我那时候是真的喜欢你，如果我再跟你说了我还欠着你家的钱，我……我还怎么有资格追你？"

这话真可笑。沈小甜勾了一下唇角，依然没有笑出来。她心里压着的事情比这个狗皮倒灶的前男友重要多了，那沉甸甸的一直坠着她，让她笑不出来。

"你喜欢我，所以劈腿，你借我外公的钱，所以压力大，原来都是我们一家人的错。我知道了，那怎么我们分手了你也没还我钱呢？掐指一算，觉得自己几年青春也挺值钱的，那三万刚好抵了？所以我外公花了三万给我找了几年的男伴游？"

沈小甜的语气几乎与这座北方小城里的北风有着同样的温度，一下子就吹到了那个温暖还像夏天的南方城市。姜宏远似乎是被冻住了："我不是这个意思，你怎么就不懂呢？我当初那是为了……"

沈小甜说："行了，不用说了，微博我是不会删的，你要是再找我，我就把我的微博连着你的借据一起打印出来，贴在你老家的家门口。你骚扰我一次我贴一次，要是你觉得贴还不够，我就在你们当地的电视上打广告。"

电话那头，姜宏远猛地大吼了一声："你别闹了！你怎么变成这个样子了？你怎么能想出这么恶毒的办法？"

沈小甜的语气依然淡淡的，像是冰凉凉的水一下就流进了别人的肠子里，她说："如果说真话是恶毒，那说明真正丑恶的是真相和做出这些事的人。对了，记得还钱。"

挂掉电话，沈小甜看着屏幕上的录音软件，依然没有笑容。她本来应该高兴的，她报复了这个辜负了外公也辜负了自己的男人，可她现在一点儿也不高兴。因为这个人不值得，因为她现在想的事情实在是重要太多了。

回过神来的时候，她已经站在了家门口，手里还端着徐奶奶做的榛蘑炖鸡。转头看看走过的路，她的脑海里还是那句"人瘦得呀，就脸上还有点儿肉"……

"你在这儿被陆辛背出去的吗？一个人，生着病，在这里？"喃喃自语着，沈小甜掏钥匙低头开门，眼泪砸在了门前的水泥地上。

3

"这汤的味道可真是绝了，有点儿甜味，看着还跟清水似的，鲜得要命。哎呀，要是拿这个素汤做锅底，不用涮肉，煮白菜我都能吃三锅。真的，陆哥你这汤真的，跟你一比，我做菜这么多年是白做了，脑子大概是刚出生的时候被人用猪脑子给换了。"

冯春阁对陆辛新炖出来的素汤底真是赞不绝口，说着话，汤勺又往锅里伸了过去，还跟他家另一个厨子伸出去的勺子打了个架。

"这个汤底确实不错，可我之前想用它来做个素的开水白菜，现在又觉得做开水白菜有些可惜了。"

冯春阁又喝了一口汤，咂咂嘴，脸上写满了回味："你是想用这个汤作为自研菜？"

"嗯……这次比赛的决赛题目是健康饮食的方向，所以我才倒腾这个素高汤。"

冯春阁点点头说："我想也是，指定的题目都是现场出题，陆哥你也不用这么倒腾。"

瘦高的男人摘了围裙，从灶前退开，一群人立刻围上去喝汤，一边喝还一边开起了讨论会。

"陆哥，你中午不在这儿一块儿吃？"一个厨子看着陆辛拎起了装着汤的保温桶，如此问道。

冯春阁在他的后脑勺上敲了一下，说："陆哥这个汤好不容易有了眉目，当然得让小甜老师尝尝了。"

"我用这个汤给她煮面条吃。"陆辛说完就推开门走了。

站在厨房里，冯春阁叹了一口气说："不知道怎么回事儿，我还真有点儿酸。"

"我也酸！"

"谁放醋了？"

"我嘴里一股子柠檬味儿，不行，我得多喝点儿汤漱漱口。"

冯春阁一回头，看见一帮厨子们比着赛似的在锅里抢汤喝，连忙说："你们这些小兔崽子给我留点儿！"说罢也挤入了抢汤的人堆里。

冬天骑摩托车就冷了，可陆辛喜欢，尤其是女朋友给他买了护膝之后，他就更喜欢了。

到了沈小甜家门口，看见院子门开着，陆辛先走进去看了一眼开学蹲在笼子里没跑，才又看到了在一楼书房里的沈小甜。

沈小甜没看见他，也没耽误他对着自家小甜老师的后脑勺挥挥手。

摩托车停好，关上院门，看见房子的门也没关，陆辛皱起了眉头。

茶几上，一个包着小汤盆的塑料袋被放在了那儿，陆辛摘了手套摸了一下，已经温了，他把保温桶放在了小汤盆的旁边："是不是又忙着剪视频没吃饭啊？不是说好了以后再忙都得先把肚子顾好吗？"

摘了护膝，和头盔一起放在鞋柜上，再换掉鞋子，陆辛走进书房。书房里一大堆的各式文件都被翻了出来，沈小甜正在一样一样地翻检。

"怎么了？"陆辛走过来半蹲下，看着沈小甜低垂的脸，"是想找什么东西？我帮你。"

沈小甜的手停住了："好，你帮我找。"

说完，房间里就彻底安静下来。

陆辛看着她的脸，说："你想找什么呀？"

沈小甜的目光移到了他的脸庞上，陆辛看见她的眼睛里是藏着水的。

"我想找……"沈小甜的嗓子哽了一下，才接着说，"我想找我外公的病历。"

刹那间，陆辛僵住了。

"我不知道是什么病历，你一定知道吧？你送他去医院那么多次，你一定知道。"女孩儿的眼睛里，眼泪再次流了出来，"你告诉我吧，我外公到底是得了什么病？他是什么时候得病的？他到底是怎么去世的？我……"嘴唇难以遏制地颤抖着，带着整个身体都开始颤抖了起来，"我想知道，我想知道，你告诉我吧！"

瞒不住了。

陆辛只有这一个念头。

他缓缓站起身，伸出手想去抱住沈小甜，可手臂抬起来又停住了。

"病历你不用找了，找不到的，都被我烧了。"老旧的书房里，阳光与时光一并斑驳，陆辛说，"他是得了癌症，胰腺癌，发现的时候已经是晚期了。"

"什么时候发现的？"

陆辛看着沈小甜，脸上没有笑容的小甜老师真的像是个被抛弃的孩子。可是这个孩子经历过什么呢？

"我答应过老爷子，这事儿我谁都不说，可我觉得，你问了，我不说，怕是又得伤了你，可我说了，也怕伤了你。"

沈小甜的手指抓紧了身后的老书桌。

她听见陆辛说："大概就是，当初要送你走的前几天吧。"

汤水是浅淡得像是不那么清澈的白开水，却很香，白白细细的面条从锅里捞出来，放在了汤里，上面还卧着一个鸡蛋，除了盐之外，也没放其他的东西。

端着面碗走到餐桌旁，见桌上还摆着重新热过的榛蘑炖鸡，陆辛看了一眼书房的门，那门里还是安安静静的。

陆辛放下碗,木筷子随着他的动作从碗上滑了下来,落在了桌子上。"啪嗒",一点儿汤水也歪了出来,几滴洒在桌上,很快就失去了热度。陆辛用手指蘸了一下,放在嘴里,舌尖是鲜甜清爽的味道,亦清,亦甜。

沈小甜和她外公一样,真正遭受难过的时候都会想一个人待着。

这样想着,陆辛又笑了一下。他们两个人的相似之处又何止这一点?

"你见过老爷子生气吗?"站在书房门口,他问沈小甜。

沈小甜坐在椅子上,斜对着书柜,像是在盯着什么出神,慢慢地说:"见过。"

田亦清老爷子当然不会对她发脾气,他经常觉得沈小甜太乖了,别的孩子上小学的时候都是为了不做作业无所不用其极,沈小甜不一样,她是真的喜欢学,无论是作业还是考试都不用人操心的。

有时候看着窗外那些拎着小书包呼啸而过不肯回家的孩子,老人会问:"小甜,你怎么也不爱出去玩呢?"

女孩儿会说:"我现在应该先做作业,今天老师讲的东西我要看看是不是都记住了。"

这时候,老人就会站在楼梯上唉声叹气地说:"唉,什么时候你也让姥爷我过一把瘾呢?把你从大街上揪回来,跟你说晚上没肉吃了。"

沈小甜觉得自己的外公太幼稚了。

老人真正生气,一次是因为有个家长打了他的学生,孩子的脸上顶着淤青去上学了,被他看见了,他晚上放学的时候就把孩子领回了自己家。沈小甜放学回来,在院子门口就听见了自己外公的怒斥声。

"你们夫妻之间有问题关孩子什么事儿?你们生孩子是为了打孩子撒气的吗?马路上那么多人,你们怎么不说自己一生气就去打呢?他是你们的孩子,打不还手骂不还口,你们这是把他当孩子吗?!"

不止沈小甜被吓了一跳,连隔壁宋大叔都被吓到了。

哦,那时候的宋大叔也才二十多岁,还是被沈小甜叫小宋叔叔的。

回忆从眼前散去,沈小甜对陆辛说:"我记得我外公生气的时候,是会叉腰的。"

陆辛说："嗯，是，不光会叉腰，还凶。"

小甜老师不也这样吗？

沈小甜抬起头，看着陆辛。

男人说："我以前以为老爷子不会生气，之前我们在火车上遇着有人偷东西，他去拦着，被那小偷给推了个跟头都不生气。结果……就在这个屋里，他冲我发了场大火。"

自家小甜老师的眼睛里有了点儿神采，陆辛的嘴角多了一点儿笑。

"那是我刚跟老爷子来沽市一个月的时候吧，听说这儿的市政府要往东边儿来，嘿，这边的地都贵了。就有个开发商想倒腾一下这石榴巷，晚上总有些不三不四的人在附近转悠。"

这件事徐奶奶也说过，可在不同的人嘴里，是完全不同的味道。在徐奶奶那儿，这是陆辛的"好"，在陆辛的嘴里，这是他年少轻狂被教训的"小故事"。

"碰上这样的人呀，我就是个属猫的，总想一爪子把他们拍了。半夜，我就摸了出去，找了根棍子，瞅着那群人里落单的教训了一通。结果动静闹大了，这事儿就让别人知道了，前前后后好几个小年轻来找我，说想跟我一起干一票大的。把这帮人打服了，一转身，我看见老爷子在我身后站着呢。"想起那一幕，陆辛的眉毛挑了一下，是心有余悸，"那天和今天一样，也是太阳挺好的，老爷子背着手走进书房里坐下，我就站在这儿，就这儿……"

老人是真的瘦，头发也近乎全白。陆辛路上和老人在一个旅馆房间里睡过，到了沽市也一直是在客厅支着个单人床睡的，他常常听见老人因为疼痛而彻夜难眠，也看见了老人在这几个月里越发憔悴的样子。

老人就坐在那儿，背对着陆辛，说："你这英雄当得挺过瘾啊，觉得自己很能耐了是吧？"

几年前的陆辛多皮实啊，头上剃得跟秃了似的，耳朵上还戴着耳钉，一手插在裤兜儿里，他说："还行吧，也就比您一把年纪了还去追小偷差点儿。"

"砰！"老人猛地捶了一下桌子，然后转了过来："我去追小偷，那是光天化日，我受了伤吃了亏，有警察同志帮我伸张！你呢？你这是做什么？你以为你是孟尝君家里养的那些鸡鸣狗盗的游侠儿吗，一个人大半夜出去打几个人？！你要是有个好歹，我这一把老骨头天亮了都未必知道！有个词叫'量力而行'，你知不知道什么意思？！"

身上有病还抓小偷的人教训一个打几个不吃亏的人要量力而行？还带着少年气的年轻人微微低下头，半晌，"哼"了一声。

"不要敷衍我！这种事情以后决不能再做！你才二十岁，陆辛，你现在可以仗着年轻做以暴制暴的事情，等你年纪大了你又怎么办？你现在能凭着一腔义勇恣意妄为，可这法子就是你唯一的倚仗吗？！"

老人站了起来，叉着腰，看年轻人的脸上并没有什么悔改之意，他说："你得爱惜自己，懂吗？"

陆辛觉得自己大概是懂的，他确实不是个爱惜自己的人，可眼前这老爷子也不是啊，不然他俩怎么会认识呢？

"老爷子骂我不知道爱惜自己，我倒觉得我和他是芝麻看绿豆，半斤对八两。"陆辛是这样对沈小甜说的。

沈小甜笑了一下，笑容很短暂。

会笑就好，陆辛已经很满意了。

他说："他不怎么爱惜自己，可他爱惜我，更爱惜你。"

田亦清的一生，像是一个最手巧又博爱的园丁，他爱惜花园里的每一棵幼苗、每一朵鲜花，而沈小甜就是他摆放在花园正中的那一盆，他怕她经历风雨，又怕她没有经历风雨，他怕她难过，所以选择一个人对抗着生命的溃败和崩塌，不惜让她恨着自己。

沈小甜又觉得眼前一片模糊，她用指节去擦眼睛，发现那里是干的。她已经哭不出来了。

陆辛对她说："老爷子肯定不希望你饭也不吃，就在这儿难过，走吧，咱们先去吃饭。"

沈小甜看他，轻笑了一下，说："你这也是在爱惜我。"

"是呀，我的小甜儿老师。"陆辛走过来，拉住了沈小甜的手，"说实话，我知道你肯定难受，可是你得把这道坎儿走过来，对不对？你少吃一顿饭，除了自己饿肚子还有啥？老爷子这人顶有意思，我不是总说我自己是个野厨子吗，有一次他就说我对自己的评价还挺高，因为当年子路护着孔子周游列国，孔子就说过他是'野'，我只能掂量掂量，说孔子周游列国的时候大概都比他胖。"

陆辛的嘴里说着沈小甜的外公，一步一步拉着她，带着她到了餐桌旁："尝尝我做的这个面怎么样。"

实在是简单至极的一碗面，但陆辛用的汤不一般，用的面也不一般。浙江南部有个叫缙云的地方，那里有种传统的面条是一层一层绕在木架上抻出来的，纤细轻薄得跟纱一样，被人叫土索面，陆辛就是煮了这个面。当然，还是从老冯手里薅来的羊毛。

汤的鲜、甜、香都被面条的爽滑给放大了。鸡蛋是五分熟的，蛋黄里有一点儿溏心，咬在嘴里很好吃。喝一口汤下去，更是让人觉得浑身毛孔都张开了一般的舒服。即使整个人还在被极度复杂沉痛的情绪包裹着，沈小甜还是闭了一下眼睛。她感觉这个汤从她的心头上流淌了过去。

"我第一次动手给老爷子做饭，做的也是面条。那天我们俩刚认识了四五天吧，在一个县城下了车，因为听说那儿的羊肉饼挺好吃的，是放在火坑里烘出来的，没想到还没出火车站呢，大雨就先来了。火车站周围就一家酒店，还没开门，倒是有个开商店的大姐挺好的，让我们在那儿避雨。"

看着沈小甜低着头一口一口地吃面条，陆辛的脸上渐渐有些轻松的笑意。

"我们俩都饿了，那天还挺冷的，我就跟大姐商量，借他们家的灶和菜，我自己做碗饭。给了大姐五十块，大姐只收十块，说家里也就还剩点儿干面条了。还是老爷子的脑子灵，看见大姐商店的冰柜里有羊肉卷，就买了一包，我就给老爷子做了个面条，葱爆羊肉炒面，吃过没？"

葱爆羊肉吃过，炒面吃过，合一块儿没有。沈小甜放下送到嘴边的鸡蛋，摇了摇头。

陆辛生怕她不吃饭了，夹起一块鸡腿肉送到她面前，非要她接了放在嘴里了，才接着往下说。

"之前我跟老爷子说我是个厨子，老爷子可是死活不信，直说我太年轻了，顶多算个学徒，结果我一上手做菜，灶火一起，肉片一下锅，他站在厨房门口说他信了我是个厨子了，这手艺一看就不一般。"陆辛的脸上是笑。

沈小甜喝了一口汤。

"你要不要尝尝葱爆羊肉炒面啊？"陆辛问沈小甜。

女孩儿点点头说："好。"

陆辛想了想，又说："其实我和老爷子一块儿真是吃了不少好东西，他跟你说他是周游全中国了，也是真的到处都玩儿了。"

可他是拖着病体，身边没有一个亲人，他用心保护的女儿和外孙女都对他的病情毫不知情。

膨胀的愧疚和痛苦还在沈小甜的心里，她的脑海里翻腾着各种对自己的拷问，无尽的追悔像影子一样不肯放过她。

陆辛一直在观察着他家小甜老师的脸色，此刻伸出手，握住了她的手。

"这是他的好，这是他对你好的证据，你得这么想，对不对？你听我说完……"陆辛知道沈小甜想说什么，他的两只手一起握着沈小甜的那只手，"老爷子走的这条路是他自己选的，那年你才十几岁，你能做什么呢？刚开始知道老爷子的病的时候我也特不懂他，可他跟我说你还小，还有你妈田阿姨，看着是厉害，其实内心也很脆弱，他不希望你们在未来的几年都生活在随时可能失去他的恐惧里，他说那该是你们最好的时候，一个在长大，一个终于找准了该走的道儿。对他自己来说，能够放下走出来，看看咱们国家的大好河山，那两年也是他自己过得畅快的时候。他没觉得自己缺了什么，真的。"

沈小甜猛地抬起头，看着陆辛说："我妈！"

两个年轻人看着对方，沈小甜眼眶红了，又渐渐消下去。

"她一直不知道……"几个呼吸之后，沈小甜长长地出了一口气，"还是继续瞒着她吧。"

当她说出这句话的时候，她就知道，自己真的明白了外公和陆辛。

对着被吃光了的面碗，沈小甜勾了一下唇角，说："我这次彻底相信了，我妈当年是真的被冲昏了头，忘了告诉我外公去世的事情。"

陆辛站起来，把她紧紧地抱在怀里："没事了啊，小甜儿，没事了。"

"我要去你跟我外公吃过的地方。"在野厨子的怀里，沈小甜的声音带着哭腔。

"好，带你去。"

"我想去我外公下葬的地方。"

"好，陪你去。"

属于这个冬天的第一场雪纷纷扬扬地落下，一片接着一片。

窗外素白飞舞，房间里，经历了大惊大悲的沈小甜睡了过去。

回到家里，陆辛抖落了身上的碎雪，他的房间一如既往的空荡，即使有暖气也觉得冷清。大概因为他是个野厨子，总是说走就走，全天下都是他的家，便哪里都算不上是他的家。

拖着脚步，陆辛拿出了那个木盒，打开，看着铭刻着"清海"两个字的大刀。

"我还是什么都跟她说了。对不起，老爷子，我和小甜儿在一起，这个坎儿就得迈过去，我藏不了一辈子……我想守着她一辈子。"

陆辛退后一步，对着那把刀郑重地鞠了个躬。

很多年前，有个老头儿对他说："我看你炖这个菜可是放了三次盐。"

脾气不太好的野厨子"哼"了一声，说："怎么了？"

老爷子靠在厨房的门框上，笑眯眯地说："你说你做这个菜做得好吃，是哪遍盐最管用啊？"

年轻人想了想说："第三遍吧？最后一下就把味儿提起来了。"

老爷子摆摆手，说："你这就错了，三遍盐，哪一茬儿都少不了，当然都重要。你放一点儿盐，这菜里就有一点儿的味儿，积累着，才有了这个香。就像你做数学题，你以为最重要的那张卷子是高考的卷子？其实不是，是每一张卷子，一张一张堆起来，你才能有个好成绩。"

野厨子放下汤勺，转身看着他，说："您是抽空儿给我讲道理来了呀？"

"是呀。"老爷子冲他挤了下眼睛。

很多年后，这个野厨子对着这把刀说："这事儿从第一把盐开始，我就肯定瞒不住了，从我想跟小甜儿在一起开始，从我在珠桥上又碰见她，不对……"男人深吸了一口气，露出一个苦笑，"您去了的第三年，我偷偷去见了小甜儿，其实我就想知道被您捧在手心的是个咋样的小姑娘，结果我看见她走在学校里，有人叫她的名字，她回头，笑得特别好看，那时候我就在想，这朵花开在我心里，我这辈子都拔不出来了。从那时候起，我就知道我肯定藏不住了，那是第一把盐……"

"对不起。"他对着那把陪伴了他很多年的菜刀说，"对不起。"

窗外，雪还在下，是软软的，是轻轻的。

4

"这些糕啊什么的玩意儿我吃一块儿还行，吃多了真是齁得慌，可要是不甜的吧，它就干。"陆辛咽下嘴里的点心，喝了一口水。

水是沈小甜递给他的，女孩儿笑着说："看出来你不喜欢了，吃点心跟吃药似的。"

看看桌子上纸包里的点心，沈小甜说："也没办法，糖具有亲水性，能够锁住糕点里的水分，你也说了，要是糖少了，点心多半会干。"

陆辛叹了口气，然后低着头，抱住了沈小甜的肩膀，让她避过了身后的行人。

他们两个人现在是在西安。

这座肉夹馍、羊肉泡馍、真假兵马俑和地铁建设中不断刨出古墓的城市，沈小甜一直想来却没有来过，这次她来陪着陆辛比赛，也想着好好拍拍这座城。

他们到西安的时候天气很好，两个坐了大半天火车的年轻人就手拉着手出来逛了。

跟沽市比，西安绝对算得上是西北了，干干的冷风吹在脸上，不一会儿沈小甜的鼻子就红了。趁着她捧着甑糕的时候，陆辛点了一下她的鼻子，沈小甜又趁他不备喂了他一口甑糕。

糯米与枣泥软软烂烂地杂糅在一起，在外地人看来实在是没什么卖相，可要是找到了好吃的店，香甜的味道还是非常吸引人的。陆辛找的这家就不错，更好的是人少，不用排队。他之前带沈小甜去另一家卖甑糕的摊子，没想到老大爷居然成了网红，一辆小车被人举着手机围了个里三层外三层。

"这家也是多少年味道没变过。"咽下嘴里的甑糕，陆辛对沈小甜说。

"比起你和我外公一起吃的那家呢？"沈小甜捧着甑糕问他，又低头舔掉了勺子上粘着的糯米。

是了，陆辛和老爷子一起来过西安，也一起吃过甑糕，可最初那位卖甑糕的早就不干了，陆辛三四年都没找着人。

"我觉得这家太甜了。"陆辛品了品味儿，对沈小甜说。

"有吗？"沈小甜又吃了一口，"还好啊，比之前吃的那个糕好多了。"

陆辛的肩膀上挎着个书包，包里装着沈小甜的拍摄器材，另一边他的手插在了裤兜儿里，奔三的大男人了，走在西安的街头，愣是有几分逃课高中生的风采。

他往前走了两步才说："本来这个也没那么甜，谁让有些人叫小甜儿呢？"

沈小甜捧着甑糕，吹来的风被人严严实实挡着，不怕脏了东西，也不怕呛到风。她看着自家课代表的背影，又吃了一口。

点心是不能多吃的，毕竟还有正餐呢。

五点多，陆辛带着沈小甜走进了一家小店，先是点了一份葫芦头泡馍，又说："我上次来你们家吃你们做的生肉小炒挺好吃的，今天也要一份。"

沈小甜看看墙上挂着的水牌儿，只看见了羊肉泡馍和葫芦头泡馍，没见着什么小炒。

餐馆老板是个一看就憨厚的汉子，直接拿了两个碗和两个馍过来。

"在这儿想吃着好的泡馍，就得自己动手把馍掰小块儿。"陆辛说话的时候示意沈小甜看看周围，旁边的客人看着都是当地人，说着带了点儿口音的话，一边闲聊着，一边手上也不闲着。

沈小甜看着手里的大面饼，说："你不是就点了一份泡馍吗？"

陆辛的表情立刻得意起来，对沈小甜说："我就知道能糊弄了你。他们这儿的小炒也是这个，不过是炒出来的。这个老板做的生肉小炒好吃，我六七年前来这儿的时候正赶上他们的葫芦头还没煮好，我又实在饿了，他就给我做了一碗小炒。前年我又来，跟他说想吃小炒，他跟我说没有熟羊肉了，问我生肉小炒要不要，生肉小炒也很好吃啊，我就一直记着了。"

陆辛要开始掰馍，却被沈小甜制止了："咱们今天走了太多地方了。"说着，她拿出了消毒湿巾，让陆辛擦手。

陆辛看看湿巾，再看看沈小甜，又听沈小甜挺认真地说："我知道你想说什么不干不净吃了没病，什么反正这玩意儿是下锅做的，能杀菌，可你这个大厨做饭之前不也洗手吗？这是一个道理。"

"没呀，我没意见啊。"陆辛笑容满面地接过了湿巾。

陆辛还给沈小甜科普了一下，如果是吃羊肉泡馍，这种馍都是掰得越小块越入味，可葫芦头泡的馍更软一点儿，要求的块也更大点儿，至于小炒，还是得用小块的馍。

陆辛让沈小甜掰得大一点儿，他自己掰得更小一些。别看陆辛的手挺大，这双手掰出来的馍也不过沈小甜一个指甲那么大，一粒一粒很均匀地落在了碗里。

还剩一小块就能掰完的时候，陆辛的手机响了，他看了一眼，对沈小甜说："是金泰的老朱。"

　　金泰就是陆辛在那儿挂名餐饮总监的那家上海大公司。陆辛接起电话，表情很快变得复杂起来。

　　沈小甜问他："怎么了？"

　　"他在西安呢，要过来找我，说有事儿面谈。"

　　沈小甜点点头说："那就让他过来吧，吃饭了吗？要不要给他也点碗泡馍？"

　　"不用。"

　　陆辛摆摆手，对着电话那头说："我女朋友同意了你在我们约会的时候过来骚扰我们。"

　　这句话真是说的人得劲，听的人也浑身舒坦。

　　几分钟后，葫芦头泡馍和传说中的小炒都端了上来。

　　葫芦头就是猪大肠和猪肚，因为猪大肠是一节一节的，尤其是大肠头的位置看着有些像葫芦，就有了这么个名字。端上来的葫芦头泡馍最上面一层是辣子，然后是切好的葫芦头，分量给得很足，透过中间的空隙才能看见下面还压着一团粉丝，再下面就是之前掰好的馍了。

　　与层次分明的葫芦头相比，小炒看起来就复杂多了，肉之外有西红柿、豆腐干、油菜，顶上还有一撮炒过的花生米……碗底有点儿汤，看着都是红色的。

　　"今天正好有块牛里脊。"那位大叔说了这么一句，就放下碗走了。

　　葫芦头泡馍的味道和它的外表一样有些醇厚，汤很纯，葫芦头很香，炖得挺烂了也没失了嚼劲儿。

　　吃了两口葫芦头泡馍，沈小甜看着陆辛一个劲儿让自己尝尝小炒，就伸出了勺子。

　　小炒闻着就有一股酸辣气，有点儿像她很久之前吃过的酸汤水饺，一口放在嘴里，沈小甜瞪大了眼睛——又酸又辣！不是有攻击性的让人难以忍受的酸辣，可就是一股劲儿直接从后脑勺顶了上去，透着十足的霸道。

"过瘾吧？"陆辛笑着问沈小甜。

沈小甜花了几秒缓过来，咽下嘴里的东西点头说："过瘾！"

馍的面香、肠的肉香都很淳朴，却也构成了让酸辣劲儿上头的底气，让人爽得很！

吃着泡馍和小炒就得配着几瓣糖醋蒜，一个把羽绒服穿在西装外面的男人走进来的时候，陆辛正好又跟老板要了一份糖醋蒜，转头就看见了他。

"老朱！"

文质彬彬还戴着金边眼镜的男人面带微笑走过来，对着沈小甜说："嫂子你好，我是朱心驰，金泰餐饮部的员工，给陆哥打下手的。"

长这样的一个人被人叫"老朱"……沈小甜眨了下眼睛，笑着说："你好。"

说完这两个字，沈小甜的目光被陆辛吸引了。

"你干吗啊？"

陆辛在揉自己的耳朵根儿，还是两只手一起揉，眼神在半个小馆子里飞了一圈儿，最后落在了沈小甜的下巴上。

小甜老师笑了，有些哭笑不得地说："他就叫我一声嫂子，你怎么害羞了？"

"害羞？哪儿有？这店里太闷了，咳，刚刚辣椒呛了嗓子……"

陆辛看向朱心驰，说："那什么，叫她小甜老师就行，你来找我啥事儿啊？"

这个话题转移得真是一点儿都不明显呢。

朱心驰在陆辛旁边坐下，说："我本来是被派来看这次的比赛有没有好的厨子可以挖到金泰去，没想到在参赛者名单里又看见了陆哥的名字。"

陆辛说："我记得这次的主办方没有金泰啊。"

朱心驰微笑说："之前是没有，以后就不好说了，熊猫集团想把这次的比赛像七年前的中欧美食文化交流大赛一样做成国际赛事，现在的比赛阶段可以说是国内评选，老板也有些感兴趣。"他还拿出了几份文件给陆辛看。

趁着陆辛看文件的工夫，他又看向沈小甜，说："小甜老师您好，久仰大名，您的视频我一直都在追，我们老板也很喜欢，之前在视频里认出了陆哥的手，我们就想拜托陆哥引荐一下，可他一直不肯，幸好今天遇到了。"

沈小甜看看靠在椅背上皱着眉头看文件的陆辛，再看看正襟危坐的朱心驰，说："跟他合作，你辛苦了。"

"跟陆哥合作挺轻松的，除了找不到人之外没什么毛病。"

哎哟，这个说话风格沈小甜可太喜欢了，要不是面前只有羊肉泡馍，她都想跟这个"老朱"碰一杯。

看着合同，陆辛也没忘了沈小甜，脸埋在文件后面，又招呼了老板过来，要了一碗小炒给老朱，又要了一包纯奶，是给沈小甜的。

"所以……"他对着朱心驰晃了晃手里的合同。

朱心驰说："陆哥，要是金泰真决定合作，您是肯定得代表金泰比赛的。"

野厨子的眉毛挑了起来："那不是得一路跟洋……老外比去了？"

沈小甜坐在他对面，笑眯眯地说："挺好的呀。"

陆辛看看她，放下了手里的文件："嗯，我们小甜儿老师说挺好的，那就挺好的……吧。"

一瞬间，朱心驰的表情就像是看见了草原野马被套了缰绳，别说让他叫沈小甜"嫂子"了，估计这时候让他喊小甜一声"妈"，他都能立刻跪下照做。

陆辛带着沈小甜去了龚师傅家里，见到了他。

龚师傅身形清瘦，是上了年纪的人身上胶原蛋白开始流失的瘦，眉目看着有些凶，说话的时候是很和气的，一点儿口音是他在广东待了几十年的纪念品。

沈小甜一来，他就知道了这个女孩儿是谁。

"田老先生真是特别有意思的一个人，他说什么都是斟酌着说的，说好吃的是说味好形好、鲜美可口，说人呢，说样貌好行事稳……夸陆辛呢，夸他是少年侠气。唯独夸起他们家的小甜，真的是夸个不停，照片我们都见过的。"

龚师傅认识自家老爷子，还和他的交情很好。至于看过照片，沈小甜看向陆辛，陆辛微微侧了下头，开始跟龚师傅说起自己不能替他比赛的事儿了。

"也就是说你不能去比赛了，没事啦。"

说了"没事啦"之后，龚师傅沉默了一会儿。然后，他看了看自己的左手，笑着说："反正也没什么报名费，就说是店里走不开，不去了就算了。"

沈小甜握住了陆辛的手，不用看她都知道，陆辛现在心里不太好受。可金泰决定参与到这个项目中来，身为他们的餐饮总监的陆辛就不能代表别的餐厅参赛。

事实上，元旦时在上海开始的二十人决赛里，已经有了陆辛的一个名额。

"小陆啊，你们午饭吃了吗？我给你们做个炒牛河吧……小甜，你也尝尝伯伯的手艺，你外公可是夸我这个牛河做得好。"

"好呀！麻烦龚伯伯了！"

龚师傅笑了笑，走到厨房门口，一转身，看见沈小甜就跟在自己后面。

女孩儿笑着问："我能拍一下您做菜吗？"

越过她的头顶看一眼陆辛，龚师傅说："行啊，怎么不行？现在年轻人用手机，真是什么都方便。"

龚师傅从冰箱里拿出了一把豆芽，放在水下冲洗，看了一眼沈小甜手里的相机，他说："我们这些老厨子也都有些微信群什么的，大家没事儿互相点评一下，前几天还有人在里面发了些视频，视频里一边做着菜一边讲着科学知识，我都长见识了。那些视频是你拍的吧？"

是呀！小甜老师惊喜收获了一个新学生，愉快地点头。

龚师傅"嘿嘿"一笑。

冰箱里拿出的牛腱子肉切了薄片，把生抽、老抽、糖加进去抓呀抓呀，直到里面的汁水都没了，又加了蛋清……龚师傅只有右手灵便，左手有些别扭地扶着碗，做菜却还是一丝不苟的。

"我记得你在广东上学啊，那时候老田就问我说这个菜小甜能吃到吧，那个菜小甜能吃到吧……我给他炒了一碗干炒牛河，他一吃，可高兴了，说要是你在广东天天吃得这么好，他可就放心了。"说完，龚师傅又对沈小甜笑了一下，说，"一会儿你可要尝尝看，你平时吃的有没有我这个干炒牛河这么好。"

说话间，牛肉抓好了，他把洗好后又控干水分的豆芽菜掐去头尾，又调了一个料汁。

陆辛也来了厨房，倚着门看看龚师傅，又对着沈小甜眨了眨眼睛。

沈小甜也对他眨眨眼。

两个成年人，现在都像是在等着饭吃的小孩儿。

这时，龚师傅拿出了一口炒锅。锅是里外全黑的老锅，虽然放了挺久了，外面还是有一层油光。

跟着陆辛见过了不少大厨，沈小甜已经知道有些厨子是很珍视自己的厨具的，像是陆辛每次用完了他那套菜刀就得用干毛巾擦干净，这个锅外面的一层油也是为了保养锅具，不是没洗干净。

陆辛看见这口锅，表情严肃了几分："龚师傅，您用这个锅是想颠勺？"

龚师傅脸上还是笑，抬头对他这半个徒弟一样的年轻人说："热、快、干、香……不颠勺哪里有够锅气？"

陆辛控制着自己的视线，让自己不要去看龚师傅的左手。

龚师傅却用右手把自己的左手抬了起来说："怎么了？我在厨房干了一辈子，一只手不能动我就不能颠勺了？小看我了吧！"

陆辛站在原地，沈小甜的一只手搭在他的肩膀上，笑着对龚师傅说："对呀，他长得又高又大的，特别容易小看人，您不知道，我在我家院子里养了一只鸡，这次出门的时候我拜托了邻居奶奶帮忙照看，结果一回头，就看见他拎着点心挨家挨户地拜托……"女孩儿的声音轻轻的，带着笑，"我家那只叫开学的鸡可神气了，住的窝也是棉花铺的，天天都有人排着队给它喂吃的，就这样陆辛还怕它吃亏。他操心起来，别说人了，连只鸡都要小看呢。"

厨房里隐隐压抑难言的气氛随着她的话彻底消散去了。

清理干净的锅被放在了灶台上，旺火升起，倒了油进去。龚师傅说："小陆、小甜，我就用一只手颠勺，一只手放料，让你们看看我的干炒牛河！"

中国的传统厨艺是刀和火的艺术，沈小甜见过陆辛的刀工，觉得那确实可以称之为艺术，此刻，她看着灶火中牛肉、河粉从锅里翻腾飞扬而出，明白了什么是火的艺术。火舌似乎舔到了带着油光的牛肉，又似乎没有，河粉像是划破长空的白练，却带着人间的活色生香。

最后烹入一点儿调好的料汁，两盘干炒牛河就被放在了餐桌上。

"锅气是不是很足呀？"

面对龚师傅的提问，沈小甜的回答是又把一大口夹着牛肉和豆芽的炒河粉塞进了嘴里。

还有什么对一个厨子更高的夸奖吗？

没了！

龚师傅哈哈大笑，眉毛都几乎要飞出去了。

"龚伯伯，我觉得您这份干炒牛河一定能拿奖。"吃完最后一口的时候，沈小甜这么说。

龚师傅愣住了。

陆辛难得比沈小甜吃得慢，闻言也抬起了头。

年轻的姑娘甜美的笑容里其实是笃定，她和龚师傅的目光对视，没有一丝的闪避。

"您想去的，我知道。"她如此说道。

龚师傅说："你是怎么知道的？"

沈小甜回答他："是您的锅告诉我的。"

"我的锅？"

"它对我说，它能炒出最好吃的干炒牛河，我外公吃得很满意，我也一定会吃得很满意，还有更多的人，他们都会觉得好吃。"

慢慢地，龚师傅笑了，他看着这个老友的外孙女，自己半徒的女朋友，然后用右手抬起了自己的左手，说："我这只手可就是颠勺、做菜累出来的毛病，现在想把这个肘关节抬高都难了，它就没告诉你点儿什么？"

女孩儿看一眼自己面前空空的盘子，说："您的心在锅里，又不在手上。"

很多年前的一个周末，有个女孩儿跟着她的外公回家，外公去家访，苦口婆心劝一个执意要退学打工的孩子读完高中。

走过青石砌起来的珠桥，小女孩儿噘着嘴说："外公，他不想上学就算了吧，你都好辛苦了。"

老人揉了一下肚子，停下脚步，转头看着自己放在心尖儿上的宝贝，说："小甜，你知道当老师最难的是什么吗？是这双眼……这双眼练好了，那些学生就算把自己都骗过了，也骗不了你。"

很多年后，沈小甜对另一位老人说："我有一双从我外公那儿遗传的好眼睛，我都能看见。"

第二天的厨艺比赛现场，陆辛和沈小甜都去了。

看着站在参赛位置上的那位老人，陆辛对沈小甜笑着说："小甜儿老师，你可真是太厉害了！"

那当然。沈小甜笑着往后一仰，身后是陆辛宽阔的胸膛，眼前是热闹的人群和广袤的天。

"野厨子，咱们去大西北吧，我想去看看我外公。"

"好。"

龚师傅赢了比赛，跟陆辛说好了半个月后上海决赛见。陆辛当然答应了，表情还挺美滋滋的。

朱心驰被陆辛打发回了上海，顺便也把他的那套清海刀带了过去。可怜的一套刀，好不容易从快递员的手里被接到，又要离开主人漂泊了。

临走的时候，朱心驰大概跟沈小甜拜托了二百八十次，求她一定要提醒陆辛回上海比赛，让沈小甜不禁怀疑她家野厨子是不是野到了会在荒地里挖个坑把自己埋起来从此在人间消失两三年的地步。

"其实龚师傅自己出马，我觉得我不比也行了，不过再一想鹤来楼那帮人，我还是咽不下这口气。"坐在去往大西北的火车上，陆辛对沈小甜说，"许建昌说中国菜早就已经过时了，他那套不中不洋装腔作势的玩意儿才是正道儿，这话已经在我心里记了十来年了。"

铁路的两旁还有积雪，黄沙、白雪、枯草、被雪点缀的秃树和干灌木……火车飞驰而过，在碧蓝的天空下面。

陆辛看着窗外的风景，对沈小甜说："我想赢了他，然后告诉他，他和他的那套东西才是被时代抛弃的那一个。"

哇，真是一个听起来就意气风发的理想。沈小甜为自己的课代表鼓掌。

"从西北去上海……再回家的时候我就要忙起来了。"女孩儿对自己的男朋友说，是笑着的。

陆辛问："你要忙什么呀？要我帮忙吗？"

沈小甜说："我不能先告诉你，我要先告诉我外公。"

田亦清老人嘴里那片不毛之地在多年前成了一片沙枣林，在沈小甜的想象中，就是一片荒野里有那么百来棵树稀稀疏疏地站着。

"这么多树！"她对着陆辛惊叹不已。

是的，一大片的沙枣林，它们密密麻麻，茂密而坚定地立在天地之间，用根须抓紧了沙子，用躯干抵御着风沙。

"你要是十月来啊，树上都是小枣子，他们这儿的人把枣子碾了掺在面粉里做点心，还挺有意思的。"

听陆辛这么说，沈小甜抬头说："那我明年就十月的时候来……我想以后每年都来看他，把从前的补上。"

站在高高的树下，女孩儿脸上的笑容渐渐消失了。

野厨子站在她身后不远的地方，像是另一棵沙枣树。

"您从前总想让我自由又有目标地活着，我浑浑噩噩好多年，总觉得自己在报复什么或者挽留什么，最后才知道，还是您教我的是对的。

"我遇到了陆辛，他把您想告诉我的那些话都告诉我了，虽然不是用语言，是用饭……我吃到了好多好东西，见到了很多很好的人，就算没有了您，这个世界其实还行，您告诉我了，我知道了。

"我要向您汇报一下我的工作。我现在还是个老师，不过不带班了，好几十万学生都是看着我的视频上课的，以后人会更多……我打算把我的视频重新剪辑整理，做成化学入门科普视频，放在网课平台上，全部都免费，只要有一个人因为这个更喜欢去学了，我觉得您都会很高兴吧。

"我很想您……

"我爱野厨子。

"我也爱化学。

"我很高兴他们都陪着我。

"我很高兴，您教给我的那些东西，也一直陪着我。

"我妈建了所希望小学，明年就开学了，她让我想句话，挂在教室后面——热爱无价，知识永恒。"

风好像变大了，沈小甜的眼前模糊了起来，她转身，看见一只大手伸向自己，于是这个世界又变得清晰。

"有点儿冷呀。"小甜老师说。

野厨子把她的手放在自己的外套兜儿里，说："那走吧，我带你吃点儿好的。"

（正文完）

番外

梦中花
meng zhong hua

1

看着有人骑着老式的自行车从自己面前经过，沈小甜眨了眨眼睛。

她还记得陆辛在厨艺大赛里得了冠军之后和她回家过年……他们应该在家里才对呀。

眼前是极有北方特色的街景，高高的白桦树的叶子黄了，还有冷峭的风从巷子深处吹来，天空昏暗，空气里还有一丝煤燃烧后的气味。这一切让沈小甜不禁想起了小时候的秋天。

可这里并不是沽市，而是一条陌生的街巷，从来没有出现在沈小甜的记忆里。

骑着自行车的人们用羊毛织成的围巾包着头来抵御秋日里的风。沈小甜却并不觉得冷，低头看看，她正穿着一身羽绒服，老款式，圆滚滚、硬邦邦。

转身，她看见一群少年从小巷子里呼啸而过。

沈小甜看着他们，眼睛亮了起来。

"哎呀。"她一屁股坐在了地上。

领头的男孩儿冲了出去，又噔噔噔地跑了回来，脚上的棉鞋底子重重地踩在了沥青地面上："姐姐，你怎么了？"

沈小甜仰着头看着男孩儿，露出了一个很甜美的笑："我肚子不太舒服。"

男孩儿头发很短，一看就是家长为了图省事儿，两边都能看见脑袋上的青皮，头顶到前额是刺刺的黑发，有点儿像一颗小栗子。在冬天穿着一件蓝色的厚夹克看起来是挺温暖的样子，可惜他把前面的拉链给拉开了，露出了里面黑色的单衣，看起来就是只要风度不要温度了。

"姐姐，我送你去医院吧！"

男孩儿后面跟着的孩子们也都围了过来，七嘴八舌地说起来。

"我觉得应该让这个姐姐上厕所，她是不是拉肚子啦？我上次拉肚子站不住。"

"喝点儿热水会不会好啊？"

"姐姐你从哪里来啊？你的衣服真好看啊。"

"姐姐你是不是来亲戚了呀？我妈妈来亲戚的时候就肚子疼，要疼两天呢。"一个男孩儿声音清亮，说话字正腔圆。

另一个十岁上下的男孩儿转头问自己的小伙伴："什么亲戚能让人坐在地上啊？是亲戚打她吗？"

一旁比他高了半个头的小女孩儿欲言又止。

带头的那个男孩儿抓住了沈小甜的手臂："姐姐，你能站起来吗？"

沈小甜被他们七手八脚地扶了起来，一只手搭在带头的男孩儿肩膀上："我好饿啊。"她说，"可能是因为饿了肚子才不舒服吧？"

没挤进来的小女孩儿左右看看，大声说："路对面有餐馆！"

沈小甜皱了下眉头，委屈地说："我的钱包不见了。"

小孩子们立刻又吵嚷起来。

"要不我们去借钱吧？"

"餐馆是我同学的爸爸开的，我去说两句好话求求他！"

"我家中午剩了烧茄子……"

"都不用麻烦了！"夹克被寒风带起来，小小的少年顶天立地仿佛电视剧里的侠客，"我带她回家，我爷爷不在家，我家冰箱里有包子！"

他仰头看着沈小甜："我带你去吃饭，我爷爷包的包子可好吃了！"

包子是最简单的猪肉大葱馅儿，是香的。

虽然是包好蒸完冻起来再回锅加热的，闻着蒸腾出的热气也是香的。

另一边的煤气灶也开着，小小的少年个子不够高，踩在小凳子上盯着锅里的粥，白米和黄米混着煮开了花。

沈小甜打量着通着铁皮管子的煤炉上面摆着的栗子，挑着烘开口的捡了两个，指尖沾了一点儿黑灰。

"今天是周末呀？你们都不上学？"

"放着寒假呢。"少年用老成的语气说，"还有一周就过年了。"

"哦……"

"咔嚓"一声脆响，栗子壳被剥开了。

少年看着被送到嘴边的栗子，也看着栗子后面那张比栗子还甜还热乎的笑脸，他张开嘴把栗子吃了："你不是住附近吧？我没见过你。"

沈小甜逗他："你没见过我，就知道我不是住在附近的？"

少年"哈"了一声，敞着怀的棉外套还没脱呢，他撩开衣服叉着腰，仿佛正看着坐山雕："这附近我都可熟了……"声音又小了一分，"你要是住这附近我肯定见过。"

沈小甜笑了。

从看见这个小少年，她一直是在笑的。

"我确实不是住这儿的，我是来找人的。"

"找什么人呀？我帮你找。"

"找到了。"

沈小甜做了一件一直想做的事，她抬起手，揉了揉小少年的头。

"你真好呀。"她低声说。

496

"那是。"少年回答得毫不扭捏。

"包子好了,粥好了。"

似乎有两个声音重叠在了一起——

"嗯?"

"起床吧。"

沈小甜睁开眼,看见长大了的少年正俯身看着自己。

"我刚刚梦见你了。"沈小甜抬手勾住陆辛的脖子,"九岁十岁的样子,带我回家,还给我热包子吃。"

陆辛揽住她的肩膀把她从被窝里"拔"出来:"那你可把我想得太大方了,能给你咸菜馒头就不错了。"

看见沈小甜有些迷蒙,他在她沉甸甸的眼皮上亲了一下,叼走了最后那点儿倦怠。

沈小甜笑着在他下巴上咬了咬:"我下次要梦见你给我吃大餐,不然我就吃你。"

陆辛"哎哟"一声,仿佛很害怕的样子,把她揽得更紧了。

沈小甜笑着看他。

失去了爷爷,失去了庇护,颠沛了许多年的野厨子很好。

年少的时候也很好,热情,善良,有用不完的真诚。

2

梦里没吃到的包子在早餐的时候吃到了,有猪肉茄子和牛肉大葱两种馅儿,粥不是金银两掺,而是加了黑麦,沈小甜吃了两个包子,喝了一碗粥,还吃了一个煎蛋。

这些都是陆辛早起做的。

窗外下了厚厚的雪,小小的楼里很暖和,新加的保温层质量不错,只有站在阳台边上才能感受到一点儿凉意。

阳台边上的桌子被陆辛搬到了另一边，洗过澡的沈小甜坐在桌子前看着平台发来的活动邀请。

"主题是'小时候的 TA'……"

想起自己做的梦，沈小甜拿掉头发上的毛巾，踩着拖鞋拖拖拉拉地下了楼："陆辛，你梦到过我小时候吗？"

陆辛洗净了手从厨房里出来，看着沈小甜头发半干倚在栏杆上，解了围裙拿出一条干毛巾给她擦头发。

沈小甜的头发很柔软，带着湿气的时候像一只雏鸟。

"当然梦到过。"用手撩了下沈小甜的头发，陆辛的眼神极专注，仿佛是在豆腐上雕琢《清明上河图》，"梦到你哭着坐在门口没饭吃。"

沈小甜哈哈笑出了声："那你是不是要带我走，给我好吃的？"

"嗯，带你吃蒸羊羔、蒸熊掌、蒸鹿尾儿、烧花鸭、烧雏鸡儿、烧子鹅……"

在回来之前，他们先去天津吃了越观红师父做的茄子扒五花肉，顺便连着听了四天相声，陆辛和沈小甜都爱上了《报菜名》。

"哈哈哈哈！"沈小甜把头枕在陆辛的手上，"那我梦里可真是太幸福了。"

陆辛也笑，任由柔软的发丝全面占据自己的双手。

他梦到过她，很多次。

最早最早是在火车上，老爷子开口闭口都说着那个叫小甜的小姑娘。不知道为什么，那时候的陆辛总觉得这个小姑娘应该有两条马尾辫儿。晚上，他就梦见了个梳着双马尾辫儿的小姑娘，她好小，年纪小，个子也小，辫子细黄，背着大大的书包，蹦蹦跳跳，小辫子晃啊晃。

明明是他和老爷子两个人的旅行，从那天起却像是有三个人。

老爷子会说："小甜肯定喜欢这个。"

陆辛也会说："你家小甜看见你这样一定生气。"

仿佛那个小姑娘下一秒就会转到他们面前，笑意盈盈，又或者叉腰生气。

小甜分明在那么远的地方，却又这么近，在老爷子的笑和回忆里，在陆辛的数落揶揄里，也在他的憧憬里。

无声无息地，就扎下了根。

再后来，老爷子去了，陆辛走遍大江南北，走到了一所大学的外面。就是那么神奇，他一眼就认出了曾经闯入他梦里的小姑娘——没有双马尾的辫子，走路也不会蹦蹦跳跳，是个透着沉稳带着锋芒的甜美的姑娘，是用蜜糖包裹着霜雪的姑娘。

陆辛恍然。原来也陪伴了他的小姑娘，就是这个模样。

像是知道要下雨的午后，终于见了雨。

像是知道门外飞雪，打开门真见了雪。

像是一团火焰灼烧着锅子，一切材料齐备，终于吃到的菜肴。

是尘埃落定。

是希冀。

是不出所料。

是惊喜。

再梦见老爷子的时候，陆辛常常会看见他与一个女孩儿说笑，那个女孩儿的模样日久天长地镌刻在了那些梦里，是回忆的梦，却让回忆不那么晦暗和悲伤。

哈尔滨的飞雪，防城港的雨，敦煌的沙，开往公海的船上见到的海鸥……老人和老人家的小姑娘是独属于他的陪伴。

不需要与这个世界分享和诉说，他可以带着他们一起走到这个世界的尽头。

偏偏，那一天的沽市下着大雨，他骑着车路过，以为有个女孩儿要轻生。

"嘿，那边那个，过来帮个忙！"

伞是透明的，穿着黄裙子的女孩儿转头看过来，是那个小姑娘从他的梦里走到了桥上。

世界从此成了新的。

陆辛实在想不起那天他是怎么回了住处的，摩托车的钥匙忘了拔，上了楼还得再下去，一看，头盔也还挂在车把手上。

　　"老爷子，你家小甜回来了，你家的老院子总算是把她给等回来了。"他说着说着就笑了。

　　第二天，陆辛转了个大弯儿拐去石榴巷，真的看见了小姑娘，站在那儿捧着皮比城墙还厚的包子。

　　陆辛骑着摩托车去找越观红买了个煎饼果子，热腾腾地给她送了过去。

　　石榴巷活了过来，被忘记的老院子里的每一棵草都变漂亮了。

　　说不明白的欢喜是斑驳的，各式样的色混在了一处，就像个打了鸡蛋抹了酱撒了葱花放了馃箅儿和生菜叶的煎饼果子。

　　他想让这个长大的小姑娘欢喜。

　　在家乡的每一天，她都欢喜，以后想起珠桥和石榴巷，还会想起这里有很多好吃的，还有能带着她到处吃的一个人。这就足够了。

　　陆辛很知足。

　　一朵花错开在眼前，陆辛并不想一把将花薅了，她总会回到该回去的地方。

　　老爷子放了她走，是希望她欢喜，一直欢喜下去。

　　路过小书店的时候陆辛停下，走了进去，买了本《让女孩子开心的101种办法》挂在了车把手上，晃悠着回了住处。

　　可他终究是什么都不会，笨得配不上小姑娘夸他的那些话。他只会带她去吃好吃的，一家又一家，一个地方又一个地方。

　　冷面好吃，牛肉夹饼好吃，双皮刀鱼她也喜欢，吃到了好吃的就会笑，总是在笑。

　　沈小甜像是个把黄金当飞雪漫撒的富豪，却不知道别人得到的是怎样的满足。

　　打电话去小姑娘来处的时候，在珠海的朋友问他："什么人的事儿能让你这么上心啊？"

"是我家老人的小姑娘。"陆辛笑着答。

是老爷子的小姑娘，是他一厢情愿的老朋友，是偶然路过他的梦中花。

陆辛知道，他和沈小甜的这一段路不过是夜市收摊路上看见的流星，是明天会被雨水打落的粉瓣儿，是等不到国庆皮儿还青着就会被人摘走的柿子，只要给她做风和月就足够相伴，不动嗔痴，也无须论来日与过往。

可沈小甜是沈小甜。

她不是只开在梦里的花。她是沈小甜。她愿意和他一起走。

于是刹那间，陆辛把一切都放下了。

他对自己说，无所谓了，等沈小甜不想和他走的那一天，等她吃够了的那一天，等她发现这世界上有更多更美好的东西的那一天，他也可以走开。在那之前，他愿意用手挡住她的眼泪，用眼睛记住她的笑脸。

还好，现在他不会这么想了。

"之前我做了个特别长的梦。"在厨房里给鸡爪剁去尖儿，陆辛笑着说。

椅子就摆在厨房门口，沈小甜跨坐在椅子上笑眯眯的："什么梦啊？"

"我梦见……有一朵花，从我心里开了出来，我以为那朵花是要走的，我每天给她浇水施肥，我想她以后不管去哪儿都得是最鲜亮的那朵花。"

锅里干烧着香料，一阵阵香气溢了出来。陆辛把几块冰糖放了进去，贴着锅边倒了酱油和酒，热气妖怪般的来势汹汹，又被抽油烟机给卷走了。把高汤和水倒进锅里，调小火，陆辛把鸡爪放在一边，又开始洗焯过水的猪蹄。

"那可不行。"沈小甜摇头，"那花肯定舍不得你。"

陆辛的刀顿了下，他转头看向厨房外："是吗？"

"是啊。"沈小甜掰着手指头，"智勇双全课代表，美食地图野厨子，人美心善，哦对，你还是美食比赛冠军，那花怎么可能舍得离开你呀？"

要不是手占着，陆辛真的很想抬手搓一下耳朵。

他家的小甜啊，太甜了，调戏起他来仿佛撒糖不花钱。

是了，这是调戏。

之前陆辛总觉得沈小甜是单纯在夸他，在一起久了才知道是有人就能把调戏的话说得特真诚。

他的女朋友，他的爱人，世人都以为她甜美幸福毫无脾气。其实她促狭狡诈，心里有很多别人懂或者不懂的坚持。她从来不在乎别人懂不懂。

这就是他爱着的姑娘。

一直到锅里的水开了，陆辛才说："你猜那花跟我说什么？"

"什么？"沈小甜放下手里的笔记本看他。

"她问我，下一顿吃什么。"

沈小甜愣了一下，笑着跑进厨房，扑在了陆辛的身上："还得生出根和叶子，牢牢抓着你！"

陆辛从张牙舞爪的沈小甜身上偷了个吻。

一个不够。

"我手还没洗。"他呢喃，用手臂拖着沈小甜出了厨房。

他想把他的花放在沙发上。

沈小甜抓住了餐桌，她就成了餐桌上最甜的花朵。

陆辛的手不能动，她抓着他的衣领，让自己的"根须和叶子"紧紧地包裹着面前的人。

湿润温暖的冬天，是陆辛从未经历过的，甜的。

3

大年三十，小甜老师的活动兼拜年视频《他的小时候》多平台发布，就算网友们早有准备端着碗来看，还是在点开视频的第一秒就遭受暴击——热气腾腾的卤汤在锅里滚沸，一整只卤好的鸡被从锅里捞了出来。

"他说，小时候过年最期待的就是爷爷从外面买回来的烧鸡，被揣在怀里，带着热气。"

502

汤水落回锅里，溅起香气。

"她说，小时候过年记忆最深的是一棵棵白菜，圆圆滚滚的堆在墙角。"

辣椒油淋上去，白菜被做成了醋熘白菜。

"他说，小时候屋顶垂下来的冰柱是甜的。"

从冰盒里取出的冰叮叮当当落进锅里，上面码放了一块块新鲜的羊肉。

"她说……"

……

"课代表。"

"嗯？"

视频里是一阵笑声。

视频外，人们看着做好的一桌大餐，悲愤地发弹幕："大餐是你们的，狗粮是我的，汪汪汪！"

图书在版编目（CIP）数据

吃点儿好的 : 全两册 / 三水小草著. -- 北京 : 中国致公出版社，2022

ISBN 978-7-5145-1972-3

Ⅰ．①吃… Ⅱ．①三… Ⅲ．①长篇小说－中国－当代

Ⅳ．①I247.5

中国版本图书馆CIP数据核字(2022)第072621号

吃点儿好的：全两册／三水小草 著
CHI DIAN ER HAO DE

出　　版	中国致公出版社
	（北京市朝阳区八里庄西里 100 号住邦 2000 大厦 1 号楼西区 21 层）
出　　品	湖北知音动漫有限公司
	（武汉市东湖路 179 号）
发　　行	中国致公出版社（010-66121708）
作品企划	知音动漫图书·漫客小说绘
封面绘制	电磁花生
责任编辑	徐　慧
责任校对	魏志军
装帧设计	杨小娟　邹子欣
责任印制	翟锡麟
印　　刷	崇阳文昌印务股份有限公司
版　　次	2022 年 10 月第 1 版
印　　次	2022 年 10 月第 1 次印刷
开　　本	880mm×1230mm　1/32
印　　张	16
字　　数	450 千字
书　　号	ISBN 978-7-5145-1972-3
定　　价	69.80 元

人生在世，最大的矛盾，就是你每天睡前各种胡思乱想，
醒过来了还得操心这顿吃什么。

所以，今天吃点儿什么好？

第一步

翻阅答案之书，找出你绝对不会吃的食物，
把它用笔替换成你爱吃的。

第二步

按照封面所示，选好你今天是单人餐还是多人餐，
明确你今日的答案菜牌是在左边还是右边。

第三步

心中默念"吃点儿好的"，随机翻开一页。

第四步

得到属于你的今日餐食推荐。

西红柿鸡蛋
配一切

酸菜鱼

煎饼果子

跷脚牛肉

烧麦、米烧麦、肉烧麦
都是好烧麦

拍拍肚肚，
决定清淡一点儿，
多吃水果

新疆拉条子

红烧一切
都可以

肉末蒸蛋

卤肉拼盘

牛肉拉面

烧烤！

烧烤！！烧烤！！！！

妈妈最喜欢的菜

是什么？

梅菜扣肉

扬州炒饭

番茄牛腩

牛杂，
加萝卜！加萝卜！
加萝卜！

蟹粉狮子头

饺 子

你家乡 **最特色的菜**
是什么？

口水鸡

钵钵鸡

猪脚饭

辣子鸡

虾仁馄饨

用你的最爱
犒劳自己吧

米粉

油焖大虾

清蒸鲈鱼

牛排

四季变换，节气交替，
来个**时令菜色**吧

清蒸鱼

虾饺

小鸡炖蘑菇

你能立刻搞到的
最好吃的**面条**

出去溜达一圈

慢慢讨论

黄焖鸡

酸菜炖排骨

刀削面，
加肉加肉加肉！

杀猪菜

锅包肉

南京烤鸭

喝一碗**鸡汤**，
困扰你的一切都会过去！

上次一起**八卦**的

事有后续吗？

米线

北京烤鸭

干炸里脊

红烧肉

吃点儿豆腐

水煮肉片

海南鸡饭

扒肘子

豉油鸡排

蒜香蟹

咖喱配米饭

潮汕牛肉火锅

白灼菜心
和
干炒牛河

麻辣火锅

豆豉排骨

铁锅炖大鹅

人生在世，最大的矛盾，就是你每天睡前各种胡思乱想，

醒过来了还得操心这顿吃什么。

所以，今天吃点儿什么好？

第一步

翻阅答案之书，找出你绝对不会吃的食物，

把它用笔替换成你爱吃的。

第二步

按照封面所示，选好你今天是单人餐还是多人餐，

明确你今日的答案菜牌是在左边还是右边。

第三步

心中默念"吃点儿好的"，随机翻开一页。

第四步

得到属于你的今日餐食推荐。